KB253045

한국남북문학100선

비(碑)

박경수/지음

작품해설
박경수의 작품세계
류양선

일신서적출판사

책머리에

언어는 인간만이 유일무이하게 구사할 수 있는 사상의 전달매체이다. 말은 시간적인 의미의 매체이며 글은 시간을 초월하는 공간적인 의미의 매체이다. 문자가 발명되어 기록으로 전해짐으로써 비로소 사상은 고금을 잇는 연결고리를 갖게 되었다. 이렇게 문자를 통해 선조의 사상과 지혜가 후세에 전달됨으로써 인류문명은 비약적으로 발전하게 되었던 것이다.

우리 나라도 세종대왕께서 세계에서 가장 훌륭한 문자인 한글을 창제하시어 우리만의 문자를 갖게 되었다. 그러나 안타깝게도 한자문화의 영향권에 오랫동안 머물러 있었던 것이 개화기를 맞아 우리 글에 대한 새로운 시각에 눈을 뜨게 되자, 비로소 우리 글로 씌어진 문학작품이 물밀듯이 쏟아져 나오게 되었다. 그러나 이처럼 많은 작품들을 여러분이 모두 읽을 수는 없는 실정이다. 따라서 한국문학사에 길이 남을 훌륭한 작품들을 신중히 선택하여 수록함과 더불어 여러분에게 실질적인 도움을 주고자 교과서에 나오는 작품들을 위주로 하여 《한국남북문학 100선》이라는 표제를 붙여 발간하고자 한다. 여기에는 납북작가들의 작품까지도 자료가 보충되는 대로 수록하여 여러분에게 편중된 작가의 작품만 읽는 우를 범하지 않도록 배려하였다.

이 《한국남북문학 100선》이 학생들뿐만 아니라 일반인에게도 널리 읽혀 우리 문학작품의 흐름과 이해에 많은 도움이 되었으면 하는 마음 간절하다.

박경수 단편집

차례

박경수(朴敬洙 : 1930~   )

　소설가. 충남 서천군 한산에서 출생하였다. 1957년 〈사상계〉지 창간 2주년기념 현상모집에 단편 《그들이》 입선되어 문단에 데뷔하였다. 59년에는 〈사상계〉사 편집기자로 입사하여 직장생활을 병행하였는데 이 해에 단편 《하행열차(下行列車)》《그 아내》《이빨과 발톱》 등을 발표하였다. 이듬해에는 단편 《하자(瑕疵)》《의젓한 초상(肖像)》《해지는 뜨락》을 발표하였으며, 64년에 단편 《화려한 귀성》《잃어버린 가을》《애국자》를 각 문예지에 게재했다. 이 후에도 꾸준한 창작활동을 계속하였는데 71년에는 제8회 한국문학상을 수상하는 영광을 얻기도 했다. 74년에 장편 《여인보(女人譜)》를 전남일보에 연재하고, 장편 《흔들리는 산하(山河)》를 간행하였으며 《동토(凍土)》가 삼성출판사에 의해 간행되었다. 그는 또 활동 이외에 한국문인협회 상임이사, 〈월간문학〉 주간을 역임하는 등 문단에서의 왕성한 활동력을 보여주었다. 78년에는 문공부 주최 제2회 '흙의 문학상'을 수상했고 수필집 《가난한 장남의 기쁨》을 간행하였다. 이듬해에는 단편 《한복 입은 사람은》《술 끊는 약》《보물타령》, 장편 《아내의 바다》를 집필 완료했다.

　그의 문학적 특성은 전통적인 사회로서의 농촌의 실태를 충실히 재현하는 데에 있다. 암담한 전통 사회의 유산이 남겨져 있는 농촌의 비애를 묘사함과 동시에 농촌은 일단 도회지로 도피했던 사람도 결국은 돌아오게끔 하는 마음의 영원한 고향이라는 점을 강조하고 있다. 즉 그의 작품은 삶의 굴곡진 부분을 농촌이라는 안온하고 따뜻한 고향이 떠도는 군상들에게 영원한 안식처일 수밖에 없음을 보여주고 있는 것이다. 이런 점에서 그의 문학은 귀소(歸巢)문학이라고 할 수 있다.

비(碑)

서편(序篇)

그 해 이른 봄, 나는 떠나온 지 실로 30수 년만에 잠깐 시골인 고향을 찾아본 일이 있었다. 짐작은 하고 갔지만 하도 많이 변해서 저곳이 과연 내가 태어나 20세 전후까지 살았던 고향인가 싶을 정도였다.

그것도 전에는 상상조차 할 수 없었던 버스가 게까지 다녀서 마을 앞 한길가에 내리자 한눈으로 건너다 보이는 마을이 그렇게 변해 있었다. 초가이던 집들의 지붕이 모두 슬레이트 혹은 양철로 바뀐 건 으레 그러려니 한 것이지만 마을 앞의 들판도 냇갈도 마을을 삼태 바퀴처럼 싸고 있는 산까지도 모두 일변해버린 모습들이었다. 들판은 다랑이 논들이던 것이 경지 정리를 해서 반듯반듯하게 규격이 같은 논들로 바뀌고 그래서 냇갈도 쪽 곧은 유로로 변경되고 산은 나무꾼들이 뿌리까지 캐서 벌겋던 것이 푸른 산으로 바뀌었다.

변하지 않는 것이 있다면 마을 한복판에 서 있는 느티나무뿐이었다. 밑둥이 장정 아름으로 다섯 아름도 넘는 거목인데도 삭정가지 하나 없는 확 퍼진 가지들에 파릇파릇한 새 이파리들이 으스무레하게 돋아나고 있는 중이었다.

마을에는 집터를 잡아 새로 지은 집도 더러 있고 헐려서 그 터가 밭도 되고 혹은 숲속에 묻혀버린 것도 있고 하였는데 그 중에도 나를 가장 섭섭하게 한 건 내가 태어나서 자란 집이 흔적도 없이 사라져버린

8

그것이었다. 비록 마을에서 제일 작았던 오두막집이긴 하였지만 오늘날도 나 같은 사람이 살아가기에는 참으로 힘이 드는 서울이라는 객지에서 때때로 그 시절과 함께 아련히 떠올려서 잠깐씩이나마 위로를 받고 하던 따뜻한 깃털의 둥지와도 같은 집이었다.

그 집에 대해서는 나의 어린 시절을 그린 소설 《동토(凍土)》에 거의 사실 그대로 기술되어 있다.

"우리 집은 마을 뒷산 바로 밑에 있었다. 작은 오두막집인데다 뒤는 (중략) 산이고 앞은 앞집(영숙이네 대궐 같은 큰 기와집)의 뒷담과 대숲으로 가리워져 좀만 떨어진 거리에서 보면 그곳에 집이 있는지도 모를 정도이고 가까이에서 보아도 기껏 영숙이네 그 큰 기와집의 잿간쯤으로밖에는 보이지 않는다. 그 단칸 오두막집의 컴컴한 방 윗목에 차려놓은 베틀에 앉아 베를 짜고 계시는 어머니의 모습은 언제나 그림자처럼 헬쑥하셨다.

'후제나 네 덕분에 베를 안 짜구 살게 돼야 헐 텐디 그렇게 될는지 원 모르겠구나……'

어머니는 어린 나에게 이따금 이런 말씀을 하셨다."

그 집자리는 앞집의 대숲이 되고 마름집이던 앞집도 행랑채는 헐리고 몸채만 남아 있었다. 전날에는 대궐처럼 큰 집으로 보였던 그 집이 행랑채가 헐려서 그런지 그 동안 내 눈이 세상것들을 그만큼으로 보아와서 그런지 인제는 그다지 큰 집으로 보이지도 않았다.

지금은 자취도 없이 사라져버린 내가 자란 그 집자리 근처와 함께 행랑채가 헐린 그 기와집을 바라보자 이미 타계한 부모님들과 함께 나의 어린 시절이 그대로 떠올랐다.

《동토》에 다음과 같은 대문이 있다.

"아버지가 품팔이하는 집으로 나는 국민학교 3 · 4학년 때까지도 점심을 얻어먹으러 다녔다.

'오늘 점심땐 누가 올래?'

아버지는 품팔이 일 나가시기 전 아침에 나와 동생들에게 묻는다. 점심을 얻어먹으러 오라는 말이다. 한꺼번에 두셋씩 가면 일 주인이 꺼려

하므로 하루에 하나씩만 번갈아 가기로 되어 있었다. 다음날은 다음날이고, 우선 먼저 가려고 우리 어린 형제들은 더러는 충돌도 있었으나 그때마다 아버지와 어머니께서 적절히 순서를 배정하여 주시므로 비교적 공평하게 다닐 수가 있었다. 가기만 하면 집에서는 구경도 못하는 하얀 쌀밥에 갈치 토막 같은 것을 먹게 된다. 그러나 그것도 그날 일 주인을 잘 만나고 잘못 만나는 데에 차이가 많았다. 아주 별도로 한 상을 잘 차려주는 그런 후한 집이 있는가 하면 일꾼들의 식사가 끝날 때까지 기다렸다가 그 일꾼들이 먹다 남은 찬이며 밥에다 조금씩 더 보태주어 먹게 되는 집도 있었다. 그러나 그나마도 못 얻어먹고 그냥 돌아와야 하는 집도 있었다.

나는 오늘날도 인색하지 않고 오만하지 않고 가난한 사람을 멸시하지 않는 부자를 믿지 않는다. 그것은 어린 그 시절부터 믿어온 가장 확실한 것으로 그 시절, 그 사상을 나에게 뿌리 깊게 심어준 것은 누구보다도 우리 집 바로 앞의 그 대궐 같은 큰 집에 사는 영숙이네 부모들이었다. 그 집에서는 단 한 번도 말썽없이 점심을 고이 얻어먹어본 적이 없다.

내가 턱을 괴고 앉아 기다리고 있는 것이 안되어 아버지가 아버지의 것을 같이 먹자하여 먹노라면,

'넌 좀 있다가 먹어.'
하거나,

'일꾼들 밥을 니가 다 먹으믄 대신 니가 일을 헐 테냐?'
하거나 하여 기어이 먹던 걸 중단시키기가 일쑤고, 한 번은 이런 일도 있었다.

역시 아버지가 잡수시다 남긴 밥을 먹는데 내가 곧 밥그릇 밑바닥을 긁는 소리를 내자 곁에서 지켜 보고 계시던 아버지가,

'모자라니?'
하고 함지박의 밥을 서너 술쯤 떠놓아주셨다. 그때였다. 어디서 지켜 보고 있었던지 영숙이 어머니가 눈에 불을 켜고 급히 뛰어오더니,

'애들에게 너무 밥을 많이씩 멕이면 짜구(자귀)나서 못써유. 많이만 멕이면 젤인 줄들 알지만.'

그러고는 내가 먹던 밥그릇을 아주 빼앗아가버렸다.

그와 비슷한 기억은 또 하나 있다. 이번에는 어머니와 함께 겪은 일이다. 그 집은 마름집이고 지주는 서울에 살고 있었다. 서울에서 그 지주가 도조(賭租) 매기러나 타작 보러나 내려올 때면 온 마을의 소작인들은 한바탕 분주하게 된다. 닭모가지를 비틀어 가야 하고 깨소금 고춧가루를 빻아 가야 하고 음식 솜씨가 좋은 아낙네들은 아주 그 집으로 불려가 지주가 떠날 때까지 그 집의 주방 일을 보아야 한다.

어머니는 부침개질과 떡의 명수였다. 어느 날 학교에서 돌아온 나는 어머니를 찾아 그 집에 갔었다. 어머니는 마을 부인네들 틈에 끼어 인절미를 빚고 계셨다. 나를 본 어머니는 주위를 한 바퀴 둘러보고는 얼른 두서너 개의 인절미를 집어 나에게 주며 어서 받아가지고 집으로 가라고 하셨다. 나는 어디에서 보고 있을지도 모를 영숙이 어머니가 무서워 그것을 냉큼 받지 못하고 어머니처럼 주위를 슬금슬금 둘러보고 있는데,

'어서 받아 가지구 가래두 그러니 웅?'

어머니가 역정을 내시며 재촉하셨다. 그래서 마지못해 그걸 받았는데,

'그거 어서 거기 놔라.'

바로 등뒤에서 영숙이 어머니의 소름이 끼치는 소리가 났다. 질겁을 하고 내가 그것을 도로 떡그릇에 떨어뜨리자 이번에는 어머니에게,

'고물 묻히는 건 부뜨리 어매두 헐 수 있을 테니 원철이(元喆, 나의 아명) 어맬랑 돌아가게, 원철이 어매가 거기 앉어 떡 만들다가는 만드는 것보다 없어지는 것이 더 많겠네. 어서 돌아가.'

하였다. 순간 얼굴을 확 붉힌 어머니는 잠자코 손을 털고 일어나 나를 앞세우고 그 집에서 나왔다."

본편(本篇)

1

버스에서 내릴 때 고등학교 학생으로 보이는 소년 하나와 함께 내렸다.

"너 이 동네 사니?"

둘이 마을로 들어서며 내가 물었다.

"예!"

"네 성이 뭐냐?"

"강가예유."

"아버지의 함자는?"

"예?"

학생은 '함자'가 뭔지를 모르는 모양이었다.

"아버지의 이름자를 함자라고 한다."

"예, 승(承) 자 원(源) 자예유."

소년은 얼굴을 약간 붉히는 듯싶었다.

"음, 그래? 승원이 아들이로구나. 그러고보니 많이 닮았다."

승원이란 소년의 아버지는 나보다는 몇 살 연하지만 몸에 비해 머리가 다소 크다 싶었던 그의 소년 시절의 모습이 뚜렷하게 그려졌다.

"아버진 농사 지으시니? 다른 것 뭘 하시니?"

"농사 지셔유."

"그려? 논밭 혀서 모두 몇 마지기나 짓니?"

"논 열 마지기허구 밭 세 마지기허구 져유."

"많이 짓는구나."

옛날 나의 집에서 짓던, 그나마 전부 소작으로만 짓던 마지기 수가 생각나서 나는 그렇게 말해주었다.

처음에는 한마을에 사는 아인가 싶어서, 다음에는 아는 친구의 아들이라 하여 반가워서 계속 묻고 대답을 받고 하게 된 것이지만 그러나 내가 정작 먼저 알고 싶은 것은 그것이 아니어서,

12

"거기 말이다. 저 기와집의 대숲속에 작은 오두막집이 하나 있었을 건데 그 집이 언제쯤 헐렸는지 너 아니?"
하고 그것을 물었다.
"저두 아는디유. 지가 아주 어렸을 때 그 집이서 지금 그 아래 기와집에 사는 집이 살었어유."
얼른 알아듣기가 다소 힘이 드는 것 같은 말이었다.
"그러니까 지금 그 아래 기와집에서 사는 사람네가 전에는 한때 그 위 대숲속에 있었던 그 오두막집에서두 살았다 그 말이지?"
"예."
"지금 그 아래 기와집에서 사는 분의 이름이 뭔데?"
"용팔 씨라구 혀유."
"아니, 최용팔(崔龍八) 씨가 지금 저 기와집에서 산단 말이냐?"
너무 뜻밖의 말이어서 나는 그렇게 물었다.
"예."
"그 위 없어진 오두막집에서 살다가 지금은 저 기와집에서 산단 말이지?"
"예."
"허어 참!"
하도 신기한 일이어서 나는 혼잣소리로 그러고는,
"그럼 저 기와집에 살던 사람네는 어디로들 이사갔다니?"
하고 물었다.
"그건 잘 모르겠는디유. 지가 아주 어렸을 때 어디루 이사갔능가벼유."
"그래? 그럼 그 집 사람들에 대해서는 아무것도 모르겠구나."
"예, 몰라유."
소년이 알거나 모르거나 아주 망해서 어디로 떠나버린 것이 분명한 것 같았다. 내가 고향에 있을 때 마름집 영감은 죽고, 그가 죽자 외아들이었던 그 아들이 읍내 삼택(三宅)이네라고 하는 일인(日人) 지주네 집에다 토지 문서들을 잡혀 돈을 챙겨가지고 어디론가 자취를 감추고 하여 그때 이미 폐색(廢色)이 짙어가던 집이었기 때문에 그렇게 느껴졌다.

“그 사람네 일은 몰라도 되고, 그럼 지금 최용팔 씨의 아버지는 살아 계시냐? 살아 계시면 한 팔십 세쯤 되셨을 건데.”

“예, 살어 기세유.”

마름집이 망해가지고 어디로 떠난 것만 말고는 두루 뜻밖이고 놀랍고 한 일이기만 하였다. 최용팔 씨네가 우리 집자리에서 살았다는 것도 뜻밖이고 현재 그분네들이 마름집에서 살고 있다는 것은 더욱 뜻밖이었다. 마을에서 제일 작은 집에서 살던 사람들이 어떻게 하여 마을에서 제일 큰 집에서 살게 되었느냐도 그것이지만 그보다 그 두 집이 지난날에는 가히 원수지간이라 할 수 있는 그런 사이였다는 것을 내가 잘 알고 있기 때문에 더욱 그러하였다.

“인생유전(人生流轉)이라더니 참.”

나는 거듭 혼잣소리로 중얼거리고는,

“얘, 동네에 술 같은 것 파는 가겟집 있니?”

소년에게 물었다.

“예. 저기 회관집에서 팔어유.”

소년은 느티나무 옆에 유리문을 달아서 새로 지어진 집을 가리켰다.

소년과는 그 회관집 앞에서 헤어졌다. 나는 곧 가게에 들어가 댓 병짜리 정종 한 병을 사서 가겟집 아이에게 들려가지고 최용팔 씨가 살고 있다는 그 기와집으로 갔다. 어른이 계시니까 인사도 드릴 겸, 그리고 최용팔 씨는 나보다 네댓 살 위이지만 전날에는 그 집도 가난하고 우리 집도 가난하여 동병상련(同病相憐)격으로 서로 친하게도 지냈던 사이이고, 우리 집자리에서 살게 된 경위, 지금 그 집에 살게 된 경위 등등도 알고 싶고 한 것이 그 집을 첫 방문 집으로 정한 이유였다.

2

멀리에서도 그렇게 보였지만 행랑채를 헐어서 몸채 쪽으로 훨씬 들여 돌담을 치고 그 돌담에 함석 대문이 달려 있었다. 바깥은 밭이 되어 있는데 거기에다는 절반을 갈라서 한쪽은 봄마늘을 심어 뾰족뾰족 연록색

14

의 싹들이 터 나오고 있고 한쪽은 봄이 되어 파래진 보리밭이었다.

그래서 행랑채, 거기에 붙은 솟을대문, 안대문 등을 갖춘 본래의 위력은 전혀 찾아볼 수가 없었지만 그러나 몸채만으로도 한때는 잘 살았던 집, 잘 지은 집이었다는 것만은 누가 보아도 알 만하였다. 쌍도리 위에 부연을 덧얹어서 처마를 날아갈 듯이 든 거며, 앞마루와 좌퇴에 유리창을 단 거며 도리를 받치고 있는 네 볼 때려 쪽 곧은 기둥이며, 석공을 시켜 화강암을 깎아놓은 둥근 주춧돌, 마당에서 토방으로 올라가는 석계(石階), 석조(石槽)가 놓여 있는 우물터의 고풍스러운 규모, 토방에 놓여 있는 석관형의 신돌 등등이 모두 그러하였다.

마침 일견으로 최용팔 씨의 내외임을 알 수가 있는 두발이 히끗거리는 두 양주가 마당에서 짚으로 가랫줄인가 뭔가를 드리는 모양으로 용팔 씨는 엉거주춤 앉아서 틀고 부인은 서서 붙잡고 하고들 있었다.

"뭣들 허십니까? 저를 알아보실지 모르겠습니다."

하며 열려 있는 함석 대문 안에 들어서자 먼저 나를 본 건 동아줄 한 끝을 붙잡고 서 있는 부인이었다.

"이 위 꼬작 집자리에 살던 원철입니다."

내가 그래도 부인은 나를 못 알아보고 용팔 씨가 나를 잠시 바라보다가는,

"얼라, 그런디 저 사람 보게 원철이네 정말."

만면에 경악과 희색을 동시에 지으며 하던 일에서 손을 떼고 벌떡 일어났다.

그제야 부인도,

"얼라. 그럼 이 위 집자리서 사시던 소설가 되셨다는 그 양반이싱가베."

역시 만면에 경악, 희색으로 붙잡고 있던 동아줄을 놓고 서방님보다도 더 앞서서 내 쪽으로 다가왔다.

"인제 형님도 아주머니도 많이들 늙으셨습니다."

"말하믄 뭣헌냐. 어서 마루로 올라가세…… 저건 왜 또 사가지구는 왔디야."

용팔 씨가 그러고 부인은 가겟집 아이가 들고 온 술병을 받아가지고 먼저 마루로 가서 부랴부랴 걸레질을 쳤다.

"그런디 이게 워쩐 일이라나? 한번 떠나구는 구만이던 사람이 말여."

"별러서 한번 들렀습니다."

"참 반갑네 반가워."

용팔 씨는 나의 한 팔을 붙잡고 부인이 걸레질을 치고 있는 마루로 안내하였다.

"어른께서 기시지요?"

내가 물었다.

"응, 저쪽 끝방에 기신디."

"먼저 가서 뵈운 담에 형님하고는 얘기합시다."

"그려 그려."

용팔 씨가 앞서 가서 어른이 계신 방문을 열었다.

"아버지, 이 위 꼬작 집자리에 살았던 원철이가 왔구만유."

"누구?"

하는 노인의 목소리가 방 안에서 울려나왔다.

"전에 이 위 헐린 꼬작 집자리에서 살았던 그 어른의 큰 자제가 왔어유."

그제야 노인은,

"그려? 허어."

하고 문 밖을 내다보았다. 머리와 수염이 백색이고 얼굴에 주름은 많이 잡혀 있지만 노인은 돋보기도 쓰지 않고 짚멱동구리를 만들고 있는 중이었다.

"아저씨, 원철입니다. 참 오랜만에 뵙겠습니다."

하고 나는 방에 들어가 너푼 큰절을 하였다.

"자넨 서울 산다지?"

노인이 물었다.

"네! 아저씬 지금 춘추가 여든이 넘으셨지요, 아마. 그러신데도 아주 기운이 좋아보이십니다."

16

"꼭 여든일세. 기운이 좋긴 뭐가 좋아. 공연히 밥만 죽이구 있는 사람이지."

그러고 노인은 웃었다.

"팔십 노인이 돋보기도 쓰지 않고 메꾸리를 만들고 계시면 기운이 좋으신 거지요."

"눈은 아직 그려두 보잉게. 자넨 잘 지내구 있지?"

"네! 잘 지내고 있습니다."

"그려 반갑네. 자네두 어려서 고상다께 헌 사람잉게 허는 말일세. 자네 을신네는 벌써 여러 해 전에 시상을 떠나셨다더구만. 자네 을신네나 나나 지긋지긋허게두 고상 속에서만 산 사람들이네. 젤루 먹고살 것 없어서 그렸지. 요새 사람이 들으면 추접시런 얘기라 허겄지만서두."

"잘 알고 있습니다. 그래서 특히 이렇게 모처럼 고향에 찾아와서 맨 먼저 어른부터 뵈었습니다. 여기 형님두 옛날에 저를 젤 사랑해주셨구요."

"고맙네 고마워. 자네 봉게 자네 을신네 생각이 나네. 자네 을신네나 나나 때꿀고라당 마른갈이 소작 농사에 지친 사람들일세. 아래위 논들을 지었지. 그나마두 나는 중도에 논을 띄고 말었지만."

청천에서 벼락 떨어지듯 하루아침에 논을 떼이고(마름집 맘대로 논을 떼고 붙이고 하였다) 그에 대한 보복으로 용팔 씨가 마름집 영감의 동첩(童妾)이라고도 할 수 있는 19세의 애첩(愛妾)을 강간하고 그 때문에 마름집 영감은 울화병으로 죽고 하여 그로부터 두 집이 원수지간이 된 것을 노인은 다시 한 번 나에게 상기시켜주었다.

"그것도 잘 알고 있습니다. 지가 여기를 떠난 것이 스무 살 땐가 스물한 살 땐가였으니까요. 그 때꿀고라당 논 말씀을 하시니까, 또 이렇게 아저씨를 뵈니까 돌아가신 부모님들 생각이 나서 자꾸만 눈물이 나오려고 그럽니다."

사실이 나는 눈물이 아니라 직접 울음이 터져나올 것 같은 것을 겨우 겨우 참고 어른의 말씀을 듣고 있었다. 그 때꿀고라당의 마른갈이라는 것, 닷 마지기를 소작으로 빌리려고 아버지가 마름집 머슴살이를 2년간

이나 한 일, 그나마 도조가 너무 비싸서 타작 마당이 빈 마당이 되다시
피 한 걸 어머니가 보고는 아버지에게 마름집에 가서 사정 좀 해보시라
며 몸부림쳐 울던 일 등이 생각나서였다.

나는 용팔 씨도 함께 앉아 있는 어른 방에 좀더 오래 앉아서 한때 우
리 집자리에 사시게 된 일, 또 이 집에서 사시게 된 일 등도 물어서 들
었다. 우리 집자리에서 산 것도 하도 살기가 어려워서 아들과 각거해 살
아보려고 노인 내외가 잠깐 와서 산 거고, 이 집에서 살게 된 것은 그
동안 용팔 씨가 전세(專貰) 논 농사, 특용작물 농사 등을 지어서 차차 살
기가 낫게 되어 마름집 최후의 주인이 되었던 그 집 며느리로부터 이미
행랑채가 없어진 이 집을 사게 되었다는 얘기였다.

"이까짓 것 몇 푼값 되지두 않는 것이지만 원수 갚는 기분으루 사람
을 중간에 세워갖고 샀네."

용팔 씨가 그래서,

"자알 했습니다."

내가 맞장구를 치고 해서 둘이는 어른 앞에서 유쾌히 한바탕 웃었다.

"나가서들 얘기허구 놀아."

어른이 그래서야 우리는 그 방에서 나왔다.

3

어른 방에서 나온 용팔 씨는 일번 부엌 쪽에다 대고,

"이봐, 술상 찬찬히 봐두 좋게 솥에다 물 붓고 불부터 너라구. 나 밥풀
쪼매만 갖다주구."

부인에게 말하고는 마루 밑에서 회푸대종이를 꺼내어 무엇을 할 참인
지 학생들의 노트 넓이만큼으로 정성 들여서 찢어냈다.

"밥풀은 뭣헐라구 그류?"

하고 부인이 접시에 담은 밥풀을 가져오자 용팔 씨는 찢어낸 종이를 도
회에서 아이들이 사먹는 번데기 봉지처럼 나팔형으로 말아서 그것을 밥
풀로 붙였다. 그런 다음 맨 끝 쪽을 담배개비 하나가 들랑일 만할 정도

18

로 구멍이 나게 이빨로 끊어내고는 봉지 안쪽에 밥풀을 넌덕으로 묻혔다.

"그건 또 뭡니까?"

내가 묻자,

"자넨 거기(마루) 앉어서 구경이나 허구 있게나."

용팔 씨는 웃고 구멍이 뚫린 밑을 손으로 쥐어서 막은 후 그 속에 쌀 한 주먹을 담아가지고 마당으로 내려갔다. 곧 화단에 뒹굴고 있는 호미를 집어들자 마당 한귀를 파고 그것을 묘목을 심듯 헐렁하게 꽂아놓았다. 그런 다음 이번에는 닭모이통을 들고 다니며 대문 안팎에 돌아다니는 닭들을 불러 그쪽으로 유인해 들였다.

그제야 나는 비로소 그가 무엇을 하고 있는지를 깨달았다. 옛날에 그가 그런 식으로 남의 집 닭을 잡아서 풀숲이나 콩밭 속에 감추었다가 밤에 마실 가는 집으로 가져가던 것을 몇 번인가 본 일이 있었기 때문이었다.

지금은 이 집을 자기 손으로 사들였을 만큼 근면하고 나에게 하는 것처럼 정이 많고 한 용팔 씨가 옛날 한때는 난봉꾼으로 바람꾼으로 마을에서 거의 내놓다시피 한 사람이었다. 17·8세 때부터 술을 동이로 마시고 도박판엘 다니고, '제비' 또는 '겡까도리〔鬪鷄〕'란 별명이 붙고, 한번 싸웠다 하면 반드시 상대에게서 피를 보아야 하고, 물 건너 군산(群山)에 있는 유곽(遊廓) 출입까지 하는 등 말하자면 세칭 못됐다고 불리우는 짓은 도맡아 하다시피 한 사람이었다. 그런데도 나는 그가 좋아서 언제나 그의 편이었다.

"인제 알겠습니다. 형님은 지금도 옛날 솜씨는 그대로십니다."

"아는구만."

둘이는 함께 웃었다.

"그러구 저러구 닭은 뭣하러 잡으려구 그러세요."

헛인사말이나마 한 마디 안 할 수가 없어서 내가 그러자,

"자네는 거기 앉어서 구경이나 허구 있으라구 혔잖나? 자네 덕분에 오늘 오랜만에 닭맛 보게 됐네."

용팔 씨가 하는 말이었다.

곧 이져서 살이 디룩거리는 닭들이 마당 가득히 모여들었다. 그런가 하자 순식간에 한 놈이 그 종이봉지를 대가리에 쓰고는 제자리에서 돌며 쩔쩔매고 있었다. 그 안에 든 쌀은 밑에 낸 구멍으로 쏟아져 내렸기 때문에 닭은 안쪽에 밥풀이 넌덕으로 붙어 있는 빈 봉지만을 죄수가 머리에 용수 쓰듯 쓰고는 그러고 있는 것이었다.

"저것 보게나. 사람이나 짐승이나 욕심을 많이 부리면 저 지경이 되는 게 아닌가? 땅바닥에 흘어놓은 것은 안 처먹구 그 속에 든 놈을 오보속 허게시리 독식허려다가 저 지경이 된 거거던."

그런 말을 하며 용팔 씨는 천천히 가서 그놈을 붙잡았다. 붙잡아서는 솜씨 좋게 양 쭉지 밑으로 엄지 손가락과 나머지 손가락들을 갈라 넣어 목을 뒤로 제쳐 쥐고는 낫으로 목을 따서 부엌 앞뜰에 내던져놓았다.

그의 닭 잡는 식에서도 옛시절에 그에게 있었던 한 기질을 엿볼 수가 있었다. 좀전에 '사람이나 짐승이나' 하고 말한 그의 말 속에도 그 기질의 의미가 들어 있는 것을 느낄 수가 있었다.

아무튼 그렇게 닭을 잡아가지고 다루는 것까지도 용팔 씨가 직접 했다. 그가 우물가에서 부인이 내다준 끓는 물에 닭을 집어넣었다가 깃털을 뽑고 다루고 하는 동안 나는 그 곁에서 구경을 하였다. 그런 중에 무심히 내 눈에 띄게 된 것이 있었다. 용팔 씨가 거기에 올려놓고 닭을 다루고 있는 바로 그 반석이었다. 반쯤은 땅에 묻히고 반은 땅 위로 나와서 눕혀져 있는 장방체의 반석인데 그것이 그냥 돌이 아니라 분명히 오래 묵은 비석이었다. 엎어놓아서 후면이 위가 된 모양으로 뜯어놓은 닭털들 사이사이로 자잘한 음기(陰記)의 흔적들이 몇 자 보였다. 나는 용팔 씨에게 물었다.

"형님 그게 비석 아닙니까?"

"비석이지."

"그 닭털들 좀 물로 씻어내보십시오."

곧 물 한 바가지를 끼얹자 거기에 흘어진 닭의 깃털들이 말끔히 씻겨져 내려갔다.

그렇게 해놓고 보니 자수(字數)와 행간을 맞추어 새긴 여러 글자들이 보이는데 오랫동안 그렇게 놓고 그런 식으로 사용해서 마멸되고 자획이 으깨지고 하여 내용 전부를 그대로 알아낼 수는 없었다.

다만 드문드문 '近×作人 仰之×父' '恩××山海 德如×斗' '身先×× 廣救饑×' '近隣×× 仰之×天' 등의 글자들이 흐릿하게 보이고 끝 쪽에 '作人立石 乃其不忘'이란 한 구절만은 비교적 알아볼 만하게 남아 있었다.

다른 글자들은 다 그만두고 '作人立石'(소작인들이 세운 비) 운운한 그것만으로도 이 집 뜰에 뒹굴어 있는 비석일 때 그것이 무슨 비석인가를 나는 곧 알 수가 있었다.

"이 비석이 무슨 비석인지 자네 알겠나?"

깃털을 다 뜯은 닭의 배를 가르며 용팔 씨가 물었다.

"대강 압니다. 옛날에 이 집에 살았던 마름집 영감이 서울 사는 지주를 위해서 작인들의 이름으로 저 아래 느티나무 밑에 세웠던 비석이 아닙니까? 끝내 거기에 서 있지를 못하고 나중엔 이 집 행랑채의 광 속에 넣어두었지요."

"잘 아는만그려. 여기 보이는 글자들은 대관절 뭐라는 말들잉가? 들으나마나 웃기는 말들일 테지만."

"형님은 나한테 물을 것도 없이 잘 아십니다그려. 없어진 글자들 때문에 제대로는 해석이 잘 안 됩니다만 보이는 글자들만 봐도 형님 말씀대로 웃기는 말들입니다. 가령 가깝게 있는 무슨 작인들이 그 사람을 아버지 뭣으로 우러른다거나 말입니다."

"뭐 뭣이라구? 진짜루 웃기네그려 허허허……."

용팔 씨는 얼굴을 하늘로 쳐들고 웃었다.

"은혜가 무슨 산과 바다요, 덕이 태산 같다거나."

"허허허…… 점점 더허구 있네그려."

"무슨 널리 가난한 사람들을 구제하고……."

"옳지 옳지. 허허허허."

"인근의 뭐가 하느님처럼 그를 우러르고."

"어려! 인잔 아버지처럼두 아니구 하느님처럼이라. 허허허허."

용팔 씨는 계속 헛웃음을 쳤다.

"작인들이 오래 잊을 수 없어서 이 비석을 세우노라 그저 대충 그런 말들인 것 같습니다."

"뭐 작인들이 뭐여서 이 비석을 세우노라라구?"

용팔 씨는 웃음을 멈추고 나에게 물었다.

"오래 잊지 않기 위해서 세웠답니다."

그러자 용팔 씨는 또 허허허 웃고는,

"그 말 하나는 맞는 말일세그랴. 그때 그 자네 논 지어먹은 사람들은 그자를, 두 눈에 흙 들어가기 전에는 잊어버리지 않을 테니까 말여. 안 그런가?"

그래서 나까지 함께 또 웃었다.

"형님, 미안하지만 이왕이면 이것 좀 한번 젖혀봅시다."

내가 말했다.

"그건 뭣헐라구?"

"그냥 좀 보려구 그럽니다."

"그러세그려. 까짓 게 뭐 힘드는 일잉가?"

용팔 씨는 다룬 닭을 들고 부엌에 있는 부인을 우선 불렀다. 곧 뛰어 나온 부인에게 닭을 건네주며,

"그거 말여. 아무것두 넣지 말구 그냥 백숙으로다 팍 삶으라구…….
아니지 팍 삶으믄 안 돼. 너무 삶으믄 닭이 퍼걱거려. 알맞치 삶어. 그리구 지난 장에 사온 홍어포 남어 있지? 그것두 찌구, 이 집 상랑(상량) 이래루다 첨 귀헌 손님 왔응께, 뭐 나머지는 당신이 알아서 허라구."

등 일러서 부인을 보내놓고 곧 곡괭이를 찾아들고 나왔다. 뭐 힘이 드는 일인가라고 용팔 씨는 말했지만 땅 속에 반이나 묻히고 크고 하여 비석을 젖혀놓기가 꽤 힘이 들었다. 둘의 힘을 합쳐 다 써서야만 겨우 젖혀졌다. 물이 들어가서 지저분하고 음각된 글자들에 흙이 박히고 한 걸 모두 씻어내자 손가락 굵기만큼씩한 자획으로 된 글자들이 나타났다.

'金海金公明善施惠不忘碑'

"뭐라는 말인가, 그건?"

용팔 씨가 물었다.

"김명선이란 그 지주가 베푼 은혜를 잊지 않기 위해 세운 비다 그런 겁니다."

"말 좋다. 가난헌 작인들 피 빨아먹은 은혠가?"

그래서 둘이는 또 함께 웃었다.

4

국민학교 몇 학년 때였던가는 확실한 기억이 없지만 하여튼 어릴 때였다. 마을의 느티나무 밑에 바로 이 비석이 서 있었는데 아침에 학교에 갈 때는 비석이 넘어져 있다가 하학해서 집에 돌아올 때 보면 다시 일어서 있곤 하는 날이 많았다. 흔히 전날이 장날이거나 마을에 무슨 일이 있어서 어른들이 술에 취한 그 담날 같은 때에 더욱 그런 일이 자주 일어났다. 어린 마음에도 이상한 일이다 싶어서 나는 아버지에게 그 비석이 무슨 비석이기에 그러냐고 물은 일이 있었다. 그러자 아버지는 갑자기 안색이 달라지며,

"너는 그런 것 알 것 없다."

그렇게 딱 끊어서 말하고, 함께 있던 어머니가 겨우,

"서울 사는 지주가 훌륭한 지주라구 마름집에서 세워논 거란다."

그런 정도로만 말해주었다. 그러나 그나마도 어머니의 그 말을 아버지가 채굿어서,

"그런 것두 너는 알 것 없다."

거듭 그렇게 말했다.

그래서 나는 부모님들한테 더 이상은 묻지 못하고 아버지의 엄한 안색을 상기하며 그에 대해서는 일체 입을 다물고 있을 수밖에 없었다.

그러자 어느 날이었다. 저녁때 학교에서 돌아오는데 동네 청장년들이 그 비석이 있는 느티나무 밑에 앉아서 술들을 마시고 있었다. 거기에는 용팔 씨도 끼어 있었다. 그때의 용팔 씨는 아직 청년축에도 끼울 수가

없는 어린 나이였지만 그러나 술판 노름판 같은 데서는 상하를 무시하고 그 편에서 어울려 붙던 그의 시절인 때라 거기에 그가 끼어 있었다 하여 아무도 이상하게 볼 사람은 없었다.

"원철이 인자 학교에서 오는구나. 너 미안허지만 말이다. 저기 만달(萬達)네 집에 가서 술 한 병만 사다줄래?"

용팔 씨가 나에게 말했다. 밀주(密酒)가 흔할 때라 주막이 아닌 여염집에서도 병술을 파는 일이 많았다. 나는 곧 옆구리에 끼운 책보를 거기에 놓고 용팔 씨가 집어주는 빈 술병을 받아 들었다.

"돈은 안 가져가두 돼?"

내가 묻자,

"가져가야지."

그는 곧 호주머니 속에서 돈을 꺼내어 술 한 병 값을 먼저 주고는,

"이건 니가 갖구."

하고 동전 몇 푼을 더 나에게 주었다. 그와 나와의 사이에는 흔히 있는 일이므로 나는 잠자코 그 돈까지 받아가지고는 그의 심부름을 해주었다.

그러느라 그곳에 머무르는 동안 그들이 주고받는 잡담들을 몇 마디 듣게 되었는데 그 잡담 중에 몹시 나의 마음을 울렁거리게 하는 한 마디가 누구의 입에선가 튀어나왔다.

"누구네 오함마〔대(大)해머〕없나. 이 자껏 아주 동강내버리게말여."

그런 일이 있고 얼마 후에 그 비석은 그 자리에서 사라져버렸는데 내가 이 집 광 속에서 그것을 보게 된 것은 그로부터 다시 얼마 후의 일이었다.

용팔 씨의 부친이 하루아침에 논을 떼이고 아들인 용팔 씨가 그에 대한 보복으로 마름집 영감의 애첩을 강간한 사건이 일어난 게 바로 이 무렵이었다. 강간 끝에 그 사실을 마름집 영감에게 전해놓고는 마을에서 용팔 씨가 자취를 감추어버린 것까지 포함되는 일이라야 맞다.

그 사건의 전말을 내가 확실히 알기는 8·15 해방 후의 일로 그 동안

자취를 감추었던 용팔 씨가 불쑥 고향에 나타나서였다.

그는 18세 때에 그 일을 저지르고는 고향을 떠나 일본 구주(九州)탄광에까지 갔다가 22세가 된 나이로 다시 고향에 나타났는데 그때는 이미 마름집 영감은 횟병으로 죽고 작은 마름(영감 아들)은 자기 어머니와 처자 그리고 누이(영숙이)만을 집에 남겨놓고 어디론가 떠나버린 후였다.

그리하여 동네 사람들은 용팔 씨로부터 당시의 얘기를 보다 상세하게 들을 수가 있었다. 바야흐로 사춘기에 접어든 나도 그런 축의 한 사람이었다.

아직 못자리가 채 시작되기 전이었으니까 지금보다도 좀더 이른 봄의 어느 날이었다. 당시 18세의 소년 최용팔과 25세의 한창 청년으로 처자까지 있는 마름집 아들 정길웅(鄭吉雄)은 주막에서 대판 싸움을 벌인 일이 있었는데 얘기는 거기에서부터 시작된다. 예의 그 비석의 수난 사건이 싸움의 발단이 되었었다.

대체로 그때 느티나무 밑에서 '오함마'를 찾던 그 사람들에 이번에는 정길웅 하나가 더 끼어서 술을 마시고 있던 자리였다.

무슨 얘기 끝엔가 정길웅이 별안간에 부라린 눈이 되어가지고 최용팔을 노려보며 거칫하게 입을 열었다.

"너 이 자식, 느덜이 비석을 자빠뜨렸지? 다 알구 있으닝게 바른 대로 말해봐."

'느덜'이란 어투 때문에 좌석이 잠깐 긴장했지만 아무도 그 말에 대꾸하는 사람은 없고, 정길웅의 노려보는 시선과 함께 '너 이 자식'이란 호칭을 직접 받은 최연소자인 소년 최용팔이가 좌중을 한번 둘러보고는 대꾸했다.

"이왕이믄 말 좀 똑똑허게시리 혔으믄 쓰겄구만. 나더러 허는 말인지, 여기 있는 사람덜 몽땅 보구 허는 말인지 말여."

그러자 정길웅은 더욱 매서운 눈초리가 되며,

"뭣여? 너더러 허는 말이다. 이 자식아."

분명한 어조로 그렇게 말했다.

"허 참, 오늘 재수 되게 옴 올랐는디."

소년 최용팔의 대꾸.

"뭣이 어쩌구 어쨌어? 이 자식은 아가리 놀리는 말버릇부터 틀려먹었어. 도대체 너 몇 살이냐?"

"열여덟 살이구만. 왜 그려?"

"너, 이리 좀 나와."

순식간에 최용팔은 정길웅한테 멱살을 잡혀서 밖으로 끌려나갔다. 방 밖은 마루고 마루 밑은 토방이고 그 아래는 한길이었다. 정길웅은 3년제 농업학교 출신으로 학교 때 유도로 단련시킨 몸인데다, 잘 먹어서 몸집이 최용팔보다 배나 되는 사람이었다.

마루에 끌려나간 최용팔은 정길웅의 솜씨 있는 '고시나게'로 일단 토방에 떨어졌는가 하자 다시 제바람에 한길까지 굴러 떨어져 거기에 납작하게 엎어져버렸다.

"이 자식아, 또 한 번 몇 살 처먹었나 아가리를 놀려봐라."

길바닥에 엎어진 최용팔을 마루에서 내려다보며 정길웅이 말했다. 최용팔은 일견 죽은 듯이 엎어져 있었으나 가늘게 뜬 그의 눈길은 정길웅이 서 있는 마루 밑을 향하고 있었다.

여전히 아무 말 없이 엎어진 채로 있던 그는 간신히 하는 것처럼 힘겹게 몸을 움직여 토방으로 기어오르자 그 동안과는 다른 무서운 속도와 동작으로 일어섰는데 벌써 치켜든 그의 손에는 낫 한 자루가 들려 있었다.

그것을 본 정길웅은 방 안으로 달아날 듯하다가 어찌 생각했는지 양말발인 채로 최용팔이 치켜 든 낫 끝을 피하여 토방으로, 다시 한길로 뛰었다.

최용팔은 뛰는 정길웅을 향해 손에 든 낫을 힘껏 던졌으나 맞지 않고 목표물이 달아나는 길을 달리하자 이번에는 거기 토방에 받쳐놓은 지게의 작대기를 빼어 들고 쫓았다. 체구는 정길웅이 최용팔보다 배나 컸지만 발은 최용팔이 빨랐다.

한 일이분 동안쯤 달아나고 쫓고 했을 것이었다. 앞에 뛰던 정길웅이 별안간에 우뚝 제자리에 서는가 싶더니 이어 썩은 고목이 넘어지듯 그 자리에 고꾸라져버렸는데 그의 머리에서는 선혈이 흘러 땅을 적시고, 최용팔은 반 토막이 부러져나가서 반 토막만 남은 작대기를 손에 든 채로 천천히 주막으로 돌아오다가 도중에서 좀전에 던졌던 낫까지도 주워 가지고 왔다.

싸움은 그것으로 끝났다. 얼마 후에 정길웅은 그의 집 일꾼들의 부축을 받고 읍내 직백(織壁)이네 일인(日人) 병원에 가서 온 머리를 붕대로 칭칭 감고서 돌아왔다.

최용팔의 부친이 마름집 사랑으로 불려간 건 바로 그 다음날 아침이었다. 그곳에는 마름집 영감과 함께 알 만한 젊은이 하나가 앉아 있었다. 거년에 마름집 영감이 소실로 얻어 머리를 얹어준 무당집 처녀의 사촌 오라비로 김일수라는 이름을 가진 젊은이었다. 그러니까 마름집 영감과는 사촌첩 처남 매부간이 되는 셈이었다.

"지금 나 긴 얘기헐 새 없네. 자네가 짓는 때꿀고라당 것 못자리 허지 말게. 그걸 올핸 내가 지어야겠네. 서울 어른께도 그렇게 편지 써서 어제 부쳤네."

꿈에도 상상치 못한 느닷없는 영감의 말에 용팔이 부친은 바른 정신을 차릴 수가 없어서 어리벙하니 있다가,

"예? 영감님 허신 말씀이 무슨 말씀이신가유?"

그렇게 물었다.

"그런디 이 사람이 나 긴 말 헐 새 없다구 미리 혔잖여. 자네가 짓는 때꿀고라당 것 올핸 못자리 헐 것 없단 말여. 그걸 올핸 내가 져야겠단 말이네. 그럼 알겄나. 인자 알었으면 구만 가서 일보게. 나두 장에 나가 봐야겄웅게."

하고 영감은 자리를 차듯 벌떡 일어나 밖으로 나가버렸다.

용팔이 부친은 그때서야 정신이 들어서 영감이 한 말이 무슨 말이라는 것을 겨우 깨닫고 급히 영감을 뒤쫓아 나갔다.

그러나 영감은 벌써 자전거 살대를 번쩍이며 동구 밖을 향해 저만큼 나가고 있는 중이었다.

용팔이 아버지는 그래도 젊은 아이들 싸움을가지고 설마 그렇게까지 하랴 하는 마음으로 집에 돌아와 다시 좋은 기별이 오기를 기다려보기로 하였다.

그러나 용팔네가 논을 떼었다는 그 소문은 그날로 동네에 파다히 퍼져서 용팔이의 귀에까지 들어가게 되었다. 그 논을 그때 마름집 사랑에 앉아 있던 영감의 사촌첩 처남이 짓게 되었다는 말까지 합드려서 소문은 퍼졌다. 김일수라는 그 사람이 곧 자기 집에 가서 젊은 아내에게 말하고 인제 우리도 살게 되었다고 좋아들 하는 것을 이웃집 사람들이 듣고 퍼뜨린 소문이었다.

5

그 소문을 용팔이가 들은 건 그날 점심때가 채 안 된 그런 어름에 주막에서였다.

"일수가 그새부터 신명이 나가지구 씨나락 구정허러 댕기는 것 봉게 틀림없는 일잉가보데그라."

뒤늦게 장에 나가다 주막에 들러 용팔이에게 그 소식을 전한 사람은 그렇게 얘기 끝을 맺었다.

잠자코 그 얘기를 듣고 있던 용팔은 여전히 아무 말 없이 술 몇 잔을 걸뜨리고는 주막에서 나왔다. 주막 모퉁이 길로 좀만 걸으면 자기네 집으로 가는 길과 용소골로 가는 산길의 갈림길이 된다. 그곳에서 잠깐 망설인 그는 집 쪽으로 가는 길을 제쳐놓고 산길을 택하여 걸었다.

그 길 끝에 외따로 떨어진 집 두 채가 나란히 있다. 한 집은 늙은 무녀(巫女)가 혼자 살고 있는 묵은 오두막집이고, 한 집은 마름집 영감이 새로 지어서 그의 애첩인 무당 딸에게 준 집이다.

그날이 장날이라는 것은 앞에서 밝힌 바이다. 장날에는 거의 어김 없이 무당은 장에 간다. 마름집 영감이 자전거를 타고 장에 나갔다는 것은 주막에서 들어 알고 있는 일이다. 무당네 집 앞을 지나서 그녀의 딸네 집으로 가게 되어 있다.

무당네 집은 역시 사립문이 닫혀 있었다. 쥐소리조차 하나 없이 조용한 집 앞을 지나 마름집 영감의 애첩네 집에 이른 용팔은 주변을 둘러보며 열려 있는 함석 대문 안으로 들어섰다. 신돌에 의당 있어야 할 여자의 신이 보이지 않고 온 집안이 빈집처럼 조용하였다. 그러나 대문이 열려 있다면 집안에 사람이 있는 것이 정칙이다.

그는 거침없이 마당을 가로질러 마침 부엌문이 열려 있어서 그 안을 들여다보았다. 빈 부엌이었으나 부뚜막의 한 솥에서 김이 오르고 있었다. 부엌 뒷문이 닫혀있는 것으로 여자가 뒤란에도 있지 않고 대문 바깥의 어디 우물터에라도 잠깐 간 것이 분명하였다.

그는 부엌 안으로 들어갔다. 맨 먼저 눈에 들어온 것이 조리대의 칼반에 놓여 있는 식칼이었다. 끝이 뾰족하고 자루가 튼튼해서 용도에는 안성맞춤의 것이라 싶었다. 그는 우선 그것을 집어들었다. 그리하여 밖에서 보이지 않는 쪽의 벽에 등을 기대고 서서 여자가 들어오기를 기다렸다.

그다지 오랜 시간이 걸리지는 않았다. 대문 안에서 사람이 걸어오는 신 소리가 가까워지더니 이윽고 물 위에 쪽박을 엎어놓은 양동이를 힘겹게 들고 여자가 부엌 안으로 들어왔다. 그다지 예쁘달 것은 없어도 열아홉 살의 꽃다운 나이에 유난히 흰 얼굴색과 언제나 먼 어느 곳을 바라보는 것 같은 눈이 인상적인 여인이었다.

들고 온 물 양동이를 부뚜막에 놓았을 때까지도 여자는 부엌 안에 사람이 있는 것을 모르고, 김이 오르고 있는 솥뚜껑을 열어보고는 다시 덮고 잠깐 서서 그제야 천천히 용팔이가 서 있는 쪽을 돌아보았다.

"소리 지르지 말고 가만히 있어. 소리 지르믄 이 칼루 쥑여버리구 말 꺼닝께."

용팔은 그때까지 오른손에 쥐고 있었던 칼을 왼손에 옮겨 쥐어 여인의 옆구리에 찌를 듯이 대고는 오른손으로 열린 부엌문을 닫아서 빗장을 질렀다. 그런 다음 그 손으로 부엌 안에 있는 짚단 하나를 들어다 매를 풀어 부엌 바닥에 흩어놓고는,

"내 말대루만 허문 죽이진 안혀. 어서 옷을 모두 벗어. 너구 한번 헐라

구 왔응게."

작은 소리로 말했다. 새파랗게 질린 여자는 그 먼 어느 곳을 바라보는 듯한 눈으로 용팔을 잠깐 쳐다보았다. 그리고 떨리는 물 묻은 손을 저고리 고름에 대다가는 돌아서서 그것을 풀기 시작하였다.

그러나 그것을 미처 다 풀지도 못한 채 여자는 썩은 새가 가라앉듯 그 자리에 펄썩 주저앉아버렸다. 공포 때문이라는 것을 용팔은 알고 그도 여자의 등뒤에 무릎을 꿇고 앉아서 여전히 옆구리에 댄 채로 한 손을 가슴께로 돌려서 옷을 벗기기 시작하였다. 그녀가 풀다 만 고름을 마저 풀어서 저고리를 벗기자 그 속에 붉은색 막대소(莫大小) 내복을 입었는데 치마말기가 가슴 위 겨드랑 바로 밑에까지 올려 매어 있어서 그걸 풀지 않고는 윗도리 내복을 벗길 수 없게 되어 있었다.

그러나 그 치마말기에 감긴 끈을 풀기가 이만저만 어려운 게 아니었다. 한 끝을 말기 위에 두 번 돌려서 앞에다 고를 내어 매고 난 다음, 그 고는 저쪽으로 돌아간 치마끈 속에다 찌르고, 매고 남은 두 끈은 이쪽으로 돌아간 끈 속에다 찔러서 도무지 어느 것이 먼저 돌린 끈이고 어느 것이 나중에 돌아간 끈이고 그 끝이고 한 것마저 찾기에도 여간 힘이 드는 일이 아니었다.

겨우 그것을 찾아 풀어서 치마를 벗기고 윗도리 내복을 단추를 풀어서 벗기자 아랫도리 역시 윗도리와 같은 막대소 내복을 입고 있었다. 끈이 달린 바지를 입지 않은 것은 다행이라 생각하며 그것을 아래로 까내리려니까 그 속에 다시 고무줄 끈으로 된 팬티가 있었다. 그것까지 아울러서 까내려 둥실하게 바라진 궁둥이 밑으로 밀어놓고는, 붉은 댕기를 디려서 뒤통수에 짜붙인 커다란 낭자가 아무래도 거추장스러울 것 같아서 비녀를 빼어 흐트려버린 다음 여자를 뒤로 넘어뜨렸다. 그리하여 궁둥이 밑으로 까내려진 아랫도리 것들을 마저 뽑아 벗겨버렸다.

그러자 부엌 바닥의 짚덤불 위에 전나(全裸)의 여체가 거침없이 드러났다. 허리에서부터 궁둥이 밑으로는 남색 치마의 한 자락이 깔리고 어깨 위쪽은 노랑 저고리의 소매가 깔리고 두 다리는 그냥 짚덤불 위에 놓여 있는데 그것은 그가 일찍이 본 일이 없는 아름다움을 극한 것이었

30

다.

　그 동안 한두 번 유곽 계집애들을 벗겨는 보았지만 그때는 그저 그렇게 생긴 것이로구나 했을 뿐 그것을 아름다운 무엇이라고 생각해본 일은 없었다. 여자는 눈을 감은 채로 가만히 있었다.

　용팔은 그 동안 왼손에 쥐고 있었던 칼을 오른손에 바꾸어 여자의 어깨 위 부엌 바닥에 힘껏 내리쳐서 박아놓고는 여자 위에 엎드린 채로 한 손을 써서 자신의 바지를 무릎 아래로 벗겨내렸다.

　그런 다음 굶주린 늑대가 먹이를 보고 그러하듯 여자를 짓이겨댔다. 그러거나 말거나 처음에는 마치 고장난 인형처럼 이쪽이 하는 대로만 죽은 듯이 몸을 맡겨두고 있을 뿐이던 여자의 몸이 차츰 붉게 물들어가는 것을 용팔은 볼 수가 있었다. 그 빛깔은 하도 고와서 저녁때 산에서 나무를 할 때나 무심히 길을 걷다가 더러 보게 되는 서쪽 하늘을 그런 빛깔로 샅샅이 물들여놓았던 저녁놀 빛깔을 떠올리게 하였다.

　마침내 여자가 그 동안 감고 있었던 그 먼 어딘가를 보는 것 같은 눈을 떠서 용팔을 잠깐 올려다본 건 바로 그때였다. 동시에 그녀의 입에서 아! 소리가 나왔는데 그로부터 그녀의 육체는 더욱 붉고 뜨거운 빛깔로 바뀌어갔다.

　용팔은 여체의 그 뜨거운 빛깔을 자신의 육체로도 감지하며 거기에서 애첩을 강간당한 마름집 영감의 허물어진 모습을 보았다.

　그 동안 여자의 목덜미와 가슴팍을 물어서 이빨 자국을 만들어놓았는데 그것은 마름집 영감에게 보일 증거를 위한 것이었다. 한 군데 더 훨씬 아래로 내려와서 그것 근처의 허벅지에 같은 이빨 자국을 만들어놓은 다음 용팔은 비로소 여자로부터 떨어져서 부엌 바닥에 박아놓은 칼을 뽑아들고 일어나 바지를 입었다. 여자는 아직도 발그레한 빛깔인 나체를 부엌 바닥의 짚덤불 위에 눕힌 채로 까딱도 않고 있었다.

　"마름집 영감태기가 먹는 술 부엌에 있으믄 한잔 맛 좀 보자. 존 술일 텡게."

　용팔은 심한 갈증을 참으며 발 밑에 누워 있는 여자를 내려다보고 말했다.

그제야 여자는 눈을 뜨고 용팔을 한 번 올려다보고는 천천히 몸을 일으켜 대강 옷들을 주워입고 머리를 매만져 비녀를 찾아 꼽고는 그러나 그뿐으로 짚덤불 위에 그대로 앉아 있었다.

"거긴 왜 나를 이렇게 했어?"

부엌 바닥의 어느 한 곳에 시선을 고정시킨 채로 작은 소리로 여자가 말했다.

"그건 차차 알게 될 꺼여. 오늘 밤에 마름집 영감태기 오거던 내가 다녀갔다구 말허라구."

여자는 여전히 부엌 바닥에 시선을 고정시킨 채로,

"말 안 헐 팅게 인자 여기 오지 마."

역시 작은 소리로 그렇게 말하고는 그제야 자리에서 일어났다. 이어 그녀는 조리대 쪽으로 갔는데 그 밑의 땅을 파고 묻은 항아리 뚜껑을 열기 위해서였다. 용수를 박아놓은 술항아리였다. 그 속에는 작은 표주박이 떠 있었다. 그것으로 노리끼리한 맑은 술을 몇 번 떠서 미리 조리대 위에 놓은 큰 대접에 부어채웠다. 그런 다음 그녀는 술항아리 뚜껑을 닫지 않은 채로 두고는 등을 용팔이 쪽에 돌린 그대로 한쪽에 비껴 조용히 서 있었다. 더 마시고 싶으면 스스로 떠마시라는 의미인 것 같았다.

그러나 용팔은 그녀가 채워놓은 대접엣 것만을 단숨에 들이켜고는 그때까지 손에 쥐고 있던 식칼을 조리대 위에 놓고 부엌에서 나왔다. 그리하여 햇볕이 하얗게 깔려 있는 마당을 가로질러서 대문 밖으로 나왔다.

그 길로 그는 곧바로 읍내로 가서 문방구점에 들러 편지 종이와 봉투를 샀다. 그리하여 그걸 가지고 우편국으로 가서 창구에다 종이를 펴놓고 편지를 썼는데, 국민학교 4학년 중퇴의 조선어 실력으로 그는 이렇게 썼다.

'당신 첩은 죄가 웂는 불쌍헌 여자지만서두 할 수 없섯다. 부엌 바닥이다가 자처노코 한 번 혔다. 모가지하고 가슴파기하고 바루 거기께 허벅다리하고에다 표시를 해놨승게시리 베껴노코 잘 보문 알 것이

다 끗. 최용팔'

봉투는 대합실 벽에 걸린 유리액자 속의 '見本'을 참고하여 더욱 정성 들여 쓰고 우표를 붙여서 우편함에 넣었다.

6

"형님 왱잇낫 있습니까?"

젖혀진 비석을 본래대로 엎어놓고 마루에들 앉아서 마당 끝에 늘어서 있는 이파리들이 연홍록빛깔로 알맞게 벌어진 참죽나무들을 바라보며 내가 물었다.

"건 왜?"

"저 죽나무 순나물 좀 먹구 싶어서 그럽니다."

"자네 그것 좋아허나? 허기사 지금이 막 졸 때긴 허네만서두."

"저것 나 무척 좋아합니다."

"그려? 저것이 못자리모허구 함께 쇄가거던. 개발자욱만허게 벌어졌을 때 못자리두 씨가 서구 저만 땐 못자리두 저만큼 자라구. 아주 검게 되믄 모두 쪄서 낼 때가 되구."

용팔 씨는 피우던 담배를 재떨이에 비벼 끄고는 곧 마루에서 일어났다. 긴 청대 끝에 낫을 매가지고 죽나무 가지를 쳐내리기 시작하였다. 부엌에서 부인이 보고 나와서 쳐내린 가지에 붙은 그것을 따서 다듬었다. 그러며,

"서울 양반이 죤 것 다 두구 워찌 해필 이런 걸 좋아허신대유."
하고 웃었다.

"예, 서울은 좋은 것이 하도 많구 흔해서 그런지도 모르겠습니다."
나도 웃었다.

"워능간 죤 건 서울에 다 있구 값두 시골보담 더 싸유. 들어보믄 서울이 괴깃금만 봐두 시골버덤 훨씬 더 싼 편이던디유."

"그렇단 얘길 저두 들었습니다."

"시골은 괴기 한 근 살라믄 지름뎅이가 절반이구 내장이 절반인디 서울은 안 그러찮유? 순 살만 주쥬."

"그런가 봅니다."

"시골 사람은 존 괴기 먹으믄 입 부르퉁게 그런가벼유."

하고 부인은 또 웃었다.

"그런데도 선거 때 보면 여당표는 시골에서 다 나오니 그건 알 수 없는 일이던데요."

"왜 아녀유. 시골 사람들은 너나없이 고상(생) 더 허야 싸유."

거기에 용팔 씨까지,

"촌놈들은 예나 지금이나 고생두 아깝구 그저 죽어야 허너이."

그래서 이번에는 셋이서 함께 서글픈 웃음들을 웃었다.

"그래두 저는 고기 같은 것보다 나물을 더 좋아합니다. 죽나무 순이 나올 때면 꼭 그것만 사다 먹구, 산나물이 나올 때는 또 그것만 사다 먹구, 쑥이 나올 때는 계속 쑥국만 끓여 먹구 합니다. 옛날 시골에 살 때 입맛이 들어서 제 버릇 개 못 주는 것이라 그런지는 몰라두 저는 나물이라면 뭣이나 그렇게 좋아합니다."

나의 말에,

"원참, 잇날 생각허믄 징그럽지두 않으셔유? 집이나 우리나 워디 초봄버텀 햇곡 나오기 전의 갈까장 쌀구경 허구 살었나유. 소나 염생이처럼 내내 풀만 뜯어먹구 살었지유. 업새 징글징글혀."

부인은 그러며 얼마큼 따서 다듬은 죽나무순을 손에 들고 일어났다.

그것까지 삶아서 무쳤을 시간이 흐른 다음,

"이봐유. 술상 오디루 딜일까유. 마루에 딜이구 아버님보구 잠깐 나오시랄까유, 아버님 따루 채려서 디릴까유."

부엌에서 마루로 난 문을 통해서 부인이 하는 말이었다.

"아버진 따루 한 잔 갖다드리지 뭐. 담배 피기두 그렇구 헝게."

용팔 씨가 그러는 걸,

"어른이랑 함께 합시다. 마루에서든 어디에서든 말입니다."

나의 말이었다.

"아버지는 한 잔이면 구만이셔. 그럼 이리루 잠깐 나오시래지."

그래서 마루에 술상이 나오고 어른이 그리로 나오셨다.

"저건 왜 팠냐?"

방에서 나온 어른이 우물 쪽을 보고 아들에게 물었다.

"제가 잠깐 비석을 젖혀보느라구 그랬습니다."

내가 말했다.

"그까짓 건 봐서 뭘 헐라구."

"옛일이 생각나서요."

"자네 그 비석 알어봤나?"

"네! 저두 아는 비석입니다."

"그려? 이 집으루 이사올 때 바루 없애버릴라다가 그때가 가만이(가마니)치던 시절이라 놓구 짚 빠수기 좋아서 그렇게 쓰다가 지금은 또 저렇게 쓰구 있네."

하고 노인은 그제야 술잔을 들었다. 그러나 곧 입에서 잔을 떼고는,

"이 술 틀리는 술 같다."

아들을 보고 그렇게 말했다.

"이 친구가 정종 한 병을 사갖구 왔구만유."

"뭣 헐라구 그런 건 사가지구는 와."

노인은 그 한 잔에 닭고기 안주 두세 번을 집고는, 애기들 하고 놀라면서 당신 방으로 들어갔다.

"저 비석도 어지간히 수난을 당합니다그려. 짚 빠수느라 매로 얻어 맞고, 지금은 또 오늘처럼 닭 잡는 데나 쓰는 것으로 당하고 있고, 옛날에는 자빠졌다 일어섰다 하느라 당하고 말입니다."

내가 웃으며 용팔 씨에게 그렇게 말하자,

"원체가 그렇게 당하야 싼 빗돌 아닌가?"

하고 용팔 씨도 웃었다.

그때 부엌에서 부인이 하는 말소리가 들려왔다.

"깜빡 잊었네유. 마른 명태가 한 마리 있는디유."

"그려? 그거 좋지. 뚜드려 찢구 고추장허고 갖고 오라구."

용팔 씨가 그러자 부인은 곧 한 손엔 누런 황태를 들고 한 손엔 박달 나무로 된 국수방망이를 들고 우물터의 그 빗돌로 갔다.

참 충직(忠直)한 짐승 이야기

내가 다섯 살 때인가 여섯 살 때인가의 일이다. 점촌 사는 개장수가 우리집에 개를 사러 왔다. 집에서 2년쯤 기르던 암캐였는데, 개가 너무 유순하여 낯선 사람을 보아도 잘 짖지를 않는다는 것이 아마 그때 팔게 된 이유였던 것 같다.

"무슨 놈의 개가 왜 사람을 보구두 짖지를 않구선 비실거리는지 몰라."

그 개를 두고 아버지 어머니로부터 여러 번 듣게 된 말이었다.

순한 것도 죄가 되는 것이 개인지는 모르지만 여자처럼 순하고 털까지도 백의천사와도 같이 순백색으로 깨끗한 것이어서 나는 그 개를 몹시 좋아하였다. 뒷짐을 진 한 손에 올가미를 감추어 가진 개장수와 아버지가 대문간에서 그 흥정을 하느라인지 무슨 얘기를 하고 있고 그때 어머니는 구유통에 먹이를 부어주며 개를 유인하였다. 개가 구유통에 머리를 처박고 막 그 먹이를 할짝거려 먹기를 시작하자 대문간의 개장수가 어슬렁어슬렁 개한테로 다가갔다. 그러나 참 다행한 일로 그 목에 올가미가 씌워지기 전에 개는 후닥닥 달아나버렸다. 아버지의 지시로 어머니는 다시 구유통에 더 맛있는 먹이를 부으며,

"워리! 워리!"

하고 개를 불렀지만 개는 저만큼에서 오코롬히 서서는 이쪽을 쳐다본 채로 오려 하지는 안 하였다.

그러자 아버지는 나에게 그 개를 데려오라 시켰다. 집안 식구 중에 그

놈이 가장 안심하고 따르는 게 나인 것을 아버지는 이용하려는 것이었다.

내가 싫어서 머뭇거리자 아버지는 눈을 크게 뜨고,

"이놈아, 어서!" 쩡 고함을 쳤다.

나는 아버지가 하라는 대로 하는 수밖에 없었다. 내가 마지못하여 그놈 쪽으로 걸어가자 이 순진한 녀석은 아무것도 모르고 좋아서만 꼬리를 홰홰 내두르며 도리어 그 편에서도 나한테로 다가와서는 앞발을 쭉 앞으로 내뻗고 귀를 눕히며 땅바닥에 엎디어 나한테 안기었다.

"이쪽을 가려!"

아버지가 그래서 그렇게 하자 어느 새인지도 모르게 개장수가 나의 등뒤로 와서 그놈의 목에 올가미를 씌워버렸다. 개는 곧 깽깽 소리를 지르며 끌려가다가는 길가에 서 있는 Y자형 나뭇가지에 올가미줄을 걸고 잡아당기는 ㄱ 끝에서 극심한 고통을 당하다가는 마침내 혓바닥을 빼물고 꽁지를 축 늘어뜨리고는 죽어버렸다.

그런데 그렇게 죽은 개의 눈은 여전 뜬 그대로였고 그 눈은 어쩌면 나를 원망하는 듯 내 쪽으로 뜨고 있었다.

그러나 그 눈은 평소의 유순한 성질 그대로 아주 상냥하고 슬픈 듯한 모습이었으나 죽을 때의 고통 때문에 다소 충혈된 채로 붉거져 있을 뿐이었다.

얼마 전의 일이었다. 그날 D읍에서 돌아오는 기차 안에서 마셨던 술에 우리는 상당히 취했던가 싶다. D에서 이미 초절임은 된데다 안주도 없는 차내에서의 술이었으니 그럴 수밖에 없을 것이었다. 거기에 술 좋아하는 친구끼리의 여행이었다는 것을 빠뜨릴 수가 없다. 설령 썩 다정한 친구 사이가 아니라 하더라도 술이란 원래 대작의 물건이어서 취하기로는 마찬가지이다.

아무튼 그래서 한층 더 그런 눈으로도 보였겠지만 차창 밖으로 흐르는 농촌풍경이 하도 좋아서 그러지 않아도 서울이 가까워지는 것이 죽음의 곳에 가는 것만큼이나 싫은 판인데,

38

"우리 담 정거장에서 잠깐 내렸다 갈까?"
하고 별안간에 동행의 장이 제의하였었다.
"다음이 뭐라는 정거장인데 내렸다 가자는 거야?"
"성천(成泉)이야."
"성천?"
간이역으로 새로 생긴 것인지 처음 듣는 것 같은 역이었다.
"응! 성천야. 내려서 놀다가 내일 아침 차루 가자구. 내가 아는 아주
존 집이 있어. 진짜 농주(農酒)를 실컷 마시게 해줄 테니까."
진짜 농주란 쌀과 누룩으로 빚은 막걸리의 조종(祖宗)을 말하는 것이
다. 사실 이날 그런 말이 나올 만큼도 되어 있던 터이기도 하였다. 일부
러 술 마시려고 서울에서 D에까지 갔다가 그곳에서도 여전 서울에서
먹는 밀가루 술로만 양을 채우고 오는 길이기 때문인 것이다. 듣기만 하
여도 절로 목젖이 일어서는 말이어서,
"어떤 집인데?…… 거기에 아는 집이 다 있어?"
내가 물었다.
"어젠가 자네한테 얘기했지. 내가 교사시절에 한 번 좌천된 일이 있었
다구 말야."
들은 적이 있었다. 방과 후 남편이 있는 여교사(유부녀 교사)와 아무
도 없는 교실에서 입맞춤을 하다가 아이들한테 들킨 것이 소문을 일으
켜 그런 일이 었었다고. 그때 그는 키스라는 것을 그 유부녀 교사한테
처음으로 배웠노라는 말도 했었다. 그 여자는 그의 말대로 하자면 키스
를 위해서만 태어난 여자 같았다는 것이었다. 건강한 젊은 사람으로서
이성을 좋아하는 것이 어찌 별일이 되랴만 이 친구는 겪은 경험을 술자
리 같은 데에서 그대로 묘사해 자랑을 함으로 다시 한 번 즐기는 것이
또한 버릇이다. 그러므로 이 친구의 그 경험은 항상 새 맛이 돌고 오래
가는 것이 된다.
아무튼 나는 웃고,
"그때 그 여교사가 거기에 사나?"
호기심에 차서 물었다.

그도 웃고는,

"그런 게 아니라 그때 내가 유배된 곳이 바로 그 성천이야. 하숙했던 집인데 주인들 내외분이 참 좋구, 그 집에는 사철 농주가 떨어지지 않지. 바깥주인이 술을 좋아하거든. 이렇게 가면 굉장히는 반가워할 거야."

그런 얘기였다.

"허지만 내가 따라가는 것은 우습잖아?"

"우습긴? 소설가와 함께라면 내 자랑도 되잖나? 바깥주인이 농사꾼이지만 사람이 좋고 술 좋아하는 사람이라 농민작가인 자네에게는 술 마시기루는 아주 이상적인 상대가 될지 몰라. 걱정말고 내리세. 굉장한 환대를 받게 될 테니까."

그는 종이잔에 남아 있는 소주를 마저 입 안에 털어넣고는,

"그 동네에 처녀들두 많네. 그 집에두 처녀 딸이 있구."

그런 말로라도 나를 꼬이겠다는 것인지 그러고는 웃었다.

"농주 마시러 가자더니 거기에 처녀는 또 무슨 필요가 있나?"

내가 그러니까,

"떡에 조청이 아닌가?"

하고 그는 또 흐흐흐 웃다가는 별안간에 추연한 눈빛이 되며 말하였다.

"정말 존 처녀가 있었는데, 그 처녀 시집갔으니 소용없구. 그 집 딸이……. 가만 있자, 벌써 스무 살쯤 됐겠는걸. 내가 이곳에서 떠날 때 걔가 열여섯 살이었으니까."

"시골처녀 스물이라면 그 처녀도 시집갔겠네."

"아냐. 요즘은 시골애들두 그 나이에 시집은 안 가! 더구나 그 애는 무남독녀 외딸이거든."

"자네 존대루만 해석허게나."

하고 나는 웃어버렸다.

"좌우간 내리세. 역에서 그 마을까지 들어가는 길이 참 좋지. 자네 같은 작가에게는 많은 도움도 될 걸세."

"그따위 도움보다는 진짜 막걸리네만……."

40

"가세, 가."

"글쎄……."

그러면서 소주 한 잔씩을 더 마시고 하는 사이에 차는 벌써 브레이크가 잡혀서 덜컹거리며 '성천'이란 역표지판이 냇둑처럼 흙을 쌓아올려 만든 홈에 세워진 구내에 들어서고 있었다.

나는 마지못한 듯이 장한테 끌려서 그곳에서 내렸다.

그러나 그로부터 불과 10분도 다 되기 전에 나는 장에게 나를 그곳에서 내리게 해준 데 대하여 진심으로 고맙다는 말을 하지 않을 수가 없게 되었다.

과연 그 성천이란 데에서 우리가 목표로 가는 그 집에 이르는 길은 장의 말 그대로 아름다운 것이었다. 그 길이 하도 좋아서 그날 나는 그 집에도 가고 싶은 생각이 없을 지경이었다.

햇볕에 달은 바위의 연속된 절벽, 울창한 수목, 곳곳에 피어 있는 산꽃들의 향기, 넘치는 대기, 흐르는 맑은 시냇물, 그 모든 것이 오랜만에 도회를 벗어난 나를 감싸고, 그 모든 것은 다른 아무것으로도 그러지 못할 만큼으로 나를 충족시켜주었다. 그 동안 통이 그런 맑은 공기란 마셔보지 못하고 먼지 속에서만 살아온 것 같은 기분이었다. 그만큼 그곳 대기는 맑고 술처럼 나를 취하게 하였다.

훅훅 열을 내뿜는 바위벼랑을 죽 돌아가는 그 길은 한 발자국 한 발자국 발을 옮겨 걸음에 따라 더한층의 절경으로 전개되어 나를 점점 더 혼취케 하였다.

한참을 걷다가 뒤를 돌아본즉 그 긴 벼랑이 그려내는 곡선은 참으로 아름다운 것이었다. 바위틈바귀에 떨어져 자란 나무가 마치 이파리를 땅 쪽으로 박고 뿌리가 하늘 쪽으로 자라는 것 같아 그 삶의 끈질김을 쳐다보노라면 장이 또 다른 곳을 가리키고, 그래서 보면 이번에는 더한층 묘하게 생긴 나무가 벼랑에 뿌리를 박고 자라고 있곤 하였다.

이윽고 벼랑이 칼로 자른 듯이 뚝 끝나고 석장(石張)을 한 저수지의 제방이 나타났다. 얼마나 푸르고 맑은 호수인가?

"저기 보구 부엉바위라구 그러지."

그 제방을 이어댄 험한 괴석으로 된 돌산을 장이 가리키며 그랬다. 그 호안의 바위틈바귀에 띄엄띄엄 네댓 사람이 끼어앉아 낚시질을 하고 있었다.

"참 좋군."

나는 역시 그런 감탄의 소리밖에는 다른 아무 소리도 할 얘기가 없어서 그럴 뿐이었다.

그 저수지의 상류 쪽으로 거슬러 올라가던 우리는 다시 산길로 들어서 걸었다. 도회 같았으면 모두 훌륭한 정원수로 팔릴 만한 아름다운 반송들 사이로 뚫린 산길에 깔린 고기비늘같이 번쩍이는 돌의 파편들이 신 밑에서 버석버석 과자처럼 부서져 나갔다. 사람의 발이 닿지 않은 큰 돌은 천 년도 더 되는 오랜 세월 동안에 이루어져 늘어붙은 듯싶은 이끼가 빽빽하게 덮여 있었다. 말라 비틀어진 엉겅퀴 덤불에 울긋불긋한 헝겊 조각들이 헌 깃발처럼 매달린 서낭당의 돌덤불을 지나가자 그 아래가 곧 그 마을이었다.

삼면이 삼태바퀴처럼 산으로 둘러싸인 그 마을은 온통 꽃들과 푸르름으로 뒤덮인 인상이었다. 온 마을의 길들은 코스모스와 무궁화꽃이 번갈아 이어져 피어 있고 집집마다 감나무 중나무들로 뒤싸여 있었다. 아직도 보라회색의 놀이 산 위에 물들어 있는 황혼녘이라 그 마을은 마치 어항 속의 수초들 모양으로 대낮보다도 오히려 더 선명하게 보였다.

"좀 쉬었다가 갈까?"

쉬어서 가야만 할 딴큼으로 고단할 것은 없었다. 그저 마을을 좀더 오래 내려다보고 싶어서 내가 주저앉은 그 고개에서는 우리가 목표로 가는 그 농가가 곧바로 내려다보였다. 몸채와 행랑채로 되어 있는 행랑채 지붕 위에는 굴뚝이 솟아 있고, 박덩굴이 올라가 그 한쪽을 덮고 있었다. 보리짚 덤불이 쌓여 있는 바깥마당의 한옆에 한 마리의 누런 큰 소가 한가롭게 누워 있었다. 그 바깥마당 끝이 채전이고 그 아래 두 그루의 늙은 향나무가 아치처럼 끝을 맞대어 있는 밑에 우물터가 있었다. 서

너너덧 아낙네들이 머리들을 맞대고 앉아 보리쌀을 닦고 있는 것이 그 몸짓들로 알 수 있었다. 마을 앞뜰의 복판을 타고 내려간 긴 냇둑은 방금 전에 우리들이 지나온 저수지의 상안에 연결되어 있었다. 어깨에 삽을 멘 농부 한 사람과 등에 꼴짐을 지고 소를 몬 목동 하나가 그 냇둑 길을 마을 쪽으로 느릿느릿 걸어오고 있었다.

얼마든지 더 오래도록 앉아서 모색(暮色)이 깃드는 그 마을 풍경을 내려다보고도 싶었지만 이왕 일찍이 갈 수 있는 집인데 저녁까지 두 번 시켜서는 더 미안하다는 의견이 모아져서 우리는 곧 자리에서 일어났다.

마을에 들어서자 먼 곳에 있는 사람들까지 장을 보고 손을 높이 들며 소리쳐 인사들을 하고 그 인삿말들은 길었다.

그리하여 우리의 걸음은 자연 늦어질 수밖에 없었다.

우물터에서 물동이를 이고 오던 젊은 여인 하나가 아래로 깔았던 눈을 들어 우리를 한꺼번에 보고 장을 따로 보더니 타오르듯 붉힌 얼굴을 행주치마를 걷어올려 반쯤 가리고는 길 옆으로 다소곳이 비켜섰다.

"오랜만입니다. 친정에 오셨군요?"
하고 이번에는 장이 먼저 그 여자에게 인사를 하였다.

그러자 그 여자는 더욱 어쩔 줄 모르며 수줍어서 들릴락말락한 소리로 겨우,

"예!"
하고 장이 물은 뒤의 말에 대한 대답만으로 그만이었다.

피부 빛깔은 다소 검은 편이었지만 콧마루를 향하여 또아리 밑으로 반듯하게 타진 가르마와 검소한 한복 차림이 그 여자를 한껏 어울리게 하였다. 눈빛은 지나치게 투명하고 물기를 머금어서 어딘가 슬픈 인상을 주었다. 손잡이를 꼭잡은 한 손이 약간 걷어올린 노란 세포적삼 소매 속에서 나와 물에 젖어서 빨갰다.

그 여자는 곧 동이에 배어나온 물방울들을 한 손으로 쓸어 뿌리며 지나갔다.

"어때, 그 여자?"

장이 나에게 물었다.

"유부녀가 아닌가?"

"물론 유부녀지. 생김새가 어떠냐 말야?"

"시골 여자로는 대단한 미인이던데."

"전에 나와의 사이에 약간 곡절이 있던 여자지."

"유부녀와?"

"왜 원래부터 유부년가? 처녀 때 말야."

"곡절이란 뭔데?"

"얘기가 좀 길어."

하고 장은 웃으며 설명하였다.

……장은 이곳에 와서 한 해 겨울을 마을의 요청으로 처녀총각들을 모아놓고 하는 야학의 선생 노릇을 하였다. 학교의 교사 노릇만도 귀찮아서 마지못해 하는(좌천까지 된 입장이라) 형편이었지만 마을 사람들과 사귈 기회와 그들로부터 받을 존경의 기회가 바로 그것이라 싶어 그는 그 요청을 쾌히 받아들였고 표면만은 열성을 기울이는 선생이기도 하였다. 그때의 야학생 중에 좀전의 그 여자도 역시 그때는 유부녀가 아닌 처녀로 끼어 있었다. 인물도 마을 처녀들 중에는 으뜸인데다 머리까지 좋아서 공부도 잘하였다. 그쪽 방면에 남다른 기량을 가진 장의 눈에는 더욱 그렇게 보였다. 어느 때부터인지도 모르게 그는 사제를 넘는 이성으로 그 여자를 바라보게 되고, 사람들의 이목에 띄지 않을 만큼으로 은근히 그 여자의 공부도 더 보아주고 하는 것으로부터 서서히 계획을 추진시켰다.

그런데 그 목적의 찬스는, "참 시골여자란 순진해." 하고 그가 스스로 감탄했을 만큼으로 빨리 왔다.

그 겨울의 어느 날 밤이었다. 그날 밤 야학에 나온 그 여자는 집에 무슨 일이 있다는 것으로 일찍 돌아갔다. 장에 있어 그 여자가 없는 야학이란 의미가 없는 것이었다. 마지못해 시간을 보내고 집에 돌아온 얼마 후였다. 저녁때부터 내리고 있던 싸락눈에 바람이 더해진 바깥 날씨였다. 갑자기 바람 소리가 요란해서 장은 침구를 깔다말고 잠깐 문을 열고 밖을 내다보았다. 방 안에까지 눈보라가 휘뿌려져 들어왔다. 그때 그의 눈에 하얗게 눈을 뒤집어쓴 짚 덤불 옆에 누구인가가 서 있는 것처럼 보였다. 그러나 그때 거듭 방안 으로 눈보라가 획 불려오면서 램프불이 몹시 흔들렸으므로 그는 곧 문을 닫아버렸다. 그리고 그는 좀전에 본 것은 착각이려니 믿어버렸다.

그러자 곧 대문 안에 자고 있는 개가 수채로 빠져나가며 질겁을 하고 짖어대어 장은 다시 문을 열고 바깥을 내다보았다.

뜻밖에도 남자의 옷 같은 겨울 코트를 머리까지 올려쓰고 그 처녀가 방 안에서 새어나간 불빛을 받고 서 있었다.

머리에 쓴 코트를 어깨로 내려뜨리는 그 여자의 한 손에는 검정보자기에 싼 것이 들려있었다.

"웬일이지, 이렇게 춘 밤에?"
장은 선생답게 점잖은 소리로 그렇게 물었다.

여자는 얼굴부터 붉히며,

"선생님, 떡 좀 가져왔는디유."

작은 소리로 그랬다.

"떡은 웬 떡이야?"

"오늘저녁이 즈의 할아버지 지사에유."

"응 그래? 잠깐 들어오지. 마루 위로 그냥 신 신구 올라오라구. 마루가 다 젖었으니까."

여자가 막 마루에 올라서는 그때였다. 문을 열자부터 바람을 맞아 위태위태하게 흔들거리던 램프불이 그만 획 꺼져버렸다.

"그대루 들어오라구. 바람 때문에 문을 닫구 불을 켜얄 테니까."
하고 장은 여자가 방 안으로 들어오기를 기다려 문을 닫고 성냥을 찾아 불을 켰다.

그러나 램프의 호야가 하도 뜨거워서 성냥개비의 불은 미처 램프의 심지에 붙이기도 전에 꺼져버렸다.

"선생님이 호얄 드세유, 지가 불 쓸게유."

어둠 속에서 여자가 그랬으므로 장은 여자에게 성냥갑을 넘겨주려고 허공을 더듬었다.

"선생님, 이리 주세유."

하는 그 여자의 소리 쪽에서 가까스로 그녀의 손을 찾았다. 그러나 그녀의 손에 성냥갑을 쥐어주는 것으로만 그의 손의 임무가 모두 끝난 것은 아니었다. 그의 손은 성냥갑을 쥔 그녀의 손을 덥석 붙잡았다. 그의 손에 붙잡힌 그녀의 손은 한데서 들어온 손이라 차고 예민한 비단결처럼 바르르 떨렸다.

그러나 그 여자는 그런 때에 어떻게 하여 모면하는지를 전연 모르고 있었다. 갓 시집 온 처녀와도 같은 작은 저항이 있을 뿐이었다……

그와 다시 인사를 나누는 사람이 있게 되어 신나서 하던 그의 얘기는 일단 거기에서 끝났다.

우리가 간 그 농가에서 맨 처음으로 만난 사람은 그 집의 안주인이었다. 그 집의 대문 앞에 이르자 그때 마침 대문 안으로부터 채마밭에라도 나가는 차비로 일견 매우 깔끔한 인상을 주는 중년여인 하나가 나오는데 그 여자가 곧 그 댁의 안주인이었다.

그 여자는 첫눈으로 장을 알아보고는,

"얼라! 장 선생님 오시네! 이게 워쩐 일이랴?"

하고 마치 죽음에서 돌아온 사람이라도 맞듯 환성을 올렸다. 말씨로나 몸짓으로나 대단히 명랑하고 정이 절절 넘치는 여인이었다.

그 여자는 장으로부터 나의 소개를 받자 초면임을 불구하고 대번에 나에게도 그 정다움을 드러내었다. 그 여자는 진심으로 우리의 방문을 환영함을 온 얼굴로, 온 몸으로 드러내었다. 그러면서 자기네집이 누추하다는 것만을 걱정하였다.

그러나 그 여자네집은 비록 규모로는 그리 큰 집이라 할 수는 없지만 빗자락 자국이 나 있는 마당이며 잿간의 정결함이며가 그 여자의 단정한 용모와 옷매무새와도 그대로 직결되는 것이었다. 농가로서는 보기 드물 만큼으로 잘 닦다리되고 정제된 집이었다.

그 여자는 채전으로 나가던 발길을 도로 대문 안으로 돌리며 우리들에게 어서들 들어오시라 하였다. 그러나 그때 대문 틈으로 밖을 내다보던 그 집 딸이 대문 안으로 들어가는 자기 어머니와 마주쳤으므로 우리는 그대로 대문간에서 그 딸의 인사까지를 함께 받게 되었다.

다분히 그 모친의 젊었을 때를 연상시키는 딸의 용모는 부끄러움을 타서 익은 사과처럼 상기되었으나 아직도 성숙하기를 고대하는 어린이와 같은 천진난만한 점이 나타나 있었다. 어머니의 등뒤에 몸을 감추고 그 어깨 너머로 장을 바라보고 배식배식 애기 같은 웃음을 보내는 그 눈은 흙딸기알처럼 투명하고 빛났다.

어머니의 분부로 딸은 곧 우물로 우리가 사용할 물을 길러 나가고 그 사이에 어머니는 사랑채의 대청마루를 훔치고 부채를 챙겨 내놓고 하였다.

딸이 길어온 시원한 물로 장과 내가 세면을 하는 동안 어머니는 딸에게 이것저것을 시켰다. 호박 몇 개 따고 가지 몇 개 따고 상추도 뜯고 하라는 등. 그리고 그녀는 영감님을 찾아와야겠다면서 횡 하니 대문 밖으로 나갔다. 곧 딸도 좀전에 어머니가 들고 나가던 그 바구니를 들고 채전으로 나갔다.

그렇게 주인들이 모두 나가고 나그네들만 남은 집안은 절처럼 조용하였다. 금방 돗자리까지 깔아놓은 대청마루는 길이 나서 반들반들하였다. 앞뒤로 문이 열려서 시원한 바람이 맞바라지로 들어와 부채는 필요가 없었다. 우리들은 담배를 붙여 물고 돗자리 위에 엇비슷이 누워서 텅빈 그 집의 여기저기를 둘러보았다.

뜰에다 낮은 돌축대를 쌓고 그 위에다 지은 묵은 집이었다. 심지어 그 축대의 돌 틈바귀에까지 채송화, 맨드라미 등의 꽃이 피어서 아름답고, 행주질을 쳐서 밑둥까지 반들거리는 장독대는 마치 작은 꽃동산과도 같이 온갖 꽃들로 울타리를 삼고 있었다. 그 장독대 바로 앞이 부엌이다. 반쯤 열린 부엌문 사이로 들여다보이는 시멘트 부뚜막이 금방 찬물로 씻어놓은 것처럼 청결하였다.

안방문과 윗방문을 열어서 각각 문고리에 매어놓았는데 방 안 세간들이 질서정연하고 윗방에는 짜다가 걸어놓은 모시베틀이 놓여 있었다.

그 안방문 위로부터 윗방문 위까지 이어진 시렁 위에는 쓰지 않은 크고 작은 쪽박들이며 대바구니 목기 등 마른 그릇들이 보기좋게 엎어져 있고 안방과 윗방 중앙부분의 마루 위에 자두빛으로 질이 난 뒤주가 벽을 기대고 실팍하게 놓여 있었다.

"규모가 꽉 째인 집이군."

나의 입에서는 부지중 그런 말이 새어나왔다.

"그 점으로는 마을에서도 이르는 집이지. 있잖나? 더하지도 않고 덜하지도 않는다는."

"남는 것도 죄고 부족한 것도 죄라고 되어 있지 아마."

"그래 맞았네. 이 집이야말로 그런 집이지. 남아서 버릴 것도 없고 부족해서 빈자리가 되는 곳도 없고."

"가장 이상적인 농촌생활이 바로 그런 게 아닌가? 좀 유식한 말로 하면, 꾸밈없는 평등의 정신과 근로에 의해 소박한 여유를 누리는 그런 생활 말야. 우리같은 얼치기 도회부치들로는 도저히 바랄 수도 없는 거지 ……. 자녀가 딸 하나뿐이라 그것이 좀 섭하겠구먼."

"그것까지도 분수로들 아는 사람들이니까."

"그야말로 자연 그대로군. 딸은 국민학교는 나왔나?"

"중학교까지 나왔지. 그 이상은 여유가 없어서라기보다는 딸을 객지로 보낼 수밖에 없으니까 안 보낸 거야. 그 대신 자기 어머니한테 집안에서 배운 게 많지. 열다섯 살도 되기 전부터 베를 짜고 자기 아버지의 바지저고리는 물론 두루마기까지 제 손으로 죄 꿰맸으니까. 애가 재주가 있어. 살림 잘하구 음식 만드는 솜씨 좋구."

"요즘 세상에 얼마나 귀한 처년가? 괜히 고등학교 대학교에 다닙네, 하고 우리 한국 여자의 근본을 잃어버린 그런 여자들에 비할 때 말야. 지금으로부터 4, 50년 전 일이 되나 분데 한번은 수주 변영로가 이광수네집엘 술에 취해서 가서 보니까 그 부인인 허영숙은 대청에서 피아노를 치고 이광수는 군불을 때더라네. 그래 수주가 취김이라 '이런 놈의 집구석이 다 있느냐?'고 호통을 치니까 피아노를 치던 허영숙이 '저 사람, 어디루 술을 먹었기에 저 모양야?' 하고 되려 큰소리를 하더라네. 소위 그 시절 교육을 받은 신여성이란 여자들이 그 지경들이었는데 오늘날 여자의 고등교육이라는 것은 그보다도 한술을 더 뜨는 것 같데. 소위 근대화라는 것에 우리나라보다 그 댓가를 많이 지불하고 있는 나라도 드물 걸세. 그나마 교육은 미국의 실용주의 교육사상을 그대로 직수입해다가 하고 있는게 아닌가. 소위 문화민족국가라는 나라가 말이네.”

“자네 말 너무 어려워서 난 잘 모르겠네만, 저 중동 어느 나란가는 원체 문맹(文盲)국이던 모양으로 학교를 세워 놓구두 학생을 가르칠 교사가 없어서 거의 전원을 외국에서 수입해다가 가르친다는 말두 있던데 뭘. 석유가 많이 나와서 그나마 할 수 있는 것이겠지만서두 말이네.”

“차라리 그런 나라가 우리보다 나은 나랄세. 우리나라를 문맹국으로 보는 사람은 이 세상 어디에도 없네. 우리나라는 문맹국이 아니라 그와 반대의 어엿한 문화국일세. 그것도 보통 문화국이 아닌 역사도 전통도 오랜 아주 고급문화국일세. 그러면서 그 문화는 다 내버리고 대신 서양문화를 수입해다가 학생들, 국민들을 가르치고 있으니까 말이네……. 내 끝에 아우가 지금 대학에 다니고 있는데 저희들 급우끼리 연앨하는 모양이야. 장차 결혼해야겠다고 나한테 말하길래 그 상대여자를 퇴학시키기 전에는 허락할 수 없다고 그랬네.”

“자네두 젊은 사람이 어지간하네. 자기 동생은 대학 공부를 시키면서 남의 딸보고는 퇴학을 하라니 그런 어불성설이 어딨나?”

“어불성설이 아니지. 남자야 처자식을 먹여 살려야 하니까 세상이 서양판이라면 그렇게 사는 체라도 해야겠지만 여자까지 함께 그래서야 어떻게 손(孫)을 보겠는가? 여자는 감염되기가 더 쉽고, 망해도 아주 망하지는 말자는 걸세.”

“밭이라두 우리 밭으루 두자는 그런 말인가?”

하고 장은 웃었다.

대문 밖에서 남자의 마른기침 소리가 나더니 이어,

“장 선생 오셨다며?”

텁텁한 소리로 외치며 이 댁의 바깥주인이 어깨에 묵직한 구럭을 메

고 땀에 헤갈려서 들어왔다. 그가 사용하던 호미와 무단을 안고 안주인
이 뒤따라 들어왔다.

나와 장은 얼른 자리에서 일어나 신돌로 내려가서 장이 주인의 어깨
에 멘 구럭을 받아놓았다. 구럭 속에는 방금 밭에서 따온 수박과 참외가
글썩히 들어 있었다. 장이 나를 소개해서 나까지도 대강 수인사가 끝난
다음,

"허 이거 참 귀헌 서울 손님들이 오셨는디, 여보……."

주인은 연방 벙싯거리며 그렇게 마누라를 불러놓고는 집안을 휘 한
바퀴 둘러보아 다시 딸을 찾는 모양이더니,

"앤 워디 갔디야? 쥐맨 어서 술 걸르구, 그리고 우선 이 수박이랑 참
외랑 좀 씻어와얄 텐디……."

하고는,

"그런디 앤 워디 갔디야?"

거듭 딸을 찾았다.

"샘에 갔어유. 염려 마시구 당신두 어서 샘에 가 씻기나 허시구 옷이
나 좀 갈어입으시유."

깔끔한 마누라는 무엇보다 그거라는 듯 그러고는 행주치마를 벗어 무
단을 안고 오느라 더럽혀진 자기 옷을 툭툭 털며 잰 걸음으로 부엌으로
들어갔다.

주인은 허! 하고 사람 좋은 웃음을 웃고는 자기의 옷주제를 한 번 내
려다보고 우리를 보고 하며,

"농촌 사람 의복 그런 거지 뭐……. 잠깐들 앉어 있어요."

그러고는 우물터로 나갔다.

얼마 후에 신발 소리를 뿌드득거리며 얼굴과 팔다리에 물기를 가득
묻히고 우물에서 돌아온 그는 안방으로 들어가 옷을 갈아입고 나오자
이번에는 닭장으로 갔다. 대대적인 양계도 아니고 몇 마리 기르는 닭인
데 아마 원체 깨끗이 하고 사는 집이라 닭을 내 기르지 않고 장 안에
가두어 기르는가 보았다. 그것도 농가에서는 보기 드문 일이었다. 주인
은 닭 한 마리를 꺼내어 솜씨 좋게 목을 비틀었다. 대번에 축 늘어져버

50

린 닭을 부엌 앞에 내던지며,

"그거 털 뜯어서 그냥 백숙으로 삶아보라구. 뭐 술 안주 헐 만헌 게 있어야지."

자기 마누라에 그러고야 비로소 우리가 있는 대청으로 올라왔다.

딸이 수박과 참외를 잘라내오고 이어 주인의 독촉으로 안주도 채 갖추어지기 전의 아시 술상이 나왔다.

"술이 막걸리구먼유. 서울에서들은 이런 술은 안 드시겠지만 시골에 오셨으니 그리 아시구들 드시쥬."

주인이 그랬다.

"원 별말씀을요. 서울에서두 우린 막걸립니다. 그나마 서양 밀가루 막걸리지요."

내가 웃고 그러니까,

"거 밀가루 막걸리 우린 못 먹것습디다유. 그래서 술만은 꼭꼭 집에서 당거서 먹지유. 자아 우선 그 수박이랑 참외랑허구 한 잔씩 드십시다유."

그래서 우리는 술을 들기 시작하였다. 말이 막걸리지 이건 막걸리가 아니었다. 물도 안 주고 그냥 막짰나 보았다. 잔에 입이 쩍 들어붙는 듯 카아! 소리가 절로 나는, 참 오랜만에 맛을 보게 되는 과연 술이었다.

"술맛 워떻습니까유?"

주인이 물었다.

"참 좋습니다."

나와 장이 한꺼번에 그러니까,

"뒤탈은 없는 술이닝게유."

하고 주인은 만족한 듯이 말하였다.

잔을 주고받고 하는 중 어느덧 어둠이 깃들기 시작하고 들에서 머슴도 돌아와 주인은 그 머슴을 시켜서 모깃불을 놓게 하고 딸을 시켜서 램프에 불을 켜게 하고 하였다. 주인도 좋고 술도 좋고 더할 데 없는 술자리였지만, 안주인과 딸이 좁은 부엌에서 보릿대짚을 때어 술안주를 만드느라, 저녁을 짓느라 땀들을 뻘뻘 흘리고 있어 그것만이 미안하였다. 부엌 아궁이의 불빛을 받아 타오르는 듯이 환한 모녀의 얼굴에 땀을 흘리고 있는 것이 사랑채 대청에서는 곧바로 건너다 보여서 더욱 그러하였다.

그러나 그녀들은 조금도 어쩌는 기색이 없이 시종 그 환한 얼굴들을 보여 그것만은 적이 우리를 안심시켰다.

바깥주인의 독촉으로 안주가 미처 제대로 갖추어지기를 기다릴 사이도 없이 마치 서양요리 나오듯 먼저 만들어진 것부터 한 가지씩 나왔다. 호박부침이 나오고 계란부침이 나오고 파적이 나오고…….. 마침내 닭이 삶아져서 그것이 나오는 것을 마지막으로 일단 주춤하는 듯싶었다. 이 집 주부의 술안주 만드는 솜씨는 결코 어느 요리집의 쿡에도 떨어지는 것이 아니었다. 그것도 그것이지만 이 집 주인 내외는 마치 오로지 이날의 우리를 위해서만 살아온 사람들이기나 한 것처럼 봉사와 시중을 다하였다. 바깥주인은 우리들을 위하여 무엇이나 부인에게 명령하고, 부인은 즐거운 순종으로 상머리에 앉아서 삶아온 닭백숙을 먹기좋게 찢어 놓고, 따로따로 떠다놓은 국그릇마다 스스로 맛을 보아 멀국이 싱거우면 고추장과 소금을 안배해 쳐주고 초간장이 어쩌면 고쳐 만들어 오고 등 하였다.

그리고 또한 안주인은 술과 안주의 솜씨가 절등한 것이기도 하지만 술에 대하여는 무엇이나 모두가 박사여서 저녁 식사를 한사코 거부하고 대신 술을 더 마시겠다는 우리의 주장을 기어이 뒤엎고 한 술씩이라도 밥을 뜨게 하는 등, 그런 다음에 가벼운 마른안주로 술상을 고쳐 차려내오는 등 참으로 무엇 하나 둘째라 할 것이 없었다.

그런데도 그 모녀는 아직도 저녁을 먹는 기추가 보이지 않아서,

"우리만 돼지처럼 자꾸 먹여주실 게 아니라 아주머니랑 따님이랑도 식사들을 하셔야잖겠습니까?"

내가 웃으며 그러자, 그녀도 즐겁게 따라웃으며,

"돼지라고 안 할게유. 염려 마시구 어서들 드시기나 허시유. 잡수시는 것 실컷 구경허구 우린 천천히 먹을 팅게유."

자기네들의 손으로 만들어 대접하는 음식을 우리가 먹어주는 것이 진

52

정으로 흡족하여서 그 구경이 더 좋은 것처럼 그러는 것이었다.

여자의 그 말과 마음은 나의 경우 이미 오래 전에 돌아가신 어머니를 생각케 하는 것들이었다. 네가 맛있게 먹으니 난 안 먹어두 배가 부르다야, 하고 말하시던 나의 어머니를 이 여자는 닮은 것이었다.

그래서 나는,

"아주머닌 꼭 옛날 돌아가신 우리 어머님이 다시 살아서 오신 것 같습니다."

하고 기어이 그 말을 하고 말았다.

그리하여 잠시 화제가 달라져서,

"아, 어머님이 돌아가셨구먼유?"

"네! 꼭 아주머니 연세쯤 되는 그런 젊으신 나이에 돌아가셨습니다."

"제 나이가 젊지야 않지만 너무 일찍 돌아가셨구먼유."

"그런데도 그때 이미 제가 대호주객이었기 때문에 우리 어머니는 늘 저를 걱정하시다 돌아가셨습니다."

"우리야 아들이 없지만 여자란 일생을 남편이나 아들을 위하여 정성을 바치다가 죽는 거지유. 그게 우리 조선 여자들여유. 술을 알맞히 잡수시구 인제 어머니 대신 부인께 잘 혀드리세유."

하고 여자는 웃었다.

"어머님께는 불효였지만 집사람에게는 아주 효자랍니다."

하여 나도 웃고 좌중도 모두 함께들 웃었다.

"선생님 부인께 잘 허신다는 것 봉게 중신허시믄 잘허시겠네유. 장 선생님이랑 함께들 협력허셔서 우리 딸 워디 존디루 중신 좀 혀주시유."

그래서 본즉 어느새인지도 모르게 이댁 딸도 자기 어머니의 등뒤에 와 앉아 있었다.

"따님을 서울로 시집 보내시려구 그러십니까?"

"가르친 것도 없으면서 과헌 욕심이지유?"

여자는 부끄러운 듯 얼굴을 붉혔다.

"원 별말씀을요. 제 말은 그게 아니라 서울로 따님을 출가시키지 마시라는 그 말입니다."

"건 왜요?"

"서울 사람들은 모두 도둑놈이 아니면 저처럼 이렇게 주정뱅이들뿐입니다."

"원 선생님두 서울서 사시면서 그러시네."

하고 여자는 웃었다.

"그러니까 저두 보시다시피 이렇게 초면불구하고 술만 자꾸 퍼먹지 않습니까?"

나도 웃었다.

이렇게 즐거운 가운데 밤은 깊어갔다. 나는 술에 취하면 취할수록 그대로 밤을 새우고 싶은 것이 습성인데 장은 언제부터인지 술은 제쳐놓고 이 집의 모녀와만 얘기의 꽃을 피우고 있었다. 모녀와라고는 하였지만 어머니는 단지 딸 앞의 발[簾]과 같은 것이고 주된 얘기상대는 딸인 듯싶었다. 좀전에 하다가 만 서울에의 그 딸 중매얘긴가도 몰랐다. 장은 열심히 지껄이고 딸은 간간 입을 가리어 웃고 하였다. 평시에 술집에 가도 술보다는 색시를 더 밝히는 것이 그의 습성으로 되어 있다. 첫김에도 괘씸한 생각이 들어 내가 몇 번 술을 권하였으나 그때마다 술잔은 받아만 놓고 여전 이댁 모녀와의 얘기였다.

게다가 주인까지도 종일 일을 한 끝이라인지 고단해 하는 기색이 역력하였다. 술이란 일단 파흥이 되면 그 맛을 잃게 되는 법이다. 나도 그만 시들해져버렸다. 내일 아침 첫차를 타야 된다는 핑계를 대고 그만 상을 물리고 말았다.

주인은 딸을 시켜서 술자리이던 대청에다 빗자루질 걸레질을 하여 우리의 잠자리를 만들어주었다. 모기장이 걸려 있는 것으로 보아 평시 주인 내외의 여름 잠자리가 바로 이곳인 듯 싶었다. 말하자면 이 집에서의 최상의 침소를 우리에게 제공해주는 것이었다.

우리에게 잠자리를 제공한 주인내외는 저녁내 불을 때던 그 안방에다 모기약만을 뿌리고 모기장도 없이 문을 닫고 자게 되는 모양이었다. 딸은 우리가 자는 대청 옆에 붙은 방에 불을 켜고 들어갔다. 그 방이 바로

54

옛날에 자기가 쓰던 방이었노라고 장이 모기장 속에 누워서 말하였다.

그리고 그는 술에 취한 소리로 전에 그 방을 더럽혔던 그 얘기를 낮에 하다가 만 끝에다 이어서 떠듬떠듬 늘어놓았다.

"……그런 다음부터 그 여자는 야학에 나오지 않더군. 나도 자연 흥미가 떨어져서 야학은 하다 말다 하였는데 이 여자가 야학에만 안 나오는 게 아니라 통히 바깥 출입도 않는 거야. 그리고 한 열흘이나 되었을까 밤에 갑자기 꼭 전에처럼 나를 찾아온 거야. 떡만 들고 오지 않았을 뿐, 그 머리에 쓴 코트까지도 그걸 쓰고 말야. 문을 열자 방에서 새어나간 불빛이 그 여자의 얼굴을 정면으로 비치는데 나는 그만 깜짝 놀랐어. 얼굴이 전의 그 얼굴이 아니더란 말야. 그 동안 통히 밥을 먹지 않고 살았는지 백지장처럼 핼쑥하고 눈이 움푹 패이고 했잖었겠는가? 그 여자가 갑자기 죽어서 그 넋이 찾아온 거나 아닌가 하고 무서운 생각까지 들었으니까 말야. '밤에 웬일이지?' 하고 나는 전에처럼 물었어. 다소 냉랭하게 들렸는지는 모르지. 그 여자는 아무 소리 없이 고개를 숙이더군. '밤에 이렇게 찾아오면 안 되잖아? 누가 볼지도 모르구. 어서 돌아가구 할 얘기 있거든 언제든지 좋으니 낮에 와서 하라구 응? 어서 돌아가요.' 내가 그러니까 그 여자는 얼굴을 들고 나를 한 번 쳐다보더니만 그대로 좌르르 눈물을 흘리는 거야. 그러고는 돌아갔어. 그런데 그 후 이 여자가 앓아누웠다는 소식이 들리는데 그냥 앓는 것도 아니고 실성했다는 거야. 결국 귀신이 붙었다는 것으로 그 집에서는 푸닥거리를 하구 야단이었지. 한 일년 그러더니 여자가 작심을 한 건지 집안에서 누가 뭣을 짐작이라도 하고 주선했는지 어디론가 부랴부랴 시집을 가버렸어……."

나는 거기까지만 얘기를 듣고는 그만 잠이 들어버렸다.

어느 때쯤이나 되었는지는 몰랐다. 나는 잠 속에서 이상한 소리를 듣고 눈을 떴다. 여전 사위가 깜깜한 밤인데 잠 속에서 들었던 그 소리는 여전도 계속되는 것이었다. 그때까지도 취기가 그대로인 나는 혹 꿈의 계속인가도 생각하였다.

그러나 그때 또,

"안 되유……."

하고 목안엣소리와 함께 흐느껴 우는 여인의 그 소리는 너무나 뚜렷하게 들려왔다.

나는 거듭 눈을 뜨는 모양으로 눈을 한 번 비벼서 모기장 밖 쪽으로 돌리었다. 별이 총총한 하늘이 보이고 어둠 속의 집안 풍경이 낮에 보았던 형태 그대로를 드러내보였다.

틀림없다! 나는 속으로 부르짖었다. 내가 꿈을 꾸고 있는 것이 아니라 생시임이 틀림없다는 그것이다. 그리고 나는 얼른 곁에서 자고 있을 장을 손으로 더듬었다. 그러나 뜻밖에도 손에 걸리는 건 빈 홑이불뿐이고 장은 없었다. 나는 일시에 잠과 술에서 깨어버리는 듯 정신이 맑아올랐지만 혹 이 사람이 화장실에라도 갔는가 하고 참을성있게 기다리는데 또 나를 잠에서 깨게 한 그 소리는 들려왔다.

"안 되유! 안 되유!"

이번에는 좀더 다급히 하는 소리로, 바로 이 집의 딸이 자고 있는 그 방에서였다.

이 여자가 혹 잠꼬대를 하는걸까, 하고 나는 생각하였다. 혹 독자는 소설을 쓰는 사람의 육감이 그렇게 둔하냐? 아니면 웬 잔소리를 그렇게 늘어놓고 있느냐? 하겠지만 솔직히 그때 나는 잠시나마 그런 생각도 들었으며 사실대로 적는 것뿐이다.

다만 지금에 와서 생각할 때 그때 그것이 그 여자의 잠꼬대이기를 바라는 마음이 나에게 있어서 그런 발상을 하게 된 건지는 모르겠다. 왜냐면 흔히 이런 경우 야릇한 호기심이 작용하는 법이라고들 하는데 반하여 그때 그 여자에게 그런 잠꼬대와 같은 소리를 내게 하고 있는 장본인이 장이라는 것을 알았을 때 나는 호기심은 고사하고 그와는 정반대인 어떤 두려움에 사로잡혀 있었으므로이다.

그 두려움이란 뭔가? 그걸 말하기에 앞서 나는 여기에서 다시 솔직히 고백해야 할 일이 있다. 그것이란 내 자신 서울에 산 역사가 장과 비슷하다는 그것이다. 좀더 구체적으로 말하자면 내 자신 도덕의식으로나 양심으로나 장보다 나을 것이 별로 없다는 그것이다.

내가 그렇지 않은 사람이었다면 기혼 남자가 숫처녀를 범한다는 그런 도덕적인 강박감에의 두려움만으로도 그 두려움은 족하다 할 것이다.

거의 자연 그대로인 순결한 어떤 처녀가 너무 가엾고, 그 부모가 너무 가엾다고도 할 것이다.

내가 만일 서울에서 살지 않고 나의 고향인 시골에서만 살아온 사람이었더라도, 다른 건 다 그만두고 그처럼 우리의 내방을 환대하고 그처럼 정성을 다하여 먹여주고 재워주는 그 선량한 부모의 어린 딸을 그럴 수가 있느냐? 그것 하나만으로도 족히 있을 수 없는 일이라 할 것이었다.

내가 만일 서울에서 살지 않고 이 집의 그 선량한 부모들이나 지금 욕을 당하는 이 가엾은 처녀처럼 나의 고향인 그 산수 아름다운 시골에서만 살아온 사람이었더라도 지금 그 순결하고 어여쁜 딸의 몸에다 낙인을 찍으려 하는 그런 인간과 함께 동행하여 이런 데서 같이 자게 되는 일 같은 것도 없을 것이었다.

내가 만일 체면 따위로 양심을 가리는 그 위장술을 가르치고 공리주의를 가르치는 현대교육이라는 것을 받지 않고 나의 고향에서 고향 그대로만 살아온 사람이었더라도 그 가엾은 처녀에게 닥치려는 그 위험을 내손으로 일거에 제거하여줄 수도 있었겠지만 그건 고사하고 오히려 그들이 내가 잠에서 깨어있는 줄을 알게 되면 어쩌나 하고 숨소리도 제대로 내쉬지 못하고 있었으니 할 말이 없고, 혹 그녀의 부모들이 잠결에라도 딸에 위험이 닥치는 소리를 듣고 눈을 뜨면 어쩌나 하고 조바심을 대고 있었으니 역시 할 말이 없다. 내가 두려움에 사로잡혀 있었다란 바로 그것이었다.

얼마 후에야 도둑놈처럼 슬그머니 사잇문을 열고 건너와 모기장 안으로 기어들어온 장은 곧 입맛을 다시는 포만, 확실히 그런 포만한 잠에 떨어졌다. 나는 여전 눈을 감고 누웠다가는 날이 새기를 기다려서 그를 깨웠다. 몇 번을 흔들어서야 겨우 눈을 비벼 뜨고는 팔뚝의 시계를 들여다보는 그에게,

"아침차루 안 갈라나?"

묻자 그는,

"가야지, 가야구말구."

그러고는 벌떡 몸을 일으키며,

"주인들은 아직들 자나?"

하고 물었다.

"벌써들 일어나서 바깥주인은 바깥마당을 쓸고 있구, 안주인은 우물에 나갔네."

어서 이 글의 끝을 맺어야 되겠지만 여기에서 한 마디만 더 해야 될 얘기가 있다.

이날 새벽에 다시 한 번 나의 눈시울을 뜨겁게 하던 그 집 주인들에 대한 얘기이다. 안주인이 먼저 일어나고 바깥주인이 그보다 약간 뒤에 일어났다. 안주인은 부엌에서 일을 하고 있고 바깥주인은 일어나 밖에 나오던 길로 빗자루를 들고 안마당을 쓸었다. 아니다. 막 쓸려 빗자루를 마당에 대던 참이었다. 부엌에서 그것을 내다보게 된 모양으로,

"여보!"

하고 안주인이 손부터 내두르며 부엌 밖으로 뛰어나오더니, 여전 절반은 손짓으로 조용히 말하던 것이었다.

"저 선생님들 고이 주무시는디 마당 쓰는 소리 내믄 써유? 바깥마당이나 먼저 쓸으시유."

그러자 바깥주인은 아차 하는 듯이 얼른 빗자루를 마당에서 떼어들고 대문 밖으로 나가더라, 그런 얘기인 것으로, 나는 그것을 모기장 너머로 모두 본 것이었다.

각설. 장은 역시 모기장 너머로 그때는 아무도 없는 마당 안을 휘익 둘러보더니만,

"이 집 딸은 아직 안 일어났나? 어서 가세."

하고는 부랴부랴 옷을 줏어입기 시작하였다.

그 사이에 나는 모기장을 걷고 홑이불과 요를 개어 한쪽에 포개놓고 하였다.

쫓기는 사람들처럼 세면도 가다가 어디에서나 하자, 하고 막 신돌에 내려서 신을 신는데 우물에 갔던 안주인이 돌아오며 보고는 가방을 내놓고 한 것이 수상했던 모양으로,

"왜들 그새 일어나셔서 그러시유?" 눈을 크게 뜨고 그랬다.

"신세가 너무 많았습니다. 차시간 때문에 나가봐야겠습니다."

내가 공축하여 그러자 부인은 더욱 기가 찬 듯 머리에 이은 함지를 거기 장독대의 장독 위에 내려놓고는,

"온 무슨 말씀이셔유들. 아침두 안 잡수구 그렇게 가시는 법이 워딨어유? 안 되유. 아침이라두 잡수구 가셔야쥬."

펄펄 뛰듯 그랬다.

거기에 마침 밖에서 빗자루를 들고 바깥주인이 들어오며 이걸 보더니 이번에는 마누라와 함께 합세하여 여전 같은 소리들이었다.

두 내외의 그 진실에 차마 할 수 없는 일이었지만 그럴수록 더욱 나는 냉정할 수밖에 없었다.

"아침 안 먹구 가는 것 걱정 마십시오. 다음에 또 기회가 있으면 들러서 더 많은 대접을 받겠습니다. 오늘은 차시간 때문에 지금 꼭 가야됩니다."

그러며 나는 먼저 대문 밖으로 나와버렸다. 장도 뭐라고 어물어물 짓거리며 뒤따라 나왔다.

그러자 주인들은 그만 허탈상태가 되어서,

"원 참 이럴 수가 있나요."

탄식과 함께 몇 번이고 그러고는,

"앤 여태두 자나? 얘야! 얘!" 하고 안주인이 딸의 방에다 대고 소리쳤다.

"얘! 선생님들 가셔. 어서 일나 나와 인살 드려야지?"

몇 번을 그래서야 바시시 문이 열리더니 흐트러진 머리를 긁어올리며 딸이 나왔다. 그녀는 나오자 곧 한 손으로 이마를 짚는 것처럼 하고 눈을 가리었다.

그러나 손으로 그렇게 가리기 전의 그 눈을 나는 분명히 보았다. 밤새

울어서 빨갛게 충혈된 그 눈, 이윽히 우리 쪽을 한 번 바라보고는 손으로 이마를 짚듯 하고 가리어버리던 그 눈은 어쩌면 내가 어렸을 때 점촌 사람이 잡아가던 그 개의 눈을 닮았다는 생각이 나에게는·들었다.

그때 목을 옭혀 죽은 개의 눈은 여전히 뜬 그대로였고 그 눈은 어쩌면 나를 원망하는 듯 내 쪽으로 뜨고 있었던 것이었다. 그 처녀의 눈이 그러하였다.

그때 죽은 개의 눈은 평소의 유순한 성질 그대로 아주 상냥하고 슬픈 듯한 눈이었었다. 그 처녀의 눈이 그러하였다.

그때 죽은 개의 눈은 죽을 때의 고통 때문에 충혈된 채로 붉어져 있었던 것이었다. 그 처녀의 눈이 그러하였다.

딸은 여전 눈을 가린 채로 대문간에 서 있고 바깥주인과 안주인은 우물터에까지 따라나오며,

"안녕히들 가시유. 그리구 이 근처 지나실 때 기시거든 꼭들 들리시유. 딸 여읠 때 소식 전혀드릴게 꼭들 오슈."

하며 손을 들어 흔들며 눈물이 날 만큼으로 못내 작별을 아쉬워들 하였다.

화려한 귀성(歸省)

. 끝엣놈은 시트 위에 잠들어 있고 그 위로 두 놈들은 차창 밖을 내다
보는 것도 이제는 엔간히 지루한 듯 나에게 몸들을 부스대며 아직도 멀
었냐고 칭얼댔다. 나는 잠들어 있는 끝엣놈에게 부채질을 해주며 조금
만 더 가면 되니까 잠자코 있으라고 같은 말을 되풀이했다.

　이윽고 기차가 기적을 울리며 납작한 초가집들이 드문드문 붙어 있는
산모퉁이를 돌아나갔다. 퍼렇게 벼가 된 널따란 들 한복판으로 아득하
게 뻗어나간 노선 위에 햇빛을 받아 번득거리는 ㅅ역의 역사가 마치 공
중에 붕 떠 있는 신기루처럼 보였다. 그 역사보다 더 멀리 뻗어나간 노
선과 대각선으로 실같이 가느다랗게 이어져 간 하얀 신작로를 일정한
간격을 놓고 서 있는 전신주와 가로수가 끝없이 끌어가고 있었다. 인제
그 길로 버스로 30분만 가면 될 것이다. 거기 아들과 그리고 어린 손자
손녀들의 귀성을 몹시 반겨주실 가난한 부모님들이 계신 오두막집을,
어렸을 때 크레파스로 그리는데 길 끝에 집이 매달려서 흡사 공중에 뜬
꽁지연처럼 그렸던 기억이 떠올랐다. 집은 오두막집인데 길은 왜 이렇
게 궁궐로 들어가는 길처럼 넓어, 쌍두마차로 들어가는 길인가? 하고 도
수가 높은 안경을 낀 늙은 여선생이 그랬다. 붉은 붓글씨로 병(丙)을 맞
았다. 그때 나는 집이 원체 오두막집이기 때문에 아무리 잘 그려도 갑
(甲)은 못 맞을 것이라고 생각하고 슬펐다.

　이젠 너도 시골에 내려올 땐 안경을 하나 사서 끼고 오너라, 하고 아
버지가 서울에 다니러 올라오셔서 나에게 말한 적이 있었다. 반주로 부

자 약주를 나누어 마시며 하던 말이었다. 나는 그 말이 무슨 의미인지 대뜸 알아들었지만 아버지의 늙는 모습은 아무래도 천인(賤人) 같아 그날 며느리가 해드려 입으신 양단 마고자가 아버지에게는 통 걸맞지 않는다고 생각하며 잠자코 다음 말을 기다렸다.

시방 우리 문중에서는 물론이고 지방에서들도 너를 함부로 보지 못한다, 지서나 면사무소 사람들도 동네에 나오면 꼭꼭 나에게 인사를 오고 네 안부를 묻곤 한다, 하고 아버지는 그 탐스럽지 못한 수염을 한 번 잡아다려 꼬았다.

그럼 인제 아버지도 좀 재십시오, 하고 나는 웃었다.

어린것들에게 내릴 준비를 하라고 일렀다. 상일인 물통 메고 소영인 모자 쓰고 안경 끼고, 어린것들은 부랴부랴 제 물건들을 챙겼다.

나도 서서히 준비를 했다. 벗어놓은 윗옷을 입고 모자를 쓰고 시렁 위의 트렁크도 내려놓고 그리고 시트 위에 잠들어 있는 어린것을 깨워 일으켰다. 두 시간도 더 가는 동안 그치지 않고 부채질을 해줬는데도 잠에서 깬 어린것의 얼굴은 흘러나온 침과 땀으로 엉망이었다. 행커칩을 수통의 물에 축여 더러워진 부분을 씻어주고 머리도 곱게 빗겨주었다. 금방 손색없이 환하고 귀여운 얼굴이 되었다.

그 위에 벗겨놓았던 제 붉은 테 선글라스를 끼워주니까 그 뺨에 입맞추고 싶은 충동이 일어나는 걸 주위 시선들 때문에 참고,

"아주 실컷 잤나? 인제 다 왔으니까 내려야지!"
하고, 대신 놈에게 말을 시켰다.

"인자 집에 가는 거야? 엄마한테?"
어린놈은 차내를 뚤레뚤레 둘러보며 말했다.

"아냐, 시골 가는 거야. 시골 할머니한테 말야."
어린놈은 심란한 얼굴인 채로 아무 반응이 없다.

"아버지, 금영인 아마 집에 가고 싶은가 봐. 오지 말라니까 괜히 따라와가지구선."

곁에서 제 어린 누이의 기색을 지켜보던 상일이놈이 투덜거렸다. 서울에서부터 금영일 시골에 데리고 가는 것을 제일 불만으로 알던 녀석

이었다. 기차도 처음 타보고 시골에도 처음으로 가면서 만약에 따라갔다가 엄마한테 가자고 울고 조르면 어떻게 하느냐는 이유로였다.

그러나 당사자인 금영이는 며칠 전부터 결코 제 오라비나 언니한테 뒤지지 않고 앞서 이번 길에 따라가기를 별러온 터였다.

"아버지, 나두 시골 간다."

"아암, 우리 금영이두 데리고 가지."

"저 새끼 따라와서 울기만 했다봐라."

그때 상일이가 한 말이었다. 역시 그 말이 맞은 것이다.

"안 그래, 시골 가는 거야. 시골 가면 서울보다 훨씬 더 존디 뭘. 할머니가 이쁘다고 업어주실 거구, 참외랑 수박이랑 많이 따주실 거구, 그렇지 금영아."

나는 정성을 다 바쳤다.

그제야 금영이는 얼굴이 조금 풀리며,

"응!"

하고 대답했다.

기차가 속도를 늦추어 덜컹거리며 ㅅ역에 닿았다.

내가 금영이를 안고 우리는 차에서 내렸다. 플랫폼에는 찌르는 듯한 햇볕이 쏟아져 내렸다. 기차는 우리 이외에 서너 사람만을 더 내려놓고 기적을 울리며 이내 떠났다. 우리는 역 대합실을 통과해서 역전으로 나왔다. 대합실의 나무 의자에는 노동자들이 꺼먼 배들을 내놓고 길게 낮잠들을 자고 있었다. 역전 버스 정류장까지 나오는 동안에 남방셔츠의 어깨 위로 땀이 흠씬 차오르고 어린것들도 모두 땀들을 죽죽 흘렸다.

버스 정류장에는 아직 버스가 와 있지 않았다. 우리는 늙은 포플러나무 밑의 그늘로 갔다. 기미투성이인 중년 여인이 사과 참외 등속의 노점을 보고 있었다. 컵을 거꾸로 씌워놓은 소줏병과 불결한 김치 그릇을 올려놓은 좌판, 그 옆에는 벌거벗은 사내애가 손님들이 버린 참외 껍질을 한움큼 손에 쥔 채로 알땅바닥에 그냥 꼬부라져 잠이 들어 있었다.

어린것들은 뭐 신기한 거나 구경하듯 그 애의 잠들어 있는 모습을 멍히 들여다본 채 말들이 없었다. 내년쯤에는 학교에 들어갈 만한 아인데…….

"소영인 아직 이 학년이니까 더 있다가 하더라도 상일인 가정교살 붙여줘야 할 텐데. 글쎄 이웃집 상일이 친구애는 가정교살 붙이는 데 한 달에 만 원씩 든대요. 큰일났어요."

아내가 했던 말이 생각났다.

평소부터 아이들에게 가정교사를 붙여줄 필요성을 별로 느끼지 못했을 뿐 아니라, 그래서 남의 가정교사에도 전연 관심조차 없었던 터인데 한 달에 만 원씩 든다는 말에 나는 적이 놀랐다.

"가정교사 월급이 그렇게 비싼 것인가?"

내가 물었다.

"가정교사 월급은 오천 원인데 그것도 딴 데보다는 많이 주는 편이지만 공부하는 애의 보약값이 오천 원 든대요."

"약값은 왜 거기다 계산을 해?"

"왜 계산 안 해요. 그 애의 몸이 얼마나 튼튼한 애라구요."

아내는 말을 이었다.

"가정교사만 없으면 보약이 필요없는 애거든요. 이왕 가정교살 붙여놓을 바엔 철저하게 시켜서 본전을 빼려니까 우선 애의 몸부터 보하는 거지요."

"본전이라니?"

"가정교사에게 주는 월급값이죠."

"그럼 보약은 애의 몸을 위해서가 아니라 가정교사를 부려먹기 위해선가?"

"글쎄요."

아내는 웃었다.

"궁극은 애의 공부를 시키기 위해서겠지요."

"그것이 애를 위하는 건가? 마찬가지야, 돼지에게 사료를 주는 게 돼지를 위해서가 아닌 것과."

"요새 버스 타고 출근할 때마다 느끼는 것이지만." 하고 한 친구가 말한 일이 있었다. "세상엔 참 잔인한 부모들도 많더군." 저 변두리에서들 시내 복판에 있는 소위 일류 학교에 어린 자녀들을 입학시키는 부모들의 얘기였다. 어른도 타기 힘드는 콩나물통 속 같은 버스 속에서 어린것들이 어른들한테 밟혀가지고 아우성을 치는 건 영 못보겠더라는 것이 그의 말이었다.

"요새 학구제라는 게 실시되고 있지 않아?"

신문에서든가 본 것 같아 내가 물었다.

"이 사람 아주 깡통이로구만." 하고 친구의 하는 말에 의하면 봄에 아이들 입학기가 되면 시내 ㄷ학교와 ㅅ학교의 학구내에다 방 한 칸을 세로 얻어가지고 아이의 기류계를 그곳으로 전적시켜놓고 당분간 와서 산다——그것도 근래에는 실제 와서 조사를 하기 때문에이고 전에는 아무 집에다나 양해를 얻어, 와서 살지도 않으면서 이사왔다고 전적만을 시켜놓았다——그래가지고 취학 통지서만 그곳으로 나오면 곧 방을 내놓고 제 집으로 돌아가 학교에 다닌다는 것이다. 그래 그곳의 방세가 입학기에는 평소의 수십 배씩 된다는 것이었다.

그럴 듯한 얘기였다.

"그게 대체 무슨 짓들인지 모르겠단 말야. 어린것에게 그 지독한 고생을 시켜가면서. 그것도 자가용이라도 있다면 모르겠지만 말야."
하고, 친구는 말했다.

"비뚤어진 공리주의지. 목표를 위해선 수단방법을 가리지 않는, 잘못 받아들여진 서구교육사상에서 온 것들야."

그렇게 느껴져서 내가 말했다.

땅바닥에 잠들었던 아이가 어느새에 눈을 뜨고 그냥 누운 채로 손에 쥔 참외 껍질을 먹고 있었다. 참외 껍질에는 흙이 넌덕으로 묻어 있었다.

"아주머니, 아이에게 저런 걸 먹이면 안 됩니다."

말하지 않는 게 좋지 않을까 싶은 생각을 눌러버리고 내가 말했다.

"갠찮어유, 늘 먹으니께유. 애기들 참외나 하나씩 사주세유."

여인은 그 꺼면 얼굴에 비굴한 웃음을 띠고 나를 쳐다보며 말했다. 그 눈으로, 뭐가 보이나 싶을 만큼 희끄무레한 여인의 눈은 썩은 굴비의 눈이 연상되었다.

"글쎄요. 버스가 곧 올 것 같아서 그럽니다."

그러나 나는 세 개를 사서 트렁크 속에 넣었다.

"안 먹을래, 아버지. 그걸 더러워서 어떻게 먹어? 저 파리 좀 봐."

둘째 소영이가 거의 울상이 되어서 말했다.

"그런 소리하면 못써."

내가 작은 소리로 나무랐다.

"갠찮다. 다 껍질을 벗겨서 먹는 건디 뭘. 파리가 있으믄 어떠냐? 그것들 참 이쁘게두 생겼다."

여인이 역시 웃으며 말했다.

소영이가 아버지 저리루 가 하고 나를 끌었다.

그곳에서 약간 떨어지자,

"아버지 그거 나 안 먹을래."

하고, 소영이는 거듭 안 먹겠다고 다짐했다.

"그래 느들이 안 먹으면 내가 다 먹을게."

"그 앤 그 껍질을 마구 먹지? 아이 더러워."

"막 흙이 묻었던데."

상일이하고 소영이하고는 얘기가 시작되었다.

"왜 참외를 먹잖구 껍질을 먹나 모르겠더라."

"즈 엄마가 안 주니까 그렇지."

"왜 안 준다니?"

"파는 걸 주면 돼?"

멀리서 버스의 클랙슨 소리가 났다. 길이 꼬부라져 돌아간 맨 저쪽의 커브에서 버스가 나타나 움직여 흔들거리며 가까이 왔다.

상일이는 제 스스로 타고 소영이와 금영이는 여차장이 들어서 태워 주었다. 버스 안은 퀴퀴한 냄새와 함께 훅 하고 천장으로부터 화기가 쏟아져 내렸다. 큰놈들은 제각기들 가 앉고 금영이만 내가 안고 앉았다.

버스가 다시 움직여갈 때까지 노점의 여인은 계속 버스 안의 우리를 쳐다보고 있었다. 버스는 울퉁불퉁 요철이 심한 좁은 길 위를 흔들거리며 빠져나가 평평한 들길을 속력을 내어 달렸다. 이내 저수지의 연변길로 들어섰다. 시원하고 상쾌한 물바람이 창구로 쏘와 들어왔다. 앞에 안은 금영이의 머리칼이 바람에 날려 나의 목덜미를 간지럽혀주었다. 물 속에서 목욕하던 벌거숭이 아이들이 일제히 서서 지나가는 버스를 바라보고 있었다. 여름 방학 때에 원두막에 가서 동생들을 쫓아버리고 숙제를 하는데 ㅅ중학교에서 선생들 둘이 가정방문 왔다고 동생이 나를 데리러 왔을 때 나는 가지 않았다. 한 분은 교장 선생이었고 한 분은 후에 바로 이 저수지에서 익사한 담임인 노 선생이었다.

"가서 나 없다고 그래. 창피허게 거지 같은 집이서 어떻게 선생들을 만나?"

하고, 나는 눈을 부라리며 동생에게 말했다.

"아버지가 빨리 오랬단 말여."

동생이 말했다.

"저 자식이, 아버지 아니라 누구라두 나 없다구 허면 될 거 아녀? 빨리 안 가 인마."

"난 몰라. 아버지두 다 안단 말여."

"저 자식이 빨리 가래두 거기 서서 지랄여. 이 자식아, 니 맘 누가 모를 줄 알구 그려. 내가 가믄 니가 오이막이서 놀라구 그러지? 빨리 안 가?"

동생은 발길로 길바닥의 돌멩이 하나를 탁 차고는 느릿한 발걸음으로 집으로 돌아갔다. 얼마 후에 동구 밖으로 햇빛에 바퀴살대가 번득거리는 자전거를 타고 나가는 두 선생들이 보였다. 앞에 가는 건 교장 선생이고 뒤에 가는 게 노 선생이었다. 선생들을 만나지 않은 데 대해서는 후회가 없었지만 방학이 끝난 후에 어떻게 학교에 가나 하는 것이 걱정이었다.

그러나 방학이 끝나기도 전에 뜻밖에 학교에서 노 선생이 사망했다는 거짓말 같은 부고가 왔다. 장례식에는 교장 이하 전교직원 학생들이 참석했다. 낚시질을 하다가 고기가 낚싯대를 끌고 달아나는 걸 붙잡으러 물 속에 들어가서 죽었다고 했다.

아버지에게는 비밀에 붙인 채 어머니에게만 알리고 ㅅ중학교의 입학 시험을 치렀었다. 그 합격 통지가 집으로 오던 날 밤 아버지와 어머니는 대판 싸움을 벌였다.

남의 집 머슴살이하는 주제에 왜 남들이 비웃는 짓을 하느냐는 것이 아버지의 말이었다.

머슴살이하는 집 애는 학교도 못 다닌다는 법이 어디 있느냐고 어머니는 맞섰다.

"대체 뭘 가지구 학교에 다닌다는 거여?"
하고, 아버지가 말했다.

"걱정 말어유 글쎄. 학비는 어떻게든 지가 벌어서 다닌댔으닝께."
내가 시킨 대로 어머니는 말했다.

"지가라니?"

"글쎄 그런 걱정 말래두유. 지가 못 허믄 내가 샀베 한 필을 더 짜더라두 당신보구 갸 학비대라 소리는 안 헐 텡게."

"베 짜서 그 애 학비만 대구 식구들은 다 굶구 앉았자는 거여?"

"굶긴 왜 굶어? 그러닝께 두 필 짜던 거 세 필루 더 짧다잖우?"

"그러구 저두 인자 제 밥벌이는 족히 할 눔이, 그려 학교에 다닌다구 편이 놀아?"

"왜 공부허는 거지 놀러 학교에 당기는 건가유? 원 별 소릴 다 듣겠네."

"노는 거지 뭐여? 기승명(성명) 허면 그만이지, 그 이상 공부하는 건 돈있는 부잣집 애들이나 심심풀이로 허는 짓이란 말여."

윗방에서 사잇문에 귀를 붙이고 두 분의 거친 대화를 들으며 나는 아버지를 어떻게 해버리고 싶은 충동까지 받았었다.

그러나 결국 싸움은 어머니의 승리로 돌아가 나는 학교에 다니게 되고 어머니는 밤을 새워 샀베를 짰다. 종내는 아버지까지도 아들의 학비를 위하여 머슴살이를 걷어치우고, 어물이며 땔나무 등의 등짐장사까지 하기에 이르렀지만 3년을 채 못 다니고 나는 전연 자의로 학교를 그만두어버렸다. 나를 찾아온 한 '사상'이 있었던 것이다. 그 사상이라는 게 바로 '공부란 부잣집 애들이나 심심풀이로 하는 것'이란 아버지의 그 '주의'와 흡사한 것이었다. '문자나 구구법이나 문법이나 수학이나 그런 마치 성서를 광신하는 것 같은 그따위 주물 숭배 사상(呪物崇拜思想)은 타파해야 한다, 그리고 우리가 다만 생각해야 할 것은 저 용(龍)을 퇴치하여 그 이빨을 지상에 뿌려 군병을 만들었다는 페니키아의 왕자인 갸드마스가 한 일을 사실이라고 믿는 일뿐이다.' 이런 사상이었다. 샤를마뉴, 코네리아, 오필리아, 베아트리체 그 밖에 많은 세계의 위인들은 글을 하나도 몰랐으며 심지어 성모 마리아까지도 문자를 몰랐다지 않는가? 또한 중세기에 선택되어 지도적 위치에 있었던 기사(騎士)들도 문자를 다루는 것은 서기(書記)들이 하는 짓이고 자기들은 사상만 가지고 있으면 충분하다고 생각했으며 스스로의 사상에 타인의 사상을 혼합시키는 건 소인(小人)들이라고 하지 않았는가? 그러나 나는 중세기의 기사(騎士)도 페니키아의 왕자도 성모 마리아도 되지 못했을 뿐 아니라, 장차 일개의 무뢰한으로 떨어질 길만을 줄기차게 걸어갔던 것이었다.

버스가 급정거를 했기 때문에 나에게 안긴 금영이가 앞엣의자의 마구리를 이마로 받고 아 하고 울어댔다. 그리고 그만 내리자고 안달을 부렸다. 버스가 다시 움직여 떠나자 어린것의 울음은 저절로 그쳤다.

버스는 고갯길을 올라가느라고 요란한 소리를 냈다. 그와 함께 기름 타는 냄새가 코를 찔러왔다. 고갯길을 모두 넘어가자 한길에 오고가는 사람들이 많이 보였다. 저게 웬 사람들이냐고 차장에게 물으니까 "오늘이 ㅎ장날이에유." 하고 차장은 대답했다.

어쩌면 아버지가 장에 나오셨을지도 모른다는 생각으로, 그리고 한목에 동네 사람들을 많이 만나게 될 것이라는 생각을 하고 나는 마침 잘됐다 싶었다.

해가 거의 질 녘이 되어 장에서 돌아오시는 아버지는 몹시 피로하고 시장한 빛이 있었다. 아버지는 두루마기를 벗어 방 안에 내던지고 토방의 깔개에 털썩 앉으며, "에잇 빌어먹을, 진작 안 된다구 혔으면 일찍 집에나 돌아오지." 하고, 누구에게다 하는 것도 아닌 푸념을 토해냈다. 부엌에서 아버지의 음성을 듣고 어머니가 밖으로 나왔다.

"왜 오늘 품삯 못 받았수?"

어머니가 물었다.

"아 글쎄 조매만 기다려라 기다려라 허길래, 그래 믿구 기다렸더니 다 저녁때에야 오늘은 안 되겠다잖어. 빌어먹을, 진종일 탈탈 굶기만 허구."

아버지가 말했다.

"대체 사람을 뭘루 알구 그러는 걸꾸……."

어머니는 파르르 성깔을 내며 말했다. "거저 주는 건가? 다 일 데려다 시켜 처먹구 뭣 땜에 품삯을 안 주는 거여? 농삿마지기나 지면없는 사람은 아주 사람으로 보이지두 않는가 부지. 제느므 집 식구들은 고기에 쌀밥에 잘 처먹구 살면서 그까짓 품삯 몇 푼이 없어서 못 줬을까?"

"세상이 다 그런 건디 뭘 그래싸."

"속상허닝게 그러지 않우……어디가 외상술이라두 한 잔 받아 자시지, 이 긴긴 해에 그려 종일 굶어유? 돈 받으면 젓갈치 한 마리 사온다더니 갈친 그만두구 괜히 굶기만 혔수그려."

"우리 겉은 사람 누가 외상술 준디아? 가재울댁보고 돌아오는 장날 준다고 한 잔만 달랬다가 괜히 챙피만 당했구먼."

아버지는 뒤통수를 긁적이며 말했다.

"에이구 산 목숨이라구……잠깐만 기다려유, 지금 막 밥솥에 불 넣었웅게유."

그 무렵 나의 제일 큰 소원은 여름철에 하얀 이밥을 먹어보는 일이었다.

내가 동네의 부잣집들을 미워하기 시작한 건 좀 자라서였다. 부자 사람들은 도무지 인정이 없고 돈밖에는 아는 게 없기 때문이었다. 자기네들의 부(富)를 만들기 위해서는 가난한 사람들에게 갖은 악랄한 짓을 다하기 때문이었다. 일을 시키고 품삯을 차일피일 미루어가는 것도 이유가 있는 것을 알았다. 좀더 구박을 주고 배고픔을 주자는 것이었다. 그러므로 그들에게 순순해지고 또 헐값으로 데려다 부려먹을 수가 있기 때문이었다. 가난한 사람들은 해마다 농사는 지으면서도 자기가 지은 곡식을 직접 먹어보는 사람은 없었다. 일단 부자네 창고 속에 소작료·빚 갚음으로 들어갔다가 그것을 다시 장리(長利)로 꾸어다 먹어야만 하였다. 그 짓을 몇 해만 반복하면 급기야는 몇 마지기 안 되는 논밭이 아주 부자한테로 넘어가고 말았다. 그로부터는 부자의 노예가 되다시피하여 간신히 목구멍에 풀칠을 하고 사는 것이 고작이었다. 그래서 부자는 더욱더욱 부자가 되게 마련이고 가난한 사람들은 더욱더욱 가난해지게 마련이었다.

이런 것들을 나는 미워했다. 그리하여 동네의 부자 사람들에게는 인사도 말도 하지 않기로 작정을 하고 그것을 실행에 옮겼다.

그러나 아버지의 태도는 나의 태도와는 정반대였다. 그 사람들에 못뵈면 그나마 굶어죽게 된다는 것이었다. '중놈 장에 가 화내는 격'이라고 아버지는 나를 야유했다. 너 같은 놈의 그런 태도엔 겁을 낼 어느 한 부자도 없다는 것이었다. 그것은 나도 아니까 그런 정도로 하고 그만두면 되겠는데, 아버지는 그것으로 그치는 것도 아니었다. 아버지의 표현을 빌자면 대갈빼기에 피도 안 마른 놈이 건방지고 돼먹지 않았다는 것이었다. 그리고 일부러 나의 그 '건방진' 기를 꺾어놓으려는 건지 내가 약간만 어느 부자한테 잘못한 기색을 알면 당신이 일일이 나를 끌고다니며 사과를 시키고 자기도 자식 잘못 둔 죄를 빌고 했다.

그래서 울화가 터져 시작된 것이 난봉질이었고 특히 도박이었다. 그리고 그 밑천을 대기 위한 도둑질이었다. 요컨대는 무슨 방법으로라도 돈을 모아야겠다는 생각으로였다.

도둑질도 하기가 쉬운 집엣것을 훔쳐내는 것으로부터 시작했다. 원체가 가난한 집안이라 뭐 변변히 훔쳐낼 만한 것도 없었지만 초기의 작은 노름 밑천쯤은 족히 조달이 되었다. 먹을 양식으로 들여놓은 보리나 좁쌀(쌀은 없는 집안이니까)이 주 대상이었는데, 일정하게 계량이 되어 있는 중에서 다만 몇 되씩이라도 훔쳐내면 어머니가 제일 많이 배를 곯게 되었다. 그러나 그 무렵 나에게는 그런 걸 일일이 고려할 겨를이 없었다. 그리고 밭에다 심어놓은 고추 참외 감자 등을 따고 캐다 팔기도 했다. 차츰 이력이 붙게 되어 남의 것도 훔쳤다.

그 중에도 집의 동생 영호가 애지중지 기르던 닭을 훔쳐낸 일을 나는 잊지 못한다. 내 바로 밑의 동생으로 나보다 삼 년 뒤에 국민학교를 나오고 집에서 생일을 하는 터지만, 그도 역시 공부가 소원이었다. 장차 고학할 밑천을 장만한다고 그 첫 단계로 우선 닭을 기르기 시작하였다. 다섯 마리였다. 그것을 하룻밤에 모두 훔쳐냈다. 그 도둑질을 위하여 나는 며칠 전부터 연구를 했다. 어떻게 하면 밤중에 닭소리를 내지 않게 감쪽같이 훔쳐낼 수 있을까고 어둠 속에서 무턱대고 덥석 닭을 붙잡으면 꼬꼬 하고 소리를 낼 건 물론이다. 마침내 나는 소리를 내지 않고 붙잡는 방법을 알아냈던 것이다. 닭이 닭장의 간대에 앉은 그 발 밑에 한 팔을 뻗쳐대고 다른 한 손으로 닭의 한쪽을 슬슬 두들겨준다. 그러면 닭은 곁에서 붙어 자는 제 동료닭이 자리가 비좁아 그런 줄 알고 저절로 뻗쳐댄 팔뚝으로 옮아오게 된다. 그렇게 팔뚝에 옮아앉은 닭은 팔뚝을 역시 닭장 안의 간대로 알기 때문에 그냥 들어서 닭장 밖으로 끌어내도 가만히 있다. 그래 꺼낸 다음에는 한 손을 V식으로 하여 닭의 양쪽 날개 밑으로 넣어가지고 목을 뒤로 젖혀 일거에 힘을 가해서 꽉 쥐어버린다. 그러면 닭은 약간의 소리도 내지 못한다. 준비한 노끈으로 그대로 칭칭 동여매어 부대 속에 넣으면 그만이다.

그 식으로 다섯 마리를 모두 잡아가지고 막 사립 밖으로 나오는데, 그때 안에서 텅 하고 방문 열리는 소리가 나고는 이어 영호의 목소리가 "도둑이야!" 하고 외쳤다. 나는 미리 준비해가지고 간 돌멩이를 그 쪽에다 던져서 위협을 주고는 그냥 어둠 속으로 사라져버렸다.

이튿날 저녁때에 집에 들어가보니까 영호는 실신한 사람처럼 방 안에 번듯이 천장을 쳐다보고 누워 있고 엊저녁에 어느 도둑놈이 닭을 모두 훔쳐갔다고 어머니가 말했다.

영호는 그대로 방 안에만 며칠 누워 있다가 어디에 간다 말도 없이 홀연히 집을 나간 채 감감 무소식이더니 서울에서 편지가 왔는데 뜻밖에도 야간 중학교에 입학을 하여 다닌다는 것이었다.

그러나 그 후 반 년이 다 못 되어 객고가 너무 심했던지 얼굴이 핼쑥해가지고 내려와 뭐 달간 시름시름 앓다가 그만 그 길로 세상을 떠나고 말았다. 허망한 죽음이었다.

영호가 숨을 거두던 날 밤은 유난히도 눈이 많이 내렸다. 그가 위독하다고 노름방으로 사람이 와 달려가보니까 그는 벌써 사람을 잘못 알아보고 있었다. 나는 둘러앉은 사람들(부모 숙부모들)을 헤치고 영호의 손을 붙잡았다. 그리고 그때에야 비로소 내가 그때의 닭도둑이었다는 것을 자백하고 용서를 빌었다. 영호는 마치 죽기 전에 나의 그 말을 들으려고 기다리기라도 한 것처럼 나를 바로 쳐다보며 웃는 것 같은 표정을 잠깐 짓더니 이내 잠들 듯 조용히 눈을 감고 숨을 거두었다.

영호는 이미 내가 제 닭을 훔쳐간 것을 알고도 말을 않고 있었던 것일까? 그러면 왜 발설하지 않았을까? 그리고 왜 나를 증오하지 않았을까? 죽는 마지막 순간까지도 왜 조용히 웃는 얼굴을 보이고 죽었을까! 나에게 오래도록 생각하게 하는 것들이었다.

나는 그 후 나도 모르는 사이에 도박을 걷어치우고 대신 술을 마시게 되었다. 아주 억배로 마셨다.

그리고 인생이란 특히 인간이란, 별게 아니다. 부자고 가난뱅이고 잘난 자고 못난 자고 도토리 키재기에 불과한 것이다라는 생각을 처음으로 하게 되었다. 어느 날 우연히 만난 개미의 행렬을 첫김에 고무신 발로 문질러버리고는 더욱 그런 생각을 하게 되었다. 저것들이 저희들 세계의 여러 가지 문제로 시끄럽게 떠들고 있겠는가? 너는 부자고 너는 가난하고 너는 잘나고 너는 못나고 등으로. 그리고 구멍 밖으로 나와 이 넓은 땅덩어리와 이 광대한 우주를 둘러보고 저희들을 위해서 이 모든 것들이 창조된 것이라고, 참 하느님은 위대하다고 감사를 드리겠는가? 도대체 인간이 저들 개미보다 나은 것이 뭐란 말이냐? 이런 식인 것이었다.

나의 이런 사상에 특히 부채질해준 건 그때 서울 가서 대학에 다니고 있던 재종형이었다(6·25 때 죽었다). 방학 때나, 그 밖의 일로 시골에 내려올 때면 너는 아직 그럴 때가 아닌데 좀 특이한 놈이다라면서 곧잘 나를 불러다 얘기를 시키고 했다. 그 형이 읽어보라고 빌려준 마크 트웨인의 《인간이란 뭐냐》의 책을 읽고 그 책에 너무 심취한 나머지 나는 그 책을 빌려준 형까지도 존경하게 되었다. '인간이란 자동적으로 움직이고 있는 기계에 불과한 것으로 어떤 기계도 그 기계의 유덕한 행위를 칭찬할 자격도, 그리고 그 반대의 행위를 비난할 자격도 없는 것이다.' 이런 대목이 특히 나의 마음을 끄는 대목이었다. 버스는 정류장도 아닌 시장 어귀의 〈前面長 韓山 李 ×× 善政 頌德碑〉가 서 있는 삼거리께에 서서 부릉거리고 장꾼들이 많아서 정류장까지 들어갈 수 없으니 미안하지만 여기에서들 내려달라고 여차장이 말했다. 상일이와 소영이가 저희들대로 먼저 앞서서 가려는 것을 같이 가자 하여 내가 끝엣놈의 손을 붙잡고 우리는 걸었다. 그렇게 장꾼들을 누비면서 육간이 어딘가를 찾는데,

"형님, 지금 내려오시는 길이세유?"

밀짚 모자를 벗어들고 앞에 와 가로막으며 인사를 하는 친구가 있었다. 동네의 젊은 친구였다.

"옹! 장에 나왔나? 혹 우리집에서 아버지나 어머니 장에 나오시지 않으셨나?"

"네! 아저씨께서 아침나절에 나오셨는디 들어가셨을 거에유."

"그래!"

그는 어린것들의 머리를 차례로 쓸어주다가 내가 든 트렁크를 빼앗아들며,

"더우신디 어서 들어가시지유. 저두 그만 들어가야겠구먼유."
했다.

"육간에 잠깐 다녀서 가야겠는데, 요샌 육간을 어디다 세웠나?"
내가 물었다.

"이로 오세유."

트렁크를 들고 그가 앞서 걸었다. 나는 어린것들을 이끌고 그의 뒤를 따랐다. 어물전을 지나서 육간은 곧 있었다. 두 군데인데 서로 이웃하고 있었다.

"아무 데서나 사지 뭘, 뒤 근 살걸."

내가 첫 번째 육간 앞에서 그러니까,

"형님! 이리로 오세유, 걘 너무 깍쟁이로 놀아서."

하고는, 다른 집으로 들어갔다.

"형님! 황육으로 허실 거지우? 몇 근이나 띠실라구유?"

그가 물었다.

"응! 서너 근만 하지 뭐, 식구도 얼마 안 되는데."

내가 말했다.

그러자 수염이 허연 육간 주인은 알아듣고 고기에 칼을 대려는데, 젊은 친구가 얼른 손을 내저으며,

"아냐 그걸루 띠지 말구 저 등심 쪽으루 띠게." 했다.

"네!……네!……."

육간 주인은 한 번 굽신하고 칼을 옮겨 그가 달라는 부분을 베어 저울에 잠깐 달아보고는 내장 부분 약간을 더 떼어 보태가지고 신문지에 말아서 주었다.

"얼만가?"

젊은 친구가 물었다.

"네, 삼백 원이구면유."

노인이 대답했다.

백 원권 석 장을 꺼내어 주었다. 고기는 젊은 친구가 받아가지고 돌아오는 길에,

"이 사람아, 그렇게 수염이 허연 노인장보고 반말을 하면 되나?"

내가 말했다.

"형님두 참, 걔들보구 반말허지 존대험니까?"

그가 말했다.

"걔들이라니? 요샌 그런 말 안 통하네. 그 사람이 원체 사람이 좋아서 그렇지."

내가 그러니까,

"우리가 언제부터 민주주의 세상에서 살었다구 백정놈들허구 맞벗헌 대유. 형님두 참."

젊은 친구는 아주 신념이 확고했다.

"젠장 돈만 많이 준다면 백정의 삯짐이라도 지겠구만. 요새 세상에 양
반 상눔이 어딨어. 돈 있으면 양반이지."
하고 언제인가 아버지가 말했을 때 어머니는 그 말에 반대했다.
"어떻게 그럴 수야 있대유. 아무리 돈두 좋지만 그려두 사람인디 차라
리 아주 죽어버리지유."
옛날에 어머니가 자란 외가가 행세했던 집안이었다는 말을 어머니한
테 들었기 때문에 그런 기분이 아직도 어머니한테는 묻어 있는 것이라
고 곁에서 나는 생각했다.
우리는 장꾼이 아주 붐비는 음식점 골목을 지나갔다.
"여봐유, 민호 형님 아니유? 지금 오는 길인가벼."
한데다 걸어놓은 검정 가마솥에서 돼지 곱창이 부글부글 끓고 있는
그 뒤의 하얀 이불호청 같은 것으로 차일을 쳐놓은 속에서 구부렸던 허
리를 펴고 반색하는 가재울댁을 나는 얼른 알아보지 못했다. 오랜만이
기도 했지만 너무 늙었기 때문이기도 했다.
"저것들 큰 것 좀 보게. 저게 셋째군. 참 딸들도 이쁘게두 나놨네. 즈
어머니가 원체 이쁘닝게 딸들두 저렇게 이쁘지."
"네, 참 오랜만입니다. 그 동안 안녕하셨습니까?"
아득히 먼 그 언젠가 내가 어렸을 때 아버지에게 외상 술 안 준 유감
이 나의 한 구석에는 아직 풀리지 않고 있어 나는 그다지 즐거운 대면
이라고 느껴지지를 않았다. 그래 대강 인사만을 받아주고 그냥 지나쳐
가려는데 안쪽에서,
"경호 아니여?"
하고, 외치는 소리가 들렸다. 나는 걸음을 멈추고 허리를 굽혀 포장 안
을 들여다보았다.
좌판 앞에 짚방석을 깔고 앉아 술잔을 기울이고 있던, 차림의 꾀죄죄
하기가 비슷한 두 얼굴이 한꺼번에 이쪽을 보고 있었다. 같은 마을의 불
알 친구들인, 하나는 윤창이 하나는 태을이였다. 나를 확인한 윤창이가
입 속의 안주를 우물거리며 밖으로 튀어나왔다.
"지금 오는 길이구만. 아이들 먼저 보내구 말이여, 한 잔 허구 같이 들

어가세."

벌써 건히 취기가 돌아 있는 그는 아주 반가워 어쩔 줄을 모르며 무턱대고 나의 팔을 잡아 끌었다. 나는 저만치에서 트렁크와 신문지에 싼 고기를 들고 선 채 나를 기다리고 있는 젊은 친구를 약간 난처한 얼굴로 건너다보며 잠시 주저했다.

그러자 젊은 친구가,

"그럼 형님 천천히 오세유, 아이들 데리고 지가 먼저 들어갈 테니까유."

했다. 나는 윤창이한테 팔을 붙잡힌 채로,

"그럼 수고해주게, 곧 뒤따라 갈 테니까."

하고, 주청 안으로 끌려들어갔다.

"아침에 아저씨 장에 나오셨는디 아마 들아가셨을 거여."

태을이가 말했다.

"응, 들어가셨다더구먼."

"오는디 더워서 혼났겠어."

"아이 지독히 더운 날여."

"어띠여? 재미가. 자네 재미좋다는 건 늘 소문으로 듣구 있지만 지금 두 신문사에 그냥 있지?"

윤창이가 물었다.

"응! 그냥 있어. 자네들 재미는 어때? 뭐 이렇게 술 잘 먹고 존가 보구먼."

나는 그들의 누더기가 된 허줄한 옷주제에 자꾸만 끌려가는 시선을 억지로 그들의 얼굴로 돌리며 무슨 말을 해도 그들과의 사이에는 오해가 없다는 확신을 갖고 이렇게 말하고 웃었다.

"그래 좋네. 자네가 잘 봤네."

그들도 따라 웃었다. 여러모로 처지가 비슷한 둘은 빈촌으로 면내에서 첫째가는 우리 마을의 상징과도 같은 존재들이다. 그래서 그들은 여러 가지로 이름들을 떨치고 있다. 가난하기로 그렇고, 술 잘 마시기로 그렇고, 도박 잘 하기로 그렇고, 둘이 다 부인이 달아나버리고 홀아비인 것도 그렇다. 둘이 다 노부모와 어린 동생들을 거느리고 있으면서 일 않고 게으르기로도 비슷하고 유명하다.

"여전히들 둘이는 못 떨어지느만, 진디처럼."

내가 말했다.

"초록은 동색 아닌가베."

윤창이가 말했다. 그러고 우리는 또 한바탕 웃었다.

그들과 만나면 즐거움 이외 아무것도 생각할 필요가 없어진다.

"경호! 어서 술 들세. 그려두 자네나 우리 심정 알아주지 이 세상 어느 한 놈 우릴 알아주는 놈 없네!"

너무 크게 웃고 난 끝이라선지 태을이의 말끝엔 후 하고 한숨이 달려 나왔다.

사실 동네에는 그들과 어울려줄 만한 친구가 없다. 그들과 어울려서 아무런 소득이 없다는 야박한 인심 때문이기도 하지만 그들을 마치 오물시하듯 그들과 어울리면 그들과 같은 놈이라고 지탄을 받기 때문이기도 하다.

"인제 너도 시골에 내려오거든 그 윤창이나 태을이나 그런 애들허구 어울려 다니지 좀 말어라."

아버지도 자주 하던 말이었다.

"점잖은 사람이 그런 애들허구 어울려다니면 어디 네 체면이 서느냐 말이다."

안경을 사 끼고 시골에 내려오라는 말과 비슷한 의미다.

"그 사람들은 왜 사람이 아닙니까? 돈이 없을 뿐이지요."

"너구 어디 비교나 되는 애들이냐?"

옛날을 생각할 때 아버지만은 그런 말을 해서는 안 될 분이라고 속으로 생각하며 나는,

"그런 게 아닙니다. 돈만 빼노면 사람은 다 마찬가지지요."

하고 말한다. 그러니까 이 친구들은 나라면 덮어놓고 좋아한다. 나는 한 사코 조금만 더 하자고 붙드는 그들에게 저녁에 집으로 놀러오라고 이르고 자리에서 일어나 나왔다.

오후가 되니까 시장 안은 장꾼들이 듬성해졌다. 나는 시장을 빠져나와 자갈이 깔린 신작로를 걸었다. 오후가 되었는데 햇살은 조금도 약해지지 않고 게다가 몇 잔 곁들인 술기운까지 있어 불 속을 걷는 것처럼 확확 열이 났다. 회칠한 돌에다 '模範部落虎岩里入口'라고 페인트로 써서 세워놓은 삼거리에서 나는 잠시 망설였다. 재종형수네 집부터 잠깐 들렀다 갈까 하고서였다. 그렇게 결정한 나는 신작로를 버리고 냇둑길로 들어섰다.

내는 바닥이 하얗게 말라 있고 군데군데 홈파인 곳에 약간씩 괴어 있는 썩은 물 속에는 개구리가 네 다리를 쭉 뻗은 채 움직이지 않고 떠 있었다.

한참 걸어올라가자 냇둑이 방죽 수문께에서 끝나는 그 밑에 논에서 일꾼들이 하얗게 엎드려 김을 매고 있는 것이 보였다. 멀리서도 누구네 논임을 알 수 있고 엎드린 모습으로 누구누구라는 것을 대강은 짐작할 수가 있었다. 차츰 거리가 가까워질수록 더욱 확실해졌다. 장날인데 장에들도 안 가고 이 더운 날에 일들을 하고 있다는 생각을 하면서 나는 걸었다. 시골의 장날은——적어도 우리 시골의 장날은——마치 축제일이나 무슨 명절날과 같은 그런 날로 인식되고 있기 때문이었다. 평일에 일한 품삯을 대개 장에 가 받고 그리하여 술 한 잔 받아먹고 하루 놀고 하는 날인 것이다.

일하는 데까지는 한참 걸어서 갔다. 하나가 잠깐 허리를 편 참에 나를 보고 어 경호 아니어? 하고 소리지르자 따라서 일제히들 일어나 이쪽을 돌아보았다. 나는 허리를 꾸뻑거리며 안녕들하십니까 하고 유쾌한 인사를 하였다. 한 친구가 큰 소리로 외쳤다.

"그냥 가지말구 게서 잠깐 쉬었다 가게. 곧 술 나오네."

그들은 다시 허리를 굽혀 일들을 하고 나는 내뚝 좀 아래켠으로 내려가 꼴풀을 깔고 앉아서 기다렸다.

쉬었다 가게 한 친구가 연신 허리를 펴고 마을 쪽을 바라보더니 마침내, '떴네, 떴어.' 하고 나에게 외쳤다. 과연 마을 골목에 희뜩한 두 물체가 떠서 이쪽을 향하여 움직여오는 것이 보였다. 두 아낙의 머리에 이어져서 젓거리가 나오고 있는 것이었다. 점점 가까워지면서 성급한 젊은 일꾼은 벌써 논물에 다리를 씻기 시작하고 마침내 젓거리가 내뚝에 닿자 일꾼들은 모두 나왔다. 거듭 홍건한 인사들을 나눈 끝에, 술사발이 나한테로부터 먼저 왔다.

"서울에서 자네야 이런 술 먹겠나만 농촌에 오면 농촌술 먹어야지 별수 있나."

술을 따라 돌리는 친구의 말이었다.

"서울에서도 내가 먹는 술은 다 그 술이네."

하고 나는 어른들한테부터 먼저 돌리라고 사양했다.

"참 경호! 요새 서울 정세가 워떤가? 계엄령인가 그건 풀렸다며?"

맨 첫 번째로 술을 받은 어른이 물었다.

"네 풀렸습니다."

"그런디 워찌된 놈의 세상인지 농촌은 점점 살기가 더 어려워만 가네. 서울은 어떤지 몰라두."

"어디나 다 마찬가지죠. 서울은 서울대로 그렇구요."

"왜 이번 정부는 서울 사는 사람들만 무서워허구 시골 사람들은 아주 무시헌다면서? 그래 금년에는 비료가 통 안 나왔네. 암매 비료 한 포대에 삼천 원씩이나 허구. 시골사람들은 그 데모를 헐 줄 모르닝게 그런가 보지."

"그럴지도 모르지요. 그런데 아저씨께선 데모라는 말을 다 아세요. 죄송한 말씀입니다만."

하고, 나는 웃었다.

"그거 어린애들두 다 아는 말인디 뭘. 이번에 서울에다 편 그 계엄령인가두 그것 때문이라면서? 직접 구경은 못혔지만 백성들이 들구 일어나는 것 아닌가? 기미년 독립만세 때처럼. 아니지 갑오동학란 때처럼 말여."

"네 맞습니다. 꼭 맞는 말씀입니다. 아저씬 참 모르시능게 없으십니다."

"참 백성이란 순허구두 무서운 거지. 사람人자의 人은 사람을 일컫는 글자이지만 백성民자의 民은 곧 天일세. 그래서 民은 天子가 다스리는 거지 여네 보통사람이 다스릴 수는 없는 거거든."

"좋은 말씀입니다."

나는 반 되들이나 되는 대접으로 세 대접을 마시고 자리에서 일어났다. 그곳에서 형수네 집은 이내였다. 하얗게 햇볕에 내리비친 담장으로 뻗어올라간 호박덩굴이 삶아놓은 것처럼 축 늘어져 있었다. 그쪽으로 돌아가 반쯤 열려 있는 사립문 앞에서 나는 안을 잠깐 들여다보았다. 하얀 햇볕이 마당에 꽉 차 있는 집안은 아주 조용했다. 돼지도 없는 낡은 돼지울 속에서 두 마리의 닭이 바닥을 긁어대고 있었다.

아무도 없나 싶은데 그때 갑자기 다다르 하고 미싱 소리가 들렸다. 나는 고개를 사립문 위쪽으로 쳐들고,

"현숙아!"

하고, 조카애 이름을 불렀다.

두 번째 부르니까 미싱 소리가 멎으며,

"누구세유?"

하는 건 마침 형수였다.

"접니다. 상일이 아빠요!"

형수가 나오기 전에 내가 먼저 사립 안으로 들어갔다.

"어머나 서방님 오시네. 언제 오셨어요?"

적삼에 브로치를 끼우며 마루로 뛰어나오던 형수는 나를 보자 어린애처럼 환성을 올렸다.

"지금 오는 길입니다."

"그래요? 어서 마루로 올라가세요."

형수는 신발도 신는 둥 마는 둥 후닥닥 마당으로 뛰어나와 두 손으로 내 팔을 잡아끌었다. 그렇게 마루에까지 끌고 올라가서는 부랴부랴 마루에 걸레질을 치고 부채를 찾아내놓고 대야에다 물을 떠 내놓고 이렇게 순식간에 다 해놓고는,

"어서 윗저고리 벗으시구 세수허세요."

했다. 나는 바람개비처럼 돌아가는 형수를 멍히 바라보며 형수는 아직

도 매우 젊고 아름답다고 생각했다. 그 시종 웃음을 띠고 있는 시원한 눈을 들여다보며 이분의 말소리를 들으면 그 음성이 꼭 그 눈에서 나오는 것 같다고 느낀 건 전부터의 일이다.

"현숙이는 어디 갔나요?"

나는 대강 세면을 마치고 벽에 걸려 있는 죽은 형의 사진 액자를 올려다보며 물었다.

"할먼네 집에 갔어요."

"올해 농사는 잘 하셨구요?"

"네! 그까짓 것 얼마 되나요?"

"많든 적든 잘 해야지요."

"동세랑 애기들이랑 잘들 있지요? 서방님."

"네! 어린것들은 죄 데리고 왔어요."

"그래요? 먼저 집에 보냈구먼. 이리로 좀 데리고 오시지. 고것들 많이 컸을 건데."

하고 형수는 그 동안 깜빡 잊었다는 듯 갑자기,

"참 나좀 봐. 잠깐 앉아 계세요. 서방님 좋아하시는 것 갖다드릴게."

하고는, 일어나 부엌으로 나갔다. 집에 술이 있나 보다고 나는 대뜸 알았다. 여기다 술을 더 하면 취할 건데 싶으면서도 나는 잠자코 기다리고 있었다. 서늘한 방 안에서 열어놓은 문으로 하얗게 햇볕이 깔린 마당을 내다보고 있자 그때도 형수가 준 술 때문에 있었던 이 집에서의 일이 그대로 눈앞에 떠올랐다.

"왜 시집두 안 가고 아까운 청춘을 이렇게 늙히느냐 말예요, 네?"

술에 몹시 취한 내가 형수를 상대로 한 이런 시비(?)로부터 시작된 일이었다. 그때도 현숙이는 집에 없었다.

"서방님도 참 늙은 사람이 무슨 시집은 가요?"

형수는 조금도 노하지 않고 내 농담을 그대로 받았다.

"늙다니 형수가 늙었단 말예요? 천만의 말씀, 형수야말로 젊단 말예요. 그리고 미인이구."

"서방님 사람 놀리셔 호호호……."

"놀리는 게 아니란 말입니다. 진정이란 말입니다. 내가 중신해드릴 테니 시집을 가란 말예요."

"누가 들어요, 서방님!"

"들으면 어때? 형수 좋은 일 시켜드린다는데…… 뭐 열녀가 되렵니까?"

"서방님 취하셨어요. 거기 잠깐 누우세요. 내 저녁 지어놓고 깨워드릴게!"

그러고 형수가 자리에서 일어서려는 걸,

"취하다니 안 취했어요."

나는 형수의 치마를 나꾸어채서 도로 앉혀놓았다.

"저녁 그만두고 그대로 앉아 아주 결판을 집시다."

"이러시면 형님한테 혼나요, 서방님."

형수는 벽에 걸린, 우리를 내려다보고 있는 형의 사진을 가리키고 웃었다.

"무슨 말씀. 고인도 아마 자기 부인이 고생하고 혼자 사는 게 굉장히 마음 아플 겁니다. 그래서 형수를 시집 보내려는 이 아우를 칭찬하고 있을 겁니다. 최소한도 형님은 그럴 사람이거든요. 아셨어요, 아주머님?"

"야단났네! 현숙이도 곧 학교에서 돌아올 건데 저녁 지어야지, 서방님 제발 좀 봐주세요."

형수는 두 손을 마주 비비며 사정사정했다.

"안 돼요. 이런 일 봐줬다가 정말로 형님한테 야단맞게."

그러나 실제로 나의 취기는 더 이상 나를 지껄이지 못하게 했다. 아마 그대로 쓰러져 한잠 잤던가 보았다. 저녁때가 되고 어느 새 현숙이까지 학교에서 돌아와서 모녀는 나란히 나의 곁에 앉아 있었다.

"인제 약주 다 깨셨어요 서방님?……현숙이 어서 인사드려라."

형수가 말했다.

"아저씨 오셨어요?"

현숙이가 인사를 했다.

"응! 학교에 갔다 왔나?"

나는 점잖게 앉아 인사를 받았다.

"저녁 잡수셔야죠, 잠깐 계세요."

형수는 저녁상을 차려왔다.

"저희들도 아직 안 먹었어요. 같이 하려구요."

형수가 말했다. 같이 먹는 저녁 식사에 형수는 또 반주 한 잔을 갖다 주었다……나의 추억은 거기서 중단되었다. 형수가 술상을 차려왔기 때문이었다.

"집에 웬 술이 다 있어요?"

내가 물었다.

"김 매려구 조금 혀넣었어요. 잘 됐나 모르겠어요. 조리를 박고 그냥 떴더니……."

잔에 술을 따르며 형수가 말했다. 노랗고 텁텁한 '전내기' 술이 잔에 채워졌다. 보기에도 군침이 도는 술빛이었다.

"장에서부터 오늘 술 많이 했는데. 이걸 먹으면 아주 취하겠는데. 오늘 또 주정하면 어떡허지요 아주머님?"

그리고 나는 웃었다.

"조금인데 뭘요."

형수도 웃었다.

"그러면 또 주정 좀 할까요?"

"허세요, 얼마든지."

우리는 또 한바탕 웃었다.

나는 되도록 취하지 않으려고 조심하면서 들여온 술을 모두 마시고 그곳에서 일어서 나왔다.

"조심해 가세요. 그리고 서울 올라가시기 전에 애기들 데리고 한 번 더 놀러 오세요. 술 남겨 둘 게요."

형수는 밖에까지 나와 나를 배웅하여 주고 내가 보이지 않을 때까지 오래오래 거기 서 있었다.

걸음이 약간 비틀렸으나 기분은 적당히 좋은 상태였다. 나는 나오는 대로 흥얼흥얼 콧노래를 부르며 길을 걸었다. 저녁때가 되어 실제로 햇살이 약해진 건지 아니면 너무 술에 취해서 감각이 무디어져서인지 별로 덥다는 느낌도 없었다. 그저 기분이 좋을 뿐이었다. 어느덧 방죽의 제방길을 모두 지나서 마을 어귀에 있는 주막 앞에 이르렀다.

술에 취한 나의 발은 당연히 들르는 집처럼 안이 떠들썩한 그 주막으로 들어갔다.

"어! 저 사람 자네 워디 있다가 인자사 오는 거여?"

장에서 돌아오다들 들른 듯 윤창이와 태을이가 술에들 취해가지고 거기에 있었다. 그리고 황토백이집 '긴 상'(그의 성이 金이므로 일제투인 반 어른쯤의 대접으로 동네에서들 그렇게 부른다)과 주막 안주인이 있었다.

"언제 오셨어유?"

주막 안주인이 반색을 했다.

"네! 오늘 왔습니다. 그 동안 안녕들하셨습니까? 황토백이집 아저씨랑요."

나는 처음 보는 긴 상에게와 한꺼번에 인사를 했다.

"허 참 경호 오래간만이여! 왔다는 얘기는 아까 들었어, 이 친구들한테. 잘 있었지?"

긴 상이 하얗게 백고친 자기 머리를 한번 쓸면서 반갑게 말했다.

"네! 덕택으루 잘 있었습니다."

"이리 올라와 앉어."

"네!"

나는 한번 비쓸하고는 곧 긴 상이 내어 주는 자리로 가서 앉았다.

"요새 어떻게 지내세요, 아저씬. 아직 면환 안 하셨지요?"

긴 상은 부인이 죽은 지가 벌써 이 년째인가 삼 년째인가 되었다. 굶어서 죽었다는 말이 났었으리만큼 가난이 병원(病源)이 된 죽음인 것만은 틀림없던 그때의 일이었다. 불쌍한 죽음이었었다.

"먹을 것두 없는 사람이 무슨 면환인가? 그냥저냥 조매 살다가 말지."

그는 후우 하고 한숨을 내쉬고는 조끼 호주머니에서 담뱃대와 쌈지를 꺼내어 담배를 쟀다. 동네에서 그 나이 또래에 아직도 그런 담배를 피우는 사람은 그 하나뿐이었다.

긴 상네 마누라가 보리쌀 한 되짜리라는 소문이 동네 몇몇 친구간에 퍼진 적이 있었다. 술 한 되짜리라는 소문도 떠돌았다. 개 같은 년이라고 그녀를 힐난하는 극단론자도 있었지만 대다수의 의견은 수염이 석 자라도 먹어야 양반 아니냐, 배고파서 그러는 건 할 수 없다고들 했다.

나는 마을의 한 젊은 친구한테 들은 일이 있었다. 윤창이와 그 젊은 친구는 술 한 병에다 안주로 오징어 두 마리 그리고 따로 종이봉지에다 보리쌀 한 되를 넣어가지고 긴 상네 황토백이집으로 갔다. 긴 상은 남의 집 일 가고 부인과 어린것들만 집에 있었다. 그런데 그들이 가자, 신통하게도 어린것들은(젖먹이까지 큰놈이 업고) 슬금슬금 밖으로 나가버렸다. 그래 집에는 부인과 그들뿐이었다. 웬걸 이렇게 가져왔느냐고 부인이 말했다. 이거 얼마 되지는 않지만 한 끼니 밥이나 지어먹으라고 윤창이가 일러준 대로 젊은 친구가 말했다. 부인은 미안해서 어떻게 하느냐면서 부엌에 나가 주안상을 차려왔다. 부인이 술을 쳐주어 윤창이와 젊은 친구는 한 잔씩 마시고 부인에게도 잔을 돌렸다. 부인은 처음엔 사양하다가 마지 못한 듯이 잔을 받아 마셨다. 신참자가 있어서 그런가 보다고 젊은 친구는 속으로 생각했다. 술이 반 병으로 내려가자 윤창이가 자기 집에 잠깐 다녀올 일이 있다고 방을 나갔다. 부인이 무슨 일이냐고 물었지만 그 젊은 친구는 미리 짠 일이기 때문에 잠자코 있었다. 윤창이가 방을 나가 그의 신발 소리가 들리지 않는 걸 기다려서 젊은 친구는 부인의 한 손을 잡았다. 부인은 별로 반응도 없이 다만 점잖은 총각이 왜 이러느냐고만 말했다. 젊은 친구는 한 손으로 술잔들을 밀어놓고 그냥 그녀의 손을 붙잡은 채로 자리에 뒹굴어버렸다. 별로 잡아당겼다는 기억도 없는데 젊은 친구의 코 끝에 그녀의 머리카락 냄새와 땀 냄새가 풍겨왔다.

그 다음 젊은 친구의 손은 저절로 그녀의 목덜미를 끌어안고 그 다음의 일들은 거의 그녀에게 내맡겨버렸다. 그는 갑자기 숨이 차서 후우후 뱉아 내며 벌떡 일어나니까, 싱겁긴 하고 부인도 따라 일어나면서 가늘게 뜬 눈으로 그 젊은 친구를 쳐다보며 웃었다.

윤창이가 문 밖에서 헛기침을 한 번 하고 아주 멀쩡한 얼굴로 들어온 건 그러고나서도 한참이나 있다가였다. 애초부터 그렇게 약속이 된 일이니까 이번에는 젊은 친구가 자리를 비워줄 참인 것이었다. 젊은 친구는 윤창이처럼 집에 볼일이 있다는 핑계를 대지는 않았다. 그냥 오줌이라도 누러 나가는 것처럼 암말도 않고 밖으로 나왔다. 부인도 역시 어디에 가느냐고 물어보지 않았다. 젊은 친구는 길목에서 사람이 오는가만 보아주면 되는 것이었다. 한참 만에 윤창이가 불러서 들어가보니까 부인은 역시 아무 일도 없었던 것같이 아주 태연하고 멀쩡한 얼굴로 엉뚱한 얘기만을 하고 있었다. 그들은 남은 술을 마저 따라 마시고 시절얘기와 돌아오는 장날에 술 먹을 얘기들을 하다가는 돌아왔다.

"자네 어디 있다가 인자 오는 거여?"

좀 전에 태을이가 물었던 말을 윤창이가 되풀이 물었다.

"응 범배〔虎岩〕 좀 들렀다 오느라구."

"아주머니, 어서 한 병만 달래두유! 경호두 왔구. 더 달라군 안 헐 테니 어서유."

태을이가 주막 주인에게 하는 말이었다.

"차암 답답혀 죽것네. 외상을 내주면 우리가 술을 가져올 수가 없대두 그려."

주막 안주인의 말이었다. 그 동안 외상 흥정을 하느라구 그렇게 떠들썩했던가 보았다.

"아깐 자네들이 샀으니 여기선 내가 한 잔 사지."

내가 말했다.

"이 사람이? 손님은 잠자쿠 있는 거여."

태을이가 얼른 나를 가로막고,

"싸게 줘유. 아주머니," 했다.

"우리끼리 손님 주인이 어디 있어? 여기선 내가 한 잔 사보세."

나의 말에,

"그러면 못쓰네."

이번에는 긴 상이 나에게 그러고는.

"어서 우리 셋 앞으루 달구서 한 병만 줘유." 했다.

그러나 여전 주모는 대꾸를 안 했다.

"관두구 글쎄 아주머니 어서 가져오세요. 술은 무슨 술이 있습니까?"

나의 말.

"소주에유."

"그거 취하겠구먼. 대두 한 병에 얼만데요?"

"백 원에유."

"어서 가져오십시오."

나는 백 원권을 꺼내어 주모에게 주었다. 그제야 주모는 겨우 엉덩이를 들고 일어났다.

"이거 미안혀서 워떻게 허나 경호?"

긴 상이 그랬다.

"별 말씀을 다 하십니다. 오랜만에 뵈었으니 제가 아저씨 한 잔 받어 드려야지요."

"원 참, 사람노릇 못 허네."

"아무 술이나 먹어두세 젠장."

태을이의 말.

이윽고 술이 둬 순배씩 돌아가자,

"경호, 이 사람은 암만 서울가 오래 살어두 참 수수혀서 좋아."

긴 상이 말했다.

"누군 서울가 오래 살믄 별 사람 있습니까?"

나의 그 말을 이번에는 태을이가 받았다.

"이 사람 봐, 요즈음 서울로 식모살이만 갔다 와두 말여, 시골놈헌테는 시집 안 간다구 헌다네."

"되지 못한 똥자루가 나오다 삐뚤어진다는 격이지."

윤창이의 말.

"그런 얘긴 그만두고 우리 오랜만이니 소리나 한바탕 하는 것도 좋잖을까?"

내가 제의했다.

"거 참 존 말이구먼. 그럼 자네부터 먼저 혀."

태을이와 윤창이가 손뼉을 치며 말했다.

"그러지 뭐 어렵나!"

나는 좀 서툴렀지만 근래에 익힌 '옥중가'의 한 대목을 창으로 불렀다. 긴 상은 무릎 장단을 맞추고 윤창이와 태을이는 손바닥으로 술상을 치며 '좋다, 좋지' 하고 추임새를 하였다. 소리가 끝나자,

"그런 건 또 어디서 배웠디야?"

긴 상이 말했다.

"경호 못 허능 거 이 세상에 있간디유?"

태을이가 말했다.

다음에는 윤창이 태을이 그렇게 돌아가며 노랫가락들을 불렀다. 그러나 나의 취한 상태는 이미 그 노래들을 다 들을 형편이 못되었다.

어머니가 동생을 끌고 그곳까지 나를 데리러 오셨는데도 나는 제대로 인사조차 못드렸다.

태을이와 윤창이가 질질 끌다시피 집까지 데리고 와서 마루에 눕힌 것만을 겨우 기억할 뿐이었다.

"그 애 모기 때문에 거기서 못'잘 텐디."

"모깃불이나 좀 놔볼까유?"

아버지와 어머니의 이런 대화가 꿈 속에서처럼 들렸다.

목이 타는 듯한 갈증을 느끼고 눈을 떴을 때는 이미 부옇게 동이 터오는 새벽녘이었다. 역시 나는 마루에 누워 있었고 머리맡에 어머니가 앉은 채로 꾸벅꾸벅 졸고 있었다. 늙어서 허리가 굽은 어머니는 꾸벅하고 졸다가도 생각난 듯이 손에 들려 있는 부채를 파닥파닥 부쳐 나에게 바람을 보내주곤 하였다. 내가 길게 하품을 하고 자리에서 일어나자 어머니도 놀라 감은 눈을 뜨고는,

"워치케 조매나 잤니. 모기헌테 물려감서 왜 마루에서는 자?"

하고 말했다.

"네! 어머닌 숫제 안 주무셨구만요?"

내가 말했다.

"집에 모기가 워치케나 많어야지. 뭐 조느라구 너 모기는 모기대로 물렸을 건디 뭘."

하고 어머니는 웃었다.

"아냐요, 모기 안 물렸어요. 그만 너무 취해가지고 괜히 어머니만 고생시켜드렸어요."

우리의 말소리를 듣고 방 안의 아버지도 잠에서 깼나 보았다. 카랑카랑한 목소리가 들려왔다.

"그 애 어서 국물 좀 끓여다주어. 웬 술은 그렇게 먹어. 똑 술을 먹어두 그런 애들허구만 쯔쯔……."

아버지는 혀를 찼다.

"엊저녁 국이 그대루 있으닝게 그걸 불때다 줘야겄구만유."

자리에서 일어나며 어머니가 말했다.

"어머니. 먼저 저 냉수부터 한 그릇 주세요."

"그려라."

어머니는 굽은 허리가 저절로 펴지는 듯 발걸음도 가볍게 부엌 쪽으로 갔다.

——1977년 作, 1994년 改稿

태출이가 베푸는 잔치

1

멀리서 보면 마치 계단들처럼 보이는 그것이 그 마을에서들 짓는 다랑이 논두렁들이고 그 위로 도토리나무 싸리나무들이 듬성듬성 서 있는 황토산 중턱에 그 마을은 자리잡고 있었다. 천생 빈촌일 수밖에 없이 되어 있지만 어쩌다가라도 반듯한 집 한 채없이 한결같이 처마들이 토방에 맞닿는 삿갓만큼씩한 오두막집들이며 싸리 울타리에 널은 그 묵은 깃발같이 해진 빨래들의 꼴이며 그냥 가난이 질질 흐르는 마을이었다.

이 마을에 태출이는 살고 있었다. 그는 그 계단처럼 보이는 꼴난 그거나마도 한 뙈기없이 이 썰렁한 마을 중에서도 제일 가난한 다섯 식구의 가장이었다. 그의 직업을 굳이 말한다면 날품팔이라 할 수밖에 없겠으나 각기 자기네들만도 손품이 남아도는 이런 마을에서 격에 맞지 않는 직업인 것이었다. 동네에 무슨 일거리가 있으면 가서 거들어주고 뭐 좀 얻어다 먹고 그것이 없으면 그냥 굶고 하는 것이었다.

더 말할 것도 없이 요즘 한창 바람을 일고 있는 그 월남에나 갔으면 얼마나 좋을까 싶은 그런 사람이었다. 빽도 돈도 없는 그로서는 감히 엄두도 못 낼 일일 거고 하다못해 서울이나 그 밖의 다른 도시로라도 갔으면 좋으련만 더러는 그렇게 권하는 사람까지 있어도,

"우리 겉은 놈 어디 가면 별 수 있간디."

이러고 마는 것이었다.

사실 그의 말마따나 어디에 가나 별 수가 없을 것 같기도 한 것이었
다. 그 빨간 알몸뚱어리만의 가족들을 이끌고야.

"그래두 무슨 수를 내봐야지 그러구만 있어서야."

그 권하는 사람이 이렇게 말하면 그는,

"죽은 목숨인디 뭐."

하는 것이었다. 일단, 죽은 사람은 다시 살아나지 못하듯이 한 번 아차
자기처럼 되면 되기가 망정이지 그만이라는 것이었다.

그래 그는 점점 더 거지가 되어가고 그의 처도 어린것들도 점점 그렇
게들 되어갔다.

그가 그렇듯 급전직하로 떨어져가는 데는 이유가 있었다. 원체 동네
가 그 판수로 생겨서 별 일거리도 없지만 그나마 동네에서 그의 품을
환영하지 않고 있는 것이었다.

"그 사람 일 데려다 힐래야 먹이가 엥간치 들어야지."

사실 요즈음 농사가 시세없어져서 농사꾼의 품값이 똥값으로 떨어졌
다. 그래 먹는 것으로 그것을 보충하려는 건지 모든 일꾼들이 바가지로
들 먹어댄다. 아침 먹고 두 참 일하면 점심때가 되는데 그 참마다 샛것
을 먹고, 그리고 점심을 먹고, 저녁나절 세 참마다 역시 샛것을 먹고, 그
리고 저녁을 먹고, 술을 먹고.

그런데 그것을 그때마다 태출이는 더 많이 먹고 그의 어린것들까지
끌고와서는 먹어댄다는 것이었다.

그는 걸대가 큰 편이어서 본래도 다른 사람들보다도 더 먹는 편이긴
하지만 언젠가 한번 새때로 칼국수가 나왔는데 그걸 무려 아홉 그릇이
나 먹어 그것이 소문이 나서 그때부터 동네 사람들은 그를 경계하기에
이른 것이었다.

많이 먹는 그것만도 문젯거리지만 그렇게 먹으면 결국 배가 불러서
일도 못하게 되므로 그런 일꾼을 피하려는 것은 당연한 이치였다.

그날도 마침 모내기하는 날이었는데 그는 그렇게 먹고 그걸 삭이느라
한 시간이나 논두렁에 누워 있다가 또 한 시간이나 걸려 뒤를 보고 그
러고야 겨우 논에 들어와서는 그때까지도 먹은 국수가닥이 목구멍으로

기어넘어와 허리를 바로 못 굽히고 마치 다리 하나가 짧은 절뚝발이가
모심듯 옆으로 엉거추춤 굽히며 모를 심는 체 했다는 것이었다. 게다가
아이들까지 끌고와 먹이고, 그런 집 아이들 치고 또 적게 먹지도 않으니
까 더욱 말썽인 것이었다.

2

　어느 때부터인지도 모르게 태출이는 마을에서 품삯없는 일꾼이 되어
버렸다. 부르지도 않는데 자청해서 가니까 그렇게 될 수밖에 없었다. 그
는 일해주고 어린것들이나 데리고 다니며 얻어만 먹으면 되는 그런 일
꾼이었다.

　그러나 그 먹기만 하는 일거리도 얼마든지 있는 것은 아니었다. 일주
인들은 한 끼니면 될 것을 두 끼니때까지 끌을까봐 두 끼니면 될 것을
세 끼니때까지 끌을까봐 부단히 채찍질을 하고, 약간만 늘정거려도,

　"자네 어디 아픈가? 아프면 집에 가 누워 있게나."

　이러는 것이었다.

　사실 그는 대식가이면서도 그 먹는 것처럼 몸이 그리 건강한 편은 못
되었다. 원체 많이 굶어서인지 또는 그 반대로 너무 많이 먹어대서 내장
이 모두 어떻게 되어서인지 얼굴빛이 항상 제대로가 아니고 여름에도
콜록콜록 기침을 하고 했다.

　그래 마을 사람들은 그가 와 일을 자청하건 부득해서 불러다 시키건
일단 그에게 일을 시킬 때에는 먼저 그의 건강부터 타진했다.

　그저 인사말처럼,

　"어떤가, 자넨 요새도 그렇게 밥맛이 여전한가?"

　이렇게 물어서,

　"얘! 먹는 거야 머 없어서 못 먹지유."

하고 그가 대답해야만 되는 것이었다. 만약에라도,

　"요새 통 밥맛이 없구 꼼짝거리기도 싫구……."

했다가는,

"응 그래? 그런 땐 일하지 말구 방에 누워 있어야지 몸이 젤이네, 어서 가 몸조리 잘 허게."

이렇게 역시 혼연한 인사말로 돌려보낸다. 어찌 되었건 그들은 그럭저럭 굶으며 먹으며 살아가는 셈이었다.

그나마도 이 집에서 제일 많이 굶게 되는 사람은 태출댁이었다.

아무런 재주도 없는 그녀는 오직 태출이가 받아오는 그 뭣꼬리만한 품삯만 바라보고 살았는데 그나마 없으니 그럴 수밖에 없었다. 그렇다고 어린애도 아니면서 태출이의 일청까지 따라다닐 수야 없고.

그래 그녀에 대해서는 동네 사람들도 이따금 말들을 했다.

"그 여잔 허구헌날 굶고 어떻게 사는지 몰라."

"그렇게 굶지 말구 찰쿠 홉(훗)살이라도 가잖구그려."

"홉살이두 면상이 좀 생겼어야지."

"네기 낯짝만 쳐다보구 사나? 애만 날 줄 알면 되지."

"애두 그런 면상을 맞대고야 어떻게 만들어?"

기껏 이런 정도의 농짓거리들이지만.

3

어느 날이었다. 그날 태출이는 일 가고 어린것들도 그를 따라가고 집에는 태출이댁 혼자만 있었다.

아침은 훨씬 지나고 오정은 좀 못 되고 그런 때였다.

평소에 별로 오지 않는 동네 젊은 청년 하나가 사립 안으로 들어왔다.

"손상(태출이) 집에 기시우?"

그는 그러고 들어왔다.

"일 갔는디유."

태출이댁이 그러니까,

"아 그려유."

하고 청년은 돌아가려다가 한 번 머리를 갸우뚱하고 뒤통수를 긁적이며

94

다시 발걸음을 돌려 태출이댁의 한 곳에 잠시 눈길을 보냈다. 그러고는 또 머리를 한 번 까딱하며 묵상하듯이 눈을 지그시 감았다 뜨고는 천천히 담배를 한 개비 꺼내며,

"아주머니 성냥 있으세유?"

묻고 토방 쪽으로 다가왔다.

"얘! 있어유."

태출이댁은 성냥을 찾아다주었다.

그는 토방에 아주 걸터앉아 담배를 피우고 태출이댁은 그 곁에 서 있었다.

그는 담배연기를 푸우 하고 내보내며 뭔가 자못 심각한 표정으로 한참 동안이나 타들어가는 담배 끝을 들여다보고 있다가는 역시 태출이댁의 그 한 곳을 흘낏 쳐다보다가는 했다.

자기를 바라보는 아무래도 수상한 상대의 눈길을 쫓아 태출이댁도 무심히 하듯 자기의 몸을 한 번 내려다보았다. 그리고 그녀는 비로소 모든 것을 깨달았다. 그녀는 확 얼굴을 붉히며 홑치마의 한쪽 단이 터져 있는 것을 사려잡고 냉큼 방으로 들어왔다.

그러자 청년도 붙였던 담배를 마당에 내던지고는 그녀를 뒤쫓아 방으로 들어왔다. 청년은 문을 닫으려다가 다시 밖으로 나가 자기의 것과 태출이댁의 것과 신발을 집어들고 들어와서는 그제야 문을 닫고 고리를 걸었다.

태출이댁은 쫓긴 암짐승처럼 그냥 방 한구석에 선 채로 오들오들 떨고 있었다.

청년은 사정을 두지 않았다. 방 한구석에다 그녀를 밀어붙이고는 그대로 그녀의 모든 것을 열어젖뜨렸다. 홑치마 바람이라 더 수월했고 그나마 그 터졌던 치맛단은 우두둑하고 다 터져나갔다.

"이게 무슨 짓에유? 이러면 안 돼유."

그러나 청년은 듣는지 안 듣는지 꼭 황소가 하는 것처럼 해댔다.

그리고 청년은 얼굴을 붉히고 돌아갔다.

그때까지도 태출이댁은 아찔했던 정신을 채 못 가누고 그냥 자리에

누워 있는데 잠시 후 청년이 다시 돌아왔다. 저이가 왜 또 왔을까? 그녀는 방바닥을 한 바퀴 둘러보았다. 담뱃갑이라도 놓쳤나 하고였다.

청년은 손에 들고온 서너 됫거리나 되는 곡식자루를 방 안에 던지고는 가버렸다.

이런 일이 여자에게는 결코 부끄러운 일일지언정 자랑일 수가 없는 일이었지만 그에 비해 사내들에게는 일종의 전염병과도 같은 것이었다. 그것은 아무리 순진한 청년도 병균이 될 수가 있었다.

그 후 며칠이 안 되어 대놓고들 이상야릇한 눈짓들을 보내오고,

"아주머니 사람 차별하지 맙시다요."

하는 말도 태출이댁은 듣게 되었다.

"내 보리는 뭐 보리가 아닌가유, 잘 좀 봐주 아주머니."

이런 야유도 들었다.

"요새 어떻게나들 지내요, 젤루 어린것들이랑? 거 자루 하나 가지고 날 따라오슈."

그래서 태출이댁은 감지덕지 상대를 따라나선 일이 있었다.

"워디루 가유?"

상대는 자기네 집 쪽으로 곧바로 가지 않고 도토리나무 숲이 우거진 산길 쪽으로 갔다.

"밭에 가 고구마 좀 캐줄라구 허는디 왜 고구마는 싫우?"

상대는 뒤를 돌아보며 묘한 웃음을 지었다.

"누가 싫다나유? 댁의 밭이 이쪽에두 있덩가유?"

태출이댁이 말했다.

"고구마 같은 건 필요없나 보구먼, 말이 많은 것 보닝가. 보리나 쌀이래야지?"

상대가 그냥 앞을 보고 걸어가며 말했다.

"온 별 말씀을 다 허세유, 뭐든지 주시면 고맙지유."

그러고 둘이는 잠시 말없이 걸었다.

도토리나무들이 무더기로 서 있는 숲 곁을 지나려는 때였다. 갑자기 상대가 돌아서 태출이댁의 앞을 가로막으며,

"여기서 잠깐 쉬었다 갑시다."

했다.

"뭐 가기가 어렵다구 쉬었다는 간대유, 해상 이런디서유?"

태출이댁이 말했다.

"나는 뭐 미운털 박혔수?"

말하며 사나이는 다짜고짜 태출이댁의 한 팔을 붙잡아 곁의 숲속으로 끌었다.

"왜 이래유? 대낮에 누가 보느먼유?"

태출이댁이 버티자 청년은 엉뚱한 소리를 하고 있었다.

"올해는 우리 고구마가 어떻게나 밑이 잘 들었는지 게다가 몽땅 밤고구마지. 그 자루에 하나 가득 캐면 아주머니네 식구들 한 사날 먹을라나?"

그 말 때문이 아니고 기운이 당할 수가 없었다. 누가 볼까보아도 그랬다. 태출이댁은 할 수 없이 청년이 끄는 대로 끌려갔다.

4

어느덧 태출이와 태출이댁은 동네 공공물과 같은 존재들이 되었다. 태출이는 동네 사람이면 누구나 그를 불러다 일을 시킬 수가 있었고, 태출이댁 또한 동네 젊은 사람들이면 누구나 그녀를 소유할 수가 있었으므로였다.

말하자면 동네에서 그들 내외는 동네의 기물인 농악기, 차일, 가마, 상여 등 그런 것들과 같은 것이었다. 그런 공공물을 사용할 때도 그 유지비는 각자가 부담하듯이 역시 태출이 내외를 이용할 때도 그 유지비와 비슷한 그런 최소한의 비용만 부담하면 되는 것이었다. 가령 태출이를 아침 한나절 동안 일을 시키면 아침 한 끼니, 점심때까지면 그 점심까지 먹여주면 되고, 태출이댁을 잠깐 동안(요새 유행어로 숏 타임이랄까)일 때는 그 정도로, 좀 길게 놀면 또 그 정도로 보리쌀이나 고구마나 얼마큼씩 갖다주면 되는.

　　그러면서도 사실상 그들은 그런 동네 공공물보다도 더 이용하기가 간편하고 더 쓸모가 있는 것이었다.

　　동네 유물들은 쓰는 데도 보관하는 데도 조심이 많아야 하지만 그들을 이용하는 데는 이용하다 싫증이 나거나 망가지거나 하면 그뿐이지 다시 장만하거나 수리를 하거나 할 필요가 없고 약간 함부로 다루어도 그렇게 쉽사리 망가지지도 않기 때문인 것이었다.

　　그러니까 그들이란 살아 있는 동안, 건강한 동안뿐인 것이지 병들거나 죽거나 하면 그것으로 그만인 것이었다.

　　한번은 태출이가 몸이 어떻게 되어 사나흘장간이나 자리에 눕게 된 일이 있었다.

　　그 자신이 벌이야 하든 못 하든 그가 자리에 눕는 것은 이 집에 있어서는 이만저만한 타격이 아니었다. 왜냐하면 태출이가 집안에 있게 되면 태출이댁까지도 벌이를 못 하게 되기 때문이었다.

　　그래 그때도 그가 누워 있는 동안을 깡그리 굶을 수밖에 없었다. 할 수 없이 태출이댁은 그릇을 들고 동네 한 집을 찾아갔다.

　　그녀는 집안 사정을 솔직히 말하고 장차 남편의 몸만 나으면 갚아줄 테라고 보리쌀 몇 되만 꾸어달라고 했다.

　　그러니까 상대는 먼 산을 바라보며,

　　"그 사람이 언제 일어날지 알구 보리쌀을 꾸어달라는 거유?"

했다.

　　"지금 거운 다 나은걸유, 아직 쾌송을 못 혀 그렇지유."

　　태출이댁이 말했다.

　　"그 사람 속이 푹 곯아서 아마 일어나두 오래 일 못 헐거유."

　　그리고 상대는 사립을 도로 기울이고 돌아서며 혼잣말로 중얼거렸다.

　　"댁두 참 야단났외다. 그 사람이 그러구 집에 누워 있으면 둘이 다 벌이를 못 허게 될 텐디."

　　대체로 세상에서는 남자에 대해서는 추하고 늙는 것을 어느 정도 관대하게 보아주나 여자에 대해서는 그렇지 않은 것이 일반인데 그 마을 사람들이 태출네 부부에 하는 것은 좀 달랐다. 태출이는 되도록 젊고 건

강해야만 하는 반면에 태출이댁이 현재보다 미인이기도 젊어지기도 원치 않는 것이었다. 면상(낯짝)이 어떻고들 하지만 기실 공동용으로는 미인은 부적당하다는 것을 그들은 알고 있는 것이었다.

그러므로 그녀를 필요로 하는 그 마을 젊은 사람들은 아예 그녀와 마주 웃거나 희롱하거나 애무하거나 따위는 없었다.

으레 그러니까 태출이댁도 그저 그런 것이었지만 그래도 때로는,

"어디 쫓겨가시나베, 이렇게 서두르시게?"

또는,

"이런 양반이 다 있디야?"

이런 등의 말을 한 마디씩 하게 될 때도 있었다.

그러면 기껏 인정을 베푼다는 축이,

"지금 바뻐서 그려, 또 올 건디 뭘."

아니면,

"지금 가마다랭이에 물대러 가는 길이라서."

이런 정도의 대꾸를 해주고 가는 것이 고작이었다.

5

논에 심은 벼에 농약을 뿌리는 풍습은 근래에 생긴 일이었다. 전에는 그런 걸 뿌리지 않아도 벼만 되었는데 이제는 그걸 뿌리지 않고는 단 한 포기의 벼도 제대로 결실을 못 하게 되었다.

그런데 그 농약의 종류도 가지가지여서 어떤 것은 어찌나 독성이 강한지 사람의 살에 약기운이 닿기만 하면 마구 썩어 들어가고 사람의 목숨까지도 앗아가는 것도 있었다.

그런 유독성 농약은 주로 큰 농장이나 넓은 평야지대에서 기계를 사용해서 뿌리는 것으로 좁은 고라슬에는 잘 들어오지도 않고 또 그 농약은 반드시 기관의 허가를 받고 사용하게 되어 있다. 그러나 그런 독한 약일수록 곡물에는 더 약효가 좋게 마련이어서 허가없이 맘대로들 구해다 쓰고 하는 수가 많았다.

특히 이 마을에서는 마치 경쟁이나 하듯이 그 유독성 약들만을 구해다 사용하는데 그것을 직접 자기네들이 뿌리는 것이 아니라 모두 태출이한테 시켜서 할 수가 있기 때문이었다.

그러나 전일에 태출이의 시세(?)가 급전직하로 떨어졌듯이 그 일로 해서 이번에는 그의 지위가 욱일승천의 기세와도 같이 날로 상승했다.

그는 당당히 품삯을 받는 일꾼이 되었을 뿐만이 아니라 그 일에 한해서는 일반 품삯의 배를 받게 되어 있었다.

"그 약이 아주 위험헌 약이라는디?"

처음 그 일을 맡았을 때 태출이댁은 아내다운 그런 걱정을 했지만 태출이는 그녀의 말을 일소에 붙이고 이렇게 말했다.

"다 팔자 좋은 사람들의 허는 소리여, 죽는 것두 팔자가 좋아야 쉽게 죽지, 우리 같은 놈은 죽구 싶어두 안 죽어져서 못 죽는다느먼."

아닌게 아니라 다른 사람들은 그 일을 한나절만 해도 구역질이 나고 머리 골치들이 팬다고 며칠씩 눕기가 일쑤인데 태출이는 그렇지가 않았다. 어찌 되었건 열흘을 내리 그 일만 해도 여전 계속해 일을 했지 어디가 아프다거나 눕는다거나 하는 일은 없었다.

말하자면 그가 난생에 처음으로 한 번 세상을 만난 셈으로 동네 사람들도 그를 두고 하는 말들이 있었다.

"참 사람은 살구 볼 꺼여."

"요새는 태출이댁두 아주 딴 사람이 된 것 같던디."

"다 돈이 사람 만드는 세상 아녀? 어이 그 우라질 놈의 돈, 이 세상에 그눔의 돈이 없어지든가 사람이 없어지든가 둘 중에 하나는 없어져야 되겠어."

확실히 태출이댁도 딴사람이 되었다. 본시도 동네 사람들의 말마따나 그놈의 돈이 죄였지만 이제는 아주 그 짓을 싹 걷어치우고 오직 남편에게만 전심전력을 바쳤다.

혹 동네 머슴애들이 와서 전 같은 수작을 부리려고 들면,

"사람 함부로 허믄 죄 받어유. 아주 댁에 가 마누라 노릇을 혀줄 텡게 자신 있으믄 데려가서 맘대루 혀유."

이런 말로 잡아떼고 했다.

그래서 그 즈음은 때마다 굴뚝에 연기도 내고 부엌에는 구수한 냄새도 풍겨가며 제법 사람사는 것 같게 잘들 살았다.

그 즈음 태출이의 조반은 언제나 다른 식구들보다 좀 일렀다. 대개 그 일은 막고짓일로 집에서 밥을 먹고 다녀야 하기 때문에 일찍 먹고 나가기 위해서였고 또 다른 이유도 있었다. 아직 형편이 그렇게 활짝 핀 것은 아니므로 식구들이 모두 꽁보리 밥인데 그의 것만이 쌀알이 다소 들어 있는 밥이었다. 그걸 아이들을 피해서 남편에게만 먹이려는 태출이댁의 배려가 거기에는 있었다.

태출이는 밥이 되었건 죽이 되었건 식구들과 같이 하도록 하자는 것이나 태출이댁은 막무가내로 듣지 않고 자기 뜻을 고수하였다.

그때마다 언짢아하는 태출이에게 태출이댁은 말하는 것이었다.

"그게 다 식구를 위허는 거래두유, 당신이 몸성허게 일허야만 식구들이 사는 거 아녀유?"

그러나 이 다정한 아내와 마찬가지로 역시 선량한 남편은 그 밥이 목에 걸려 잘 넘어가지가 않는 것이었다. 그날도 태출이는 아침을 반쯤 들다가는 수저를 놓고 자리에서 일어났다. 앞에 턱을 받치고 앉아 밥사발이 파져 들어가는 것을 지켜보고 있는 어린것들 때문만이 아니었다. 그동안에 과로한 탓인지 그날따라 밥맛도 별로 없었다.

"또 밥은 먹다 말었나브네유."

그가 토방으로 나오자 마침 우물에 가 그의 후음(後飮)용으로 샘물을 길어오던 아내가 안색을 흐리며 하는 말이었다.

"밤에 잠을 잘못 잤나? 어째 몸이 찌뿌듯허구만."

그는 아내에게 물을 받아 마시며 밥을 남긴 변명을 했다.

"하루나 좀 쉬었으면 좋겠드만서두 오늘은 누구네꺼유?"

"월남집(아들이 월남 간 집이라 그렇게들 부른다) 거여."

"그 집은 참 부자됐어유."

"동네서 젤이지 뭐."

"월남이라는 디는 돈이 지글지글헝가부대유?"

"마구 갈퀴루다 긁는다는디 뭘."

"월매나 좋까 그런 나라 사람들은?"

"가난이라는 걸 통 모르구들 살겄지 뭐."

"한때를 살어두 그런 나라에 가 살아봤으믄."

"달팽이두 제 집이 좋다느먼, 오늘은 입마개(농약 뿌릴 때 하는 것) 좀 새로 하나 만들어놔. 낼부턴 그걸로 허게."

"그려유, 그럼 다녀와유."

태출이는 토방 한옆에 놓아둔 분무기를 지고 사립 밖으로 나갔다.

6

벼가 잘된 논은 일하기가 갑절 더 힘이 들었다. 비단 농약을 뿌리는 일뿐이 아니라 김매기, 피살이 하기, 비료주기, 모두가 잘 된 논이 어려웠다. 잘된 벼일수록 벼잎들이 칼날처럼 서슬이 서고 논바닥이 걸어서 수렁 속처럼 푹푹 빠지고 하기 때문이었다.

등에 진 분무기의 무게만도 이삼십 근이나 되었다. 오뉴월 복더위에 그걸 지고 평지를 다닌다 해도 쉬운 일이 아닌데 다리에 약물이 직접 닿으면 안 되니까 행전을 치고 입에 입마개를 하고 그러고 볏논 속을 헤치고 다니기란 결코 이만저만한 일이 아니었다. 마치 완전무장을 하고 열대지방의 정글 속을 행군하는 것만큼이나 어려운 일이었다.

그날은 날씨까지도 유독히 더웠다. 그냥 불볕이 얼굴에 와 떨어지는 느낌이었다. 칼날 같은 벼잎들도 삶은 시래기처럼 풀이 죽어갔다.

그런데 태출이는 아침에 밥맛이 없었던 게 아무래도 탈인 것 같았다. 오정때도 다 못 되었는데 그는 벌써 피로가 엄습해왔다. 등에 멘 분무기의 무게가 어깨를 짓누르고 역시 다리를 옮겨놓기가 천근으로 무겁고 그날따라 입마개를 통해서 들어오는 약 냄새도 더 지독히 쏘아대는 것 같았다.

아무래도 안 되겠어서 논두렁에 나와 잠깐 쉬는데 논 임자가 왔다.

"몇 참쩬디 그새 쉬나?"

논 임자 월남집 영감이 말했다.

"날이 워능간 더워서 힘이 드느먼유."

"그렇게 혀서야 오늘 하루에 다 허게 되겠나?"

"염려 마시랑게유."

"남으믄 낼 와 마저 혀줘야지 품삯 못 주네."

"글쎄 염려 마시랑게유."

이렇게 다짐을 받은 다음에야 월남집 영감은 휘익 논을 한 번 둘러보고는,

"어떻던가 벼 된게?"

하고 물었다.

"참 자알 됐드먼유 벼. 벼포기들이 항아리만큼씩 헌게 꼭 밤가시들처럼 벌어져가지구는 벼끝이 팔곰뱅이를 찔러싸서 일을 헐 수가 있어야쥬."

월남집 영감은 노란 수염을 한 번 꼬아 잡아다리며 험험 하고 크게 헛기침을 했다. 그리고 말했다.

"내년엔 이런것 여남은 마지기만 더 사얄 텐디 사게 될는지 원, 그 애가 헐 탓이닝게."

"요새두 윤호(그의 월남 간 아들)한테서 돈 자주 오지유?"

"엊그제두 구만 원 왔더구먼."

"거기 가는 것밖에 살 길이 없읍게유."

"가기가 그게 어디 쉬운가? 햄햄."

월남집 영감은 또 한 번 수염을 꼬아 잡아다리며 헛기침을 했다.

"굉장히 어려운가보드먼유."

"국회의원 빽쯤으로는 되지두 않는다네. 어서 일하게, 한나절 다 됐네. 약이 좀 독헌 거니 조심혀 허구."

"얘, 날두 더운디 들어가세유."

태출이는 다시 분무기를 지고 논으로 들어가고 월남집 영감은 거기서 한참 동안이나 그 약 품는 것을 구경했다. 그리고 그는 살포로 논두렁에 내뻗는 벼잎들을 걷어올리며 집으로 돌아갔다.

7

바로 이날 저녁 두 참때나 되어서였다. 월남집 영감은 다시 논에 나가보려고 대문간에다 세워놓은 살포를 집어들고 집을 나섰다. 집에서 논까지는 바로 거기여서 눈 아래로 건너다보이는 거리였다.

그런데 웬일인지 논에 태출이가 보이지 않았다.

"이 사람이 어딜 갔나? 벌써 다 끝났나?"

그러나 일을 마쳤으면 품삯을 받으러 왔을 것이었다. 그리고 아직도 해가 남았는데 그것만 하고 돌아갈 수는 없지 않은가?

그건 안 될 말이고, 아무래도 이상한 일이었다.

논두렁에서 꼴을 베고 있는 애에게 그는 물었다.

"얘야 너 우리 논에서 농약 주던 태출이 못 봤니?"

"아깨까장두 일허든디유."

꼴베는 애도 일어서 월남집 영감과 함께 아무도 없는 논을 건너다보며 말했다.

"거 알 수 없는 일이구나."

월남집 영감은 급히 논에 가보았다.

가보니 더욱 맹랑했다. 논두렁에 태출이의 신까지도 있는데 태출이는 보이지 않는 것이었다. 어디 뒤를 보러갔더라도 씻으러 갔더라도 등에 진 분무기는 벗어놓고 갔어야 할 것이었다.

월남집 영감은 논두렁을 한 바퀴 뼁 돌았다. 논두렁에도 논에도 퍼렇게 잘된 벼포기들만이 저녁 바람끼에 나불리고 있을 뿐 아무런 흔적도 없었다.

월남집 영감은 우연히 한 곳에 시선을 모았다. 그가 서 있는 논두렁에서 좀 떨어진 논의 한복판쯤이었는데 구멍이 뚫리듯이 벼포기들이 가라앉아 있고 뭔가 희끗한 것이 보였다.

"얘! 덕구야!"

그는 외쳐 아까 그 꼴베는 애를 불렀다.

덕구가 일어나 돌아보았다.

"너 잠깐 이리 좀 와 봐라."

"얘!"

덕구는 곧 달려왔다.

"저기 뭐가 뵈잖니?"

월남집 영감의 가리키는 살포 자루 끝으로 시선을 주던 덕구가 말했다.

"얘, 거기 뭐가 있는디유."

"뵈지?"

월남집 영감은 확실히 떨리는 목소리로 말했다.

"어렵지만 너 좀 들어가볼래."

"얘!"

덕구는 곧 논으로 들어가 벼를 헤치고 갔다.

잠시 후 그곳에 닿자 그는 이쪽을 돌아보고 외쳤다.

"딸매기 아버지가 여기 넘어져 있구먼유."

"뭐? 딸매기라니! 태출이가?"

"얘!"

"거기에 넘어져 있어?"

"얘! 분무기를 지고유."

"분무기를 지고? 어서 일으켜줘라."

덕구는 엎드려 태출이를 일으키려 하는 모양이었다. 한참만에 덕구는 허리를 펴고 외쳤다.

"영 안 일어나는디유."

"뭐? 안 일어나? 좀 일으켜봐라."

"얘!"

또 덕구는 엎드렸다. 한참 후에,

"영 안 일어나유."

하고 외쳤다.

"안 일어나?"

"얘!"

월남집 영감은 살포를 거기 놓고 급히 모시중이를 걷어 올리며 허둥지둥 논으로 들어갔다.

거기까지도 채 닿기 전에 덕구가 말했다.

"죽었는디유. 숨 안 쉬어유."

"뭐 죽었어?"

"얘!"

과연 태출이는 죽어 있었다. 그는 양손에 벼포기 하나씩을 움켜쥐고 코를 논바닥에다 박고 그렇게 죽어 있었다.

"이거 호리돌(농약명)이구먼유, 이거 굉장히 독헌 약인디유."

분무기 호스가 닿은 논바닥에 멸구들이 죽어 있는 것을 보고 덕구가 말했다.

"인마 그만두고 가서 사람들이나 불러와라 입 다물고."

월남집 영감이 부들부들 떨면서 말했다.

"얘!"

덕구는 곧 논 밖으로 나와 마을로 달렸다.

8

태출이쯤 죽었대야 동네에서는 눈 한쪽도 깜짝 않을 줄들 알았으나 의외로들 소란대는 편이었다.

가장 독성이 강한 '호리돌'을 당국의 허가없이 사용했다는 것과 사람이 죽었으면 의당 당국에 알려야 하는데 그것을 감추어두고 있는 것이 아울러 말썽이었다. 평소에는 아무리 대단치 않은 목숨일지라도 일단 그 죽음에 대해서만은 그래도 어느 정도는 진지한 셈들이었다.

"감추어두고 있으믄 워치케 헐 참여, 논섬직이나 떼줄 참여?"

대체로 동네의 여론은 비슷한 방향으로 월남집 영감을 힐난하는 편들이었다.

그러나 일부 월남집 영감을 비호하는 측들도 있었다. 월남집 영감을

비호하는 그 근거로는,

"뭐 다 마찬가지지, 누군 태출이를 시켜서 그만한 약을 안 주었나?"

인 것으로 평소에 태출이를 괄시한 것은 다 마찬가지고, 그를 동네 유물들 만큼도 취급하지 않은 것도 다 마찬가지다, 다만 그가 직접 자기네 논에서 죽지 않았다는 그것뿐이 아니냐? 그러니까 그는 결코 그 하룻동안에 죽은 것이 아니라 그 동안의 누적된 중독으로 죽은 것이다. 말하자면 그의 죽음은 날마다 조금씩 조금씩 죽어온 것으로, 그 동안 그를 데려다 일시킨 사람들에게는 모두 조금씩 그 책임이 있다라는 그런 것이었다.

"남의 일이라구 함부로들 말할 것이 아니여."

그들이 하는 말이었다.

아무튼 월남집 영감이 동네에서 돈푼이나 가지고 있는 편이므로 더구나 이런저런 말들이 많은 것도 사실이었다.

그리하여 초상난 태출네 집과 가해자인 셈인 월남집에는 각각 여론에 가담하는 편대로 동네 사람들도 나누어져 있었다.

태출네 쪽이 사람들의 수효는 단연 많은 편이었으나 초상집이라고 막걸리 한 잔 없이 쓸쓸하기가 그의 살았을 때나 별로 다를 것이 없고, 월남집은 그와는 대조적으로 사람들 수효는 적었으나 마치 무슨 잔칫집이나처럼 흥건히들 취해 와자히 떠들고 있었다. '짠지'라는 별명이 붙어 있는 월남집 영감네서 동네 사람들이 그처럼 술에 취하는 것도 처음 일이었다.

"짠지영감 엥간히 오장 아프겠네."

하고 말하는 동네 사람들도 있었다.

태출네 어린것들은 아직 아무런 영문도 모르고 있고 태출이댁은 시체 앞에서 머리를 풀어 헤치고 울어댔다.

"그래 월남집 영감은 어떻게 허겠다는 거여?"

토방에 걸터앉아 대끝에 불이 벌겋게 일도록 뻐끔뻐끔 급하게 담배를 빨아대던 구레나룻의 친구가 버럭 고함을 치듯 말했다.

"두고 보아야 알 일이지만 뻔헌 거지 뭘."

그 맞은쪽에 팔짱을 끼고 앉아 있는 백고머리가 말했다.

"뻔허다니? 그래 사람을 죽여놓고 뻔헌거래?"

"이 사람이 왜 내게다 대고 이러나, 허 참. 내가 월남집 영감인가?"

"좌우지간 와보기라도 허야 헐게 아녀?"

"얘기들을 허구 있다닝가 오기야 오겠지."

"넨장헐 이봐!"

구레나룻은 빨던 담뱃대를 거기 주춧돌에다 탕탕 두드려 털어버리고는 말을 이었다.

"젊은 사람들일랑 가서 차일을 갖다 쳐, 이런 때 쓸라구 장만헌 물건 아녀? 그리구 읍내 도가에 가 술 배달시키구 빨랑빨랑들, 내 죄 책임질 텡게는."

그러자 거의 그만큼이나 성질이 급하게 생긴 한 사나이가 그와 부화뇌동해가지고는,

"이봐유 아주머니, 아주머니는 그러구 울고만 있으면 되우? 어서 지서에 가 고발을 혀뻐려유."

하고 외쳤다.

"고발은 아직 일러!"

백고가 말했다.

"젠장 답답허긴! 가만 있자, 그럼 월남집으루 먼저 가슈, 가서 어떻게 헐 꺼냐구 꽝 울러대란 말유, 그래 저쪽에서 션찮게 나오거들랑 쌍 그때는 읍내루다 직접 달려가유, 이왕 죽은 사람은 죽은 사람이지만 산 사람은 살아야지 그냥 울고만 있으믄 돼유? 혼자 안 갈라믄 내 같이 가주죠."

그의 말에 태출이댁의 울음도 그치고 좌중은 잠시 죠용해졌다.

"자네가 같이 갈 건 없어. 제 삼잔디 가서 뭐라구 헐라구 가, 가면 태출네 아주머니 혼자 가야지."

그 말도 옳다고들 했다.

그런데 그때였다.

월남집 둘째 아들이 사립 안에 들어왔다. 갓 군에서 제대하고 나온 젊

은이었다.

"자네 왔나?"

"어 올라오는가?"

그가 들어오자 그 동안에 쏟아져 나왔던 이 말도 저 말도 다 들어가
버리고는 모두들 그에게 인사들을 하기에만 분주했다.

"저의 집으로들 잠깐 내려들 가시지요. 저의 집에 구장 어른이랑 다들
계신데 같이들 상의하시자고 하시는데요."

월남집 아들이 말했다.

좌중은 그저 조용할 뿐 잠시 아무도 그에 찬의도 반의도 표시하지 않
고 있었다.

"잠깐들 내려가시지요. 여긴 몇 분들만 계시고요. 가셨다가들 올라오
실 테니요. 저 기모 형님이랑 덕구 으르신네랑 저 만태네 큰 형님이랑
다들 잠깐 내려가십시다."

그가 지적한 사람들은 용케도 그 구레나룻, 백고, 그리고 또 그 고발
을 주장했던 그런 사람들이었다.

그제야 그 고발을 주장했던 만태네 큰형님이란 사람이 말했다.

"우리들까지야 갈 것 뭐 있능가, 그런디 에에 또 이런 말 자네헌테 혀
서 쓸 말인가 모르겠네만 초상집이 너무 쓸쓸혀서 말이네, 술이라도 한
통 갔다놨으면 쓰겠어서 그러네."

조금 전까지만 해도 그리도 기세가 당당했던 거와는 딴판으로 그는
겨우겨우 말을 마치고 그 월남집 아들의 눈치를 살폈다.

"아 그런 건 염려마시구요. 자 어서 일어들 나십시오."

월남집 아들의 말에,

"그럼들 잠깐 내려갔다가 오지?"

하고 만태 형이 먼저 일어났다.

그러자 지적된 사람들 모두가 차례로 일어나고 그들이 다시 누구누구
하고 지적한 몇몇이 더 일어나 월남집 아들을 따라갔다.

이렇게 그들이 떠난 후 그 동안 조용했던 초상집은 다시 수런거리기
시작했다.

"네기 고발허라구 떵떵 울러메던 때는 언제구 설설 기기는. 없을 땐 고발이구 있을 땐 기는 건가?"
누군가가 그랬다.
"촌눔들 돈 앞엔 다 기지 안 기는 놈 어딨어."
"가서 술이나 몇 잔씩 앵겨놓으면 모두 헤에 허구 나자빠지겠지."
"아 그렇게 만들어놀라구 데리구 가는 것인디 뭘."
"그러닝가 지금이라두 태출이댁이 가야만 돼, 누굴 믿어 내 일 내가 허야지."
"날은 점점 저물구 초상집 꼴 좋오타."
그들은 각기 한 마디씩 불평 같은 말들을 지껄였다.
그러나 그들의 그 불평은 누구를 위한 건지, 태출이를 위한 건지 태출이댁을 위한 건지 또는 그들 자신의 목구멍에 들어갈 술이 없어서 그러는 건지 알 수가 없는 것이었다.

9

과연 만태 형 등이 월남집에 간 지 한 시간이 넘고 땅거미가 지기 시작하는데도 그쪽으로부터는 아무런 소식도 없었다. 이쪽에서의 말마따나 가서 혼곤히 술의 공세들이나 받고 있는 건지 죽은 태출이를 위해서 아니 그 유족들을 위해서 일대 투쟁들을 벌이고 있는 건지 그쪽 일도 역시 알 수가 없는 것이었다. 그 동안 차일을 갖다 쳤을 뿐 도가에 술 때문에 갔던 사람은 태출네 초상이라면 현금이 아니고는 술을 낼 수가 없다는 기별만을 가지고 왔다.
그래 해가 지면서 사람들마저 하나 둘씩 자리들을 떠나고 초상집은 한껏 더 삭막한 분위기가 되어갔다.
"아무래도 부인이 직접 가봐야 헐 것 같소. 가서 아까 말대로 허는 수밖에 별 수가 없어."
좀 나이가 지긋한 한 사람이 말했다.
"가야 되우, 벌써 갔어야 헐거거던."

"이제라두 어서 가요."

이래서 태출이댁이 월남집에 간 것은 먼젓 사람들이 간 지 시간 반쯤이나 되어서였고 이미 어둠의 장막이 사위를 덮기 시작한 뒤에였다.

월남집은 확실히 잔치가, 잔치도 큰 잔치가 벌어져 있었다. 마당과 주방과 대청 등에 램프불들이 켜져 대낮같이 환하고 그 밑에서 떠들썩하니 술과 안주들을 먹고 있는데 술에 취한 얼굴과 목덜미들이 불빛에 비쳐서 유난히들 번들거렸다.

물론 그 중에는 좀전에 불려갔던 그 구레나룻이며 만태형 백고들도 있었다.

태출이댁이 곡성을 터뜨리며 그 집에 들어서자 떠들썩하던 사람들은 일제히 조용해지고 모든 시선들이 그녀한테로 집중되었다.

태출이댁은 사람들을 헤치고 겨우 월남집 영감을 찾아냈다. 역시 술에 건히 취해 있는 영감은 마침 구장과 무슨 귓속말을 하고 있는 중이었다. 태출이댁을 먼저 본 건 구장이고, 구장이 얼른 눈짓을 해서 태출이댁을 본 월남집 영감은 아주 반가운듯이 그녀를 맞았다.

"아 내 곧 가려고 그랬는데 왔구먼, 다 팔자소관이여."

어쩌고 웃는 얼굴까지 보이며.

그러나 태출이댁은 그런 말은 듣는 둥 마는 둥 하고 그 만태 형이 말한 그대로 대체 사람을 죽여놓고 어떻게 할 참이냐고 들이댔다. 월남집 영감은 여전 허허대며, 그러나 말만은 분명한 어조로,

"이 사람이 누가 사람을 죽였다구 그런 소릴 혀. 그러구 저러구 어려운 집이 갑자기 그런 변을 당허게 돼서 지금 그걸 이렇게 동네분들과 의논허구 있는 중인데." 했다.

"안 죽였으면 그 호리돌이 무슨 약에유? 그러구 동네분들이 무슨 상관있어유?"

태출이댁이라 하여 쉽게 물러설 여자는 아니었다. 그녀는 말을 이었다.

"정 그러시면 읍네 가 고발허겠어유, 맘대루 허세유."

그러나 두 사람 중에는 아무래도 월남집 영감이 한 수 위였다. 그는

좌중을 한 바퀴 휘익 둘러보며,

"허허허허……." 하고 일단 헛웃음부터 쳤다. 그리고는 말했다.

"젊은 댁이 성깔이 대단하구먼, 고발헐 테거던 어디 한번 혀보라구."

그때 곁에 앉은 구장이,

"댁에 가 있어요. 잘 해결혀갖구 올라갈 텡게."

벌건 얼굴로 그랬다. 그러자 또 곁의 다른 하나가,

"암! 우리가 다 원만허게 해결지을 테니까니 집에 가 있으슈."

하고 구장의 말에 맞장단을 쳤다.

그러나 태출이댁은 그 말도 저 말도 듣지 않았다. 그 집에서 냉큼 돌아서는가 하자 그녀는 내처 읍내 쪽으로 달렸다.

그러나 그녀는 곧 붙잡히고 말았다. 그녀를 붙잡은 사람은 만태 형이었다.

"아주머니 관두고 집으로 가슈……."

만태 형은 그녀를 붙잡느라 숨이 찬듯 거기서 일단 말을 끊었다가 다시 계속했다.

"지금 거운 해결단계에 있는디 그러면 안 돼유. 내가 아무려면 월남집 편이겠어유, 그냥 집으로 가 기세유. 우리두 곧 갈 텡게 말유."

"집에 가 있으면 뭐혀유, 다 소용없어유."

만태 형은 더욱 태출이댁의 앞을 가로 막고,

"허 참 아주머니두 이 사람을 어떻게 보고 그러슈, 내 장담허구 논 몇 마지기는 떼주도록 헐 텡게 어서 집으루 가유. 괘니 일허는디 초치지 말구 말유."

"글쎄 소용없대두유, 그 영감 맘대루 허라잖어유?"

"얼라, 아주머니 내 말 못 알어듣느만, 글쎄 암말 말구 집에 가 있으래두 그려유."

"아까 집이서 말허구는 왜 달러유. 당장 고발허라구 그러시구선유."

"일이 좋게 되어가닝게 그렁거 아뉴, 걱정말구 어서 가 기시유, 우리 곧 뒤쫓아갈 텡게 어서 유."

"……."

태출이댁은 할 수 없이 집 쪽으로 발을 돌리고 말았다.

10

태출이댁이 집에 돌아오고도 한 시간이나 지난 다음에야 월남집에 갔던 동네 사람들은 돌아왔다. 월남집 둘째 아들도 같이 왔다.

그는 태출이댁한테 일금 삼만 원을 내놓았다.

"동네 어른들께서 결정한 겁니다. 장례비에나 보태 쓰십시오."

월남집 아들은 그렇게 말했다. 태출이댁은 동네 사람들을 둘러보았다. 한 사람이,

"받으시우. 쌀 열 짝 값인디 많은 건 아니지만 동네에서들 정헌 거라 닝게 받으시우. 자알 둥굴리믄 세 식구 당분간은 먹고 살 겁니다." 하고 말했다.

어떻게든 논 몇 마지기는 떼주도록 한다던 것이 단 한 마지기 값도 못 되는 것이었으나 동네 사람들이 결정한 것이라니 태출이댁은 그 돈을 받을 수밖에 없었다.

태출이댁의 입장이야 어찌 되었건 아무튼 그로부터 초상집 마당은 활기를 띠기 시작하였다. 당장에 읍내에 나가 술을 날라오고 안주를 사오고 밤참거리 쌀을 사오고 그리하여 집에들 돌아갔던 사람들도 다시 오고 태출이댁한테 밑천들을 꾸어 투전들을 하고 했다.

동네 사람들은 태출이의 장례를 삼일장으로 결정했다. 집안 형편으로 보아서는 바로 그 이튿날쯤 들것 정도로 출상을 할 것이나 태출이가 원체 불쌍하게 살다가 불쌍하게 죽었으니 죽어서나마라도 어느 정도의 호강은 시켜줘야 한다는 의견들이었다.

그리하여 이튿날은 돼지를 두 마리나 잡고 쌀을 가마니로 사오고 동네에서도 제일 큰 가마솥을 빌려다 태출네 마당에 걸고 그릇들을 빌려오고 동네 아낙들이 와 거들고 아주 큰 잔치를 벌였다.

동네 사람들은 늙은이며 어린아어들이며 할 것 없이 거의 다 태출네

집으로들 모여들었다. 그 술이며 밥이며 고기들을 먹으며,

"태출이가 참 사람이야 다시없는 사람이지."

"네기 그런 사람이 복받구 죽어야 허는디."

등 고인을 추모도 하고,

"참 죽어서는 잘 허는구만, 고인도 저승에서 좋아허겄지."

등 말들도 하고 했다.

한편 태출이댁도 노란 마포를 떠다가 그럴 듯이 상복을 지어입고 생전 처음으로 집에 벌어진 잔치를 위해 손님을 받고 부엌일을 지휘하고 했다.

어린것들도 생전 처음으로 저희 집에 벌어진 잔치가 흐뭇하기만 한 것이었다. 돼지 오줌보에 바람을 넣어가지고 동네 아이들과 어울려 놀며 역시 생전 처음으로 동네 아이들을 거느리는 대장이 되기도 했다.

"아주머니 술 더 가져오게 돈 좀 주셔야겠는디유."

동네 사람들이 말하면,

"예, 모자라지 않게 가져오세유."

하고 태출이댁은 고쟁이에 단 주머니 속에서 지폐를 꺼내주고 하였다.

"북어를 한 서너 쾌 사야겠구먼유." 하면,

"세 쾌 가지구 되겠어유? 아주 댓 쾌 사오세유, 내일 산에 가서두 쓰게 될 거구." 하고 그 돈을 내주기도 했다.

이렇게 하여 동네 사람들은 못내 아쉽기만 한 그 사흘째가 돌아와 무사히 그리고 성대히 장례를 치렀다. 태출이의 상여 뒤에는 온 마을 사람들이 어른들은 물론 아이들까지도 따르고 다리를 건널 때마다 상여는 쉬어 그때마다 또 술들을 마시고 돼지고기들을 먹곤 했다.

그리고 그날 저녁이었다. 동네 사람들은 또 태출네집으로들 모였다. 출상 날 저녁만은 상가가 적적하므로 모여 한 밤을 새도록 된 것이었다.

"부인 저녁에 먹을 술을 가져와얄 텐디유?"

한 사람이 말했다.

"가져오야지유."

　그리고 태출이댁은 고쟁이 주머니를 뒤졌다. 그런데 주머니가 털려 손에 잡혀나오는 지폐는 겨우 십 원짜리 몇 장일 뿐이었다.

"돈이 다 이것뿐인디유?"

태출이댁이 말했다.

"그려유, 그새 그렇게 되었나유?"

하고 그 사람은 동네 사람들에게 말했다.

"이거 큰일났구먼, 오늘밤은 술을 못 가져오게 되었으니."

"건 왜?"

다른 한 사람이 까닭을 물었다.

"돈이 다 떨어졌다네."

"그려?"

하고 그 사람은 기운이라고는 없는 소리로 말했다.

"그럼 헐 수 있어? 그냥 조금들 놀다 가야지."

　그 말과 함께 벌써 자리를 뜨는 사람도 있었다. 이어 셋씩 넷씩 돌아들 가서 아직 초저녁인데도 태출네집에는 유족 외에 남아 있는 동네 사람은 단 한 사람도 없었다.

하자(瑕疵)

텅 빈 사무실. 저편 한구석에서부터 토닥토닥 털이개질을 하고 오던 여급사애가 왜 선생님은 안 나가세요 했다. 모두들 퇴근 사이렌이 울리기가 무섭게 들추던 장부들을 팽개치듯 치워버리고 아예 인생은 이때뿐이라는 듯 신바람이 나서들 나가는데 왜 당신은 갈 데도 없는 딱한 인간이냐는 빈정거림이야 설마 아니겠지. 어서 나가주셔야 저도 청소를 하고 나가지 않겠느냐로 나는 들었다.

"응 좀 있다가 나갈 테니 그대로 청소하렴."

급사애는 더 아무 말 없이 입술을 잡아다려서 약간 겸연쩍은 웃음을 한번 웃고는 저편으로 털며 갔다.

——쩔그렁——

"어마나! 이를 어째!"

창문턱에 놓고 따라 쓰는 잉크병 둘 중의 붉은 병이 굴러 떨어지는 걸 급사애는 손으로 받다가 되레 드리운 그곳 커튼에만 더 붉은 색칠을 해놓고 잉크병은 그대로 놓쳐 콘크리트 바닥에서 박살이 되고 있었다. 하얀 옥양목 커튼에 주홍빛 잉크가 선명하게 번졌다.

급사애는 그 잉크 빛깔처럼 빨갛게 단 얼굴을 후딱 이편으로 한 번 돌렸다가는 다시 돌려가 제 발 끝에 걸린 전화줄을 얼찐하니 내려다보고 있었다. 그것에 발이 걸리자 앞으로 쏠리는 상체를 하필 그 잉크병에 짚은 모양이었다.

"괜찮다 괜찮아, 병 쪼각들은 갖다가 내버리고 걸레 갖다가 닦으려마."

나는 우정 더 대수롭지 않은 것으로 말했다.

"여기 커튼에 묻은 건 어떡허구요?"

"아, 물 떠다 비누칠해서 좀 헹궈보렴."

"안 돼요 선생님, 잉크는 드라이 클리닝해도 안 나가는걸요."

급사애는 여간 심란한 얼굴이 아니다.

"뭐 그럼 내버려두렴. 그냥 하얗기만 한 것보다도 오히려 빨간 꽃무늬처럼 곱구 좋구나."

S 군의 신혼 생활의 요람을 습격한 일이 있었다. 결혼한 지 불과 일주일이 다 못 되는 부부들이었다. 그때 나는 아직 꿈이 가득한 총각 때였으니까 더욱 그랬지만 퍽은 아담한 것으로 느껴졌다. 전기가 겨우 들어오는 소읍 도시의 교외에 있는 삼간 남짓한 조그만 한식 기와집, 화단이랄 것도 없지만 그래도 다사로운 햇볕이 내리쬐는 장독대의 주변에 채송화와 맨드라미가 곱게 가꾸어져 그윽한 향기 속에 나비가 날고 꿀벌이 찾아들어 잉잉거렸다. 모두가 사랑을 쌓아올리는 신부와 신랑의 알뜰한 그늘이 엿보이는 것들이었다. 하얀 에이프런을 앞에 걸친 부인은 먼 길을 온 남편의 친구를 위해서 부엌으로 뜰로 밖으로 바람개비처럼 분주히 돌아다녔다. 갓시집 온 신부답지 않게 그게 조금도 서툴러 보이지 않았다. 집이 초라하네, 친구가 웃으며 그랬다. 나도 잠자코 따라 웃으며 친구의 얼굴을 빤히 쳐다보고 있었다. 나는 말할 수 없는 부러움에 가득 차 있었던 것이다. 그리고 나는 뭔가 어렴풋이 깨달아지는 게 있었다. 집이란 단지 육신의 보호만을 위해서 있는 것이 아니라, 사랑하는 사람들을 감싸주는 보금자리가 되어주고 그곳에서 꿈들을 태어나게 해주며, 사랑을 위한 그 비밀을 간직해주고 끊임없이 마음속에 다사로운 온기를 불어넣어주고 보호해주는 것임을…… 어느새 부인이 남편 곁에 와 있었다. 어쩔 수 없이 나는 자네가 참 부럽네, 했다. 그리고 부인과 친구를 번갈아 쳐다보았다. 뭘 그러세요 선생님도 곧 결혼하실 건데. 부인이 먼저 내 말을 받아 이렇게 말하고는 남편에게 무슨 응원이라도 청하듯 돌아다보며 마치 입 안에서 묘한 구슬을 뽑아내듯 깔깔깔 소

리 높여 웃음을 굴렸다. 그러니까 S 군도 따라 마주 웃으며, 자네 알다시피 이렇게 보다시피 나에게 가진 거라곤 아무것도 없네, 다만 나에게도 두 가지의 보배가 있지, 뭣고 하니 첫째는 이 뜨락에·쏟아지는 햇볕하구, 그리고 또 하나는…… 하고 그는 자기 부인의 어깨를 가볍게 쳐 보이며 이 사람의 순결일세, 했다. 그리고 또 덧붙여 이것만은 누구의 아니 이 세상의 무엇과도 바꿀 수 없는 거지, 하면서 그는 정말 만족한 듯 한바탕 호탕히 웃어제치는 것이었다. 이날 나는 부득이 친구네 집에서 하룻밤을 묵기로 했다. 빈틈없이 꽉 째이고 감미로운 신혼 생활을 하는 그들에게 혹 촌각이라도 불편을 주지나 않을까 하는 의구가 강하게 나의 마음을 자극했지만 그들 부부의 만류는 너무도 참된 것이라고 읽혀져 나는 잠시 동안 어쩔 줄을 모르다가 결국 어디까지나 그들의 마음을 기쁘게 하는 대로 마음을 정하고 자기로 했다. 부인은 우리들의 야식거리를 준비하러 밖으로 잠시 나가고 그 틈에 S 군은 좀 성급하게도 안에서 침구를 안고 사랑으로 나왔다. 먼 길에 고단할 텐데 누워서 얘기하자고 이불을 한편에 밀어두고 우선 요만을 먼저 깔고 S 군과 나는 서로 얼굴을 맞대고 모로 번듯이 누웠다. 누워서 막 몇 마디 푸짐한 얘기들이 오갔다. 갑자기 밖에서 노크를 하며 부인이 문을 열었다. 그런데 허둥지둥 사랑으로 뛰어들어오는 부인의 얼굴이 웬일인지 일변돼 있었다. 새파랗게 질린 얼굴에 어찌 보면 웃음기 같은 걸 머금은 것도 같고 도무지 대중할 수 없는 얼굴이었다. 나와 S 군은 영문을 모른 채 엉겁결에 놀라면서 동시에 자리에서 벌떡 일어났다. 아이 당신도 이부자리를 제가 갖다드릴 건데 이 요가 아녀요. 거의 비명에 가까운 소리를 발하며 부인은 급히 S 군이 깔았던 요의 한귀를 들어 접으며 가둥치기 시작했다. 친구는 어느 새 굳었던 얼굴이 말끔히 개이며 겨우 그거냐는 듯 싱글대는 표정인데 나는 더욱 까닭을 몰라 그저 멍청히 앉아 있을 뿐이었다. 그런데 나는 부인이 요를 채 다 가둥치기 전에 친구의 짓궂게 싱글대며 던지는 시선을 따라 실로 이때 무심결에 본 것이 있었다. 그것은 새하얀 요 호청의 중앙 부분에 빨갛게 번진 자국이었다. 냉큼 부인은 요를 다른 것으로 바꿔주었다. 부인이 나간 후에 S 군은 그게 아마 우리들의 초야에 깔았던 요였던가봐 내가 잘못 알고 가져왔구먼, 했다. S 군과 나는 함께 껄껄 웃었다. 수치심은 젊은 여성의 모랄이니까, S 군이 그랬다. 그리고 또 최고의 미이기도 하지, 내가 받았다. 만약에 여성으로부터 그 수치심을 빼앗는다면 아마 인류사회는 추악 그것으로 떨어지고 말걸세, 그리고 인류의 문화는 그 근저로부터 무너져버릴 것일세, 실로 인류 문화란 인간의 수치심으로부터 비롯되었다고 할 수가 있는 게 아니겠나? 그리고 수치심에 의해서 인간은 비로소 인간 세계의 비밀에 접촉했다고도 볼 수 있는 게 아닌가. 이날 밤 나는 오래도록 잠을 이루지 못했다.

"아이 낼 아침에 과장님이 보시면 어떻게 해요."

급사애는 깨진 병 쪼가리들을 주우면서 이런 말을 지껄이고 있었다.

"뭐 과장은 그것만 와서 들여다본다데?"

급사애는 내 말을 그저 이죽거리는 말로만 듣는 모양으로 역시 빨간 얼굴인 채 흘기듯 나를 한 번 쳐다보고는 주워들은 병 쪼가리들을 들고 밖으로 나가버렸다.

신혼 여행이랄 것까지는 없었지만 평소에 절을 좋아하는 나의 취미도 있고 해서 식이 끝난 즉시로 아내의 동의를 얻어 딱 사흘만 묵기로 집에서 그리 멀지 않은 봉서사(鳳棲寺)의 요사(寮舍)한 칸을 빌린 것이다. 대웅전 안뜰의 연지(蓮池)에는 백월(白月)이 교교히 부서져 내렸다. 스님의 저녁 공양의 목탁 소리도 그치고 스륵스륵 절 뒷산의 고목들을 스쳐가는 바람 소리와 대웅전 한옆에 서 있는 보탑(寶塔)의 풍경 소리만 은은히 울릴 뿐 바늘 놓치는 소리도 그대로 들릴 듯 밤은 짝없이 고자누룩했다. 나와 아내는 그림자를 한데 연지 속에 겹쳐 끌면서 나란히 연지 변을 걸었다. 그러니까 우리가 처음 안 지가 벌써 4년이 되나, 내가 말했다. 아마 그렇게 되나 보죠, 일사 후퇴가…… 대꾸하는 아내의 말끝엔 가느다란 한숨이 달려나왔다. 나는 아차 싶었다. 슬쩍 아내의 얼굴을 돌아다보았다. 별로 표정이 없었다. 뭣인지 수기(愁氣) 같은 게 어려 있었다. 평소에도 저렇게 표정의 변화가 별로 없는 여자이니까, 나는 그렇게 생각하면서도 아내의 한숨의 의미가 뭘까 궁금했다. 피난통에 세상을 뜨신 자기 아버지라도 생각났음인지 모르겠다. 6·25 때에 어쩌다 피난을 못하고 놈들한테 끌려다니며 갖은 고문 끝에 종내 골병이 들다시피 되어 1·4 후퇴 때는 나가다 죽을 망정 피난을 해야겠다고 딸만을 끌고 나왔다가 정말로 피난 도중에 세상을 뜨셨다는 그녀의 부친을 나는 본 일이 없지만 무척 딸을 사랑했었다고 했다. 하고많은 고장에 어떤 인연으로 하필이면 이 고장으로 피난을 해서 나와 오늘의 인연을 맺게 했는지. 하기는 그 부친이 피난 중에 세상을 뜨지만 않았던들 그녀는 다시 본 고장 서울 사람이 되었거나 아니래도 딴 곳 사람이 되었을는지도 모른다, 등의 나는 나대로의 생각에 잠겨 있었다…… 아버지의 직장과 인연이 끊어진 이상 서울엔 뭣하러 가겠어요, 살 수만 있다면 이곳에 어머니를 모셔다 살겠어요. 대학 2학년을 다니다 난리를 만났다는 나이 어린 처녀의 고향을 버리겠다는 어른처럼 체념한 그 말이 퍼뜩 떠오르기도 했다. 바람기가 찬데 그만 들어가볼까, 실상 바람기보다는 괜한 말을 꺼내어 그녀를 잠시나마 우울하게 했다 싶어 그 기분전환을 위해서 나는 이렇게 제의했다. 뭘요, 밖이 존데요, 천천히 들어가시죠, 그녀는 역시 무표정한 채 그랬다. 그럴까. 우리들은 연지의 돈대에 서 있는 반 넘어 고목이 된 보리수의 낙엽이 시나브로 져내리는 그 밑의 반석에 자리를 잡고 걸터앉았다. 내 편에서 약간 사이를 두었다. 그녀도 나도 서로 별로 더 얘기는 없었다. 그녀의 고독을 곁에서 보호해주는 나는 검을 찬 왕자였다. 그것으로 나는 만족했다. 아침부터 온종일 몇 번이고 거듭하면서 이날의 감격을 표현한 천언 만어도 결코 우리에게 흡족함을 갖다 주지는 못했다. 그보다는 이렇게 침묵 속에 입김 같은 다사로운 것들이 서로의 내부에 스며들어 오가는 게 얼마나 우리들의 마음을 흐뭇하게 해주는 것이었으랴. 우리들은 얼마를 그러고 앉았다가는 밤이 퍽은 이운 뒤에야 방으로 들어갔다. 당신이 부끄러울 테니 불을 끄는 게 좋지 않을까. 그녀는 조금 웃는 듯 마는 듯 역시 별로 표정 없는 얼굴이었다. 불을 껐다. 실상은 내가 더 쑥스러워서였다. 나는 자리에 눕고 아내는 그냥 앉은 채로 있었다. 서편으로 기운 달빛이 창으로 스며들어 앉아 있는 아내의 옆 얼굴을 하얗게 비춰주었다. 창 밖의 뜰에는 벽오동나무의 낙엽이 바스락바스락 쉴 새 없이 창에 그늘을 그으며 지고 있었다. 나는 자꾸 한꺼번에 몰아나오려는 숨결을 아내에게 들리지 않게 조절하여 천천히 내쉬려고 노력을 했다. 왜 어서 누워주지 않을까. 나는 내 마음속의 다급한 욕구를 느끼고 어둠 속에서 얼굴을 붉혔다. 바야흐로 이날이 다가왔다는 신기감이 새삼스럽게 나의 마음을 긴장으로 이끌었다. 무화과의 연록색 이파리는 진록으로 물들고 천도는 요요히 익어가고 있었다. 우주의 거창한 비밀이 이제 바야흐로 열리려는 이 밤의 오뇌를 나는 어떻게 감당할 것인가. 나는 오뇌와 그리고 끝없는 고독의 황야에서 끝없는 기쁨이 샘물처럼 솟아오르는 꿈을 꾸고 있었다. 나에게 이 밤이 없이 나는 어떤 신을 믿고 존경할 것인가. 지금 이 여인없이 내가 존재할 수 있을까, 이 여인없이 이 세계의 존재의미가 있을까 나의 가슴은 소리가 나도록 뛰었다. 그 속의 심장에서는 사뭇 피가 지글지글 끓어오르고 있음을 느꼈다. 나는 어떠한 찬란한 희망과 무서운 공포감 같은 것이 동시에 교차되는 그 앞에 어떠한 전율감조차 느꼈다. 그러나 그것은 즐거운 전율이었다. 꼭 무슨 말을 내 편에서 먼저 해야겠고 어떠한 동작을 취해야 할 것을 생각하면서도 어쩐지 나의 입과 몸은 굳어져만 갔다. 나는 용기를 내야 한다고 거듭 다졌다. 왜 그러고만 있어, 밤이 오래 됐을 건데. 그녀는 대답이 없었다. 나는 간신히 몸을 일으켜 조심히 아내의 손을 잡았다. 그녀는 별로 반응이 없이 잡힌 채로 잠잠히 있었다. 약간 떨리고 있는 걸 나의 손바닥에 느낄 수 있었다. 그녀의 손은 끊임없이 흐뭇하고 다사로운 체온을 이편에 전달해주었다. 그녀의 손으로부터 전달되어 오는 체온은 그대로 나의 혈관 속에 속속들이 스며들어가 이제까지의 내가 아닌 보다 더 높은 완성에 가까운 내가 되어감을 느꼈다. 그것은 아마 내 속에 숨겨져 있던 참내〔眞我〕가 그녀를 통해서 비로소 현현된 것이리라. 순간 나의 가슴속에는 일종의 그윽한 희열이 솟구쳐올랐다. 나는 조용히 마음속으로 맹세했다. 나의 모든 것을 송두리째 당신에게 바치고 당신으로부터는 물 한 방울만큼의 무엇도 빼앗지는 않으리라. 나의 일체를 바쳐 사랑하는 정열과 당신을 통해서 획득하는 자유로 우리의 주변을 둘러싼 모든 것을 다사롭고 풍요하게 하리라, 그리하여 당신과 나는 완전히 하나가 되고, 그로써 새로운 완성된 전체를 구축해 올리리라……. 나는 마음속에 끝없는 행복감과 평화로움을 느꼈다. 나는 지금 어디 딴 곳에 있는 것이라고 생각되었다. 그것은 어느 화려한 궁전이었다. 오색이 찬란한 꽃들이 피어 있는 정원에는 갖가지 새들이 우짖으며 날고 있었다. 흥겨운 궁중가무 속에 나와 그녀가 있었다. 나는 왕자이고 그녀는·어느 공주였다. 쪽빛으로 푸른 하늘에서 금빛의 햇살이 쏟아져내렸다. 가무는 한창 고조에 이르렀다. 왕자와 공주도 따라 이리 비끼고 저리 엇갈려가며 두둥실 너풀너풀 춤을 추었다. 가무가 끝났다. 그러자 갑자기 무덤 같은 침묵이 우리를 둘러쌌다. 푸른 하늘도 태양도 보이지 않았다. 별안간 그녀의 흐느끼는 소리를 듣고 나는 깜짝 놀라 그녀의 잡았던 손을 놓았다. 그녀는 무슨 말인가를 하고 있었다. 불을 좀 켜 달라고 했다. 왜 그러지? 나의 말은 떨려 나왔다. 잠깐만 켜주세요. 애타는 목소리였다. 불을 켰다. 뜻밖에도 그녀의 얼굴은 눈물에 함빡 젖은 채 처참하도록 창백하게 질려 있었다. 그녀는 애처러운 눈으로 나를 한 번 쳐다보고는 그냥 세워놓은 무릎에 이마를 괴고 흐느꼈다. 참시 무거운 침묵이 흘렀다. 그녀의 파동치는 어깨를 내려다보는 나의 가슴속은 자꾸만 비어져가고 있었다. 얼마 후에야 그녀는 다시 한 번 머리를 들고 아까보다도 더욱 처절한 눈으로 역시 나를 한 번 쳐다보고는 무엇을 결심한 듯이 돌아앉아 방 윗목에 놓인 백을 들추어 웬 노트 한 권을 꺼내어 말없이 나의 앞에 밀어놓았다. 그녀는 다시 돌아앉아 더 슬프게 울고, 나는 촛불을 다가놓고 그 노트의 자잘한 펜글씨를 따라가며 읽기 시작했다.

　　——뚜껑없는 피난차가 D역에 닿기는 어둑어둑 땅거미가 질 무렵이었습니다. 싸늘한 싸락눈이 내리고 있었습니다. 서울에서부터도 고롱고롱하던 아버지는 이제는 영 기신도 못 하는 몸이 되어버렸습니다. 이대로 내려가다가는 필경 차 중에서 아버지는 돌아가시고 말 것만 같았습니다. 그래 나는 이곳에서 내리리라 결심했습니다. 보따리를 챙겼습니다. 그런데 뜻밖에도 내내 곁에 있던 보따리가 자취를 감춘 것이었습니

다. 나는 덜렁 내려앉는 가슴을 억누르고 좀더 둘레를 넓혀 찾아보았습니다. 역시 보따리는 없었습니다. 눈앞이 캄캄했습니다. 다만 얼마간이나마 두 식구 피난살이할 게 모두 다 그곳에 들어 있는 것입니다. 돈 한푼따로 둔 게 없었습니다. "원 피난 중에 무슨 경황으로 도둑질을 해." "그러니까 두 번씩이나 이런 수난을 겪지." 주위 사람들의 이런 말도 나에게는 아무런 위안도 되지는 않았습니다. 곧 두 식구가 한 자리에서 죽는 것만 같았습니다.

나는 자꾸만 암담한 구렁 속으로 빠져들어가는 자신을 느꼈습니다. 그때마다 나는 힘을 내야지, 목전에 임박한 아버지의 병환이 더 중하지, 용기를 내야지 하고, 몇 번이고 마음을 다졌습니다.

우선 아버지를 부축해서 역 대합실까지 나왔습니다. 난리통에 모두 부서져버리고 그 자리에 임시 판자 쪽으로 얽어놓은 명색만의 대합실이었습니다. 망가져버린 전기시설도 물론 복구되어 있지 않았습니다. 출찰구 앞에 켜놓은 간데라 불이 싸늘한 바람에 떨고 있을 뿐이었습니다. 저녁이 되니까 날씨마저 더욱 강파라져 창유리가 모두 제자리에 없는 대합실은 한 데처럼 바람소리가 잉잉 울었습니다.

당장 급한 게 아버지였으나, 모든 게 생소하기만 한 이곳에서 어떻게 할 마련이 통히 서지를 않았습니다. 나오는 건 눈물뿐이었습니다. 나는 아버지를 우선 대합실 나무 쪽 의자에 눕혀드렸습니다. 꼼짝없이 이곳에서 밤을 밝힐 것을 생각하니 눈앞이 캄캄하였습니다. 이제는 차라리 될 대로 되라는 심경이었습니다. 그럴 수밖에 없었습니다. 인간의 힘이 이렇게 하잘것 없는 것인가를 나는 처음으로 절감했습니다.

플래시라이트의 불줄기 하나가 대합실 구석을 돌아오면서 내 앞에 잠깐 멎었습니다. 다가오는 사람이 있었습니다.

"그분 어데 편찮으십니까?"

안에 개털을 받친 외투에 무슨 완장을 두른 청년이었습니다.

"네, 원래도 편찮으셨는데 서울서부터 뚜껑없는 화물차를 타고 왔어요."

나는 구세주라도 만난 것처럼 그 사람이 반가웠습니다. 혹 도움을 받을 수 있는 무슨 기관에라도 있는 사람이 아닌가 하는 생각이 들어서였습니다.

"그래요? 어떻게 되시는 분인데……. 이런 곳에 있으면 됩니까. 어디 따뜻한 방으로라도 모셔야죠."

"저의 아버지예요. 감사합니다. 그러나……."

마음이야 그가 말한 그런 방이 간절했지만 어디 그런 곳이 있느냐의 뒤엣말은 차마 나오지가 않았습니다. 그러나 이런 자리에서 말이나마 친절하게 해주는 그 사람이 얼마나 고마운지 몰랐습니다. 마음같아서는 땅바닥에 무릎이라도 꿇고 살려달라고 빌붙기라도 하고 싶었습니다.

"그럼 어서 모십시다. 바로 저 아래에 따뜻한 방이 있으니까."

"……."

나는 나의 귀를 의심했습니다.

혹 꿈이 아닌가 싶기도 했습니다.

얼마 후에 그 젊은 청년과 함께 아버지를 모시고 간 곳은 아주 훌륭한 온돌방이었습니다. 방 안에 들어앉자 나는 서울의 우리 집에 온 것 같은 착각까지 일으킬 지경이었습니다.

그곳엔 역시 피난민인 듯한 사람들이 두서넛 누워 있었지만 그 청년의 분별로 자리를 고쳐 정하여 맨 아랫목을 아버지 자리로 정하고 안집에서 더운 물까지 한 그릇 얻어 아버지에게도 마셔드리고 나도 마셨습니다. 그러고 나니 우선은 살 것 같았습니다.

그런데 우리가 든 집은 여관 같기도 하고 여염집 같기도 하고 잘 분간할 수가 없는 집으로 우리 뒤에도 남녀 손님들이 몇 사람 더 들어왔습니다. 먼저 들어있던 사람들도 나중에 들어온 사람들도 서로들 아무런 인사도 이야기도 없었습니다.

역시 이곳도 전등이 없고 토막초를 켰는데 그것이 다 타버리자 더 갈아 켤 초가 없어서 그대로 자리들을 잡고 눕게 되었습니다. 맨 아랫목이 아버지. 그 다음이 나, 그리고 나 다음이 어떤 할머니, 이렇게 그 개털외투의 젊은이까지 모두 일곱 사람인가 되었습니다.

얼었던 몸이 차츰 녹아오고 또한 시달렸던 몸이고 해서 얼른 고부라져서 잠이 들 것 같으면서도 나는 통히 잠이 오지 않았습니다. 아무리 난리 속이라고는 하더라도 이런 곳에서 모르는 사람들과의 잠자리란 생후 처음이기 때문이었습니다. 얼마나 되었는지 전연 분간할 수도 없고 다른 사람들의 잉잉 색색 코를 고는 소리에 간헐적으로 들리는 아버지의 끙끙 하고 내는 신음 소리 이외에는 그저 괴괴할 뿐이었습니다. 어쩐지 나는 자꾸만 눈물이 쏟아져 나왔습니다. 팔베개를 한 옷소매가 차츰 젖어가고 있었습니다. 짐작으로 거의 새벽녘이 되었다고 생각되었습니다. 그제야 비로소 나에게도 졸음이 왔습니다.

그로부터 얼마를 잤는지 말았는지 모릅니다. 아무튼 버선목(서울에서부터 양말만으로는 발이 시릴 것 같아 양말 위에 버선을 신고 그 위에 방한화를 신었던)에 이상한 촉감을 느끼고 나는 퍼뜩 눈을 떴습니다. 아무래도 한 다리의 버선목께가 이상했습니다.

"이게 뭐람!"

나는 하마터면 소리를 지를 뻔했습니다. 얼핏 만져보아도 버선목 속에 들어 있는 것은 분명 지폐 뭉치였습니다. 오만 환 십만 환, 분량으로 보아 아무튼 대금임에는 틀림이 없었습니다. 누가 어떤 의미로? 그러나 그 다음 순간 그 뜻을 대뜸 알 수가 있었습니다.

엄습, 엄습이랄 수밖엔 없었습니다. 웬 억센 팔에 나의 몸뚱어리는 처참하게 휘어들면서 어디론가 파고드는 또 한 손이 있었습니다.

"십만 환 그걸로 부친의 치료나 하시고!"

불길처럼 내뿜는 입김 사이로 띄엄띄엄 새어나오는 목이 잦는 말이었습니다. 대뜸 그 개털외투임을 알 수가 있었습니다.

소리를 지르려 하였으나 소리는 나오지 않고 눈물이 먼저 나왔습니다. 다른 사람들이 알까봐 조바심도 있었지만 젤로 아버지가 아시면 얼마나 놀라실까 하는 생각이 더 앞섰습니다.

겨우 어디론가 파고드는 손만을 죽을 힘을 다해서 막고 있을 뿐이었습니다. 그러나 억센 남자의 힘에는 도저히 당할 수가 없었습니다.

"이러지 마세요."

모기 소리 같은 반항이었습니다. 그러나 남자는 그 말이 무슨 촉진제의 역할이나 한 것처럼 더욱 세찬 힘으로 나의 모두를 아주 열어젖뜨리려고 하였습니다. 그때 그만 나는 잠깐 정신을 잃었던가 싶습니다. 그후 한동안의 일에 대해서는 전혀 모릅니다.

난데없이 방 안이 환해진 걸 보게 되었습니다. 언제부터인지도 모르게 들창의 문지방 위에 촛불이 타고 있었습니다. 그제야 나는 잃었던 정신이 겨우 되돌아오고 동시에 모든 것을 알게 되었습니다.

"미안하지만 손님들 잠깐 일어들 나쇼. 그런데 돈 십만 환이 바루 이자리에서 없어졌단 말야!"

개털외투의 음성이었습니다. 한참 후에 그의 음성은 다시 울렸습니다.

"저 처녀도 좀 일어나시오."

나는 일어나는 수밖에 없었습니다.

아버지만은 그대로 누워 있어도 된다고 그 개털외투가 말했습니다.

"설마 앓아 다 죽어가는 저분의 짓은 아닐 것이고 한 사람도 밖에 나간 사람은 없으니깐 솔직히 가져간 분은 내놓죠, 괜히 좋지 못한 결과를 당하기 전에."

"……"

"정히 안 내놓으면 좋아. 소지품 수색을 할 수밖에 없지."

마침내 차례로 소지품수색이 시작되는가 보았습니다.

나의 차례가 되었습니다. 한동안 내 몸의 이곳저곳을 수색했습니다. 버선목에 든 것을 꺼내가지고는,

"허허 요런, 불쌍해서 동정을 하니깐 이 따위 짓을 해. 하, 이 순……"

그러나 뺨이라도 친 건 아니었던 것 같습니다. 맞았던 기억은 없습니다. 그러나 그때 나는 두 번째로 다시 정신을 잃어서 그 후 한동안의 일에 대해서는 역시 제대로 알고 있는 것이 없습니다.

다음날 아침 아버지는 영영 자리에서 일어나시지 않았습니다.

나는 손에서 미끄러져내리는 노트를 어렴풋이 의식은 하면서도 그게 보이지는 않았다. 천정이 아래로 내려와 맞붙었다가 다시 위로 올라갔다. 아주 까마득히 올라갔다. 방 안을 한 번 둘러보았다. 아무것도 보이

지 않았다. 노오란 끝없는 허공이 나를 둘러싸고 있을 뿐이었다. 마침내 일종의 치받쳐오르는 광기 같은 것이 나를 지배하고 있음을 느꼈다. 그 다음 순간 나는 어디 암층이 갈라진 틈바구니의 끝없는 심층으로 떨어져 내리고 있는 자신을 보게 되었다. 아무리 의식과 힘을 모아 암벽을 붙들려고 해도 그것은 소용이 없었다. 나는 점점 가속도로 낙하하고 있었다. 마침내 나는 어느 바닥에 부딪쳐 비로소 내 자신으로 돌아왔다. 촛불이 보이고 앞에 울고 있는 아내가 보였다. 그제야 나는 입을 열 수가 있었다. 원 그걸 가지고 뭘 그렇게 울어, 난리통에 죽은 사람도 얼마든지 있잖아, 선친께서도 돌아가셨잖아, 난 당신이 그때 죽지 않고 살아서 지금 내 앞에 있는 것만으로 만족해. 나는 조금도 거짓이 아닌 진실의 확신을 다짐하면서 울고 있는 아내의 어깨를 뒤로부터 힘껏 끌어안았다. 다음날 아내가 깔았던 요 위에는 아무런 흔적도 발견할 수가 없었다.

급사애가 돌아오는 기척이 났다. 나는 창 너머로 눈을 보냈다. 비를 머금은 우중충한 구름이 낮게 내려앉아 마주보이는 중앙청 구청사의 둥실 솟아오른 원개가 마치 괴물처럼 눈앞으로 육박해왔다. 나는 저 속에 필경 6·25 때 죽은 시체들이 적어도 백 구는 들어 있을지도 모른다는 생각을 했다.

어째서 저놈의 건물은 저대로 놔둬야 하나. 싹 쓸어내버리든지 어떻게 수리를 하든지 해야 할 게 아닌가. 탄흔이 벌집같이 송송 뚫리고 유리창마다 모두 비뚤어지고 내부는 푹신 썩어 문드러지고 한 저런 게 아직도 중앙청 청사라는 이름으로 불려야 하나.

한 떼의 하얀 비둘기들이 그 중앙청 청사의 원개 위를 지나 경복궁의 푸른 숲을 향하여 날아가고 있었다.

S 군이 자살했다는 소식을 받고 내가 갔을 때는 이미 장사를 치른 뒤였다. S 군의 부인은 자리에 눕혔던 몸을 일으켜서 나를 맞아주었다. 도무지 어떻게 해서 하필 게까지 가 죽었는지 모르겠다. S 군이 벼랑에서 떨어져 죽었다는 그 돌산은 그의 집에서도 삼십 리나 떨어진 곳이었다. 버스 안에서까지 소문들이 자자해 일부러 차장에게 물어보고서 알았었

다. 모르겠어요, 멀쩡하니 내리 닷새간을 집에 누웠다가 아침에 어디 출입하는 사람처럼 차 타고 가서 그랬으니깐요. 부인의 양쪽 뺨에는 눈물이 냇물처럼 흐르고 있었다. 일껏 군에 가서 3년씩이나 그 죽을 고비들을 넘기고 나와서까지 자살할 건 뭐있어요. 부인은 더욱 흐느껴 마치 내가 그렇게 죽은 사람이기나 한 것처럼 말했다. 글쎄 말입니다, 아이는 하나뿐인가요? 나는 뜰에서 군대 계급장을 그린 딱지를 가지고 노는 몇몇 어린애들 중에 S 군의 얼굴과 비슷한 아이를 눈으로 찾으며 물었다. 네 지금은 하나예요. 부인은 늘어진 치맛자락을 가슴께로 여미며 아래로 쓸어내려 나온 발끝을 싸아 밟았다. 나는 아마 부인이 지금 임신 중이로구나 하고 생각하면서 그 사람 전혀 뭐 저축 같은 것도 없지 않습니까? 없어요, 하지만 산 사람이야 뭘 어떻게 하든 못 살겠어요? 죽은 사람이 불쌍해서지요. 부인은 저고리 고름으로 눈물을 닦아냈다.

죽은 사람이야 이왕 죽었어도 인제는 산 사람이 문제지요. 뭐라도 하겠어요, 미처 그런 걸 차근차근 생각해볼 새도 없었지만 저도 봐서 서울로 갈까 해요, 동무들도 몇 있고 선생님도 서울에 계시고 하니깐요. 부인은 빨갛게 된 눈가에 어색한 웃음기 같은 걸 띠며 말했다. 글쎄요, 가까이 계셨으면 저도 좋겠습니다만. 어디 벌어먹고 살 데가 있는가 좀 선생님께서도 알아봐주세요. 부인은 젖은 얼굴에 역시 어설픈 웃음을 띠었다. 물론이죠, 하지만 제가 알아보기 전에 어련히 잘 되실라구요. 나도 따라 웃음을 띠었다. 뜰에서 놀던 아이들이 하나씩 둘씩 흩어져가고 끝에 남은 윗입술에 코가 넌덕이 된 녀석이 마루에 와 대롱대롱 매달리며 엄마 밥줘, 했다. 응 좀 있어 줄 테니까, 저 녀석 코 좀 보게, 어서 이리 올라온. 부인은 휴지쪽을 찾는 모양으로 방 안을 이쪽저쪽 둘러보았다. 아무래도 애들로 해서는 아버지보다 엄마가 계신 게 훨씬 낫지요. 나는 눈앞에 어른거리는 집의 딸애를 생각하면서 이렇게 말했다. 그래도 댁의 애기야 엄마가 없어도 선생님께서 원체 자상하시니까 뭐 엄마 몫까지 다 되지요, 애들이 모두 부모들을 잃고 이게 무슨 운명들인지 모르겠어요, 하고 부인은 쓸쓸한 표정을 지었다.

저편으로부터 부연 먼지를 일으키며 바닥을 쓸어오는 급사애를 건너다보며 나는 두 손바닥으로 책상의 양귀를 누르고 그 반작용으로 몸뚱어리를 밀어올려 오랜만에 자리에서 일어났다.

"가세요 선생님?"

급사애는 잠깐 허리를 펴고 또 입술을 잡아다려 웃었다.

"응! 가야지."

"안녕히 가세요, 선생님!"

층계를 내려오며 나는 갑자기 현기증 같은 것을 느꼈다. 언젠가 급사애가 투덜거리던 말이 떠올랐다. 이 층계가 모두 몇 갠지 아세요 선생님, 여든일곱 계단이에요. 그런데 그녀가 하루 이것을 오르내리는 횟수를 서른 번만 잡고도 왕복이니까 예순 번. 그래서 육팔은 사십팔하고 육칠은 사십이 이렇게 많이 오르내리니 영 죽겠다는 것이다. 납치되어 이북에 가 있는 자기 아버지가 돌아만 오면 당장이라도 회사를 그만두고 학교에나 다니겠다고 했다. 그러나 자기 아버지는 아무래도 돌아올 것 같지 않다면서 쓸쓸히 예의 그 입술을 잡아다려 웃는 웃음을 한 번 웃었었다.

나는 전후희극배우협회 사무실의 안내 화살표를 쳐다보면서 천천히 층계를 내려갔다. 저 밑에서 야단스럽도록 유난히 불끈 내솟은 가슴을 과시하고 떼뚱떼뚱 힐소리를 울리며 원피스의 여인 하나가 올라오고 있었다.

여인은 별로 이쁘지 못한 얼굴을 들고 이편을 한 번 올려다보고는 한옆으로 비켜서 올라갔다. 희극에서 단역으로 나오는 걸 더러 본 기억이 있는 여인이었다. 비켜 올라가는 그녀의 턱 밑으로 반이나 노출되어 해파리처럼 흐물거리는 두 개의 살덩이에 파란 정맥이 내돋아 있었다. 여자의 노출은 많을수록 남자에 대한 예의가 되는 법이라고 사의 어느 여직원이 그랬더라? 그때 약간 짓궂은 남자 직원 하나가 그 말을 받아, 딴은 옳으신 말씀야, 벌써부터 그렇게 돼야 할 것이었거든, 스푸트니크시대 아냐? 원래 천사에 의상을 입혀서 굳이 인간이라는 걸 만든 것부터가 잘못 아닌가. 이렇게 이죽거렸었다.

나는 수렁 속을 헤매듯 층계를 내려왔다.

바깥은 지붕 마루턱까지 낮게 처져 내린 구름 속에서 벌써 몇 낱씩 빗방울들이 떨어지고 있었다. 게다가 해질 무렵이 되어 더욱 장막 속처럼 컴컴한 거리는 꼭 쑤셔놓은 개미집처럼 모두들 분주했다.

나는 거리를 횡단해서 집과는 반대 방향인 버스 정류장으로 갔다.

밖으로 나가는 버스들은 배가 터질 듯 주워 실은 데 비해 안으로 들어오는 버스는 으레 이맘때 그렇듯이 가으로 앉을 자리가 채 차지 못하고 텅 비어 있었다.

빨간 리본을 나비처럼 머리에 맨 귀여운 어린 계집아이를 앞에 안고 앉은 젊은 부인 곁의 빈 자리로 가서 나는 앉았다.

엄마에게 안긴 애는 얼굴을 위로 젖혀 엄마를 올려다보며 얼굴짓에 뭐라고 재재거리며 한창 재롱에 포근히 젖어 있었다.

애의 대롱대롱 흔드는 하얀 구두의 발이 이따금 나의 무릎을 스쳐가곤 했다. 부인이 얼른 어린것의 두 다리를 붙잡아다 자기의 무릎 사이에 끼워넣으며,

"발은 얌전히 놔두는 거지, 그럼 아저씨 옷 버리지 않아, 응?"
하고 나에게 작은 미소의 목례를 보내왔다. 나도 마주 예, 좋습니다의 의미로 머리를 약간 숙여 보였다.

차장의 손바닥이 차체를 몇 번 탕탕 울리자 차는 다시 움직이고 까불까불하던 어린것도 엄마의 치마폭을 꽉 거머잡고 폭 엄마의 가슴에 등을 기대고 얌전해졌다.

아침에 출근할 때에 순아는 잠이 들어 있었다. 아무래도 애가 어디 불편치 싶은 예감이 들었다. 쟤가 좀 션찮은 게 아니니? 식모애보고 물어보았다. 엊저녁에 너무 오래 놀아서 늦잠이 든 거겠지요 뭘. 물론 그러기를 바라면서도 언제든 순아보다 나의 표정에 더 신경을 쓰는 식모애의 말이니까, 오늘 잘 좀 보려마. 나는 잠든 딸애의 뺨에 입을 맞추어주고 조용히 집을 나왔다. 막 대문 밖을 나서는데 안에서 순아의 깨어 우는 소리가 들리고 식모애가 뒤쫓아 나왔다. 아저씨 순아가 깨서 아버지 찾아내라고 야단났어요, 잠깐 들어가보시고 가세요. 원. 나는 할 수 없이 집으로 되들어갔다. 아빠를 보자 순아는 더욱 서러워지는 울음이 되었

다. 순아, 왜 울어, 아빠 아직 회사 안 갔는데. 나는 순아를 끌어안고 십 환짜리 동전 한 닢을 꺼내어 애의 손에 쥐어주며, 자 이걸로 까까 사먹고 어서 뚝 그쳐 응 어서 그치래두. 그러나 순아는 냉큼 울음을 그치지 않았다. 어린 속에도 복받치는 무슨 설움이 있는 건가. 다른 애들은 다 엄마가 있는데 나는 왜 없을까 아빠는 왜 항상 회사에만 갈까——나의 오장에서는 사뭇 홍수가 져내리고 있었다. 그쳐 응. 얼마를 달랜 후에야 겨우 순아는 울음을 속으로 삼키느라고 꿀꺽꿀꺽 흐느꼈다. 순아 뭣 사 먹을래. 사과, 응 그래 우리 순아가 젤 이쁘지? 응 어디가 젤 이쁘지. 순아는 손가락으로 아무 데나 집히는 대로 제 뺨을 가리키며 조금 웃었다. 그렇지 거기가 젤 이쁘지. 나는 팔에 힘을 주어 순아를 한 번 껴안아주고 여기도 예쁘지. 손바닥으로 뺨을 꼭 보듬어주었다. 응 인자 아빤 회사 가지, 그래야 이따 저녁때에 까까 또 많이 사오지. 아빠 저 빠나나 사다줘. 그래 빠나나 그리고 또 뭣 사다줄까? 저 코빼기 고무신 사다줘. 그래 그래. 나는 순아를 앞에 일으켜 세워놓고, 자 그럼 어서 아빠 안녕히 다녀오세요, 하고 인사해야지. 비로소 순아는 두 손으로 제 얼굴을 싸쥐고는 열적은 듯 빙긋이 웃고만 서 있었다. 나는 일어서 차츰 뒷걸음질로 밖으로 나오면서 자 어서 인사해야지? 그제야 아버지 안녕히……, 다녀오세요의 뒤엣말은 식모애가 가르쳐주는 대로 따라 했다. 그리고 순아는 우는 듯 웃는 듯한 얼굴을 하고 식모애한테 안겨서 아버지를 배웅해주었다. 나는 딸애를 쳐다보며 옆걸음으로 대문까지 나와 손을 높이 들어 두어 번 흔들어 보이면서 아빠 갔다 온다, 우리 순아 잘 논다, 했다.

　버스는 앞의 납작한 외국인 세단차를 뒤쫓아 마주 뵈는 파출소 앞을 돌아나갔다. 윈도우 브러시가 부지런히 유리창에 부딪는 빗방울들을 닦아냈다. 여기는 찬데 안방으로 가 주무세요, 예다 아주 불을 지필까아. 나는 두 손으로 깍지를 끼어 머리에 받쳐 베고 반듯이 누워 거슴츠레 취기 오른 시선을 천장에 박은 채 아내의 말은 듣는 둥 마는 둥이었다. 방이 차대두 감기 드실려구 그러세요. 나는 여전 엉뚱한 생각에 잠겨 있을 뿐이었다. 아내는 지금 속으로 울고 있다. 나는 왜 이렇게 술을 마시

게 되는 걸까, 이대로 나날을 허송해야 되나, 그래선 안 되지 않나, 나는
아내를 사랑한다, 사랑하지, 사랑한다, 나는 아내를 사랑한다……. 그럼
예다 그냥 불을 지펴드리겠어요. 아내가 자리에서 일어나는 기척이 났
다. 나는 슬쩍 머리를 돌려 아내의 얼굴을 훔쳐보았다. 일어서며 이쪽을
내려다보는 아내의 시선과 마주쳤다. 아내는 겸연쩍은지 시선을 자기
발 밑으로 비껴 깔았다. 귀밑의 바스스한 솜털이 모두 까칠하니 일어서
안색이 더욱 핼쓱했다. 찬 방에 오래 있은 탓이리라. 임신 3개월 그 무렵
이 부부의 애정은 제일 고조로 오른다는데. 나여 시선은 약간 도톰하게
불러나온 것 같은 아내의 배에 가 멎었다. 아내는 얼른 치맛자락으로 배
를 여미며 얼굴이 빨개졌다. 뭘 그렇게 보세요. 그리고 아내는 반만큼
옆으로 돌아섰다. 찬 방에 있으면 술이 잘 깨거든, 오늘만은 얼른 술이
좀 깨고 싶어. 나는 부드러운 어조로 이렇게 말하며 웃어보였다. 약주
잡수셨을 땐 되도록 찬 기운을 피하신다구 그러시구선 언젠가는. 그런
때도 왜 없나, 오래 취하고 싶을 때도 있는 거지. 물론 잡숫고 싶으시니
까 그렇게 거의 매일 잡숫는 것이겠지만 전 정말……하다가 아내는 채
말을 마치지 못하고 가슴이 앞으로 불끈 솟구치며 눈을 한 번 지그시
감았다가 뜬다. 뭔데 말을 해봐요. 전 술을 모르지만 술은 다른 음식물
하구두 다르구 더구나 결혼 전에는 통히 잡숫지도 않던 것을……그렇게
잡수시는 걸 볼 때 나도 어렴풋하게나마 짐작은 돼요, 하지만 너무 괴로
워하시는 것 같아 그것이 모두 나로 인한 괴로움이실 거구 난 정말 어
떻게……. 아내는 갈피를 못 잡고 갈팡거리다가 끝내 말을 맺지 못하고
옷고름을 눈으로 가져갔다. 나는 갑자기 가슴 위에 얼음덩이라도 올려
놓은 것처럼 찌릇하게 저려오름을 느꼈다. 무슨 그런 소릴 하는 건지 잘
모르겠는데, 지금 홑몸도 아니고 임신 중엔 되도록 평화롭고 유쾌하고
그런 생각만 해야 애기가 명랑해지고 좋다는데. 나는 아내를 위로하기
에 애를 썼다. 그러나 내가 노력하는 보람도 없이 아내는 아주 울음을
터뜨리고 말았다. 난 애기를 가질 자격이 없는 사람이에요, 나는 꼭 죽
었어야 할 사람이에요, 죽었어야 할 사람이 뭐가 잘못되어서 괜히 살아
있는 거예요, 게다가 어린애까지 갖는건 말이 안 돼요, 어린걸 가져봤자

이 세상에 반가워할 사람은 아무도 없으니까요, 난 결코 낳지는 않을 거예요. 오늘은 도무지 모를 소리만 하는군. 모를 소리라구요, 아마 그렇지 않을 거예요, 나는 다 알고 있어요, 나의 임신을 당신이 얼마나 무서워하고 계신지를, 그리고 그것을 잊어보시려구 또 되도록 안색에 나타내지 않으시려구 약주를 잡수시는 것두 알구 있어요. 나는 눈을 감아버렸다. 아내의 흐느끼는 소리가 가슴에 와 울려 출렁댔다. 나의 가슴 속에는 세찬 바람이 불어대고 있었다. 어느덧 나의 눈 안에서도 뜨거운 것이 돌아나왔다.

앞에 가던 세단차는 어느새 없어지고 차츰 속도를 늦추던 버스는 앞에 죽 늘어선 차들의 맨 뒤에 가 주춤하고 섰다.

비는 제법 줄기로 쏟아져 내렸다.

"엄마, 왜 뛰뛰 안 가?"

애가 다시 머리를 위로 젖히고 엄마를 올려다보며 물었다.

"저거 봐, 빨간 불이 나왔지? 그럼 서는 거야. 파란 불이 나오면 가구."

버스는 다시 움직여갔다. 네거리를 지나서 나는 버스를 내렸다. 후두두 빗방울이 얼굴에 와 부딪쳤다. 나는 앞에 와 가로막는 비닐우산 장수를 피해서 컴컴하고 지저분한 골목으로 잰걸음을 쳐갔다. 좌우에 늘어선 싸구려 음식점에서 튀김 냄새가 구수하게 풍겨왔다. 나는 골목 안의 구멍가게에서 백 환짜리 캔디 한 봉다리를 사가지고 퍽은 오랜만이라 어쩐지 낯선 집 같다는 생각을 하면서 꾀죄죄 땟국이 흘러 글씨가 흐려진 붉은 포장을 들치고 안으로 들어섰다. 삥 둘러 벽으로 스탠드대가 매어 있는 좁다란 주청 안은 그나마 두 사람이 마주앉아 대폿잔들을 기울이고 있을 뿐 한적했다.

"어서 오세요……."

조리대에서 언제나 다름없는 차림으로 뭔가 칼질을 하고 있던 부인은 잘 쳐다보지도 않고 으레 여느 손님을 맞을 때 하는 식의 입버릇 인사를 하다가 내가 아무 소리도 않고 조리대 앞에 얼쩡하니 서서 손수건을 꺼내어 이마의 빗물을 닦아내고 있으니까 그제야 보고는,

"오마나! 김 선생님 오셨네요……전 영 안 오시는 어른이신 줄 알았

더니……."

나는 속으로 우리 여급사애가 잉크병을 깬 덕입니다. 이렇게 뇌면서 그저 웃어만 보였다.

부인은 얼굴을 빨갛게 붉혔다. 몹시 반가운 그리고 원망과 부끄러움이 뒤섞인 얼굴이었다. 나도 따라 얼굴을 붉혔다. 그 어느 날 밤 어쩌다 눈을 떴을 때 나는 겨드랑 밑의 체온을 으레 집의 딸년이려니만 했었다. 갈증이 심했었다. 분녀야! 물 좀 떠오라고 할 요량으로 건넌방 쪽에다 대고 식모애의 이름을 불렀다. 왜 그러세요. 나는 그만 깜짝 놀랐다. 바로 겨드랑 밑에서 분녀가 아닌 다른 여인의 음성이 대꾸를 했기 때문이다. 나는 나도 모르게 대꾸하는 주인공의 머리에 손을 대보았다. 그리고 더욱 놀랐다. 나의 그 손을 엎어잡는 한 손이 있었다. 또 한 손이 와 맞싸잡고 그편의 가슴께로 끌어가고 있었다. 나는 그만 엉겁결에 손을 얼른 빼내와버렸다. 따라서 벌떡 몸을 일으키려다 실로 이때 일시에 정신이 확 들며 이것이 분명 나의 집이 아니라는 것을 겨우 깨닫게 되었다. 나는 일으키려던 몸을 그대로 눕힌 채 갈증도 잊어버리고 잠시 꼼짝할 수가 없었다. 어렴풋하나마 간밤의 기억이 대충 머리에 떠올랐다. 딴 곳에서 술을 마시다가 이 집에 들른 게 열한시가 훨씬 넘어서였다. 물론 술을 더 마시기 위해서 들른 건 아니다. 그저 지내는 길처니까 잠깐 들렀다만 갈 심산이었다. 부인이 한 잔만 하고 가라 했고, 그래 못이겨 마신 것이 한 잔뿐이 아니었다. 무슨 얘기를 지껄였던가는 전연 기억이 없었다. 통금 예령을 들으면서 그만 집으로 간다고 나오다가 문지방에 걸려 쓰러졌던 기억이 날 뿐이었다. 나는 이런 기억을 더듬으면서 그냥 꼼짝 않고 누워 있었다. 숨소리마저 죽인 채로였다. 곁의 부인도 마찬가지로 서로 맞닿은 부분만을 조금씩 떨어져 간 채 까딱하지 않고 잠잠히 있었다. 나는 차츰 가빠지는 숨결을 도둑으로 내쉬며 앞으로 취할 거취에 대해 곰곰이 생각해봤다. 이대로 일어나서 실례했다고 나갈까, 몇 시나 됐을까, 통금 중이니까 이웃에 어디 잘 만한 여관 같은 거나 있는지. 아무려나 나는 이 집을 나가긴 나가야 한다는 생각이었다. 죽은 아내와 S 군의 생시에 있었던 모든 환상이 같이 겹쳐서 혹은 따로 떨어져서 쉴 새 없이 떠올랐다가는 사라지곤 했다. 그러는 중에 나의 생각은 자연 곁의 부인으로부터는 멀어지게 되어 기이할 만큼 나는 아무런 욕망도 일어나지 않았다. 그러나 내가 이 여인과의 거리가 멀어지는 건 무슨 친구의 부인이라거나로 나의 내부의 괴로운 투쟁에 의해서 얻어진 인도주의 같은 허위가 아니람을 나는 분명히 의식하고 있었다. 언젠가의 그 하얀 요 호청에 얼룩졌던 선연한 핏자국과 관련된, 순결을 이미 잃은 여인이라는 데서 오는 그것은 너무나 싸늘한 거리감이었다. 나의 머리 속은 더욱더욱 맑아가면서 밑으로 가라앉는 일종의 비감 같은 게 젖어드는 마음이기조차 했다. 나는 그것을 가까스로 억누르고 또 생각했다. 아무튼 나가야 할 텐데 어떻게 하고 이 집을 나가야 앞으로 부인을 대하기가 떳떳할까. 이것이 자꾸만 마음에 걸렸다. 그러니 나는 점점 마음이 다급해서 영 그대로 누워 있을 수가 없었다. 뒤의 일은 어떻게 됐건 우선 자리에서 일어나야 한다는 생각이었다. 나는 용기를 내어 일어났다. 미리 생각해놓은 대로, 아 이건 너무 실례가 많습니다. 그리고 곁의 부인을 내려다보았다. 그러나 부인은 여전 같은 자세인 채로 아무런 반응도 보여주지 않았다. 나는 웅크리고 앉은 대로 잠시 망설이다가 저 가봐야겠습니다. 그리고 앉은 자세에서 아주 일어섰다. 부인은 역시 그대로였다. 나는 이웃에서 들어오는 불빛으로 부유스름한 방 안을 더듬어 밀창을 잡아 가만히 밀며, 밖의 문은 안에서 걸어야잖습니까, 그리고 또 부인을 내려다봤다. 그제야 부인은 자리에서 부스스 일어났다. 머리를 뒤로 긁어 넘기는 게 보였다. 정이 선생님 가시겠어요. 무엇이 목에 잠긴 듯한 목소리였다. 나는 잠시 말문이 막힌 채로 있다가 얼마 뒤에야, 네. 그러나 냉큼 문 밖으로 나가지는 못한 채로 있었다. 좀만 더 계시면 날이 밝을 건데요. 부인이 역시 같은 목소리로 그랬다. 뭘요 지금 나가도 갈 만하겠습니다. 나는 부엌으로 나왔다. 부인의 한숨 소리 같은 게 들린다고 생각되었다. 밖의 문은 안으로 걸게 돼 있지요? 부인은 아무 대꾸도 없었다. 나는 그냥 문간으로 걸어나와 출구를 더듬었다. 안에서 부인이 나오는 기척이 났다. 선생님! 가늘게 울리는 소리였다. 전 여기 가게서 잘 테니까 안에서 주무시고 가세요. 뭘요, 괜찮습니다. 부인은 얼마간 잠잠

한 대로 서 있다가 결국 문을 따주었다. 그럼 안녕히 주무십시오. 부인은 아무 소리도 하지 않았다. 밖에 나오면서 돌아다볼 때까지 부인은 그대로 문간에 서 있었다.

그녀는 그 동안 썰어놓은 것만을 얼른 접시에 담아 부엌애에게 저편의 두 손님들에게 갖다드리라 해놓고는 행주치마에 손을 두르며 어느새 싹 가신 얼굴로 활짝 웃음을 짓고,

"전 선생님께서 우리 가겔 아주 잊어버리셨나 했더니 와주셔서 감사합니다."

했다.

"죄송합니다."

나는 나도 알 수 없는 대답을 했다.

"참 순인 여전하구요?"

"네! 댁의 애기들도 잘 놀지요?"

나는 부엌 건너편의 미닫이를 쳐다보며 이렇게 말하고 사가지고 온 캔디 봉다리를 조리대 위에 내놓았다.

"네, 덕택으로요……뭘 그런 걸 또 사오셨어요?"

그녀는 우선 잔을 내놓고 술을 따랐다. 그리고 이것저것 안주를 내놓으며,

"어서 드세요. 우선 두어 잔 드셔야지만 얘기도 나오실 테니까."

하고 부인은 웃었다.

이때 전등불이 들어왔다.

"오늘도 외상으로 됩니까?"

"그럭허세요, 됐다가 한목에 모두 받을 테니깐요."

깔깔깔 부인은 아주 유쾌한 웃음을 웃었다. 나는 부인의 그 웃음이 언제나 인상적이라고 생각하면서 찰찰 넘치는 술잔을 입으로 가져갔다. 약간 힘에 겨운 걸 단번에 마시고 잔을 내놓았다.

"그 동안엔 어디루 다니셨어요?"

그녀는 또 잔에 술을 채워놓으면서 이렇게 말했다.

"뭐 별로 다닌 데도 없습니다."

“그럴 리가 있겠어요?”

그녀는 눈으로 더 많이 웃었다.

매일같이 마시는 술이면서 다닌 데가 없다니 그게 말이 되느냐의 의미였다.

저쪽에서 대포 한 잔씩을 더 달라 했다. 그녀는 부엌애에게 주전자를 보내놓고,

“앞으로는 자주 들러주시겠지요?”

했다. 그리고 그녀는 또 깔깔깔 웃고 얼굴을 빨갛게 붉혔다.

“물론이지요.”

“엄마, 엄마!”

부엌 건너의 미닫이가 드르륵 열리면서 수저자루를 거꾸로 입에 물고 큰놈이 울먹거리며 엄마를 불러댔다.

“왜 그래?”

“고기는 민영이가 저 혼자만 먹겠다잖아?”

“조것들이 조용히 밥을 먹지 못하구선, 너 아저씨 오셨는데도 인사 안 해? 이것 봐 여기 과자 또 사오셨지.”

그제야 녀석은 울먹거리던 얼굴을 풀고 히죽 웃으며 어슬렁 나와서 엄마한테 캔디봉지부터 받아들고는 내 쪽에다 머리만을 한 번 꾸벅하고 되돌아갔다.

“저 놈이 여승 즈 아버지 닮아가죠?”

하고, 나는 그녀의 얼굴을 슬쩍 살폈다.

“그 못난 즈 아버지 닮아서 어따 쓰게요.”

그녀는 잠깐 아까의 홍조가 그대로 남았으나 금시 쓸쓸한 표정이 되어 갔다.

“못나다니요, 그 사람이 왜 못났습니까?”

“못나잖구요, 그러니까 그 따위 짓을 허지요.”

하고, 그녀는 이마에 손을 올려 몇 가닥 내려온 앞 머리칼을 쓸어올리고는 그 손등으로 아무렇지도 않은 눈을 몇 번 비벼댔다.

S 군이 군에서 제대를 하고 돌아와서 나는 아무래도 전쟁을 잘못하고

온 것만 같아, 하고 말한 적이 있었다. 전쟁에 무슨 잘하고 못하는 전쟁이 있나? 나는 S 군의 말의 의도가 얼른 오지를 않아 이렇게 대꾸하고 그의 다음 말을 기다렸다. 물론 그렇지, 결국 전쟁은 그저 해야만 되는 거니까. 나는 그저 잠자코 있었다. 군대를 장난 삼아서 간 것은 아니지만, 그렇다고 나라나 동포를 위한다는 그런 생각 같은 것은 아예 해본 일조차 없었고, 그런데 참 신기한 건 전우였네, 이건 관념으로가 아니라 실제 느끼는 경험인데 자네도 군에 갔다 왔으니까 경험했을 거네마는 전쟁터에서의 이 전우만은 나에게 전연 새로운 광명을 비쳐주는 존재였네. 내가 잠자코 있으니까 S 군은 내가 납득이 안 가서 저렇게 침묵인가 싶었음인지 나의 얘기를 좀더 들어주게. 하고는 내처 눈에 빛을 띠며 조용조용 말을 계속했다. 야간 침투작전을 하다가 실패한 일이 있었어, 마구 쫓겼지, 그때 나는 LMG 사수였고 윤 하사라고 조수였어, 그런데 이 조수가 복부에 맞았거던, 마구 피를 쏟는데 채 어떻게 응급 처치를 할 겨를도 없이 그때 마침 후퇴 명령이 내렸네, 그나마 형세가 어찌나 다급했던지 장비도 모두 내던지고 겨우 부상자와 시체들만 끌고 갈 판이었거든, 그때 나는 윤 하사를 끌고 뛰었지, 말이 뛰는 거지 뛰면 얼마나 뛰었겠나, 터져나온 창자를 움켜안은 사람을 끌고, 결국 들쳐 메었네만 나 같은 약질에 깜깜한 산비탈을 악을 쓰고 기진맥진 간 것이 아마 한 20미터도 못 갔을걸세, 턱 끝에 숨이 차 영 더 못 가겠데, 둘이 다 쓰러져 버렸네, 그런데 공교롭게 거기가 바로 깎아지른 낭떠러지고 후퇴에 앞서 시체들을 모두 그곳에 굴러 떨어뜨리고 있는 것이었네, 그런데 어쩌다 정신을 차리고 보니까 이건 왜 이대루 놔두느냐면서 어떤 자가 윤하사를 끌고가지 않겠나. 그래 깜짝 놀라서 쫓아가며 그것은 죽은 사람이 아니라 산 사람이라 했더니 그자가 이렇게 죽었는데 죽어도 뭐 사는 거냐면서 그냥 끌어가는 게 아니겠나, 빨리빨리 치워야 정말 산 사람이 산다나, 그래 나는 그냥 매달렸지, 그래서 옥신각신 입싸움이 벌어졌네. 그런데 마침 선임하사가 지나다 보고는 빨리빨리 치우고 집합하라고 호통을 치지 않겠나, 참 나는 그때 왜 입이 붙어버렸던가 모르겠네, 한 마디 변명도 못하고 얼떨결에 그자가 끄는 대로 나도 윤 하사를 붙잡은 채 끌려갔으니까, 그런데 그자가 윤 하사를 거꾸로 다리를 끌었기 때문에 내가 붙잡은 건 팔이었네, 낭떠러지에 이르자 하나 둘 셋, 하고 그자가 흔드는 대로 따라 나도 맞붙잡고 흔들었단 말일세, 그런데 윤 하사가 내 손에서 떨어져 나가던 직전 꿈틀하면서 내 팔을 한 번 꽉 움켜잡았다가 그냥 떨어져 나가던 그때의 그 감각이 지금도 이 팔에 남아 있네. 하고 S 군은 오른쪽 팔을 한 번 쳐들어 보이고는 이런 경우 즉 윤하사의 경우 또는 그때 나의 경우를 자네가 당했다고 가정하고 생각해 보게……

나는 S 군의 얘기와 얘기하는 도중의 눈동자의 변화까지도 포함해서 거기에 대한 뭐라고 대꾸할 말을 모두 알고는 있는 것 같았다. 그러나 그 이전에 그리고 또 그 이전에 이렇게 첩첩으로 더 뭣이 있을 것이 아닌가 하는 것을 생각하면서 나는 S 군과 외면한 채로 아무런 대꾸도 못하고 말았다.

"어서 약주나 드세요."

부인은 심드렁이 말하고 있었다. 바깥의 빗소리가 한껏 더 세차게 들려왔다.

"네, 이 잔만 비우고 인제 가겠습니다."

"빗소리 못 들으세요? 술도 더 드시구 천천히 얘기두 좀 하시구 그리구 비가 좀 우선하거든 가셔야죠. 오랜만에 오셨으면서.".

"비야 뭐……또 자주 들르면 되잖습니까. 뭐 와야 이렇게 폐만 끼쳐드리지만……."

"온 별 말씀도 다 하세요."

이때 서넛 술꾼들이 즈봉가랭이들을 거머잡고는 비한테 쫓기듯 주청 안으로 뛰어들어왔다.

"어서들 오세요."

하고 부인은 분주히 접시에 안주들을 담았다.

나는 냉큼 잔을 비워놓고,

"자 그럼 또 들르겠습니다."

부인에게 말했다.

"아이 선생님두 정 그러시면 한 잔만 더 하고 가세요."

　부인은 하던 일을 멈추고 나의 술잔에 술부터 먼저 따르며 앞에 와 가로막듯 절절히 만류했다. 그래서 그 잔을 마시고 다음에는 내편에서 청해서 또 한 잔을 마셨다.

　알 수가 없었다. 얼굴을 향하여 쏟아져 내리는 빗줄기가 퍽 시원하다는 느낌이었다. 가로등이 빗줄기를 타고 내려와 찬란히 부서진 질퍽질퍽한 골목의 길바닥은 마치 잘 먹어 살이 찐 비계상판에 개기름이 흐르듯 번들거렸다.
　나는 가로등이 가라앉은 길바닥의 웅덩이 같은 것에 구애를 받을 필요는 없었다. 멋대로 길을 쓸며 걷는 두 다리에만 몸을 내맡기면 그만이었다.
　어 마누라. 분명히 이렇게 고함을 치면서 그 눈이 가는 작자가 주청 안에 들어왔었지. 여보세요 말씀 삼가세요 대체 누가 마누라란 말이에요. 이것은 그녀의 점잖게 내쏘는 말이었고 참 점잖게 한 대 먹이는 말이었지. 그러니까 작자는 하하하하 한바탕 너털웃음을 치고 뭐 그럴 거 없잖아, 어쩌구 되지 못한 자식 같으니라고. 그래서 아마 내가 돌아서 그 자의 얼굴을 한 번 째려줬었지. 그러자 작자는 들고 있던 우산을 확 내던지고는 윗도리를 젖혀 허리에 손을 갖다 붙였겠다. 자식 건방지게 지가 그러면 누가 벌벌 떨 줄 앉았던 게지. 넌 뭔데 쳐다봐. 자식 을러메긴 그 뱁새눈을 제법 크게 떠보려고 애를 쓰는 꼴 참 가관이었지. 그때 나는 왜 좀더 다른 말이 없었던가 몰라. 나 사람이요. 겨우 이랬으니 참 분하거든. 첨부터 아주 무섭게 굴어줄 것을. 해해해해 뭣이 사람이라고 오늘은 왜 첫 대에 이런 것부터 걸려, 밤 재수 옴올랐군. 하고 자식이 다짜고짜 내 옷깃을 손가락으로 끄는 걸 내가 뿌리치니까, 자식이 그냥 한 대 놓잖아. 땅딸보 같은 자식의 주먹이 왜 그렇게 아파. 복부에 온 완편치였어. 하여튼 지독히는 아팠으니까. 그래 그냥 배를 쥐고 납짝 앉았는데 발길질은 왜 해. 자식 그때였지. 이놈아, 하고 그녀의 외치는 고함 소리가 들렸던 게. 수월찮이 크게 외쳤을 텐데 꼭 모기 소리마냥 가늘게 들려온 걸로만 봐두 나는 아마 거의 떡이 됐던 게 틀림없어. 한참 만에야 정신이 돌아왔으니까. 자식 운 좋았지. 어찌 꼭 그때 내가 정신이 돌아와 일어섰던지 몰라. 그때 내가 일어서 부인의 식칼을 든 그 손을 붙잡지만 않았던들 자식 어쩔 뻔했어. 이거 놓으세요 어서 놓으시라니깐요. 저놈 죽이고 나 죽으면 그만이에요. 부인 참 과연 S 군의 부인답게 용감한 부인이야. 자식도 큰소리는 쳤어도 슬며시 겁이 났던 모양이지, 슬슬 피해 나가버리게. 참 됐거든 부인. 오늘은 장사 그만둔다면서 손님을 모두 내쫓아버리고 나서야 쫓아 나와 울고 있는 어린것들을 붙잡고 함께 울잖아. 선생님 죄송해요, 저의 이런 꼴을 보여드려서요, 무서운 년이라고 탓하시겠지요, 그래도 할 수 없어요, 어서 돌아가세요, 그리고 인제 저의 집엔 오시지 마세요, 정말 오시지 마세요……

갑자기 길바닥이 환하게 비쳐왔다.

──뿡! 뿡! 뿡!──

어디서 클랙슨 소리가 울린다고 생각되었다.

뿌우웅! 뿡! 뿌우우웅!──

좀더 다급한 소리로 들려왔다.

나는 그저 걸었다.

"이 개자식아! 뒤어지구 싶어!"

이 소리와 함께 뭐가 우악스럽게 뒷덜미를 낚아채는 게 있었다. 미처 돌아다볼 겨를도 없었다. 나는 끄는 대로 한참 뒷걸음질을 치다가 확 떠다미는 바람에 그냥 나가 길 옆의 전봇대에다 부딪치며 너부죽이 쓰러져버렸다. 아찔하는 순간이었다. 얼마 후에야 정신이 돌아 일어났다. 저 앞에 자동차의 빨간 백라이트가 골목을 빠져 나가는 게 보였다. 나는 황홀한 눈으로 사라져가는 그 핏무늬 같은 빨간 불을 바라다보며 걸었다.

빗줄기는 좀더 삐딱하니 가로 비껴 누우면서 한껏 줄기에 힘을 돋우어 제법 줄대로 잘 쏟아져 내렸다. 이윽고 나는 골목을 빠져 큰길로 나왔다.

큰길답게 환하다. 소란하다. 빗속을 달리는 헤드라이트, 빨간 백라이트, 클랙슨 소리, 전차 소리, 바퀴 밑에 빗물 갈려 나가는 소리, 브레이크 소리, 그 속에서 여전 손님 부르는 소리, 소리, 소리와 빗소리가 한데 범

벅이 되어 불협화음정의 오케스트라를 이루고 있었다.

이런 것이 이른바 그 '룻소로'라든가가 말하는 새로운 차원의 음악이 된다는 건가? 베토벤이나 차이코프스키는 그 동안 많은 사람들의 가슴을 울려줬지만 이제는 질색이라는 거겠지. 나는 절로 이마가 우그러들었다.

그러자 정작 소음은 잠시고 나는 갑자기 지극히 괴괴함을 느꼈다. 그럼에도 나는 무엇이 그렇듯 별안간에 나를 괴괴한 곳으로 인도하는 건지는 얼른 알 수가 없어 아릿아릿한 기억 속을 한동안 헤매지 않을 수가 없었다. 마침내 나는 그것을 깨달을 수가 있었다.

겹겹으로 암벽의 산줄기만이 둘러져 있는 산골짜기. 별빛도 보이지 않는 깜깜한 밤이었다. 갑자기 적 진두에 공격 신호의 조명탄이 터지면서 이어 천지를 뒤집어놓은 포성과 총성…… 쿵쾅! 쿵쾅! 콰르르! 쾅! 콰르르! 따다다다 따다다다……날으는 박격포탄. 중기(重機)의 새빨간 불줄기. 순식간에 화망이 구성되었다. 소위 엄호사격이라는 것이다. 그 속에서 나는 수류탄을 거머쥐고 적의 토치카를 향하여 포복을 시작한 것이다. 기는 것이었다. 분명히 나는 나를 의식하면서 기었다. 그런데 이 때 나는 분명히 경험한 것이다. 이 전쟁의 소음 속에서 갑자기 나는 호수의 심층 같은 괴괴함을 느낀 것이다. 포성과 총성의 굉음들은 아득히 먼 어린 시절의 어느 날 부엌에서 어머니가 콩볶는 소리로 아득히 울려오면서 무엇이가 흐뭇하고 따뜻한 것이 나를 감싸주기조차 하는 것을.

나는 걸었다. 자꾸만 안면에 와 부딪는 사람들의 우산을 헤치며. 머리칼 끝이 처마가 되어 찝찔한 땀물을 씻어내리는 빗물이 몸뚱어리의 골짜기마다 사정없이 흐른다. 몸에 짝 달라붙은 베남방셔츠. 차라리 이제는 알몸으로 비를 맞는 느낌이다. 나는 그저 걸었다.

그때도 이렇게 비가 쏟아져내렸지. 그칠 새 없이 천둥이 울고, 번개가 번득거리고, 물이 철렁한 들판의 논바닥을 헤매던 나는 정신을 가누어 비틀거리는 몸을 잠시 물 속에 세웠었다. 자꾸만 앞뒤로 좌우로 상체가 흔들렸다. 나는 그대로 선 채 집의 방향을 짐작해봤었다. 알 수가 없었다. 그때 번갯불이 번뜩 써댔다. 이편도 저편도 모두가 질펀한 논배미의 하얀 물뿐이었다. 번개가 꺼지자 사방은 더욱 칠흑같이 깜깜한 장막 속이 되었다. 여기저기서 물꼬들이 터져서 쏴 하고 내대는 물소리. 줄대로 때려내리는 빗소리. 그리고 콰콰콰쾅 천둥이 우는 소리. 나는 길을 찾아야 한다고 생각했다. 발을 옮겼다. 비틀비틀 논둑을 찾아 물 속을 헤맸다. 연방 천둥은 울고 번개는 번득거렸다. 비로소 나는 저 앞에 환히 드러났다가 이내 어둠에 묻혀버리는 산그림자를 발견했다. 그 아래로 돌아가야만 마을에 이를 수가 있는 것이었다. 나는 계속해서 물 속의 다리를 움직였다. 마침내 논둑을 찾았다. 바로 그게 길이었다. 나는 걸었다. 번뜩 번개가 써댔다. 갑자기 나의 앞에는 수문이 나타났다. 저수지의 수문이었다. 나는 또 길을 잘못 든 것이었다. 나는 다시 오던 길을 되돌아서 걸었다. 단 하루만이라도 약주 잡숫지 않고 집에 계셔주셨으면 난 죽어도 한이 없겠어요. 아침에 집을 나올 때 아내가 하던 말이 어렴풋하게 귀에서 울렸다. 당신은 정말 애기가 귀엽지 않으신가 보죠, 낳지 말 것을 그랬어요, 떼려고 했을 때 왜 못 떼게 했어요. 그 말을 하기 위해서 눕혔던 몸을 간신히 일으키는 아내의 핼쓱한 얼굴에는 하염없이 눈물이 흘러내리고 있었다. 나는 물꼬에 한 다리를 헛짚고 물 속으로 굴렀다. 일어서 다시 걸었다. 천둥 소리, 물소리, 빗소리, 주위는 먹물 속처럼 깜깜했다. 나는 왜 집에서 나왔을까, 나와서 이 고생을 하고 있을까, 아내가 얼마나 기다릴까, 애기가 왜 귀엽지 않을 리가 있나, 우리의 애기가 왜 귀엽지 않을 리가 있나, 빨리 가야 한다. 나는 마음이 급했다. 또 확 번개가 써댔다. 그런데 별안간에 이건 또 무슨 소리일까? 천둥 소리, 빗소리, 물소리 말고 그리고 분명히 들려오는 소리였다. 그런데 들려오는 그 소리는 이상하게도 번뜩 써대는 번개와 함께 들렸다가 역시 번개와 함께 사라져버리는 것이었다. 어쩌면 번개에도 소리가 있는지 모른다는 그런 어처구니 없는 생각을 하면서 나는 귀를 쫑긋 세우고 다음의 번개를 기다리며 걸었다. 번뜩(번개). 역시 그 소리가 들려왔다. 이번에는 훨씬 똑똑히 들리었다. 비로소 나는 그 소리가 어디 먼 곳에서 들려오는 사람의 웃는 소리임을 알아냈다. 나는 또 발을 헛짚어 논둑 밑으로 굴러 떨어졌다. 일어서 다시 걸었다. 번뜩(번개). 호호호호 호호호호. 이번에는 먼저보다도 더 가까이 아주 분명하게 들려왔다. 여자의 웃는 소리였다. 번개가 멎으니까 또 그뿐이었다. 이 비오는 밤 중에 누가 저렇게 웃을까, 왜 웃을까. 궁금하면서도 약간은 으시시한 생각까지 들었다. 나는 비틀비틀 걸었다. 번뜩(번개). 호호호호 호호호호. 웃음소리는 점점 더 가까이 들려왔다. 저게 분명 사람일까 아니 분명 사람은 사람일 건데 왜 비오는 밤중에 들에 나와 저러고 웃을까, 더구나 여자가. 혹 사람이 아닌지도 모르지, 그러면 뭘까. 좀전의 약간 으시시했던 것이 인제는 완연히 무서움으로 변했다. 술기가 확 걷히며 머리칼이 모두 하늘로 뻗쳐올라감을 느꼈다. 어디서 거센 물소리가 들려왔다. 바로 앞에서였다. 그것은 내〔川〕였다. 내가 철철 넘치듯이 양쪽 둑이 뿌듯하게 내대고 있었다. 다리가 있었다. 언제나 다니는 마을 앞 흙다리다. 물이 철렁 차올라 아슬아슬했다. 나는 단단히 발에 힘을 주어 다리를 건너기 시작했다. 번뜩 번개가 일었다. 호호호호 호호호호. 여전 웃으며 저 앞에 움직여 걸어오는 희끗한 것보다 먼저 나는 바로 발 끝의 다리 한복판이 끊어져버린 것에 더 놀랐다. 나는 소스라쳐 뒤로 물러섰다. 번뜩(번개). 호호호호 호호호호. 괴물은 다리에서 불과 수미터 앞으로 다가오고 있었다. 나는 그 자리에 우뚝 서버렸다. 번뜩(번개). 호호호호 호호호호. 그 괴물은 다리가 어떻게 되어 있는 줄도 모르고 그냥 걸어오고만 있지 않은가? 호호호호 호호호호. 이때였다. 나는 분명히 본 것이다. 풀어져 산발된 머리. 그 사이로 보이는 창백한 얼굴. 여봇! 나는 외쳤다. 여보웃! 여보웃! 나는 있는 목청을 다하여 고함을 내질렀다. 여보웃! 다리가 끊어졌어! 오지 말앗! 오지 말라니까. 나는 그곳에 그냥 펄썩 주저앉아버렸다. 번뜩(번개). 호호호호호호……여보! 여보웃! 나의 부르짖는 소리는 이제 소리가 되어 나가지 않았다.

 나는 요란하게 울리는 벨소리를 들으며 앞의 우산살한테 이마를 떠받쳐 그곳에 주춤 멈춰섰다. 건널목의 신호대에 켜 있는 빨간 불이 눈에 들어왔다. 그것은 하얀 요 호청의 빨간 핏무늬로 무한히 번지다가 다시 하나의 점으로 움츠러들곤 하였다. 앞의 대열에 뒤따라 나는 다시 움직여갔다. 나의 얼굴과 몸뚱어리는 쉴 새 없이 빗물에 씻겨지고 있었다.

호호호호. 어디서 웃음소리가 들리는 것 같았다. 호호호호. 웃음소리는 비단 한 곳에서 뿐만 아니라, 나의 주변 아니 이 서울 장안이 모두 웃음으로 가득 차 있는 것만 같았다. 빗소리였다.

나는 술기운이 차츰 깨어지며 갑자기 기운이 탈진돼감을 느꼈다. 그때 아내가 물 속에 빠져가는 것을 앉아서 번히 쳐다보면서도 그대로 있었던 것은, 그리고 그 이전에 아내가 정신 이상에 이르도록 한 것도 결국 지금처럼 내가 나른히 지쳐버린 일종의 허탈상태 때문에 그런 것이리라. 그때 내의 하류에서 건져 내어놓은 시체가 된 아내의 얼굴빛은 그녀의 생존시와 별로 다름이 없이 극히 평온하고 고왔었다. 자기를 미치게 하고 결국 죽음에까지 이르게 한 나에 대해서 죽은 시체마저 아무런 증오와 분노의 빛도 없이 그렇게 평온하기만 한 것을 보고 나는 되레 울화까지 치미는 슬픔이 복받쳐 올랐지만 실상 그때 나뿐만 아니라 그녀가 직접 욕을 당했던 그 개털외투의 청년까지도 어쩌면 그녀의 증오나 분노의 대상이 될 수는 없었을 것이다. 그녀 자신이나 마찬가지로 이미 나른히 지쳐 허탈상태에 빠져버린 인간들이었으니까 말이다. 원망의 대상이 되어주는 건 그래도 항상 그것이 얼마 만큼은 위로의 대상도 되어주는 법이다. 그 원망의 대상조차 찾지 못한 아내는 얼마나 고독했을까. 그녀는 얼마나 남편의 체온을 좀더 가까이 느껴보고 싶어했을까. 그녀는 완전히 그녀 홀로 죽어간 것이다. 자기의 운명이 가져다주는 것 이외에 아무것도 원하지도 찾지도 않았을 것이다. 그녀를 둘러싼 주위에는 얼음같이 싸늘한 세계의 공간밖에는 아무것도 없었던 것이다.

빗줄기는 더욱 기세를 돋우어 패연히 쏟아져내렸다.

나는 걸었다. 꺾어지는 막바지의 꽃집 앞에 이르렀다. 이파리가 크고 작고한 푸르고 싱싱한 꽃나무들, 그리고 갖가지의 꽃들이 아직 환하게 전등불이 켜 있는 비이슬이 서려 부유스름한 유리집 속에서 바깥의 폭우와는 상관없이 마냥들 조용했다.

안에서 러닝 셔츠 바람의 한 사나이가 분주히 화분들을 이리저리 옮겨놓고 있는 게 보였다. 이쪽 유리벽 가까이에 있는 화분의 하얀 백합꽃이 유독 나의 눈 안에 들어왔다. 나는 잠시 발걸음을 멈췄다가 이내 다

시 걸었다. 갑자기 그 백합꽃에 손대보고 싶어지는 충동은 어디서 오는
마음에설까, 그 청초하고 하자(瑕疵)없이 순결한 백합꽃에……

　시발 한 대가 물을 차고 쫓아와 "타고 가시죠." 하다가는 그냥 달아나
버렸다. 자동차의 빨간 백라이트가 차츰 깜깜한 빗속에 멀어져 갔다. 나
는 그 빨간 불빛이 마지막 어둠에 묻혀 보이지 않을 때까지 지켜보며
걸었다. 사무실의 그 빛깔의 잉크가 번진 하얀 커튼이 펄럭이고 지나갔
다. 다시는 저의 집에 오지 마세요, 하던 그녀의 말이 귓전에서 잉잉 울
었다.

　집의 순아가 떠올랐다. 얼마나 아빠를 기다리다 잠이 들었을까, 잠든
얼굴이 더욱 제 엄마 닮았지, 우리 순아가 자라서 처녀가 될 때에는 전
쟁 같은 건 그리고 처녀가 피난 가는 일 같은 건 이 땅에서는 영원히
사라져버려야지……

　아 이놈의 비가 그만 멎지 않구서……

　그러나 줄대로 쏟아져 내리는 비는 좀체로 멎을 것 같지가 않았다.

오씨댁(吳氏宅)

1

오씨댁은 칠장이의 뒷일꾼이었다. 언제나 첫새벽에 일어나서 식구들이 먹을 아침을 지어놓고 부엌에서 쪼그리고 앉아 그 지레 밥을 몇 술 떠먹고는 일터에 나간다.

그녀의 일터가 되는 곳은 대중이 없지만 버스로 두 시간 길이 넘는 곳도 많았다.

그렇게 먼 곳까지 가서 하루 진종일 페퍼질(돌 종이로 대패질한 나무를 문지르는 일)을 하고 저녁때 늦게야 집에 돌아올 때면 온 몸이 서리 맞은 시래기 줄기처럼 축 늘어졌다.

그렇게 녹초가 된 몸이면서도 버스에 내려 철둑길을 건너 집이 가까워지면 언제나 아이들 생각이 머리에 떠올랐다. 품삯을 받는 날이면 길가의 포장집에 들러 어린것들에게 줄 호떡 두 개를 샀다. 작은 키에 걸을 때 다리가 쳇다리처럼 다소 밖으로 뻗고 얼굴에 기미가 좀 돋았지만 그다지 보기 싫은 여자라고는 말할 수 없었다.

남편인 오씨는 집에 들어앉아 먹고 노는 한량이었다. 그러나 전적으로 먹고 놀기만 하는 아주 한량은 아니었다. 아침에 마누라가 지어놓은 밥을 아이들에게 차려주고 설거지를 하고 집안 청소를 하고 때로는 점심 저녁을 짓기도 하였다. 마누라에 비해 키도 훨씬 크고 얼굴도 젊었을 때에는 꽤 미남이란 말도 들었음직하게 큼직하고 잘 생긴 편이었다.

오씨댁은 그 남편과 결혼하여 첫아이를 낳았을 때까지도 남편이 소릿바람, 여자바람, 술바람을 한꺼번에 피고 나다녀 집안 일은 거의 그녀 혼자 도맡아 하였다. 그때는 시골에서 농사를 지을 때였으므로 그래도 배는 곯지 않았다. 둘째를 낳았을 때는 살림살이가 반 도막으로 줄어버리고 그 다음으로 딸을 낳았을 때는 그나마 살림살이가 완전히 거덜이 나버렸다. 오씨댁도 이제는 몸을 더 가눌 수가 없을 만큼 지쳐버렸다.

그제야 남편은 다소 바람줄들을 놓고 온 식구가 그대로 앉아 굶어 죽을 수는 없는 일이어서 식구들을 끌고 살길을 찾아 헤매다가 닿은 곳이 이곳 서울의 변두리였다.

서울에 와서도 남편은 거의 중독상태인 술만은 아주 끊지를 못하고 놀고 먹는 타성도 여전 그대로 몸에 지니고 있었다. 언제나와 마찬가지로 생활은 역시 오씨댁이 담당할 수밖에 없었다. 남의 집 빨래해주기 김매주기(그때는 서울 변두리에서들은 농사 짓는 집들이 더러 있었다), 장사, 그것도 길가에 연탄불을 펴놓고 하는 뽑기장사, 손수레로 밀고다니며 하는 번데기장사, 광우리장사, 안 한 장사가 없었다. 장사에 밀져 처참한 지경에 이르렀을 때도 있었다.

그러나 그런 때도 남편에게 불평 한 마디 하지 않은 여자였다.

아무튼 이런 방법으로 하루하루 연명을 해나갔는데 그것은 마치 송곳을 가지고 우물을 파는 격으로 한 방울 한 방울씩 벌어다 식구들의 목구멍을 적셔가는 형편이었다.

그것도 전적으로 오씨댁의 벌이에만 의존해야 했다면 일곱 개의 목구멍(서울에서 딸 하나와 아들 하나를 더 낳았다)이 살아간다는 것은 불가능했으리라. 실로 하느님의 돌보심으로 둘째와 셋째가 세탁 공장에 들어가 코 묻은 월급이나마를 보탰던 것이다. 맏이는 겉도 속창알도 제 아버지 몰골을 그대로 닮아가지고 나온 자식이어서 제 아버지를 그렇게 하듯 그 자식도 숫제 제쳐놓아버렸지만 둘째와 셋째는 그래도 아직은 천진스러웠다.

이제 오씨댁은 마흔두 살이고 오씨는 그보다 여섯 살이 위였다.

실로 오씨는 평생에 일다운 일을 해본 적이라고는 없었다. 사람들이

그를 보고 여편네 덕으로 먹고 사는 사람이라고 놀려대면,

"놀구 먹는 것두 아무나 할 수 있는 것이 아니라네. 다 하느님이 탯줄에서부터 그렇게 점지해주셔야만 된다네. 자네들이야 일 않고는 못먹고 살게끔 태어났지. 다 이치가 있는걸세. 괜히 질투들 하지 말게."

하는 농담의 말로 응수하고 하였다. 그러나 그렇게 말하는 그도 내심으로는 편안치가 않았다. 사람들이 더욱 비웃을 것은 두말할 것도 없는 일이었다. 그리하여 그는 사람들의 조소에 견디다 못 해 일을 해보려 하였다. 미장이의 조수일을 자청해 가보았다. 그러나 한나절을 다 채우지를 못하고 기술자 '오야가다'와 싸움을 하고 돌아왔다. 다음으로 손을 댄 건 건축자재상에서 리어카로 모래와 벽돌을 나르는 일이었다. 그러나 그것도 짐을 싣고 내리막길을 급히 내려가다가 남의 집 콘크리트 담장을 들이받아 얼굴이 피투성이가 되어가지고 돌아왔다. 그 얼굴의 상처가 낫는 데도 오랜 시일이 걸렸지만 무너진 담장을 고쳐 쌓아주느라 마누라의 닷새 품삯이 고스란히 날아가버렸다.

2

그 사건 이후에 오씨는 더욱 술을 마시게 되었다. 오씨는 멀쩡한 한량, 또는 마누라 치마에 매달려 사는 사람으로도 마을 안에서 이름이 높았지만 돈없이 연일 장취하는 사람으로도 이름이 높았다. 누가 외상술을 그렇게 많이씩 주어서 마시는 것이 아니었다. 사랑(舍廊)이라는 것이 없는 서울바닥인지라 그의 집에는 그와 비슷한 건달들이 매일같이 들끓었다. 집이나 넓으면 모르지만 단칸방에 사람들이 들끓는 것도 오씨댁이나 어린것들로서는 죽겠는 일이었다. 아무튼 오씨는 그 사람들로부터 말하자면 방세 겸 함께 놀아주는 화대(花代) 겸으로 술을 얻어마시는 것이었다.

오씨댁의 입장에서 보기로는 역시 단칸방에 사람이 들끓는 그 불편만 말고라면 이왕 먹고 노는 사람이요, 얻어먹는 술이니 그 술을 더 마시든 덜 마시든 마시고 잘만 삭인다면 상관이 없는 일이었다.

그런데 집안에 사람이 들끓고 술을 많이 마시게 되고 하면서부터 그에게는 전에는 없었던 아주 고약한 버릇 하나가 생기게 되었다. 난데없이 말이 상말로 거칠어지고 마누라에게 터무니도 없는 생강짜를 부리게 되고 한 것이 그것이었다.

가령 마누라가 아침에 세수를 하고 거울 앞에서 좀만 오래 머리를 매만지면,

"허 참 늙어가는 년이 머리 한번 오래 빗는다. 어느 놈 보구 반허라구 그러냐?"

이런 식이고, 또 저녁때 일거리가 그래서 좀만 집에 늦게 돌아올라치면,

"어디서 어느 놈이랑 재미보구 밤중에사 오냐? 그놈허구 아주 살지 뭣허러 집에는 기어들어와 이년아?"

이런 소리를 예사로 하게 된 것이었다.

한번은 이런 일이 있었다. 저녁때 일을 마치면 남자들은 대개 뒤에 남아 술들을 한 잔하고 헤어지기가 일쑤이다. 다른 날은 그런 일이 없었는데 그날은 오씨네 바로 이웃에 사는 '오야가다' 칠장이가 먼저 오는 오씨댁에게 자기의 빈 도시락곽을 자기네 집에 갖다줬으면 좋겠다는 말을 하였다. 어려울 것도 짐이 될 것도 없는 것이어서 오씨댁은 쾌히 응낙하고 그걸 그녀의 것과 함께 들고 집으로부터 먼저 왔다.

그녀가 들고온 그 칠장이의 빈 도시락곽을 본 오씨는 당장에 눈에 불심지를 꽂고 들이대는 것이었다.

"그게 네 서방 거냐? 네 서방 것이 아니라면 왜 남의 사내 벤또각은 네 손모가지로 들고 다녀, 이년아?"

지렁이도 밟으면 꿈틀거리는 법이었다. 그렇지 않아도 여자로서의 당연한 것으로 돈 잘 버는 다른 남편들이 부럽고 집안에서 살림만 하는 그 마누라들이 부러운데 사지 멀쩡한 사내가 집안에 앉아 편히 놀면서 한다는 소리가, 그것도 일터에서 축 늘어져 돌아오는 여편네보고 한다는 소리가 그런 식이니 그대로 있을 여자는 없었다.

"그런 것 저런 것 보기 싫걸랑 돈을 벌어와. 이런 사람두 새벽마다 머

리갂어 빗기 귀찮구 남의 집 사내 벤또각 들구 댕기기 좋은 사람 아닝게. 원 같은 입으로 수고헌단 소리는 못 헐망정 겨우 헌단 소리가 그런 소리여? 개 눈에는 똥만 뵌다더니 앉어서 놀구 먹는 저런 사람 눈에 뵈는 건 맨 그런 것밖엔 안 뵈는가 부구먼그려. 참 별꼴두 다 봐."

오씨댁은 목줄을 세워가지고 이렇게 응수하였다.

그러자 오씨는 또 그 나름대로 생각하는 것이었다.

"저년이 그 동안은 통 말대꾸라는 것을 모르구 살었는디 요즘에 저러거던. 어느 놈이 저년의 똥집에다 단단히 바람을 집어넣은 것이 분명허단 말여."

이것이 때로는 실제로 발설이 되어 나가기도 하여서 더 크게 싸우고 그때마다 오씨는 더욱 술을 퍼마시고 하였다.

오씨와 가장 가깝게 노는 사람들로는 미장이 손씨와 역시 미장이인 홍모, 그리고 강 도사라고 하는 사람 등이다. 손씨도 홍모도 미장이라고는 하지만 연장만을 갖춰놓은 이름뿐의 미장이들이다. 즉 일감이 없는 미장이들로 오씨와 별로 다를 것이 없는 처지의 사람들이라는 뜻이다.

손씨 역시 그의 마누라가 싸구려 임금의 공장에 다니고, 홍모는 나이도 아직 젊어서 이제 겨우 서른 빠듯 넘었는데도 역시 일감 없는 일꾼인 점으로는 손씨와 다를 것이 없다. 돈이 생기면 여자를 얻어 살고 돈 떨어지면 다시 홀아비가 되고 하는 위인이다.

강 도사만은 약간 차원이 다른 건달이다. 놀고 먹기는 하지만 그의 부인이 문안에서 큰 양품점을 하고 있어서 돈만은 그다지 아쉽지 않게 쓰는 사람이기 때문이다. 그러나 역시 여편네의 치마에 매달려 사는 것으로는 오씨나 손씨나와 별로 다를 것이 없다.

이들은 무시로 오씨네 집에 출입하기 때문에 그 집 사정을 그릇장에 그릇이 몇 개 들어 있는 것까지도 환히 알고 그들 내외가 벌이는 싸움도 열 번이면 아홉 번까지는 직접 구경하게 된다.

강 도사는 더구나 그렇지만, 손씨도 홍모도 모두 오씨보다는 서울에 오래 산 사람들로 서울 때들이 많이 묻고 속에는 구렁이들이 들어앉은 사람들이다. 오씨 내외의 싸움이 벌어지면 곁으로들은 싸움을 말리는 체 하지만 속에는 딴 생각들을 가지고 있는 것이다. 그들의 마음속에는 자신들의 무료하고 지겨운 일상생활을 잠시나마 자극해줄 만한 오씨 내외의 불행한 사건을 은근히 기대하는 기분들이 감추어져 있는 것이다.

싸움을 말릴 때 가급적 오씨댁의 편역을 들므로 남의 부인한테 환심을 사는 것도 그리 싫은 일은 아닌 것이다. 그러므로 말하자면 그들은 싸움을 말리는 것이 아니라 되도록 붙이는 편이다.

가령 그 싸움을 붙이는 방법으로 그들은 오씨에게 이런 농담들을 한다.

"대흥동 사는 미장이 데모도 다니던 아무개네 마누라가 기어이 영감을 버리고 그 미장이허구 산다는데."

하나가 그러면,

"그렇다드만. 그 여자 요새 한참 모양내구 댕겼거던."

또 하나가 이렇게 맞장구를 치고,

"오씨두 조심허야겠습디다. 아주머니 요새 얼굴이 자꾸만 환해지는 걸 보면."

이렇게 결론을 맺는 식이다.

오씨도 아주 등신은 아니므로 다 알아듣고 그들 앞에서만은 피식 웃음까지 웃고 천연스레 받아넘긴다.

"남의 걱정 말구 자기네 걱정들이나 허지그랴."

그러나 이런 날 저녁이면 무슨 꼬투리를 잡아서라도 그는 영락없이 마누라와 싸우게 되는 것이다.

3

어느 날이었다. 오씨댁은 언제나와 같이 일 가고 둘째도 셋째도 모두 공장에들 갔다. 오씨는 마지막으로 학교에 가는 끝엣놈들에게 아침을 차려주고 부엌 문지방에 걸터앉아 바깥 행길을 멍히 내다보고 있었다. 초가을 볕이 넘쳐 흐르는 콘크리트 포도의 반사에 눈을 가늘게 뜬 채로 그는 아무 생각 없이 그러고 앉아 있었다. 그러자 그때 미장이 손씨와 홍모가 저 아래편에서 올라오고 있었다. 손씨는 갤통(시멘트를 개는 함지통)에 쇠손을 담아들고 홍모는 어레미를 들고 그렇게 하고들 올라오고 있었다. 오랜만에 어디에 일거리들이 생긴 모양이었다. 그들은 오씨네 집 앞을 지나며,

"오 주사 오늘은 심심허시겠어."

손씨가 사뭇 장한 일이나 가는 듯이 벙글거리며 그랬다.

오씨는 자기도 모르게 낯빛이 흐려지며

"돈벌러들 가는구먼."

하고 심드렁한 투로 대꾸해주었다.

"벌어야 먹구 살지."

손씨는 '벌어야'에 두드러지게 강점 주어 말했다.

그 말을 오씨는 아니꼽게 듣고,

"나처럼 안 벌어두 먹구 살 수 있어야지, 흠!"

하는 말로 응수하였다.

"옳으신 말씀야. 이따가 참때 되거던 올라와서 술이나 한 잔 먹으라구. 통장네 바루 옆집이니까."

"그까짓 안주두 없는 깡소줄걸 뭘."

"곧 죽어두 더운 밥이구먼. 알어서 허시라구."

흥! 코웃음치듯이 그러고는 그들은 곧 올라가버렸다.

오씨는 귀바퀴에다 끼워두었던 꽁초에 불을 붙여 한 번 힘껏 빨아 푸우 하고 연기를 내뿜었다. 내뿜는 연기와 함께 가슴속에 퇴적해 있던 것들이 모두 풀어져 나오는 듯 시원하고 기분이 좋았다. 그러나 그 기분도 잠시이고 그는 어쩐지 우울한 생각이 들었다. 그는 갑자기 이웃 사람들의 조소와 자기의 지나간 인생이 눈앞에 떠올랐다. 옛날 총각 시절에 마을 처녀들에게 불려다니면서 소리를 하고 놀았던 일, 마누라와 결혼하던 시절, 그 후 빚으로 전답을 남의 손에 넘겨버리고 어린것들과 함께 야간 완행열차에 짐짝처럼 실려서 서울로 오던 일들이 주마등처럼 지나갔다.

그는 언젠가 강 도사가 농담처럼 하던 말이 떠올랐다.

"당신 그렇게 집안에 죽치구 들앉아 있지만 말구 어디 시골에 가서 머슴이라두 살지 그러슈. 당신 없으면 집엣식구들은 더 잘 살어갈거구 얼마나 자유스럽고 좋소그려. 아직은 그렇게 일 못 할 나이두 아니구 어디에 나가면 혹 운이 터져서 한목 잡게 될지 누가 알우. 돈많은 과부라두 물게 돼서말외다."

하던 말이었다. 아닌게 아니라 그는 이 지겨운 자기 인생에서 뛰쳐나오고도 싶었다. 강 도사의 말마따나 어디 돈 많은 과택네 머슴으로라도 들어가면 좋겠다는 생각도 들었다. 이 나이에 머슴일이 힘이 들기는 하겠지만 주인 마누라의 눈에만 들면 그 고생도 잠시로 끝날 것 같았다.

주인의 눈에 들기란 척각 쉬운 일이다. 며칠만 첫새벽부터 달 뜨는 밤중까지 들에 나가 살면 된다. 그리고 겨울철에는 주인 마나님보다 먼저 일어나 물독에 물부터 가득 채워놓고 아궁이의 재를 쳐내고 불을 지핀다. 그러면 뒤늦게 일어난 주인 마님이 춥지 않게 부엌에 나올 수가 있으니 얼마나 고마워할 것인가? 전날 시골에 살 때 어느 집 머슴이 실제로 한 일이다. 처음에는 사랑방에 따로 밥을 차려다주어서 먹더니 좀 뒤에는 안방 마루로 가서 먹게 되고 나중에는 아주 안방에서 주인네와 함께 겸상해서 먹기에 이르렀다.

그때 그 사람은 목표가 주인댁이 아니라 그 집의 외동딸이었다. 무난히 그 집의 데릴사위가 된 것을 오씨는 직접 눈으로 보았던 것이다.

어린것들이 물달라는 바람에 오씨는 공상의 세계에서 비로소 현실로 돌아왔다. 그러나 어린것들이 밥을 다 먹고 학교에 가자 텅 빈 괴괴한 집안에 혼자 있게 된 그는 아까 하던 생각에 다시 잠겼다.

그런 식으로 과택이 떨어지지 않을 때는 그의 장기인 소리로서 능히 함락시킬 수가 있는 것이다. 한가한 틈을 타서 '춘향가' 중 '오리정 이별' 대목 같은 것을 시드러지게 불러 과택의 심정을 산란케 뒤흔들어 놓으면 넘어가지 않고는 배길 수가 없을 것이다. 전날 총각시절에 얼마든지 경험한 바이다.

아무튼 그렇게 해서 그 집의 주인이 되는 날이면 머슴 옷을 벗어던지고 대신 아래위 백모시 중의적삼으로 산뜻이 차려입고 살포나 들고 슬슬 전답 두렁이나 오락가락하면 되는 것이었다.

이날 저녁때 오씨댁은 일터의 일이 늦어져서 평일보다 다소 늦게 집에 돌아왔다. 남편은 어디에 갔는지 보이지 않고 어린것들만이 제비새끼들마냥 문지방에 나란히 걸터앉아 새카만 눈으로 엄마 오는 쪽만을 바라보고 있었다.

그녀는 부엌의 솥뚜껑부터 열어봤다. 영감이 저녁이나 지어놓고 어디엘 나갔나 보기 위해서였다. 솥은 싸늘한 빈 솥인 채로 있었다.

"느 아버진 어디 갔다니?"

그녀는 심정이 틀어진 소리로 어린것들에게 물었다.

"송씨 아저씨랑 홍모 아저씨랑 술 먹으러 갔나봐."

막둥이 놈이 그랬다.

"술 못 얻어먹구 죽은 귀신이 붙었내비다. 사람이 이렇게 기진해 들어으믄 집이서 놀믄서 저녁이나 해놔야지, 씨알머리치구는……."

하고 오씨댁은 투덜대며 쯧쯧 혀를 차며 들고온 빈 도시락을 툇마루에 던져놓고 쌀을 떠다가 씻기 시작하였다.

그 쌀이 솥 속에서 밥이 다 된 후에야 오씨는 술에 취해서 얼굴을 단호박처럼 벌겋게 붉혀가지고 돌아왔다. 그러나 그다지 많이 취한 것 같지는 않았다.

"끄니때 밥은 먹으러 들왔나베. 저녁이나 혀놓구 술을 먹든지 어쩌든지 허야지 원, 어이 지긋지긋혀."

오씨댁이 쏘아붙였다.

"내가 왜 밥짓는 사람잉가? 어느 집구석에서 가장이 밥짓는 것 봤어? 나말구 그런 눔 어딨거던 데리구 와보란 말여."

하고 오씨는 툇마루에 턱 걸터앉았다. 그리고는 찬을 만드는 마누라를 물끄러미 내려다보았다. 칼질하는 손이 소나무 버겁처럼 생겼고 얼마나 먼지를 뒤집어 썼는지 마누라의 대가리는 헌 솜뭉치 같았다.

그걸 보고 오씨는 깊은 한숨을 내쉬었다. 그리고 그는 어서 집을 나가야겠다고 거듭거듭 마음속에 다졌다.

그러나 끝내 그것을 실행에 옮기지를 못한 채 그 가을도 다 가고 겨울철이 되었다.

4

겨울철이 되자 오씨댁은 그나마 일감이 떨어져버렸다. 그러나 죽을 데에도 살 약은 있는 법이어서 다행히 동(洞)에서 노임살포(勞賃撒布) 사업이라는 것을 하게 되었다. 통(統)에서 네댓 명 꼴로 극빈 실업자를 뽑아서 길바닥 하수도 냇갈 등을 고치게 하고 품삯을 주는 일이었다. 오씨네가 그에 뽑힐 것은 두말할 것도 없는 일이었다. 남자는 천 원, 여자는 팔백 원을 주었다. 물론 한 집에 한 사람씩밖에는 더 나갈 수가 없이 되어 있었다.

역시 오씨는 그런 일을 다니는 사람이 아니므로 오씨댁이 그 일도 다닐 수밖에 없었다. 페퍼 일에 비해 그 일이 더 어렵다 할 것은 없었지만 돌절에 한데서 괭이나 삽으로 하는 일이라 여자로서는 결코 수월한 일이 아니었다.

그런데 며칠을 다니면서 보자 일을 지휘하는 십장(什長)이란 사람의 권한이 매우 큰 것을 오씨댁은 알게 되었다. 같은 일꾼 중에서 뽑혀 십장이 된 것이지만 임금도 다른 일반 일꾼들보다 더 받을 뿐 아니라 그가 행사하는 권한이 젤로 컸다. 같은 일이라도 십장의 눈에 들고 안 들고 하는데 따라서 일을 어렵게 또는 수월하게 할 수가 있는 것이었다. 가령 길을 고치는 일일 때 한편은 땅을 파고 또 한편은 리어카로 그 판 흙을 운반하고 또 한편은 지평(地坪)을 하는데 십장이 보아주면 제일 쉬운 지평일을 맡아 하게 되는 것이었다.

하루는 어려운 리어카 일을 하던 끝에 한 여자가 함께 일을 하던 여자들에게 이런 제의를 하였다.

"일 고뎌서 못허것는디 우리두 십장이나 한번 구워삶어봅시다유들."

일동은 그 말이 무슨 말인지 얼른 알아듣지를 못했다. 그래서 한 여인이 물었다.

"구워삶다니요?"

"콩밥 먹은 놈 똥눌 때 보면 알아본다구 먹구나서 값 않는 사람은 없어라우. 우리 돈 몇 푼씩 걷어서 십장 술 사줍시다요. 한 사람 앞에 삼십 원이면 이홉들이 하나 살 수 있잖아요?"

일동은 비로소 그 말이 무슨 말인지를 알아듣게 되고, 그러자 이번에는 다른 한 여자가 거기에 한술을 더 떠서,

"술만 사줄 것이 아니라 십장 점심두 우리가 돌아가며 싸다줍시다."
하였다.

그 두 가지가 모두 채택되어 다음날부터 즉각 실행에 옮겨졌다.

과연 그로부터 십장은 먹은 값을 하고도 남음이 있었다. 일을 편한 것으로 배당해주는 것은 두말할 것도 없고 집에 급한 용무가 있을 때에는 일과가 끝나기 전이라도 일찍 집에 돌아올 수도 있었다.

이렇게 하여 오씨댁은 돈은 좀 들지만 그 드는 돈만큼은 어려운 줄 모르게 즐겁기도 하게 일을 다닐 수가 있었다.

한편 집에서 놀고 먹는 한량인 오씨는 어느 한 날 아침 잠결에 이상한 소리를 듣게 되었다.

"밥은 밥이라구 찬이 있어야 그이 도시락을 싸지."

"누구네는 뭐 별 수 있나아? 그이두 자기 집에서 잘 먹는 사람이면 그런 일 다니겠어?"

같은 동네에 사는 충청도집 부인이 벌써 일 나갈 차비를 하고 와서 마누라와 하는 얘기들이었다.

그날 아침 오씨는 마누라가 도시락 두 개를 싸고 있는 것을 보았다.

그이 도시락이라? 찬이 있어야 그이 도시락을 싸지라?…… 오씨는 아무리 생각해봐도 짐작이 가지 않는 맹랑한 일이기만 하였다. 마누라가 도시락 두 개를 가지고 일터에 나간 후에 한나절 동안이나 머리를 짜보아도 모를 건 한가지고 맹랑한 일이기만 한 것도 한가지였다.

오씨는 도저히 그대로 앉아 있을 수가 없었다. 드디어 그는 자리에서 일어났다. 그리하여 발바닥에 바퀴를 달은 듯한 빠른 걸음으로 마누라의 일터로 달려갔다.

멀리에서 보아도 마누라는 곧 알아볼 수가 있었다. 머리에 두건을 쓰

고 네댓 여인들과 함께 길바닥에 부린 흙을 펼치고 있었다.

아직 점심때로는 좀 일렀다. 그는 마누라와 적당한 거리를 두고 몸을 숨겨 점심 시간을 기다렸다.

얼마 후에 점심 시간은 되었다. 십장의 호루라기 소리가 나자 일꾼들은 일제히 하던 일들을 중지하고 삼삼오오로 무더기를 짓고 앉아 점심들을 먹었다. 오씨의 눈은 마누라만을 겨냥하고 있었다. 그녀 역시 네댓 여인들과 함께 둘러 앉았다. 그런데 분명히 좀전에 호루라기를 불었던 그 십장이 마누라의 일행 중에 끼어 앉는 것이었다. 순간 오씨의 눈은 커질 대로 커졌다.

마누라가 싸가지고 간 도시락 하나가 사나이의 앞으로 밀어놓여지는 것을 그는 똑똑히 보았다. 그것만으로도 눈이 뒤집히고도 남을 일인데 좀 있자 거기에는 더한층 해괴한 광경이 벌어지고 있었다. 사나이의 도시락 뚜껑에 진로가 따라지고 있는 것이 아닌가? 그것도 다른 여자가 아닌 마누라가…… 마누라의 그 못된 손모가지가 그러고 있었다.

오씨는 더 다른 보기 싫은 것을 보지 않기 위해 그만 눈을 감아버렸다.

5

이날 저녁 때 오씨는 근래에는 드물게 만취가 되었다. 그렇게 철도가에서 취해가지고 자기네 집으로 오는 중이었다.

"이년을 그저 당장에 가르쟁이를 쫙 찢어놔야지."

그의 입에서는 연방 그런 소리가 튀어나왔다.

"자껏 이래두 못살구 저래두 못사는 놈의 것, 그년 죽이구 나두 죽으면 그만 아닌가?"

이런 소리도 튀어나왔다.

땅거미가 지기 시작하는 골목길을 그러고 쓸고 오자 사람들은 문틈으로 내다보며 그를 비웃었다.

"여편네 새마을 일 내보내는 주제에 허구헌 날 술만 취해가지구 다니는군. 참 팔자 한번 개팔자로 늘어진 사람여."

사람이란 자격지심이라는 것이 있는 법이어서 그는 비록 취중이긴 하지만 사람들이 자기를 구경하고 비웃을 거라는 것을 충분히 의식할 수가 있었다. 그래서 그는,

"지랄들 말어라. 아무든지 까불면 다 죽이구 말 테니깐두루."

이렇게 허공에 대고 소리쳤다.

아닌게 아니라 그는 이왕 여편네를 죽이고 자기도 죽는 마당에는 그동안 원한이 있는 놈들을 몇 놈쯤 죽이고 죽는 것도 괜찮을 성싶기도 하였다.

"나 죽으면 그만여!……죽이구 죽는단 말이다."

거푸 취한 소리를 내지르며 비틀비틀 걷는데 앞에서 알듯 싶은 한 여인이 오고 있었다.

"누구여? 거기 오는 여자는?"

하고 그는 비틀거리는 몸으로 그 여인 앞을 딱 가로막아 섰다.

"이분이 술을 어디루 먹구서 이래?"

하고 여인은 치맛자락을 잡아 확 여미며 똥짐이라도 피해가듯 그를 비껴서 갔다.

바로 그의 집 앞에 사는 최씨네 마누라였다.

"똥구멍으로 먹었쉐다."

그는 빈정대는 혼잣소리로 그러다가는 이내 정색한 얼굴이 되어,

"저것들두 죽여야지."

하고 부드득 이를 갈았다. 이웃지간이지만 실제로 오씨는 그녀네와 유감이 없지 않아 있기도 한 것이었다. 특히 지난 여름철부터 그랬다.

그 자초지종을 얘기하자면 이런 것이었다.

지난 여름의 어느 날 오씨와 그의 일행(손씨, 홍모, 강 도사 등)은 오씨네 집에서 개 한 마리를 잡아 소주하고 먹고 논 일이 있었다. 먹기는 방 안에서 먹었지만 놀기는 집 앞 행길에서 놀았다.

그런데 이때 그들이 노는 곳과 벽 하나를 사이에 둔 최씨네 안방에서는 최씨 마누라가 혼자 낮잠을 자고 있는 중이었다.

그 여자는 잠들기 전 아침녘부터 오씨네 집에서 개고기를 삶는 기미를 눈치채고 있었다. 오씨네 집 쪽으로 뚫린 창구멍으로 바람결을 타고 들어오는 그 구수한 냄새가 그 여자에게 그것을 알려준 것이었다. 여자로서는 드물게 보는 개고기꾼으로 앉은 자리에서 마른 고기로 두 근을 먹는다는 소문이 나 있는 여자니만큼 그 여자의 개 냄새를 맡는 코는 개코만큼이나 정확했던 것이다.

그러나 그것을 국물이나마도 얻어먹지 못할 처지라는 것은 그 여자 자신이 잘 알고 있었다. 하다 못 해 고사떡을 해서 이웃에 돌릴 때도 오씨네 집만은 꼭 빼놓고 돌리는 것이 평시에 그 여자의 하는 짓이었다. 그런 터이므로 그 여자가 할 수 있는 일이라는 것은 그 냄새를 실어오는 바람구멍을 막는 것밖에는 없었다.

그리하여 그 여자는 방 안이 찌는 가마솥 속이 되는 것도 불구하고 그 창문을 닫고 억지로 잠을 청하여 잠이 든 중이었다.

그런데 난데없이 바로 그 창 아래에서 개고기를 먹은 사내들의 방가난무(放歌亂舞)가 벌어진 것이었다. 그 여자는 잠에서 깰 수밖에 없었다.

"저 인간들이 개고기를 처먹구 환장들을 헸나아?"

그 여자는 이렇게 혼잣소리로 중얼거리며 신경질적으로 벌떡 자리에서 몸을 일으켰다. 먼저 유리창 너머로 바깥을 잠깐 내다보았다.

거기에는 실로 기가 찬 광경이 벌어져 있었다. 땀으로 헤갈린 윗도리 단추들을 풀어 헤치고 불량스럽게 붉힌 얼굴들을 흔들며 괴성을 내지르고 뛰고 하는 것이 그 여자의 눈에 들어온 광경이었다. 그 여자는 더 내다볼 것도 없이 닫은 문을 열어젖뜨리고 목청껏 소리쳤다.

"이 멀쩡한 인간들아! 처먹었으면 곤히들 삭여! 거기가 자기네들 집구석 마당인 줄 알어?"

그것이 발단이 되어 결국은 이년! 이놈! 하는 입싸움이 벌어지고 그때 하필 그 여자의 남편인 최씨가 일청에서(목수 일을 하는) 돌아오는 중이어서 큰 싸움이 되고 말았다. 그때 술에 취한 오씨는 최씨가 불문곡직하고 콘크리트 바닥에 곤장때기로 메치는 바람에 뒤통수가 터져서 일곱 바늘을 꿰매는 큰 상처를 입었던 것이었다.

그 치료비는 모두 최씨가 담당하고 화해도 했지만 오씨는 냉큼 그 일을 잊을 수가 없는 것이었다. 특히 취중에 그때 일이 더욱 되살아나고 오늘 같은 날은 더 더욱 그럴 수밖에 없었다.

6

오씨가 자기 집에 닿았을 때는 마누라도 갓 돌아온 듯 부엌에서 세면을 하고 있었다. 등을 이쪽으로 돌리고 세면을 하고 있는 마누라는 돌아보지도 않은 채로,

"오늘도 어지간히 먹었구먼."

혼잣소리로 그러고는 두세 번 혀를 찼다.

"그려 먹었다."

오씨는 더욱 혀꼬부라진 도전적인 소리로 그렇게 응수했다. 그리고는 비틀거리며 부엌 안으로 들어섰다. 툇마루에는 예의 그 빈 도시락봇짐이 놓여 있었다.

그걸 보는 순간 그의 눈앞에는 낮에 본 광경이 그대로 떠오르며 눈에서는 낮에처럼 다시 불꽃이 튀었다.

"이 드런 년아! 낯짝 그만 씻어두 반허는 놈들이 수두룩헌디 몇 놈이나 더 반허라구 낯짝빼길 씻니 이년아?"

하는 소리와 함께 그는 마누라 앞으로 가서 마누라의 세숫대야를 발길로 걷어차버렸다.

"그런디 이이가 인자는 아주 미쳤구먼?"

물벼락을 맞은 마누라는 벌떡 몸을 일으켜 옷에 묻은 물방울들을 털며 외쳤다. 치마는 물론 저고리까지 모두 젖고 부엌 바닥은 물로 한강이 되었다.

"그려 미쳤다. 너 이리 좀 들어와봐, 오늘 아주 결판을 내구 말 테니까."

하고 오씨는 먼저 방 안으로 들어갔다.

오씨댁도 인제는 이판저판이라 싶었다. 그리하여 그녀도 조금도 지지

않고 소리쳤다.

"결판을 낼 테거던 얼마든지 내여. 물 뒤집어쓴 사람보구 들오라 나오라 허지 말구."

"그런디 저년이? 너 저 벤또 하나는 싸다가 어느 눔의 아갈빼기에다 넣어주었니? 네 주둥아리루 말해봐 이년아?"

하는 소리가 겨우 그 소리이자 마누라는 속으로 흥! 코웃음을 치고는,

"갖다가 샛서방 먹였어, 왜 그려?"

하였다.

"그건 옳게 말허는구나. 나두 오늘 너 일허는디 가서 다 봤다. 네 손모가지루 술까지 따러주는 것두 보구. 왜 그눔 따라 안 가구 집구석엔 들어왔니? 이 드런 년아. 낯짝빼기 씻으러 왔니?"

"낯짝빼긴 왜 낯짝빼기 씻을 디가 그렇게두 없어서 여기까지 씻으러 와? 그러지 않어두 그 사람헌테 가서 살 테니까 욕허지마. 욕허는 그 입이 더 드럽구먼그려."

"저년이 곧 뒤어져두 산 체허네. 네 년 좋라구 살려서 그눔헌테 보내줄 줄 알았데 이년아?"

"죽일라남? 죽이든지 살리든지 맘대루 혀, 허구헌날 이 지경으루 사는 것보단 찰쿠 죽는 편이 낫겠구먼."

하고 마누라는 툇마루로 가서 등을 오씨편에 대고 척 걸터앉았다.

"죽일 테니까 이리 들어와 이년아."

이때 어느샌지도 모르게 막둥이가 달려갔던 모양으로 충청도댁이 헐떡이며 막둥이와 함께 부엌 안으로 들어왔다.

"왜들 이류?"

충청도댁은 그러고는 방 안의 오씨와 툇마루의 오씨댁을 번갈아 보았다.

"벤또 싸다가 어느 사내 아갈빼기에다 넣어주었다구 저런대유. 술 따러주는 것까지두 거기 와서 다 봤다능구먼유."

오씨댁이 말했다.

"허 팔자 존 양반 별구경 다 허구 댕기네. 우리끼리 돌아가며 십장 벤

또 하나씩 갖다주는 거라우. 삼십 원씩 추렴혀서 술 한 병씩 사주구. 그렇게 않구는 우리 같은 여잔 힘들어서 그 일 못다녀라우. 여자들이 니아까루 흙 실어 나르겄어유? 그런 짓 혀가며 벌어다 밥 먹여드리거던 잠자쿠나 기시우 좀. 나두 팔자가 이래서 그런 일 댕기지만서두 마나님이 불쌍치두 안 혀유 아저씬?"

하고 충청도댁은 가슴이 답답한 듯 후르르 한숨을 내쉬었다.

그 말을 듣자 오씨는 말문이 막힌 듯 잠잠하다가는 얼마 후에야,

"원 드런 눔의 세상 다 보겄다. 그까짓것두 돈벌이라구 교젤 헌단말요?"

하고는 이번에는 마누라에게,

"낼부터 그깐눔의 일 댕기지 마."

큰소리를 쳤다. 좀전까지만도 곧 죽인다던 사람이 하는 소리였다.

"훙! 안 다니믄 누가 깝깝헌 사람 있디야? 먹구 살 것만 대여, 벤또 두 개씩 싸가지구 이 한절에 벌벌떨구 일 다닐 것 없이 이런 사람두 집에 들앉아 호강 좀 혀보게."

"다니지 말라면 다니지 마. 차라리 굶어 죽구 말지 그따위 일을 다녀?"

하고 오씨는 역시 호통이랍시고 치는 것이었지만 그 소리는 어딘지 모르게 힘이 빠진 소리였다.

"왜 굶어 죽어유? 뭐라두 혀서 먹구 살어야지유……애기 어머닌 저녁이나 허슈. 나두 가서 저녁 허야겄구먼."

하고 문 쪽으로 가던 충청도댁이 그때 마침 문을 열고 들어오는 사람을 보고 환성을 올렸다.

"얼라 이 집 큰아들 오네."

<h2 style="text-align:center">7</h2>

과연 이 집의 큰아들 종구가 문 안에 들어서고 있었다. 늦은 봄에 집을 나간 후 그 동안 일음의 소식도 없었던 아들이었다. 별로 반가울 것

도 없는 아들이지만 더구나 오씨댁은 경황 중이라 아들을 멍히 쳐다볼 뿐 아무 말도 없었다. 아들의 복장이 봄에 입고 나간 그대로인 것도 오씨댁을 한껏 더 경황 없게 만드는 요인이 되었다.

아들도 집 안의 공기를 깨닫고인지 잠시 말이 없이 이 사람 저 사람 눈치만을 보다가는 한참 만에야 웬일인지 기가 잔뜩 죽은 소리로,

"어머이 잠깐 나와봐요, 밖에 누가 왔어요."

하였다.

"오긴 누가 왔는디그려, 왔으면 들어오던지 말던지 허지?"

이웃의 누가 마을 왔다는 정도로 들은 오씨댁은 덤덤한 말투로 그렇게 말할 뿐 냉큼 일어나려 하지는 않았다.

그러자 충청도댁이 종구를 제쳐놓고 문을 열어보았다. 웬 처녀 같은 낯선 젊은 여자 하나가 저만큼 어둠 속에 외면하고 서 있었다. 윗도리는 희끄므레한 스웨터를 입고 아랫도리는 가랑이 넓은 불그죽죽한 빛깔의 바지를 입은 차림이었다.

"저 처녀 말인감?"

충청도댁이 종구에게 물었다.

"예!"

종구는 작은 소리로 겨우 대답하고 뒤통수를 긁적였다.

"처녀라니?"

그제야 오씨댁은 충청도댁과 번갈아보며 툇마루에서 겨우 엉덩이를 일으켜 문 쪽으로 가서 바깥을 내다보았다. 그리고는 급히 아들에게 물었다.

"저게 누구냐?"

종구는 한참 만에야,

"나허구 같이 온 사람예요."

여전 쩔쩔매는 작은 소리로 그렇게 말했다.

"같이 온 사람이라니?"

종구는 대답이 없었다.

"말혀봐 누군가 이눔아?"

오씨댁은 벌써 짐작이 가는 일이어서 다그쳐 물었다.

그제야 종구는 마지못해 하는 소리로,

"그 동안 친구루 같이 지냈던 여자예요." 하였다.

"뭣이 어째? 친구루 같이 지냈으믄 지냈지 왜 집으루는 끌구와 이눔아? 단칸방에서 어떻게 헐라구." 오씨댁은 그만 남편과의 일도 잊고 처녀가 듣거나 말거나 소리쳤다.

"……"

종구는 아무 소리도 못하고 그저 얼쩡하게 서 있을 뿐이었다.

"어서 데리구 나가라. 나 그런 사람 안 볼 테니까. 옷주제가 그게 뭐여? 장정놈이 한 겨울이 되도록 여름살일 그대루 입구 다니구. 봄 여름 가으내 옷 한 벌두 못 혀입구 돌아다니며 헌다는 짓이 계집애 사냥질이나 혔니? 그리구는 날이 추니까 집구석에 들어왔니? 사람까지 끌구……어서 데리구 나가라."

"……"

"어서 나가 이눔아!"

종구는 차마 나오지 않는 말을 할 모양으로 머뭇거리다가는 용기를 낸듯,

"애를 뱃나벼요."

겨우 그런 소리를 하고는 얼굴을 빨갛게 붉혔다.

"뭐, 뭣이 어째?……"

오씨댁은 그만 숨통이 콱 막히고 몸이 벌벌 떨려서 더 말을 못하고, 넋나간 사람처럼 아들을 멀거니 바라보다가는 얼마 후에야 숨을 돌리고 다소 기운을 차려가지고,

"집구석 꼴 참 자알 돌아간다. 제 에미가 품팔어서 겨우 목구멍에 풀 칠허구 사는 걸 번연히 보는 눔이, 저 혼자 잘 먹구 잘 살라구 집구석을 뛰쳐나간 눔이, 저 혼자두 못살구 인제 애밴 여자까지 집구석으로 끌고 들어와?……인제 집구석에 놀구 먹게 된 사람이 셋이 되었구나. 좀 있으면 넷이 되겠구나그려……그러지 말구 나를 아주 잡아먹어라들."

입가에 게거품을 물고 거기까지 말한 오씨댁은 더 다리를 지탱할 수

가 없어서 아까 일어났던 툇마루로 가서 다시 펄썩 주저앉았다. 그리고
는 땅이 꺼질 듯한 한숨을 내쉬었다.

그런데도 방 안에 들어앉은 오씨는 별안간 벙어리가 된 듯 가타부타
통히 말이 없이 담배 연기만을 뿜어내고 있었다.

한참 동안이나 온 집안은 물을 뿌린 듯 조용하였다.

얼마 후에 충청도댁이 그 정적을 깨뜨리고 말하였다.

"다 팔자소관으루 알으슈. 그게 다 여자루 태어난 죄래우."

그러나 그 여자도 남의 일 같잖아서인지 크게 한숨을 내쉬었다.

한겨울이 되어가는 찬바람이 부엌문 밖으로 윙윙 소리를 내며 불어
지나갔다.

정 노인(鄭老人)의 서울

마누라가 세상을 떠나자 혼자 남은 정 노인도 죽은 목숨과 별로 다를 것이 없었다. 혼자서는 살아갈 수가 없기 때문이었다. 그나마 남은 여생을 부지하자니 아들과 며느리가 있는 서울로 가는 수밖에는 없었다. 고향이라는 것이 늙은 뼈 마디마디에 배어버린 그에 있어 그 고향을 떠난다는 것은 마누라와의 사별보다 결코 덜한 것이 아니었다.

그러나 모든 것은 아들과 며느리가 결정 짓고 정 노인은 그에 따르는 수밖에는 없었다.

"서울로 가셔야지요. 환갑이 넘으신 노인어른이 혼자서야 사실 수는 없잖아요? 집이랑 논밭이랑은 사촌에게 부탁했으니까 아마 곧 팔리게 될 것입니다."

아들과 며느리가 말했을 때,

"뭐, 벌써 집이랑 논밭을 모두 내놨다구?"

깜짝 놀란 정 노인은 서글픈 눈길을 아들과 며느리에게 돌리며 되묻고는 기운이라고는 없는 소리로 이렇게 말했던 것이다.

"서울로 가두 그냥 놔두구 갈 수 있잖니?"

그에 아들은 말했다.

"참 아버님두, 이번에 서울로 가시면 언제 또 고향엘 내려오셔서 사시겠어요? 그걸 놔두고 가실 필요가 없잖아요?"

출가한 딸도 와 있었다. 딸은 가난한 농사꾼과 결혼해서 건너 마을에 살고 있었다.

"아버님이 정히 서울루 가시기가 싫으시다면 우리가 모실 수도 있으니까 아버님 뜻대루 허세유."

딸의 말이었다. 딸은 서울로 가기 싫어하는 친정 아버지를 위해서 하는 말이었지만 그 말 속에는 다분히 자기네가 가난하니까 이 기회에 남편이 데릴사위로 들어와 친정 재산으로 살고 싶어하는 뜻이 포함되어 있는 것이었다.

그러나 출가외인 사상이 머리 속에 담배진처럼 꽉 절은 정 노인으로서는 데릴사위란 천부당만부당한 말인 것이었다.

"내가 왜 아들 두구서나 너구는 산다냐?"

정 노인은 냉랭하게 말했다. 그래서 크게 실망한 딸은 모든 것을 오라비에게 맡겨놓고는 자기 일은 끝났다는 듯 돌아가버렸다.

아들과 며느리는 여러 말로 부친을 위로하였다. 손자손녀들하고 창경원에나 경복궁 같은 데나 슬슬 놀러다니며 소일할 수 있고, 노인당에 가서 노인들과 사귀어도 된다는 등 말했다.

아무튼 그래서 모두 팔아버리고 서울 아들네 집으로 가게 된 것이었다.

아들네 집은 다소 변두리에 속하는 신흥 주택가에 있었다. 그다지 큰 집이라고 말할 수는 없지만 이층 양옥으로 깨끗하고 아담한 집이었다. 아래층에 있는 제일 작은 방이 정 노인의 방이었다. 그 방은 본래는 식모가 쓸 방이었던 것이다. 그러나 며느리는 식모를 두지 않았다. 아들의 수입이 못 미쳐서보다는 그만큼 며느리가 살림살이에 규모가 있는 여자였다.

아들과 며느리는 말했다.

"아버님은 노인이시라 이층은 쓰시기가 불편하고 저희들이 쓰는 안방을 드려야만 옳지만 안방의 장롱을 작은 방에는 들여놓을 수가 없어서 그 작은 방을 아버님께 드리는 겁니다."

둘이는 조금도 꾸밈 없는 진실한 얼굴로 그렇게 말했다. 정말로 그들은 그렇게까지 하려고 한 것임을 보여주었다.

"괜찮다. 이 방두 너무 좋기만 허다야. 늙은이 혼자 쓰는 방인걸, 이보다 더 커서야 뭣허겠니……."

하고 정 노인은 말했다. 사실에 있어 그 방도 시골 방들에 대면 배나 컸으며 채광도 좋고 깨끗하고 변소(서울 애들은 화장실이라 하지만)도 세면장도 가깝고 그 이상 더 바랄 수 없는 좋은 방이었다.

그 방에다 며느리가 트랜지스터 라디오를 갖다놓아주고 신문과 그 밖의 읽을 여러 책들(주로 옛날 얘기책들)을 넣어주었다.

아직 날이 덜 풀려 창경원에나 경복궁에는 갈 수가 없으므로 정 노인은 방 안에 들어앉아 그것들로 소일하는 수밖에는 없었다. 우수(雨水)가 지나갔으니까 시골 같으면 일꾼을 시켜 두엄도 내야 하고 논도 고쳐야 하고 연장도 손질해야 하고 할 때라, 때 되면 손발을 움직여야 하는 습성 때문에 좀이 쑤셨지만 할 수 없는 일이었다.

그나마 그런 거라도 듣고 읽고 할 귀와 눈이 있는 것만도 다행이라 할 수밖에 없었다. 정 노인은 비록 농사일로 몸을 늙혀 왔을망정 옛날에 4년제 보통학교를 졸업하고 따로 한문지식도 좀은 갖추어 있는 편이었다.

정 노인은 신문도 머리에서부터 밑둥 광고란까지 모조리 읽고 얘기책도 한 줄도 빼놓지 않고 어떤 대목은 되넘겨서 두 번까지 읽었다. 그것밖에는 다른 할 일이 없으니 시간 보내기 위해 그렇게 읽는 것이지만 그거라도 읽음으로써 가족들과의 대화에 참여할 수 있는 이점도 있는 것이었다.

가족들과의 대화 시간이란 온 가족이 함께 모여서 하게 되는 식사 시간밖에는 없다. 그 밖에도 텔레비전 시간이라는 것을 들 수가 있겠지만 그 텔레비전 시간은 식구마다의 취미 차 때문에 온 가족이 함께 보게 되는 일이란 드물다. 그나마 정 노인에게 맞는 프로는 극히 한정되어 있어서 거의 보지 않는 편이고 보아도 대부분 혼자서나 일이십분 보게 된다. 그러므로 전 가족이 함께 모이게 되는 건 역시 식사 시간밖에 없다.

식사는 방이 제일 넓은 안방에서 하게 된다. 그 식사 시간이야말로 정 노인에게 있어서는 가장 즐거움, 이라기보다는 그대로 살아 있는 인생 같은 시간이라고 할 수가 있는 것이다. 늙으면 입만 살게 되어 먹는 것,

그리고 그 입으로 얘기하는 것밖에는 없는데 그 먹는 것과 얘기하는 것이 잠시나마 한꺼번에 충족되는 때가 바로 그 시간이 되기 때문이다.

며느리는 얼굴도 둥글넓적하니 복스럽게 생겼지만 무엇 하나 나무랄 데가 없는 여자다. 제 남편과 어린것들에게는 그 이상 더 좋을 수 없는 아내요 어머니이고, 시아버지 공대도 그만하면 못 한다 할 수가 없다. 끼니때마다 노인을 위한 특별한 찬을 한 가지씩은 만들고 그 식사 때는 가족의 화목 단결의 한 방법으로 전 가족에게 얘기를 시키는 사회자가 된다. 남편에게는 세상 얘기, 직장 얘기 등을 시키고, 아이들에게는 학교 얘기, 공부 얘기 등을 시킨다. 그리고 정 노인에게도 그에 대한 의견이든 뭐든 말하게 한다.

"아버님도 말씀하세요. 아버님 요새 신문 열심히 보시지요."

하는 식으로.

이때에 정 노인은 아닌게 아니라 그 동안 읽은 신문, 그리고 책들을 최대한으로 활용하는 것이다.

"이번 유정회 국회의원은 대학교수들이 많이 됐더라."

"올해가 미국 대통령 선거가부더라."

등으로.

그러나 하루 이틀도 아니고 날이면 날마다 그 신문과 얘기책만을 읽고 앉아 있는 일이 정 노인으로서는 여간 몸이 고된 것이 아니었다. 아무리 할 일이 없어 읽는 거라고는 하더라도 일평생을 들판에서 맘껏 사지를 놀리며 농사만을 지어온 몸을 갑자기 그런 식으로 속박하니 당연한 일인 것이었다. 게다가 정 노인은 누워서는 한 줄도 못 읽고 꼭 앉아서만 읽는 성미라 더했다. 젤로 허리가 끊기는 것처럼 아프고 목의 뒷덜미가 아파서 견딜 수가 없었다.

"아버님 그렇게 앉아서 읽지 마시고 누워서 베개를 높이 베고 읽으시면 훨씬 편허실 건데요."

가끔 팔을 뒤로 돌려 허리를 꽁꽁 찧고 목 운동을 하는 것을 보고 며느리가 하는 소리였다. 자기네들 하는 식으로 읽으라는 것이지만 그렇게 할 수가 없는 정 노인으로는 답답한 말일 뿐인 것이었다. 정 노인은 며느리에게 말했다.

"옛부터 글이란 선비나 읽는 것이고, 농사꾼은 들에 나가 농사를 짓는 것보다 더 심신이 편헌 건 없단다. 옛얘기에두 있잖테. 그늘에 앉아 글을 읽는 주인을 부러워허는 머슴을 무릎 꿇려 글을 읽히니 한 줄두 못 읽구는 들루 뛰어나가더라구."

그러자 며느리는 짜증조가 되어 말했다.

"차암 아버님두, 옛생각만 자꾸 하시면 어떻게 해요. 앞으로는 죽 서울서만 사실 건데요."

앞으로는 죽 서울서만 산다──그 말이 정 노인에게는 새삼 아득하게 느껴졌다.

정 노인은 마누라의 생존시에도 얘기책을 더러는 읽은 때가 있었다. 서울에서 아들이 다니러 올 때 한 권씩 사다주거나, 새마을 문고에 새로 들어온 거라면서 이장일을 보는 조카가 한 권씩 빌려주거나 하면 읽게 된다. 어쩌다 재미있는 책이라도 걸리면 밤이 이슥하도록 읽고 하는 때도 있었다. 그때면 곁에서 모시를 재거나 그 밖에 무엇을 하거나 하는 마누라는 말한다.

"일 허는 양반이 책은 무슨 일삼아서 그렇게는 본대유. 그만 좀 주무시우. 허리두 안 아퍼유?"

다음날 일꾼을 얻어 일이라도 하게 되는 날이면,

"일찍 주무셔야쥬. 낼 일꾼 얻었다며유. 당신 안 주무싱게 나두 못 자겠어유. 늙으믄 새벽 잠이 없는 것이지, 왠 당신은 초저녁 잠이 그렇게 없대유."

하고 말한다.

이렇게 마누라는 되도록 영감이 책을 못 읽게 하는 편이었다. 그러나 이제는 못 읽게 하는 사람이 없어졌으며 정 노인은 읽기 싫은 책을 억지로라도 읽어야만 하는 운명에 놓여 있는 것이었다.

정 노인은 며느리 말대로 어떻게든 누워서 신문이나 책을 읽는 방법을 연구해 보기로 하였다. 이불을 똘똘 말아서 높게 해놓고 거기에 안석

삼아 상반신을 엇비슷이 기대고 읽어봤다. 책을 읽기는 앉아서 읽는 것만 못 하지만 몸만은 훨씬 편안했다.

그러나 그걸 본 며느리는 소스라쳐 놀라 말하는 것이었다.

"아버님 그 이불솜 이번에 새로 사다둔 거예요. 이불을 그렇게 하고 책을 읽으시면 이불 솜이 뭉쳐서 못쓰게 돼요. 베개를 두엇 갖다드릴 테니 그걸 포개놓고 기대보세요."

그리고 며느리는 곧 베개를 두 개 갖다주었다. 이왕부터 쓰는 것까지 하여 베개가 세 개나 되는 셈이었다. 그 세 개를 모두 포개어 베보았다. 높이는 그것으로 됐는데 목이 아파서 그렇게 하고는 단 5분간도 읽을 수가 없었다.

결국 정 노인은 본래대로 앉아서 읽는 수밖에는 없었다. 어서 날이나 풀렸으면——날이 풀린대야 별 수도 없겠지만서도——싶은 것이 그의 간절한 소망이었다.

그러나 그나마 날씨도 그렇게 쉽게 풀리는 것은 아니었다. 원체 추웠던 겨울 날씨 끝이라인지는 몰라도 참으로 지독히도 추운 겨울이었다. 이제는 벌써 경칩이 지났는데도 날씨는 여전 겨울 날씨 같았다. 아니 겨울 날씨 같은 것도 아니었다. 차라리 겨울 날씨는 일정하게나 춥다. 그런데 이건 이상 맹랑한 날씨였다. 아침 저녁은 겨울 날씨이고 낮 한동안은 봄 날씨 같은 그런 날씨가 계속되고 있었다.

그래서 정 노인은 아침녘에는 겨울옷을 입고 오정때쯤부터는 몇 가지를 벗고, 또 저녁때는 입고 하는 그런 불편한 차림으로 지내는 수밖에 없었다.

그런데 이 불규칙한 날씨 때문에 정 노인은 또 한 번 며느리가 짜증낼 일 하나를 저질러놓고 말았다. 아침에 윗옷을 벗고 세면하다가 그만 감기에 걸리고 만 것이었다. 약을 거푸 지어다가 먹었는데도 열이 내리지 않고 계속 기침이 났다. 결국 병원에 가지 않을 수 없게 되었다.

"오늘 아버님 병원에 모시고 가봐."

아들이 아침에 출근할 때 제 아내에게 그러니까 며느리는 그러마 대답하고는 기어이 시아버지에게 한 마디 하는 것이었다.

"아버님두, 이 서울의 날씨를 고향(남쪽)의 날씨처럼 생각하시면 안돼요. 아직두 겨울이에요. 아침에 윗옷을 입으신 채로 칫솔질을 하시고 칫솔질이 끝난 후에 윗옷을 벗으시고 세면을 하셔야지요. 윗옷을 벗으신 채로 그렇게 오래 세면장에 계시니 감기가 안 드시겠어요."

조용히 하는 말이었지만 그 얼굴에 성가시고 귀찮아하는 기색이 역력하였다.

정 노인은 감기가 든 일 주일쯤은 책도 신문도 전혀 못 읽었다. 그만큼 지독히 앓았다. 그는 땀으로 이불 요를 휘마는 꿈 속에서 이따금 고향을 보고 죽은 마누라를 보고 하였다. 마을 친구들이 집의 사랑으로 놀러와 함께 화투도 치고, 또 어떤 때는 일꾼들과 함께 들에 나가 일도 하고 하였다. 꿈에서 마누라는 대개 마당과 펌프 물터, 그리고 부엌으로 부지런히 돌아다니는 모습으로 보였다.

꿈 속에서 죽은 사람과는 얘기를 하지 못한다지만 그것도 괜한 소리였다. 꿈 속에서도 평시때와 똑같이 정 노인은 마누라와 얘기를 할 수가 있었다.

한번은 정 노인이 잔칫집에 갔다가 두루마기 자락에다 빨갛게 고추장을 묻혀가지고 온 꿈을 꾸었다. 그것을 본 마누라는 대문간까지 쫓아와 두루마기 자락을 거머잡고는 소리쳤다.

"원 당신두, 겨우 한 번 입구 나간 두루마기에다 이게 뭐예유? 애들잉가유 뭐, 옷에다 이런 걸 묻혀가지구 댕기시게."

연신 혀와 이 사이로 쯔쯔 소리를 내며 그 자리에서 두루마기를 벗겨가지고 펌프 물터로 가서는 더럽혀진 곳을 지르잡았다.

그 꿈에서 깼을때 정 노인은 아픈 것도 잊고 멍청히 뜬 눈으로 꿈 속에서 본 마누라의 평시의 모습을 그려보았다. 평시에도 마누라는 정 노인보다 다섯 살이나 아래이면서도 정 노인을 오히려 어린아이로 취급하는 때가 많았다. 혹 동네 사람들이 뭣때문에 시비를 걸어오면 마누라는 정 노인을 제쳐놓고 앞에 나섰다. 소나기가 쏟아져서 급히 마당 것을 치울때도 마누라는 영감은 한사코 비를 맞지 못하게 하고 자기 혼자 모두 하였다.

정 노인은 긴 한숨과 함께 속으로 중얼거렸다.

"내가 먼저 죽어야 허능건디 뒤바꿔 죽었지. 자기라면 시골에 혼자 살 수도 있고 또 딸네 집에 가 살 수도 있고(아들보다 딸을 더 좋아했으니까) 아들네 집에서 산다 해두 이렇게 따분허게는 안 지낼 게 아닌가? 뒤바꿔 죽어야구말구……차라리 나두 이 병으루 그냥 죽기나 했으믄."

그러나 정 노인은 일 주일쯤 앓고는 살아났으며 동시에 그 맹랑스러웠던 날씨도 다 지나버리고 따뜻한 봄날이 되었다.

봄은 늙은이에게도 확실히 살 맛과 희망을 갖게 하는 원천이 되는 계절이었다. 봄이 되었다 하여 당장에 새로운 인생이 전개되는 것은 아니지만 그래도 정 노인으로서는 매우 기다리던 계절임에는 틀림없었다. 무엇보다 겨우내 갇혀 있던 감옥 속 같은 방 안으로부터 풀려나서 밖으로 나돌아다닐 수가 있는 것이었다. 아들을 따라 서울에 올 때 아들이 창경원에나 경복궁에 슬슬 놀러다니라고, 그리고 서울에도 노인당이 있다는 등 말한 것도 정 노인은 그대로 기억하고 있는 것이었다.

어느 화창한 일요일 아침 정 노인은 신문에서 창경원 기사를 읽었다. 그는 문득 한 생각을 해내고는 보던 신문을 제쳐놓고 자기 방에서 나와 이층으로 올라갔다. 이층에는 손자손녀가 각각 방 하나씩을 차지하고 있는 것이었다. 손자는 올 봄에 고등학교 일 학년이 되고 손녀는 중학교 이 학년이었다.

아들 며느리에게는 이렇게 아이가 둘뿐이었다. 정 노인이 볼 때 너무 적게 둔 것이었다. 하기는 정 노인 자신도 아들 하나 딸 하나로 둘밖에 두지를 못했다.

그러나 그는 그 이상 더 낳지를 못한 것인데 아들 내외는 일부러 낳지를 않은 모양이었다.

이제야 아들은 서른아홉이고 며느리는 그보다도 두 살 아래인 서른일곱이다. 둘이 모두 스물대여섯씩에 단산들을 했는데 그럴 수가 있는가 싶은 것이 정 노인의 생각인 것이다.

둘이는 지금이라도 얼마든지 아이를 낳고도 남을 젊음들이 있고 그 중에도 며느리는 더 젊다. 볼때기와 팔다리가 처녀와도 같이 알맞게 살이 쪄있고 발그레한 빛깔의 피부는 기름을 발라놓은 절편처럼 윤기가 흐른다. 불룩하면서도 팽팽해 보이는 젖가슴과 쩍 벌어진 궁둥이며 어디 한 군데도 생산에 필요치 않은 몸매라고는 없다.

　요즘 세상은 알맞게 낳아서 그 대신 잘 길러야 된다는 것이 아들 며느리의 하는 소리이다. 도대체 알맞은 그 숫자라는 것이 누가 정해놓은 숫자란 말인가? 우주 만물의 생성하고 소멸하는 법칙은 사람이나 짐승이나 마찬가지이다. 사람이 너무 많아서 지구가 넘칠 판이라지만 짐승들이 새끼를 너무 많이 낳아서 지구가 넘친 일은 없다. 제아무리 많이 낳아도 언젠가는 또 줄어들 때가 있다. 그것이 법칙이다. 그렇게 많던 산짐승들이 저절로 모두 없어져버리고 그렇게 많던 날짐승들이 줄어들어서 요즘은 오히려 정부에서 그것을 보호한다지 않는가? 사람도 마찬가지이다. 언젠가는 저절로 줄어들 때가 온다. 전쟁이 나든지 질병이 나돌든지 해서 언젠가는 저절로 줄어들어버린다. 그러면 그때에 가서 또 증산을 시킨단 말인가? 도대체 말이 되지 않는 얘기인 것이다. 또 잘 먹이기도 힘들고 잘 가르치기도 힘이 드는데 무턱대고 많이 낳을 필요가 있느냐는 것이 아들과 며느리의 얘기인 것이다. 일리가 있는 말이다. 그러나 사람이란 반드시 잘 먹이고 잘 가르쳐서만이 사람 구실을 하고 잘 되고 하는 것은 아니다. 오히려 잘 못먹고 잘 배우지 못한 사람이 후에 큰 일꾼이 되는 수가 많다. 그렇게 말하는 저(아들)만 해도 잘 먹고 잘 배우면서 자란 사람이 아니다. 그 애 어릴 때는 하도 가난해서 먹을 것도 제대로 못 먹고 학교도 제대로 다니지 못하고 자랐다. 그런데도 지금 일류기업체의 과장을 하고 있지 않는가. 짐승들이 그렇듯이 사람도 낳아만 놓으면 어떻게든 해나가게 마련인 것이다.

　딸이야 키워 남주는 것이 아닌가? 더구나 이 집의 경우 이렇게 아들도 손자도 대대로 독자로 내려가다가 그나마 대가 끊어져버리면 어쩌나 싶은 것이 정 노인의 견딜 수 없는 조바심인 것이다.

　정 노인은 기타에 맞춘 노래 소리가 나는 손자 방문 앞으로 가서 기침을 하고 문을 열었다. 손녀까지도 그 방에 제 오라비와 함께 있었다.

손자가 기타를 치고 그에 맞춰 오누이가 함께 노래들을 부르고 있는 중이었다. 할아버지가 방 안에 들어가자 녀석들은 기타 소리도 노래 소리도 뚝 그쳐버리고는 별안간에 나타난 할아버지를 멍한 눈으로 쳐다보았다. 좀체로 제들 방에는 가지 않는 할아버지가 난데없이 나타나니까 녀석들은 매우 의아로운 모양이었다.

"이놈들 공부는 안 허구 노래만 부르는구나."

정 노인은 웃는 얼굴로 말했다.

"노래도 공분걸요."

손자가 하는 소리였다.

"인석아 노래가 무슨 공부여?"

"참 할아버지두, 노래가 공부 아니라구요? 그럼 왜 학교 공부 시간에 음악시간이 있구 음악 대학이 있구 해요? 요즘은 스포츠나 노래가 훨씬 출세길이 빨라요."

하고 손자놈은 제 누이와 마주 쳐다보며 얘 그렇지! 하는 듯이 웃었다.

"스포츠란 건 또 뭐냐?"

그래서 놈들은 또 웃고,

"운동말예요."

"글쎄 원 그건 모르겠다만서두 그까짓 것들루 출세허믄 뭘 허니? 공불 잘 혀가지구 장관이 되든지 판검사가 되든지 허야지."

"그건 구식이에요."

"구식이라두 그게 존 거지. 그러구저러구 느들 오늘 별 헐일들두 없나 보구나. 나구 창경원에나 갈래? 지금두 호랭이가 일어나지 않구 그냥 누워만 있는지 모르겠구나."

정 노인은 이 년 전에 마누라와 함께 아들네 집에 왔다가 창경원에 가 본 일이 있었다. 그때 호랑이가 통 움직이지를 않고 누워 잠만 자고 있었기 때문에 한 말이었다.

"모르겠는데요."

하고 손자는 제 누이를 쳐다보았다. 그러나 제 누이도 역시 모르는 모양이었다.

"정말 우리 창경원에나 가자, 오빠."

손녀가 그랬다.

"그럴까? 따분두 허구."

그때,

"할아버지 여기 계시니?"

하고 며느리가 문을 열고 들어왔다.

정 노인은 아이들을 꾀러 온 자기 마음속을 며느리가 벌써 알고 온 것이 아닌가 싶어 움찔 놀라며,

"응, 나 여기 잠깐 올라왔다."

움츠러드는 소리로 말했다.

"아버님 내복 갈아입으세요. 아버님 방에 갖다놨어요."

아마 그 소리를 하려고 찾아 올라온 모양이다.

"알었다."

며느리는 그만 나가려 하는데,

"엄마 할아버지랑 우리 창경원에 갈까?"

"공부 않구 창경원에 가니?"

하고 며느리는 아이들을 쳐다보고 시아버지를 쳐다보고 하였다. 정 노인은 며느리의 시선을 피하여 붉힌 얼굴인 채로 잠자코 있고,

"오늘은 공부 안 해도 괜찮어."

역시 손녀가 말했다.

"공부 안 해두 괜찮은 날두 있니?"

며느리는 웃는 얼굴로 그러고는, 정 노인에게,

"아버님, 창경원에 가시고 싶으세요?"

부드럽게 물었다.

"글쎄다. 겨우내 꼼짝 않고 방 안에서만 살었더니 어디라두 좀 갔다오구 싶구나."

정 노인은 용기를 내어 그렇게 말했다.

"엄마 할아버지랑 같이 갈래."

딸이 그랬다.

그제야 며느리는 할 수 없는 듯,

"그럼 아버님 애들이랑 창경원에 갔다오시죠. 점심을 싸드릴 테니요."

하고 말했다.

"점심값 돈으로 줘요."

아들이 그랬다.

"얜 돈이 어딨어. 밥은 있으니까 김으로 말기만 하면 돼. 좀 기다려라."

하고 며느리는 급히 아래층으로 내려갔다. 일요일이라 안방에 앉아 텔레비전을 보고 있는 남편과 잠깐 얘기한 다음 부엌으로 나가 곧 도시락을 싸기 시작하였다.

얼마 후 도시락이 되어 그걸 싸들고 정 노인 일행은 집을 나섰다.

"아침 나절은 아직도 바깥 날씨가 차니깐요, 옷을 단단히 입으셔야 돼요, 세타(스웨터)도 입으시고 그 위에 두루마기를 입으세요."

며느리가 그래서 정 노인은 토시와 털 목도리만 빠졌을 뿐 거의 겨울옷 그대로의 차림을 하였다. 며느리 말대로 털 스웨터를 입은 위에 두루마기를 입고 겨울용 도루꼬 모자를 썼다. 그리고 용대가리를 자루에 새긴 스틱을 손에 들었다. 그렇게 차린 정 노인이 앞서고 도시락을 나누어 든 손자손녀가 뒤따랐다.

이들 일행이 창경원에 닿은 것은 열한시나 거의 되어서였다. 창경원은 그 문전에서부터 장 속같이 붐볐다. 장안 사람들이 모두 그곳으로만 몰려든 것 같았다.

문 안에 들어간 정 노인 일행은 남쪽 담장 밑으로 줄지어 있는 새장들부터 보고 큰 짐승들이 있는 우리 앞으로 갔다. 그러나 큰 짐승들이 있는 우리 앞에는 먼저 온 사람들이 겹겹으로 싸여 있어서 정 노인은 도저히 제대로 구경할 수가 없었다. 멀찌감치 뒤에 서서 대강만 볼 뿐이었다. 언제나 창경원에 오면 그 중 볼 만한 것이 원숭이란 놈들이었다. 그놈들은 땅바닥보다는 높이 맨 선반이나 나뭇가지에 올라앉아 있으니 보기에도 편했다. 그렇게 높이 올라앉아 있다가도 구경꾼들이 무얼 던

저주면 비호같이 내려와서는 손으로 집어가지고 올라간다. 담배는 까서 먹는다. 여승 사람이 하는 것 같은 그 동작이 볼 만한 것이었다.

백곰이란 놈은 아무리 보아도 곰이라고밖에 달리 부를 수 없으리만큼 우둔하기 짝이 없는 놈이다. 언제부터 그러고 있었는지 울의 이쪽 끝에서 저쪽 끝까지 갔다가는 돌아오는 똑같은 동작만을 반복하고 있었다.

정 노인은 그 곰을 보며 저놈의 짐승도 어지간히 심심하고 할 일이 없는 놈이라 싶어 어쩐지 측은한 생각이 들었다. 정 노인 바로 곁에서 구경하던 젊은 부부도 역시 같은 생각인지 그런 말을 주고받았다.

"저 곰이 갑갑해서 저러나 봐요."

"좀 갑갑하겠어. 심심하구. 넓은 빙산에서 제 무리들과 함께 제 멋대로 뛰어다니던 놈을 별안간에 붙잡아다 우리 속에 가둬놨으니."

"불쌍해요. 저게 수놈이라지요?"

"그렇다더구면."

"암놈이라도 하나 있었으면 훨씬 덜 심심할 텐데요."

"그러게."

하고 젊은 남자는 정 노인을 돌아보고 웃었다. 정 노인도 마주 웃어 보이고는 손자 손녀들한테 끌려서 그곳을 떠났다. 따나면서 그는 혼잣소리로 중얼거렸다.

"사람이나 짐승이나 같은 것이지……암놈이 있으믄 덜 심심허기만."

그들은 식물원 쪽으로 갔다. 그쪽에 어린 아이들이 타고 놀 것들이 많고 구경거리도 많았다. 그래서 사람들도 많았다.

"할아버지 저기 가서 말 타요."

하고 손녀가 한 곳을 가리켰다. 빙빙 돌아가는 목마를 타자는 것이었다.

"거 어지러워서 내야 타겠니? 느들이나 타거라. 난 안 탈란다."

그래서 제들 오누이는 그것을 타고 정 노인은 그 앞의 벤치에 앉아서 그들이 돌아가는 것을 구경하였다. 숱한 젊은 남녀들이 아이들과 함께 그걸 타고 돌아가고 또 저만큼에서는 비행기도 타고 그 밖에도 여러 모양의 탈 것들을 타고 빙빙 돌아들갔다. 이곳의 탈것들은 제마다 모두 어지럽게 돌아가는 것들뿐이었다. 역시 창경원이란 애들이나 와서 놀 곳이라고 그는 생각했다.
  그래서 저녁때 집에 돌아와서 며느리가,
  "아버님 구경 잘 하셨어요?"
하고 물었을 때도,
  "그래 잘 했다. 창경원은 애들이나 가서 노는 곳이지야. 어른이야 일
년에 한 번쯤 가보면 되는 것이지야."
하였다.

  날씨는 점점 따뜻하여졌다. 이제 정 노인은 낮 동안은 잠시도 방 안에
들어앉아 있기가 싫었다. 봄 되면 살아 있는 만물이 다 그렇듯이 정 노
인의 육신도 그 봄을 기다리던 육신이었다. 그는 뭣이나 몸을 움직이지
않고는 그대로 있을 수가 없었다. 그는 집안을 돌며 자기가 할 수 있는
무슨 일감이 없는가를 찾아보았다. 도대체 서울 집들이란 그 추운 겨울
을 났는데도 아무리 눈을 씻고 보아도 하다 못 해 기왓장 하나 바로 놓
을 일감도 없었다. 식모를 두지 않은 며느리는 아침부터 밤 늦게까지 잠
시도 자리에 궁둥이를 붙이고 앉아 있을 겨를이 없이 이 방에서 저 방
으로 부엌에서 마당으로 팽댕이처럼 돌아다니며 일을 하건만 정 노인이
할 일이란 아무것도 없었다.
  그것만으로도 정 노인은 자기가 먼저 죽고 마누라가 살았어야만 했다
는 것을 거듭 절감하지 않을 수가 없었다. 만약에 자기 대신 마누라였다
면 얼마든지 일감이 있을 것이었다. 가령 며느리 대신 방 안도 치울 수
가 있고 며느리가 하는 일을 둘이서 분담해 할 수도 있는 것이었다. 그
일들을 며느리와 함께 얘기를 주고받으며 하면 참으로 시간 가는 줄 모
르게, 세월 가는 줄 모르게 지낼 수가 있을 것이었다.
  그러나 정 노인은 역시 무엇 하나 자기 손으로 할 만한 일감이라고는
없었다. 도대체 서울 집안 일이란 여자가 모두 하는 일뿐이지 남자가 할
일이라는 것은 없다. 하다 못 해 겨울 동안 땅 속에 묻었던 김치독 하나
빼내는 일감도 그에게는 차례가 오지 않는 것이었다. 며느리가 먼저 삽
으로 파고 곡괭이로 파서 캐내기 때문이었다.

"얘 놔두구 다른 일 혀라. 그건 내가 허마."

정 노인이 그럴라치면 며느리는 더욱 세차게 땅을 파며 말하는 것이었다.

"아버님은 힘드셔서 못 허세요. 들어가 계세요."

진절머리나게 방 안에만 틀어박혀 있다가 잠시 밖에 나온 사람보고 또 들어가 있으라는 것이었다.

그래서 정 노인은 어느 때부터인지도 모르게 아침 식사 후면 집 밖으로 나가는 버릇이 생겼다. 아직 서울의 지리를 잘 몰라 멀리까지 갈 수는 없지만 동네를 중심으로 주변을 돌아다니는 취미를 갖게 된 것이었다. 예의 그 자루에 용대가리가 새겨진 단장을 짚고 마고자나 스웨터를 입고 그렇게 붓장사 세월로 돌아다니며 무엇이나 눈에 들어오는 대로 구경을 하는 것이다. 때로 거리의 약장수라도 만나면 땡을 잡는 셈이지만 그게 아니라 하더라도 도중에 누구나 한두 사람은 붙잡고 얘기할 기회를 갖게 되는 것이었다.

서울에는 골목마다 외치고 돌아다니는 사람들도 많다. 리어카로 채소를 팔러다니는 사람, 독이나 양은 솥을 때우라고 외치는 사람, 또는 우산이나 양산을 고치라고 외치는 사람, 칼이나 가위를 갈라고 외치는 사람……별의별 사람들이 많다. 그 모든 사람들이 잠시만 쉬거나 어디에 짐을 풀어놓고 일을 할 때면 모두 정 노인의 얘기 상대가 되는 것이었다.

그들 곁에 단장을 짚은 채로 서거나 쪼그리고 앉아서,

"거 장사가 좀 되시오?"

하고 묻는다. 그러면 그들은 대개 이마에 돋은 땀방울들을 손등으로 씻으며 기운이라고는 없는 소리로 말하는 것이었다.

"그저 죽지 않을랑께 돌아댕기는 거지요."

이래서 고향이 어디요, 서울엔 언제 올라왔소 등을 묻다보면 얘기가 되는 것이었다.

그리고 저녁때면 대개 소주 한 잔 마시고 돌아온다. 그러는 중에 사귄 술집도 하나 생겼다. 집에서 그리 멀지 않은 철길가에 있는 술집이었다.

탁자 두 개에 의자 네 개를 놓고 술을 파는 아주 작은 싸구려 술집으로 동네 연탄장수나 막벌이꾼들이 그 집의 주된 손님들이었다.

주모는 오십 세나 됐을까 한 얼굴이 검은 호말같이 생기고 작은 눈에 성깔이 있어 보이는 여자이다. 이 여자가 반 평 남짓한 주점 안에서 연기를 피워 올리며 솥뚜껑에다 부치는 부침개가 이 집의 전문 안주이다.

그러나 여자는 그걸 부치고 술을 팔 때보다 부뚜막에 앉아서 꾸벅꾸벅 조는 때가 더 많다. 그만큼 손님이 없는 주점이다.

그 여자와 정 노인은 꽤 친해졌다. 말하자면 정 노인이 그 집으로서는 최고급의 점잖은 단골 손님인 셈이었다. 그 여자는 손님이 없을 때는 곧 잘 말을 걸어온다.

"영감님은 마누라님이 퍽 깔끔허싱가부요. 늘 입으신 옷이 깨끗허신 걸 보믄요."

여자는 전라도 태생인 듯싶었다.

"마누라가 있어야 깔끔허구 어쩌구 허지. 우리 마누라는 벌써 작년에 멀리 갔다오."

"아 그러시요. 그럼 며느님이 아주 잘 혀주시나 보요."

"잘 혀주믄 뭘 해. 시골서 마누라와 함께 농사 짓구 살 때가 좋았지. 서울에 오니까 젤루 할 일이 없어 심심혀서 못 살겄능걸."

"그러실 것이요. 혼자 있어 보지 않은 사람은 그런 거 몰라요. 저두 혼자 산지 오래지만서두 심심혀서 이런 거라도 하고 있구만요. 그래도 낮동안은 손님들하고 이렇게 얘기도 하고 하니 그런 줄 저런 줄 모르고 지내지만요, 저녁에 가게 문을 닫을라믄 언제 또 날이 새나 싶어 까마득한 생각이 드요."

"과부요?"

"영감 못 보고 산 지가 꼭 9년 됐구먼이라요."

여자는 검은 말 같은 얼굴에다 웃음을 지었다.

"자식은?"

"그까짓 거 있으면 뭘 하요. 저 혼자 나가 사는걸요."

여자는 후루루 한숨을 내쉬고는 청하지도 않은 부침개 한 장을 갖다

182

정 노인에게 주었다.

"이건 서비스루 드리는 것이요."

"서비스가 뭔데?"

"돈 안 받구 그냥 드리는 것이요. 소주는 안주를 많이 잡수셔야 해요. 노인 양반일수록 더 그래요. 영감님은 피부가 좋으싱거 봉께 뭐 노인 같지도 않으시구먼서두요. 정말루 영감님은 웬만한 젊은 사람들보다도 훨씬 기운이 좋아 보이시어요 호호호."

그 다음날 이 여자는 정 노인과 탁자 하나를 사이에 두고 앉아서는 좀 이상한 눈초리를 보내왔다.

사흘째 되는 날은 젓가락으로 부침개를 집어서 정 노인의 입에다 넣어 주는 것이었다. 그리고는 말했다.

"참 젊은 사람들은 몰라라요. 혼자 계신 부모님께 밥이나 먹여주고 옷이나 입혀주면 효돈줄 알구 있지요. 영감님은 지금 한창이신디 자식들은 아무것도 몰라요."

그때 마침 시커먼 연탄장수 하나가 들어왔으므로 정 노인은 얼른 자리에서 일어나 술값을 치르고 그 집에서 나왔다.

"그 여편네가 딴 생각이 드는 모양인가……."

하고 정 노인은 머리를 끄덕이며 얼굴에 웃음을 지었다.

그리고 이틀인가 후였다. 정 노인이 저녁때 집에 들어오자 마침 연탄을 들이고 있는 중이었다. 연탄장수가 아는 체 인사를 하고 히죽 웃었다.

그런데 연탄장수가 돌아가자 며느리가 급히 정 노인 방에 들어왔다. 며느리의 안색이 이상하다 싶었다. 그녀는 무슨 중대한 말이라도 하는 것처럼 조심조심 말하는 것이었다.

"아버님 철돗가 술집에 다니시나 본데요. 앞으로는 그 집에 다니시지 마시고 약주를 사다드릴 테니 집에서 잡수세요. 동네 사람들이 아버님을 다들 알고 있는데 그런 술집에 다니시면 그이 체면에두 그렇구, 벌써 이상한 소문을 퍼뜨리고 다니는 사람도 있어요."

 그래서 정 노인은 그나마의 바깥 출입마저도 되도록 삼가야만 하였
다.

어머니와 술과

어머니가 세상을 떠나신 지도 어언 8년의 세월이 흘렀다. 저승에서도 어머니는 여전 나의 술버릇을 걱정하고 계신지 모르겠다. 끝내 나의 그 술버릇에 대한 한을 푸시지 못한 채로 세상을 떠나셨건만 나는 오늘토록 그 버릇을 고치지 못하고 있기 때문이다.

8년 전 그때 몸서리나는 어머니의 그 병환 소식을 나는 훨씬 뒤늦게야 시골에서 보내주신 아버지의 편지로 겨우 알았다.

'……너의 어머니가 정월(음력) 보름께부터 우연히 체증 기운이 생기더니 읍내 병원에 다니면서 그곳의 약을 쓰는데도 전연 차도가 없이 점점 증세가 못 되어가기만 하니 무슨 연고인지 모르겠구나……'

이런 내용의 편지였는데 어머니의 병환이 시작되었다는 그 정월 한 달이 다 가고 2월도 중순께나 되어서야 나는 그 편지를 받았다.

필경 체증쯤이야, 하고 하치않게들 여기셨다가 그렇게 되었겠지만 결국 어머니가 그 병환으로 세상을 뜨시게 되고보니 나로서는 한이 적지 않다. 우표 한 장으로 사흘이면 연락이 되는 곳에 있는 자식에게 그럴 수가 없다는 것이 그때나 지금이나 매한가지의 내 생각인 것이다.

그나마 그때 아버지의 그 편지는 잠시라도 나를 얼마나 궁금하게 하였던가? 이왕 늦게 알리는 소식일 바에는 좀더 상세한 소식을 주실 수도 있었을 것이다. 그러나 아버지의 그 편지에는 의사가 진단한 병명이 무엇인지, 의사가 하는 말(가령 어떻게 얼마 동안이나 치료하면 치유되겠다 등)은 어떤 겄인지, 현재로 어머니의 편찮으신 상태는 어느 정도의 것인지 등이 전혀 나타나 있지 않았다.

다만 나대로, 평시에 병원이라면 거의 죽게 된 때나 가는 곳으로, 더구나 체증 정도라면 소금이나 먹고 사관이나 맞으면 되는 것쯤으로 아시는 분들이 그 병원 출입까지 하셨다는 것, 그런데도 증세가 더해만 간다는 것 등으로 미루어 어머니의 병세가 얼마큼 중환인가를 추측할 뿐이었다.

아무튼 나는 아버지의 그 편지를 받은 그날에, 곧 아버지께 한시 빨리 어머니를 서울로 모시고 오시라고 전보를 치는 수밖에 없었다.

의사도 병원도 시골보다야 서울인 것이고, 환자이신 어머니를 서울로 모시고 올 만한 누가 시골에는 없기 때문에 아버지께서 직접 모시고 오시라 한 것이었다.

그렇게 전보를 친 지 이틀인가 사흘인가 후에 어머니는 상경하셨다. 그런데 뜻밖에도 어머니는 아버지와 함께가 아니라 혼자서 오신 것이었다. 다만 서울에 용무가 있어 오는 마을의 아주머니 한 분을 따라 오셨을 뿐이었다.

어머니가 그렇게 오셨다는 것을 직장에서 내자의 전화를 듣게 된 나는 하도 의아해서 내자에게 물었다.

"아니, 혼자 오시다니? 지금 어머니의 병환 정도가 어느 정도신데 그렇게 오셨지?"

"얼핏 뵙기로는 별로 편찮으신 어른 같지도 않으세요. 좀 야위셨을 뿐이세요. 소화가 잘 안 되시나 봐요. 당신 주신다구 집에서 담그신 술까지 한 병 가지구 오신걸요."

"뭐, 술을 가지고 오셔?"

"그래요 글쎄."

나는 어이가 없어서 잠시 말문이 막혔다.

"어머니 지금 어떻게 하고 계셔? 누워 계셔, 앉아 계셔?"

하고 물었다.

"누셔서 나랑 얘기하고 계셔요. 전화 잠깐 바꾸시게 할까요?"

내자의 말이었다.

"그래 바꾸실 수 있으면 바꿔봐."

곧 수화기 속에서는 어머니의 음성이 울려나왔다.

"애아범이냐? 에미다."

과연 어머니의 음성도 평시와 별로 다름 없는 어음이 분명하신 그런 음성이었다.

"예 접니다. 전화 잘 들리세요, 어머니?"

"그려, 잘 들린다."

"좀전에 오셨다구요? 전 아버지랑 함께 오실 줄로 알았더니요."

"집 비워놓구 뭣 허러 아버지까지는 오신다니?"

잠깐 나들이라도 나오신 분 같은 말씀이셨다.

"집이 중한가요? 어머니의 병환이 중하시지요. 전 어머니 혼자서는 못 오실 만큼으로 많이 편찮으신 줄로 알았는데요. 지금 어머니 병환 증세는 어떠세요?"

내가 하도 기뻐서 그렇게 묻자,

"느이 집에 오니 아주 다 나아버린 것 같다. 집에서는 물만 마셔도 목구멍에 걸리는 것 같더니만 차 안에서는 별 걸 다 사먹어가면서 왔다."

하고 어머니는 전화 속에서 웃으셨다.

"하여튼 어머니의 말씀을 들으니 기쁩니다. 내일 아침에 여기 큰 병원에 가셔서 자세히 진찰을 해봐야지요. 병환 중에 오시느라고 고단하실 텐데 좀 누우셔서 쉬세요. 직장 끝나는 대로 곧 들어갈 게요."

"그려 얼른 들어와라. 너 좋아허는, 집에서 담근 술두 한 병 가져왔다."

"참 어머니두. 그대로 오시기도 힘드신데 그런 건 뭣 허러 가져오셨어요? 술이야 서울에도 얼마든지 있는데요."

"왜 서울에 술이 없어 가져 왔나아. 네가 집에서 담근 술을 좋아허닝께 가져왔지. 정월에 네가 올 줄 알구 쌀 한 말 혀넣었더니 네가 워디 왔냐? 동네 사람들 존 일들만 시키구, 그래두 네가 서운혀서 한 병 따루 떠두었던 걸 가져왔다."

어머니의 말씀에 나는 갑자기 목이 메고 눈물이 펑 쏟아질 것만 같아

말을 못 하다가 한참 만에야,

"⋯⋯어머니 그만 전화 끊으시구 누우셔서 쉬세요. 곧 들어가겠습니다."

겨우 말하여 어머니로부터 전화를 끊으시게 하고 수화기를 놓았다.

"얘야, 그렇게 술을 먹고야 젤루 몸이 뭐가 된다니? 그렇게 좋아허는 술을 아주 끊을 수는 없지만 조금씩만 줄여 먹어라. 응, 에미의 소원이다."

내가 장성해서 어머니의 슬하에서 멀어진 후부터는 어머니로부터 가장 자주 듣던 말이다. 그 얼마 전 시골에 내려갔을 때도 들었던 말이다.

어쩌다 내가 시골에 내려가면 어머니는 잠마저도 제대로 못 주무시게 된다. 시골에 내려가는 그날 저녁부터 아니 이미 차에서 내린 읍내에서 부터 곤주가 되어서 들어가는 아들이 자다 일어나서 물 달라면 떠다줘야 하고, 요강 달라면 갖다줘야 하고 식은땀이 흐르면 닦아줘야 하고 부채질도 해줘야 하기 때문인 것이다.

그러다가 새벽녘에야 잠시 눈을 붙이신 둥 마신 둥 하신 어머니는 부옇게 동이 트면 벌써 자리에서 일어나신다. 속이 쓰린 아들의 해장국이 급하지만 봄철이나 여름철이면 그보다도 앞서 하실 일이 어머니에게는 또 있는 것이다. 술을 그렇게 먹고서야 사람이 골짱나서 쓸 것인가? 입맛 돋우고 몸에 좋기로야 육모초가 제일이지, 하여 그것을 뜯어다 찧는 일이시다. 서울서라면 제 아내가 좋은 약도 사다주고 다 할 것이지만 (시골에서는 아들을 위해 그 제 아내만큼 그것을 못 해주는 것이 또 어머니의 한이시다)——그러나 그 육모초가 돈 주고 사는 그 좋은 약들에 결코 뒤지지 않을 거라는 것이 어머니의 신념이시다.

어머니는 그것을 뜯기 위해서 식전 댓바람에 온 마을의 밭둑이며 남의 집 울타리 밑이며를 치마 아랫도리에 후줄근히 이슬을 채워가며 모두 더듬고 돌아다니신다.

언젠가 어머니가 해주신 그 육모초 물을 맨 처음 먹던 기억이 10년도 훨씬 더 되었을 지금도 바로 어제일처럼 나의 머릿속에는 선하다.

역시 전날에 술로 녹초가 되었던 다음날 아침이었다. 목에 불이 붙는 갈증 때문에 자리에서 눈을 뜨고 어머니를 찾다가 대답이 없으셔서 밖으로 나오자 그때 마침 어머니가 우물에서 그 육모초를 찧어가지고 대문 안에 들어오시는 중이셨다.

그러나 나는 아직 어머니 손에 들리운 그것이 무엇인지를 모르므로,

"그게 뭐예요?"

하고 묻자,

"육모초다. 너 줄라구. 그렇게 술을 먹구 속 안 아프냐?"

하고 어머니는 손에 든 육모초즙 그릇을 일단 마루에 갖다놓으셨다. 검풀색의 틉틉한 액체가 큰 대접에 철렁하였다. 소태만큼이나 쓰다는 것으로 이름이 난, 보기만 해도 절로 콧잔등이 우그러드는 물건이다.

"그거 써서 어떻게 먹어요?"

나는 본능적으로 주춤하고 한 발 뒤로 물러섰다. 그러자 어머니는 웃으시며,

"쓰기는? 어린애냐? 내가 먼저 맛봐보랴?"

하고 그것을 먼저 한 모금 마셔보시고는 정말 어린아이에게라도 하시듯,

"아주 순순허구 좋다야. 어서 마셔라. 웃말에까지 가서 뜯어다 찧었다. 어서 눈 딱 감구 마셔."

그래서야 나는 뭐 무서운 거나 들여다보듯 그 육모초즙 그릇을 한참이나 들여다보다가는 겨우 두 손으로 들어 천천히 입으로 가져갔던 기억……그 후에도 대개는 그런 식이므로, 내가 그렇게 겨우겨우 그걸 마시는 사이에 어머니는 얼른 부엌으로 들어가 냉수 한 그릇과 마늘 한 종지를 가지고 나오신다. 내가 마시던 도중에서 그릇을 떼려 하면,

"쉬지 말구 그냥 단숨에 마셔라, 쉬면 더 쓰다."

하여 결국 그렇게 단숨에 그것을 죄 마시도록 시키셨다.

"자아, 물 옥물어 뱉구 이거 먹어라."

어머니는 물부터, 그리고 마늘 종지를 주시며,

"먹기만 허면야 약이쟈, 육모초보다 더 존 약이 워딨냐? 점심때 한 사

발 또 혀놓으께 먹어라. 그리구 술 좀 엥간치 먹어. 몸을 생각허야지 응?"

하고 그 부탁 말씀을 잊지 않으신다.

"네!"

하고 내가 계면쩍은 대답을 하면,

"대답은 자알 허지."

하고 어머니는 웃으신다.

그런 다음 어머니께서 정성들여 끓이신 해장국으로 아침을 마치고 나면 이번에는 깨끗이 손질하여 둔 한복 바지저고리를 내어주시며,

"또 저녁땐 모두 후질러 와서 늙은 에미 빨래시켜라."

역시 웃으며 하시는 말씀이시다.

"오늘은 술 안 먹을 게요."

언제나 하는 나의 말.

"안 먹기야 왜 안 먹니? 그렇게 좋아허는 술을 조그매씩만 먹으라는 게지."

어머니의 말씀.

"아녀요. 이번에는 서울 갈 때까지 이 옷 한 벌만 입을 테니 보세요."

"옷이야 열 벌을 후질러두 괜찮어. 빨믄 그만이닝께. 네 몸 때미 그러는 거지."

나는 일단 시골에 내려가면 며칠을 있건 있는 동안은 하루에 옷 한 벌씩으로 되어 있다. 입고 내려간 단벌 양복을 입지 못하고 반드시 집에 있는 옷을 입어야 되는 이유도 바로 그것이다. 그 중에는 아주 내 옷으로 따로 지어놓은 것들도 있지만 그것만으로는 당하지 못하므로 아버지의 것까지 입게 된다. 물론 어느 것이건 어머니의 말씀마따나 한번 입고 동네를 한 바퀴 돌아 밤중에 집에 들어가 벗어놓으면 이튿날은 다시 못 입게 된다. 그렇게 하루에 한 벌씩 후질러 벗어 놓으면 내가 서울에 올라온 다음, 어머니는 다음 번에 내가 또 시골에 내려갈 때를 대비하여 그것을 일일이 뜯어 빨아서 다시 지어 다리미질까지 쳐놓으신다.

한복 한 벌 빨아 고쳐짓기가 얼마나 손이 많이 가는 일인가?

핫것이라면 모두 뜯어 솜을 걷어내고 빨아서 말려서, 다시 솜 두어서 꿰매어 깃 달고 동정달고 다리미질 하고 해야 한다. 여름 모시옷이라면 빨아서 뜨물에 한 이틀 담갔다가 빛을 내서, 그래서 밟아가며 손질해서 말려서 다려야 한다.

그것을 나는 하루에 한 벌씩인 것이다. 어머니의 수고를 알 만한 나이도 되었건만 나는 그저 그렇다. 아니 술이 그렇다.

그러나 어머니는 그까짓 수고쯤은 오히려 즐거운 수고인 것이고, 역시 오직 아깝고 소중한 내 아들의 몸 때문에만 술을 좀 덜 먹었으면 좋겠을 따름인 것이다.

"입고 나갈 때는 저렇게두 의젓허구 좋은디 쯔쯔……원 술이 그렇게도 좋은 건지."
하고 어머니는 아들이 새 옷을 입고 대문 밖으로 나가는 걸 뒤에서 역시 환한 얼굴로 바라보시며 혼잣말씀으로 중얼거리신다. 원 술이 그렇게도 좋은 것인지——그래서 어머니는 성하신 몸도 아니시면서 그 아들을 주려고 손수 담그신 술을 한 달도 더 아끼셨다가 서울까지 가지고 오신 것이었다.

"외할아버지께서두 술을 잡수셨구 아버지두 술을 잡수시구, 그 밖에두 술 먹는 사람들을 많아 봤다만 너처럼 술먹는 사람은 보지를 못했다. 네 술은 참말이지 조선 천지에 둘도 없을 분수가 없는 술이여."
역시 탄식으로 어머니가 하시는 말씀이다. 이 말씀은 내가 술 마시는 것을 어쩌다 시골에서 보시고 주로 내가 마시는 술의 분량을 두고 하시는 말씀이지만 그 분량 말고도 어쩌면 나의 술을 '분수가 없는 술'이라 하신 어머니의 말씀은 가장 적절하게 표현된 말씀일지도 모른다. 한번 착수를 하면 아무 때든 끝장을 보아야 일어나거나 그 자리에 그냥 쓰러지거나 하는 술이라는 것은 어머니도 얼마든지 직접 보셔서 아시는 일이므로 더 말할 것도 없고 그런 술인데 한 달 평균 마시는 날이 아니라 안 마시는 날이 불과 사나흘 정도 있을까 말까로 그렇게 연속적으로 마시는 거라든지, 그런 주성(酒性)이면서 주변 사람들의 표현을 빌자면, 일단 취했다 하면 거리를 막아놓다시피 닥치는 대로 사람들을 끌어들여

술을 퍼먹인다는——그런 식이라든가 모두 그렇다.

역시 어머니께서도 며느리한테도 듣고 그 밖의 소문으로 다 알고 계시는 일이면서도 그 아들을 주려고 성하신 몸도 아니시면서 손수 담그신 술을 한 달도 더 아끼셨다가 서울까지 가지고 오신 것이었다.

"아들 잘 둬서 좋겠다구(이따금 아들의 사진과 이름이 신문 등속에 나는 걸 보고) 사람들이 얼마나 나를 부러워허는 줄 아니? 그 사람들이 네가 그렇게 술 먹는 줄 알아봐라. 너를 워떻게 보겠능가 말이다. 제발 빌 테니 술 좀 덜 먹어라."

정말로 어머니는 아들 앞에 두 손을 모아 싹싹 빌기도 하신다.

술을 마시다가 통금에 걸려 경찰서나 파출소에 끌려가 자는 건 예삿일이 되다시피 했지만 한밤중에 잘못 친구네 집으로 알고 들어갔다가 도둑으로 오인받아 주인한테 붙들려 매맞던 일이며 젊은 부인이 있는 친구네 좁다란 단칸방에서 눈총을 맞아가며 쓰러져 자고 다닌 거며, 이런 유의 봉변담이나 실수담을 늘어놓자면 한량이 없고 그 술로 해서 죽을 뻔한 일도 한두 번이 아니다. 꼭 죽을 뻔한 일로는 시골에 직장을 가졌을 때의 일이다. 아마 소주를 대두로 두 되는 실히 마셨던 것 같다. 그렇게 마시고 하숙으로 돌아오는 도중에 어지간히 속에서 불이 났던 모양이다. 길가 우물 속에 머리를 처박고 물을 마시려다 그만 그 우물 속에 거꾸로 처박혀버린 것이다.

마침 그 곁을 지나던 사람이 있어 물 위에 남은 두 발목을 붙잡아 꺼내주어 살았지만 그때 일을 생각하면 한여름에도 등골이 오싹해진다.

그 아들 때문에 간이 마르시고 쓸개가 녹아버리시다시피 한 어머니시면서도 그 아들을 주려고 시골에서 서울까지 손수 술을 들고 오신 것이었다.

'알코빈' 정제약 열다섯 알을 하루 한 알씩 보름간을 먹으면 최소한 여섯 달은 단주(斷酒)가 된다 하여 나에게 그것을 간곡히 권하는 분들이 많았다.

그때마다 나는 가볍게 웃어 보이고 말았다. 그런데 꼭 한 번 술에 있어 나와 비슷한 처지에 있는 한 친구(河瑾燦)가 어느 날 그것도 30정을 한꺼번에 사들고 나한테 찾아왔다. 그는 그 절반을 나에게 나누어주며 사뭇 근엄한 얼굴로 말하는 것이었다.

"나랑 함께 먹어보세. 자네나 내나 이대루 나가다가는 아무래도 제 명대로들 못 살고 죽고 말 것 같아 용기를 냈네."

"보름간을 말인가?"

하도 아득하여 내가 한 말이었다.

"눈 딱 감고 먹어보세."

마지못해 나는 응낙하고 마침내 우리들은 무슨 큰 일이나 착수하는 것처럼 그날부터 그것을 먹기 시작하였다.

그렇게 먹기 시작한 지 삼일쨴가 되던 날 우리는 서로 만났다.

"자네 계속해 약 먹었나?"

"물론이지. 자네는?"

"나도 계속해 먹었네."

"정말로 단주가 될까?"

누가 먼저 그런 말을 꺼냈던 건지는 기억에 없다.

"약효를 시험해볼 겸해서 우리 꼭 대포 한 잔씩만 마셔보세나."

이렇게 하나는 유혹하고 하나는 은근히 그것을 기다렸다는 듯이 반가워서 끌리고 하여,

"정말 술맛이 좀 이상한 것 같은데?"

"그러게, 좀 이상한 것 같긴 허구먼."

이런 소릴 하면서 꼭 한 잔씩만 하자던 술이 두 잔, 두 되가 되고 이차, 삼차가 되었을 건 당연한 일. 결국은 괜한 약값만 버리고 파계 원상(破戒原狀)하여 본래의 내가 되고 친구가 되고 말았다.

그런 아들을 주려고 어머니는 성하신 몸도 아니시면서 그 먼 시골에서 손수 빚어 만든 술을 서울까지 들고 오신 것이었다.

어머니와의 통화 후 시간 반쯤 되어서 나는 퇴근하여 집에 돌아왔다. 과연 어머니는 내자로부터 전화를 들은 그대로, 내가 직접 전화로 어머니의 음성을 확인한 그대로 그리 중환은 아니신 것으로 보였다. 다소 야위신 것 같긴 하였으나 본시도 젊으셨을 때의 고생하신 흔적이 이마에

많이 새겨지고 그만큼 다른 분들에 비해 훨씬 조로(早老)하시는 편이시라 그 구별이 그다지 확연한 것도 아니었다.

어머니께서는 그 근처가 좀 갑갑하시다면서 오목가슴 쪽을 손바닥으로 몇 번 문질러 보여주실 뿐이었다.

"정월 보름 때 동네 부인들허구 이집저집 돌아다니며 노느라구 난 병이다……."

하고 어머니는 그렇게 노셨다는 것을 오히려 자랑스럽게, 것두 다 아들 잘 둔 덕이 아니냐는 듯이 여기시며 말씀하시는 것이었다.

"……보름 음식들이 여간 걸구 등기냐? 밥두 찰밥이지, 나물들두 죄 기름에다 볶지……젊어서 하두 못 먹을 것들만 먹었던 속이라 그런지 그게 얹혀가지구선 그 뒤부턴 뱃속이 칼루 젓는 것처럼 아퍼서 살 수가 있어야쟈. 약방 약을 먹다가 안 들어서 헐 수 없이 병원으로 갔지야. 병원두 소용없더라. 주사맞는 날 하루쯤 빤 허구는 약은 병원 약두 소용이 없어. 난 그눔의 병으로 꼭 죽는 줄루만 알았다. 그런디 참 이상헌 눔의 병두 다 봤다. 어제 서울루 올라오라는 네 전볼 받구서부터 슬그머니 뱃속이 가라앉지를 않겠니? 그려서야 뭘 좀 먹구 혔다. 오늘 느 집에 와서두 모처럼 밥을 반 그릇이나 먹었다. 인자 병원에 갈 것두 없이 낫을라나 부다야."

"그냥 나으시면 얼마나 좋겠어요? 허지만 이왕 서울에 오셨으니까 여기 큰 병원에 가셔서 진찰을 받아보셔야죠. 시골 병원에서는 무슨 병환이시라구 안 해요?"

"처음에는 그냥 체증이라구먼 허더라. 그려 이틀 걸러 사흘 걸러 한 보름이나 댕겼다. 그려두 워디 낫니? 밤낮 제 타령이닝게 엊그제야 의사가 워디 큰 병원에 한 번 가보능게 좋겠다구 허드라. 그려서 아마 아버지가 너한테 편질 혔나 보더라."

"내일 여기 큰 병원에 가보시면 다 알게 되십니다. 오늘일랑 저하고 얘기나 하시다가 쉬세요."

"그려라. 인자 병원에 갈 것두 없이 다 나은 것 같다. 진작에 느 집에 올 건디 그 동안 괜스리 고상혔다. 내가 가져온 술 갖다가 맛 봐라. 동네

194

사람들이 먹어보구는 아주 잘 됐다구들 허더라."

"예!"

술 얘기가 나오자 이때 내자가 얼른 끼여 들어서,

"어머님두 참, 저이 술 때문에 그렇게 고생을 많이 하시고 질리지두 않으셨어요? 편찮으셔서 오시면서 시골에서까지 술을 가지고 오시게요?"

내가 퇴근하기 전 이미 몇 번이고 하고 웃고 하였을 그런 말을 하고 웃었다.

"조금씩 마시면 갠찮지. 지나치게 마시닝께 그렇지. 인자 조금씩 마셔라."

어머니의 말씀에 내자는 또,

"언제는 저이가 많이씩 마신다구 허나요? 항상 조금씩 마신다지요."

그런 중에 술상은 차려져 나오고 나는 잠시 어머니의 병환도 잊고 그 술을 마시며 그 저녁 한때를 어머니와 함께 즐거운 시간으로 보낼 수가 있었다.

"기태는 지금도 여전 노름허러 다니나요?" 등 내가 묻고 "그 버릇 개 주겠니?" 어머니가 대꾸하시고 하며…….

그 즐거운 날은 불과 하룻밤만에 슬픈 날로 돌변하였다. 정말이지 무릇 인간의 체내에 침투해 오는 병마 중에서 어머니를 습격한 그 병마만큼 은근하게 잔인한 병마도 없을 것이었다.

이튿날 아침 우리(내자와 함께)는 아주 밝은 마음까지는 못 된다 하더라도 비교적 가벼운 마음으로 어머니를 모시고 Y대학 병원으로 갔다. (내과의로 특히 '암'의 국내최고 권위의가 그곳의 K의사라는 것을 미리 알아가지고 갔다.) 비교적 가벼운 마음이었다, 하는 것은 어머니의 병세가 지난밤과 한가지로 아침까지도 계속 호조를 지속해주었기 때문이다. 간단한 소화불량 증세쯤의 진단을 받고 올 것을 거의 확신하다시피 하고 가는 병원행이었다. 그러니 마음이 무거울 것이라고는 만약의 경우 천 명이나 만 명 중 한 사람이나 있을까 말까 한 그런 뜻하지 않은 진단이 나올 수도 있다는 것, 그런 것 이외엔 아무것도 있을 수가 없었다.

그래서 나와 내자는 어머니를 모시고 정말 어디 나들이나 하는 사람들처럼 어머니께 차(택시)창 밖으로 보이는 이것저것들을 설명해드리며 갔다. 저 분수가 참 보기 좋지요? 저 거리는 서울에서 사람의 통행이 제일 많은 곳입니다, 등으로 어머니도 여전 기분이 좋으신 듯, 거 참 좋구나, 참 사람들도 많기도 허구나——등으로 우리들의 설명에 응구하고 하셨다.

마침내 차가 웅장한 규모의 병원 정문 안으로 들어가자 어머니는 더한층 기분이 좋으신 듯,

"야! 병원다께 크기두 허다. 저 병원만 봐두 웬만헌 병은 저절루들 떨어져 나가겄다."

등 말씀하시며 병원 경내를 차창 밖으로 이리저리 둘러보시고 하셨다.

이윽고 차는 병원 현관 앞에 멎고 우리 내외는 곧 어머니를 양쪽에서 부축하고 사람의 통래가 분주한 넓은 대합실로 들어갔다. 진찰권을 끊어 해당 진료실 앞의 장의자에 앉아 기다리자 마침내 차례가 되었다. 당해의사(K의사)는 흰 머리칼과 도수 높은 안경만으로도 누구에게나 그 권위를 인정케 하고도 남을 위풍이 훌륭한 오십대의 신사였다.

어머니를 진찰 의자에 앉혀놓은 그는 먼저 어머니와 나의 설명을 들었다. 그런 다음 진찰이 시작되었다.

진찰은 시간이 걸렸고, 쉬운 일이 아니었다. 의사는 어머니의 벗은 가슴과 배에 청진기를 대보고, 배를 주물러보고, 무엇으로 두드려보고, 또 침대에 뉘어놓고 같은 일을 반복하고 하였다.

거의 일이십분이나 걸리는 그 진찰 과정을 나는 내자와 함께 곁에서 죽 지켜보면서도 별로 불안한 마음은 일어나지 않았다. 거의 확신에 가까운 기대도 기대였지만 그만큼 진찰하는 의사의 표정도 일견 안심해도 좋은 그런 것으로 보였기 때문이었다. 다만 의사는 어머니의 오목가슴 밑을 손가락을 세워 두세 번 쥐어보고는 그때마다 머리를 약간씩 갸우뚱 기울였다가는 이내 바로 하고 할 뿐이었다. 같은 곳을 마지막으로 다시 한 번 손가락을 세워 쥐어보는 것으로 일단 수진은 끝났다.

수진을 마친 의사는 먼저 손부터 씻었다. 그런 다음에야 세면대에서 돌아오며 그의 입을 주시하는 우리 부부를 향하여 하는 첫 말이 벌써 우리의 예상을 얼마간 뒤엎는 말이었다.

"아무래도 엑스레이를 찍고 다른 검사를 더 해봐야 될 것 같습니다."

그제야 짓는 의사의 표정과 함께 어쩐지 불길한 예감이 들어 내가 아무말도 묻지 못하고 있자,

"왜 시간이 걸리게 될 병환이신가요?"

하고 내자가 조심스럽게 물었다. 그러나 의사는 환자이신 어머니와 우리 부부를 한 번씩 번갈아 보며 아까 수진 때처럼 머리를 까딱해 보이며,

"우선 엑스레이부터 찍어보십시오. 여기 엑스레이과에 가서 지금 찍으면 내일이면 결과가 나옵니다."

할 뿐이었다.

그러나 내자는 눈치를 채고 얼른 어머니를 진찰실 밖으로 모시고 나갔다가 혼자 들어와서는 그때까지도 멍히 서 있는 나와 의사를 한꺼번에 보며 이번에는 이렇게 의사에게 물었다.

"선생님, 왜 좋지 않은 병환 같으신가요?"

그제야 의사는 바른 대답을 하였다.

"더 조사를 해 봐야 되겠지만 아무래도 위암 같습니다. 손에 잡히면 거의 틀림없는데 벌써 손에 잡히는 걸요."

의사의 그 뜻밖의 말을 듣고 나는 어떻게 그 자리에 그대로 서 있을 수가 있었는지 알 수가 없다. 순간 나의 머리 속은 텅 비고 내가 어디에 서 있는지조차 분간할 수가 없었다. 속이 메스껍고 천장이 빙빙 돌았다.

그 방에서 어떻게 나왔는지 거의 기억이 없다. 한참만에야 정신이 들어보니 어머니는 대합실에 혼자 심심하게 앉아 계시고 내자는 엑스레이 촬영 수속을 하고 있는 중이었다. 그렇듯 일견 아무렇지도 않게 보이시는 어머니의 병환을 의사는 그렇게 말하던 것이었다.

다음날 엑스레이 결과와 그로부터 사나흘간에 걸친 여러 검사결과는 더욱 위암이 분명했으며 수술도 연세가 많은 편이시고 하여 별 효과가

없을 거라고 의사는 잘라 말했다.

"인제는 수술을 하나 안 하나 수명에는 별 차이가 없습니다. 너무 늦었다는 얘기가 됩니다만은 위암은 수진에 잡혔을 때는 벌써 늦은 겁니다. 앞으로 3개월쯤밖에는 더 사실 수가 없을 것 같습니다. 다른 약은 쓸 것 없고 링게르나 가끔 맞으시고 진통제나 쓰시면 비교적 큰 고통을 받지 않으시고도 돌아가실 때까지 지내실 수가 있습니다."

의사의 말이었다. 아직도 외면상 아무렇지 않으신 어머니가 그런 상태라는 것이었다.

의사의 말은 무서우리만큼 맞추었다. 과연 그 후 어머니는 불과 며칠 틀리지 않는 3개월을 더 사시고는 세상을 떠나셨다.

그러나 그 3개월 동안 어머니가 마지막으로 이 세상에서 겪으신 고생을 여기에 다 기록할 수가 없다. 의사의 말을 듣지 않고 어머니를 돌팔이 한의원, 침구원(針灸院) 등으로 모시고 다닌 것이 어머니를 더욱 고생시켜드린 원인으로, 오로지 그 방면에 대한 나의 무지가 죄였다.

일단 어머니의 진찰 결과가 주변에 알려지자 천하의 명의(名醫) 명약(名藥)을 권해오는 사람들도 많았다. 현대 의학으로는 어디 가나 같은 진단이고 치료 방법이 없는 것도 마찬가지다, 신비하기로는 한의 쪽이다, 하는 것이, 이왕이면 다른 병원에 한 번 더 가볼까, 하는 나의 결심을 무너뜨리는(Y대학병원의 K의사가 국내 최고 권위라는 것과 함께) 공통된 의견들이었다.

게다가 암병을 직접 치유한 전력이 있다는 한의원들도 나타났다. 지푸라기라도 붙잡을 판에 그런 곳이 있다는데 귀를 막을 수는 없었다. 도대체는 그것이 나의 무지요, 죄였다.

가령 최초에 갔던 한의원에서는 약으로 하는 것도 아니고 침으로만 하는 건데 그 쇠약하신 몸에 하루에 한 차례씩 이십여 군데나 찔러대는 그 침을 무려 한 달 동안이나 계속했던 것이다.

그 침을 찌를 때마다 아픔을 참으시느라 애를 쓰시던 어머니의 핼쑥한 모습이 지금도 눈에 선하다. 그걸 기일대로(1개월간) 꼭 맞아야만 되

는 것으로 아시는 어머니는 아침이면 나보다도 먼저 침 맞으러 가실 차
비를 차리시고 나를 재촉하셨다.

"애아범, 아직 아침 안 먹었냐? 더웁기 전에 일찍 가자."

그렇게 이십일간쯤 다니며 그 침을 맞으니 어머니는 시달려서 더욱
가속도로 야위시고 마침내는 피인지 뭔지 모를 붉그레한 액체를 입으로
토해내시기 시작하였다. 그걸 보고 늙은 한의사는,

"인제야 그 암덩어리가 모두 녹아 나옵니다. 여기 배를 한번 만져보시
지요. 어제까지도 벽돌장처럼 가로놓여 있던 게 어디 있습니까? 물렁물
렁하지요?"

하고 나에게도 만져보라 하였다. 만져보자 과연 그처럼도 느껴졌다.

그에 혹해서 열흘을 더 맞아 한 달을 채운 것이었다.

그런 다음에도 나의 무지는 여전 잠에서 깨어나지를 못했다. 그에 맞
추어 이번에야말로 진짜로 암병을 고친다는 한의원 침구원은 차례로 나
타났다. 그런 곳이라면 어디든 어머니를 모시고 찾아다니다가 또 한 달
반 가량을 허송했다.

그런데도 어머니는 눈물겹도록 자신의 병환을 고치시려는 데 적극적
이셨다. 내가 어디에 가시자면 아무리 괴로우셔도 으레 가실 것으로 아
시고, 약 때가 되면 역시 먼저 재촉하여 약과 물을 달라 하시고 하셨다.

다만 몇 번인가 인제 그만 시골에 내려가면 안 되겠느냐고 하신 적이
계셨다.

"느 아버지 혼자 어떻게나 지내시는지 모르겠구나?"

이것이 주된 걱정이시고, 그 밖에 농사 때가 되었는데 일꾼 수발은 누
가 하는지, 날이 이렇게 장마가 지는데 장독은 제대로들 덮었는지, 뒤란
에 걸어놓은 체가 비 맞아 썩지나 않는지 등의 걱정이 뒤따르셨다.

그때마다 나는,

"좀만 더 참으셨다가 어머니 병환이 말끔히 나으신 담에 가십시다."

이런 상투적인 말로 어머니를 붙잡아 서울에 계시게 하고 그 돌팔이
한의원들을 찾아다닌 것이었다.

그러나 이제는 더 갈 데도 없을 뿐더러 내가 보기에도 어머니의 병세

는 Y병원의 그 K의사가 말한 3개월간이라는 수한이 적중해 들어가는 것으로 보였다.

그제야 정신이 든 나는 이제 내가 어머니께 마지막으로 해드릴 수 있는 일이란 어머니를 생전에 시골로 모시고 가서 역시 그곳에서 돌아가시도록 하는 그 일이라는 것을 깨달았다.

그리하여 Y병원의 그 K의사가 말한 3개월이라는 어머니의 수한을 일주일쯤 앞둔 어느 날 나는 어머니께 말씀드렸다.

"이제야 어머니 병환의 못된 병균이 대강 뿌리 뽑힌 것 같습니다. 인제는 시골에 내려가셔서 맑은 공기 쐬시고 맛있는 음식 잡숴가면서 편안히 정양하시면 곧 회복이 되실 겁니다. 그 동안 참 고생도 많이 하셨습니다. 내일 저랑 함께 내려가시지요."

그러자 평시 아들의 말이라면 무슨 말이나 다 믿으시는 어머니는 대단히 만족해 하시는 얼굴로 말씀하셨다.

"내야 무슨 고상이냐? 내 병 낫기 위해서 병원에 댕긴건디. 참말로 니가 고상다께 많이두 혔다. 시상에 너같이 에미헌테 잘허는 효자는 없을 거다. 내 병이 낫으믄 의사 때미 낫응 게 아니라 너 때미 낫는 거다. 그럼 내일 내려가자."

죽음을 불과 며칠 앞두신 때였지만 장거리 여행에 대비한 응급 처치를 했기 때문에 어머니는 별 고통 없이 차를 타실 수가 있었다.

더구나 어머니께서는 돌아가시기 위해 시골에 내려가신다고는 꿈에도 모르고 계시므로 오랜만에 그리운 아버지가 계시고 궁금한 집이 있는 그 시골에 가시는 것만이 그저 기쁘신 모양이었다.

차가 서울을 벗어나자,

"얘야! 인자 정말루 살 것 같다. 저 들판에 벼 된 것 좀 봐라. 참 세월은 빠르기두 허다. 털목도릴 허구 서울 온 지가 엊그제 같은디 벌써 여름이니 말이다."

하고 어머니는 말씀하시며 감개가 무량한 듯 차창 밖으로 멀리 들판을 내다보시고 하셨다.

"서울에 계시면 세월 가는 걸 잘 모르시지요."

"그려야, 이렇게 좋은 걸 좀더 일찍 내려갈 걸 그렸다."

"그래두 이왕 병환 때문에 서울에 올라오셨으니 못된 병의 뿌리는 모두 뽑아버리고 내려가셔야지요."

눈물을 머금고 이런 거짓말을 하면서도 다른 한편으로 어머니가 시골에 내려가시면 어떠한 기적이라도 일어나서 정말로 병환이 나으시게 될지도 모르지 않느냐 하는 그런 막연한 기대도 가져보는 것이었다.

나는 어머니가 지리하지 않으시도록 무엇이나 화제를 만들어 어머니께 들려드리고 내 말이 그쳤을 때는 어머니는 그 퀭한 눈으로 계속 차창 밖을 내다보시며 가셨다.

그렇게 4시간 반쯤 기차를 타고 반 시간쯤 택시를 타고 하여 어머니는 무사히 시골에 닿으셨다.

그런데 어머니는 시골에 닿으신 후에도 얼핏 아버지를 위시한 마을 분들까지도 잠시 어리둥절한 만큼으로(어머니의 병환이 악화되어 하향하신다는 것을 모두들 알고 있었으므로) 한 이틀간쯤 계속 호조를 보이셨다. 어머니는 집을 비운 그 동안의 여러 가지 집안 일들을 아버지에게 물으시고 마당의 화초밭을 내다보시며 내일쯤은 풀을 매주고 어느 꽃나무는 어느 쪽에 옮겨 심어야겠다고도 하셨다.

그리고 문병 오는 마을 아주머니들에게는,

"인자 나는 살었네. 우리 아들 때미 살었어."

그런 자랑의 말씀을 잊지 않으셨다.

그러나 어머니의 그 호조는 전날 서울에 오셨을 때 일시 보여주시던 것과도 같은 것으로 오랜만에 고향에 내려오신 일시적인 감격의 반짝임과 진통제의 효력에 불과한 것이었다. 시골에 도착하는 당일로 읍내 의사를 불러다 앉혀놓고 계속 링게르와 진통제를 맞혀드렸던 것이다.

과연 사흘째 되는 날 밤부터 어머니는 돌변하셨다. 갑자기 서울에서처럼 불그스름한 액체를 입으로 토해 내시더니 그대로 눈을 위로 치뜨며 정신마저 잃어가셨다.

그로부터 나흘인가 닷새 동안 문자 그대로 지옥의 고통을 계속하시는 어머니는 이제 어머니가 아니시고 귀신이었다.

눈과 뺨이 푹 꺼지고 입 언저리만 불쑥 내민 얼굴을 온통 일그러뜨리고 목 안을 그륵그륵 울리면서 방바닥을 긁어대는 어머니······아버지마저도 그 어머니 곁에 계시는 것을 무서워 하셨을 정도였다.

인제는 혈맥이 굳어서 링게르도 진통제도 전혀 받지를 않았다.

그래도 나는 계속 어머니 곁을 떠나지 않았다. 겹친 피로는 나를 사정없이 어머니 곁에 쓰러져 잠들어버리게도 하였지만 그 잠은 오래 드는 잠이 아니었다.

"애야, 넌 웬 잠을 그렇게 자니?"

하고 어머니가 짜증스럽게 깨워서도 일어나고 스스로 뭔가에 놀라 눈을 뜨기도 하였다.

어떤 때는 눈을 떠보면 어머니가 잠시 고통이 멎은 듯 조용히 눈을 감고 계실 때가 있었다. 그런 때면 이상한 생각이 들어서 어머니를 한참 동안이나 들여다보고 가슴에 손도 대보고 하였다.

마을에 계신 당숙모 한 분이 내 소임을 이따금 대신해주시고 마을 아주머니들도 번갈아 어머니 방을 들락거렸다.

한번은 어머니 곁에 잠든 내 귀에 어렴풋이 들리는 말이 있었다.

"저 구슬다리 약장사네 집에 이런 병엔 아주 직방인 존 약이 있다는 디유. 때꿀 해순네 아버지가 똑 여기 성님처럼 앓았이유. 그런디 그 집 약 갖다가 두 번 대려먹구 소암봐서 낫었대유."

문병 온 동네의 한 아주머니가 하는 얘기였다. 문병 오시는 것은 열 번 감사한 일이지만 저런 말은 안 해주셨으면 싶었던 것이 잠결에서도 솔직한 나의 심경이었다. 구슬다리 약장사란 약 이십 리 밖에 있는 일개의 돌팔이 약종상에 불과한 사람이다. 산에서 나무뿌리 등속을 캐다가 부인들의 냉에 먹는 약이라는 것도 만들고 굴껍질을 주워다 빻아서 소다를 섞어 소화제도 만들고 하여 장판에 지고 다니며 파는 사람이다.

들을 가치조차 없는 말을 그 아주머니는 하고 있는 것이었다. 그래서 아마 나는 그대로 잠을 계속했던 것 같다.

잠결에 누가 내 몸을 잡아 흔들어서 눈을 뜨자 어머니가 그 푹 꺼진 눈으로 나를 쳐다보시며 어둔한 작은 소리로 애원하듯 말씀하셨다.

"얘야! 웬 너는 잠만 그렇게 자니? 구슬다리 안 갔다 올래?"

"……."

오늘에 와서 생각해도 그때 내가 취한 태도는 설명할 길이 없다. 설혹 마을 아주머니가 그런 말을 했을 때 어머니가 그 말을 못 들으셨으려니 했다치더라도 나중에 어머니가 그런 말씀을 하셨을 때는 "네! 지금 갑니다." 하고 얼른 일어나 그곳에 다녀오는 체라도 했어야만 옳았을 일이다. 그 당연한 일에 나는 여전 어물쩡하고 말았으니 말이다. 굳이 변명하자면 그 동안의 겹친 피로로 그때 이미 내 정신 상태가 제대로 되어 있지 않았던 것이라고밖엔 달리 설명할 길이 없다.

고백하거니와 그 무렵 불효막극한 말로 어머니의 고통을 바라보는 내 고통이 더해서 이왕 돌아가실 분이라면 차라리 한시라도 빨리 돌아가 주셨으면 하는 생각마저 하게 되었을 정도였으니(그런 아들을 어머니는 돌아가시는 마지막 순간까지도 효자로만 믿으셨다) 뭣을 제대로 판단할 여유가 없었을 것은 당연한 일이다.

아무튼 그 다음날인가 다음다음 날인가 어머니는 영영 숨을 거두고 마셨지만 "구슬다리 안 갔다 올래?" 하시던 어머니의 그 음성은 그 후 언제까지나, 아니 이 글을 쓰고 있는 지금도 내 귓전에서는 사라지지 않는다.

당숙 어른을 비롯한 집안 어른들이 주동이 되어 오일장으로 어머니의 장례는 치르어졌다. 삼우제까지를 마치고 나니 긴장이 풀어져서인지 인제는 내가 축 늘어져버렸다.

그러나 그 동안 너무 오래 직장을 비웠기 때문에 곧 서울에 올라가지 않으면 안 되었다.

내내 눈물을 보이지 않으시던 아버지가 우리들(어머니의 운명 하루 전에야 서울에서 내려온 내자와 어린것들과 함께)을 배웅하면서 처음으로 눈물을 지으셨다.

"자알들 가거라. 그리구 추석에들 꼭 내려오너라."

그 말씀을 겨우 하시고는 돌아서 손바닥으로 눈물을 닦아내셨다.

이번에 어머니가 돌아가시자 가장 슬프게 우신 어른은 당숙모이시다. 어머니가 손아래 동서로서 집안 어른들에게나 당신에게나 참으로 잘해 드렸다는 것을 상기시키며 우셨다.

"일찍 죽을라구 그렸덩가. 원 인자 집안에서 누가 그 동세만큼 헐 사람이 있어? 나 같은 쓰잘떼기없는 늙엥이나 먼저 잡아가지 왜 그런 아깐 사람을 데려간디야……."

등 말씀하시며 우시고우시고 하셨다.

그 당숙모님은 마치 생전에 어머니가 하시듯 동구 앞까지 따라 나오시며 울어서 아직도 눈가가 빨갛게 진무른 눈으로 우리를 배웅해주셨다.

그리고 특히 나에게 하시는 말씀을 잊지 않으셨다.

"조카(허연 노인이신데도 너라고 안 하시고 항상 조카라 하신다) 어린것들 데리구 자알 가구, 어머이는 없어두 아버지가 기싱게 자주 댕겨. 아버지 의지없어 큰일났네. 그리고 인자 술 좀 조그매씩만 먹어. 어머이가 왜 그렇게 많이 늙지두 않은 나이에 죽은 줄 알어? 조카 술 때미 속이 썩어서 그렇게 쉽게 죽었어. 내 말 서운케 듣지 말구 명심혀."

하도 섬뜩한 말씀이어서 나는 얼른 뭐라고 대답을 못 하다가 한참 만에야,

"예, 명심하겠습니다."

하고 겨우 대답했다.

그 당숙모님마저 거년에 작고하셨다. 그렇건만 나는 아직도 그 술을 입에서 떼지를 못하고 있는 것이다. 다만 차츰 나이가 듦에 따라 기운이 부쳐서인지 아닌 말로 술에 곯아서인지 저절로 양이 줄어질 뿐이다.

인제는 술 조금씩 먹어라 하시는 어머니도 당숙모도 안 계시건만 전날에 마시던 분량의 삼분의 일만 마셔도 기신을 못하고 빌빌거리게 된다.

"옷이야 열 벌을 후질러두 괜찮어. 빨믄 그만잉게. 네 몸 때문에 그러는 거지".

하시던 어머니의 말씀이 이제야 절감되지만 때늦은 탄식일 뿐이다.

참으로 육모초 생각이 간절할 때가 더러 있다. 이 서울바닥에서는 구하기도 힘든 물건이지만 설령 구한다 해도 내자는 그것을 다룰 줄도 모른다.

그나마 술을 앞으로 몇 년이나 아니 몇 달이나 더 마시다가 아주 못마시게 될지 모를 일이다.

출   세

문호(文浩)가 서울 사람이 된 것은 불과 몇 해 전이었다.

그는 충청도 어느 한 산촌에서 가난한 농사꾼의 아들로 태어났다. 그곳에서 국민학교를 마친 것이 학교 공부의 전부이고 이후 부친이 짓는 농사일을 함께 해온 것이 그의 전직이라고 할 수 있는 것이었다.

그러한 그가 지금은 어엿한, 아주 어엿한 서울 사람이 된 것이었다. 그것도 중앙청 모 부처에 근무하는 당당한 4급 국가공무원이 되어가지고였다.

물론 그는 그 4급 공무원이 되기 위해서 피나는 노력을 했다. 다른 사람들이 중학교 대학교에서 낮에 공부할 때 그는 논밭에서 일을 했고 그들이 밤에 편히 자고 있을 때 그는 강의록을 읽었다. 그나마 남들이 잠을 자는 그 밤마저도 그에게는 완전히 자유로운 그런 밤이 되지는 못하였다.

낮에 하는 일 말고 가마니날 꼬기, 짚신 삼기, 메꾸리, 멍석 만들기의 일들은 모두 밤에 하게 되어 있기 때문이고, 그것 말고도 그 밤에마저 그를 부자유하게 하는 것은 또 있었다.

그의 부친은 유독히 일만 알고, 유독히 구두쇠이고, 유독히 아들의 공부를 못된 짓으로만 아는 그런 영감이었다. 그 새끼 꼬기 등의 일이 끝난 뒤에도 왜 불을 켜놓고 비싼 석유는 달리고 있는 거냐, 내일 일은 어떻게 하려고 밤새 자지 않고 있는 거냐의 그것인데 그것도 그런 예삿말로가 아닌 욕지거리의 호통이고, 그 호통까지를 피해야만 비로소 강의

록을 읽는 시간이 되는 것이었다.

어쩌다가라도 그 '호통'을 어기는 때에는 아무리 밤중이라도 방문짝이 떨어져 나가거나 분서(焚書)를 각오하여야만 되었다.

"저런 순 벼락을 맞을 눔 좀 봐라, 돈 한푼 벌 줄은 모르는 눔이 육시 허게 석유는 달리네. 니 애비 니 에미가 거꾸러졌어도 필경 그 따위로 밤샘은 안 헐 거다."

이런 식이고, 여러 번 당한 일이었다.

그렇게 공부를 한 그가 일약 서울에서도 중앙청 공무원이 된 것이었다. 고등학교, 대학교 출신들과 한 자리에서 5급 공무원 시험을 치러 당당히 합격하였으며 1년 있다가 승진시험을 거쳐 4급 주사가 된 것이었다.

문호가 처음 그 시험에 붙었을 때 문호 자신이 우쭐해 하는 건 당연지사라 하겠지만(사실에 있어 우쭐해 하였다), 언제 자기가 아들에게 그랬더냐는 듯이 그 부친이 마을에서 거드름을 빼는 것이란 도시 눈을 뜨고 볼 수가 없는 것이었다.

부친은 숫제 일손을 놓은 사람이나처럼 아주 옷까지 깨끗이 갈아입고는 할 일도 없이 헛기침을 하며 빙빙 동네를 돌았다. 그러다가 혹 누가,

"아 들으니 이번에 자제 참 훌륭허게 됐더구먼그랴."

하고 먼저 인사라도 할라치면,

"아직 5급인디 뭘."

아들한테서 아니면 다른 어디서라도 들었던지 그는 이렇게 어두를 떼어놓고는,

"자꾸 시험을 치르면 올라간다니께 3급 되면 여기 와 군수 한번은 치르겄지 헴헴……."

하는 것이었다.

혹 저쪽에서 모른 체 할 때는 어떻게든 그렇게 화제를 만들어 기어코 그의 쾌감을 충족시키고야 말았다. 그리고 동네의 젊은 사람들이나 부녀자들이,

"진지 잡수셨어유?"

하고 인사를 할 때 그것을 받는 태도도 전과는 아주 다른 것이었다. 되도록 거만하게 군수의 아버지나 된 것쯤으로 받는 것이었다.

그러나 당자인 문호가 우쭐대는 건 그의 부친의 그런 식과는 아주 다른 것이었다. 물론 문호도 부친의 거드름을 내심 만족해 했다. 그러면서도 그는 표면으로는 의젓하게 벼이삭은 익을수록 머리를 땅 쪽으로 숙인다는 이치를 설명하는 쪽이었다. 그까짓 중앙청 공무원이 뭐가 그리 대단한 것인데 그러느냐고 그의 부친을 깜짝깜짝 놀라게 하는 말까지 해가면서. 특히 동네 사람들이 듣고 있을 때면 그는 더욱 그런 말을 자주 했다.

말하자면 그는 단수가 한 단 위인 셈이었다.

그는 실제 행동으로도 그것을 동네 사람들에게 보여주었다. 그들과 함께 어울려 술마시고 놀고, 그렇게 놀다가는 주막거리나 혹은 가난한 친구네 집에서나 그 친구와 함께 형편없이 더러운 방에서 그런 이불을 덮고 자기도 하고, 혹은 동네 어른이 무거운 짐을 지고 가는 걸 보면 거기 내려놓으라 해서 자기가 대신 져다도 주고 하는 것이었다. 어른들에게는 언제나 인사가 깍듯했고 누가 편찮다면 문병 가고 이웃에 무슨 일이 생겼다면 가서 보살펴주고 했다. 그것은 일단 서울로 부임해 올라간 뒤에도 어쩌다 시골에 내려오면 같은 것이었다.

그의 그런 태도에 대해 그의 부친은 불만이 컸다. 너는 도대체 위신도 채릴 줄 모르느냐? 시방 너의 신분이 어떤 신분인데 그런 형편 없는 애들하고 같이 어울리느냐? 정히 심심하거든 읍내로 나가 면장이나 지서 주임 같은 사람들하고 바둑 같은 거나 슬슬 두면서 놀라는 것이었다.

즉 그러다가는 필경 동네에서 아들이 형편없는 사람이라고 대접을 받을까 하는 것이 부친은 걱정인 것이었다. 그러나 그때마다 문호는 웃고 사람은 다 평등한 것이라면서 그 벼이삭의 이치를 내세워 도리어 부친의 옳지 못한 생각을 나무라고 하는 것이었다.

"네 말이 옳기는 하다마는 요새 세상에서 그러면 누가 알아주느냐?

부친은 그런 아들이 좀 답답한 것이었다.

"옳은 일을 하는데는 누가 알아주고 안 알아주고는 상관이 없는 것이지요. 허지만 결국은 알게들 되는 것이지요. 시간은 좀 걸리지만 대신 훨씬 크게 알아주게 되지요.”

“허 참 네 말이 맞는 말이긴 허다.”

마침내 그의 부친은 그냥 가슴이 뿌듯해지는 것이었다.

과연 문호의 말은 맞는 말인 것이었다. 과연 큰것은 아무리 감추려 해도 드러나고야 마는 것이니 문호의 그런 큰 마음은 시간이 걸릴 것도 없이 좀 후에 아니 당장에들 알아주는 것이었다.

고향에서 문호의 인기는 날로 올라가고 있었다. 그가 어쩌다 시골에 내려오면 어른, 아이 할 것 없이 동네 사람들이 쫙 모여들어 그에게 그 동안 잘 있었느냐는 등 인사를 하는 건 물론이고 그가 서울에 있을 때도 그의 부친을 만나는 사람이면 영락없이 그의 안부를 묻고 그를 칭찬해 올리는데 입에 침이 마를 사이가 없는 것이었다. 그 사람 참 글재주도 비상한 사람이지만 사람도 아주 됐단 말여, 어른 알아볼 줄 알고, 인사성 밝고, 시골 사람 무시않고, 서글서글하고 텁텁하고 그 사람 장차 크게 될 것이여……

그의 부친은 그저 흡족할 뿐이었다. 그럴수록 더욱 작은 실수라도 해서는 안 된다고 그것만이 그의 부친은 걱정이었다.

그런데 문호가 한 번 큰 실수를 저지른 일이 있었다. 시골에 내려왔다가 동네에서도 제일 부자고 세력이 큰 집의 자제와 싸워 그 친구에게 상처까지 입힌 일이었다. 나이도 문호보다는 위이고 평소에 문호가 그를 부르는 칭호도 그의 성인 ‘鄭’에다 ‘형님’을 붙여 부르는 그런 터의 사이였다.

그와 싸우고 돌아와서 문호는 그런 자는 주먹으로밖에는 도리가 없었다면서 걱정을 하는 부친에게 그 경위를 설명했다.

주막거리에 놀러갔다가 거기에서 그 정을 만났었다.

“어 문호 언제 내려왔어? 그 간에 잘 있었나?”

“네 오늘 왔어요. 형님 그 동안 안녕하셨어요? 이따 저녁때쯤 아저씨(정의 부친)께 인사를 드리러 갈 참이었는데요.”

문호는 시골에 내려오면 동네 나이 많은 노인들을 꼭 찾아가 인사를 하니까 그것은 빈말이 아니었다.

"고맙네, 막걸리나 한 잔 허세. 오랜만이구 서울 얘기도 좀 듣구."

정은 여간 상대가 아니고는 먼저 막걸리를 하자고 하는 사람이 아니었다. 그런 정의 성격을 문호도 아는지라 고맙게 알고 그 말에 응했다.

그래서 주막에 들어가 같이 막걸리를 하게 되었는데 정이 이런저런 서울 소식을 묻다가는,

"자네 월급은 얼마나 되나?"

하고 물었다.

"모두 합해서 돈 만 원에 꼬리가 좀 달릴 정도지요."

사실은 그 절반밖에 되지 않는 것이었지만 시골에 와서는 누구에게나 그렇게 말하는 그대로 그에게도 대답해주었다.

"그거 어디 살림하는 사람들이야 먹고 살겠나? 자네는 독신이니까 지낼만 허겠지만."

그거 뭐 몇 푼 되느냐는 투의 그 말을 문호는 알아들을 수가 있었다.

"중앙청 공무원이 어디 월급으로 삽니까? 가다가 한 장씩 생기는 게 있지요."

하고 말해주었다.

"한 장이라니?"

정이 물었다.

"수표죠. 돈 십만 원 정도씩 적힌 건데 한 달에 한 번 두 달에 한 번 꼴은 받게 되죠. 제야 아직 4급이니까 그렇지만 3급쯤 되면 그런 게 문제가 아니죠."

그러자 듣고 있던 정은 금시에 얼굴색이 달라지며,

"거 괜찮은 수입인데." 하고 감탄해 했다.

"하지만 거 뭐 형님 수입에다 댈 수야 있습니까?"

문호는 슬쩍 그의 눈치를 살피며 말했다.

"이 사람아 농사짓는 게 무슨 수입이 있나? 올 같은 해는 비료값이며 품삯이며 아주 턱닿게 올라서 그까짓 벼 백이나 해봤자 별수 없네."

그는 그 '벼 백'에 특히 강점을 두었다. 그 밖의 일련의 말 속에도 거

드름을 잃지 않고 있는 건 물론이었다. 그는 일제 때에 무슨 실업학교인가를 다닌 학력을 가지고 있었다.

문호도 지지 않을 양으로 그가 약오를 만한 말을 부지런히 찾아서 응수했다.

"그래도 농사가 낫지요. 첫째 맘 편쿠 시골은 물가들이 싸구, 돈 쓸 데가 별로 없구, 서울이야 어디 그렇습니까. 물까지도 다 사먹는데요. 하룻밤 요정이나 바에 가 술 한 잔 마시면 기만 원 같은 건 후딱이거든요. 나 같은 사람도 한 달에 술값이 오륙만 원 꼴은 나는데요 뭘."

상대는 벌써 속으로 진땀을 빼는 눈치였다. 한참 동안이나 말이 없이 술만 거푸 마시더니,

"자네는 참 출세했네."

했다.

"그까짓게 뭐가 출세입니까? 아직 멀었지요."

"아냐 자네는 개천에서 난 용야."

그 말은 확실히 정의 실수였다.

"그런 말이 어디 있습니까?"

문호는 약간 정색을 하고 말했다. 건히 술기운이 도는 참이었다. 그러나 정은 문호의 기분을 아는지 모르는지,

"두칠 씨(문호의 부친)가 자제는 잘 됐단 말일세."

하였다.

"그 말씀 고쳐서 할 수 없습니까?"

문호는 들었던 술잔을 도로 놓고 자리에서 약간 물러앉았다. 그러고는 상대를 정면으로 바라보았다. '자네 으르신네' 대신에 '두칠 씨'라고 한 것이 문제였다.

"이 사람아 그 말이 뭐 나쁜 말인가?"

정은 허허 웃고는 아주 태연한 태도였다.

문호는 더 참을 수가 없었다. 놓았던 잔으로 술상을 꽝 내리쳤다. 그러고는,

"뭣이 어째?"

쩌렁 울렸다.

그제야 정도 그 튀기는 술방울을 피해 약간 뒤로 물러앉으며,

"왜 이래 이 사람이."

하고는 문호를 건너다 봤다.

그때 문호의 입에서는 천둥과 같은 격한 말이 계속 쏟아져나가고 있었다.

"두칠 씨라니? 도대체 네가 몇 살이나 되는데 어른의 이름을 함부로 부르고 개천이니 용이니냐? 논마지기나 지면 어른도 몰라보니? 건방진 자식 같으니라구. 좀 나가자, 그 혓바닥을 빼줄 테니."

그러자 상대도 가만히 있지는 않았다.

"뭐, 나가자구? 이 자식이 아직 대갈빼기에 피도 안 마른 자식이 뭐가 어째? 그래 인마, 부르라는 이름이지 이름이 뭐 차고다니는 팻말인 줄 아니. 더구나 그 이름 밑에 '씨'자를 붙였으면 됐지. 너 중앙청에 다닌다니 알겠구나. 장관이나 대통령도 그렇게 부르면 되는 거다. 그런데 네 애비가 뭐가 그리 대단해서 이름을 못 불러 인마. 그래 나가자, 그렇게 불러도 된다는 것을 알도록 해줄 테다."

"뭐가 어째? 이 자식 장관은 장관님이고 대통령은 각하다. 그리고 어느 외국 놈의 종자거나, 네발로 기어다니는 짐승이 낳은 자식이 아니구는 우리 동네에서도 어른을 이름자 밑에 씨를 붙여 부르는 놈은 없다. 어서 나가자 이놈. 나한테 뭘 가르쳐주기 전에 네 놈의 아구뼈를 돌려맞춰서라도 기어이 그것을 바로 부르도록 만들어줄 테니."

"허 이 자식이 하룻강아지 범 무서운 줄 모른다고 서울에 가 좀 있더니 뵈는 게 없는가 본데, 서울은 서울이구 여기는 여기다. 네 애비보고 가서 물어봐라, 서울 사는 네 놈이 무서운가? 시골 사는 내가 무서운가?"

둘이는 마당으로 나가 맞붙었다. 정의 원 펀치가 먼저 문호의 볼통에 훅으로 먹여져왔다. 문호는 약간 빗슬거려지는 몸을 가누어가지고 발길로 상대의 턱을 올려차버렸다. 상대는 곧장 뒤로 나가떨어졌다. 땅바닥에 박힌 돌멩이에 부딪쳐 터졌나 보았다. 넘어진 상대의 뒤통수 밑에서

피가 번져나왔다.

그러나 그것으로 끝난 건 아니었다. 상대는 다시 일어나 대항해왔다. 문호는 덤벼오는 놈을 맞아 이번에는 곧은 주먹을 바로 코 밑 근처에 먹여줬다. 그러자 상대는 나사들이 빠진 기계처럼 그 자리에 폭삭 주저앉아버렸다.

그제야 둘의 싸움은 끝났다.

언젠지도 모르게 주위에는 많은 사람들이 모여 있었다. 하도 간단히 끝난 싸움이라 싸울 동안은 말릴 겨를도 없었겠지만 그제야 사람들은 두 패로 나누어져서 정과 문호를 이만큼씩 떼어 놓고는 타이르는 말들을 했다. 주로 정에게 타이르는 편이었다.

"나이깨나 더한 사람이 왜 먼저 손찌검을 혀 이 사람아." "그러게 말일세." 그런 얘기들이었다.

정의 뒤통수가 터진 것이 문호는 다소 걱정이 됐다. 만약의 후환을 위해서 그는 그 자리에 모여 있는 사람들이 모두 듣는 가운데서 한 마디 해두는 말을 잊지 않았다.

"우선 오늘은 이만큼만 해두고 갈 테니 이 자식아 어서 가서 내한테 맞아 뒤통수가 터졌다고 고소해라. 하지만 만약에 앞으로도 그 아구통을 놀려 우리 아버지는 물론 동네 다른 어른들의 이름을 함부로 불렀다가는 그때는 그 아구통이 달려 있는 대가리를 아주 빼놓아버릴 테니 각오해라."

여러 사람들한테 부축된 정은 아직도 머리가 아픈지 눈을 감은 채로 있고 그 부축한 사람들이 문호에게 인자 됐으니 그만하고 돌아가라는 눈짓들을 보냈다. 흐뭇해 하는 눈짓들이었다.

문호는 몇몇 친구들한테 끌려서 그 자리를 떠나왔다.

떠나오며 친구들은 지껄여댔다.

"그 자식 우리들이 기회가 되면 한번 혼내줄 참이었는데 인제 우리는 할 일이 없게 됐네."

"그 자식은 제 위엔 통 사람이 없는 줄 아는 자식이거든."

"자네 그 재비질 잘 하던데 꼭 번개 같더구만. 후딱 하니까 벌써 그 자식은 제 키로 길바닥을 재고 있어."

"인마 그게 다 서울식이란다. 느들두 까불지 마, 문호가 또 솜씨 구경
시킬라."

"내가 왜 문호어르신네를 씨자(氏字)로 부를라간디."

주막을 저만큼 뒤에 두고 일행은 호탕히들 웃어댔다.

아들의 얘기를 듣고난 부친은 짭짭 입맛을 다시고는 아들에게 말했
다.

"그려도 그것만은 네가 좀 과했나 부다, 동네 사람들두 그 사람 말이
라면 꼼짝들을 못 허구 읍내 출입두 넓은 사람인디 이후에 괜찮을라나
모르겄다."

"아버지두 참 그런 걸 겁내고 어떻게 사십니까? 걱정마세요. 동네 사
람들도 겉뿐이지 속으로는 그자를 미워하지 않는 사람이 없어요. 그리
고 그자는 절대로 저한테 어떤 보복은 못합니다. 돈푼이나 있는 놈치고
소심하지 않는 놈은 없어요. 그 자 역시 후환이 두려워 못 합니다."

문호는 자신있게 말했다.

그 후 과연 그 일에 대해서는 아무런 탈도 없었고 탈은 고사하고 그
일로 해서 문호는 마을에서 더한층 영웅이 되어 있었다. 그 일이 있은
후부터 동네에서 정의 거만기가 훨씬 완화된 것으로였다. 아주 사람이
달라질 정도는 아니라 해도 동네 어른들에 하는 인사성이 훨씬 나아졌
고 젊은 친구들에게 곧잘 막걸리를 산다는 말이 동네에 났을 정도로는
된 것이었다.

문호는 서울에 앉아서도 시골의 그런 소식을 모두 듣고 있었다. 고향
에서 내왕하는 사람들이 말해주기 때문이었다.

그래 문호는 슬며시 정한테 편지 한 장을 냈다. 그가 동네분들에 대한
태도는 달라졌다 하더라도 문호에 대한 감정은 남아 있을 것이며, 고향
에 있는 부친에게도 불쾌한 태도를 보일 것이기 때문에 우정 전날의 일
을 사과하며 그를 적당히 두둔해 올리는 그런 편지인 것이었다.

그 편지를 내고 며칠이 지나자 그한테서는 예측한 바대로 즉시 회신

이 왔다. '弟氏의 書翰을 받고보니……' 식인 케케묵은 투의 글자와 문장으로 자기 딴에 유식한 체하느라고 그리고 되도록 직접적으로 자기 실책의 어투를 피하느라고, '……거 다 酒中의 일 아닌가……'어쩌고 횡설수설 장황하게 늘어놓았는데 자기 잘못을 깨닫고 있는 것만은 확실한 내용이었다.

그 후 과연 정은 문호의 부친한테도 확실히 전과는 다르게 대하고 있었다. '두칠 씨'나 또는 성인 '尹'에 왜식으로 '상'을 붙여 '윤상'이라고 부르던 것을 꼭 '문호어른'이나 '문호어르신네'라고 부르는 것이었으며 때때로 문호 잘 있느냐고 안부를 묻기도 했다.

그래서 문호의 부친도 아들의 힘을 재인식하고 그 정 앞에서까지도 얼마큼 거드름을 뺄 수가 있었다.

아무튼 고향에서의 문호의 존재는 뚜렷했다. 적어도 젊은 사람들 중에서는 거의 절대적이라 할 만큼 확고한 신망을 받고 있었다.

물론 그의 고향에도 학벌로나 사회적 지위로나가 문호보다 훨씬 위인 친구들도 몇은 있었다. 혹은 대학을 졸업하고 외지로 나가 취직해 있는 친구도 있었고 혹은 아직 대학에 다니고 있는 친구도 있었다. 그런데도 고향 사람들은 고향에서의 그 제일 위의 자리를 문호한테 주기를 조금도 서슴지 않았다.

원래 인기나 평판이란 한두 마디로 설명되는 그런 간단한 이유만으로 얻어지는 것은 아니지만 그가 그렇듯 크게 신망을 얻고 있는 대강의 여론을 종합하면 다음과 같은 것들이었다.

그만큼 출세를 하면 흔히 시골 사람들을 무시하게 되는 법인데 그는 그렇지 않다는 것, 그는 오히려 더 옛 친구들을 친근해 하고 마을 어른들을 위한다는 것, 그는 언제나 마을의 다대수인 가난한 사람들의 편이라는 것, 동네에서 되지 못하게 구는 자를 말로나 또는 주먹으로도 굴복시키는 힘이 있다는 것, 마을에서 외지에 나가 있는 사람 중에서는 누구보다도 자주 고향에 내려온다는 것 등이고 또한 그는 남달리 가난한 집에서 자라 고생으로 장한 출세를 했다는 것, 그러므로 마을에서 상급학교에 진학을 못 하는 젊은 친구들의 본보기가 된다는 것 등이었다.

그래 그가 시골에 내려가면 국민학교만을 겨우 마친 어린 소년들이 책을 들고 그한테 와서 독학하는 방법 등 성공의 비결 등을 물어오고 서울에 있을 때도 편지로 그런 것을 물어오는 수가 많이 있었다. 그때면 그는 그들에게 최대한의 친절을 베풀어 그가 아는 한도내에서 답해주고 때로는 그들의 일자리 같은 것을 성의껏 알선해주기도 했다.

또한 그를 마을 사람들은 거의 천재적인 두뇌의 소유자로 알고 있을 뿐 아니라 그 머리 속에 들어 있는 지식에 있어서도 다른 대학 출신의 어느 젊은이들보다도 훨씬 더 위인 것으로 알고들 있었다. 거기에는 그럴 만한 방증이 있었다. 그가 5급 공무원의 시험에 응시할 때 바로 한 마을의 대학 출신 하나가 그와 함께 응시했다가 그 대학 출신은 낙방하고 그만이 합격을 한 그것이었다. 고장에서 문호를 말할 때 으레 예증이 되는 사건이기도 했다.

시험이 지식의 전부일 수는 없는 것이라고 혹자들은 말하기도 했다. 그럴 때면 문호도 그 편을 드는 것이 또한 그의 두뇌이기도 했다.

"맞습니다. 사실은 시험이라는 것처럼 불공정한 것도 없는 것입니다. 절반은 운이 좌우하는 것이니깐요. 그래서 진짜 아는 사람들은 오히려 시험에서 떨어진 사람들 중에 있는 것입니다. 우리나라의 김구 선생, 이상재 선생이 그런 예가 되는 인물들입니다. 김구 선생보다 이승만 박사를 더 아는 사람이라고 말하는 사람은 없습니다. 그 반대로 말하는 사람들은 많습니다. 대통령은 이 박사가 했는데도 말입니다. 또한 이상재 선생은 근·현대 한국의 인물들 중에 가장 한국인이다 하는 칭호를 받고 있는 분이십니다. 서양 사람과 우리 한국 사람과를 구별하는데 가장 한국적인, 가장 대표적인 사람이란 말이지요. 그분들이 모두 과거에는 낙방한 분들입니다."

하는 것이 그의 말이고, 그의 그 말은 고장 사람들(읍내, 인근을 포함한)을 거듭 크게 놀라게 하고 감탄하게 하는 것이었다.

"허 참 아무개 아들 하나 똑 떨어지게 나놨어."

"벼 이삭은 익을수록 머리를 숙인다는 말이 저 사람이 헌 말여."

그의 말을 듣고 저마다 하게 되는 말들이었다.

그의 말은 그것으로만 끝나는 것도 아니었다. 다음에 그가 하는 말은 얼핏 들으면 좀 이상한 말처럼 들리지만 자세히 들으면 앞엣말에도 이어지는 말인데 이런 것이었다.

"학교나 교수란 범용한 사람들의 교육을 위해서 필요한 것이지 천재들의 교육에는 하등 필요가 없는 것들입니다. 경제적인 여유가 있는 경우 중·고등학교 정도까지는 일반적인 지식을 습득하는 곳이므로 혹 그 교육이 필요할는지 모르지만 특히 대학교육은 필요가 없는 것입니다. 천재란 스스로 자성하는 것이지 어느 대학에서나 어느 교수나가 가르쳐서 되는 것은 아닙니다. 그러니까 대학에 천재학생은 없다는 말이 됩니다. 혹 천재가 잘못 알고 대학에 들어갔다 해도 곧 나오고 말게 되는 거지요. 그대로 졸업을 한다면 그 천재는 그곳에서 이미 범재가 되어가지고 나오는 것뿐입니다. 대학에 천재가 없으니 천재교수가 없을 건 당연하고 그 밑에서 배우는 학생들이 어떤 사람들인가는 앞에서 말한 대로지요."

위의 말과도 비슷한 것들로 해서 문호는 시골에서 한 대학생 친구와 약간의 언쟁을 벌인 일이 있었다. 얘기의 발단은 달랐지만 대립하게 된 건 결국 피차 위와 같은 의식의 차이에서였다. 바로 지난 여름 학생들이 소위 '한일 국교정상화 반대' 데모로 해서 예년보다 조기에 방학이 되어 시골에들 내려와 있을 때였다.

그때 문호도 공교롭게 잠깐 시골에 내려온 일이 있었는데 먼저 내려와 있던 그 친구가 문호를 보자 서울 학생들의 동태는 어떻더냐, 구속된 학생들에 대한 정부의 방침은 어떤 것이더냐는 등의 말들을 물어왔다.

그에 대한 문호의 대답은 간단했다.

"나 그런 것 별로 관심 없네."

하고 말한 것이었다.

그러자 주위에 사람들도 있었으므로 약간 무안해진 대학생 친구가,

"자네는 도대체 이 나라 국민이 아닌가?"

하고 문호의 무관심을 책망했다. 그는 학교 도중에 군에 갔다가 돌아와

다시 학교를 계속하고 있었으므로 나이가 많아, 학생이지만 문호보다 한 살밖에 낮지 않는 터였다.

문호는 그 대학생 친구의 말에 코웃음을 쳐주었다. 그리고 이렇게 반박했다.

"국민이 아니라니? 나는 국민일 뿐 아니라 당당한 이 나라의 국가 공무원일세. 자네 같은 국민들을 위해서 봉사하고 있는 일일세. 자네들은 먼저 그런 사고방식부터 고치게. 자네들만 애국한다는 그것 말일세."

그러자 그 역시 문호를 비웃고,

"자네도 공무원 다 됐네. 정부 고관들의 성명서와 같은 소리나 허구."

했다.

문호는 별로 얘기할 흥미도 없었지만 곁의 사람들이 볼 때 그와의 토론에 지는 것으로라도 보여서는 안 되므로 이렇게 조용히 말해줬다.

"자네가 한일회담의 내용이 뭔지 한일국교 정상화가 어떻게 한다는 건지나 대강이라도 알고 하는 말인가. 자네나 내나 일제 때는 모두 코흘리개였단 말야, 자네 일제의 압제가 뭐였던가 기억나거던 말해봐, 그래도 나는 자네보다 다만 한 살 동안이라도 더 그들 밑에서 살았단 말야."

"그래 한 살 동안 더 살아보니까 과연 그들이 우리 백성들에게 하는 짓들이 잘하더란 말인가?"

그가 말했다.

"그런 억설은 그만두고, 그런게 아니라 자네보다 내가 그들의 압제를 받았어도 다만 1년이라도 더 받았단 말일세. 그래 그들에 대해서 알아도 자네보다는 그 1년분을 더 알고 한일회담에 대한 내용에 있어서도 비록 관심은 없더라도 정부에서 직접 하는 일이니까 늘 보고 들어서 학교에서 배운 자네보다는 더 잘 안단 말이야."

"그래 잘 아니까 그게 그 내용이 그렇게 애국적인 것이고 국리적인 것이더란 말인가?"

"자네는 자꾸만 내 말을 오해하고 있는데 그렇다는 것도 아니지만 그건 자네 같은 학생이나 나 같은 말단 공무원이나는 직접 터치할 성질의 것이 아니란 말일세, 정치인들에게 맡겨두면 되는 거지.”

“자네의 그런 사상이 도대체 글렀단 말이야, 자네의 그 무관심 사상이야말로 회색사상이 아니고 무언가? 어느 누가 나라를 들어 팔아먹는대도 가만히 있어야 한단 말인가?”

그는 자못 열을 올리고 있었다.

“나라를 팔아먹기는 누가 팔아먹는단 말인가?”

“지금 현정권에서 하고 있는 그 한일회담이라는 게 바로 나라를 팔아먹는 게 아니고 뭐란 말야?”

“자네, 팔아먹는 것 좋아하네.”

문호는 허허 웃었다. 주위 사람들도 모두 와 하고 웃었다. 문호는 그에게 물었다.

“그럼 한일회담을 어떻게 하면 나라를 팔아먹지 않는 회담이 된단 말인가? 좀 들어보세.”

“그따위로 저자세 굴욕 회담을 하지 말라는 것이네. 고자세로는 못 할망정 국가와 국가끼리니 대등한 위치에서는 해야 할 게 아니냐 말야.”

“겨우 그거야……”

문호는 한 번 소리내어 웃고,

“나보고 뭐 공무원 다 됐다더니만 자네야말로 우리 나라 야당 정치인 다 됐네그려. 나도 여태 반대하는 이유를 그 소리밖에 들어본 일이 없네. 자네가 볼 때는 저자세지만 내가 볼 때에는 저자세가 아니니 말일세. 자네만 서서 다니고 한일회담을 담당하고 있는 그 사람들은 모두 기어서 다니는 사람들인 줄 아나? 자네만 애국하는 국민이고 그 사람들은 뭐 외국 사람들인 줄 아나? 그건 피차 마찬가지야, 자네가 현정권에서 나라를 팔아먹는 것으로 본다면 나는 야당에서 반대하는 그 이유를 못 팔아먹게 했다가 자기네들이 정권을 잡은 다음에 팔아먹기 위한 것이라고도 볼 수 있는 거야. 얘기가 너무 극단으로 흘렀네만 하여튼 그 얘긴 그만 두세.”

문호는 일단 그 얘기는 그것으로 그치려 했다.

그러나 상대는 그것이 아니었다. 얘기를 더 계속하고 싶어하는 것이었다.

"하기야 자네 같은 현정권의 정부에 밥줄을 대놓고 있는 사람하고야 어떻게 얘기가 통하겠나? 천하의 천재로 자처하는 자네도 결국 모가지는 두려워하는군, 핫핫핫핫."

상대의 말이었다.

문호는 하마터면 참지 못하고 그한테 주먹이 날아갈 뻔했다. 그러나 여러 사람들 앞에서 되도록 그런 용렬한 짓은 그만두기로 꾹 참았다. 전일에 있었던 정(鄭)과의 일도 떠오르고 해서였다. 대신 그는 그에게 말했다.

"자네가 안 통한다니까 말이네만 나도 역시 자네 같은 늙은 부모의 등에 멍에를 메워가지고 거기서 나오는 돈으로 대학이랍시고 다닌다고 공부 대신에 내용이 뭣인지도 잘 모르면서 남들이 하니까 같이 따라서 뭘 반대한다는 데모나 하고 놀다가 그거나마 못 하게 되었으니까 시골에 내려와 늙은 부모는 여전히 말이나 소처럼 멍에를 등에 지고 뜨거운 볕속의 논, 밭에서 일을 하는데 이렇게 서늘한 곳에서 빈들거리며 노는 자네 같은 사람하고는 그만 말하겠네."

그러자 그 역시 고조로 약이 오르는 모양이나 문호의 이유처럼 행동만은 참는 듯,

"자네 중앙청 공무원 되더니 말 늘었네, 하기야 밥줄이 끊어질까봐 그 달콤한 혓바닥으로 늘 윗사람을 핥아대야 할 테니까 말이 늘 수밖에 없겠지만 대학교 문이, 아니 고등학교나 중학교의 문이라도 그것이 일각대문으로 되어 있나 사립문으로 되어 있나만 알았던들 중앙청 석조전이 그렇게 높아뵈던 않았을 텐데. 하긴 그것도 우리 나라에서만 있을 수 있는 비극의 하나지, 골고루 배우든지 못 배운 사람은 농촌에서 땅이나 파든지 해야지 이건 짚신에다 모닝코트도 분수가 있지."

그는 깔깔깔 하고 웃었다.

주위 사람들은 그게 무슨 말인 줄도 모르고 그저 어리둥절하니 있을 뿐이었다.

문호도 지지 않았다.

 "내 혓바닥이 그렇다니 그럼 자네 혓바닥은 어쩌다 그렇게 길게 빠져 나와 날름거리나. 자네 노부모들한테 학비라는 명목의 연애 자금 아니 데모 자금을 울궈내느라고 그렇게 빠졌나, 아니면 데모 하다가 곤봉으로 얻어맞아서 혓바닥까지 그렇게 빠져 나왔나? 자네 말대로 나는 자네가 드나들고 있는 그 대학인지 놀이턴지의 대문이 뭣으로 되어 있는지도 모르네. 그러나 자네가 모르면서 데모를 하고 있는 그 한일회담의 내용을 나는 내 나름으로는 알고 있네. 알지만 나는 불행하게도 우리 부모들한테 그 데모 자금을 울궈낼 수가 없기 때문에 그 데모를 못 하네. 그리고 농촌의 땅은 자네 같은 자가 더럽힐까봐 깨끗한 자네 부모 같은 분들이 파고 있으니까 안심하고 자네는 어서 가서 나라를 팔아먹지 못하도록 데모를 하게, 하다가 혹시라도 맞아 죽거나 감옥에 들어가지는 말고 말이네. 데모하는 아들이나마 자랑으로 삼고 땅을 파는 자네 부모들이 너무 불쌍해지니까 이르는 말이네. 난 인제 바쁘니 할 얘기가 더 있거든 간단하게 하게. 할 얘기가 없거든 어서 이 자리에서 꺼져버리고. 그 서너 자밖에 안되는 못생긴 몸뚱어리로 굳이 이 땅을 재면서 더러운 피로 이 깨끗한 고장의 흙을 적시지 말고 말일세."
하고 문호는 곧 폼을 잡았다. 상대가 한 마디만 더 입을 놀리면 그냥 놓아 버릴 참이었다. 다행히 상대는 꾹 입을 다문 채로 잠자코 있었다. 문호의 말과 태도에 질렸는가 보았다.
 그제야 문호는,
 "자 우리 대학문이 사립문인지 일각대문인지 모르는 사람들끼리 막걸리나 먹으러 가세. 오늘 내 한 잔 살 테니."
 이렇게 외치고 그가 선두에 섰다. 모여 있던 사람들은 우 하고 그의 뒤에들 따랐다. 그 대학생만 어슬렁어슬렁 다른 방향으로 걸어갔다.

 문호는 술을 잘 마시는 편이었다. 전에 시골에만 살 때도 공술이 생기면 더러는 마셨지만 서울에 가 있는 동안에 부쩍 늘어버린 것이었다. 그는 술을 마시면 노래를 곧잘 부른다. 옛날의 시조로부터 창, 노랫가락, 타령, 그리고 유행가, 외국노래 뭐든지 거뜬히 불러넘긴다. 또한 그는 술에 취하면 익살을 부려 좌중을 잘 웃긴다. 내용은 주로 여자 얘기다. 그의 그런 것을 마을 사람들은 또한 놀 줄 아는 호걸이라고 이름붙인다.

그는 술을 많이 마셔도 결코 한 자리에서 끝내고 마는 법은 없다. 적당히 취하면 "자, 우리 자리를 옮겨서 먹세." 하고 좌중들을 모두 거느리고 다른 주막을 찾아간다. 거기서 또 마시다가 더 갈 데가 없으면 그곳에서 술을 사서 친구들에게 한 병씩 들려가지고 그의 집으로 몰고간다. 그리고도 또 만족치 않아 이번에는 "어이 자네네 집으로 가세, 자네 부인도 예쁘고 하니 말야." 그렇게 하여 기어이 그 친구네 집으로 가서 그 친구 부인에게 술을 따르게 해서 마신다.

오해의 여지가 있는 것으로도 볼 수가 있지만 결코 그것은 아니다. 오직 술과 친구가 좋아서인 것뿐이다. 한 예로 그의 그 술과 친구를 보기로 한다.

역시 서울에서 내려오던 어느 날 그는 술에 몹시 취한 한밤중에(자정이 넘어서다) 술 한 병을 사들고 한 친구를 찾아간 일이 있었다. 이번에는 친구에게 아내가 없는 경우이다. 가난 때문에 출분하고 어린 딸 하나와 70이 넘은 양친과를 홀애비로 부양하며 문자 그대로 근근히 살아가고 있는 친구이다. 울타리도 사립짝도 없이 길이자 마당이고 그곳이 곧 문지방 밑의 토방인 그런 난달 움막이 그의 집이다. 두 방이 나란히 붙은 하나가 친구가 자고 있을 방이다.

물론 어느 방도 불이 켜져 있을 리는 없다. 비틀걸음으로 그 앞에 겨우 이른 문호는 고함을 쳐서 친구를 깨웠다.

"신철(金信喆)이 자나?" 하고 세 번이나 고함을 쳐도 친구 방에서는 코고는 소리만 날 뿐이고.

엉뚱하게 저쪽 안방에서,

"누구여?"

하는 친구의 노모가 기척을 했다.

"접니다, 저 문홉니다."

그러자,

"아니 누구 문호라구?"

222

텅 하고 방문이 열리고 컴컴한 어둠 속에 허옇게 비치는 노모의 머리와 두 장의 젖 껍질이 축 늘어진 앙상한 가슴팍이 보였다.

"언제 왔디어?"

고쟁이만의 몸인 것보다 노구이기 때문에 밖에까지는 나올 수가 없고 그냥 문지방에 손을 짚은 채로 노인네는 반색을 하고 그렇게 물었다.

"네 오늘 왔습니다. 그 동안 안녕하셨습니까 아저씨랑요?"

문호는 서 있어도 연신 끄떡거리는 몸을 가누어 어둠 속에서 허리를 굽혀 인사를 드렸다.

그러자 뒤따라,

"문호라구?"

하면서 좀 안쪽에서 친구 부친의, 잠에서 깬 소리가 들렸다.

"네 문호입니다. 안녕하셨어요?"

"어 잘 있었는가? 이 봐 쥐매 저 신칠이 좀 깨여."

친구의 어머니는 샛문을 여는 소리를 내어,

"얘야 신칠아! 신칠아!"

아들을 깨우기 시작했다.

"문호가 왔다. 문호가 왔어, 어서 일어나봐 애야 좀."

"뭐 문호?"

그제야 친구는 일어나는가봤다. 친구의 방에 불이 켜졌다.

"언제 왔어, 고단한 모양이구만. 잠결에 약이 될 테니 막걸리 한 잔 하구 자라구, 내 한 병 가져왔으니까."

문호는 방으로 들어갔다. 친구는 겨우 일어나 앉기는 했는데 아직도 눈을 감았다 떴다 잠에서 덜 깬 모양이고, 벗은 윗몸뚱아리의 등짝을 팔을 돌려 썩썩 긁을 때마다 부슬부슬 흙가루가 쏟아졌다. 방바닥에 깔린 헐어빠진 삿자리 위로 솟아오른 흙이 묻었기 때문이었다.

"저 아주머님 이거 죄송합니다만 술사발 한 개만 하고 뭐 김치가 있거든 한 가닥만 갖다주세요."

이윽고 술사발이 오고 안주가 왔다. 친구의 부모님들에게부터 각기 한 잔씩 대접을 한 다음 전적으로 친구에게만 먹였다.

그리고 문호는 신칠이의 무릎 장단에 맞춰 '노자……젊어 청춘에…… 노자……'를 불렀다.

"아저씨랑 아주머니랑 죄송합니다, 떠들어서. 오랜만에 친구를 만났으니까 좀 놀랍니다."

"원 별소릴. 얼마든지 놀아, 인자 날도 거지반 다 샐녘이 됐구먼그려."

그래서 그들은 마냥 떠들고 놀고 하다가 문호는 친구와 함께 그냥 거기에 쓰러져 잠이 들어버렸다.

이것이 문호이다. 그리고 그의 술이고 친구이다.

서울에 오래 있는 동안에 서울에도 친구들이 많이 생겼는지 일이 바빠서인지 문호가 시골에 다녀간 지가 1년이 훨씬 넘었는데도 내려오지 않고 있었다. 그 동안 시골에서는 몇 군데 적당한 그의 혼처 처녀가 나타나서 그의 부모들이 서울에 있는 그한테 편지로 의사를 물었던 모양이나 아직 결혼하지 않겠다고 그한테 거절의 편지가 왔다는 소문이 동네에 퍼졌다.

그러자 얼마 후에 그가 곧 결혼하게 될 것이라는 소문이 또한 동네에 쫙 퍼졌고 상대는 시골 처녀가 아닌 서울 처녀라는 것이었다. 규수의 아버지가 무슨 회사인가의 사장으로 있는 큰 부자이고 규수는 대학까지 나온 굉장한 미인이라고 했다.

그가 그만한 자리로 결혼할 건 당연한 일이라고 동네 사람들은 그의 그 결혼설을 논평했다.

그는 과연 결혼을 했다. 그의 부모들이 서울에 올라가 그 결혼식에 참석했다가 내려왔다. 소문과 같이 굉장 뻑쩍지근한 그런 결혼식이었다고 다녀온 그의 부모들은 자랑을 해댔다. 그리고 그들 부부가 곧 시골을 한 번 다녀가게 될 것이라고 했다. 그리하여 동네 사람들이 몹시 기다리는 가운데 마침내 그들이 내려온다는 그날은 돌아왔다.

그날, 아침부터 웬일인지 그의 부친은 신작로로부터 마을로 들어오는 길을 고치는데 땀을 뻘뻘 흘리고 있었다.

"뭐 할라구 그 길을 고치시요?"

하고 누가 묻자,

"그 애들이 자동차를 타고 온다는데 아무래도 이 길로는 못 들어 올 것 같구먼."

하고 문호의 부친은 말했다.

"자동차라니 빠스(버스) 말인가요? 빠스는 여기 신작로까지밖엔 안 오잖아요?"

"그게 아니라 서울에서부터 아주 자동차로 온대. 메느리네 자가용차라든가 무슨 차라든가로 온다드만."

"하하 그럼 그 방개차 말이겠구먼요, 납작하게 땅에 붙어서 꽁지에서 담배연기 같은 것을 가늘게 내뿜으면서 가는 차 말예요."

"글쎄 그런가 보지 헴헴."

문호의 부친은 예의 그 헛기침을 했다.

"그거 어디 혼자서야 터가 나겠어요? 제가 좀 거들어드리죠."

그래서 그 친구가 삽을 들고 나오고 마침내는 왼 동네 젊은이들이 모두들 나와 그 일을 도왔다.

이윽고 그날 저녁때 동네 어구에서 빵빵……하고 자동차 소리가 울리면서 과연 옻칠을 한 것 같은 까맣고 반들반들한 그 방개차 한 대가 고쳐놓은 길로 해서 동네로 들어오고 있었다.

과연 차 안에는 문호가 있었다. 그는 낯선 한 여인과 함께 뒤측에 앉고 운전수가 앞에서 운전하고 있었다. 그들은 동네 중간쯤 들어오자 차에서 내려 구경나온 동네 사람들에게 인사를 하며 걸어서 갔다. 자동차는 슬슬 그들 앞에서 굴러가고 있었다.

구경나온 모든 사람들의 시선은 그 낯선 신부한테로 쏠렸다. 신부는 무슨 깃털 같은 게 꽂힌 테가 넓은 모자를 쓰고 양장을 하고 있었다. 과연 그 신부는 그 마을들로서는 평생에 처음 볼 수 있는 그런 미인이었다. 얘기책에서 보던 '절대가인 열녀춘향'에게 양복을 입히면 저럴까 하고 생각해볼 정도였다.

한편 동네 아이들은 그 신부보다도 문호보다도 누구보다도 그들 앞에 슬슬 굴러가는 그 방개차에게만 정신들을 쏟고 있었다.

그와 비슷한 자동차는 읍내에서 어쩌다 더러 볼 수도 있었지만 그처럼 반들거리며 좋은 차는 아직 구경한 일이 없었던 것이었다.

"야 운전수가 목댕기 매고 장갑꼈다."

한 아이가 말했다.

"인마 목댕기가 뭐야 네꾸따이지."

다른 아이가 받아서 말했다.

"나는 후제 커서 운전수 헐란다."

"네깐자식이 어떻게 운전술 혀. 자식 마빡 까질라."

"하하하하."

그들은 왁자하고 웃었다.

문호는 장갑 낀 한손에 중절모자를 벗어들고 장갑을 뺀 한 손으로 동네 친구들에게 간단 간단히 악수를 하며 걸어갔다. 곁에 나란히 걷고 있는 그의 부인이 그에게 뭐라고 묻는 모양으로 그는,

"응 그래 그래."

하고 연신 머리를 끄덕거렸다.

"우리 시골 참 좋지?"

그가 부인에게 웃으며 묻고 있었다.

"사람들이 더 좋아요."

그 멋진 부인이 꽃이파리 같은 그 예쁜 입술을 조금 벌리며 하이얀 석류알 이를 내보이며 조그만 목소리로 말했다.

"양같이 순한 진짜 우리조선의 백성들이지, 이 마을에는 나를 반대하는 사람들은 한 사람도 없어."

문호가 한 젊은 친구와 악수를 나누고 나서 만족한 듯이 말했다.

"이런 데서 살았으면 좋겠어요."

부인이 말했다.

"사는 것 허구는 또 다르지. 갑갑해서 살겠소? 더구나 당신 같은 여자가?"

"나는 살 수 있을 것 같아요."

"그것은 꿈이야, 얼마 안 있으면 곧 싫증이 나구 말아. 역시 왕은 궁전

에서 살면서 어쩌다 나와 이렇게 구경만 하는 거지 안 그렇소?"

문호가 웃으며 말했다.

"글쎄요."

부인은 그 솜털이 보시시 나 있는 수밀도 껍질 같은 얼굴에 미소를 지으며 이렇게 짤막하게 대꾸했다.

동네 젊은이들은 다투어 문호한테 악수를 받으며 다음을 위하여 뒤로 물러나고 했다.

"자 그럼 저녁에 집으로 놀러들 오라우, 같이 막걸리나 나누세."

문호는 그렇게 그들에게 말하고 한 친구를 붙들어 돈을 꺼내어주면서 읍내 도가에 가 막걸리 몇 통만 사오라고 일렀다. 그리고 그는 집으로 돌아왔다.

집의 마당에는 먼저 돌아온 자동차를 중심으로 동네 아이들이 꽉 둘러 서 있고 한편에는 몇 친구들이 벌써 와서 문호의 양친이 장차 벌어질 막걸리 연회장을 마련하는 일을 거들고들 있었다. 문호는 모두가 그저 흡족할 뿐이었다.

——1994 「작은 王國」 改題·改稿

어느 식모 이야기

이 얘기의 주인공은 '가나안' 복지원장 김 장로가 아끼는 여러 불행한 젊은이들 중의 하나인 서울 시내의 어느 집에서 식모살이를 하고 있는 정숙이라는 이름의 처녀이다.

어느 날 그녀는 매우 걱정스러운 얼굴로 김 장로의 서재에 나타났다.

"지금 있는 집은 월급이 너무 싸서 장로님 아시는 댁 중에 월급을 좀 더 받을 수 있는 집이 있으면 소개해주셨으면 하고 여쭈어보러 왔습니다."

하고 그녀는 말하였다.

"지금 있는 집에서는 월급을 얼마나 받고 있는데 그래?"

"이 년 동안이나 있는 집인데 처음에 정한 이천 원을 지금까지 받고 있읍니다."

"그럼 얼마나 받기를 원하지?" 하고 김 장로가 물었다.

"한 오천 원만 받았으면 좋겠어요."

그녀가 말하였다. 충청도 천안이 고향인데 그 고향에는 일 년 후면 각각 환갑이 되는 늙은 양친과 어린 동생이 살고 있었다. 그 양친의 환갑 잔치도 해야 되겠고 또 동생을 중학교에 보내야 되겠고 하여 꼭 그렇게는 받아야만 되겠다는 얘기였다.

"다른 집으로 옮길 것도 없이 지금 있는 그 집에서 오천 원보다도 더 많이 받을 수 있는 방법이 있는데."

하고 김 장로는 그녀를 쳐다보았다. 정숙이는 눈을 크게 뜨고 물었다.

"어떤 방법인데요?"

"그 방법을 알려줄 테니 꼭 그대로 하겠느냐?"

"네! 하다 뿐이에요?"

"그럼 종이에다 적어라."

"네!"

"지금 돌아가서부터 꼭 그대로 실행해야 된다. 첫째 밥짓는 것부터 말하겠다. 끼니때마다 쌀낟을 입에 넣어 깨물어보고 밥물을 부어라. 쌀 가마니마다 건조도가 다르고 같은 가마니 쌀도 윗부분과 아랫부분이 또 다르다. 뚝하는 소리가 나거든 밥물을 나우 붓고 딱하는 소리가 나거든 좀 적게 부어라. 그렇게 밥을 짓되 찬밥이 남지 않게 누룽지가 눌지 않게 짓고 밥을 그릇에 담을 때도 맨 윗밥을 젖혀놓고 아래서부터 바깥 주인, 안주인, 아이들 그런 순서로 담아라. 전분이 모두 갈앉아서 솥 바닥 부분일수록 영양가가 높은 법이다. 알겠느냐?"

"네!"

"다음 둘째, 저녁에는 주인의 이불을 깔아드리고 아침에는 개고 그리고 주인이 잠자리에 들기 전에 이불 속에 손을 넣어보고 온기가 션찮거든 불을 더 때라. 셋째, 주인의 출근에 앞서 신을 닦아놓고 겨울철이면 그것을 네 방 아랫목에 이불을 덮어놓았다가 내드리고, 가방을 들고 대문 밖까지 나가 인사를 하여라. 넷째, 주인네 집에서 과일을 사다 먹거든 그 껍질을 버리지 말아라. 사과거든 그 껍질을 주워 모아 말렸다가 달여서 설탕을 넣고 생강을 넣어 사과차를 만들고, 귤이거든 역시 말려 두었다가 여름에 쥬스를 만들어라. 그것을 주인 내외에게 아침 저녁으로 한 컵씩 드려라. 다섯째, 주인네 집에서 먹는 계란 껍질도 버리지 말아라. 사료상에서 계란 껍질 백 개에 계란 한 개씩을 주게 되어 있으니 그것을 바꾸어다가 계란 프라이를 만들어 그렇게 바꾼거라 하고 주인에게 드려라. 여섯째, 치약 껍질을 버리지 말고 주워 모아라. 스물네 개를 모아 치약상에 갖다주면 치약 한 개를 준다. 그것도 주인에게 말하여 쓰도록 하라. 일곱째, 휴지를 버리지 말고 모아 한 관씩 되거든 팔아서 그걸로 화장지를 사다가 주인에게 드려라. 여덟째, 생선이며 그 밖의 찬거리를 살 때는 꼭 성한 것으로 사고 또 일 전이라도 남거든 꼭 주인에게 돌려드려라. 아홉째, 주인네 아이들을 네 친 동생같이 사랑하고 저녁에 옷 벗기는 것, 아침에 옷을 입히는 것, 세면시키는 것, 머리빗기는 것, 목욕시키는 것, 모두 안주인을 대신하여 네가 하도록 하여라. 열째, 그 동안 월급을 한 손으로 받았거든 다음부턴 두 손으로 받고 감사합니다, 하는 말을 잊지 말고 하여라……"

이런 식으로 열 몇 가지를 모두 받아쓰도록 하였다.

그런 다음 다시 김 장로의 말은 계속되었다.

"그대로 꼭 실행하기를 우선 여섯 달을 하여라. 마지막 여섯 달째의 월급을 역시 두 손으로 받고 이렇게 공손히 말하여라.

'주인님, 그 동안 여러 가지로 신세가 많았습니다. 제가 앞으로 한 닷새쯤만 더 있어드리겠으니 그 동안에 다른 식모를 하나 구해주십시오. 그만둘 때는 언제나 사람을 구할 여유를 주어야 하니까 그렇게 말해야 된다. 그러면 필경 주인이,

'왜 우리집에서 나가려 하느냐?

고 물을 것이다. 그때엔 이렇게 말하여라.

'저에게는 고향에 늙으신 부모님들이 계시며 동생이 하나 있습니다. 부모님들의 환갑이 곧 되시는데 제가 맏딸이면서 아무 준비도 없이 부모님들의 그 환갑을 맞게 되었습니다. 고향에 내려가 무슨 장사라도 하여 그날 진지라도 따뜻이 해드려야겠고 또 내년에 동생이 국민학교를 졸업하는데 중학교에 보내려면 돈을 벌어야만 합니다. 그래서 부득이 고향에 내려가야겠습니다.' 라고 말이다. 그러면 필경 그쪽에서 무슨 얘기가 있을 것이다. 월급을 네가 원하는 오천 원 이상 줄 테니 그냥 있어라 하거든 눌러 있고, 그런 얘기가 없거든 나한테로 다시 오너라. 그럼 그때엔 오천 원보다 더 받을 수 있는 데를 소개해주겠다. 알겠느냐?"

"네."

"내가 가르쳐준 대로 하되, 한 가지라도 빠뜨려서는 안 된다."

"네."

"힘이 들어 못 할 성싶거든 못 하겠다구 지금 아주 말해."

230

"아녀요. 할 수 있어요. 그런 염려는 마세요."

이렇게 하여 그녀는 그 집으로 다시 돌아갔다.

그리고 육 개월이 지났다.

그 육 개월이 지난 마지막 날 김 장로는 하루 종일 문간에 귀를 기울이고 있었다. 그가 가르쳐준 대로 하고 주인의 반응이 없거든 정숙이를 오라 하였기 때문이었다.

그러나 그날 정숙이로부터는 아무런 소식이 없고 그 다음날도 그 다음날도 그 며칠 후가 되도록 여전 아무 소식이 없었다.

그로부터 다시 육 개월쯤(그러니까 그녀가 다녀간 후로부터 일 년쯤)이 지난 어느 날 김 장로는 서울 시내에 볼 일이 있어 나갔다가 거리에서 우연히 그 정숙이를 만났다.

김 장로도 반가웠지만 정숙이도 어지간히 반가운 듯하였다.

"오마나, 장로님께서 이게 웬일이세요."

저만큼에서 보고 쫓아와 매달리며 그러고는 눈물마저 글썽였다. 전에 없이 그녀의 얼굴색이 환하고 옷치장도 좋았다.

"그 후 어떻게 되었느냐?"

김 장로는 무엇보다 우선 그 말부터 물었다.

"장로님께 감사할 뿐입니다."

그녀의 첫 말이 이 말이었다. 김 장로는 벌써 짐작하고도 남음이 있는 것이었지만 더 자세한 내용을 알고 싶어서,

"그래? 얘기 좀 해봐라."

하고 묻자, 그녀의 대답은 이런 것이었다.

정숙이는 과연 그가 하라는 대로 여섯 달을 그대로 다 하였다. 그리고 여섯 달째의 월급을 두 손으로 공손히 받고 그가 시킨 대로의 즉 부모의 환갑 잔치와 동생의 학교 얘기를 주인에게 하였다.

그러자 주인은 대단히 놀라며 이렇게 말하더라는 것이었다.

"네가 우리 집에서 나가면 우리 집은 어떻게 하라는 거냐? 너희 부모님들의 환갑 잔치가 소원이라면 그건 걱정 말아라. 그리고 네 동생도 서울로 올라오라 하여 네 방에서 함께 자고 학교에 보내도록 하여라. 그

학비는 우리가 다 대주겠다.”
　과연 환갑 잔치는 부모 합동으로 주인 내외가 직접 시골까지 내려가서 성대히 베풀어주었고, 동생도 서울로 올라오게 하여 지금 중학교에 다니고 있으며, 또 그녀 자신은 주인의 알선으로 주인이 경영하는 회사의 사원 하나와 지금 약혼 중에 있다는 것이었다.
　“그래 곧 시집을 가게 되어 그렇게 얼굴이 환하구먼.”
하고 김 장로도 기뻐서 웃음의 말을 하자,
　“아이, 장로님도.”
하고 정숙이는 그 환한 얼굴을 더욱 환하게 붉히며 기뻐하였다.

무너지는 장벽(障壁)

이 얘기는 서울에서 대전까지 가는 기차 안에서 있었던, 고향을 북쪽에다 둔 한 훌륭한 노인의 얘기이지만, 강 노인이라고 부르는 이 노인은 비단 이 기차 안에서 뿐만 아니라 어디에서나 이만한 얘깃거리쯤은 흔하게 만들고 다니는 아주 독특한 개성의 소유자라는 것을 미리 말해두어야겠다.

서울에서도 유수한 건축 자재 회사인 '대성 콘크리트 공업사'의 사장의 자리에 있는 이 노인은 칠십이 가까운 고령의 노인인데도 얼른 보기에는 사, 오십 된 장년으로밖엔 안 보여, 요즘 한참 유행어가 된 '세대교체'란 말이 무색할 만큼으로 외형으로 보이는 건강에 있어서도 어느 젊은 사장보다 나으면 나았지 조금도 못할 것이 없는 그것부터가 다른 노인과는 크게 다른 점이다. 그만큼 그의 체구는 비록 작고 늙었지만 쇠처럼 단단하게 생겼다. 거기에다 피부 빛깔까지 알맞게 참 우리 한국인의 빛깔로 검어서 그런 이름 있는 회사의 사장이라기보다는 양복만 입지 않았다면 그대로 시골 농사꾼의 모습이다. 그러나 조금만 주의해서 보면 그의 눈동자가 다르다. 그런 고령인 노인의 눈동자답지 않게 아직도 유리알처럼 맑고 번개처럼 번득거린다. 역시 어느 회사의 젊은 사장에도 지지 않는 눈동자이다.

그의 음성은 짧고 쇳소리처럼 쨍쨍 울린다. 그의 걸음걸이는 사관 후보생들의 걸음걸이와도 같이 절도가 있고 빠르다.

"노인께서는 어쩌면 그렇게 기운이 좋으십니까?"

하고 누가 그에게 물으면 그는 빙그레 웃으며 예의 그 쇳소리가 나는 음성으로 이렇게 대답한다.

"아마 나는 고향 구경하기 전에는 죽지 않을 거요."

그 말이 맞게 되는지는 모르지만 하여튼 그의 그 눈동자며 음성이며 걸음걸이며는 6·25 때 사십 대의 몸으로 단신 월남하여 맨주먹으로 오늘을 이룬 그의 굳센 의지만은 살아 있는 동상처럼 설명해주고도 남는다.

대부분의 독신 월남인들이 살아 있는 인간의 습성으로 새 가정들을 만들었건만 강 노인은 그 사람들과도 달랐다. 여전 그대로 독신을 고수하며 오직 일 속에만 묻혀 오늘에 이른 것이었다.

이 점에 대해서도 주변의 사람들은 어떻게 그렇게 독신으로 지내느냐고들 매우 의아로워들 하지만 그때마다 그는,

"회사와 공장이 가정이고 벽돌과 기왓장들이 모두 자식들인데 뭘." 할 뿐이다.

그는 오늘날도 새벽 다섯 시에 시계 종소리를 듣고 일어나 밤 열시 이전에는 잠드는 법이 없다.

요즘 흔히 쓰는 말로 '일하는 국회의원' '일하는 장관'이란 말이 있지만, 이 말이 그렇게 함부로 남용되어 쓰이는 말이 아니라면 이 노인 사장인 강 사장이야말로 '일하는 사장'이라 부르면 아마 그 말의 본래의 뜻에 가장 적격으로 맞는 그의 대명사로 족할 것이었다.

그는 예의 그 쨍쨍 울리는 쇳소리로 말하는 것이었다.

"내가 사장이 되기 전의 옛날에는 우리 공장의 공원(工員)들과 인부들이 사용하는 변소가 어느 공중변소보다도 더 더러웠디요. 그러나 지금은 정반대로 어느 일급 호텔의 변소보다도 더 청결하다고 나는 말할 수 있습니다. 사장인 내가 직접 그 변소 청소를 하기 때문이디요."

그는 옛날에 보통학교 2학년 다닌 학력밖에는 없다. 그리하여 학벌이 높은 다른 지식인들처럼 유식한 말은 할 줄 모른다. 그러나 그의 말은 어느 학벌 높은 석·박사의 말보다도 힘이 있다. 자신있는 말밖에는 하지 않기 때문이다.

그 한 예로 다음과 같은 그의 얘기를 들 수 있다.

"지금은 찾아오지 않지만 옛날에는 우리 회사에 신문사나 방송국의 광고부 직원들이 많이 찾아왔습니다. 우리 회사 제품을 광고 내라고 오는 것이디요. 우리 회사의 물건 자체가 광고인데 뭣 때문에 돈 들여서 광골 냅니까? 물건 못쓰게 만드는 사람들이나 광골 내는 거디요. 그 사람들에게 그렇게 말했더니 인제는 그따위 광고 내라고 오지는 않습니다."

이 말이 얼마나 힘이 있는 말인가를 알려면 이 말 끝에 한 마디만 더 물어보면 된다.

"하지만 제품은 사장님이 직접 만드는 게 아니라 공원들이 만드는 게 아닙니까?" 하고.

그러면 아 노인 사장은 벌써 알아듣고 예의 그 독특한 웃음으로 빙그레 웃으며 이렇게 대답한다.

"물론이디요. 그러나 공원들이 물건을 잘 만들 수 있게 하는 것이 사장입니다."

그리고 그는 그것을 직접 보여주기 위하여 질문자를 일단 그의 공장으로 안내한다. 일백여 명의 공원들과 인부들이 혹은 모래를 나르고 혹은 시멘트를 나르고 기와를 만들고 벽돌을 찍고 하나같이 움직이며 열심히 일들을 하고 있는 넓은 공장이다.

그러나 강 노인이 보여주려는 것은 공원들과 인부들이 일하는 모습 그것은 아니다.

그 공장 한옆의 헛간에 여섯 개의 큰 취사용 가마솥이 걸려 있다. 강 노인이 보여주려는 것이 바로 그것인 것이다.

"공원들과 인부들이 합숙을 하나 보지요?"

흔히 이렇게들 묻게 된다.

그러나 노인은 그게 아니라고 예의 빙그레 웃는 그 웃음으로 웃고는 그 솥들의 내력을 설명하는 것이다.

——이 회사는 공원들과 인부들의 품삯을 한 달에 두 번, 보름날과 그믐날로 나누어서 준다. 그런데 그 다음날들, 즉 16일과 1일은 어쩐지

공원들과 인부들의 근무 성적이 좋지 않았다. 아침에 지각하는 사람들이 많고, 시각을 대어 나온 사람들이라 하여도 손에 일감들이 마지못해 잡혀 있고, 일하다 말고 하품들을 해대고 졸고 하는 사람들이 많았다. 이래가지고는 좋은 상품을 만들 수는 없는 것이었다.

강 노인은 즉각 직원을 시켜 그 원인을 조사하였다. 그 원인은 곧 판명되었다. 전날 저녁에 품삯을 받아가지고 집에 돌아가다가 술들을 많이 마시기 때문이었다.

어느 인부의 경우 품삯의 절반이 전날 저녁에 술값으로 없어진다. 이 사람은 밤 열두시가 거의 되어 집에 들어가서 부인과 부부 싸움을 하다가 두시쯤에나 겨우 잠이 든다. 술을 많이 마셨기 때문에 저녁을 굶고 잘 것은 두말할 것도 없다. 다음날 아침에 일어나면 입 안이 깔깔하니 밥맛이 없고 속이 쓰리다. 해장국 집에 가서 해장술이나 한 잔 마시고 공장에 나온다. 이런 사람이 일을 제대로 하지 못 할 것은 두말할 것도 없는 것이다.

아무튼 이것을 알게 된 강 노인은 '선반주(先飯酒)'는 있어도 '후반주(後飯酒)'는 없다는 데에 착안하였다. 강 노인 자신은 술을 마실 줄 모르지만 술 마시는 사람들을 많이 보아왔기 때문에 그것을 알게 된 것이었다.

그는 곧 경리 부장을 불러 명령하였다.

"우리 공장에서 일하는 일꾼들이 한 번에 밥하고 국을 끓여서 먹을 수 있도록 솥을 사다가 걸게. 그리고 품삯 주는 날 저녁에는 쌀과 고기를 사들이게."

이 기막힌 얘기에 질문자는 그만 어안이 벙벙해서 잠시 말문이 막혔다가 겨우 한 마디 묻게 된다.

"그 효과는 과연 백 프로였습니까?"

그에 대해 강 노인은 예의 그 쩌렁쩌렁한 음성으로 이렇게 말한다.

"물론이디요. 배가 부르니 술을 먹을래야 먹을 수가 없디요. 낭비를 않게 되고 저녁 잘 먹고 잠 잘 자고 아침 맛있게 먹으니 첫째 당자의 몸이 건강하게 되고, 둘째는 가정에 화평을 가져다줍니다. 술 때문에 하

던 싸움인데 술 안 먹으니 쌈할 일이 없디오. 몸이 건강하고 가정이 화
평한 사람의 일은 무슨 일을 해도 틀림없습니다.”

각설. 이런 노인이 기차를 탔는데 일, 이, 삼등 중 어느 것을 탈 것이
라는 것은 구태여 말할 필요도 없을 것이리라.

그날도 강 노인이 탄 삼등은 서울역에서 벌써 거의 찬 형편이었다.

강 노인은 마침 자리가 비어 있는 대학생 차림의 젊은 사람이 앉은
그 옆으로 가 앉았다. 나이든 사람보다는 젊은 사람을 더 좋아하는 것도
그의 한 모습이라 할 수 있는 것이었다. 그는 젊은 사람을 ‘나라의 꽃’이
라고 부른다. 이날도 그렇게 생각하며,

“젊은 친군 어디까지 가디요?”

하고 우선 대화를 트기 위하여 그렇게 물었다.

“네, 수원까지 갑니다.”

젊은이는 젊은이답게 얼굴을 붉히며 공손히 대답하였다.

“응, 그래. 학생 같구먼?”

“네, 수원 농대에 다닙니다.”

“수원 농대라……존 학교에 다니는구먼.”

앞자리에는 역시 이 학생과도 일행인 듯한 혈색이 좋은 처녀들 둘이
나란히 앉아 무슨 얘기들인가에 열중해 있었다. 좋은 학교에 다닌다는
강 노인의 말에 세 사람은 잠깐 함께들 얼굴을 맞대고 기쁜 듯이 미소
지었다. 그러나 처녀들은 자기네들끼리의 얘기로 돌아갔다. 양 뺨이 더
위로 약간 상기된 처녀들은 정말로 불타듯 좋은 혈색들이었다. 남학생
만을 고립시켜놓고 둘이는 앞가슴들을 보기좋게 내밀고 즐거운 듯이 속
삭이고들 있었다.

강 노인은 이 젊은이들과 한자리에 앉아 여행하게 된 것이 기뻤다. 여
행이 좋은 것은 이렇게 모르는 사람끼리 우연히 알게 되어 사귀고 얘기
하며 갈 수 있는 것이기 때문이라고도 강 노인은 생각하는 것이었다.

강 노인은 이 젊은이들에게 무슨 얘기를 해주며 갈까로 잠시 생각하
였다. 나이깨나 든 사람으로 젊은이들과 하는 얘기는 단 한 마디라도 교
훈이 될 얘기가 아니면 안 되는 것이었다. 젊은이들에게 무엇으로나 도

움을 못 주는 늙은 사람이란 살아 있을 가치가 없다는 것이 그의 지론이었다.

"젊은이들을 잘 가르칠 수 있는 방법이란 다른 게 없습니다. 결국 어른들 자신을 향상시키면 되는 것입니다."

그는 어디에서나 이런 얘기를 하였다.

언젠가의 일이었다. 이 강 노인이 나가는 교회에서 한 처녀 바이올리니스트를 초청하여 그 연주를 들은 일이 있었다. 나이는 불과 스물대여섯밖에 안 들어 보이는 처녀였지만 바이올린 솜씨는 가히 일급이어서 국내에서는 물론 국외까지도 널리 알려진 사람이라 하였다.

강 노인은 음악을 모른다. 그리하여 그날 그 처녀가 연주한 곡목이 실상 뭔지도 모르지만, 그러나 문외한인 그가 듣건데도 그 조그만 악기에서 흘러나오는 소리며 그녀의 연주하는 몸짓이며가 과연 숨이 막힐 지경으로 절묘한 것이었다.

"진짜 음악은 모르는 사람, 아는 사람 여부없이 누구나 감탄시키는 것입니다."

그때 누군가가 이런 말을 했지만 과연 그 말이 맞는 말인 듯 강 노인은 감탄하였다.

그 연주가 끝난 후 그 처녀와 강 노인을 포함한 교회의 몇 사람과 함께 점심을 먹게 되었다. 그 자리에서 강 노인은 그 처녀에게 물었다.

"처녀 올해 몇 살이나 되오?"

"스물다섯 살입니다."

그 푼수의 나이밖에 안 되어 보이는 대로 처녀는 그렇게 대답하였다.

"나이도 많지 않은데 그렇게 잘하니 그럼 도대체 몇 년이나 걸려 그만큼 하게 된 거디?"

"일곱 살 때부터 했습니다."

"허! 그래요. 그럼 십팔 년 걸렸다는 얘기로구만. 그 동안 학비두 굉장히 많이 들었겠네, 물론 부모님들이 다 대주셨겠디?"

"아버지는 제가 어렸을 때 돌아가시고 어머니만 계십니다."

"그럼 어머니가 그 학비를 죄 대서 공부를 했겠구먼."

"네, 샀바느질루 저를 가르쳐주셨습니다."

"그래? 참 따님의 음악도 훌륭하지만 어머니가 더 훌륭하신 분이시구면. 그런데 처녀에게 한 마디 묻겠는데, 그 바이올린을 어머니 앞에 한 번이나 켜서 들려드린 일 있나?"

하고 강 노인은 물었다. 그 동안 그 처녀에게 얘기를 시킨 목적이 결국 그것을 묻기 위한 것이었음은 두말할 것도 없는 것이다.

"없습니다."

처녀는 아직도 강 노인이 그걸 묻는 의도를 모르는 얼굴로 대답하였다.

강 노인은 일부러 크게 실망한 빛을 처녀에게 보이고 말하였다.

"그렇다면 내가 처녀의 음악을 잘못 들었군. 아까의 음악을 듣고 감탄했으니 말야. 처녀의 음악에는 가장 중요한 것이 빠져 있어. 그 훌륭하게 성공한 음악을 가장 먼저 들어야 할 분이 누구인지 그분한테는 안 들려드리고 왜 엉뚱한 사람들에게만 들려주는 거디? 일생을 처녀를 위하여 희생하신 어머니에게 먼저 들려드려야디."

"어머니는 음악을 잘 모르십니다."

처녀는 얼굴을 붉히고 말하였다.

"그런 소리가 어딨어? 일생을 자네 음악을 위해 바친 어머니가 자네 음악을 몰라? 참 효심으로 들려드려봐, 모르실 건가? 건성으로 들려 드리지 말구. 그래두 어머니가 모르신다면 자네 음악이 가짜인 거야."

"······."

그제는 처녀도 더 말 못하고 홍당무처럼 붉힌 얼굴을 푹 숙여버렸다.

그제야 강 노인은 음성을 부드럽게 하여 타이르듯 말하였다.

"오늘 집에 돌아가거든 즉시 어머니께, 어머니 제 바이올린 한번 들어보세요. 이렇게 말씀드리고 연주해드려요. '낳으실 때 괴로움 다 잊으시고······'라던가 이런 '어머니 노래'를 연주해드려도 좋디 않겠나?"

"네."

"나허구 꼭 약속해야 돼. 그 결과를 나한테 편지해주겠나?"

"네."

과연 그로부터 사흘 후 강 노인은 그 처녀로부터 약속을 이행하였다는 편지를 받은 것이었다.

'우선 이 사람들에게 이 얘기를 들려주는 것으로부터 시작할까? 뭐니 뭐니 해도 사람 되는 근본은 부모에 대한 효도거든. 그게 빠져 있는 사람은 수원 농대에 다녀도 소용없거던.'

강 노인은 생각하며 젊은이들을 둘러보았다.

그런데 이때 갑자기 승객들의 시선이 한 곳으로 쏠렸다. 통로의 출구 쪽에, 보기에도 처참한 한 환자가 들어오고 있기 때문이었다. 하도 말라서 흡사 골격 표본같이 뼈만 남은 젊은 여인 하나가 친정 어머니인 듯한 중년 여인의 어깨에 실리다시피 쓰러질 듯 들어오고 있었다.

모녀는 빈 자리가 없기 때문에 결국 강 노인의 자리 앞에까지 그런 걸음으로 왔다. 강 노인은 본능적으로 자리에서 벌떡 일어나고 옆의 남학생도 거의 동시에 자리에서 일어나 그 두 자리를 모두 환자에게 내주었다.

고맙단 소리는 그 친정 어머니가 하고 환자는 자리에 앉자마자 기운이 없어 상체를 지탱하지 못하고 그대로 그 두 자리의 시트를 모두 차지하고 누워버렸다.

사실인즉은 앞에 앉은 처녀들도 강 노인들보다 그다지 늦지 않게 자리에서들 일어난 것이었다. 약간 늦게 일어났을 뿐이었다.

그녀들은 곧 서 있는 강 노인에게 자리에 앉으라 하였다.

강 노인은 그 호의를 기쁘게 받아들여 한 자리에 앉고 남은 한 자리는 그 처녀들 둘이 불편하게 그러나 사이좋게 한 덩어리가 되어 앉았다. 남학생만 서게 된 셈이었다.

친정 어머니는 누워 있는 딸의 머리밑에 들고 온 작은 보따리를 베어주고 뻗은 다리의 치마를 바로 여며주고는 그 발치께에 충분치는 못 하나마 걸뜨리고 앉을 만한 자리가 비어 있는데도 자리를 내어준 젊은이들이 미안해서 앉지를 못하였다.

"그리루 앉으시오."

강 노인이 그래서야 그녀는 마지못한 듯이 딸의 다리를 몸으로 가리며 걸터앉았다.

서울로 시집보낸 딸이 중병에 걸려 시골 친정으로 죽으러 가는 게로구나, 하고 강 노인은 그 나름대로 추측하였다.

환자의 증세로 보아 역까지는 택시로 왔다 하더라도 택시에서 내린 이후 이 기차에까지 오는데만도 친정 어머니의 부축 정도로는 어려웠을 건데 어떻게 온 것인지 알 수가 없는 일이었다.

회복할 가망이 없자 무정한 남편은 아내를 고치기를 단념하고 버린 모양이란 생각이 들어 강 노인은 사람 같지 않은 그 남편의 상판을 눈앞에 환히 그려보고는 속으로 혀를 찼다.

혹 엊저녁에 장모와 사위와 대판 싸움이라도 벌이고는 죽어도 집에 가 죽자, 하고 장모가 딸을 데리고 나선 것인지도 모를 일이다.

강 노인은 환자를 위해서 자리를 내어줬을 뿐 아니라, 친정 어머니와는 무릎을 맞대고 앉은 터라 궁금한 것을 물어볼 수도 있는 것이지만 그 어머니와 환자를 위하는 일이 아닐 것 같아 잠자코 앉아 있었다.

이윽고 구내에 설치한 벨에서 출발 신호가 길게 울리며 기차가 움직이기 시작하였다.

그러자 그 동안 딱 감은 움푹 패인 눈을 한 팔로 가리고 누워 있던 환자가 갑자기 팔을 턱 아래로 내리며 힘겹게 그 움푹 패인 눈을 뜨더니 차 안을 빙 둘러보았다. 통로가 사람으로 꽉 차 있는 것을 환자는 보는 모양이었다.

그런데 그 다음 순간 기이한 일이 일어났다. 그렇듯 시신처럼 축 늘어져 누워 있던 환자가 어디에서 그런 엄청난 힘이 솟는 건지 별안간에 벌떡 몸을 일으켜 앉은 것이었다.

"어머이, 대전에서 워떻게 차를 갈어탄대유?"

환자는 겨우 들을 수 있는 가느단 기운없는 소리로 그 어머니에게 묻는 것이었다.

그러나 그녀는 그 어머니의 대답을 듣기도 전에 힘없이 눈을 도로 감아버렸다. 그 감은 눈에서는 소리없이 눈물이 흘러내렸다.

그제야 강 노인은 환자가 몸을 일으켜 앉은 그 힘의 용솟음이 무엇인지 어렴풋이나마 알아지는 것 같았다. 힘이 모자라는 어머니 대신에 힘이 센 남편이 마지막 길이나마 동행해줄 수 있었던들 여인은 얼마나 위로가 되었을까? 대전에 가 차를 갈아탈 걱정 같은 건 안 해도 되었을 것이 아닌가? 바로 그것인 것이었다.

강 노인은 그 무정한 미지의 남편을 거듭 속으로 나무라며,

"어디까지 가시는데 그럽니까?"

묻지 않을 수가 없어서 그 친정 어머니에게 물었다.

"연산(連山)까지 가느만유."

하고 대답하는 그 여자 역시 곧 눈물이 쏟아질 것 같은 얼굴이었다.

"그럼 호남선으로 갈아타야겠습니다."

이 차는 부산으로 가는 차였다.

"얘!"

여인은 기어이 치마 끝을 눈으로 가져갔다.

환자가 눈물로 젖은 그 움푹 패인 눈을 다시 뜨고 강 노인을 쳐다보았다. 강 노인은 그 환자에게 말하였다.

"내가 책임지고 그 차를 갈아태워드릴 테니 걱정마십시오. 그럼 됐디요?"

"······."

환자는 말없이 머리를 떨어뜨렸다.

"걱정 말고 어서 누우시오."

그제야 환자는 안심이 되는 듯 스르르 눈을 감으며 의자에 누웠다. 누운 그녀의 눈에서는 또 다시 빗물 같은 눈물이 흘러내려 의자를 적셨다.

강 노인은 그 여인에게서 이북에 두고 온 그의 딸을 보았다. 이 여인은 그의 딸보다도 오히려 몇 살쯤 더 아래일 것 같았다. 딸이 어디로 시집을 갔는지는 모른다. 이 여인처럼 멀리 시집을 가서 중병을 앓게 된 모습이 보였다. 그래서 그 남편이 이 여인의 남편처럼 딸을 고치기를 단념하고 버린 것이 보였다. 늙은 아내가 지금 이 여인의 친정 어머니처럼 그 딸을 기차에 태워 집에 돌아오고 있다. 딸은 도중에 차를 갈아탈 걱

정 때문에 눈물을 흘려 기차의 시트를 적시고 있는 것이었다.

강 노인은 눈시울이 화끈하여지려는 것을 참느라 바깥 경치를 보고 싶은 듯한 여수(旅愁)의 표정을 갑자기 꾸미며 창 밖으로 시선을 돌렸다.

차가 역에 설 때마다 내리는 사람은 없고 타는 사람만 있는 빛이었다. 수원에서 그 남녀 학생들을 비롯하여 그 밖에도 몇 사람인가 더 내렸지만 역시 타는 사람이 더 많았다.

그러나 수원에서는 환자의 친정 어머니를 여학생들이 앉았던 자리에 앉히므로 그녀와 환자를 조금씩은 더 편안하게 해줄 수가 있었다.

차가 천안을 지나 오정때가 가까워지면서 바깥 날씨는 매우 더운 날씨가 되어가는가 보았다. 열어놓은 차창으로 들어오는 바람마저 후덥지근하고 연도의 나뭇잎들도 사람들도 모두 축 늘어졌다.

차내의 어디에선가 트랜지스터에서 여자 아나운서의 유려한 목소리로 뉴스가 흘러나오고 있었다. 마침 평양에서 열리고 있는 '제7차 남북 적십자 회담' 내용을 소개하고 있는 중이었다.

만날 들어야 만날 같은 소리밖에는 들을 수 없는 것이지만 그런데도 강 노인은 그 소리라면 듣게 되는 것이었다.

이쪽 대표가 '추석 성묘 방문단'이라는 것을 만들어 상호 방문케 할 것을 저쪽에다 제의했다는 얘기였다.

강 노인의 귀는 본능적으로 쫑긋 일어섰다. 곧 트랜지스터에서는 여자 아나운서의 소개가 끝나고 이쪽 대표의 육성이 직접 흘러나왔다.

"……해마다 추석 명절이 되면 땀 흘려 거두어들인 햇곡식으로 조상에 제사를 드리는 것은 우리 겨레의 아름다운 전통입니다. 그러나 불행하게도 우리 자손들은 조상의 묘를 북에 또는 남에 두어 오랫동안 조상을 추모하는 정마저도 바치지 못하고 있습니다. 이 자손들에게 성묘를 할 수 있도록 하는 것은 오늘의 현실에 가장 알맞은 민족적 양심을 발휘하는 길이라고 본인은 확신합니다. 성묘뿐이 아니라 오랫동안 헤어졌던 가족들과 친척들도 만나서 재회의 기쁨도 아울러 나눌 수 있게 될 것입니다……"

강 노인의 눈앞에는 어느 사인지도 모르게 북쪽에 있는 삼십 년 전의 고향 산천이 그대로 펼쳐졌다.

마을어귀에 청천강(淸川江)의 상류와 연결되는 수문이 있고 그 옆에는 늙은 정자나무가 푸른 가지로 원개(圓蓋)를 이루고 서 있다. 읍내 장에 갔다올 때면 누구나 이 정자나무 밑에서 잠시 땀을 들이고 간다. 그 정자나무는 큰 뿌리들이 모두 땅 위로 드러나서 어디나 걸터앉으면 쉴 만한 의자가 된다.

마을과 이 정자나무 사이에 바람재라고 하는 작은 재빼기가 하나 있다. 그 재빼기에 올라서면 마을이 바로 발 밑으로 보이고 너른 평야가 멀리 적유산(狄踰山) 밑을 감돌아 흐르는 청천강까지 펼쳐져 나간다. 그 푸른 들을 스쳐 불어오는 시원한 한 떨기의 바람이 이마에 맺힌 땀 방울들을 말려준다.

멀리 들가운데 '시거리' 주막이 그 마당 끝에 서 있는 키다리 중나무와 함께 흡사 바다 가운데 작은 섬처럼 외롭게 떨어져 있다. 마을에서 그곳까지 이어주는 가느다란 논두렁 길, 마을의 집과 집들을 연결시키는 나무뿌리처럼 뻗은 작은 골목길들, 집집마다 울타리 밖에 붙은 채전 뙈기들, 온 마을이 함께 먹는 샘, 그 샘을 덮은 늙은 향나무, 그 샘 밑에 있는 미나릿강들이 그의 눈에는 그대로 보이는 것이었다. 그 샘 둑을 위로 삥 돌아서 뽕나무밭 사잇길로 걸어들어가 한 집에 이르자 급기야 그의 추억은 절정에 이른다. 대문은 오래 묵어서 비바람에도 쓰러질 듯하였다. 비록 낡았지만 선대의 손때가 묻어서 반들반들 윤이 나는 문턱이며, 대청이며, 사랑방의 시원함이며, 그 활기를 띠게 하는 아내와 자식들의 목소리며로 가득찬 이 집에 그는 가장이 되어 있는 것이었다.

늑장을 부린 차는 서울에서 떠난 지 네 시간도 더 걸려서야 대전에 닿았다.

강 노인이 대전이라는 것을 알리자 환자는 그 어머니의 부축을 받으며 일어났다.

그런데 이날따라 대전에서도 차내의 통로에 밀집한 사람은 줄지 않았다. 이곳에서도 역시 내리는 사람은 별로 없고 타는 사람만 많았다.

　시트의 등받이에 머리를 기대고 힘겹게 앉아 있는 환자도 걱정스러운 눈으로 통로를 보고 있었다.

　이윽고 강 노인은 환자를 업을 준비를 하고 자리에서 일어났다.

　"부인은 이 가방을 좀 드시고 뒤에 따라 나오시오."

　그는 자기 손가방을 환자의 어머니에게 주며 그렇게 이르고는,

　"자, 나에게 업히시오."

하고 곧 환자 앞에 등을 돌려대었다.

　환자의 어머니에게 준 그 손가방에는 그런데에 넣어가지고 가야만 될 만큼으로 적지 않은 돈이 들어 있었다. 사람의 밀집 속에서 부인이 돈가방을 잘못 들고 나오다가 차 안에서 흔한 '쓰리'를 당할 우려가 없지도 않은 것이었지만 이 마당에서는 돈이 그렇게 중한 것이 아니라는 것으로 돈이야 잃으면 또 벌면 된다는 것으로 그 생각을 눌러버렸다. 그리하여 강 노인은,

　"어서 업혀요."

하고 등뒤에 소리쳐 거듭 재촉하였다.

　그러나 환자는,

　"미안혀서 워떻게 업혀유, 아저씨?"

　그런 소리를 하며 냉큼 업혀오지를 않았다.

　강 노인은 부득이 잠깐 허리를 펴고 환자를 돌아다보았다. 그리고 저만큼에 있는 사람들까지도 모두들 들을 만큼 큰 소리(예의 그 쨍쨍 울리는 쇳소리)로 말하였다.

　"내 말소리로 알았겠디만 나는 이북이 고향인 사람이오. 고향에 당신보다도 더 나이가 많은 딸이 있소. 그 딸이 아파서 당신처럼 차에서 내릴 수가 없으면 누군가가 나처럼 이렇게 업혀서 내려줄 게 아니오 어서 염려 말고 내 등에 업히시오 내 비록 늙었지만 지금도 웬만한 젊은 사람하고 팔씨름을 해서 디디 않는 사람이오."

　그제야 환자는 마지못한 듯이 강 노인의 등에 업혔다.

　그러나 강 노인의 그 말은 비단 환자를 업는 데만 효과를 낸 것은 아니었다. 그렇게도 사람으로 빽빽한 통로가, 저 사람들을 어떻게 뚫고 나

갈까 하고 걱정이 되던 그 통로가 일시에 그만 어느 훌륭한 사람의 행
차 길보다도 더 훤히 트여버린 것이었다.

그 많은 사람들이 혹은 시렁에 매달리기도 하고 혹은 의자 사이에 끼
여들기도 하며 강 노인이 환자를 업고 나갈 길을 만들어준 것이었다.

"허 참, 동포애라는 말을 말로는 많이 들어봤지만 실제로 눈으로 보기
는 첨이군."

"오천만 동포가 모두 저런다면 철의 장벽인들 안 뚫리겠어?"

강 노인은 등뒤로 이런 말소리들을 들으며 마치 아버지가 딸을 업듯
따뜻하게 그 환자를 업고 거칠 것 없이 훤히 트인 통로를 걸어 차에서
나왔다.

여인을 업은 강 노인이 내려선 역 구내의 플랫폼은 들이비친 밝은 볕
이 쫙 깔려 있었다.

——1973년

대마실 노인의 따뜻한 날

밥이라고 고양이 밥보다 더 많다 할 것이 없었다. 거기에 찬이라는 것은 포기는 저희들이 먹느라 눈 씻고 볼래야 그 가드락 하나 없이 주둥이와 시퍼런 끝잎만을 골라 썰어놓은 배추짠지 한 가지였다. 대마실 노인이 나이 들고 중풍까지 들어서 손발로 일을 못 하게 되자부터 마누라가 주는 끼니라는 것이 그런 모양새였다.

비록 늙고 중풍은 들어서 몸을 놀려 일을 못 하게 되었을 망정 젊었을 때엔 황소같이 일을 하고 먹던 식성이던지라 아직도 창자만은 삼시에 밥 한 그릇씩을 마다할 그것이 아니었다. 그래 노인은 몸의 불편은 둘째로 하고 젤로 배가 고프고 허기가 져서 못 견디겠는 것이었다.

그나마도 차차로 양을 더 줄여가는 모양인가 이날의 저녁이란 것은 더구나 먹은 둥 만 둥의 것이었다. 밥그릇을 핥듯이 씻어 내놓은 대마실 노인은 나는 감질을 누를 수가 없어 상 위에 떨어진 밥풀까지 모두 주워다 입에 넣고 남은 짠지 몇 가드락까지 숟갈로 멀국 아울러 싹싹 긁어다 입에 넣고 하며 몇 번을 망설이던 끝에였다. 성한 한 팔과 엉덩이로 뭉기적뭉기적 문 앞으로 기어가 그 문을 열었다. 마주 건너다보이는 부엌에다 대고 그 안에 있는 며느리에게,

"아가아, 나 밥 밥 남응 거 있걸랑 조맨치만 더 돌라 응?"

안방 마누라가 들을까봐 되도록 작은 떨리는 소리로 애원하듯 그랬다. 그러나 며느리는 들었는지 못 들었는지, 들었대도 별수야 없겠지만 그저 그러고 있고, 아니나 다를까 그때 안방문이 털썩 열리며 대마실 노

인보다 훨씬 젊어 머리가 검고 살림꾼으로 손발이 날쌘 듯싶은 말상을 한 작은 눈의 마누라가 문줄을 한 손에 잡은 채로 얼굴을 문 밖으로 내놓더니,

"밥이 어딨어? 갖다 주지마." 하고 쨍 울렸다. "먹구 앉었는 주제에 그만치씩 먹었으믄 됐지 밥 쳐죽이는 귀신잉가? 밥을 더 갖다 줬다봐라."

마누라의 그 냉혹에 대마실 노인은 두말 못 하고 풀이 죽어 푹 머리를 떨어뜨려버렸다. 하릴없이 문을 도로 닫는 수밖에 없는데 손과 발이 제대로 말을 듣지 않아 하마터면 문턱 너머 뜰로 곤두박질할 뻔한 것을 간신히 어떻게 무사하긴 하였으나 여전 도끼눈으로 쏘아보고 있던 마누라의 말썽을 그나마 노인은 또 사고 말았다.

"비싼 곡가에 아깐 양슥만 쳐죽이구 앉아 있지 말구 제발 죽어버려. 쥐약이라두 먹구 죽어버리란 말여. 나이가 여든이믄 곰팡날 만큼두 살었잖어? 그 빙신 꼬라지 영 뵈기 싫응게 오늘 저녁이라두 제발 슬그머니 죽어버려." 하고 마누라는 가래침을 돋우어 뜰팡에다 퉤 내뱉고는 에잇! 소리와 함께 문줄을 잡아다려 텅하고 문을 닫아버렸다.

노인은 지짐지짐 갓이 무른 작은 눈을 깜빡이며 문을 도로 닫고 말았지만 그 눈에는 생전 처음으로 눈물이 괴었다. 감질도 시장기도 일거에 간 데 없이 사라져버리고 대신 뭐라 말할 수 없는 괴로움이 그의 전신에 밀물처럼 엄습하여왔다. 아내의 그 독하고 차디찬 성미를 어찌할 수가 없음을 그는 잘 알고 있었기 때문이었다.

"몸이나 성혀야 죽을 디를 찾어 워디나 먼디로 가버리지? 겡기도 워딩가 헌디는 양로원이라등가 허는 디두 있다드만서두 영서 아들 종구가 그렸지?"

대마실 노인은 눈을 감고 기운없는 한숨을 내쉬었다.

아주 못 걷는 몸은 아니었다. 한쪽 다리를 끌지만 지팡이를 짚고 걷기는 걷는다. 그러나 멀리 죽을 데를 찾아갈 만큼은 그런 몸으로는 부족하므로 하는 탄식인 것이었다.

방 안도 썰렁하였다. 외풍이야 방을 고치기 전에는 어찌할 수 없는 것이라 한다치더라도 방바닥이나 좀 뜻뜻하였으면 좋겠는 것이었다. 하루

에 짚 두 뭇만 때면 되는 방이다. 그걸 아직 노인 스스로의 손으로 못 뗄 바 아니지만, 그래서 직접 때려 한 일까지도 있었지만, 채짚 낟 끝에 불도 붙기 전에 그 독한 아내한테 송두리째 짚뭇을 빼앗기고 만 것이었다.

"어제 낮에 이 솥이다 시라구 삶었단 말여. 짚은 왜 갖다 때? 바치기루 헌 짚인 줄 번연히 알믄서 말여."

그가 일을 못 하게 되었으니 명년 농사 때는 불가불 일꾼 하나를 더 두지 않을 수 없다는 것, 짚은 아꼈다 바쳐서 그 일꾼의 새경을 보태주어야 겠다는 것이 마누라의 조리가 분명한 말이던 것이었다.

그 말이야 옳은 말이지. 일꾼들의 새경을 쌀로만 퍼내주다가는 판이 나지. 농사 지나 마나지——그때 대마실 노인은 그런 생각으로 마누라의 말이 오히려 옳다고 내심 정직하게 수긍했던 것이다.

그러나 내내 사랑방 솥에다 쑤던 쇠죽을 안방 솥에다 쑤는 것은 그렇다 하더라도 그 안방 솥에다 때는 뭐라도 사랑방 아궁에다도 좀은 때게 하여줬으면 하는 것이 그의 가망이 없지만 간절한 바람인 것이었다.

그는 물린 빈 밥상을 물끄러미 바라다보았다. 그러자 더욱 춥고 허기가 져오는 듯싶었다.

앞으로 얼마를 더 살게 될지는 모르지만 그 기간이 단 며칠간이라 하더라도 이러고야 살 수 있나 싶을 때 대마실 노인은 앞이 캄캄한 듯하였다. 그러나 한편으로는 모든 것이, 허기지고 춥고 한 것, 그리고 마누라가 자기에게 하는 것까지도 포함하여 모두가 다 당연한 것이라고는 생각하는 것이었다. 사람도 짐승도 늙으면 죽게 마련 아닌가? 어찌 사람 짐승뿐인가? 나무도 고목이 되면 말라 비틀어져서 뗄감으로밖엔 쓰지 못 한다는 이치에 그는 머리가 돌아갔기 때문이었다.

그는 우선 추운 몸을 이불 속에다 눕혀야겠다는 생각으로 거북하게 이부자리를 잡아당겼다.

그러다가 문득 미친 생각이 있었다.

"오늘이 보름이재? 달이 밝겄재. 뒤주골에나 갔다오야겠구만."

그거였다. '뒤주골'이란 그의 재종 아우뻘 되는 영서 영감네 집을 이름이다. 아우라고는 하여도 그쪽도 늙은 사람이라 말동무로도 좋고 또 거기는 방도 따뜻하겠지만 무엇보다 오늘은 그 아들 종구에게 언젠가 그가 말하던 그 양로원이라든가를 다시 한 번 확실하게 물어보자 싶어 해낸 생각이었다.

대마실 노인은 머리치에 벗어놓은 남바위를 집어 쓰고 벽에 손을 짚고 힘겹게 일어나 거기 걸린 오버코트(아들이 군에 갔다 나올 때 입고 와서 대마실 노인에게 물려준, 입으면 거의 땅에 끌릴 듯 싶은 군대 물건인데 그나마 그 아들이 제대한 지가 벌써 칠 년쨴가 팔 년째가 되니 알만한 물건, 겨울에 달구지꾼들이 흔히 입는 거라면 알기에 쉬운 그런 것을 벗겨 입었다. 역시 벽에 손을 짚은 채로 한 발을 끌고 쩔뚝거리며 돌아서 뒷문을 열고 툇마루로 나와 거기 툇마루 끝 오줌독 옆에 빗겨 세워놓은 지팡이를 집어 짚고 간신히 중문지방을 넘어서 밖으로 나왔다.

바깥은 깡하니 얼어붙어 살갗이 아린 날씨에 어스레한 황혼이 깃들고 있었다. 대마실 노인은 자기 집 돌담장을 끼고 느릿느릿 성한 한 발과 지팡이를 번갈아 옮겨 걸었다. 팔 하나는 축 늘어져 덜렁거리고 왼발을 지르르 끌며 거기에 도롱이 같은 외투까지 땅에 끌릴 듯이 길고 커서 꾸벅거리며 걸어가는 그 모습은 이 황량하고 으스스한 날씨에도 어울리는, 문자 그대로 집없는 늙은 천사라고나 할 그런 모습이었다.

지금 저녁때가 되어 서녘 하늘에 놀빛이 붉고 그 빛을 받아 불그스름하게 건너다 보이는, 그의 손으로 갈고 일구던 넓은 전답들만이 그 한평생을 보내온 지난날을 그에게 생각하게 하여주고 있었다. 멀리 환영(幻影)과도 같이 반월을 그린 안산(案山)의 수목들은 하늘에 타는 놀을 배경으로 하여 꺼멓게 부각되고 그 바로 산 밑에 물을 잡아둔 둠벙배미에서는 마을 아이들이 얼음지치기들을 하고 있었다. 그것을 바라다보는 노인은 어린 시절의 일들과 그보다 먼저 저 세상으로 간 사람들, 그 상여와 만장들을 생각하였다. 놀에 물들은 뭉게구름은 한 떼의 소들처럼 보이고 쟁기를 끄는 한 마리의 소처럼도 보였다. 쟁기질이야 마을에서 아무도 그를 따르지 못하였다는 생각, 마을에서 이십 리가 넘는 도로매까지 탯가(운임을 받고 하는 볏섬 등짐)를 져 나를 때 되재골재 고개에서 한 번 쉬고는 내쳐 뻗쳤던 기억도 그에게는 있었다. 쟁기질과 기운뿐인가?——부지런두 나를 댈 사람야 없었지, 하고 그는 생각하였다.

미처 날이 밝지를 않아 방문 앞에 기다리고 앉았다가 문살이 드러나면 나가 일을 하고 달이 밝은 밤에도 들에 나가 모를 찌고, 심고, 벼를 베고 하던 그였으니 날 수밖에 없는 생각들인 것이다.

뒤주골 영서 영감네 집까지는 성한 사람이라면 담배 두어 대 전 길에 불과한 거리건만 원체가 느린 걸음인 대마실 노인의 걸음으로는 그런 거리가 아니었다. 반도 못 갔는데 어느덧 서녘 하늘의 놀도 사라지고 대신 앞산마루에 은빛으로 빛나는 달이 떠올랐다. 온 마을이 반짝이는 어스름에 싸일 무렵에야 겨우 그는 그 영서 영감네 대문간에 이르렀다. 전 같으면 점잖게 헛기침을 하고 들어가는 것이 상례지만 그런저런 기운도 없어 그대로 쩔뚝거리고 대문 안에 들어서려는 참,

"오매 아저씨 오시어유?"

앞에 바짝 다가와서 인사를 하고 그의 한 팔을 부축하는 사람이 있었다.

대마실 노인은 주춤 서며 남바위 속으로 찌짐찌짐한 눈을 뜨고 살펴보았다. 이 집 며느리 종구 아내였다.

"웅! 너냐아?"

원래 자기네 며느리도 그만 못 한 바 아니었지만 요즘에 와서 마누라한테 꽉 쥐어서인지 자기에게 섭하게 한다 싶은 데 비하여 언제나 한결같이 어른에게 공손하고 인사성 밝고 상냥한 종구댁을 볼 때마다 대마실 노인은 누구보다 그 며느리를 데리고 있는 재종 아우가 한없이 부러워 눈물이 날 듯 싶은 것이었다.

비단 대마실 노인한테뿐 아니라 사실 종구댁은 누구에게나 칭찬을 받는 사람이기도 하지만 이 불쌍한 시재당숙(媤再堂叔) 어른에게는 더욱 마음으로나마 각별한 그녀이기도 한 것이었다.

지금도 그녀는 밥티며 찬찌꺼기며 등이 많이 섞인 저녁 설거지 물을

바깥 구정물 통에다 부으러 나왔다가 걸음이 불편한 시재당숙 어른이 오고 있는 것을 보고 미처 붓기도 전의 개숫물 통을 그대로 땅바닥에 놓고는 얼른 쫓아가서 인사를 하고 그를 부축한 것이었다.

"어서 들어가시어유, 아저씨."

"웅, 그려어."

대마실 노인은 부축을 받고 흐뭇하니 대문 안에 들어서며,

"종구 핵교에서 왔냐?"

물었다. 읍내 국민학교에서 교편을 잡고 있기 때문에 그 퇴근 여부를 묻는 말이었다.

"얘! 집에 있어유."

"웅, 개보구 물어볼 말이 좀 있어서어."

"그러셔유? 그런 일이시믄 낼 아침이 오셔두 되는디 그러셨어유? 이 춘 밤에 오시느라구유?"

"무얼, 달두 밝구 느이 아버지허구 얘기두 허고 놀라 갈라구 왔다아."

이런 노인네가 귀가 밝은 건 섭섭한 말이나 더 듣게 될 뿐 하나도 복일 것이 없다고들 동네에서 할 만큼으로 귀가 밝은 노인이긴 하지만 그러나 흔히 노인에게 하는 버릇으로 종구 아내의 음성이 다소 커졌던 모양이어서 영서 영감 내외가 있는 안방문이 덜썩 열리며,

"아이구우 날두 춘디 서방님 오시네유."

이 집 안주인인 종구 어매가 마치 온 집안 식구들에게 알리기나 하는 것처럼 외치며 마루로 뛰어나와서는,

"서방님 어서 들어오시유. 날이 춰유."

며느리 못지않게 따스한 품으로 그랬다.

이어 되창문이 열리며 영서 영감이,

"성님 넘오세유. 어서 들오시유."

하여 대마실 노인은 곧 안방으로 안내되었다. 남바위와 외투를 재종수(再從嫂)가 직접 벗겨 아랫목에 앉히니 대마실 노인은 방바닥이 뜻뜻한 것만으로도 우선 살 듯 싶은 얼굴이 되었다.

그런 중에 자기에게 물어볼 얘기가 있어 늙고 몸이 부자유한 재당숙

께서 이 추운 저녁에 오셨다는 말을 아내한테 듣고 종구가 사랑에서 안
방으로 건너왔다.
　"아저씨 넘오셨어유?"
하고 그가 정중히 인사를 하자 대마실 노인은 눈을 들어 보고 반색하
며,
　"응 너에게 물어볼 말두 좀 있구 혀서 왔다."
하였다.
　"무슨 말씀이신지유?"
　"너 접때 말혔쟈? 저 양로원이라는 것 말이다. 그게 겡기도 워디에 있
다구 그렸쟈? 그 있는 디 좀 종이에다 적어도가."
　먼젓번에 어쩌다 그 양로원 얘기를 하자 재당숙께서 듣고는 가고 싶
다고 시종 그 타령이던 것이 종구는 생각이 나고, 또 요즘 마나님의 구
박이 버쩍 더 심하다는 소문도 들은지라 속으로 참 별 노인들도 다 있
다고 웃음을 참으며, 알면서도 우정,
　"건 뭣 하실라구 그러셔유?"
하고 물어보았다.
　"응, 봐서 한번 찾어가볼라구 그런다."
하고 노인은 겸연쩍은 듯이 말하였다.
　"원 아저씨두 집 두시구 뭣하러 그런 디는 찾아가보신다구 그러세
유?"
하고 종구가 웃자 영서 영감 부처도 서로 자기네들끼리 쳐다보고 웃었
다.
　"참 성님두, 마나님 아들 며느리가 눈 멀뚱이들 뜨고 있는디 워딜가
봐유 가보긴?"
　영서 영감이 거듭 그러니까,
　"있으면 뭘혀? 내 몸 성혔을 때 말이지 죄다 쇠용 없어."
　대마실 노인은 기운없이 머리를 흔들며 그랬다.
　"아 왜 성님은 말두 못 혀유? 큰소릴 좀 쳐유. 이것들아 그럴 수가 있
느냐구유."

"인잔 그럴 기운두 없구우 그런다구 들을 사람들두 아니구우 그저 어서 죽어야 헐 텐디 워디 그게 맘대루 죽어져야지? 지수씨 나 땃땃헌 숭님(숭늉)이나 있거던 한 그릇 주실러유."

노인의 그 말은, 더구나 따뜻한 숭늉이나 한 그릇 달라는 그 끝엣말은 사뭇 처량하게 울렸다.

"얘!"

대답하고 종구 어매는 냉큼 몸을 일으키려다 눈치를 채고,

"서방님 아직 저녁 진지 안 잡수셨는가유? 먹던 밥이지만 좀 채려다드릴까유?"

하여 보았다.

그러자 대마실 노인은 얼굴빛만은 금시에 귀가 번쩍 띄는 그런 것이면서도 필요 이상으로 손을 내저으며,

"아아녀유. 그만둬유, 지수씨. 저녁 먹었어유."

하였다.

"잡수셨어두 션찮게 잡수셨거든 찬은 없지만 차려다드릴게 염려말구 잡수세유."

종구 어매는 상대편이 면구하지 않도록 억지처럼 그렇게 말하고 냉큼 부엌으로 나갔다.

부엌으로 나와 종구 어매는 이제 막 설거지를 끝내고 들어가려는 며느리에게,

"얘야, 찬밥 남은 것 솥에다 깔구 불 한 부석 느서 저녁 한 상 채려야겠다."

하고 미안한 듯이 말하였다.

"왜 아저씨 저녁 안 잡수셨대유? 어머님."

하고 며느리는 앞치마 끈을 고쳐 매며 물었다.

"잡쉈다구는 허시드만서두 잡수나마나 뻔하지 않니?"

"차암 그 으른두 큰일이시구먼유. 부잣집 영감님이 말예유."

"왜 아니라냐?"

며느리는 곧 솥뚜껑을 열고 남은 밥을 갖다 까는 둥 부지런히 손을

254

놀리기 시작하였다.

시어머니도 함께 거들어 아궁이에 불을 지피며,

"그 성님이 아주 부독사 겉은 여자다. 젊어서부터 밥 한 사발 가지구 벌벌 떤 사람이여. 그렇게 잘 살았어두 얻어먹는 사람들 그 집에 가 밥 한 술 못 얻어먹었다면 말 다 혔잖니?"

"그 으른 주모(규모)두 주모지만 일두 참 억시게 허는 양반이드만유. 그런 부잣집 마나님이 지금두 똥지게를 다 지구 댕기니 말유."

"주모허구 일밖에는 모르는 사람여. 사람이 늙어서 일 못 허구 공밥 먹게 생기믄 죽어야 헌다는 게 그 성님 말이란다."

"그려서 굶어 돌아가시라구 아저씨에게두 밥 안 드리는가 보쥬?"

"그렇잖구, 그럼."

"참 무선 양반이구만유."

"말두 말아."

한편 방에서는,

"성님두 참 답답헌 양반유. 왜 집에 양식 그척 싸두구서는 굶구는 댕겨유? 그 재산 다 누가 모였간디. 성님이 똥덩이를 싸가지구 댕기며 모인 재산 아뉴?(그건 사실이었다. 어디에 갔다가도 뒤가 마려우면 흙을 긁어 모아놓고 거기에 누워 아주까리잎이나 호박잎에 사서 지푸라기로 동여 매어가지고 집에 와서 액비통이나 잿모닥에 버리던 노인이었다) 양로원 엔 왜 가유. 양로원두 의지가지헐 데 없는 늙은이들이나 들어가는 곳이 지 성님처럼 마누라 자식 있구 재산있는 사람은 들어가지두 못 혀유. 숫제 그느무 재산 몽땅 팔어개지구 양로원을 하나 맨드슈. 그럼 될 거 아 뉴? 그럼 성님은 거기서 아주 대접받구 편히 잘 있을 거 아뉴? 재산이 아직은 성님 명의루다 있응게 숫제 그렇게 혀유. 내라두 나서서 팔어드 릴 텡게 말유."

영서 영감의 격한 소리에,

"그만두게. 다 제들 먹구 살으라구 장만혀논 전답인디 나 혼자 대접받 구 편히 지내겠다구 그걸 다 팔어서 양로원잉가를 맹그르란 말여? 그건 안 되구 그저 내나 혼자 갈 수 있으믄 갔으믄 좋겄단 말여."

"그러닝게 딱헌 양반이라는 거쥬. 성님은 그렇게 식구들을 위허는디 왜 식구들한테 성님은 대접을 못 받구 밥두 못 얻어먹느냐 그 말예유?"

"동상두 더 늙어봐야 알어……."

하고 대마실 노인은 종구에게,

"얘야, 나 겉은 사람은 정말루 그 양로원이라는 디에 들어갈 수가 없다냐?"

묻는 것이었다.

"글쎄유. 거긴 사고무친한 그런 노인 양반들만 가 있는 곳이기 때문에 아마 면장이나 군수의 증명서가 있어야 될 거예유."

"그려?"

이런 얘기들이 오고갔다. 좀 후에 종수 아내가 차려다주는 식사를 따뜻한 물에 말어 거의 반사발이나 먹은 대마실 노인은 그로부터도 훨씬 더 오래 앉아 몸을 녹이고 보름달이 중천에 오른 임시에야 자리에서 일어나 종구의 부축을 받고 돌아갔다.

그 이튿날, 전날 저녁에 놀이 짙으면 흔히 다음날 비가 오거나 눈이 내린다고는 하지만 그처럼 달도 밝던 새벽에 뜻밖에도 눈이 내려 쌓이고 아침까지도 계속 내리고 있었다. 이날 아침도 대마실 노인은 그 언제나와 같은 밥과 짠지쪽으로 한 끼니를 때우고 자리에 누워 있었다. 두 다리를 쭉 뻗어 합치고 양팔은 옆구리에 붙이고 눈을 꼭 감은 채로 죽은 듯이 그렇게 똑바로 누워 있었다. 배가 고프고 등에 찬물을 끼얹듯 춥고 할 때는 이처럼 누워 있는 것보다 더 편한 자세는 없다.

오정때쯤이나 되었다고 짐작될 무렵이었다.

"아주머이 기싱가유?"

하고 누군가 대문 안에서 마누라를 찾는 소리가 났다. 젊은 아낙의 소리였다.

"아주머이 기시유?"

그 소리는 거푸 들리었다.

그런데도 안에서는 아무도 대답하는 기척이 없었다. 이날 아침녘에 마누라는 지게에 볏가마니를 지고 방앗간으로 방아 찌러 간 것으로 노인은 알고 있었다. 아들(종원)은 언제나처럼 읍내 상이군인회인가에 갔을 것이니까 집에 없고, 며느리는 있을 건데 그 며느리의 소리마저도 없는 것이었다. 며느리마저 어디에 나간 모양이었다.

"집에 아무두 안 기신가유?"

좀더 큰소리로 세 번째나 그래서야 대마실 노인은 할 수 없이 기신기신 자리에서 몸을 반쯤 일으키어,

"거 누구여?"

하고 문을 열었다. 동네에서 반장을 보고 있는 재환이의 아내였다. 한 손에 뭔가가 들어 있는 크막한 종이 봉투를 들고 있었다. 그녀는 머리에 싸맨 눈이 허옇게 묻은 목다리를 얼른 귀 밑으로 내리며,

"안녕허셨어유, 아저씨?"

웃는 얼굴로 인사부터 하고는,

"아주머이랑 모두 워디를 가셨나유?"

하며 노인 쪽으로 다가왔다.

"그 사람은 방앗간에 방아 찌러 갔나벼. 며늘애가 있을 건디이 걔두 워디 나갔나아?"

"없나 보구먼유. 다릉게 아니라 민(面)에서 쥐약이 나왔는디 집집마다 한 병씩 돌리라누먼유. 아저씨네 집에두 쥐 많쥬?"

"많다 뿐여? 젤루 이누므 사랑방 천장 속에 들어 있는 쥐버텀 좀 잡었으믄 살것구먼. 덜렁그려싸서 밤에 잠을 잘 수가 있어야지."

"집집마다 다 그려유. 가제나 잠없으신 노인으른이라 더 성가시러우시것구먼유."

"성가시려……저기 안마루 워따가 놓구 가지그려."

"독헌 약을 함부루 암데나 놓구 가믄 쓰나유? 아저씨가 좀 받어두셨다가 이따 아주머이 오시거던 드리시쥬."

"그려 그럼. 여기 놓구 가."

재환이댁은 손에 든 봉투 속에서 활명수병만한 크기의 쥐약병 하나를 꺼내어 사랑방에 들여놓고는,

"아주 독헌 약이래유. 밥이나 불린 쌀에다 뒤 방울씩만 쳐서 쥐가 다니는 길목에다 놔두믄 되는디유. 쥐가 먹기만 허믄 직방으루 죽는다느먼유, 손에 약이 닿잖게 허야 허구. 약이 묻은 종이나 그릇 같은 것은 땅속에다 묻으라구 아주머이에게 말씀혀주시유."
하였다.

"그려."

"그럼 추신디 어서 문닫으시유. 안녕히 기시유."
하고 재환이댁은 돌아갔다. 대마실 노인은 문을 닫고 다시 꼬무락꼬무락 이불을 떠들고 그 속으로 들어가 먼저처럼 누웠다.

아무래도 이불 밖보다는 이불 속이 나았다. 언제 누가 점심을 줄지 말지한 것, 이대로 푹 잠이나 들었으면 하였다. 아니 이대로 잠들어서 그대로 지푸라기 가라앉듯 가만히 죽어버렸으면 작히나 좋으랴 싶었다.

그러나 그런 생각에 미친 그는 곧 다른 한 생각을 겹쳐서 떠올리며 일껏 눕혔던 몸을 다시 힘겹게 일으키어 앉았다. 그는 재환이댁이 놓고 간 그 쥐약병을 물끄러미 내려다보았다. 글이 박힌 종이쪽이 몸통에 붙어 있지만 뭐라고 써 있는지는 알 수가 없고 병목 바로 아래로 찰랑한 물금이 보였다.

"밥에다 저걸 뒤 방울씩만 쳐놓아두 쥐가 먹으믄 직방으루 죽는다구 그렸것다."

대마실 노인은 새삼 재환이 댁이 한 말을 떠올렸다. 그 양로원에도 갈 수가 없다 하니 이제는 죽는 길밖에는 다른 길이 없지 않은가 하는 생각이었다. 마누라의 냉혹이 아니라 하여도 늙고 병신이 되어 일 못하고 밥만 죽이고 사는 인생이라면 스스로 죽는 것이 당연한 것이라고도 싶었다.

마누라와 아들 종원이가 떠올랐다. 마누라는 아직은 더 살 나이가 남았으니 한참은 더 독기를 피워가며 살겠지만 아들에 대한 걱정이 무엇보다 앞섰다. 군에 나가 한쪽 팔을 잃고 대신 쇠갈고리를 달고 나온 자식이었다. 매일 읍내 상이군인회인가에 나가다니지만 저녁에 술에 취해 돌아오는 것을 이따금 볼 뿐이니 다니는 데가 뭘하는 곳인지, 거기에 가서 하는 일은 뭔지 알 수가 없는 것이었다.

그러나 대마실 노인에 있어 그 아들은 단 하나의 혈육인 것으로 소중하기가 그지없는 것이었다.

일찍이 딸만 셋을 낳았다가 둘은 홍역으로, 하나는 경풍으로 그렇게 모두 어려서 여의고 네 번째로 그나마 마누라가 단산인가 할 만큼으로 오랫동안 무소식이다가 쉰(대마실 노인의 나이)이 훨씬 넘어서야 만득으로 얻은 것이 그 아들이었다.

그만큼 그 아들의 출생은 대소 집안에서는 물론 온 마을 안에서도 일대 사건이었다. 마누라에게 태기가 있자부터 그랬다. 그때 대마실 노인은 마누라의 태중에 들은 자식이 아들이건 딸이건 상관없다 하였다. 무슨 복으로 아들을 바랄 수가 있느냐? 오직 하늘의 처분이라 하였다.

이윽고 놈이 제 엄마의 뱃속으로부터 세상에 나오려 할 때 온 마을의 할매들은 서로 애받이 솜씨들을 자랑하며 그의 집에 모여들었다. 아이란 받을 때 잘 받아야 '무병충실' 하다는 이유가 있었고, 산모가 나이 들어 이른바 노산이라 아이를 잘 받아야 한다는 이유가 또 있었다.

그래도 대마실 노인은 마음이 놓이지를 않아 읍내로 머슴을 쫓아 의사를 불렀다.

그때 대마실 노인은 지금 있는 이 사랑에서 초조히 소식을 기다리고 있었다. 천 년을 기다리는 것 같은 그런 지루함이었다. 영 좀이 쑤셔 앉아 있을 수가 없었다. 그는 그때마다 밖으로 뛰쳐나가 소피를 보는 척 뜨락을 어정거리며 안방 쪽을 살피다가 사랑으로 되들어오고 하였다.

이윽고 안방에서 애 울음소리가 울려 퍼졌다.

"거 울음소리 한번 우렁차구나. 필시 고추가……."

전에 딸들 때에는 들어보지 못했던 울음소리여서 대마실 노인은 내심 그렇게 짚으며 미처 타다 남은 담뱃대를 그대로 재떨이에 던져놓고 뜨락으로 나갔다. 그러자 벌써 안으로부터 할매 하나가 신기가 나서 엎어질 듯 뛰어오고 있었다.

"아들 낳습네다, 영감님. 어서 득남례나 한턱하시우, 응."

대마실 노인은 그때 이미 쉰이 넘었으므로 영감이었다.

그는 분명쿠나 하는 생각으로 곧 뛰기라도 할 듯싶으면서도 한편으로 거짓말 같기도 하고 꿈 같기도 하여 짐짓,

"거 사람 자그매 놀리슈. 울음소리가 벌써 기집애든디 뭘 허허허……."

그렇게 튕겨보았다.

"온 참 영감님두 뉘가 비싼 밥 먹구 빈말 헐라구 그류우? 당장 들어가보믄 알건디."

그러는가 하자 이때 안에서 한 패의 여인들이 우 하고 몰려들 나오면서 그 중 하나가,

"우리 아주 득남턱 받구 가야겠어."

하고 떠들썩하게 외쳤다.

그러자 주막댁이 쪼르르 달려와 대마실 노인의 한 팔을 얼싸붙잡아 번쩍 치켜올리며 얼씨구 좋다면서 두둥실 마당을 한 바퀴 돌았다.

어느 결에 대문간에서는 머슴이 고추삼줄을 틀고 있었다.

"얼씨구나 좋구나아……."

대마실 노인은 자신도 모르는 사이에 주막댁에 맞춰 덩실덩실 춤을 추었다.

"가만 있자……."

대마실 노인은 도무지 그대로 있을 수가 없었다. 냉큼 대문 밖으로 뛰쳐나갔다. 그리하여 온 마을에 대고 목청껏 외쳤다.

"동네 사람들 들으시우. 윤인규(尹仁圭)가 아들을 낳았다네, 아들을 났어……."

실로 이렇게 얻은 아들이던 것이었다.

바깥 날씨가 더욱 강파라지는가 보았다. 바람에 지붕의 양철 차양이 덜렁거리고 후두둑 사랑방 문에 눈보라를 뿌리며 우웅 하고 문풍지가 운다.

──이 추운 날에 내가 죽으믄 그 애가 상제 노릇을 허얄 텐데 얼마나 고상을 허까.

이런 생각은 대마실 노인의 가슴을 몹시 아프게 하였다.

팔까지 하나가 없는 아들, 게다가 사시장철 술로만 세월을 보내니 아까운 몸뚱이가 얼마나 축갔을 것인가? 아들이 그처럼 술을 마시는 것도 모두 그 팔 때문이며, 게다가 또 억센 제 어미 때문이라고 노인은 생각이 드는 것이었다. 마루에 섬깔지를 깔고 굴건제복을 하고 그 한데나 다름없는 곳에 엎디어서 상제 노릇을 하는 아들의 고생스런 모습이 노인의 눈에는 선하게 보이는 듯만 하였다. 이불 밖에서 추운 줄도 모르고 그 쥐약병을 내려다보며 한껏 추연해져서 아들에 대한 그런 생각 저런 생각을 하게 된, 거기에 마냥 기쁘기만하였던 그 아들의 어린 한 시절의 모습까지도 떠오르게 된 대마실 노인의 눈에는 어느샌지도 모르게 눈물이 맺혔다.

종원은 돌 안에 벌써 발걸음을 옮겼다. 그 돌이 지나자부터 재롱이 한껏 늘었다. 제 어미의 가슴에 보듬겼다가도 제 어미가,

"아부지!"

하고 일러줄라치면 곧장,

"아뿌이"

하고 히물거리며 기우뚱기우뚱 발을 옮겨와서 그의 품에 덥썩 안기곤 하였다.

어린놈의 재롱은 나날이 늘어갔다. 제 어미가,

"아뿌이허구 엄머이허구 누가 더 좋냐?"

물으면 녀석은,

"엄머이가."

한다. 그가 또,

"다시 말혀본, 아뿌이허고 엄머이허구 누가 더 좋지?"

물으면 이번에는,

"아뿌이가."

한다. 그는 어린 놈한테 수염을 잡히기가 일쑤였다.

"아야아야. 허 이놈 보게나!"

그럴라치면 어린놈은 더욱 신이 나서 잡아당기며 저도 따라,

"아야아야. 히히히히……."

그렇게 해들거리며 더더욱 잡아당기고 하였다. 제법 따가운 것이었지만 그는 그것이 어린놈과의 더 없는 즐거운 놀음으로 들에서 일하다 점심때에 돌아와서도 저녁때에 돌아와서도, 자기 편에서 먼저 어린놈의 손을 끌어다 수염을 잡히기가 일쑤였다.

종원이가 좀더 자라서는 말타기 놀음도 하였다. 수염 달린 영감 아버지가 말이 되어 엎드리면 잔등에 어린놈이 올라탄다.

"이라 쪼쪼, 이눔이 움마가."

어린놈이 제법 엉덩이를 들썩거리며 그러면 밑에서 영감은 으레,

"움매 움매."

하면서 어린놈을 등에 싣고 방 안을 한 바퀴 돈다.

좀더 요란하게 지붕의 양철 차양이 덜렁거렸다. 후두둑 사랑방 문에 눈보라를 뿌리며 우웅 하고 문풍지가 울었다.

아니다——대마실 노인은 눈물을 걷우고 천천히 머리를 저었다. 아무래도 이렇게 눈보라 치는 추운 날에 죽어가지고 아들을 고생시켜서는 안 되겠다는 생각이었다. 그까짓 약을 입 안에 털어넣는 일이 어려울 것은 없었다. 좀더 기다렸다가 날이 풀려 따뜻해지거든 죽자였다.

그렇게 결정을 내린 그는 이번에는 저 약병을 어떻게 할까에 대하여 생각하였다. 어디에다 몰래 간수해둘까 이따가 집안 식구들이 들어오몬 내어줘버릴까 하는 문제였다. 필경 마누라나 며느리가 반장댁을 만나면 알게 될 것이므로 간수한다 하여도 빼앗길 우려가 많고, 그런가 하면 한편 죽으려면 그까짓 얼마든지 구할 수가 있지 않은가, 설혹 그걸 못 구한다 하더라도 죽을 방법이 없어 못 죽겠느냐 하는 생각이 들기도 하였다. 그리하여 이럴까 저럴가 하고 망설이는데 기척도 없이 별안간에 앞문이 후닥닥 열리며 며느리가 나타났다. 며느리는 전에 없이 헐떡이는 숨결이고 눈도 커 보였다.

"아버님 저 반장댁이 쥐약 가져왔어유?"

며느리는 급히 묻다가는 바로 제 턱 밑에 그게 있는 것을 보고는,

"이건가유?"

하고 얼른 그걸 집어들었다.

"그려, 그거다."

대마실 노인이 그러니까 며느리는 한시름 놓았다는 듯이 후루루 턱에 닿은 숨을 내쉬며 그걸 가지고 문을 도로 닫고 나가버렸다.

그날 이후 대마실 노인이 어서 풀어져 따스한 나날이 되기를 기다리는 날씨는 계속하여 나쁘기만 하였다. 눈보라는 곧 그쳤다 하지만 차라리 눈보라가 내리는 날보다도 더욱 강추위가 계속되는 것이었다.

그런 날씨에 먹는 것은 항상 그런 것이어서 대마실 노인은 춥고 허기가 져 거의 바깥 출입을 중지하고 자리에 누워만 있었다. 역시 두 다리를 쭉 뻗고 두 팔을 양 옆구리에 착 붙이고 눈을 꼭 감은, 죽은 듯이 하는 그런 자세로였다. 역시 그렇게 누워 있는 것이 가장 허기짐과 추위를 견딜 수 있는 자세이던 것이었다.

방바닥은 대마실 노인이 얼어 죽었다는 소문이 나지 않을 만큼으로만 불기운을 하는 듯하였다. 새고 나면 대마실 노인의 콧김으로 얼었던 문지와 벽지가 한낮이 되어 햇볕이 그만큼에 비치면 녹아서 물이 죽죽 흐르곤 하였다. 날이 좀 풀리는 성싶으면 그날 밤에는 눈이 자 높이로 내려쌓이고 그것이 녹을 만하면 또 얼어붙고 하는 그런 나날이 반복될 뿐 단 이틀간의 풀린 따스한 날이나마 계속되는 법이 없었다.

이런 날씨에 이런 방 안에서 그런 식사로 혈기방장한 젊은이도 아닌, 껍질과 뼈만 남은 팔십 노인이 아무런 병에도 걸리지 않고 오래 살아간다면 그것이 오히려 이상한 일이듯이 과연 대마실 노인은 얼마가 지나자 그만 감기에 걸리고 말았다. 노인의 중풍이 낫기에 힘이 드는 병이라면 노인의 감기는 영락없이 다른 병을 병발시키는 죽음의 앞잡이와도 같은 그런 병인 것이었다.

대마실 노인은 그나마 갖다주는 식사를 못 하게 되고 목 안에서는 톱질과도 같은 가래가 끓기 시작했다.

그의 병세는 급속도로 발전하여 불과 며칠 사이에 눈이 움푹 패이고 몸이 점점 까라져서 자리에 누운 그 채로 움직일 수마저 없게 되었다.

하루에 두 번꼴씩 며느리가 미음과 백탕물을 들고 방에 들어오고 그의 재종 아우 영서 영감이 더러더러 다녀가고 하지만 서로 쳐다만 볼 뿐 한 마디 말도 나누지 못한 채로 그대로 나가고 돌아가고 하였다.

그 영서 영감이 마지막으로 다녀서 간 날 밤에 대마실 노인은 근년에 별로 꾸어보지 못한 꿈을 꾸었다. 역시 밤이었는데 대문 밖에서 누가 그를 찾아, 나가보니 생전 처음으로 보는 키가 구 척인 장사가 하나 어둠 속에서 딱 버티고 서 있었다. 검정 중막의 차림인데 머리에는 패랭이를 쓰고 한 손에 긴 창검을 들고 있었다. 바지에는 짬뿟하게 행전을 치고 감발을 감은 발에는 짚신을 신고 있었다.

"네가 당년 팔십 세인 윤인규냐?"

하고 사나이가 듬성한 이빨을 내보이며 우렁우렁한 소리로 물었다.

"예, 그렇습니다유."

대마실 노인은 잔뜩 공축하여 벌벌 떨며 그렇다고 대답하였다.

"응 그려. 틀리잖구 찾아왔군. 널 염라대왕께서 부르시니 어서 가자."

하고 사나이는 그 손에 든 창대를 대마실 노인의 허리에 대고 말했다.

"옛?"

대마실 노인은 어마지두 그렇게 반문하였다. 그러나 상대의 대답은 없고 그는 자신도 모르는 어떠한 힘에 의하여 벌써 상대에게 끌려가고 있었다. 마침내 그가 닿은 곳은 문지기가 서 있는 어느 큰 성벽의 석문 앞이었다.

"어서 문 열어라."

그를 끌고온 사나이가 문지기에게 명령하였다.

"지금 안에 끌려온 놈들의 조사가 덜 끝났으니 조금만 여기서 기다리십시오."

문지기가 말하였다.

사나이는 더 다른 말이 없이 물러서고, 그리하여 대마실 노인도 사나이와 함께 기다렸다. 어쩌다 대마실 노인이 주의를 하고 보자 사나이도 문지기도 모두 꾸벅꾸벅들 졸고 있었다.

이때다 한 대마실 노인은 뒷걸음질로 슬며시 그곳을 빠져나왔다. 그런 다음 어디라 할 것도 없이 마구 달렸다. 아 얼마나 땀을 흘리고 달렸던가? 꿈에서는 다리가 성해서 달릴 수가 있는 것이 다행이었다. 눈을 뜬 대마실 노인은 아직도 꿈 속을 헤매듯,

"내가 아마 저승에 갔다 온 모양이구만, 뭣허러 도망을 해왔능구. 그대로 있었으면 죽는 건디."

하고 섭섭한 듯이 중얼거렸다.

그 후 대마실 노인은 더욱 꼼짝 못 하고 누워 있었다. 사흘이 지나자 그는 더욱 미동도 못 하고 누워 있는 몸이 되었다.

이제 대마실 노인은 그 따뜻하여지는 날에 죽자던, 아들의 고생을 덜어주기 위하여 그러자던 생각도, 스스로 목숨을 끊어 죽자던 그런 생각도 그 밖의 아무런 생각도 하지 못 한 채로 서서히 혼미상태에 빠져들어가고 있었다. 그 끊임 없는 죽음과도 같은 상태에 끌리어 멀리 바다 한복판도 같고 하늘의 구름 위와도 같은, 곳은 푸르고 붉은 빛의 기묘한 배합 속에서 자디잔 점과 선이 불타서 튀는 그런 곳을 그는 둥둥 떠다니고 있었다.

그가 이런 유람과도 같은 죽음의 여행을 하던 그 다음날은 오랜만에 눈이 녹고 땅이 풀리는 날이 되었다. 이날 아침 이 댁 며느리는 날도 풀리고 하였으니 아무래도 시아버지가 깔고 있는 그 액비통에서 풍기는 것과도 같이 악취가 나는 요만은 다른 것으로 갈아드려야겠다는 생각을 하고 시아버지 방에 들어갔다.

그러나 그때 이미 대마실 노인은 목에서 나던 그 가래 끓는 톱질 소리도 없이 시선이 없는 멀건 눈을 공중을 향하여 무섭게 뜨고 있었다.

며느리는 곧 밖으로 나와 시어머니에게 그렇다는 말을 하고 다시 시어머니와 함께 그 방에 들어갔다.

"돌아가셨다. 종원이 여태 안 일어났거든 어서 일어나라구 그려라."

마누라는 엄숙하게 그러나 아무런 감동도 없이 그렇게 말하고는 손가락으로 영감의 뜬 눈을 감겨주었다.

대마실 노인이 돌아갔다는 소식을 듣고 맨처럼 달려온 건 뒤주골 영서 영감 부처였다.

"그려두 그 춘 날 다 제쳐놓구서 이렇게 날씨가 따뜻허구 좋은 날 돌아가셨으니 너의 아버지는 마지막까지 너희들을 위허시는 분이시다."

영서 영감이 상주로 앉은 종원이에게 하는 말이었다.

보물 소동(騷動)

'제기랄! 사람이 살다가보면 더러는 횡재를 허는 수도 있는 법인디.'

일껀 밭에 풀을 매려고 나온 오치서 영감은 별안간에 이런 엉뚱한 생각에 들떠서 좀체로 일손이 잡히지를 않았다.

밭둑에 엉거주춤 쪼그리고 앉아서 밭 한귀퉁이를 멍청히 내려다보며 혼자 속으로 돌탄거리는 소리였다. 멍석 넓이만큼으로나 파헤쳐져 있는 거기에 어지러이 질그릇 깨진 것들이 흐트러져 있었다.

'그 애가 파본다 헐 때 시원허게시리 파봤어야 헐 것인디 제기럴! 쯔쯔…….'

치서영감은 열 번 백 번 잘못하였다는 생각이었다.

그저께 일이었다. 오치서 영감은 아들과 함께 이 밭에서 고구마 두둑을 치는 일을 하였었다. 삽자루 목에다 새끼줄을 매어 아들이 삽을 대는 대로 영감은 그것을 잡아다려 하는 일이었다.

거의 일을 마칠 무렵이었다. 마지막 한 두둑을 치는데 갑자기 삽날이 박히지를 않는 곳이 있었다.

"돌 들었나 부다."

오치서 영감은 잠깐 새끼줄을 놓고 말하였다. 웬만한 돌이면 빼내야 하고 원체 큰 돌이면 그대로 둘 수밖에 없는 것이었다.

곧 아들이 삽으로 그 자리를 이리저리 헤적거렸다.

이윽고 그 머리가 드러났다. 돌이 아니라 거꾸로 박힌 질항아리 같은 것이었다. 드러난 부분만 보아도 김장독만한 것인데 그게 하나가 그냥

거꾸로 처박힌 것인지, 속에 하나가 들어 있고 그 뚜껑으로 씌워놓은 것
인지 하여튼 그런 것이었다. 빛깔이 흙색으로 변해서 둘레의 흙과 그 그
릇과의 접착 부분이 어딘지 분간할 수 없을 만큼 이미 화석화된 것으로
보아 거기에 묻힌 지가 적어도 몇백 년은 되는 물건인 듯하였다.

"얘! 그게 뭐냐?"

"무슨 김치독 같은 것인가 분디유."

그때 아들은 그것을 모두 파내볼 참이었다.

"거 그대루 묻어둬라."

치서 영감은 어쩐지 좀 꺼림한 생각이 들었던 것이었다.

"파내뿌리지 묻어두긴 뭣헐라구 묻어는두래유?"

"묻어둬."

치서 영감은 여전히 묻어두는 편이 났겠다 했다. 필경 누가 귀신을 잡
아다(부적 같은 것) 묻은 것이거나 공동묘지(밭 위가 바로 공동묘지다)
에서 굴러 내려온 뭣이거나 한 것이 분명할 것으로 보았기 때문이었다.

"그대루 두문 고랑이 높아서 쓰겄어유?"

"묻어둬 어서. 그런 것 파냈다가 동투(티)나서 화 입은 사람 여럿 봤
다."

그래서 결국 전대로 흙을 덮어두고 만 것이었다.

그런데 그것을 누가 어떻게 알고는 파냈으며, 파낸 것을 보니 괜히 엉
뚱한 생각이 들어 지금 치서 영감은 밭 두둑에 앉아서 그러고 있는 것
이었다.

"어느 작자가 힘들여 팠어야 귀신 잡어다 넣은 나무 쪼가리나 부적
쪼가리밖에는 들은 것이 없었을걸 뭘."

이렇게 마음을 달래보다가도 기필 그 독 속에 누런 금 덩어리들이라
도 가득 들어 있었을지 모른다고 생각이 미치면 꼭 그럴 성만 싶어 치
서 영감은 영 견딜 수가 없는 것이었다.

'워디 한번 알어나보자.'

이윽고 그는 엉덩이를 들고 밭둑에서 일어났다. 손에 든 호미를 거기
밭에 팽개쳐놓고는 슬슬 그 아래 주막으로 내려갔다.

마침 주막댁이 개숫물통을 들고 부엌문 밖으로 나오고 있었다.

"밭에 나오셨구만유?"

그쪽에서 먼저 인사를 하였다.

"얘! 고추밭 좀 매려구 나왔더니……"

오치서 영감은 그저 담배나 한 대 피우려고 내려온 것처럼 대통과 쌈지를 꺼내 들고 마루로 가서 걸터앉으며,

"저 말유. 혹시 어제 누가 우리 밭이서 뭘 파내는 걸 봤능게라우?"

넌지시 물었다.

주막댁은 얼른 잡히지 않는 듯,

"밭에서 뭘 파내유?"

"누가 밭을 죄 파놓구 난리를 쳐놨구먼유."

그제야 주막댁은 생각이 나는 듯,

"어제 저녁때 우영이네 부자(父子)가 거기서 뭘 파내는지 파쌉디다유."

"우영이가 누구랴?"

"영회네 말유. 영회 아들 이름이 우영이유."

"응, 그런가?"

"돌들인가 부쥬. 부자가 져나릅디다유."

"돌을 져날러?"

그만 치서 영감의 눈에는 번쩍 섬광과 같은 광채가 일었다.

'그것이 필시 돌이 아닐 것이렷다.'

그렇게 단정한 치서 영감은,

"여러 번 져나릅디까유?"

하고 물었다.

"아마 두서너 번 되지유?"

"그려유?"

치서 영감은 자신도 모르는 사이에 땅이 꺼질 듯한 한숨을 내쉬었다.

"왜 밭을 많이 다쳤어유?"

"밭 보다두……"

하다가 치서 영감은 갑자기 태우던 대통을 주춧돌에다 탕탕 뚜드려 털고는 걸터앉은 마루에서 벌떡 일어났다.

"왜 가실라구유?"

"얘!"

그러나 치서 영감은 밭으로 가는 것이 아니라 앞들 논으로 발길을 돌렸다. 아들이 거기에서 쟁기질을 하고 있는 것이었다. 한 마장 거리나 되는 곳을 단숨에 득달했다.

"얘 이리 좀 나와봐라."

아들은 곧 논에다 쟁기를 박아놓고 논두렁으로 나왔다.

"엊그제 그 밭에서 말이다."

영감은 숨이 찼다.

그런 아버지를 보고 아들은 어리둥절해 하다가,

"그 질그릇 말잉가유?"

"그려, 그때 파볼 걸 그렸나부다."

"왜 누가 팠어유?"

"어제 영회가 팠다는구나."

"그려서유?"

"주막댁이 그러는디 그 안에서 뭘 두서너 짐이나 파내가지구 지게루 져가더란다."

아들은 잠시 묵묵하다가,

"그렇게 지가 파보시자구 않여유. 영회한테 좀 가보구 와야겠구먼유."

하고 논배미로 들어가서 흙묻은 종아리를 훌훌 씻었다.

"널랑 그냥 논 갈어라. 내가 잠깐 가보마."

"가셔서 뭐라고 허실라구유?"

"글쎄, 널랑 그냥 논 갈어. 내가 갔다올 텡게."

그리고 치서 영감은 곧 돌아서 영회네 집 쪽으로 활활 걸었다.

마침 영회는 집에 있었다.

"넘오셨어유."

“응 집에 있었던가. 내 자네한테 물어볼 말이 좀 있어서 왔는디.”

“저한테유? 무슨 말씀이신디유.”

그러나 치서 영감은 냉큼 그 물어볼 말이라는 말을 묻지 못하고 한참이나 그저 그러고 어정쩡히 먼 산 바라기를 하다가는,

“자네가 어제 우리 밭머리를 팠덩가?”

하고 겨우 물었다.

“예! 빈 독 하나 캐내버렸지유. 그것 땜에 오셨어유.”

‘흥! 빈 독이라. 그것 땜에 왔느냐구?’

치서 영감은 속으로 픽 웃고는,

“그것 때문두 아니지만, 그때 왜 그 독이 땅 위로 솟아 있덩가?”

우선 그것부터 물었다.

“아니유. 그걸 캘라서 캤가디유. 그 언덕에 지게를 받쳐놓으려는디 작대기 끝이 미끄러져서 영 받쳐져야지유. 그려 허적거려붕게 그거길래 파본 거지유.”

그 말은 그럴듯하게 들리는 말이었다.

‘제길! 이 넓고 넓은 땅바닥에 왜 하필이며 그 자리에다 지게를 받쳐놀라고는 혔능구?’

어떤 사람은 복을 발길로 차내던져도 기어들어 오나 부다고 생각하니 치서 영감은 더욱 그걸 먼저 보고도 파지 못한 자신이 한심스럽기만 하였다.

“그려, 그 독 속에 아무것도 들어있던 것은 없구 그저 빈 독이었다, 그 말인가.”

치서 영감은 이렇게 묻고 영회의 눈치를 살폈다.

“들어 있기는 뭐가 들어 있어유? 그러지 않어두 저두 혹 뭣이나 들어 있나 허구 손 댔다가 괜히 욕만 봤어유.”

영회는 피식 웃고는,

“아마 전에 그걸루 누가 밭에 거름내다가 깨져서 그대루 버린 것이 묻혔나 보드먼유.”

“자네 그 해석 한번 잘 허네. 이 사람아, 거름 그릇 모르구 여네 그릇

모르나?”

치서 영감도 피식 코웃음을 쳤다.

“아주 옛날이야 워디 거름 그릇이 따루 있었겠어유.”

“참 자네 말 못 당허겄네 그려. 거기에서 뭘 파내서 지게루 져나르는 것을 본 사람이 다 있는디. 그러나……”

“어허! 그건 또 무슨 말씀이래유?”

영회는 헛웃음을 쳤다.

“그만두게.”

“도대체 그 본 사람이 누구간디유? 집 앞에 또랑이 무너져서 쌀라구 산에서 돌뎅이 뒈지게 지구온 건 있구만유. 바루 저거예유.”

그는 싸릿 안에 놓인 펀펀한 두 개의 돌 덩어리를 가리켰다.

“글쎄 그만둬, 이 사람아. 나는 기운없구 말헐 줄 몰라 자네말 못 당허겄네.”

치서 영감은 영회가 가리키는 그 돌도 쳐다 보는 둥 마는 둥 하고 냉큼 발을 돌려 주막 쪽으로 갔다.

주막에는 어느새 구장이 나와 있고 지나가던 읍내 우체부가 자전거를 받쳐놓고 잠깐 쉬고 있었다. 편지 피봉의 이름자들을 우체부가 구장에게 묻는가 보았다.

치서 영감이 나타나자,

“나오시유.”

이제야 나오는 줄 알고 구장이 인사를 하고,

“꼬추밭 매러 나오셨다며, 밭은 안 매시구 벌썬 양반처럼 어딜 그렇게 왔다갔다 허시유?”

주막댁이 그랬다.

치서 영감은 그 인사들을 그저 대강대강 받고는 잠자코 마루 한귀에 걸터앉아 쩝쩝 입맛을 다시며 대통에 담배를 쟀다.

“어찌 기색이 들 좋아 뵈내유.”

구장이 그랬다.

치서 영감은 그 말에는 대꾸를 하지 않고 주막댁에게,

"어제 영회가 지구갔다는 돌이라는 것 말유. 자시 좀 봤능게라우?"
하고 물었다.

"글쎄유. 그저 무심상히 봤지 자세히는 안 봤는디유. 왜 뭘 잊어버렸어유?"

"뭘 잃어버린 것이 아니라 그게 돌이 아니란 말이유."

"그럼 그게 뭐래유?"

좌중의 시선은 일제히 치서 영감한테로 쏠렸다.

"워능간 기가 맥히믄 말두 안 나오는 법유."

그뿐, 치서 영감은 또 한참 말없이 뻑뻑 담배만을 빨아댔다.

"뭘가지구 그러슈?"

구장이 갑갑하다는 듯이 물었다.

그제야 치서 영감은 빨던 담뱃대를 빼 들고는,

"영회가 우리 밭에 묻힌 보물을 캐 갔다네."

내뱉듯이 말하였다.

그러자 가방 속에 편지 다발을 집어넣으려던 우체부가 문득 그 손을 멈추고 어리둥절한 듯이 급히 좌중을 둘러보았다.

"보물이라뉴?"

구장도 치서 영감을 바라보며 역시 그런 눈으로 거듭 물었다.

"금 덩어린지 뭔지 그건 나두 잘 모르겠네만——두서너 짐거리나 져간 모양이네."

그러자 주막댁이 눈을 똥그랗게 뜨고 물었다.

"아니 어제 지구가던 그게 바루 그거란 말씀유?"

"그려유 글쎄."

"원 시상에 그런 줄 알었더라면 자세히나 좀 볼건디. 부재간에 한 짐씩 두 짐 져가는 걸 봤어유. 즈 아버지가 지구 가던 것은 윗옷을 벗어 짐 위에 걸쳐놓아서 뭔지 모르겠구 아들이 지구 가던 것은 돌인줄루만 알았더니, 그렇게 그것두 돌이 아니었구먼. 지금 생각헝게 워찌 돌이 아닌 것두 같드구먼유."

"그건 돌인지두 모르쥬. 남들 보라구 말여유. 지금 영회네 집 갔다오는 길인디 영회두 돌이라구 그러드구먼. 돌이 원 그렇게 없어서 게까지 가서 땀흘리구 져가? 영회가 지구간 건 그게 돌이 아녀유. 어제 같은 날에 뭐가 더워서 윗옷을 벗어 거기에다 걸쳐 덮것어유? 다 지구 가는 것을 감추려고 그랬겄제."

"자세허게 말씀 좀 혀보시우. 대체 그 보물인가 금 덩어린가를 어디에서 캐갔단 말유?"

구장이 물었다.

"저 위 우리 밭 머리테를 파헤쳐놓은 거 뵈잖능가?"

"뵈느먼유. 거기에서 캐갔단말유?"

"그렸다네."

"아니? 거기에 무슨 그런 것이 있었드랬간디유."

"있었웅게 캐갔지, 없었으면 캐갔겄나?"

"참 등잔 밑이 어둡다더니——그런디 왜 날마두 해마두 거기에서 일허시믄서 먼저 못 보셨수?"

"먼저 보구두 못 캤네. 그러닝게 어굴혀서 그러네. 내 얘기 좀 들어볼랑가. 참 기가 차서……."

치서 영감은 그것을 먼저 발견했던 경위를 위에서 씌운 뚜껑과 속에 또 항아리 하나가 있었을 것이라는 식으로 쭉 설명하였다.

머리를 끄덕거리며 듣고 있던 구장이,

"그럴 성싶은 얘기 같구만유. 그것이——."

하고 말하였다.

"지금은 여기가 공동묘지구 밭이구 허지만 전에는 이 근방이 왕성이 있었던 자리거든유. 후백제(後百濟) 때니까는 한 천 년쯤 되능가비유. 아마 군량미 창고가 그 근처였던가 보드먼유. 그때는 후삼국간에 전쟁이 그칠 날이 없었으니 값진 것들은 더러 땅 속에 묻구 피난을 가구들 했을 거 아뉴? 좌우지간 한번 가봅시다유."

그래서 일동은 그 우체부까지 자리에서 일어나 그곳으로들 구경갔다.

가면서 구장은 치서 영감에게 이런 말을 하였다.

"아직은 직접 확인한 것이 아니니 뭣이라구 말할 수가 없구. 하여튼 확인만 허슈. 법에두 아마 땅 임자가 연고자가 되어 절반씩인가 나누어 갖게 돼 있을 거유.”

“절반씩이란 말이지. 법에?”

치서 영감은 말 중에도 반가운 말이어서 그렇게 되물었다.

“얘—— 자세히는 몰라두 아마 그렇게 돼 있을 겁니다유.”

“경우두 원체 그렇잖응가?”

치서 영감은 지름길로 부지런히 일행을 안내하였다.

불과 이삼 일 동안에 이 소문은 영회가 금 덩어리 횡재를 했다더라는 소문으로 온 동네에 아니 이웃 동네에까지도 쫙 퍼져버렸다.

소문이 퍼지면 영회도 어쩔 수 없게 될 것이니까 소문이 되도록 빨리 널리 퍼지기를 바라는 것은 누구보다 치서 영감이지만, 그때 같이 듣고 현장 구경까지 가고 한 그 우체부와 주막댁이 끼인 일이라 소문은 저절로라도 잘 퍼지게 마련이었다.

게다가 공교롭다면 공교로운 일로 당사자인 영회 자신이 또 그 날개가 돋힌 소문에 부채질을 하기도 하였다.

바로 그 구장이랑들 얘기하고 구경하고 하던 다음날 영회는 전에 없이 의표까지 깨끗이 하고 읍내 쪽으로 돌아오는 길에 주막에 들렀었다.

“어서오시우. 금캔 양반 얼굴 좀 봅시다유.”

주막댁이 떠들썩하니 반색하여 그를 맞았을 것은 물론이었다.

사실 이날 영회는 이미 두서너 사람들로부터 그와 비슷한 말을 들었던 터라 그까짓 말은 아무것도 아니고 그보다 읍내에서 바구니 장수한테 대〔竹〕 한 죽 값을 선값으로 받아 한 잔 마시기도 하여 기분이 적잖게 좋은 터였다.

“보슈 실컷. 금 캔 사람 얼굴 어때유? 누우렇구 번쩍번쩍 허잖우.”

영회의 응수였다.

“원체 서기가 비쳐서 신수까지 훤허시구먼그류. 원, 금 캐가시던 날은 그렇게 시치미를 뚝 띠기유? 난 감쪽같이 몰랐지 뭐유.”

“그럼 그런 걸 광고허구 캐간대유. 그렸다가 치서 영감한테 몽땅 뺏기라구유.”

"뺏기긴 뺏길 사람 워딨구 뺏을 사람 워됐디야…… 그래 금 캔 얘기나 좀 들어봅시다유."

주막댁은 이제야 이분이 실토를 하느구나 싶어서 바짝 달라붙었다.

영회는 영회대로 더욱 주막댁을 놀릴 양으로,

"얘긴 들을 께 뭘 있어유. 땅 위루 내비치는 항아리가 아무래도 예사 항아리가 아닙디다유. 그려 캐봤쥬. 캐봉게 그 속에 금이 소복허게 차 있습디다유. 그려서 짊어지구 간 거쥬 뭐. 소문내구 뭐 헐께 있대유. 어떻게 알구서는 치서 영감이 어저께 우리 집에 왔습디다만 먼저 주은게 임자지, 이 정영회가 콩알만한 금 쪼가리 하나라두 치서 영감 줄 성싶어유? 어림두 없는 소리쥬. 치서 영감 만나거던 내가 그러더라구 말해주슈. 하하하하……."

그런데 일이 묘하게 되느라구 주막댁은 그야말로 영회의 얘기를 묘하게만 알아듣고 있었다.

근 20년간 주전자 꼭지만 만지고 산 덕으로 눈치가 '건너다보면 절터'라고 스스로 자부하는 여자였다. 이 사람이 술김에 그만 실토를 했다가 술이 깨어가니까 이래서는 안 되겠다고 슬쩍 농쪼로 얼버무릴 참이로구나 하고 그녀는 알아차린 것이었다.

주막댁이 말했다.

"왜 이려유 시방. 누가 뭐 뺏어갈까봐서 그류? 누굴 수쩨 어린걸루 취직시키시느먼, 그러지 맙시다유."

그러자 영회는 또 하하하 웃고,

"아주머니 요새 주막 세월이 갠찮읗웅가 보구먼. 한유헌 걸 봉게 말유…… 어서 탁배기나 한 잔 줘유. 난 이래뵈두 사무가 바쁜 사람여유."

"아 드리구 말구유. 그런디 오늘 참 오시다 한번 잘 오셨는디. 부자양반 만난 김에 어려운 말 좀 허야겠네. 도가에 가서 술을 가져와야 팔겄는디 돈이 있어야쥬. 대두 한 말값만 좀 돌려주실래유. 이웃집 부자되믄 그려서 좋다는 거 아녀유."

이번에는 영회가 그 말을 저렇게 알아듣고,

"참 외상값 내란 말 수단 속으로 허시느먼. 그러구저러구 오늘은 나두 갚을라구는 헌 참이었지만 월마나 돼유 내 외상값이 몽땅……. 이거믄 돼유?"

대값 받은 중에서 5천 원짜리 한 장을 쓱 빼어놓았다.

"사람말을 알아듣기를 똑 개떡같이 알아듣누먼, 누가 외상값 달랬수. 여하튼 이 돈 쓰긴 써야겠구먼서두. 부자됐다구 이 담에 돈 꾸어달랠까 봐 미리 말뚝박는 식으로 그러지 맙시다유."

주막댁은 샐쭉해가지고 그 돈을 집어넣고는 이내 또 풀어져서,

"인자 우영이네는 살게 되셨수…… 제에길 우리 같은 사람두 가다가 한 번쯤은 그런 게 좀 걸려야 살겄는디."
하였다.

이날 영회와 주막댁과 주고받는 얘기란 그저 이런 정도의 것이었고 영회는 술 몇 잔을 마시고 곧 자기 집으로 돌아갔다.

그런데 이날 영회가 주막에 들러서부터 자기 집에 돌아갈 때까지의 그것들이 다시 한 번 주막댁의 입을 거쳐 다른 데로 전해질 때에는 전혀 엉뚱한 내용이 되었었다.

특히 영회가 외상값으로 내놓은 그 5천 원권이 기이한 작용을 하였다.

"우영이 아버지가 벌써 슬슬 돈 쓰기 시작합디다유. 한 달 동안이나 밀린 외상값을 한목에 착 갚구 말유. 바락바락 소리가 나는 새 돈 5천 원짜리를 주는디. 그때 호주머니 속에서 끄내는 걸 봉게 그런 5천 원짜리가 한 주머니 들어 있는 것 같든디유."

이런 식으로였다.

아무튼 날이 갈수록 소문은 더욱더욱 퍼져갔고 그 소문은 사실 여부를 불문하고 영회가 보물을 주운 것으로만 굳어져갔다.

동네나 인근 마을에서는 말할 것도 없고 읍내에서까지도 소문은 파다히 퍼져 영회가 혹 읍내라도 나가면 읍내 입구에서부터 가게마다 창 밖으로 얼굴들을 내놓고는,

"저 사람이랴. 바로 금 덩어리 주웠다는 사람이."

"저 사람 대실 사는 사람 아녀?"

자기네들끼리 소근거리고 아이들은 서로 다투어 영회의 얼굴을 보려고 곡마단꾼들 뒤따라다니듯 그의 뒤를 줄줄 따라다니고 하였다.

일이 이렇게 되어가자 먼 가까운 일가들까지 영회의 횡재를 축하하러 온다면서 찾아오는 일이 많았다.

거개는 영회와 한바탕 웃고들 돌아가지만 더러는 대단히 섭섭해 하며 돌아가는 일가들도 있었다.

한번은 근 백 리나 떨어져 사는 그의 고종 사촌 형뻘되는 사람 하나가 그 소문을 듣고 찾아왔다.

그렇게 오는 일가마다 표면으로는 사촌이 부자가 되었으니 집안의 경사라는 둥 어쩌구들 하지만 속으로들은 하다못해 싸래기 도막만한 금알갱이 하나라도 생각이 있어서 오는 것이 뻔하였다. 이분 역시 초라한 행색이나 하며 그저 그런 축이었다.

상대야 어찌 왔건 영회로서는 원로에 온 손님이며 오랜만에 만난 사촌이며 한 터이니 반갑지 않을 수가 없는 것이었다.

그는 언제나처럼 어린것을 시켜 주막에 가서 막걸리 한 병을 사오게 했다. 그런데 그 사온 술을 둘이서 거의 다 비워갈 무렵이었다. 영회는 한없이 반가운데 비해 사촌의 기색은 어찌 그렇지가 않다 싶더니 불쑥 이런 말을 하였다.

"부자가 되면 다들 그렇게 되는가는 모르겠네만…… 워찌 동생이 전허구는 좀 달러진 것 같네."

영회는 이 양반이 술 취했나 아니면 진심인가 하고 상대의 얼굴을 한참 동안이나 뻔히 쳐다보았다. 너무 어이가 없는 말이어서 사실 그 말을 받을 적절한 말도 얼른 떠오르지가 않았다.

사촌 형은 말을 계속하였다.

"내가 없이 사닝게 뭐 돈 동냥이라두 하러 온 줄루 아능가 보네만서두. 오랜만에 만난 사촌을 그렇게 대허면 못쓰네. 제수씨는 아까 내가 사립 안에 들어서자부터 골낸 얼굴이시데. 원 그럴 수가 있능가?"

이렇게 사촌 형은 자기 일방적으로 일단 말을 맺고는,

"쓸디없는 소리 많이 지꺼렸나 보네 내가. 저물기 전에 가봐야겠네."

하고 모자를 들고 자리에서 벌떡 일어섰다.

영회는 기가 찼다. 하지만 어떻게 붙잡고 변명해보고 할 겨를도 주지 않고 벌쏀 사람처럼 휑하니 그대로 사립 밖으로 나가는 사촌을 어찌할 수가 없었다.

사촌이 제수씨 운운한 말만은 영회도 이해할 수가 있었다.

이날 마누라의 기분 상태가 그리 좋지 못한 상태이기 때문이었다. 사촌이 오기 전에 그럴만한 일이·집안에 있었다.

이런 일이었다.

이날 아침나절 영회는 80세가 가까운 노모만을 집에 두고 마누라며 어린것들까지 모두 이끌고 밭에 나가 그 동안 손님들 때문에 밀렸던 일을 하였다.

그런데 점심때가 되어 집에 돌아와 보니까 노모가 장독대며 곡식 그 릇들이며를 모두 열어 제쳐놓고 잿간을 모두 파 뒤집어놓고…… 집안을 온통 난장판을 만들어놓고 있는 참이었다.

평소에 그런 노망 기운이 다소 있는 분이니 그저 그런가 보다고 조용히 했으면 될 것인데 마누라가 질겁을 하고 사립께서부터 소리소리 질러댔던 것이 일을 그르친 시초였다.

일은 점점 더 못쓰게 되어갔다.

"아아니, 저 양반이 시방 뭘허구 있디야. 이 바유, 이 바유."

마침 쇠스랑으로 잿간을 헤젓고 있는 시어머니 쪽으로 며느리는 돌진해갔다. 시어머니의 몰덜미를 잡아 제치고 그 쇠스랑을 빼앗아 저만큼에 내던져버렸다.

며느리한테 목덜미를 잡히고 쇠스랑을 빼앗긴 시어머니가 가만히 있을 턱이 없었다.

"이년! 금 덩어리를 워따가 감춰뒀냐? 나두 다 들었다. 내 아들이 주어온 금 덩어리를 내놔라 이년! 그걸 감춰두고 네 년만 괴기 사다 진탕 처먹었지? 나두 괴기 좀 사다 먹자 이년아."

영회가 짐작키론 필시 노모가 마을 나가셨다가 무슨 말을 들으신 것이 분명했다. 마누라의 다음 대꾸가 나가려는 참, 영회는 냉큼 고부 사이를 가로막고 노모에게 조용히 말했다.

"어머니가 어디서 무슨 말을 들으신 모양인데 당최 고지 듣지 마세유. 금 덩어린 무슨 금 덩어릴 주었다구 그려유?"

아들 말이라면 평소에도 잘 듣는 편이라 그것으로 노모는 잠자코 있는데 마누라가 기어이 하지 않아도 될 말을 또 하고야 말았다.

"고긴 언제 어떤 년이 사다먹었단 말유. 그런 날벼락 맞을 소린 말어유."

그러자 또 며느리와는 앙숙인 시어머니가 역시 가만있을 턱이 없었다.

"저년이 지금 뭣이라구 혔니? 이 가랭이를 짝 찢어 죽일 년! 날더러 벼락 맞으라구?"

"누가 당신 벼락 맞으랬어유? 사람 볶아 먹는 귀신이 붙었나. 눈만 뜨면 들들 볶아대게. 아닌게 아니라 벼락두 무심허지 뭐여."

"저런 순⋯⋯."

이번에는 영회가 그대로 있지를 못하였다. 벼락도 무심타고 며느리가 시어머니한테 하는 말이 말이 아닌 것이었다.

"이년아! 허믄 다 말인 줄 알구 아가리를 돌아가는 대로 놀려. 이년 혓바닥을 잡아빼놀나."

그러나 역시 남편한테도 쉽사리 지는 마누라가 아니었다.

"뭐라구. 내 혓바닥 뺀다구? 빼놔봐 좀⋯⋯내 혓바닥 빼놓기 전에 그 육실할 놈의 금 덩어린가 지랄인가 주어왔으믄 좀 내놔봐. 그건 주어다 워따가 감춰놓구는 사람의 혓바닥을 뺀디야. 내 혓바닥 빼서 날 죽이구 그 금 덩어린 누구 존 일 시킬 참여? 그걸루 새 기집 얻어서 새 시상 보아가며 살 참인감. 안 그러면 어서 좀 내놔봐. 나두 이놈의 집에 시집와서 오늘까지 지지리두 고상허구 살았어. 워디 나 같은 년두 죽기 전에 한번 호강 좀 혀보게 그놈의 금 덩어릴 내놔봐 어서⋯⋯."

괜히 벌집을 쑤셔놓은 결과가 된 셈이었다.

그러나 이런 경우, 남자로서 가만히 있을 수는 없는 일이었다.

"이년 아가리 닥치지 못해."

하고 그는 꽥 소리를 쳤다.

"흥! 사내라구 그려두 큰소린 치는구먼. 금 덩어린 아무나 줍는 건 줄 아남. 금 덩어리 주었다는 소문 내놓구 요새 참 잘 허두구먼그려. 오는 사람마다 날마두 술 받어주구 밥혀 먹이구 일 못 허구…… 금 덩어리 두 번 주었다간 지둥뿌리두 안 남겠어. 쯔쯔…… 저런 인생도 인생이라구 어이구우."

"그런디 저년이——."

"관둬 관둬. 당신 그 호통이 무서워서 그만둬야겠구먼. 쯔쯔—— 내 원 별 희한한 꼴두 다 보구 살응게. 어잇 그놈의 금 덩어리 지긋지긋허구먼……."

그 이상 영회가 더 말을 거들지 않아 이 일은 소강 상태로나마나 잠잠하게 되었는데 그러고 나서 좀 있으니까 그 고종 사촌이 찾아온 것이었다. 방금 집안이 그런 지경이었던 끝이니까 비단 마누라뿐 아니라 영회까지도 저쪽에서 볼 때 손을 맞는 태도가 다소 어색하게 보였을 것은 짐작할 수가 있는 일이엇다.

이런 날이면 이래저래 영회는 술이나 취하는 수밖에는 없었다.

이날도 "그러면 못쓰네." 어쩌고 하며 돌아간 사촌 뒤를 따라 곧 주막으로 나가버렸다.

어느 때부터인지도 모르게 영회는 동네에서 '모주항아리'라는 별명으로 불리우게 되었다.

술을 많이 마신다는 뜻이었지만 그 모주항아리에는 그 밖의 의미가 또 있었다. 즉 '금항아리'가 '모주항아리'로 바뀌었다는 그런 의미였다.

그러나 일부에서는 아직도 그 모주항아리가 된 영회에 대해서 억설이 많았다.

즉, 돈이 많이 생겼으니까 술을 많이 마신다, 일할 필요가 없으니까 술이나 마시고 세월을 보낸다, 괜히 횡재를 세상에 숨기기 위해서 술 취한 체하는 거다…… 이런 식들이었다.

아무튼 영회는 술에서 깨일 날 없이 술을 퍼마셨다. 주막에서 그에게 얼마든지 외상술을 주는 것은 아직도 주막댁은 영회를 횡재한 부자로 믿고 현금잡이나 다름없다 생각하고 있기 때문이었다.

그래 연일 장취하는 그런 어느 날 영회네 집에는 웬 낯선 양복쟁이들이 들이닥쳤다. 신문기자들이라 하였다.

그들은 술에 취해 곤죽이 된 영회를 보고 아저씨가 바로 정영회 씨입니까? 하더니 다짜고짜 축하한다면서 그에게 사진기를 들이대고 찰각찰각 사진을 찍기 시작하였다. 그리고 다른 한 친구는 종이와 볼펜을 꺼내 들고는 묻는 대로 좀 대답해달라 하였다.

곤죽이 된 정영회는 뭐가 뭔지도 모르고 그저 허허허 웃고만 앉아 있고 대신 마누라가 거기에 나타났다.

그러나 마누라 역시 신문기자가 뭣하는 사람들인지도 전혀 모를 뿐 아니라 그들이 하도 급하게들 설치는 바람에 그녀도 금방 넋 나간 사람처럼 하고 있는 것 밖에는 없었다.

땅 속에서 캐낸 보물이 뭐냐가 기자들이 묻는 말이었다.

마누라는 그제야 정신이 다소 들어서,

"그런 것 캐낸 일 없어유."

남편 대신 대답하였다. 역시 영회는 곁에서 허허허허 하고 웃고만 있었다. 기자들도 아저씨 약주 많이 취하셨구만요 하고 그는 제쳐놓고 그나마 마누라 쪽에만 붙었다.

"아주머니 왜 이러십니까? 아주머니, 그런 건 세상에 발표를 하셔야지 숨겨두면 안 됩니다. 법으로 다 보호해드리니까 염려마시고 말씀해주십시오. 발표를 안 하시면 만약에 도둑을 맞는 경우도 속수무책이고 큰 물건일 때는 이후 돈으로 바꿀 수도 없게 됩니다. 그리고 그것이 만약에 국보급의 물건이라면 국가에 바치고 대신 그에 상당한 보상금을 타셔야구요. 저희들도 바쁘니깐요."

영회는 여전 허허허 웃을 뿐이고,

"글쎄, 뭘 캐온 것이 있어야 얘기를 할 게 아녀유?"

마누라의 말이었다.

"하 참, 이 아주머니 답답두 하십니다. 저희들은 아주머니네 댁에 유리한 일을 해드리려고 온 사람들입니다. 저희를 믿으시구 말씀해주십시오. 아 목격자가 다 있구 캐낸 자리까지 다 있는데 캐온 것이 없다면 됩니까? 글쎄 염려마시고 말씀해주십시오. 결국은 다 알게 될 것인데 왜 이러십니까?"

영회가 또 허허허 허허허, 웃자,

"이이가 이젠 아주 미쳤나보구먼—— 왜 자꾸 웃기는 웃어? 웃지만 말구 뭐라구 좀 대답 좀 혀봐유. 땅 속에서 뭘 캤으면 캤다, 캔 것이 없으면 없다 허구 말 좀 혀보란 말여."

그러나 영회는 여전 허허허 웃을 뿐이고. 그래서 마누라가 또 말했다.

"글쎄 뭐라구들 허셔두 안 캔 걸 워떻게 캤다구 허라는 거유. 사람 미치겠구먼유."

그때에야 비로소 기자들은 그들끼리 마주보며,

"이거 어떻게 된 일이지?"

하고 어리둥절해 하다가 그들도 허허허 웃었다.

따라서 영회도 허허허 허허허 웃는 걸 마누라가,

"어이구우 제에길! 웃지나 말어 제발. 미쳤으면 그냥이나 미치라구…… 기자 양반들 어서들 돌아가셔서 볼일들이나 보시유. 조상을 두구 맹세코 그런 것 캔 일 없응게유. 괜히 그런 소문 나가지구 우린 이젠 이나마 살림까장 못 허게 됐시유. 이 양반 허구 있는 저 꼬락서니 좀 보시유. 다 그놈의 헛소문 때문이여유. 저게 워디 성헌 사람이여유? 미친 사람이지.(이때 영회가 또 웃자)…… 아이구우, 제발 웃지 좀 말어. 미쳐두 그냥이나 미치란 말여. 기자 양반들 어서들 가시유. 이러다간 인제 나두 미치고 말겠어유."

기자들은 연신 자기네들끼리 마주보며 서로 머리를 끄덕거리기도 하고 또는 하나가 손가락으로 자기 머리 근처에다 동그라미를 그려 보이면 다른 하나는 그런 것 같다는 듯이 머리를 끄덕거리기도 하였다. 그러다가는 그들은 겨우 일어나 사립 밖으로들 나갔다.

극형(極刑)

오후 서너 시쯤 되면 집 앞의 구멍가게에 가서 2홉들이 소주 한 병을 사가지고 온다. 그리하여 일단은 그 반 병만을 마신다. 나머지 반 병은 마개를 단단히 막아서 방 한구석에 잘 모셔두고는 다시 밖으로 나간다. 이번에 가는 곳은 주점이다. 거기에 가서 한두 시간쯤 앉아 있는데 그동안 막걸리 한 병을 마신다. 그리고는 집에 돌아와 좀전에 남겨두었던 소주 반 병을 마저 마신다.

이것이 전직 소설가(이런 경우 전직이란 그런 말이 해당되는 말일는지 모르지만 하여튼 전에는 꽤 괜찮다는 평판도 있던 소설을 쓰더니 요즘은 그나마 따라갈 재주가 없어서 쓰지 못하고 그런 소설가) 조원철(趙元喆) 선생이 스스로 그렇게 정해놓고 술을 마시는 대체적인 법식이다. 첫째는 주대를 절약하고, 둘째는 폭주를 피하면서 효과적으로 취기를 보전하는 방편으로 정해놓은 법식, 하여튼 그런 것이다.

그날도 조원철 선생은 그의 그 법식대로 집에서의 소주 반 병으로부터 시작하여 주점에까지 다녀와서, 아니다. 이날은 주점에서의 주량인 막걸리 한 병 말고 그곳에서 복덕방의 장기 친구 하나를 만나서 부득이 반 병쯤을 더 마셨다.

아무튼 그러고는 집에 와서 남겨둔 반 병짜리 소주병의 마개를 막 여는 참인데 부인이 나타났다. 조원철 선생이 44세, 부인이 42세, 그러니까 나이는 선생보다 부인이 두 살 아래인데도 벌써 머리에 흰 카락이 내비치고 얼굴에 기미가 끼고 하여 오히려 부인 쪽이 더 들어보인다.

284

"아버님 올라오셨다는데요."

심드렁한 투로 부인이 하는 말이었다. 시골에서 젊은 계모와 같이 살고 있는 시아버지가 서울에 올라오셨다는 말인 것이었다. 아들딸들이 모두 서울에 살고 있기 때문에 1년에 두세 번꼴로 서울 나들이를 하는 양반이다.

조원철 선생은 얼핏 부인의 말을 듣지 않은 것처럼 여전 같은 표정인 채로 잠자코 술만을 따라서 마실 뿐이었다. 얼굴에 면도를 댄 지가 하도 오래 되어서 더부룩한 수염에 묻은 술방울들을 손바닥으로 문질러서 닦아내고는 그제야,

"누구네 집에 계시대?"

얼핏 그저 지나가는 말처럼 부인에게 물었다.

"정철(貞喆)이 삼촌네 집에 계신가 봐요. 이삿날도 며칠 안 남구 했으니까 이사하는 것두 보실 겸 올라오셨나 보죠."

검찰청 검사 서기로 있는 넷째네의 얘기인 것이었다. 그 동안 살던 아파트를 팔고 거기에 돈을 보태서 1억 얼마짜리라든가의 단독 주택을 샀다는 것은 조원철 선생도 들어서 알고 있는 일이었다.

그러나 조원철 선생은 그뿐으로 잠자코 다시 술을 따라 마셨다. 그의 눈에는 어느샌지도 모르게 눈물 방울이 맺혀 있었다. 그것을 손가락 끝으로 찍어내고는 호주머니를 뒤져서 쪼그라진 백조갑을 꺼내어 한 개비를 붙여 물었다.

"당신두 제발 그 우는 버릇 좀 고치세요. 어쩌면 그렇게 약해져가지구는 그러시는지 참 알다가두 모르겠어요. 아버님이 우리 집에 먼저 안 들르셨다구 그러시나 보구만, 그 어른이 우리 집에 안 들르시는 게 왜 어제오늘 일인가요. 부자 아들네 집이 좋지 아무러면 가난한 아들네 집이 좋시겠어요? 집집마다 자가용이 있구 잡수시는 것 진진하구. 당신 같으면 그런 아들네 집 놔두구 큰아들네 집이라구 우리같이 사는 집으루 가겠어요? 아버님만 나무랄 것두 없는 거예요. 세상이 그런걸요 뭘. 우리두 잘만 살어봐요. 오시지 말라구 등을 밀어두 그 어른이 오시지요. 이철(利喆)이 삼촌네 집에서 그렇게 당하시구두 여전히 그 삼촌네를 잘만

다니시잖아요. 만약에 우리같이 못 사는 집에서 그런 일을 당하셨다면 어떻게 됐겠어요. 상상이나 할 수 있는 일이에요?"

이철이 삼촌네란 중앙청에 다니는 올해 38세인 셋째〔三男〕네의 얘기이다. 무슨 과 과장인가로 있는데 대지 190평에 아래위 층 합한 건평이 백 평이 넘는 그런 집에서 살고 있다.

바로 작년 겨울이었다. 어른이 나이들이 지긋한 시골 조카뻘 되는 친척 둘을 데리고 상경하여 곧바로 그 아들네 집으로 갔다. 시골에서 대여섯 시간 차를 타고 올라온 끝이었으니까 그 집에 닿았을 때는 저녁 무렵이나 되었다.

"얼라, 이철이 이 사람 좀 보게. 이 사람이 이렇게까장 잘살구 있는 줄은 참말로 몰랐네."

"집이 대궐이구만. 대궐이랑게."

어른을 따라온 친척 조카들이 철대문 안에 들어서 얼핏 울 안을 둘러보고는 갑자기 발들이 땅바닥에 얼어붙은 듯이 바로 대문 안 그 자리에 우뚝 서서는 경탄경탄하여 마지않는 말들이었다.

"이 사람들아, 이 마당에 서 있는 나무값만두 천만 원이 넘는다네."
하고, 어른이 그러고 서 있는 사람들에게 한 마디를 더 보태놓았을 만큼 어른의 기분이 썩 좋았을 건 두말 할 것도 없는 일이었다.

아직 아들은 직장에서 퇴근 전이고 며느리만 아이들과 함께 집에 있었다. 대체로 돈 잘 버는 공무원은 가정에 충실한 법이어서 이철은 정확히 퇴근 시간을 맞추어 대문 밖에서 빵빵하고 자동차 소리를 울리며 돌아왔다.

"자네 참 존 집 가지구 사네 그랴."

친척 중의 하나가 조 과장 이철에게 말했다. 그에 이철은 이렇게 대답했다.

"형님두 참 존 집 구경 못 하셨구만요. 이까짓 거야 하꼬방이죠. 돈이 좀 돌면 하나 지으려구 영동에 한 삼백 평 사놨습니다."

그러자 일가 형들 둘은 또 한 번 뒤로 나자빠질 듯하다가는,

"허!"

286

하고 헛바람 소리 같은 탄성들을 발했다.

"헴! 헴!"

어른은 이럴 때 하는 마른기침을 두어 번 하고는 비로소 아들과 며느리에게 친척들과 함께 서울에 올라온 용건을 말했다.

"이번에 우리 문중 족보를 새로 보수허기로 혔다. 느이 성제들 중에두 안즉 애들루 그냥 올라 있는 채로 있는 애두 있구 느이들 어린것들은 거자두령, 거자두령이 뭐여, 숫제 하나두 올라 있지를 않고 그려서 젤로 내가 서둘렀다. 시골에서 대충 일은 혀가지고 왔다만 서울에두 몇 집 일가들이 있어서 연락혀서 보충혀야 되겠구 아주 인새(쇄)를 혀가지구 내려가야겠는디 그러자면 아무려도 한 열흘, 에또오 한 보름, 그렇지 그렇게는 걸릴 것 같다. 형철(亨喆:둘째아들)네 집으루 갈까 허다가 걔네 집은 애들두 많구 느이 집이 좀 넓을 것 같구, 그렇지 아마 조매가 넓어두 느이 집이 넓을걸. 참 그리구 젤루 인새소에 댕기기두 여기가 제일 편리헐 것 같어서 느이 집으루 왔다. 시거리뜸이 사는 허만(許萬)이 너두 알 꺼다. 그 집 아들 하나가 저 아래 원효로 워디선가 족보 같은 것 박는 인새소를 헌다더라. 이왕이면 거기 가 헐라구 헌다. 하여튼 그렇게들 알아라. 헴! 헴!"

양탄자를 깐 거실도 불기운이 후끈후끈해서 거기 소파에들 앉아서 애기들을 하는데 어른의 말이 채 끝나기도 전에 '에또오 한 보름 걸릴 것 같다'고 말한 그쯤에서 며느리는 아무 소리 없이 그만 벌떡 일어나 주방인가 어딘가로 가버리고 조 과장 이철은 한 손으로 뒤통수를 긁적거리며 마지못한 것처럼,

"그렇게 하시죠 뭐."

하였다.

곧 주방에 붙은 식당으로 옮겨 조니워커라는 양주로 반주해서 푸지게 저녁 식사들을 마쳤다.

이집 아래위 층에 방이 수도 없이 많지만 제일 큰 방으로는 아래층에 있는 부부가 쓰는 방과 이층에 있는 아들의 서재다. 둘 다 시골학교 운동장만큼씩이나 한 그런 방이다.

이날 밤 어른 일행은 아래층의 안방에서 자고 아들 내외는 이층으로 올라갔다. 어른들이 이층에서 잔다는 걸,

"보일러가 고장나서 아래층만 스팀이 제대로 들어오고 이층은 스팀이 션찮게 들어가요. 어른들이 따슨 방에서 주무셔야죠."

어떻게 해서 그렇게 달라진 건지 며느리가 좀전과는 아주 싹 달라진 본래 얼굴 생긴 대로 상냥한 말로 그래서 그렇게들 자게 된 것이었다.

다음날 아침이었다. 며느리가 통 보이지를 않았다. 아침 전에는 어디 시장에라도 간 게지 하였다. 그러나 식모 손에 의해 아침들을 먹는데도 며느리는 나타나지 않았다.

"애 어미 어디 갔냐?"

어른이 함께 식사하는 아들에게 물었다.

"모르겠는데요, 잠깐 어디 나갔나 봐요. 곧 오겠지요 뭐."

아들의 대답이었다. 식사를 마치자 아들은 곧 직장에 나가고 어린것들도 학교에 갈 놈은 가고 하였다.

그런데도 며느리가 나타나지를 않아 어른은 또 한 번 물었다.

"애 어미 어디 갔는지 너두 모르냐?"

"잠깐 어디에 다녀오실 디가 있다구만 그러시구 일찍 나가셨어요. 곧 오실 거예요."

식모애가 조심스럽게 하는 말이었다.

어른은 그런가 보다 하고는, 이내 후끈후끈한 거실 소파에 번듯이들 앉아 식모애가 후식용으로 내놓은 과일을 집으며 잡담들을 하고 있는 친척 조카들의 그 잡담 소리에 파묻혀버렸다.

"아저씨가 올해 예순싯이쥬?"

"그려."

"요즘 예순싯 정도믄 한창이라 할 수 있는 나이쥬 뭐. 그런디 아저씨는 일찌감치 팔자가 구짜, 구짜가 머여 한 열댓 자루다 축 늘어져버리셨으니 제엔장."

하고 조카는 웃었다.

"형님두 참, 그 어른 팔자 열다섯 자루 늘어지싱 게 왜 어제오늘 일이

간디 그려유?"

"천방산까지 들어댕기심서 전처짐 나무장사허시덩게 바루 엊그제 같아서 그러네."

"전처짐은 또 뭣이래유?"

"전처짐두 모르나 왜? 지게 둘 가지구 저눔 져다가 저만큼에다 받쳐놓고 또 가서 이눔 져다가 받쳐놓구 허능 것두 몰라?"

"지게 없어진 지가 하두 오래돼서 원. 암튼 아저씨만큼 젊으셨을 때 고상한 분도 드물 것이지만 아저씨만큼 밑천 안 들이구 일찌감치부터 아들들 영화 보시믄서 사시는 분두 별반 없을 꺼구만유."

"그렇지, 특별히 아저씨가 돈 들여 가르치신 것두 아니구 제바람에 고학허구 독학허구들 혀가지구서는 말끔들 잘 돼버렸웅께. 소설가 아들이 없나 중앙청 과장 아들이 없나 검찰청에 댕기는 아들이 없나 거기에다 돈은 또 형철이가 기중 잘 벌구 원……."

그 말을 어른이 받아서,

"이 사람아, 가르칠 돈이 있어야 가르치지. 먹구 살기두 숨이 차는 판인디 뭘 가지구 가르쳐 헴! 헴."

하고 또 예의 그 마른기침을 하였다.

"그렇게시리 아저씨는 수고들여서 자식 농사를 지싱 게 아니라 거저다 줏웅 것이쥬 뭐. 한둘두 아닌 넷씩이나 형님, 안 그류?"

"동상 말이 맞었네. 심지 않구 따먹는 개똥 차매처럼 말여."

"넷끼 사람들 같으니라구."

어른이 그러고 왁자히 한바탕 웃음판들을 벌였다.

그러고 재미진진하게들 웃는데 대문 밖에서 누르는 부저 소리가 나더니 그제야 며느리가 어디에 갔었던지 들고 온 웬 첩약 꾸러미 같은 것을 식모애에게 건네주고는 목에 두른 여우 목도리를 풀며 들어왔다.

"어떻게 진지들이나 잡수셨나요?"

며느리가 일동을 보고 말했다.

"얘! 아침 자알 먹구 이렇게 또 과일을 먹구 있습니다유."

손님의 하나가 대꾸했다.

"너 쟤게다 준 것이 뭣이냐? 약 아니냐?"

시아버지가 물었다.

"네! 한약이예요. 아버님 잠깐만 뵀으면 싶은데요. 드릴 말씀이 있어서요."

시아버지는 곧 며느리를 따라 저쪽에 붙은 방으로 들어갔다.

"아버님, 죄송한 말씀인데요. 제가 요새 몸이 좀 안 좋아서요. 지금 한약방에 갔다 오는 길예요."

어른은 깜짝 놀라는 얼굴이 되며,

"워디가 워트케 아픈디 또 한약방에는 간다냐?"

"큰 병은 아녀요. 저 약 반 제만 다려 먹으면 낫는대요. 좀 어지러운 기가 있어서 그래요."

"그려? 스넷중인개비구나."

"네! 그런 거예요. 그런데 아버님께 어려운 말씀을 좀 드려야겠어요."

"무슨 말이간디 그러냐? 어서 말혀봐라."

"저 약은 먹구 더운 방에서 취한을 해야만 한대요. 더운 방은 안방밖에 없어서 아버님 정말 죄송한 말씀인데요, 저 약 먹을 동안만 손님들 모시구 둘째 큰댁에나 작은댁에나에 가 계시다가 다시 저희 집으로 오시구 싶으시면 오셔두 좋구요. 그래서 드리는 말씀이에요."

며느리는 얼굴을 빨갛게 붉혔다.

시아버지는 얼른 무슨 말을 못 하고 헛기침(이건 또 이런 때 하는 기침)만을 두세 번 하다가는 기운이 빠진 소리로 말했다.

"그렇다믄 헐 수 있냐? 그렇게 허야지. 족보두 중허지만 네 몸이 더 중헌 게 아니냐? 저 사람들보구 상이혀서 형철네 집이나 워디루 가야겄다. 일이 공교롭게 고렇게시리 되얏구나. 헴! 헴!"

그래서 결국 그 집에서 쫓겨나 둘째네 집으로 갔는데 둘째네로 갈 때는 조카들이 영 가지 않겠다, 여관으로 가겠다 하고 막무가내인 걸 어른이 사정사정 빌다시피 하여 겨우겨우 데리고 갔다는 얘기인 것이었다.

그러고도 그 아들 며느리를 여전히 사랑하며 아무 일 없었던 것처럼 계속 그 집엔 다니며 양주도 얻어먹고 갈비찜도 얻어먹고 한다. 우리 집에서 만약에라도 그런 일이 있었다면, 자기가 만일 한약을 먹겠다고 그 어른보고 손님들 데리고 다른 집으로 가시라고 했다면 눈치가 번개같이 빠른 그 어른이 대관절 어떻게 했겠느냐?가 부인의 말뜻인 것이었다.

"그러니까 당신두 인제 술 아주 딱 끊어버리구 글 좀 쓰세요."

"그래 글써서 부자 되잔 말인가?"

조원철 선생은 아직도 눈물이 번쩍이는 얼굴로 서글픈 듯한 웃음을 지었다.

"부자 되자는 건 아니지만 첫째는 작가가 글을 써야지요. 그리구 왜 글 써서 부자 되는 작가들도 많잖아요."

"그런가 보드만."

하고 원철 선생은 술 한 잔을 따라서 눈을 감고 천천히 다 마셨다.

"그런데 왜 당신은 못 하세요, 다 같은 작가이면서요. 술 때문에 못 하시는 거지요."

"술이 먼전가 왜? 글 써서 부자 되는 그런 글은 쓸 줄을 모르니까 술이나 마시는 거지."

원철 선생은 또 술병을 들어 잔에 기울였다. 그러나 기운 술병에서는 두세 방울이 떨어지고는 말았다.

빈 병을 제자리에 놓아버린 원철 선생은 기운없이 머리를 떨구고는 한참을 무슨 생각인가에 잠기는 듯하다가 이윽고 떨군 머리를 들어 간절한 눈으로 부인을 바라보았다. 그리고 말했다.

"여보, 나 술 반 병만 더 먹구 싶은데 좀 사다주겠소? 내가 가서 사와두 되겠지만 이런 얼굴루 가게 애들 보기가 뭣해서 그러오. 가게에 반 병은 따라놓구 반 병만 가져오든지 아주 반 병은 버리구 가져오든지 하여튼 반 병만 갖다주오."

"그만 잡수세요. 거기에 더 잡수면 낼 아침까지 술이 깨지 않으세요. 그러면 아침에 또 해장한다구 자셔야 되구요."

부군의 주성에 대해서 너무 잘 알고 있는 부인도 거의 울상이 되어 하는 말이었다.

"괜찮아요. 꼭 반 병만 더 먹구 싶어서 그러니까. 반 병일랑 가게에 따라 놓을 것 없이 아주 버리구려."

부인은 할 수 없이 자리에서 일어났다.

원철 선생은 백조에 불을 붙였다. 한번 힘있게 빨아서 후우 하고 한숨과 함께 연기를 내뿜고는 흩어지는 연기 속으로 취읍(醉泣)으로 작아진 눈을 힘들여 떠서 한 곳을 응시했다. 부인의 때묻은 저고리가 거기에 걸려 있었다. 그의 입에서는 천천히 시 한 수가 읊어져 나왔다.

　　　빗방울이 제법 굵어진다.
　　　길바닥에 주저앉아
　　　먼 산 너머 솟아오르는
　　　나의 영원(永園)을 바라보다가
　　　구멍가게에 기어들어가
　　　소주 한 병을 도둑질했다
　　　마누라한테 덜미를 잡혔다
　　　주머니에 들어 있던 토큰 몇 개와
　　　반쯤 남은 술병도 몰수당했다
　　　비는 더욱 쏟아지고
　　　몇 줄기 광채(光彩)와 함께
　　　벼락이 친다
　　　강타(強打)
　　　연타(連打)
　　　──김종삼(金宗三)〈極刑〉

바로 집 앞이 가게니까 부인이 술을 사가지고 돌아오는 데 시간이 걸릴 것은 없었다.

"앗 춰. 인제 아주 추워질 모양이에요."

하고 부인은 들고 온 술병을 남편에게 건네주고는 방 아랫목에 깔려 있는 담요 속에 두 손을 밀어넣었다.

부인이 들고 온 술병은 오히려 반 병이 못 된다 싶었다.

그러나 조원철 선생은 반 병이 못 되게 들고 오는 그 심정까지도 합
드려 헤아려 진심으로 부인이 고맙고 딱하고 한 생각이 들어서,

"고맙소."

그렇게 부인에게 말했다.

그러자 부인은 기가 찬 모양으로 그런 웃음을 웃고는 담요 속에서 손
을 빼며,

"술 사다줘서 고맙다는 거예요? 그런 소리 말구 그놈만 잡숫구는 인
제 저녁 잡수세요. 나 저녁 준비 할게요."

그러고는 자리에서 일어났다.

"알았어요."

하고 조원철 선생은 일어선 부인을 이윽히 올려다보며 어쩐지 딱 한 잔
만은 그렇게 마시고 싶어져서,

"당신이 한 잔만 따라주구려." 하였다.

부인은 잠자코 다시 앉아서 술을 따랐다. 곧 두번째로 자리에서 일어
나며,

"꼭 그놈만 잡수세요."

다시 한 번 더 간곡히 남편에게 말했다.

"알았어요."

그제야 부인은 밖으로 나갔다.

다음날 아침, 조원철 선생은 7시 반쯤에 눈을 떴다. 언제나 이맘때면
그런 것처럼 집안이 물을 뿌린 것처럼 조용하였다. 머리맡의 책꽂이 위
에 놓인 탁상시계 소리와 건넌방에서 부인이 돌리는 재봉틀 소리만이
집안에서 나는 소리 전부였다. 애들이 모두 직장에 나간 후이기 때문이
다. 조원철 선생은 맏이로 아들 하나에 딸 둘을 두었다. 아들은 방위병
을 마치고 보건소 서기로 다니고 딸들은 둘 다 삼촌네 가게에 월급쟁이
점원으로 다니고 있다. 아들도 딸들도 직장들이 멀고 일 시간이 빠르고
하여 모두 일찍들 출근을 한다.

바깥 날씨가 추워진 모양이었다. 이불 밖의 얼굴이 시릴 정도로 외풍

이 심했다. 원철 선생은 자리에서 일어나 담배에 불을 붙였다. 술에 취하면 낮에 입었던 옷 그대로 쓰러져 자는 것이 습관이어서 이불을 젖히고 일어나기만 하면 되었다. 방문을 열고 부엌으로 갔다. 갈증 때문에 간 것이지만 이런 날 아침이면 먼저 부엌 안의 이곳저곳을 둘러보고 찾아보고 하는 것이 선생의 또 한 버릇이었다. 엊저녁처럼 부인에게 술 반 병은 버리고 반 병만 가져오라 할 때 더러는 나머지 반 병을 버리기가 아까워서 어딘가에 은밀히 감추어두는 수가 있기 때문이었다.

천장 속, 항아리 속들까지 찾아보았다. 그러나 선생이 찾는 것은 없었다. 수도 꼭지를 틀어서 냉수 한 대접을 받아 마셨다. 그리고 뒷간에 다녀서 오는데,

"일어나셨어요?"

하는 부인의 말소리가 재봉틀 소리와 함께 그 방에서 울려나왔다.

"응."

원철 선생은 그 방문을 열고 들어갔다. 앉을 데도 없이 온 방바닥이 바느질감들로 어지러웠다. 대문 밖에다 붉은 페인트 글씨로 '한복집'이라고 써 단 널쪼각 간판의 일감들인 것이었다.

"밀어놓구 거기 앉아요."

그제야 부인은 재봉틀 소리를 멈추고 남편을 돌아보았다.

"콩나물국 끓였는데 아침 잡수실라우?"

특히 이런 날 아침이면 제격인(그걸 부인도 알고 일부러 그 국을 끓이기도하는 것이지만) 콩나물국이란 말에 원철 선생은 더구나 술 한 잔 생각이 간절하였다. 그러나 부인에게 그런 말을 할 수도 없고 또한 자신도 되도록 해장술만은 참아야 된다는 것이 으레 하는 생각이고 하여,

"글쎄……."

하다가,

"당신은 아침 먹었어?"

하고 그것부터 먼저 물었다.

"아직 안 먹었어요. 아침에 찾으러 온다는 옷이 있어서요. 당신 먼저 잡숴요. 차려다드릴게요."

294

"아냐. 이제야 일어나서 별생각 없어."

부인은 남편의 속마음을 알고,

"그럼 목욕이나 갔다 오세요. 여태 눈이 빨개요. 그렇게 허구야 아버님한테 가시겠어요? 그렇찮어두 미움을 사시면서 술기운까지 보여봐요 쓰겄나. 그리구 나는 오늘 안 갈래요. 일두 바쁘구 그닥 반가워두 않으실 건데 낼쯤이나 가서 뵐래요. 어서 목욕 가세요. 준비해드릴게요."

결국 조원철 선생은 부인한테 떠밀리다시피 하여 부인이 챙겨주는 목욕 용구 가방을 들고 목욕탕으로 갔다.

목욕탕에서 돌아와 대강 아침을 마치고 나자 10시가 거의 되었다. 부친이 계신다는 넷째네 집에 전화를 걸었다. 계수가 받았다. 지난날에 원철 선생의 글을 가장 열심히 읽었던 계수이다. 그래서 그만큼 이쪽에서도 좋게 봐주고 하는 사이기도 하다. 서방님이 아니고 항상 자기 남편이 하는 것처럼 큰형님이라 한다.

"아버님 엊저녁에 둘째 형님네 집으로 가셨어요. 오늘 안과 병원에 가신다구요."

저쪽의 말이었다. 어른은 한쪽 눈이 백내장이어서 서울 올 때마다 안과 병원에 간다. 둘째의 친구 중에 안과의사가 있어서 그 일은 둘째가 전담하고 있다.

원철 선생은 알았다고 전화를 끊고 곧 둘째 형철(亨喆)네 집에 다시 걸었다. 이번에는 둘째 아우가 직접 전화를 받았다. 둘째지만 사이에 누이가 있어서 원철 선생보다 두 터울 아래인 올해 꼭 40세. 이 아우는 유일하게 글공부하고는 거리가 멀고 그 대신 일찍부터 장사에 눈을 돌려 그 방면으로 뛰어나고 돈 많기로도 형제 중에 첫째인 사람이다. 그래서 가난을 모르고(가난한 사람은 가난하게 살아 마땅한 사람이다 등으로) 돈 벌 줄 모르는 형을 싫어하는 건 부친과도 같다.

"왜 여태 안 나가구 집에 있니?"

대형 슈퍼마켓을 세 군데에나 가지고 있고 거기에 무슨 조합장 등의 직함들까지 가지고 있다. 그래서 바쁘기가 자동차 바퀴에서 불이 날 지경인 사람이기 때문에 물은 말이다.

"아버지 병원에 모시구 갈라구요. 그러지 안 혀두 형님한테 전화를 걸라는 참이었는데요."

그쪽에서 전화를 걸 일이 있다니, 그 동안에는 없는 일이라 원철 선생은 의아히 생각하며,

"왜?"

"형님의 의료보험 카드에 아버지가 올라 있다며요."

소위 예술인이라고 그런 걸 줘서 가지고 있고, 장남이니까 부친이 올라 있다.

"응, 올라 있어."

"웬만허면 이번에 아주 아버지 수술을 혀달래야겠어요."

"그건 의사가 아는 일 아니냐?"

"지금 그쪽 눈은 거의 안 보이신대요. 언제든지 안 보이면 수술을 혀준다구 의사가 그랬거든요."

"하여튼 병원에 가서 검살 혀봐야지."

"지금 갈 참여요. 병원에 가서 전화힐 테니 수술이 된다면 카드 가지고 그리로 오세요."

"지금 나두 병원으로 가지 뭘. 그러구저러구 아버지두 뵈야 헐 테니까. 그리구 검사허는 데두 돈이 들잖니? 이왕 카들 쓰지 뭘."

"그까짓 거야 몇 푼 드나요. 암튼 그럼 형님두 그리루 오세요."

"그래. 그리구 아버지 잠깐만 바꿔다구."

"그래요."

곧 전화는 어른과 바뀌어졌다.

"원철이냐?"

쟁쟁한 소리가 울려온다. 원기가 좋은 분이다.

"예! 아버지 어제 오셨다며요."

조원철 선생은 부친의 음성에 눌리기라도 한 것처럼 자신도 모르게 기가 죽은 소리가 된다.

"그려."

"지금 병원에 가신다구요."

“그려. 이번에 아주 수술혀뻐릴란다.”

“하여튼 병원에 가보세요. 저도 그리루 갈랍니다.”

“그려라…… 넌 요새 워떻게 지내구 있냐?”

“잘 지내고 있습니다.” 하고 다른 말 물을까 봐서 되도록 빠른 어투로 “그럼, 이따 뵙겠습니다.”

“그려.”

“그런 땐 당신두 쓸디가 있나 부네요.”

전화를 끊자, 곁에서 듣고 있던 부인이 토라져서 하는 말이었다.

병원까지의 거리는 그쪽에서보다 이쪽에서가 오히려 가까운데도 저쪽은 자가용차라 원철 선생이 병원에 닿았을 때는 이미 어른은 진찰실에 들어가 있었다.

곧 수술이 결정되고 병실이 정해졌다. 어떻게 하는 것이 백내장 수술이냐에 대해서 원철 선생은 의사에게 물었다. 눈의 수정체를 제거하고 나중에 그와 같은 콘택트렌즈를 끼우는 것이라 하였다. 한 마디로 말해서 카메라의 렌즈를 빼내고 대신 그와 비슷한 다른 걸 끼우는 것과 같다는 것이었다.

의사의 말로는 간단한 것이라 하였지만 원철 선생이 듣기로는 그렇게 간단한 것이 아닌 무서운 수술인 것으로 여겨졌다.

“나는 백내장 수술이라는 것이 눈의 거먹창을 덮은 그 허연 것을 걷어내는 것인 줄 알았더니 그런 건가?”

하고 함께 듣던 아우가 웃었다.

수술은 한 시간쯤 걸리고 1주일 입원에 약 1개월간 통원 치료를 받아야 한다는 얘기였다.

원철 선생은 부인과 누이를 위시한 다른 아우들에게 모두 전화를 걸었다. 이런 때는 마치 소설을 쓸 때와도 같이 전신경을 그것에만 집중시키는 것이 원철 선생의 또 다른 성격이다.

부친이 수술실에 들어가 있는 동안 누이 동생이 맨 처음에 오고 수술이 끝날 무렵쯤에 중앙청의 아우와 검찰청에 다니는 아우네 계수가 거의 동시에 들어왔다.

수술실의 문이 열리고 들것에 실려 나오는 부친의 얼굴을 보고 가족들은 잠깐 놀랐다. 두 눈이 모두 가려져 있기 때문이었다.

"왜 두 눈 다 가리셨나요?"

간호부에게 묻자 한 눈만 수술해도 그렇게 하는 거라고만 하였다. 그에 대한 좀더 자세한 설명은 환자가 병실에 완전히 옮겨진 후에 들을 수가 있었다. 백내장 수술 후에 가장 중요한 일이 수술한 눈을 움직여서는 안 되는 일이다. 성한 눈을 가리지 않으면 그 눈을 깜박일 때 수술한 눈까지 움직이게 된다. 그래서 두 눈을 모두 가리는 거라는 것을 가족들은 알게 되었다.

그리고도 수술한 눈을 움직이지 않게 하기 위해서의 주의 사항들이 많았다. 반듯하게 누워 있는 그대로 얼굴을 약간도 움직여서는 안 된다, 특히 기침은 대금물이다, 가래가 나오려 하거든 얼른 휴지를 입 안에 넣어 닦아내야 한다, 병원에서 나오는 미음죽 이외 이로 씹는 무엇을 먹어도 안 된다, 되도록 안 해야 된다, 눈의 근육이 입의 근육과 모두 연결되어 있기 때문이다, 대소변도 반듯하게 누운 그대로 받아내야 된다 등등으로.

수술실에서 나온 두 시간쯤 후에 어른은 마취에서 깨어났다.

그 동안 둘째와 셋째는 각기의 일들 때문에 가고, 대신 오늘은 일들이 바빠 시아버지를 뵙지 않겠다던 큰며느리를 위시한 모든 며느리들이 다 오고 원철 선생, 누이 그렇게들 있었다. 그 가족 상황을 두 눈을 가린 채로 침대에 누워 있는 어른에게 누이가 설명했다.

"뭣 허러들 다 와 바쁜디. 한 사람씩 교대혀서 오믄 되지."

하고 말한 끝에 어른은 으레 그런 때의 버릇인 마른기침을 할 뻔하다가 누이가 얼른 제지해서 그만두었다.

"아버지, 말씀두 되도록 하지 마시래요."

누이가 말했다.

"그려."

어른은 작은 소리로 그러고는 잠잠하였다.

가족들도 되도록 말을 줄이고 부득이한 말은 환자가 듣지 않도록 낮게 속삭이는 소리로 하거나 병실 밖에 나가서 하거나 하였다.

"낮에는 문제가 없는데 밤이 문제야. 오늘 밤은 내가 여기서 잘 테니까 낼부터 교대로들 와서 자도록 해."

누이가 올케들을 보고 말했다. 물론 병실 밖으로 모두들 나와서 한 말이었다. 그 말을 원철 선생이 얼른 가로막고 말했다.

"아니다. 내가 아주 오늘부터 여기 있을 테니까 그 문제에 대해서는 걱정할 것들 없어. 나는 집에 가야 할 일두 없는 사람이니까."

"오빠가요? 허기야 자상한 분이니까 오빠가 전담한다면 안심이지만 술잡숫구 싶어서 어떻게 하죠? 병원에서, 더구나 아버지 병간호하면서 술을 잡술 수도 없을 테구요."

하고 누이는 웃었다.

"그까짓 것 안 먹으면 되지. 내가 뭐 술의 중독자라두 되는 줄 아니?"

"그러신다면 술도 안 잡숫구 더욱 존 일이지만 아무튼 지금부터 낼 아침까진 내가 있을게요."

"그래, 그럼 낼부턴 내가 있으마."

그러나 이날도 원철 선생은 부인과 계수들이 모두 돌아간 후에도 누이와 함께 계속 병원에 남아 있다가 밤늦게야 집에 돌아왔다.

그리고 다음날부터는 전날의 약속대로 원철 선생이 병실을 맡았다. 식사는 계수, 누이 등이 번갈아가며 갖다주어서도 먹고 사서도 먹고 하며 주야로 환자의 간호에 전력을 다 기울였다.

때때로 들르는 아우들이 슬그머니 푼돈도 놓고 가고 하여 매식이나 그 밖의 용돈에는 아무런 불편이 없었다.

술생각이 더러 났지만 두 눈을 가리고 부동의 자세로 누워서 의사의 말을 그대로 지키고 있는 부친의 인내를 바라볼 때 그것도 참을 수가 있었다.

그래서 부인도 좋아하였다.

"이 기회에 술두 끊으시구 아버님한테 점수두 따구 허세요."

부인이 한 말이었다.

부자간에는 거의 대화가 없다시피 했지만 그 대신 원철 선생이 하는

일은 많았다. 환자가 식사도 누워서 하게 되므로 미음죽을 일일이 떠넣
어드려야 하고 약도 어떤 식으로 먹여드려야 하고 주사 때 회진 때 시
중들어야 하고 대소변을 받아내고 기침이 나오려고 하면 재빨리 휴지를
입 안에 넣어 침과 가래를 씻어내야 하고 등은 고정된 일이고 그 밖에
가장 힘이 드는 일이 또 있었다.

환갑이 넘은 분으로 아무리 기운이 좋은 분이라 하더라도 두 눈을 가
린 채 몸을 움직이지 않고 주야로 침대에 반듯하게 누워만 있으니 어디
보다 허리가 아플 건 당연한 일이었다. 참을성이 많은 분인데도 때때로
얼굴에 그것을 알 수 있는 표정을 지으며 주먹을 쥔 한 손을 힘겹게 허
리 밑에 넣고 하였다. 그것이라 깨달은 원철 선생은 즉각,

"아버지, 허리가 아프시지요?"

하고 대신 부친의 허리 밑에 자신의 두 손을 밀어넣었다. 가장 아플 듯
싶은 척추의 뼈마디에 주먹의 솟은 뼈가 닿도록 손을 꽉 쥐었다폈다 하
자 시원해 하는 반응이 곧 나타났다. 주먹이 닿는 부분에 힘이 가해오는
것으로 알 수가 있는 것이었다.

가장 힘이 드는 일이란 바로 그 일인데 반듯하게 누운 허리 밑에서
주먹을 꽉 쥐었다폈다 하기가 이만저만 힘이 드는 것이 아니었다. 10분
을 계속할 수가 없었다. 자주 해드리는 수밖에 없었다.

부친도 그것을 알고 그때마다,

"괜찮다. 그만 혀라."

하고 말하는 것이지만 그 음성이 어쩌면 부친으로부터는 거의 처음으로
들어보는 것 같은 아주 약해진 소리로, 그리고 아주 다정한 음성으로 들
려서 원철 선생은 더욱 오래 더욱 자주 그것을 해드리게 되었다. '내가
이 어른에게 해드릴 수 있는 효도는 이것뿐이다' 등도 생각하며.

원철 선생과 부친과의 그것은, 그것을 바라보는 부인의 마음을 편케
해주고, 형제들의 마음까지도 편케 해주는 것이었지만, 형제들의 마음이
편한 건 부인의 그것과는 아주 다른 것이었다. 형이 하도 잘하고 있으므
로 부친의 일에는 일체 신경을 쏠 것이 없는 것으로 생각하고 있는 것
은 있을 수 있는 일이다. 그런데 그 형에게 그다지 미안한 마음을 갖지

않아도 된다는 생각을 그들이 갖고 있는 것, 부인과 다른 것이 바로 그
것이었다.

본인 자신의 말마따나 집에서 별로 하는 일도 없이 술이나 먹는 것이
일인 사람이고 또 장남으로 의당 할 만한 일인데 따로 미안한 생각을
가질게 뭐 있느냐는 것이, 누이 하나만이 예외일 뿐이고 그 밖의 모든
남형제들의 공통된 생각이다.

그러므로 그들은 더러 틈나는 대로 잠깐씩 각기의 승용차로 와서 부
친에게 왔다는 것이나 알리고 탁자 위에 놓여 있는 형의 식대에다나 얼
마씩 보태놓고 가면 되었다.

그래서 식대가 충분하므로 안식구들이 처음에 한두 번 해오던 식사도
해올 필요가 없어서 좋고들 하였다.

부친도 알므로 어쩌다 그들이 나타나면,

"바쁘지들 않냐? 사람은 바뻐야 먹구 산다."

얼핏 누구에게 들으라고 하는 말인지도 모를 그런 말을 한다.

그 말이 어떠한 의미의 말이건 간에 그것과는 상관없이 사실 원철 선
생도 그들이 자주 나타나는 것을 그다지 좋아하지 않았다.

부친의 병간에는 가령 식사는 어떤 식으로 떠넣어드려야 하고 약은
어떤 식으로 먹여드려야 하고 대소변은 어떤 식으로 받아내야 하고 등
으로 모두 격식이 있어서 어쩌다 한 번씩 오는 그들이 그런 일이나마
대신해줄 수가 없으므로 오나마나일 뿐더러 오히려 그들은 와서 앉아
있고 형은 일을 하고 하는 것이 피차 거북할 뿐이기 때문이었다. 젊은
계수들을 의자에 앉혀놓고 병간할 때가 더욱 그러하였다.

한번은 부친이 갑자기 물었다.

"애야, 애들이 놓고 간 돈이 얼마나 남었냐?"

"네! 많이 남아 있습니다."

그다지 많이라고 할 수 있는 액수가 남아있는 것도 아니었지만 조원
철 선생의 귀에는 부친의 질문이 어쩐지 그렇게 대답해야 될 것으로만
들려서 한 대답이었다.

"그러믄 말이다. 주사 놓으러 오는 간호부애들 뭣이라두 좀 사다줬으

면 워떻겠냐!"

아, 이런 모욕까지 주시나 때문에, 화끈거리는 얼굴 때문에 조원철 선생은 잠시 말문이 막혔다가,

"죤 일이지요. 그런데 이십여 명이나 되는 간호원들이 밤낮으로 나뉘어 가지고 이 사람 저 사람 번갈아들 오는데 뭘 어떻게 사다줘야 좋을지 모르겠습니다."

애써 부드러운 말로 대답하였다.

"사과 몇 개씩이라두 좋구 귤 몇 개씩이라두 좋잖니?"

"하여튼 제가 알아서 하겠습니다."

그래서 간호사 수대로 스타킹 다섯 켤레씩 포장된 것을 사고 거기에 귤 한 상자를 더 사서 간호 과장에게 보내주었다.

그러고 나자 탁자 위의 돈이 바닥이 났다. 그로부터는 동생들이 놓고 가는 돈으로는 식대를 하지 않기로 한 것이 조원철 선생의 방침이고 그대로 이행하였다. 집의 내자한테 전화를 걸어서 따로 식대를 가져오게도 하고, 혹은 식사를 내오도록도 하였다.

어른이 입원한 지 닷새쨌가 되는 날, 뜻밖에 시골에서 계모가 올라왔다. 나이가 장남인 원철 선생보다 불과 네 살 위이지만 친모가 돌아가고 부친을 모신 지가 10년도 더 되고 부친도 잘 모시고 살림살이도 잘해서 주변에서 칭찬을 많이 받는 분이다. 누이와 둘째 계수와 함께 불쑥 병실에 나타났는데 누이와 미리 연락들을 해가지고 온 것이었다.

"오빠, 인제 해방되셨습니다. 오늘부터는 어머니가 아버지의 병간호를 맡으실 테니깐요. 그 동안 참 수고가 많으셨습니다."

누이가 하는 말이었다.

그러나 사실은 그러기 위해서 계모를 일부러 오라 한 건 아니고 다음 날이 부친의 생일이기 때문에 며칠간 집을 이웃에 부탁하고 올라온 분이었다.

어쨌든 원철 선생은 이날 밤부터 집에 와서 잘 수 있게 되었다. 계모에게 병간 방법을 상세히 전달 교육하고 온 건 두말할 것도 없는 일이

다.

부친의 생일인 다음날은 부득이한 사람들만 빠지고는 거의 전 형제들의 가족들까지 모두 병원에 모였다. 병원에 음식을 차려놓고 파티라도 벌이는 건 아니었지만 아무튼 어른의 생일이고 계모도 오고 하여 모인 것이었다.

그러나 병실이 좁고 또 환자 앞에서 너무 떠들어도 안 되므로 자연히 병실 밖의 대합실에서 얘기를 하게 되었다. 시골집에 소며 돼지며 개 등 짐승들도 있고 그 밖에도 남에게 언제까지나 맡겨둘 수만 없는 일들도 있게 마련이므로 되도록 빨리 내려가야 한다는 것이 계모의 얘기였다.

그런 여러 얘기들 끝에 불쑥 누이가 말했다.

"오빠, 오빠가 시골에 잠깐 가 있으면 어떻겠어요. 아버지가 앞으로두 달포 가량이나 서울에 계셔야 되구 통행 치료 때두 누가 따라다녀야 되구 하는데 어머니보다 잘할 분이 어딨겠어요. 그러니 어머니보구 서울 계시라하구 오빠가 내려가세요. 오빤 찬찬허셔서 짐승들 잘 거두구 집 잘 보시구 허실 테니까. 책 몇 권허구 원고지허구 가방에 넣어가지구 가세요. 그리고 인자 제발 글 좀 쓰세요. 글 쓰는 분이 글은 안 쓰구 타락헌 사람처럼 맨 술집에나 복덕방에나 다니면 쓰겠어요? 언니나 애들이 불쌍치두 않으세요? 이런 말 길게 하면 싫어허실 테니까 그만헐께요. 모르는 분두 아니구요. 그러니 이번 기회에 시골에 가셔서 머리를 일신해 가지구 글을 쓰세요. 글 쓰는 분들은 일부러라두 그런 델 찾아다닐 텐데 좀 좋아요. 가세요. 시골에."

그러자 벌써 부인은 젖은 눈을 옷소매로 눌러서 닦아내고는 마침 시누이가 좋은 말을 하셨습니다의 뜻으로 그녀도 부군에게 한 마디 했다.

"그렇게 허세요. 글이야 쓰시든지 안 쓰시든지 거기 가 얼마간이라두 기시면 좋겠어요. 요즘 술두 며칠 안 자시구 헌 끝에구 허니까 고모 말대루 그렇게 허세요. 시골두 연탄 때구 석유곤로가 있구 김장 다 담거 놓셨을 테구 밥 혀먹는 거야 문제두 없는 일 아녀요. 가세요. 가셔서 오랜만에 고향분들두 만나구 산에두 올라가보구 허면 생각두 달라지실 테구 허니까 고모 말대루 내려가셔서 머리라두 식혀갖구 오세요."

원철 선생은 형제, 계수들이 있는 데서 술이며 복덕방이며 하고 자신이 화제가 되고 있는 것이 싫었다. 그리고 부인이 식구들이 모인 가운데서 유독 딴 식구처럼 초라하게 보이는데 그 부인의 눈자위가 붉어지고 젖고 해서 더욱 그렇게 보이는 것도 싫었다.

그러나 원철 선생은 권을 받는 말에 딴은 그럴 마음이 아주 없는 것은 아니어서 억지로 태연을 짓고,

"그래 볼까? 이런 기회도 드물 테니까."

하였다. 이런 기회란 미움을 주는 부친이 시골을 오래 비우는 기회라는 뜻으로 한 말인데 누이도, 부인까지도 그 말은 못 알아듣는 듯하였다.

"네, 그러세요."

"그러세요."

두 사람이 좋아서만 하는 말들이었다.

그 얘기는 그런 정도로만 끝나고 계모의 식사 문제가 잠시 거론되었다. 육류를 전혀 입에 대지 않는 다소 까다로운 식성이기 때문에 원철 선생이 하던 대로 매식이 가능하냐(그들은 원철 선생이 계속 자기네들이 놓고 가는 돈으로 식사를 한 것으로만 알고 있다) 집에서 나르느냐의 문제였다.

그에 대해서는 원철 선생이 의견을 내놓았다. 어머니의 식성에 맞도록 음식점에 특별히 맞춰서 배달시켜 자시도록 하자는 쪽으로였다.

그렇게 낙착이 되어 원철 선생이 직접 음식점에 가서 찬이며 배달 시간이며 등을 상세히 설명하여 맞추어놓고는(그런 일만은 으레 그가 하는 일로 되어 있으니까 그렇게 하고는) 모두들 헤어졌다.

바로 그 다음날 원철 선생 내외는 다소 이른 시간에 병원을 들르게 되었다. 부인이 손님한테 부탁 받은 옷감을 사기 위해 시내에 나가게 되어, 그러면 어머니의 아침 식사 때를 맞춰서 좀 일찍이 나가 병원에부터 들러보자고 원철 선생이 제의해서 된 일이었다. 계모의 식사가 전날에 주문한 그대로 어김없이 시간과 찬이 맞는가를 직접 확인해야만 되는 부군의 성질을 부인도 잘 알고 있었다.

병원 앞이 음식점이기 때문에 둘이는 거기부터 들렀다. 전일에 약속

한 그 배달시각을 대어 들렀는데도 음식점에서는 그제야들 눈을 비비고 일어났는지 머리가 수세미처럼 생긴 여인 하나가 식당 안의 난로에 불을 넣고 있었다.

"어제 내가 주문한 이 앞 안과 병원 508호 특실 아침식사 배달 됐습니까?"

원철 선생이 묻자,

"네, 조금 늦었습니다. 곧 배달해드리겠습니다."

하는 것이 머리가 불결하게 생긴 그 여자의 대답이었다.

"오늘 아침은 양해를 하겠습니다만 점심때부터 시간 어기면 다른 데가 시키겠습니다."

그 정도로만 해놓고 둘이는 그 집에서 나와 병원으로 갔다.

그런데 둘이 병실에 들어서 부친에게, "저예요, 아버님." 등으로 인사를 드리자마자 어쩐지 분위기가 묘하다 싶었다. 계모의 얼굴을 살펴본 건 원철 선생이었다. 그러나 거기에서 특별한 무엇을 찾아낼 수는 없었다. 다소 빛깔이 검은 편인 얼굴에 약간 웃음을 짓고, "왔어들?" 하는 정도로 평상시와 그다지 다를 것이 없었다.

원철 선생은 그 계모에게 음식점에 다녀온 얘기를 잠깐 하고 우선 부친의 허리 밑에 손부터 밀어넣었다.

그러자 갑자기 싫은 몸짓과 함께,

"그만둬라."

하는 말이 부친의 입에서 튀어나왔다.

원철 선생은 까닭을 모른 채 부친의 허리에서 부끄러운 손을 빼고는 그 자리에 멍히 서 있을 뿐이었다.

"너는 요새 그렇게두 허는 일이 없나?"

새삼스럽게 부친이 하는 말이었다. 혹 아침에 너무 일찍 온 것이 죄인가 하는 생각도 잠깐 들었다.

"네! 별로 없습니다."

다소는 반감도 들어서 그대로 말했다.

"소설가람서 벌써 그것두 밑천이 떨어졌냐?"

잠자코 있자,

"너두 참 큰일 났다. 삭신 멀쩡혀가지구 어린것들헌테 밥 얻어먹구 복
덕방에 가 그런 사람들허구 장기나 두구 술타령이나 허는 게 일이라
니."

그때까지도 계모는 여전 아무것도 모르는 것처럼 말없이 앉아 있고,
며느리가 조심스럽게 한 마디 하였다.

"아버님, 재 애비가 쓰는 글은 대섯방 사람들이 쓰는 것처럼 그렇게
누가 써달라는 대로 써지는 그런 게 아닌가 봐요. 생각이 나야 쓰는 거
니까요. 곧 쓰게 될 거예요. 그 동안 그래두 재 애비가 벌어서 살아왔잖
아요. 말씀 많이 하시면 수술한 눈에두 안 좋으시니까 그만 고정허세
요."

"시끄럽다. 이까짓 눈 안 보여두 좋다. 맨날 술이나 먹구 있는 자식이
무슨 생각이 나서 글을 써. 그리구 당신일랑 오늘이라두 시골에 내려가,
내일이면 퇴원헐 테구, 댕기며(통원) 치료받을 땐 당신 아니래두 사람
많응께."

어른의 말이 그런데도 마나님은 여전 같은 자세로 입을 다물고 있을
따름이었다.

비단 마나님뿐이 아니라 그 이상은 부친도 아들도 자부도 누구도 말
하는 사람은 없었다. 어른은 어느샌지도 모르게 저쪽으로 돌아누워 있
었다. 어제부터는 몸을 다소는 움직여도 괜찮다고 의사가 말해줬기 때
문에 그렇게 누울 수가 있는 것이었다.

숨이 답답할 정도로 네 사람은 말없이 각기의 모습으로들 있었다.

얼마 후에 원철 선생은 슬며시 자리를 피해 담배를 꺼내가지고 병실
밖으로 나갔다. 밖에서 담배 한 개비를 다 태우고 방 안에 다시 들어가
자 부인은 그 사이에 계모가 앉아 있는 보조 침대의 한쪽 귀퉁이에 걸
뜨리고 앉아 탁자 위에 놓여 있는 묵은 신문지를 들여다보고 있었다.

"당신 뭐 옷감 뜰 게 있다며?"

하고 원철 선생은 부인에게 말했다.

"네!"

"그럼, 가보지 그래. 나도 오늘은 다녀올 데가 좀 있어서 나가봐야겠구만."

부인은 곧 자리에서 일어났다. 그래서,

"아버지, 내일 퇴원하실 때 다시 오겠습니다."

원철 선생이 먼저 부친에게 인사를 하고,

"아버님, 저두 이만 가겠습니다."

며느리가 따라 하고 계모에게도 수고하시라는 인사를 끝마친 다음 두 내외는 병실에서 나왔다.

"당신 옷감 뜨는 데가 어디야?"

병원 밖으로 훨씬 나와서 원철 선생이 부인에게 물었다. 눈발이 비치고 꽤 추운 날씨였다.

"여기선 남대문 시장에 가야지요. 두 정류장만 가면 되니깐요."

"그럼, 떠가지고 올 테야? 나 먼저 집으로 갈 테니까."

"함께 가요. 혼자 가시지 말고요."

"그럴까, 그럼 말야, 저기로 잠깐만 들어갔다 가자구. 나 소주 한 잔만 마시구 갈 테니까."

"아침부터 술은 왜 먹는다구 그러세요. 그러잖어두 혼자 가다가 술집에 들어갈까봐 같이 가자는 건데요."

"한 잔만 먹구 싶어서 그래. 들어와."

하고 원철 선생은 길가에 있는 해장국 집으로 들어갔다. 할 수 없는 듯 부인도 남편의 뒤를 따랐다.

"전 다 알았어요."

탁자를 사이에 두고 마주앉게 되자 부인이 말했다.

"뭘 말야?"

"아버님이 아까 하신 말씀 말예요. 당신 시골 못 가게 하느라고 그러신 거예요. 어제 한 얘기 어머니가 다 아버님께 얘기했구만 그래요. 두 분이 밤새 연구했겠지요."

원철 선생은 아무 대꾸도 않고 소주를 따라마셨다.

"참 너무들 허세요. 빈 집에 좀 가 있으면 어때요. 엊그게 삼촌들이 놓

고가는 돈으로는 당신 밥도 못 사먹게 하고 간호부들 뭣 사다주라한 것
도 나는 생전에는 못 잊을 일예요. 그거 반 병만 먹구 반 병은 남기세
요. 그리구 인제 술 좀 끊으세요. 당신 술 먹는 줄 아시고 시골에 가서
혹 벼가마니라두 내다가 팔아서 술이나 먹구 지낼까봐서 아버님두 그러
시는 거예요. 집 지키러 간 사람이 설마 원 그럴라구. 참 너무들 허세
요.”

“그만 해두라구. 이것 반 병만 마시구 나갈 테니까.”

하고 원철 선생은 다소 속도를 내어 꼭 반 병만을 마시고 자리에서 일
어났다.

이날 남대문 시장의 용무까지를 모두 마치고 집 앞의 정류장에서 내
외가 버스를 내리기는 정오 전인 열한시나 거의 되어서였다.

“나 저 아래 복덕방에 가서 장기 한 판 두고 갈 테니까 먼저 들어가
요.”

버스에서 내리며, 아니, 버스가 집 앞의 정류장에 가까워지면서부터
부인이 은근히 걱정했던 그 말을 조원철 선생은 기어이 하고 말았다.

“거기 가면 술 잡숫게 되잖아요. 그냥 집으로 가세요.”

“아냐, 잠깐만 다녀갈 테니까 먼저 들어가요.”

어찌할 수 없는 부인은, 다만 간절한 말로 남편에게 이를 뿐이었다.

“그럼, 곧 들어오세요, 술 먹지 마시고요. 눈도 내리고 날씨도 춰요. 이
런 날 밖에서 술 먹으면 안 돼요. 큰일나요. 오늘 당신 기분두 안 존 날
이고요. 장기 한 판만 두고 곧 들어오시는 거지요?……. 꼭 약속 지키세
요. 늦으면 이따가 나가볼 테니깐요. 나가지 않게 꼭 약속지키세요. 아셨
지요? 나 먼저 들어갈게요…….”

──1984. 1994 改稿

소년시절

　기린봉(麒麟峰)이라고 하는 마을 뒷산 바로 밑에 우리 집은 있었다. 산자락이 앞집의 대숲과 이어진 그 기슭을 잘라내고 지은 집이기 때문에 마을에서는 잘 보이지도 않고 산에서 흐르는 개울가의 들쭉날쭉한 돌계단 길을 한참 올라가고 다시 숲속으로 들어가고 해야만 겨우 집의 한쪽 처마가 보일 정도였다.

　큰집 골방 넓이나 될 어둑한 방 두 개에 반 칸짜리 부엌 한 개의 그런 작은 토담집이었는데 마을 사람들은 이 집을 꼬작집이라고들 불렀다. 그만큼 마을에서는 제일 높은 꼭대기 집으로 특히 겨울철 눈이라도 많이 내릴 때는 집에서 마을을 출입하기가 이만저만 불편한 것이 아니었다. 어머니의 턱 밑에 열 몇 바늘이나 꿰맨 흉터를 만들어놓은 것도 그런 겨울철의 그 길이었다.

　마을에 있는 우물터로 물을 길러 가다가 미끌어진건데 가슴에 꽉 부등켜안은 물동이로 턱을 올려치며 주저앉는 바람에 찢긴 상처였다. 그 집으로 이사가서 얼마되지 않은 내 나이 네 살 땐가 다섯 살 땐가에 있었던 일이었다.

　"젠장 그깐 눔으 물동이 하나가 그렇게두 중허던가? 그늠으걸 얼른 내쏴뻐리잖구 서방님 껴안듯 꼭 껴안구서는 주저앉게."

　두고두고 어머니로부터 그때 다친 경위 얘기를 듣는 사람이면 으레 쉽게 농처럼 하는 말들이었으나 어머니로서는 설사 그것이 물동이가 아닌 한갓 하치않은 그릇부등가리 하나였을지라도 그것이 그만큼 중했던 시절이기도 하였다.

　아무튼 길도 그렇고 집도 그렇고 사실 집이라고 하기에도 부끄러운 그런 것이긴 하였지만 그러나 그 집을 터를 빌어 목수도 미장이도 대지 않고 어머니와 함께 손수 짓고 난 아버지로서는 그 어떠한 대저택을 가진 사람의 그것보다 결코 못한 것이 아니었다. 그때까지 남의 집 곁방살이를 하던 끝에 장차 그 집을 요긴하게 써먹을 일이 한두 가지가 아닌 것으로 그러하였다. 닭장사가 직업인 아버지의 그 냄새나고 시끄러운 닭장(지고 다니는 닭장)을 마음대로 들여놓을 내 집이 생긴 것, 베를 짤 줄 아는 어머니의 그 벳방이 생긴 것, 백·중·부(伯·仲·父) 3형제분들 틈에 하나뿐인 손자(나)를 너무 좋아하시는 할머니를 집에 모실 방이 생긴 것, 그것만으로도 아버지는 앞에 말한 대로 어느 누구네의 대저택이 필요없는 것이었다.

　거기에 하치않은 것이긴 하나 그러나 어머니 편에서 보기로는 어쩌면 무엇보다도 가장 중요한 것이 될지도 모르는, 그 동안 늘 주인집 아이한테 공매를 맞던 내가 안전한 곳으로 가게 되는 것을 첨가시켜도 되었다.

　주인집 아이와 나와는 동갑인데 몸집은 내가 큰 편이었다. 그러므로 둘이서 싸우면 내가 얼마든지 이길 수 있는데도 그 아이를 내가 이기면 안 되게 되어 있는 것이 나의 슬픔이었다.

　"암만 덕패(德杓·주인집 아이)가 너를 때려두 너는 걔를 때리면 안 된다."

　평소에 어머니가 하는 말인데 거기에 아버지는 한술을 더 떴다.

　"이눔 자식 걜 때리믄 죽는 줄 알어라."

　이것이 눈까지 부라리며 하는 아버지의 말이었다.

　그런 터라 그 애를 이긴다거나 때린다거나는 생각도 못 하는 일이고 혹 그 애와 놀다가 그 애가 제바람에 울어도 재난은 나한테로 돌아오게 마련이었다.

　내가 가진 것은 뭐든지 제가 갖겠다는 것이고, 내가 순순히 주지 않으면 우는 애였다. 그 애가 우는 소리는 곧 자기 어머니를 부르는, 그리하여 내가 가진 것을 빼앗아달라는 소리와 같은 것이었다. 그 애가 울면 영락없이 어딘가에서 그 애 어머니는 눈에다 불을 켜가지고 나타난다. 그렇게 나타나서는,

"왜 우니, 덕패?"

쨍쨍울리는 소리로 나에게 묻는다. 덕표에게가 아니라 나에게 묻는 건 더구나 우스운 일이다. 사실대로 밝히는 내 말을 듣고는,

"그런 것두 주기 싫구 한집이서 워트께 살어? 그것 갖구 얼른 재 안 보는 데루 이사 가서 살어라. 제에발, 제에에발이다. 참말루."

'제에발'을 힘들여 길게 빼느라 목줄기와 이마에 퍼런 핏줄이 지도의 하천처럼 드러나며 그런다.

결국은 어머니도 그 자리에 나오게 마련이지만 어머니가 나왔다 하여 나에게 유리할 건 아무것도 없다. 유리한 건 고사하고 도리어 어머니는 나에게 호통을 치고는, 내가 가진 것을 강제로 빼앗아 그 애에게 주며,

"덕패 이쁘지, 이것 갖구 울지 마라 웅?"

하고 그 애의 편역이나 들었다.

그런 날 밤이면 아버지와 어머니는 주고받는 말이 있었다.

"슾내 슾내 집없는 슯음버덤 더 큰 슯음이 워딨겠어유, 원?"

"그걸 왜 인자사 알구서 시방 허는 말잉감? 거렁뱅이가 왜 거렁뱅이간디. 얻어서라두 밥 있구 옷 있구 다 있지만 한 가지 집이 없응게 거렁뱅이여."

"그려서 우리두 거렁뱅인지는 모르지만 원, 이 집 성님처럼 집 가진 텃세허는 사람두 아마 조선천지에는 또 없을 꺼구만유. 업새! 혀두 너무 혀. 어린것보구 이사 가라구를 않나 원."

"쓰잘떼기 없는 소리 입으로 허구 앉었네. 그려 이 집이서 잠자능게 길바닥에서 자는 것만 못 혀서 그러남, 시방?"

"원, 잠두 잠이지만 그러다가 애 등신 만들겠어유."

"없는 사람 자식 등신이믄 워쩌쿠 부처믄 워쩌. 다 배부른 사람들이나 허는 소리여."

"구만혀두슈. 눈물나유."

그런 집에 비하여 아버지가 지은 우리 집이 얼마나 좋은 집인가? 새 집으로 이사 오자 곧 어머니는 베틀을 얻어다 삯베를 짜고 아버지는 계속 닭장사를 하였다.

아버지가 하는 닭장사란 닭장을 지고 장에 다니며 닭을 팔고사고 하는 건데 먼 곳에 있는 장은 70리도 되고 80리도 되고 하였다. 그리하여 그런 먼 장일 때는 아버지가 첫새벽에 집을 나가므로 나는 그 아버지를 보지 못하는 수가 많았다.

그렇게 일찍 아버지가 집을 나간 훨씬 후에야 어머니가 깨워서 눈을 뜨고보면 방 윗목에 아버지가 먹고 물린 밥상이 놓여 있고, 어머니는 그때까지도 날이 다 새지 않아서 베틀 양쪽에 등잔불을 켜놓고 베를 짜고 있다.

나는 자리에 누운 그대로 등잔불을 맞받아서 환한 어머니의 얼굴을 올려다보며,

"아버지 벌써 장에 가셨어유?"

하고 묻는다.

"그려, 버얼써 가셨다. 오늘이 제일 먼 너더리장이다."

어머니는 이쪽을 보지도 않고 여전히 베를 짜며 대답한다. 너더리장, 그 너더리장날이라면 아버지가 나를 위하여 밥 한 술을 남겨두는 날이 된다. 그제야 나는 후닥닥 자리에서 일어나 눈을 비비고 아버지가 물린 밥상을 들여다본다. 과연 아버지가 먹던 밥그릇에는 밥이 3분의 1쯤 남아 있다. 평소에는 볼 수도 없는, 장이 먼 날만 아버지의 밥그릇에서 보게 되는 쌀이 섞인 밥이다. 알(계란) 찐 것도 그만큼 남아 있다. 닭장 속에 실려다니는 닭들이 낳은 알로 깨진 것으로만 골라서 쪄먹는 거다. 절로 군침이 넘어가는 것들이다.

"오줌 매렵걸랑 오줌버텀 누구 싸게 먹어라. 금례 깨기 전에."

금례란 누이동생의 이름이다. 누나도 있지만 누나는 설령 잠에서 깨어도 자기가 먹겠다고 하지는 않으니까 금례만 경계하면 되는 것이다.

나는 급히 오줌을 누고 아버지가 남긴 밥을 부리나케 퍼먹는다.

그런 날이면 저녁때 아버지가 장에서 돌아오는 시간도 늦게 마련이었

다. 어머니와 나는 유리등불을 들고 동구 밖까지 아버지의 마중을 나간
다. 나 대신 누나가 나갈 수도 있지만 아버지가 더러 사오는 알사탕을
받는 건 나니까 내가 나가는 것이다.

동구 밖 느티나무 밑에쯤 가면 어둠 속에서 아버지의 기침 소리가 먼
저 나고 이윽고 삐걱삐걱 하는 닭장 소리를 내며 아버지의 모습이 차차
로 나타난다. 삐걱삐걱 하는 소리로 아버지가 짊어진 닭장 안에 닭이 얼
마나 들어 있는가를 알 수 있다.

"인자 오시유?"

하고 어머니는 등불을 틀어 아버지와 닭장을 본다. 닭장 밖으로 모가지
들을 늘어뜨린 닭들도 아버지도 더할 수 없이 지친 모습들이다.

"하이구 땀이 막 비 오듯 허네. 좀 쉬었다 가슈."

어머니의 말. 그러나 아버지는 목에 걸려 있는 수건의 한끝으로 얼굴
의 땀만을 닦아내며,

"쉬긴, 뭐 다 와가지구는 쉬어?"

하고 그대로 집 쪽으로 걷는다. 아니다. 그 전에 아버지는 호주머니를
뒤져서,

"병호 여깄다."

하고 사탕봉지를 나에게 주고나서의 일이다.

맨 앞에 등불을 들은 어머니가 서고 그 다음에 내가 서고 무거운 짐
을 진 아버지가 맨 뒤에 서서 걷는 것이 우리의 행렬이다. 어머니는 아
버지에게 오늘 장사는 어쨌습니까 등 묻고, 하고 싶은 말도 많겠지만 짐
을 진 아버지가 대답하기에 힘이 들까봐 참으며 나는 우선 봉지 속에서
알사탕 하나를 꺼내어 입에 넣고 녹이며 마치 멀리서 보면 등불만 도깨
비불처럼 둥둥 떠가는 것같이 보일 그렇게 깜깜한 어둠 속을 다만 삐걱
삐걱 하는 닭장소리만 날뿐 우리는 일체 입들을 다물고 걷는다.

마침내 집 앞의 돌계단 길에 이르면 맨 앞에 걷던 어머니는 돌아서
아버지에게 더욱 등불을 비추고 아버지는 마지막 힘을 다 써써 돌계단
길을 올라 딛고 올라 딛고 하여 이윽고 집에 닿는다.

"후유!"

 닭장을 받쳐놓고 내는 휘파람 소리와도 같은 아버지의 숨소리다.

 벌써 어머니는 토방에 등불을 놓고 치마에서 획획 바람 소리가 날만큼 잰 동작으로 아버지가 씻을 물을 떠 내놓고 불뗄 것 불때고 하여 저녁밥상을 차려서 방 안에 들여놓는다.

 그리하여 다 씻고 난 아버지가 담배 한 대를 태워 물고 닭장 볼 것 보고 나서 방 안에 들어와 밥상을 대하고 앉으면 그제야 어머니는 아버지에게 묻고 싶은 것을 비로소 묻는다.

 "오늘 장사는 워쨌어유?"

 그에 대한 아버지의 대답은 언제나 비슷한 것으로,

 '그저 그려'가 아니면 '갱기찮였어'의 정도이다.

 그런 대답만으로도 어머니는 아버지의 그날 장사를 거지반 알게 되는 것이었다.

 "업새, 원제나 그느므 무건 짐 지구 걸음품 팔어먹는 장사 않구 좀 살어볼라는지 원……논 사서 농사 한번 지어보구 죽었으믄 원두 없겠어."

 어머니가 하는 말이었다.

 이런 우리 집도 세월은 갔다. 여덟 살 때에 장터 거리의 국민학교에 들어간 내가 3학년이 되고 아버지는 그 동안 하던 닭장사를 그만두고 머슴살이 2년을 거쳐서 겨우 천봉직이 닷 마지기의 소작 농사꾼이 되었다. 그나마 논을 얻게 된 것도 머슴살이의 공로가 인정되어 지주집에서 베풀어준 은혜라 할 수 있는 것이었다.

 그 논을 맨 처음 얻게 되었을 때 어머니는 당신의 오랜 소망이 거지반 이루어진 것처럼 기뻐하였다.

 그러나 어머니의 그 기쁨은 해마다 타작날이면 울어야 되는 슬픔으로 바뀌어버렸다. 첫째는 논이 나빴다. 논 닷 마지기가 열두 다랑이나 되는 최하빨 건답이었다. 전체 평수에서 열두 개나 되는 논두렁 평수를 빼고 나면 논바닥의 실평수가 서 마지기 제직한 그런 논이었다.

 거기에 도조가 가이 살인적이라 할 만큼으로 비쌌다. 서 마지기 제직한 실평수의 형편없는 전답에다 닷 마지기 문서 평수대로 도조를 매놓

고는,

"우리 논 양석(兩石) 안 나오는 논 없네. 오 곱하기 이는 십이라, 열 섬은 벗을 테니 두구 보게."

우산으로 햇볕을 가리고 논두렁에 높이 서서 말하는 아버지 또래로 아직 젊은 지주의 논법이었다. 5×2는 10이 아니라 3×2는 6이라야 맞는 것이었다. 그러나 논을 내놓을 작정이기 전에는 거기에 어떠한 이의도 달 수가 없었다. 초직에 풋베 다소 잡아다 먹고 가을에 타작하여 도조 내고 나면 타작마당에 남는 것이란 짚하고 검부러기뿐이었다. 용케 맞 췄다 싶을 정도로 타작마당이 깨끗한 것이었다.

"너무 허느만유. 너무 혀유. 지주집에 가서 얘기 좀 혀유. 바심 마당에 좀 와보라구유."

이것이 그때마다 함께 타작일을 거들던 어머니가 아버지에게 울부짖 으며 하는 말이었다.

그러나 어디에 가서 무슨 얘기를 해도 아무 소용이 없다는 것을 잘 알고 있는 아버지는 어머니의 말은 들은 체 만 체하고 소처럼 묵묵히 짚단을 옮겨놓고 검부러기도 긁어모아놓는 등 일이나 할 뿐이었다.

"도대체 지주라는 자들은 무슨 종잔지 모르겠어. 전에 지금 지주 애비 가 도조볼 땐 타작날 저녁거리두 안 넘겨놓구 다 가져갔다잖여?"

"차라리 왜놈들 지주가 훨씬 났어, 털어가두 일단 작인은 살려놓구 털 어갈게 말여."

어머니가 안되어서 타작일을 하는 일꾼들이 하는 말이었다.

아무튼 그렇게 타작이 끝나면 곧 검부러기를 뇌어 먹는데 으레 세안 에 식량이 떨어졌다. 그러므로 집에서 짓는 농사란 지으나마나한 것이 고 어머니가 짜는 삯베와 아버지가 파는 품으로 식구들의 목구멍은 살 아가는 것이지만 쑥, 대두박, 엿밥(마을에 있는 엿집에서 엿을 짜고 난 쌀과 엿기름 꺼풀), 겨 등이 절반 식량이나 차지하였다.

이런 속에서 나는 학교에 다녔다. 내 위로 누나가 있고 아래로도 학교 에 갈 만한 누이동생이 있는데도 그녀들은 학교에 다니지를 못했다. 그 나마 나는 아들로 태어난 덕을 보게 된 셈이었다.

그러나 나는 단 한 번도 내가 학교에 다니고 있는 것을 무슨 덕을 보고 있는 것이라고 생각해본 적은 없었다. 차라리 학교에 다니지 않는 누나나 누이동생이 부러울 지경이었다. 특히 학교에 월사금을 내는 때가 되면 더욱 그러하였다. 아침에 선생이 출석을 부르고 나면 곧 월사금을 받았는데 '수업료 봉투'라는 것이 있어서 그 봉투에 돈을 넣어가지고 가서 내면 되었다. 그러면 다음날 그 봉투의 월별란(月別欄)에 영수(領收) 도장이 찍혀 나온다.

처음 하루이틀간은 월사금 봉투를 내는 아이들 것만을 받고는 아무 말없이 곧 공부가 시작된다. 그러나 사흘날쯤부터는 그 방식이 달라진다. 그때까지 내지 않은 아이들의 이름을 불러 자리에서 일으켜 세우고는 언제까지 가져올 것이냐는 다짐을 받는다.

그러면 거의 모든 아이들이 앞으로 가져올 날짜를 대게 된다. 내일 가져오겠습니다, 혹은 모레, 글피 가져오겠습니다라고.

그러나 나는 그 날짜마저도 댈 수가 없다. 집에서 언제 줄지 모르기 때문이다.

"너는 왜 가져올 날짜를 대지 않지?"

선생이 나에게 묻는 말이다. 나는 한참 동안 대답을 못하다가 결국은 사실대로 말하게 된다.

"집이서 언제 줄지 모릉게 그려유."

그러면 선생은,

"그런 대답이 어딨어? 빨리 가져오도록 해."

하기도 하고,

"안 돼. '아무' 일까지는 꼭 가져와."

그렇게 말하기도 하고 한다.

하여튼 나는 그런 식으로 매일같이 불려 세워지고 드디어는 집에 쫓겨오기까지에 이른다. 집에 쫓겨왔다 하여 월사금을 가져가게 되는 것은 물론 아니다. 그날은 그대로 학교에 가지 못하고 말뿐이다.

그리하여 나는 거의 아침마다 학교에 가기 전에 집에서 그 월사금을 달라고 울게 된다. 아버지에게는 말도 못 하고 어머니에게 칭얼거리는 소리로 겨우 말한다. 아버지에게도 없는 돈이 더구나 어머니에게 있을 리는 없다. 답답한 어머니는 아버지를 잠깐 돌아다본다. 그리고는 대개 이렇게 말한다.

"돌온 장에 워치케든지 혀줄 텡게 오늘은 그냥 학교에 가거라."

그러나 그 '돌온 장'이라는 것이 돌아오려면 아직도 멀고 그나마 그날이라 하여 반드시 돈을 준다는 보장도 없다. 나의 울음은 그때부터 시작된다.

아버지가 있는 곳에서는 울음도 제대로 못 운다. 나는 소리없이 눈물을 흘리며 책보를 들고 밖으로 나온다. 학교에 갈 용기는 없으나 아버지가 무서워 책보만은 들고 나온다.

그러나 나의 발길은 학교와는 반대쪽인 뒷산으로 향한다. 역시 학교에 갈 용기가 나지 않기 때문이다. 나는 울며울며 산에 오른다.

어느샌지도 모르게 나의 뒤에는 할머니와 누나가 따라오고 있다. 허리가 바싹 굽어서 지팡이를 짚은 할머니는 도중도중에서 허리를 펴 허리도 쉬고 내가 있는 곳을 확인도 하며 올라오고, 누나는 부엌에서 나온 길이라 저고리 소매가 걷힌 손으로 그 할머니를 부축하여 올라온다. 할머니와 누나를 본 나는 더 슬퍼져서 마침내 산바닥에 털썩 주저앉아서 엉엉 소리를 내어 운다. 이윽고 할머니와 누나가 그곳에 이른다.

할머니와 누나도 벌써부터 울어서 눈들이 빨갛다. 나에게는 가장 잘 해주고 뭣이나 다 해주는 할머니와 누나이지만 월사금건에 대해서는 나와 함께 우는 것밖에 다른 것으로는 아무 도움도 줄 수가 없는 처지들이다.

"아가아, 핵교 늦웅게 어서 가야지, 네 에미가 돈을 장날 준다구 혔응게 그때까지 참어라이 웅?"

할머니가 그러면,

"그려, 그려, 얼른 핵교 가 야."

누나도 그러고, 그러면서 누나는 땅바닥에 떨어진 책보를 집어 툭툭 털어서 한 손에 들고 다른 한 손으로 나의 팔을 잡아당겨 일으킨다.

우리 집이 좋아서 우리 집에만 계시고 싶어하던 할머니가 어느 때부터인지도 모르게 다시 중, 백부네 집과 우리 집과를 번갈아 계시게 되었다. 누가 그렇게 시켜서가 아니고 할머니가 한 아들네 집에서만 눌러앉아 공밥 먹기가 미안하여 스스로 결정한 일이었다.

"나 마령(백부네가 사는 곳) 쪼매 갔다 와야겄다."

언제든지 할머니는 작은 보퉁이 하나를 챙겨 들고는 불쑥 그렇게 말한다.

그러면 아버지나 어머니는 이미 습관이 되어서 별로 만류하지도 않고,

"원제 오시게유?"

그런 정도로 물을 뿐이다.

"잠깐 갔다 오지야."

그것이 할머니의 대꾸이고 그렇게 집을 떠나시면 보름이나 스무날쯤 있다가 돌아오시곤 하였다.

어떤 때는 내가 가 있는 학교의 교실에까지 찾아오셔서 눈물이 글썽해가지고는,

"병호야, 나 마령 쪼매 갔다 올게 핵교 잘 댕기구 있거라 응?"

하고 떠나시기도 하였다.

백부네 집은 그렇게 할머니 혼자서 다니실 수가 있지만 중부네는 거리가 멀기 때문에 누나가 모셔다드렸다. 그런 날이면 누나도 하룻밤 자고서 왔다.

그런 어느 날(누나가 할머니와 함께 중부네 집에 간 날) 그날이 마침 장날이었는데 장에 가신 아버지가 저녁때 술에 얼근히 취해 가지고 돌아오셨다.

"술 자셨구만유. 오늘 장은 누가 받어줘서 자셨어유?"

으레 얻어서밖에 자시는 술이 아니기 때문에 어머니가 부드럽게 묻는 말이었다.

"등꿀 조 생원이 한 잔 받어줘서 먹었구만."

하고 아버지는 기분이 좋으면 으레 하는 버릇으로 손으로 턱을 쓰다듬

으며 웃었다.

그러나 어머니는 아버지처럼 그렇게 좋은 기분이 되지는 않는 모양으로 부드러웠던 어투마저 다소 껄끔해진 투가 되어가지고는,

"원 참, 그이헌테는 뭣 때미 몇 번씩이나 술은 얻어묵구 그런대유?"

하였다.

"오늘 아주 승락혀뻐렸구만."

아버지가 말했다. 그러자 어머니는 순간에 눈이 커지며 급히 물었다.

"승락혀뻐리다뉴? 뭘 승낙혀뻐렸대유?"

"애두 오늘 아주 봤어. 한짝 다리를 좀 쩔뚝거리긴 혀두 무슨 일이든지 다 허구두 남겄두만. 별루 보기싫게 쩔뚝거리는 것두 아니구 말여."

"그런디 저 양반이 누가 걔보구 쩔뚝거린다구 뭐랬어유? 병례(누나)가 원체 어렁게 그러쥬."

어머니는 거의 울상이 되어버렸다.

"어리긴, 열네 살이나 먹은 애가 뭐가 어려? 저 너머 기숙이 자당은 기숙일 열네 살에 낳기까지 혔다느먼."

"그건 이전 얘기여유."

"이전이라구 여자가 애낳는 나이가 달렀나? 그거야 지금이나 이전이나 다 똑같지."

"똑같긴 뭐가 똑같어유? 이전에는 사람들이 어둡기가 오밤중 같었웅게 어린걸 여우구 애낳게 허구 그렸지유."

"어둡구 환허구가 워딨어? 다 그때그때 성편(형편)대루 허능 거지."

"성편 성편 얘기 좀 구만혀유. 걔가 공밥 먹는 애는 아니닝게유. 어린애 보지, 너물 뜯어대지, 나무 혀대지…… 종구래기처럼 부려먹으믄서 그려유."

"걔가 왜 꼭 공밥 먹어서만 시집 보낸다간디? 식구두 하나나 덜 겸 마침 저 밥 안 굶을 디가 나섰웅게 가서 밥이라두 배불리 먹으라능 거지…… 아무 소리 말구, 낼이라두 걔 오걸랑 잘 타일러."

"난 몰라유, 당신이 타일러유."

"시끄런 소리 말구 자알 타일러. 나 시집 가겄어유 허구 제 입으루 말

허는 기집애는 이 세상에 없응게루."

그날 두 분의 대화는 이것으로 끝났다.

이제 다음날 아무것도 모르고 언제나와 같은 천진 그대로의 모습으로 중부댁에서 돌아온 누나에 대해서 쓸 차례이지만 그날 어머니로부터 자신의 일신에 대한 얘기를 비로소 듣고는 너무도 불쌍한 모습으로 뒤바뀌어버린 그때의 누나를 도저히 그대로는 그려낼 수가 없다.

"어머이 나 시집 안 갈래유."

하고 울부짖던 누나의 어린애 같은 애처로운 모습이, 그리고 그 누나를 달래고 타이르다가 그만 누나와 함께 당신도 울어버리던 어머니의 모습이 지금도 내 눈앞에는 선히 떠오른다. 어머니가 누나를 울리고 누나가 어머니를 울린 것이었다.

"그려두 가구 안 그려두 갈 것 에미 가슴에 이렇게 못을 박구 가믄 좋을 게 뭐 있냐?"

어머니가 목이 메인 소리로 누나에게 하던 그런 말도 지금 내 귓전에서는 그대로 들리는 듯한다.

하여튼 누나는 나날을 울음으로 보냈는데 그러면서도 그 동안 자기가 해오던 일만은 그대로 다 하지 않을 수 없었던 것이 그 후 오늘날까지 내내 나로 하여금 그 시절의 그녀를 더욱 가엾어 보이게 한 것도 같다. 애기 보고, 나물도 캐고, 땔나무도 하는 등. 집안의 형편이 원체 잠시도 그 일들에서 누나의 손을 뗄 수가 없기도 하였겠지만 아버지가 무서워서도 그 일들을 안 할 수도 없었던 것 같다.

어느 날 내가 학교에서 돌아오자 누나는 산에 땔감나무를 하러 가고 집에 없었다. 나는 늦은 점심으로 솥 속에서 나물죽 한 그릇을 내다가 먹고 누나를 찾아서 함께 하려고 지게에 바작을 달아 지고 산에 올라갔다.

누나를 찾으며 산 중턱쯤이나 올라갔을 때였다. 어딘가에서 누나의 울음소리가 들렸다고 생각되었는데 누나는 보이지 않았다. 산중턱까지 올라가서 지게를 진 채로 반 시간이나 숲속을 헤매서야 겨우 울고 있는 누나를 찾아낼 수가 있었다. 장차 묘터를 만들기 위해 멍석 넓이만큼 소나무들을 베어내서 공터가 된 곳에 누나는 있었다.

그런데 누나는 혼자가 아니었다. 누나가 세우고 앉은 두 무릎 속에 얼굴을 묻고 울고 있는 그 앞에 두 사내아이가 누나를 가로막는 듯이 하고 쩔뚝거리는 흉내를 내며 왔다갔다 하고 있었다. 쩔뚝거릴 때마다,

"쩔뚝, 쩔뚝."

하는 소리를 합창으로 내고 그러다가는 깔깔깔 웃기도 하고 하며. 하나는 덕표이고 하나는 그의 친구애였다. 나는 아직도 덕표와 사이가 나쁘기 때문에 그의 친구애와도 좋은 사이가 아니었다.

나는 그 자리에 지게를 받쳐놓고 바작 속에 든 갈퀴를 집어들까 하다가 낫을 집어들었다. 그리고는 솔포기들 사이를 기어서 그들이 있는 곳으로 접근해갔다. 이윽고 그들이 바로 눈앞에 있게 되었다. 덕표보다 그의 친구애가 더 가까이에 있었다. 나는 허리를 펴고 일어섰다. 손에 든 낫을 높이 치켜올렸다. 서너 발짝쯤 뛰어서 그것을 놈의 어깨를 향해 힘껏 내리쳤다. 그놈부터 치고 내처 덕표까지 칠 참이었다.

그러나 낫은 첫 번째에서 헛 나가고 놈들은 혼비백산이 되어 달아나 버렸다.

그날 집에 돌아오자 누나는 또 한 번 어머니 앞에서 어깨를 들먹이며 울고 나는 처음으로 누나의 일(시집 가는 일)에 대해서 어머니에게 항의하였다.

"그렇게 왜 해필이믄 그런 사람헌테루 누나를 시집 보낸대유?" 아주 '그런 쩔뚝발이'라고 하려다 그나마 참고 '그런 사람'이라고 하였다.

아뭏든 그러자 어머니는,

"시끄럽다, 너는. 그 사람이 왜 워쩌깐디 그려?"

하고 나에게 눈을 흘겼다.

"워쩌긴 뭘 워쩌유? 애들이 흉내낸 대룬게 그러쥬."

"저눔 자식이 그런디, 너 정히 거기 고렇게 앉어서 주둥일 놀리구 있을 꺼냐? 다리가 쪼매 그려두 뭔 일이든지 다 허는 사람여."

그때 어머니는 베를 짜고 있었으므로 나는 배방대로 얻어맞을까봐 자리에서 일어나 멀찍이 물러서며,

"일만 허믄 젤잉가유 뭐? 그런 사람잉게 그러쥬. 차암 성헌 사람 다 두구 해필이믄 왜 그런 사람을 골라서 누날 시집 보낼라는구?"

말을 하자 나도 울음이 터져나오려는 것을 억지로 참고 밖으로 나와 버렸다.

'그려두 가구 안 그려도 간다'턴 어머니의 말은 과연 맞는 말이었다. 이쪽에서야 무슨 일이 일어나고 있건 말건 날이 지나자 신랑 집에서는 사주단자를 보내오고 혼일을 택일해오고 하였다.

그리고 그날이 되자 누나는, 뒤통수에다 누나의 머리통보다도 더 큰 쪽을 무겁게 찌고 쩔뚝발이 신랑을 따라 울며울며 그 집으로 갔다. 내가 4학년이 된 5월의 어느 날이었다.

누나가 그렇게 시집을 가고 한 달이나 되어서였다. 저녁때 학교에서 돌아오자 낮에 누나가 잠깐 다녀갔다고 어머니가 말했다. 나는 그 누나를 보지 못한 것이 한이었으나 어찌할 수 없는 일이었다.

그런데 바로 그날 밤이었다. 깊은 잠에 떨어져 있는 나를 어머니가 흔들어 깨웠다.

"나구 함께 워디 좀 가자."

어머니의 말이었다.

"워디유?"

나는 눈을 비비며 물었다.

"등꿀 좀 갔다 오자."

"밤중에 왜 거긴 가유?"

"누나가 오랬다."

"이렇게 밤중에 누나네 집에 가유?"

"누나네 집은 아니구 그 근처까지 가믄 돼. 어서 가자."

나는 영문을 모른 채 어머니와 함께 집을 나섰다. 하늘에 별들만이 반짝이는 깜깜한 밤이었다. 집에서 등꿀까지는 10리는 채 못 되어도 7마장이 넘는 거리였다. 이웃 마을의 복판을 지나는 마을길, 냇길, 방죽길, 절에 가는 산길 등으로 이어지는 길이었다.

"개 짖기지 말구 가만가만히 가자."

불빛 하나 없이 어둠에 싸여 괴괴한 이웃 마을길에 들어섰을 때 어머니가 말했다. 나는 되도록 발소리를 죽여 조용조용히 걸었다. 그런데도 어느 한 집 앞을 지날 때 개가 짖었다. 그러나 개는 잠결인 듯 두세 번 컹컹거리다가는 곧 그쳤다.

그 마을을 빠져 나가면서부터는 비교적 걸음이 자유로워졌다. 포플러 나무들이 안개 속의 돛대들처럼 거뭇하게 늘어선 내뚝길을 따라 방죽길에 올라서자 별들이 잠긴 방죽에서 이따금씩 물고기 뛰는 소리가 밤의 정적을 깨뜨렸다.

"이 방죽에는 큰 고기들이 많을 거다."

어머니가 나직한 소리로 말했다.

"그,럼유. 접대두 장터거리 사람이 낚시질루 굉장히 큰 물고기를 잡는 걸 봤는디유."

"작은 소리로 말혀라…… 그런 고기 좀 잡아다 지져먹었으믄 좋겠다."

어머니는 역시 낮은 소리로 말하고 말끝에 쩍 하고 입맛을 한 번 다셨다. 일 년 내내 좀체로 생선맛을 보지 못하고 살기 때문에 하는 말인지도 몰랐다. 어쩌다 누나가 논 물꼬에서 얼맹이로 건져오는 목새우, 붕어새끼 등이 우리 집에서 맛보게 되는 유일한 '생선'이었지만 그나마도 인제는 건져올 사람이 없는 것이었다.

방죽길이 끝나고 산길에 들어섰다. 산에 큰 나무들은 없어도 길 좌우에 잡목들이 무성한 꽤 가파른 길이었다.

"저 앞이 저거 꼭 사람 같지유?"

길가 돈대 위에 하늘을 배경으로 시커멓게 서 있는 장승을 가리키며 내가 말했다.

"글쎄다. 밤에 봉게 더 사람 같다야."

"무섭쥬, 어머이?"

"무섭긴 뭐가 무섭니, 장승인디. 돌멩이 서너 개만 주어봐라."

"돌멩인 왜유?"

"저 장성 밑이 서낭당 아니니? 거기다가 던질라구 그런다."

나는 곧 어둠 속에서 돌멩이 세 개를 찾아서 어머니에게 주었다. 장승 앞을 지날 때 어머니는 그것을 그 아래에 있는 돌덤불에 던졌다.

성황당에 돌을 던질 때는 대개 뭐라고 소원을 말하는 건데 어머니는 아무 소리 않고 그냥 돌만을 던졌다. 그래서 내가 물었다.

"왜 아무 말두 않고 그냥 돌멩이만 던져유?"

"속으로 허믄 되잖니?"

"뭐라고 혔간디유?"

"너 잘되게 허구 누나 잘되게 허라구 그렸다."

하고 어머니는 웃었다.

그 산 너머가 등꿀이고 누나네 집은 바로 마을 어귀쯤에 있었다.

"애, 그 밭둑으로 올라서라."

마을에 닿았을 때 어머니가 말했다. 나는 잠깐 걸음을 멈추고 어머니 에게 물었다.

"왜 그리루는 가래유? 길루 안 가구유?"

"저 앞이 있는 모시밭 속에 들어가 있으라구 혔어. 그러믄 누나가 그 리루 온다구."

더욱 알 수가 없는 일이었지만 나는 더 묻지 않고 어머니가 하라는 대로 길 위에 있는 밭둑으로 올라서 걸었다. 이윽고 모시밭에 이른 우리 는 밭고랑으로 들어가 거기에 조용히 쪼그리고 앉아 있었다. 모기들이 덤벼들어 사정을 두지 않고 쏘아댔다.

"애야, 모길 때려서 잡지 말구 문질러서 쫓아."

내가 종아리에 붙은 모기를 손바닥으로 때리자 어머니가 작은 소리로 말했다. 나는 어머니가 하라는 대로 했다.

그렇게 한참을 있자, 이윽고 바람이 모시대를 헤치며 지나가는 것 같 은 작은 인기척이 나면서 과연 그곳에 누나가 나타났다. 누나는 무엇인 가 서너말 가량이나 든 자루 하나를 무겁게 안고 왔다.

"병호 왔구나?"

누나는 숨이 가쁜 소리로 그러고는 내가 미처 뭐라고 대꾸하기도 전에 여전 작은 소리로 급히 어머니에게 말했다.

"어머이 얼른 이구 가유."

누나가 안고 온 것은 곧 어머니의 머리 위에 이어지고,

"얼른 가유. 나 틈 있는 대루 또 집이 가께유."

거듭 얼른 가라는 그 소리와 함께 누나의 손이 잠깐 나의 한 손을 잡았다가는 놓아버렸다. 어머니와 나는 부랴부랴 모시밭에서 나와 밭둑길을 걸어서 한길로 나왔다.

그 동안은 어머니가 앞섰던 것을 다시 내가 앞섰다.

"어머이 그게 뭐유?"

"나락이다. 이런 소리 누구 보구 허믄 큰일 난다."

"알았어유."

갔던 길을 그대로 되짚어서 집에 돌아와 돌층계를 오르는데 그때 앞집 대숲 위에는 어느샌지도 모르게 샛별이 떠 있었다.

이런 일은 그 뒤에도 몇 번 더 있었다. 그 집에서 심은 태모시를 그런식으로 누나한테 받아오는 밤도 있었다.

그 여름이 가고 가을이 시작되었다. 땡볕과 무더위가 사라져가고 대신 시원한 바람이 불어오는 계절이 된 것이지만 그러나 나에게는 그다지 고마운 계절이 되어주지는 못하였다. 첫새벽에 일어나 볏논의 새를 보아야 하고 저녁때 학교에서 돌아오면 또 해가 질 때까지 그 새 보는 일을 계속해야 하기 때문이었다.

가난한 집의 논에는 부잣집 논보다 새도 더 많이 꼬인다. 부잣집 논은 너른 들판에 있고 가난한 집 논은 산고랑에 있기 때문이다.

"이때(벼가 막 뜸들기 시작할 때) 새 한참만 빨리면 헛농사 짓구 말어, 괜히 정신 바짝 차리구 새 잘 봐."

나와 아홉 살짜리 누이에게 아버지가 하는 말이었다. 누이는 내가 학교에 간 낮 동안을 맡고 있는 것이었다.

일 중에 새보는 일보다 더 지겹고 심심한 일도 없다. 새막에 혼자 앉아 있으면 도무지 시간이 가지 않는다. 그래서 병에다 메뚜기도 잡고 물

꼬에서 물장난도 하고 하지만 그런 것도 마음놓고 할 수는 없다. 그 사이에, 새 떼가 구름같이 몰려와서 먹어대기 때문이다. 아버지는 새가 먹은 자리를 담박에 알아낸다.

"이눔 자식 새 안 보구 뭣 혔간디 몽땅 새를 먹였어?"

아버지한테 번번이 듣는 호통 소리였다. 아버지의 그 호통은 날이 갈수록 더욱 심해졌다. 요컨대는 새를 잘 보라는 것이지만 아버지의 그 호통이 그처럼 심해진 데는 또 다른 이유도 있었다. 그즈음 집에서 밀주장사를 하다가 들킨 것 때문이었다.

뒷산에다 항아리를 묻고 술을 빚어 몰래 집에서 병술로도 팔고 밤중에 장터거리의 주점에 내기도 하고 하였는데 그 항아리를 세무원이 찾아낸 것이었다.

그 술항아리는 그 자리에서 세무원이 휘두른 작대기에 맞아 작살이 나버리고 거기에 호된 벌금까지 물게 되었다. 벌금이 얼마나 되었는지는 모르지만 그 벌금을 지주집에서 꾸어내고 아버지는 다시 그 집의 머슴이 된 거나처럼 매일 그 집 일을 다니고 있는 중이었다. 그 무렵 아버지의 얼굴은 그 새 보는 일 말고도 펴지는 때가 없었다.

추석이 지나면 벼가 여물기 시작하여 가난한 집들의 찜쌀밥철이 된다. 풋벼를 잡아다가 판장홀태로 훑어서 솥에다 쪄가지고 말려서 절구에 찧은 쌀이 찜쌀이다. 벼가 터무니없이 헤프고 밥이 늘지 않아 함부로 해먹을 것은 못 되지만 가난한 집 사람들에게 실로 하늘이 내려준 거나 다름없는 한철의 양식이 되어주는 거다.

그 쌀은 밥으로 먹는 것보다 쌀채로 깨물어 먹는 맛이 더 별맛이다.

그것을 호주머니에 넣고 다니며 먹던 무렵의 어느 날 밤 나는 잠결에 아버지와 어머니가 주고받는 말을 듣게 되었다.

"아무래두 거기 가는 수밖엔 도리가 없겠어. 머슴 사는 것버덤은 그게 날 텡게."

얘기는 벌써부터 시작되어 있는 것 같았다.

"그렇게 위험헌 디를 워치케 간다구 자꾸만 그류? 부뜰아버지 뼈 담어 오던 그 하얀 상자가 지금두 눈에 선허구만유.”

어머니의 그 말로 나는 아버지가 가겠다는 곳이 일본 탄광이라는 것을 알았다.

“거기 간다구 다 죽간디? 죽을라구 애를 써두 안 죽어져서 못 죽는 사람두 있다능구만. 그런 디 가 죽는 것두 다 팔자여.”

“그려두 그렇지유. 위험헌딘 줄 번연히 알면서 워치케 간대유? 암디서나 그냥저냥 살지유. 여태두 살어온 목숨 워치케 살던지 살건 아뉴?”

“살기야 살것지. 허지만 이게 워디 사람 사능거여? 어린것 시집 보내가지구 도적년을 맹글지 않나아, 새끼들 욱수구르 헌디 평생을 두구 남으집 머슴살이 않나아, 거기에다 빚은 태산 같지.”

“빚이야 그렇게 품으로 갚어나가믄 되구 그 동안 내가 모시 좀 더 짜쥬 뭐.”

“빚두 그렇게 갚다가는 평생 갚어두 다 못 갚구 모시 좀 더 짜가지구는 살 수도 없어. 낼 가서 신청헐 텡게 그렇게 알어둬.”

“나는 뭐라구 말 못 허겠어유. 낼 다시 얘기허시구 구만 자슈. 난 베 쪼매 더 짜구 잘 텡게유.”

아버지가 일본 탄광에 가게 되었다는 말을 나는 다음날 저녁때 어머니로부터 직접 들었다. 떠나는 날은 일주일 후라 하였다.

그 일주일 동안을 아버지는 매우 분주하게 보냈다. 사진을 찍고 신체검사를 하고 중, 백부네 집에도 각각 잠깐씩 다녀오는 등. 마지막 날은 등꿀 누나가 쩔뚝발이 자형과 함께 떡을 해가지고 와서 하룻밤을 잤다.

다음날 아버지는 아침 일찍이 집을 떠나기로 되어 있었다. 그날도 아침 새를 보아야 하기 때문에 나는 출발 준비를 하고 있는 아버지에게 어머니가 시키는 대로,

“아버지 안녕히 다녀오시유.”

하는 인사를 미리 하고 논에 나갔다.

학교에 가기 위해 누이와 교대하고 집에 돌아왔을 때는 벌써 아버지는 출발하고 집에 없었다. 할머니를 위시하여 어머니, 누나까지도 울어서 눈들이 빨개져 있었다.

그러나 나는 평일처럼 학교에 갔다. 첫째 시간이 끝나고 운동장에 나와 놀고 있을 때였다. 후문 쪽에서 애들이 말타기 놀음을 하고 있는 것을 우두커니 서서 구경하고 있는데 갑자기 등뒤에서,

"병호야!"

하고 어른이 내 이름을 부르는 소리가 들렸다.

그래서 돌아보자 뜻밖에도 아버지가 내곁으로 다가오고 있었다.

"아버지 왜 일본 안 갔어유?"

나는 아버지한테로 달려가며 부지중 그렇게 물었다.

"응, 차시간이 늦어서 좀 있어야 가겄다."

아버지의 말이었다. 나는 얼른 떠오르는 말이 없어서 그냥 멍히 아버지를 쳐다본 채로만 있었다.

"시간이 워치케 됐니? 잠깐 밖이루 나갈 수 있니?"

하고 아버지가 물었다.

"얘!"

나는 시간도 모르면서 무턱대고 대답하였다. 아버지와 나는 곧 풀빵장수가 있는 후문 밖으로 나갔다.

아버지는 풀빵 열 개를 봉지로 사서 나에게 주며,

"나 술 한 잔 먹걸랑 들어가거라."

하고 적당한 주점을 찾느라 이집저집을 기웃거려 보았다. 마침내 주점을 정한 듯,

"여기서 한 잔 헐란다. 너두 들어와서 빵 먹어라."

하고 아버지는 한 주점으로 앞서 들어갔다.

그런데 그때 마침 학교에서 둘째 시간의 시작종이 울렸다.

"학교 시작종 치나 부다."

주점에 앞서 들어갔던 아버지가 도로 나오면서 나를 보고 말했다.

"그려유."

"그럼 어서 들어가야지. 어서 들어가거라. 새 잘 보구 어매 말 잘 듣구 공부 잘 허구 혀라."

아버지는 급히급히 그렇게 말하고는 거듭,

"어서 들어가."

하였다.

"얘!"

나는 대답하였다. 이어 집에서 한 대로 아버지 안녕히 다녀오시라는 말까지 하려 하였으나 어쩐지 울음이 나올 것 같아서 그 말은 그만두고 냉큼 돌아서 학교 쪽으로 뛰었다. 교문 앞에서 잠깐 멈추고 돌아보자 아버지는 그때까지 그 주점 밖에 서서 나를 바라보고 있다가 어서 가라고 손짓을 하였다. 나는 곧장 뛰어서 교문 안으로 들어왔다.

그렇게 일본에 간 아버지로부터 첫 편지가 온 것은 보름이나 되어서였다. 어머니는 편지를 읽을 줄 모르므로 나에게 한 편지였다. '병호 보아라……'로 시작하여 '너의 어머이랑 너희들 다 잘 있는지 궁금하구나. 일본에 닿은 지는 한 일 주일 됐다만 아주 여기 주소가 정해진 뒤에 편지를 하려고 이렇게 늦어졌다……'

그리고는 나에게 어머니 말 잘 듣고 공부 잘하고 답장 꼭 하라는 등의 내용이었다. 어머니가 부르고 내가 쓰고 하여 그 답장을 보냈다.

그에 대한 답장이 또 오고 하는 식으로 아버지로부터는 한 달에 두 번 꼴로 편지가 오고 한 달에 한 번 꼴로 돈이 오고 하였다. 돈은 눌퍼런 지전 두 장씩이 봉투에 직접 담겨서 오는데 우리 집 식구가 한달 내내 반섞이(쌀 반 잡곡 반)밥을 먹어도 되는 액수였다.

그러나 어머니는 되도록 그 돈을 쓰지 않으려고 전보다 삯베를 더 많이 짜고 다른 일도 더 많이 하고 하였다.

"그 돈이 워떤 돈이라구 오는 대루 날름날름 깨밀어 먹어서 쓸 것이냐?"

어머니가 하는 말이었다.

아무튼 아버지가 일본 탄광에 가서 돈을 벌자, 살기는 훨씬 나아지는 것 같았다. 지주집에 지은 빚도 수월히 갚아가고 먹는 것도 전보다는 낫는 등으로. 그리고 그 동안 중, 백부의 집과 우리 집을 번갈아 계시던 할머니도 우리 집에만 눌러 계시게 되는 등으로.

할머니가 우리 집에만 눌러 계시게 된 것은, 이번에는 할머니의 자의로가 아니라 어머니의 권유로였다.

"쟤들 아버지두 집이 없구 집안두 적적허구 헝께 인자 이집 저집 돌아댕기지 마시구 그냥 아무 디서나 기시유, 꾸리나 감어주시구유."

어머니가 할머니에게 한 말이었다. 할머니는 눈과 귀가 어두워 아무것도 할 수 있는 일이 없지만 꾸리감는 일만은 언제나 여전하였다. 그것은 밤에 불을 끄고도 할 수 있는 일이기 때문이었다. 때로 모시가 얽히는 것도 할머니는 더듬어서 용케 풀며 꾸리를 잘 감았다. 꾸리 하나를 다 감아서 어머니에게 건네주며,

"내 꾸리가 좀 물르지야?"

하고 물으면,

"아뉴, 물르지 않어유, 마침 맞어유."

하고 어머니는 대꾸하였다.

나는 언제나 그 할머니와 같이 잤다. 그것은 어렸을 때부터의 일로 할머니의 젖을 만지고 자는 버릇이 나에게 붙어 있기 때문이었다.

할머니의 젖은 속이 빈 주머니처럼 납작한 꺼풀뿐이었지만 꼭지는 어머니의 것만큼이나 커서 그것을 만지면 되었다. 꼭지를 잡아당겨 젖 껍질을 고무줄처럼 늘이기도 하고 매듭처럼 배배 꼬기도 하고 하는 건데 그때마다 할머니가,

"아야, 아야, 아프다 인 녀석아. 살살 좀 만져."

하고 아파하는 것까지도 나는 좋아서 더욱 그런 식으로만 만지려들었다.

그 해 겨울철에는 유난히 눈이 많이 내렸다. 밤이면 앞집 대숲에서 대 부러지는 소리가 밤새 들리고 하였다. 그런 다음날 아침에는 그 대숲에 눈이 실려 납작하게 쓸려서 눈 속에 묻힌 마을이 한눈에 내려다보였다.

그런 어느 날 아침 나는 어머니가 다급히 부르는 소리를 잠결에 듣고 눈을 떴다. 방문이 닫힌 바깥에서 부르는 소리였다.

"병호야, 병호야, 어서 일어나 나와라."

나는 곧 자리에서 일어나 문을 열고 밖으로 나갔다. 그러나 어머니는

보이지 않고 이번에는 뒷간 쪽에서 여전히 다급하게 부르는 소리가 들려왔다.

"병호야, 얼른 좀 이리 와라. 얼른."

나는 어머니가 다급히 부르는 그만큼 빠른 걸음으로 뛰어서 그곳으로 갔다.

그러나 나는 채 그곳에 이르기도 전에 도중에서 그만 우뚝 서버리고 말았다. 뜻밖에도 뒷간 바로 앞에 할머니가 거기에 떨어진 빨래처럼 아무 소리도 움직임도 없이 쓰러져 있었기 때문이었다.

"얘, 어서 와서 할머니 일으켜서 내게 업혀라."

어머니는 가쁜 숨 때문에 말도 제대로 못하였다.

어머니가 두 손으로 할머니의 어깨를 붙잡고 있었는데 할머니의 두 발은 뒷간문 대용으로 늘어뜨려 있는 깔치 속에 들어가 있었다. 뒷간에서 쓰러진 할머니를 어머니가 그만큼이나마 끌어내놓은 것 같았다. 그리하여 그 이상은 어머니 혼자 더 어떻게 할 수가 없으니까 방문 앞에 와서 잠들어 있는 나를 불러 깨우고.

곧 할머니는 어머니의 등에 업혀서 방으로 운반되었다. 그러나, 축 늘어진 채로 방에 누워 있는 할머니는 여전 살아 있는 사람 같지가 않았다. 어머니는 당황하여 할머니의 귀 가까이에 입을 대고 연거푸 할머니를 불렀다. '어머이, 어머이…….' 하고.

그러나 할머니는 꼭 감은 눈을 조금도 뜨려 하지 않았다. 어머니가 시켜서 나도 어머니와 번갈아 할머니를 불렀지만 할머니가 눈조차 뜨지 않는 건 마찬가지였다.

"큰일났다 큰일났어. 얘 병호야 너 마령 좀 갔다와야 겄다. 싸게 가서 큰아버지 좀 오시라구 그려라. 눈이 많이 와서 워치케 가쟈? 그려두 얼른 갔다와라. 사내끼루 신발감구 가거라."

어머니가 말소리보다 숨소리가 더 큰소리로 말했다. 나는 곧 새끼로 신과 발을 감고 눈 속의 길을 떠났다. 백부네 집은 산길로 질러가도 10리가 넘었다. 눈 속의 산길을 달리다시피 하여 나는 갔다.

백부댁에 닿았을 때는 신발에 감은 새끼에 눈이 달라붙어 얼어서 얼음 신처럼 무거웠다. 그것을 고쳐 감고 백부 내외분과 함께 집에 돌아올 때는 백모 때문에 지름길로 오지 못하고 한길로 왔다. 그래서 시간이 훨씬 더 걸렸다.

한나절이나 되어 집에 돌아오자 할머니는 그때까지도 눈을 감은 채로 있었는데 어머니 말에 의하면 좀전에 눈을 한 번 뜬 일이 있다고 하였다.

"눈을 뜨시구는 재 아버지를 찾았어유. 병호 아붐은 원제 오느냐구유."

어머니의 말이었다. 그러나 할머니의 얼굴은 아침때와 같이 창백하고 고통으로 일그러져 있었다.

백부가 할머니의 이마에 손을 대자 할머니는 눈을 뜨고 조용히 백부를 쳐다보고 시선을 돌려서 그 곁에 앉아 있는 나까지도 바라보았다.

그러나 나를 바라보는 할머니의 그 눈은 크고 이상하였다. 내가 아닌 모르는 사람을 바라보는 것 같았으며 실제로 나를 전혀 몰라보는 것 같았다.

그나마 할머니는 곧 눈을 감아버렸다.

"이상한 일이다. 아침에 낙상(落傷)하신 양반이 저러실 수가 있나?"

백부는 수심에 싸여 그렇게 말하고는 한의원을 데리러 급히 장터거리에 나갔다.

그 동안 소문이 마을에 퍼져서 마을의 할머니들과 아주머니들이 몇 분 왔다. 그러나 그분들은 할머니가 눈을 뜨는 것조차 보지 못하고는 어머니와 몇 마디씩 말을 나누고는 돌아갔다.

"옛날부터 뒷간에서 넘어지는게 젤 무섭다구 혔어."

그분들이 돌아가며 하는 말이었다.

장터거리에 나간 백부가 수염이 하얀 한의원을 데리고 돌아온 건 저녁때가 거의 되어서였다.

그러나 한의원이 하는 일은 별 것이 없었다. 환자의 맥을 짚어보고 몇 군데 침을 놓고 했을 뿐이었다. 어딘가에 침을 놓자 할머니는 경련처럼 약간 움직이는 듯하였다. 그러나 눈을 뜨지는 않았다.

"기다려보는 수밖에 없겠구먼. 지금 약은 쓸 수가 없응께."

한의원은 그렇게 말하고는 돌아갔다.

백모는 돼지가 밤에 새끼를 낳게 될지도 모른다면서 다음날 아침에 다시 오마고 돌아가고 백부는 계속 할머니 곁에 앉아 있다가 밤이 이울자 무슨 일이 있으면 알리라 하고는 지주집 사랑으로 갔다.

그리하여 어머니와 나만이 할머니 곁에 앉아 있게 되었지만 그러나 어머니와 나마저도 오래 앉아 있지는 못하였다. 내가 먼저, 어머니가 뒤에 그냥 할머니 곁에 쓰러져 잠이 들어버렸기 때문이었다.

거짓말처럼 이날 밤 할머니는 돌아가셨는데 그나마 누구 하나 지켜보는 사람이 없는 속에서 홀로 돌아가신 결과가 되고 말았다.

어머니는 곧 잠에서 깼다고는 하지만 그때는 이미 할머니가 돌아가신 후로 그제야 그것을 확인한 어머니는 놀라서 나를 깨운 모양이었다.

"병호야, 병호야, 얼른 일어나라."

그렇게 어머니가 흔들어 깨워서 나는 눈을 떴다. 그리고는 그날 밤도 나는 잠결에 기어이 할머니의 젖을 만지고 잤다는 것을 알게 되었다.

그러나 할머니가 돌아가셨다는 것을 알 리 없는, 그리고 잠에서도 덜 깬 나는 꿈 속에서처럼 더욱 할머니의 가슴속으로 파고들었다.

그러자 어머니는 황급히 나를 끌어당기며 비로소 할머니가 돌아가셨다는 것을 말했다.

"어서 일어나라, 어서 일어나. 할머니가 돌아가셨다."고.

그제야 나는 깜짝 놀라 할머니의 가슴에 댄 손을 얼른 떼고 자리에서 일어났다. 그리고는 약간 물러앉으며 할머니를 바라보았다.

그러나 돌아가셨다는 할머니는 살아 있을 때와 다를 것이 아무것도 없었다. 다만 입만이 약간 벙긋이 열려져 있을 뿐이었다.

그래서 나는 어벙벙한 채로 있는데,

"얘, 얼른 지주집에 가서 큰아버지 오시라구 혀라."

어머니가 말했다. 어머니의 그 말에도 할머니가 돌아가셨다는 것이 별로 실감되지 않아서 나는 거의 평일의 심부름 같은 기분으로 어둠 속을 달려서 지주집에 갔다.

백부가 오자 어머니는 곧 머리를 풀고 백부와 함께 곡을 했다. 그제야 나는 비로소 할머니가 정말로 돌아가셨다는 것을 실감할 수가 있었다.

할머니의 장례식은 3일장으로 치뤄졌다. 장례식 날은 눈 대신 비가 와서 상여도 조객들도 모두 비에 젖었다. 나도 축축한 마포 두루마기를 입고 큰아버지들과 함께 상여 뒤를 따라갔다.

그렇게 장례를 치른 지 3일인가 4일인가 후에 일본의 아버지로부터 편지가 왔다. 할머니가 돌아간 아침에 큰아버지가 친 전보를 받고 부친 편지였다.

'할머니가 돌아가셨다니 도저히 믿어지지 않는 일이로구나……'로 시작된 그 편지에는 할머니가 돌아간데 대한 자세한 내용과 장지는 어딘가 등을 적어보내라는 말이 들어 있었다.

그 겨울도 가고 봄이 돌아오자 나는 5학년이 되었다. 아버지한테는 한결같이 편지가 오고 돈이 오고 하였다. 어떤 때는 '지까다비' 작업복 등이 들어 있는 소포도 오고 아버지의 사진이 편지 속에 넣어져서 오고도 하였다.

어쩌면 어머니는 소포보다 사진을 더 좋아하는지도 몰랐다. 어머니는 사진이 올 때마다 편지를 제쳐놓고 그 사진만을 오래오래 들여다보시며,

"얘, 아버지 살찌셨다, 그쟈?"

하곤 하셨다. 모자에 전등을 단 사진도 오고 깃이 달린 산뜻한 국민복 차림의 사진도 오곤 하였다.

한번은 아버지가 반장이 된 사진도 왔다. 여럿이 찍은 사진 중에 아버지가 '班長'이라는 완장을 차고 있는 것으로 알 수 있었다.

그것을 내가 알고 어머니에게 알려주자 어머니는 대단히 좋아하며,

"이 사람들이 죄다 아버지 밑에 있는 사람들인가 부지아? 반장이면 쪼매라두 편허게 기시겠지야?"

등 묻곤 하였다.

모내기철이 되었다. 우리 집 모내기는 마을에서 제일 늦은 집 축에 끼

었다. 마른갈이기 때문에 언제든지 하늘에서 그만큼 비를 내려줘야만 모를 내게 되기 때문이었다.

거기에 다랑이가 많은 우리 집 논의 모내기는 같은 마지기수의 다른 집 것보다 훨씬 더 힘이 들었다. 그 많은 다랑이마다 모두 가랑을 붙여야 하기 때문이었다.

가랑은 본시 세 사람이 가래질을 해서 붙이는 것이 원칙이지만 사람이 없을 때는 삽에다 새끼줄을 매어 두 사람이 붙일 수도 있었다.

우리는 그 삽가래로 하였는데, 그 일을 멀리 남포에 사는 중부가 와서 도와주었다. 중부는 삽을 대고 나는 줄을 잡아당기고 하는 식으로.

그러나 성질이 급한 중부는 번번이 나에게 지청구를 하였다.

"임마 그게 줄이라구 잡어다리는 거냐? 놀 때는 놓아야지 줄창 잡어다리구 있으믄 워치케 삽을 대란 말여?"

그래서 내가 하는 일을 어머니와 바꾸어 나는 모를 심는 일을 하였다.

점심 후 새때나 되었을 무렵이었다. 어쩌다 허리를 펴고 녹두밭 머리께를 보자 마침 거기에 우편 배달부가 자전거를 받쳐놓는 참이었다. 마을로 다녀야 하는 우편 배달부가 들로 나온 것이 이상하다고 생각하며 나는 계속 바라보았다.

그러자 자전거를 다 받쳐놓고 난 배달부가 나를 건너다보며 손을 까부렀다. 가랑을 붙여놓은 논두렁을 밟고 오기가 어려우니까 부르는가 보았다.

그것을 삽줄을 잡아당기고 있는 어머니도 보고,

"애 병호야, 저기서 배달부 양반이 오라지 않니?"

하여 결국 중부까지도 그쪽을 바라보았다. 나는 곧 손에 쥔 모를 놓고 논에서 나와 질퍽거리는 논두렁을 껑충껑충 뛰어 그쪽으로 갔다. 절반쯤이나 갔는데 우편 배달부가 뭐라고 말을 하였다.

"저 분이 느이 가운데 큰아버지 아니시냐?"

그런 말이었다.

"애!"

내가 대답하자 배달부는 큰소리로

"남포 양반 잠깐 이리 좀 나오시유."

하고 외쳤다.

그래서 중부도,

"어이 인탠가?"

마주 고함을 치고는 논에서 나와서 얼마 후에 나와 함께 배달부가 있는 곳에 닿았다.

"원제 오셨어유?"

"응, 어제 왔네. 재미 존가?"

"얘!"

이런 인삿말들을 나눈 끝에 배달부는 곧 가방을 열고 편지가 아닌 웬 접은 쪽지 하나를 꺼내며,

"이거 큰일 났는디유."

밑도 끝도 없이 불쑥 그런 말을 하였다.

"큰일 나다니!"

중부가 물었다.

"이거 말씀드리기가 뭣 헌디유, 재네 을신네가 일본에서 세상을 떠나셨나 보구만유."

배달부의 말이었다.

"뭣이라구? 지금 자네 뭣이라구 혔나?"

중부는 자기 귀를 의심하듯 그렇게 묻고는 무섭게 부릅뜬 눈으로 배달부를 쏘아보았다.

"이게 전본디유, 그 소식이구만유. 국에서 아주 알구 왔어유."

그러자 중부는 배달부의 손에 쥐어 있는 전보 용지를 채뜰 듯하여 그 무섭게 부릅뜬 눈으로 잠깐 펴보았다. 곧 전보 용지는 땅바닥에 떨어지고 함께 중부도 거기 녹두밭 둑에 털썩 주저앉으며,

"후유……."

하고 땅이 꺼질 듯한 큰 한숨을 토해냈다.

그때 어머니도 어느샌지 모르게 논두렁을 절반쯤이나 걸어오고 있었

다.

"병호야, 뭐냐?"

어머니가 물었다.

나는 아버지가 죽었다는 것을 어렴풋이밖에 몰라서 얼른 대답을 못하는데,

"쟤 아버지 죽었대유."

하고 중부가 내뱉듯이 말했다.

"얘? 뭐유?"

어머니가 되물어서 그제야 나는 그 어머니 쪽으로 달려가며 울먹은 소리로 중부가 한 말을 전달하였다.

"아버지가 돌아가셨대유, 어머이."

그러자 어머니는,

"뭐, 뭐라구?"

우뚝 서서 그러고는 무너지듯 그자리에 털썩 주저앉았는가 하자 곧 벌떡 일어서서 질펀한 논두렁을 엎어질 듯 자빠질 듯 맹렬한 속도로 나를 향해 달려왔다. 결국은 나까지도 제쳐놓고 중부가 있는 곳까지 그렇게 단숨에 가서는 중부 앞에 엎으러지며,

"지금 병호가 헌 말이 무슨 말이래유, 큰아버지 얘얘?"

간신히 그렇게 묻고는 그 자리에서 그대로 까무라쳐버렸다.

──1983년

귀향사(歸鄕史)

탄광에 다니는 사촌〔漢求〕이 갱내낙반(坑內落磐) 사고로 죽었다는 소식을 나는 그가 죽은 이튿날 아침에야 서울에 사는 그의 누이로부터 들었다. 전날 저녁에 늦게 사고가 났던 모양이었다.

사고 당시 이미 시체나 다름없이 된 걸 형식적으로 병원에 옮겼다가 이내 숨을 거두고 아침이 되자 누군가가 그의 누이에게 장거리 전화로 알렸나 보았다. 나를 위시한 나의 다른 형제들에게는 따로따로 전화를 못 하니까 모두 알려라, 특히 나만은 재해보상금을 청구해야 할 일도 있고 하니 되도록 빨리 내려와야겠다는 그쪽의 얘기더라 하였다.

"그 오빠처럼 일생을 그렇게 불쌍허게만 살다가 죽는 사람도 이 세상에는 없을 거여유. 안 그려유, 오빠?"

나에게 그 소식을 전화로 알리면서 그 누이도 목메여 우는 소리로 그렇게 말했지만, 사실 그렇게 말할 만도 한 사람의 죽음이었다.

나에게는 형제 사촌들이 많다. 그 형제 사촌들 중에서도 유독히 마음이 선량하고 유독히 일생 동안을 한결같이 고생만 하다가 죽은 사람이다.

그의 부음(訃音)은 하도 뜻밖이고 하도 어이가 없는 일이어서 나는 한동안 입이 꽉 막혀버린 채 도무지 무슨 말도 눈물도 나오지가 않았다.

그러나 그 부음을 듣자마자 무엇보다 맨 먼저 나의 머리를 스쳐간 건 결국 그놈의 양자(養子)가 또 사람을 잡았구나 하는 그것이었다. 그는 나이 20세가 되어 양자라는 이름으로 생가(生家)를 떠나 그 탄광지대인 양가(큰댁)에 가서 산 사람이고, '또……'라 한 것은 그의 생부(生父) 역시 그를 양자 보내고 나서 얼마 후에 돌아갔기 때문에 한 생각인 것이었다.

그러나 전화로 누이에게만은 그런 말을 할 수가 없어서 다만,

"둘째 큰어머니 지금 서울에 계시다구 그랬지?"

우선 그것을 물었다. 둘째 큰어머니란 망인의 생모여서 나로선 중모(仲母)가 되시는 분이다. 수일 전에 시골에서 딸네 집에 다니러 오신 걸 알기 때문에 물은 말이었다.

"예!"

"그 어른에게 네 오래비 얘기 했니?"

"아직 안 혔어유. 그런디 어머이 보구 뭐라구 혀야 졸지 모르겠어유."

"당분간 말씀드리지 마라. 아셔두 천천히 아셔야지. 큰일 난다. 몸두 약하신 분이신데…… 길구(나의 아우)랑은 몰라두 난 오늘 아침 차로 내려가야겠다. 넌 어떻게 헐래?"

"저두 오빠(나)랑 같이 내려가야쥬."

"그래, 이따 차 시간 대서 또 연락혀라."

"예! 오빠 그러께유."

위로 오라비가 둘이고 딸로서는 맏딸인 셈의 사람이다. 국민학교 밖에는 못 나왔지만 제 오라비들처럼 심덕이 좋고 얼굴도 미상불 곱게 생긴 편이어서 내가 서울에다 여의어준 사람이다. 그래서 나에게도 제 친오라비나 다름없이 잘하지만 특히 양자간 제 오라비에게는 물질로 정신으로 더 그럴 수 없이 잘한 사람이다.

누이는 울며울며 가까스로 수화기를 놓는 모양이었다.

"웅포(熊浦) 큰어머닌가 노인넨가가 또 한구를 죽이고 말았구면."

사촌 누이와의 전화가 끝난 후 그 소식을 가족들에게 알리면서 내가 한 말이었다. '웅포 큰어머니인가 노인넨가'란 죽은 사촌의 양모(養母)이며 동시에 나의 백모(伯母)이기도 한 분에 대한 지칭이다.

큰댁이 본래부터 웅포에 있었던 것은 아니다. 큰댁일수록 고향에 있

었을 것은 너무나 당연한 일이다. 한구가 양자로 들어가자 곧 그를 끌고 이사간 곳이 그곳이며 그 이사의 주동자가 바로 백모였던 것이다. 한구의 나이가 올해 꼭 47세니까 벌써 26년 전 얘기가 된다.

그 전후곡절 얘기는 차차 나오게 되겠지만 그때 대소(大小) 집안에서 그 이사를 더 그럴 수 없이 간곡하게들 만류했는데도 기어이 뿌리치고 갔기 때문에 내가 한 얘기인 것이다.

집안의 어른보고 그런 말투가 어딨어요 하는 눈으로, 누구보다 내자가 나를 쳐다보는 것도 같았지만 나는 그에도 구애치 않고(만약의 경우에는 주먹으로 갈기기라도 할 기세로) 더욱 입심을 돋구어 계속 내뱉었다.

"늙은이구 젊은이구 간에 여자가 그 따위로 돼 먹어가지고는 집안에 그런 일이 안 일어나구는 못 배겨. 왜 멀쩡한 사람을 그런 데로 끌어다가 죽여, 죽이길."

이렇게 말할 수 있는 상대보고도 집안의 어른이라 해야 되는 건지는 모르겠다. 그래서 나를 보는 내자의 눈초리가 그런 것인지도 모른다.

그러나 누가 어떤 눈으로 나를 보건 뭐라고 말하건 그 동안 그 노인이 한구에게 한, 그리고 대소 집안에 미친 여러 일들을 볼 때 나는 절대로 그 노인을 집안의 어른이라고 생각할 수가 없는 것이다. 어른은 고사하고 그 노인네를 마주 쳐다도 보기조차 싫은 지가 이미 오래 전부터이다.

옛날이나 오늘날에나 한결같이 오지항아리처럼 생긴 몸매, 욕심이 많고 언제나 남을 해치려고만 들 것 같은 눈초리, 매처럼 생긴 인상의 노인네…… 이렇게 밖에는 그분이 보이지 않는 것이 내 눈이다.

대체로 생긴 대로 살아가게 마련인 건 사람이나 짐승이나 마찬가지다. 그러나 정말이지 그 노인네처럼 자기의 그 생김새와도 하는 짓들이 딱 들어맞게만 한평생을 살아가는 사람도 드물 것 같은 것이다. 그 노인네가 젊었을 때는 어떤 여인이었다는 것을 어른들로부터 들은 바와 늙은 뒤에는 내 눈으로 직접 보아온 바가 모두 그렇다.

삼형제분들(백부, 중부, 가친) 중 셋째인 나의 가친은 아직 총각이고 위로 두 분들만 성혼해서 한집에서 모두 함께들 살았다는 그때의 얘기에서 특히 그 노인네는 두드러지게 부각된다. 집안이 하도 가난해서 제 때에 분가들을 못하고 오두막을 겨우 면한 삿갓만한 집에서 모두 함께들 살게 된 것이 더욱 그분을 그런 식의 여자로 만들었는지도 모른다.

그때 그분들이 살던 집이라는 것이 지금도 마을 한 귀에 그대로 남아서 누군가가 살고 있다. 본래는 방 두 개에 부엌 하나인 토담집이었던데다 도중에 주추를 놓고 기둥나무를 세워 방 하나를 더 달아내서 더욱 볼품 없이 생긴 집이다.

그 집에서 조부모들과 함께 백부는 어물장사를 하고 중부는 남의집 머슴살이를 하고 하는 식으로들 살았다는 것이었다.

중모는 시집도 제대로 못 오고 열두 살인가, 열세 살 때 민며느리로 온 분이라 하였다. 중부나 중모나 피차 가난 때문에 그렇게밖에는 취가(娶嫁)를 할 수가 없었던 것임은 두말할 것도 없는 일이다.

아무튼 그런 식으로 시집을 와서 한집에서들 살았는데 이른바 맏동서인 백모가 그 가엾은 어린 손아랫 동서에게 어떤 짓을 했는가에 대해서 나는 직접 중모로부터 여러 번 들었다.

"느이 큰큰어매한테 참 구박두 많이 받구 앰헌 멍덕두 많이많이 뒤집어쓰구서 살았다. 우리 친정이 보잘것 없구 민며느리루 온 사람이구 헝게스리 깔보구 요샛말루 무시허구 더 그렸지야……."

내가 중모로부터 이런 말을 직접 듣게 된 때는 내 나이도 스무 살은 넘어서가 아니었을까 싶다. 말뜻을 알아듣고 중모의 편에서도 조카에게 하는 그런 얘기가 그나마 하소연이 되고 하려면 내 나이가 그만한 나이는 됐어야만 할 것이기 때문이다.

내가 그맘때면 중모는 마흔 살 전후 때가 된다. 일흔을 한 살인가 두 살인가 앞둔 오늘날도 꼭 그 모습으로 늙어가지만 이분은 체구가 작고 생김새도 결코 잘생긴 분이라 할 수는 없다. 항상 사람들 속에 묻히고 뒤로 밀리고 하는 분이다. 움푹 들어간 작은 눈은 갓이 짓물러서 늘 울고 난 끝에처럼 물기로 젖어 있다. 그래서 나에게는 더욱 그 민며느리 시절을 연상시키면서 언제나 슬픈 듯이 보이게 하는 분이다.

"……느이 어머이는 나보다 훨씬 뒤에 시집 왔지만 그려두 느이 큰큰 어매가 느이 어머니헌테는 내게다처럼 그렇게 함부로 못 혔다. 느이 외가집이 그때두 부자구 또 느이 외숙님들이 가끔 다니며 보구 헝게 그럴 수 있었건니? 다 사람보구 허능 거지……."

본론에서는 다소 벗어나는 얘기지만 맨 처음 중모로부터 그 대목의 얘기(어머니에 대한 얘기)를 들었을 때 나는 어리둥절하지 않을 수가 없었다. 중모의 말대로 우리 외가집이 그때도 부잣집이었다면 도대체 어떻게 하여 그런 부잣집 딸이 그 시절의 우리집 같은 집에 시집을 오게 되었는가고였다. 아버지께서 썩 잘난 분인가 하면 그렇지도 못 한 분이다. 겨우 보통학교를 졸업하고 장에 닭장을 지고 다니며 닭장사를 하는 것이 직업이던 분이었다. 참으로 어리둥절하지 않을 수가 없는 것이었다.

그러나 그 의혹은 그 얼마 후에 곧 풀어졌다. 어머니의 손——어머니의 손은 육손이다——그 육손이 약점이 되어 부잣집 딸이면서도 그처럼 가난한 집 총각인 가친한테 시집 오게 되었다는 것으로.

"나는 느이 아버지헌테서 혼인 말이 들어왔을 때 그대루 샘에 빠져 죽을라구 혔다."

이것은 내가 어머니로부터 직접 들은 말이다.

그 얼마나 놀라운 말이었던가? 하마터면 나라는 인간이, 아니 나와 나의 모든 형제들이 이 지구상에는 영원히 태어나지 못할 뻔하였으니 말이다. 그때 나는 급히 묻지 않을 수가 없었다.

"건 왜요, 어머니?"

그에 대한 어머니의 대답은 대강 다음과 같은 것이었다.

어머니가 처녀 때 하루는 어른들이 하는 말씀들을 엿듣게 되었다. 바로 아버지와의 혼담이었다.

"그렇게 가난한 집으루야 워치게 애를 시집 보낸대유?"

외조모의 말. 그에 외조부께서는 벌컥 화를 내며 이렇게 말했던 것이었다.

"아, 그런 소리 헐 테거던 딸부터 제대루 낳아놓구서 허라구. 딸을 제대루 낳아놨다면 왜 그런 집으루 시집 보내? 판검사 집으루라두 보내지.”

‘딸을 제대루 낳아놨다면······’ 한 외조부의 그 말에 어머니는 깜짝 놀라서 더욱 귀를 기울였다. 곧 외조모의 대꾸 소리가 들렸다.

“아니, 딸을 제대루 낳아놓구라니 그건 또 무슨 말이래유? 걔가 워디가 워쩠간디 허시는 말유, 그 말이?”

“그런디 저 여편네가 시방 정신이 있나아, 없나아? 그려, 걔 손가락이 다른 애들처럼 생겼단 말여? 공연히 사람 말 시키구 있어, 말허기두 싫구먼.”

여기까지 들은 어머니는 그만 대문 밖에 있는 우물로 달려갔다. 그때 어머니의 눈앞에는 아무것도 보이는 것이 없고 머리 속에도 아무 생각이 없었다. 오직 그 우물만이 보이고 그곳에 거꾸로 몸을 던져버리면 그만이라는 그 일념만이 머리 속에는 있을 뿐이었다.

그러나 사람이 죽고사는 것을 임의로 못 하는 것은 어머니의 경우도 같은 것이었다.

그때 어머니는 채 우물에 당도하기도 전에 뒤에서 쫓아온 외조부한테 붙잡히고 말았다니 말이다.

“그 일 때미 괘니 혼인만 더 빨리 앞당겨지구 말았지야······.”
하고 어머니는 이렇게 그 말을 이었다.

“참 지금 생각허믄 우습다. 첫날밤에 느 아버지가 내 손버텀 만져보더라. 그러구는 허시는 말씀이 ‘나는 워치께나 생겼나 혔더니만 아무렇지도 않구먼그려.’ 이러시더라. 그런 색시헌테 장개가게 됐다니까 소문 듣구 걱정허셨덩가 부지야.”

그때 어머니는 유쾌한 듯이 웃었다.

세상을 떠나신 지 이미 오래라 지금 이승에는 없는 분이다.

이왕 얘기가 나온 김이니 어머니에 대한 얘기를 좀만 더 하기로 하겠다. 둘째 큰어머니의 말대로 하자면 즉, 부잣집에서 시집 오고 백모한테 구박도 받지 않고 했으니 어머니는 호강으로 그 시절을 보낸 분이라야 맞다.

그러나 어머니처럼 젊은 시절을 고생으로 보낸 분도 그렇게 흔치는 않을 것이다. 오늘날 생각하면 간단히 수술이 가능한 단지 그 육손 때문에 가난한 집으로 시집 와서 한 고생이니 더욱 어처구니가 없는 일이라 하겠다.

그러나 어머니의 고생은 단지 가난한 집으로 시집을 온 그것 때문만도 아니었다. 어머니의 그 육손이 무엇이나 잘하는 참으로 솜씨가 좋은 손이었던 까닭이 또 있었다.

음식 솜씨와 바느질 솜씨는 말할 것도 없는 것이었지만 그건 둘째로 치고라도 특히 베(모시) 짜는 솜씨는 면내에서도 단연 제일이었다. 언제나 학교에서 돌아오면 어머니는 젖먹이인 막내 아우를 띠로 허리를 동여서 문고리에 매놓고 베를 짜고 있었다. 더러는 아기가 띠에 매인 채로 울다가 울다가 기진해서 제 풀에 잠이 들어 있는 때도 있었다.

그런 때면 아기를 매어놓은 띠가 어머니 쪽으로 팽팽하게 당겨져 있는 것으로 그놈이 띠에 매달린 채로 얼마나 많이 울었는가를 짐작할 수가 있는 것이었다.

그런데도 어머니는 아기의 존재는 물론이고, 이 세상까지도 잠시는 잊었는가 싶을이만큼 온 정신을 오로지 그 한 군데에다만 집중시켜 북을 주며 받으며 일사불란하게 베만을 짜고 있는 것이었다.

그런 때면 어머니의 그 무표정한 얼굴 모습과 함께 째그닥 탁 째그닥 탁…… 하고 울리는 베틀 소리까지도 마치 귀신이 우는 소리처럼 들려 오싹 무서운 생각마저 들곤 하였다.

나는 방에다 책보만을 내던지고 곧 점심을 챙겨 먹으려고 부엌으로 나간다. 그래서 부엌문 소리가 나면 그제서야 방 안에서 어머니의 말소리가 들린다.

"솥 안에 죽 있구, 부뚜막에 있는 단지 뚜껑 열어봐라. 짠지가 거깄다. 한쪽에서 저붐으루 쪼매씩 끄내서 먹구."

이렇게 점심을 챙겨다 먹느라면 조심스레 하느라 하는데도 대개는 잠들었던 아기가 깬다.

그러면 오늘도 숙제하기는 다 틀렸다는 생각과 함께 아기 볼 일,

──사내가 무슨 점심을 손수 챙겨다 먹고 아기를 보고 하느냐고 의아해 할 독자도 있을 것 같다──때문에 입 안에 들어 있는 죽 맛이 금시에 싹 가셔져버린다.

"밥(죽) 다 먹었으믄 애기 이리 데려오구, 퍼대기허구 띠 가지구 와라."

업혀주려는 것이다.

"젖두 안 먹이구 업는대유?"

"방금 아까 먹었어…… 아침에 당거논 꾸리 해 전에 못 다 짜믄 다 썩어버려."

나는 할 수 없이 어머니 앞에 등을 대면서도 한 마디 하지 않을 수가 없게 된다.

"아이 참, 그느무 베 좀 그만 짜유 어머이."

"누군 짜기 좋아서 짜는 줄 아니? 나두 제발 베 좀 구만 짜구 살었으믄 좋겠다. 허리 다리 아퍼서 죽겠다, 이 녀석아."

앞에다 말코를 차고 벳바닥이 팽팽하도록 뒤로 버티니 허리가 아플 건 당연하다. 그리고 어머니의 다리는 늘 한쪽 다리가 부어 있다. 그런데 그 부은 쪽 다리가 베틀 신을 끄는 다리가 아니라 그냥 세워놓는 왼쪽 다리다. 왜 고되게 쓰는 다리가 아니고 세워놓는 쪽 다리가 부을까 하는 것이 그 시절 나의 의문이었다.

"그렇게 베를 구만 짜면 될 거 아녀유?"

그러면 참으로 드물게 보는 일이지만 어머니는 조금은 웃는 표정이 된다. 그리고는 말한다.

"자식, 밥두 안 먹으믄 될 건디 왜 밥은 먹니?"

"밥은 밥잉게 먹쥬, 뭐."

"그것두 말이라구 혀, 학교 댕기는 녀석이? 어서 공부나 잘혀서 이 담에 높은 사람 돼라. 그러믄 네 덕분으루 에미두 베 안 짜게 될 텡게."

"공부는 언제 혀유 뭐. 숙제두 못 허는디유."

"밤에 혀. 새벽에두 허구. 그렇게 공부헌 사람이 더 크게 되는 거여…… 애기가 나 쳐다보믄 울옹게 어서 밖으루 나가 그만."

　이렇게 고생을 한 분이지만 그러나 어머니는 우리 집에 시집 와서 당신 할 일은 거의 다 하고 돌아간 분이다.
　삿베를 짜서 아버지를 도와 그처럼 가난한 집안을 일으켜놓고, 우리 형제들을 오늘날 이만큼씩이라도 살도록 만들어놓고 하였으니 여자분으로 그만하면 당신 할 일은 다한 분이다.
　그런데도 오직 하나의 한만은 끝내 풀지 못하고 돌아갔기 때문에 끝으로 그 얘기를 하고 어머니에 대한 얘기는 그만 마치기로 하겠다.
　어머니는 쉰일곱 살에 위암으로 세상을 떠났다. 이 암병이라는 것은 두 가지 면으로 희한한 병이다. 그 첫째는 그놈의 병에 한번 걸렸다 하면 거의 회생할 수가 없는 그것이고, 둘째는 죽는 그 직전까지도 정신이 맑은 그것이다.
　어머니는 서울에서 치료를 받다가 세상을 뜨기 일 주일쯤 전에 시골로 내려가 거기에서 돌아가셨다. 더 이상 가망이 없으니 고향에 내려가서 돌아가시도록 하는 것이 좋지 않겠느냐는 담당 의사의 권유로였다.
　"어머니, 의사 선생이 그러는데 인제는 다 나으셨답니다. 시골에 내려가셔서 시골 음식 잡수시며 한 열흘만 잘 정양하시면 곧 회복하실 거라는데요."
　속으로는 소나기 같은 눈물을 흘리면서도 겉으로는 웃는 얼굴로 내가 어머니에게 한 말이었다.
　그러자 어머니는 백지장으로 발라놓은 것 같은 그 핼쑥한 얼굴에 발그레 희색을 띠며 말하는 것이었다.
　"그려, 그게 정말이냐? 그 동안 참 느이 내외가 고생다께 많이 혔다. 서울 병원이랑 게 그렇게두 존 디로구나…… 그런디 말이다, 애 큰애야! 내 너헌테 부탁이 하나 있다."
　"뭔데요, 어머니. 말씀하세요."
　그러자 어머니는 냉큼 말을 못 하고는 얼굴에 부끄러운 듯한 웃음을 지은 채 당신의 육손을 잠시 내려다보는 것이었다. 그리고는 참으로 어려운 얘기라는 듯이 겨우 입을 열었다.
　"서울 병원이 그렇게 존 디니 말이다. 나 이번에 병 낫걸랑 이 손구락 좀 그 병원에 가서 짤러줄래?”

“원, 어머니두 겨우 그거예요? 다 늙으신 이제 그건 뭣하러 짜르실라구 그러세요? 어머니의 그 손가락이 복손가락인데요.”

나는 억지로 웃는 얼굴을 짓고 그렇게 말했다.

“아니다. 여자는 늙어두 여자인 건 마찬가지란다. 전에 누가 그러는디 수술허믄 멀끔허다드라. 그 동안은 느이들 힘두 붙일 것 같구 혀서 말 안 혔다. 이걸 한번 떼내버리구 살어보는 것이 내 평생의 소원이다.”

“그러세요. 그것이 소원이신 줄은 정말 몰랐어요. 지금은 어머니의 몸이 약하셔서 수술할 수가 없구요. 이번에 시골 가셔서 어머니의 병환이 다 나으시면 다시 모시고 올라와서 수술해드릴게요.”

이렇게 나는 어머니에게 멀쩡한 거짓말을 하였다.

그런데도 어머니는 나를 하늘같이 믿고 희망에 차서 시골에 내려가셨다. 그리하여 일 주일 후에 끝내 육손을 그대로 가진 채로 돌아가시고만 것이었다.

어머니는 일생을 주로 방 안에서만 일을 하고 산 반면에 중모는 그 작은 체구인데도 주로 밭을 매고 곡식을 거두고 하는 들일을 많이 하고 산 분이다. 어머니는 베를 짤 줄 알고 중모는 베를 짤 줄 모르기 때문이었다.

그 시절은 베 짤 줄 아는 여인과 그걸 짤 줄 모르는 여인과는 하늘과 땅 사이 만큼이나 차등을 두는 세상이었다. 사람이 먹고 사는 밥그릇인 전답을 모두 독점하고 있는 부자들도 의복은 입고 살아야 되므로 그걸 돈 받고 공급하는 기술을 가진 여인이 크게 우대되었을 건 두말할 것도 없는 일이다.

그러므로 내 추측으로는 백모가 중모와 어머니를 그처럼 차별한 이유 중에는 그 베를 짤 줄 알고 모르고 하는 그것도 상당히 작용하지 않았을까 싶은 것이다.

아무튼 나는 어렸을 때부터 그 작은 체구로 밭에서 힘든 일을 하는 중모가 측은한 생각이 들어서 때때로 자진하여 많이 도와드렸다. 그러면 중모는 매우 기뻐하고, 그런 때에 주로 백모에 대한 얘기를 많이 듣게도 되었다.

"……그때 집에 식구들두 참 많았다. 할아버지 할머니가 기시구 큰아버지 큰어매에다 또 그분들에 애들이 벌써 둘이나 딸렸지. 아버지, 가운데 큰아버지, 가운데 큰아버지는 집에서 밥을 잡숫지 않었응게 그만두구라두 나까지 그렇게 모두 몇 식구냐?…… 여덟 식구가 아니니? 그 많은 식구의 끼니를 나 혼자 보리방아 찧어서 다 혀댔다. 보리방아라능게 장정두 한 독우만 찧구 나믄 축 늘어지는 거다. 그것을 삼시 시 때 똑나 혼자 방아쪄서 밥을 혀먹었으니 그만허믄 워쩠건니? 보리밥 허기가 또 좀 어렵냐? 보리밥두 요새 보리밥 같은 거간디! 그것만 삶는 꼽쌀미지. 한여름에 그 좁디좁은 부엌 속이서 보리 때 짚 때서 밥을 혈래봐라……그런디두 느이 큰어매는 독웃대 한 번 드는 일이 없구 밥 허는디 불 한 번 때주는 일이 없다. 괜이 끼니때면 채전밭 둘러보는 체 허구 돌아댕기구 건뜻허믄 아프다구 드러누워 있구 그렸다. 그것 뿐인 줄 아니? 느이 큰어매가 양식독에서 끼니감을 내주는디 그나마 글쎄 내 밥은 풀 수가 없이 내주는구나. 참 그분 내게다 혀두 너무 혔느니라. 그려서 나는 식구들이 먹다가 냉겨주믄 그걸 먹구 그나마 없으면 말구 혔지야. 그런디다가 할아버지가 진지를 여간 많이씩 잡숫는 어른이냐? 늙으셨을 때까지두 아마 다른 장정들 두 몫은 넉넉히 잡수셨을게다……."

여기서 잠시 조부에 대한 얘기를 좀 해야 될 것 같다. 내가 여덟 살때인가 돌아가셨으니까 지금도 그 어른의 인상이 뚜렷하다. 집안에서나 마을에서나 장사(壯士) 양반이라고 불렸으리만큼 걸대가 크고 힘이 센 어른이었다.

식사를 얼마나 많이씩 하셨던가에 대해서는 확실한 기억이 없지만, 조부의 그 식량(食量)에 대해서는 오늘날까지도 마을에 전해 내려오는 얘기들이 많다.

새참에 내온 칼국수를 한꺼번에 일곱여덟 그릇씩이나 자셨다는 것과, 한자리에서 인절미떡 일백세 개를 자셨다는 것이 가장 유명한 얘기이다.

새참이란 일꾼들이 일을 하는데 아침과 점심, 그리고 점심과 저녁의 그 중간 두 때를 말한다. 그때 일꾼들에게 술이나 국수를 내다주는데 그 국수를 한꺼번에 그렇게 자셨다는 것이다.

그 때문에 조부는 마을에서 품팔이 일꾼으로서 타격도 많이 받았던 것 같았다. 여간 급한 일이 아니고는 일꾼으로 오라는 사람이 없기 때문이다.

"그 사람 워능간 많이 먹어서 워디 데려다 일 시키겠어?"

워낙 식량이 귀한 세상이었으니까 당연한 일이었다.

그리고 인절미 건. 마을에 조부와도 흡사한, 아니 그 버금갈 만한 걸 대 큰 분이 또 한 분 있었나 보았다. 하루는 두 분이서 인절미떡 먹기 내기를 하였다. 떡집에서 각기 인절미떡 일백 개씩을 목판에 담아놓고 먼저 다 먹는 쪽은 거저 먹어도 된다는 내기이다. 조부는 그 일백 개를 다 자셨는데 상대는 아직 절반도 못 먹고 있었다. 그래서 조부는 상대의 것 세 개를 더 먹어주면서 어서 먹으라고 했다는 얘기이다.

돌아가시기 얼마 전까지만도 지게를 지고 다녔는데 그 지게가 유독히 컸다. 젊어서는 그 큰 지게에 으레 남의 두 몫씩 졌다지만 늙은 후에는 허리가 굽어서 그렇게 많이씩 지지는 못 하셨다.

그런데 이분이 밖에서는 코끼리처럼 순한데 집안에서는 호랑이처럼 사나운 분이었다 하였다. 거기에 무지막지하기가 절굿대로 천장 메는 식이었다는 것이고 나로서는 도무지 정이 안 간 할아버지라는 것밖에 그 상세한 기억까지는 없지만 역시 중모의 증언이 그것을 확실하게 해 준다.

"할아버지의 구십에 한번 걸렸다 허믄 할머니건 며느리들이건 모두 싸잡어서 으레껀 이년들이구, 나는 느이 둘째 큰아버지허구 성례헌 훨씬 뒤까지두 이느므 기집애, 저느므 기집애 소리 듣구 살었다. 그리구 화나시믄 사람을 겨냥혀서 무엇이나 집어덩지는디 쇠스랑이든 삽이든 그저 잡히는 대루 집어던지셨다."

조모는 일찍부터 이빨이 단 한 개도 없이 모조리 빠져서 합죽이었다. 그 역시 조분의 그 무지막지한 손이 그렇게 만들었다는 것이었다.

조부는 메공이로 방아를 찧고 조모는 앞에서 우길 대로 우겼다. 방아 찧기도 힘이 드는 일이지만 내리치는 메공이 앞에서의 우기는 일도 그리 쉬운 일이 아니다. 머리 위로 지나다니는 메공이도 무섭고 자칫 잘못 우기면 방아를 헛찧게 되어 절구 안의 곡식이 절구 밖으로 흩어져버린다. 공이잡이로부터 욕먹기 십상인 일이다. 하루는 조모가 그만 걸려든 것이었다.

"이 빌어먹을 년아, 그게 뭐라구 우기구 있는 거여?"

(중모가 증언한 말 그대로다)

그 소리와 함께 절구통에 내리칠 메공이가 그만 조모의 턱주가리를 들이쳤다는 것이었다.

"그 기운 신 양반이 월마나 시게 쳤으믄 아금니까지 한 개두 안 남구 모조리 다 빠져버렸겠니? 그때 할머니가 안 돌아가싱게 참 용한 일이었지야."

중모의 말이었으나 나는 하도 어이가 없고 소름이 끼치는 일이어서 한동안 아무 말도 나오지가 않았다.

여자는 남편 손에 죽어도 아무 소리 없이 조용히 죽어야 되는 시절이다. 조모는 꼼짝없이 당하고 말았지만 그 때문에 마을에서 한때 조부는 의외의 놀림감이 되기도 한 모양이었다.

"자네는 참 알데 그랴."

"알다니, 무슨 소리여?"

"옛날이두 돈푼깨나 있는 호사꾼들은 집안에 동기를 얻어들여 가지구 자네처럼 입념을 그렇게 나굿나굿허게시리 맹글어갖구 살었다네."

이런 식으로였다.

"……식구들은 다 굶어두 할아버지 진지 안 드리구는 식구들이 영 살수가 없었다. 이년들아, 밥 안 가져오느냐구 벼락이 낭게 말이다. 밥보다 죽을 더 많이 먹던 때인데두 할아버지만은 꼭꼭 밥을 따루 떠놨다가 드렸지야. 원체 양고래가 크신 분이라 죽 같은 건 암만 자셔두 간에 기별두 안 가시지야. 할아버지의 양고래가 그렇게 크신 것 때문에두 내가 더 배를 많이 곯았다. 그리고 식구들이 냉긴 밥이나마두 내가 먹게 느이 큰

큰어매가 내버려두지두 않는다. 생전 부엌에 들어서지두 않는 분이 식구들 중에 누가 밥만 냉기믄 물린 상을 들구 부엌으루 나온다. 그리구는 번연히 내가 밥이 없어서 못 먹구 있는 줄 알믄서 부엌 바닥에 앉아서는 그 남은 밥을 자기가 다 긁어먹어버린다. 방에서 자기 밥은 아마 서방님이나 할아버지에게 선심 쓰느라구 얼마간 덜어줬겠지야. 그런데 자기는 인심 쓰구 부엌에 나와서는 내가 먹을 걸 다 먹어버린다. 긁어 죽으라능 거 아니냐?……참 그 시절 그분헌테 토심 받구 배 고프구 헌 얘기를 워치게 다 허겠냐?……지금두 눈물이 날라구 헌다……."

이 대목에서 중모는 정말로 눈물방울을 내비치기도 했다. 중모의 얘기는 계속된다.

"그건 양식이 워능간 귀헌 때였응게 그렇다 치더래두, 느이 큰어매란 분은 또 자기가 저질러논 일을 갖다가 남에게 뒤집어씌우기가 일등이었다. 워쩌다가 당신 혼자서 부엌일을 보다 그릇이라두 깨뜨믄 글쎄 고것을 부뚜막이나 살강이다가 고대루 맞춰놓는구나. 그리구는 뒤에 고걸 내 손이 닿도록 혀가지구는 나더러 깼다구 뒤집어씬단 말이다. 한번은 밥솥이다 찐 옥수수를 내오라더라. 그래서 부엌에 들어가봉게 웬 사기 대접 하나가 소당(솥뚜껑) 위에 있더라. 그 대접에다 옥수수를 담아가지구 오라능가 부다구 그걸 집을랑게 글쎄 그릇이 깨져 있잖겠니? 당신이 깨가지구는 그렇게시리 가만히 맞춰놓는 분이다. 그때두 별수없이 할머니헌테는 내가 대신 혼났지야."

언젠가 나는 중모로부터 그런 얘기를 듣던 끝에 발끈 화가 나서 이렇게 말한 일이 있었다.

"대체 큰큰아버지는 왜 그런 마나님을 내버려두는 거래요, 호두바가지를 안 내주구 말예요? 나이 어리구 불쌍한 계수를 그렇게 못살게 구는 그 따위 마누라를 그래 내버려두구는 본단 말예요?"

그때까지 내 눈에 비친 백부는 그런 분이 아니라 싶었기 때문에 한 말이었다.

삼형제분들 중에 장형이라고는 하지만 중부와도 열두 살 차이나 되는 분이다. 그만큼 나이가 들어서 벌써 수염이 히뜩한 지경이고 엄격하게도 보이는 분이었다. 비록 젊었을 때 어물장사를 하다가 이후 농사를 지어온 농사꾼이었지만 어떻게 배운 건지는 몰라도 한문 지식도 꽤 든 분이다.

"마나님이 그렇게까지 생긴 사람이라구야 다 모르셨겠지. 그리구 큰어매라는 양반이 큰아버지헌테는 참 그럴 수 없이 잘허는 분이다. 남자들이란 마누라가 자기헌테만 잘허믄 구만 아니냐? 이런 사람은 넘부끄러서두 그렇게 못 허겄두만서두 큰어매는 누가 보는 디구 안 보는 디구 큰아버지헌테만은 요샛말루 참 싸비쓰(서비스)가 존 분이었다."

"원 참 그러니까 말허자면 소실이나 기생 같은 분이었구만요그려."

그때 나의 입에선 그런 말이 거침없이 튀어나오고 말았다.

그러나 내가 오늘날과 같이 정작 백모를 미워하게 된 건 내 눈으로도 그분이 하는 짓들을 직접, 그리고 충분히 볼 수 있는 최초의 사건이 마침 집안에 났기 때문이었다. 한구가 그 댁에 양자로 들어가게 된 것이 바로 그 사건의 발단이었다.

한구가 그 댁에 양자로 들어간 건 그의 나이 스무 살 때나 되어서였다는 것은 이미 앞에서 밝힌 바이다. 나는 한구보다 두 살 위니까 그때 내 나이는 스물두 살이었다.

한구의 양자 건에 대해서 어른들간에는 그 훨씬 전부터 얘기들이 많았던 모양이었지만 나나 한구 본인이 나가 그것을 안 건 거의 결정 단계에 이른 그 무렵에서였다.

지금 생각해도 우스운 건 그 양자가 자칫 나로 결정될 뻔도 하다가 말았다는 그것이다. 우습다는 건 오늘날 그처럼 증오하는 분보고 하마터면 평생 어머니라고 부를 뻔도 했기 때문이다.

내가 한구 대신 큰댁의 양자가 될 뻔한 건 큰댁에서 한구보다 나를 원했다는 것이었다. 그 자세한 내막은 잘 모르지만 한구는 차제(次弟)되는 분의 아들이고 나는 삼제(三弟)되는 분의 아들인데도 나이는 한구보다 내가 오히려 위니까 그런 얘기도 나왔을 법한 일이라 싶다.

"아무래두 여러모로 봐서 한구보담은 니가 낭게 형이라는 걸 핑계 삼어서 너를 달라 헝거지야."

그 무렵 어머니가 하던 말로 미루어 그렇게 생각할 수도 있는 일이었다. 그렇다 하는 것은 무엇보다 첫째 한구는 농사꾼인데 비해 나는 농사꾼이 아닌 점을 들 수가 있다.

국민학교만은 나와 한구가 2년 간격으로 함께 다녔지만 학교를 졸업한 후에 둘이의 진로가 각각 달라진 것이었다. 한구는 역시 농사꾼이고 나는 모교의 급사였다.

지금 생각하면 우스운 얘기가 될지 모르지만 그때만 해도 특히 우리 집안에서는 학교 급사도 대단한 벼슬이었다. 그때가 일제(日帝) 말기의 식량 배급 시절로 급사에게도 교사와 똑같이 그 식량 배급을 주었기 때문에 나의 그 급사 벼슬은 더욱 훈장처럼 빛났다.

바퀴 살대가 번쩍거리는 학교 자전거를 타고 마을에 들어서면 마을 사람들은 모두 나와서 구경들을 하고 집안의 어른들은 그것을 흐뭇해 하였다. 그것만으로도 내가 한구보다 훨씬 머리 위로 돋보였을 것은 당연하였다.

그런데 나의 그 벼슬(?)은 비단 그것으로만 그치는 것도 아니었다. 8·15해방이 되면서 그 벼슬은 더욱 뛰어오르기 시작하였다. 급사로서 교사 자격 검정을 거쳐 일약 국민학교 교사가 되고, 이삼 년 후에는 다시 같은 방법으로 중등학교 교사가 되었다. 중등학교 교사 시험에 합격한 그해가 내 나이 스물두 살로, 바로 한구가 양자로 결정이 되던 그 해였다.

이런 때였으니까 삼제(三弟)인 아버지가 나의 양자를 허락할 리 만무하였다.

그에 반해 중부의 사정은 다소 달랐다.

그때 중부네와 백부네는 각각 자작농(自作農) 예닐곱 마지기씩들을 짓고 있었다. 그런데 백부에게는 양자를 해야 될 만큼으로 아들이 없으니 그것만으로도 되겠지만, 중부네는 장차 아들들에게 그것을 나누어주기로는 마지기수가 너무 적은 것이었다. 백부네는 원래 딸만 다섯을 낳아 셋은 이미 출가시키고 딸 둘이 남아 있었다. 그 두 딸만 마저 출가시키면 백부네의 논 일곱 마지기는 그대로 양자의 차지가 되는 것이었다.

중부로서는 큰아들을 내주면 함께 살지는 못하지만 분가시키는 셈만 치면 되므로 그 양자를 굳이 마다할 까닭이 없는 것이었다.

거기에 또 중부에게는 그 양자가 필요한 점도 있었다. 그것이란 한구가 마침 군(軍)의 적령으로 곧 입대하게 되었는데 양자 갈 경우 ‘독신자 단기복무’의 혜택을 받게 되는 점이다. 그 동안 미온적으로 거론만 되어오던 양자 문제가 이때에 그 결말을 내기로 서두르게 된 것도 바로 이 때문이었다. 그걸 서두른 장본인 역시 중부였다.

그러나 여기에서 분명히 해둬야 할 것이 있다. 백부는 반드시 양자를 들여세워야 할 입장(宗家이자 無嗣)이라는 것과, 그 양자로는 나와 한구 중의 하나인데 법도와 순리로는 어디까지나 한구라야 되는 것, 그나마 가친의 거절로 나에 대한 양자는 이미 무망상태가 되었다는 것 등이다.

이런 상황일 때 한구가 군에 입대할 적령을 당한(6·25전쟁의 격전기 때였다) 중부로서 그 양자 문제를 서둘렀을 건 당연한 일이다.

“한구로 양자를 안 허실 테면 몰라두 허실 테면 지금 헙시다.”

중부는 아니꼬왔을 것이지만 비위를 모시고 백부에게 그런 말을 했다는 것이다.

설혹 중부의 말이 다소 퉁명스러웠다 하더라도 그에 백부로서는 하등 못 하겠다고 할 명분이 없으므로 한구가 양자로 결정이 되기까지는 최소한 표면상으로만은 아무 일이 없었다.

그러나 큰댁에는 백모라는 야릇한 여인이 있다는 것을 알 때 그 일(말하자면 마지못해 한 양자의 일)의 앞날이 과연 어떻게 될 것인가는 바로 오늘의 사태까지로 몰아갔다는 것이 그 대답이 될 것이다.

아무튼 순서대로 얘기를 해보기로 하겠다.

한구는 양자로 들어가자 곧 군에 가고 그 집에는 갓 시집 온(양자 결정과 동시에 결혼한) 며느리만이 남게 되었다.

이때부터 백모가 품은 불만의 독기는 서서히 퍼지기 시작하였다. 얼굴이 썩 나지 못했으면 일새라도 쓰게 생겼어야지 버선짝 하나 꿰맬 줄 모르니 그게 무슨 남의 집으로 시집 온 계집이냐? 양꼬(고)래만 커 가지고 밥은 많이 죽인다마는 허는 일은 바늘 끝으로 우물 파는 꼬라지로 고나, 발뒤꿈치가 그 따위로 계란처럼 둥글어가지고 무슨 일을 해먹겠느냐? 늙마에 양자라고 들여놓으니까 정작 일할 놈은 군에 가고 양식이나 축내는 며느리라는 짐짝만이 하나 뚝 떨어졌구나…… 그러니까 내가 뭐랬습니까? 내가 못 낳으면 그만이지 남의 자식이 내 자식된답디까? 그까짓 제사 못 받아먹으면 말지 죽은 담에 뭘 안답디까?——이런 식의 독기가 대소 집안들에까지 뻗쳐왔다.

그러나 그에 대해서 중부 내외분을 비롯한 집안의 모든 어른들은 그저 못 들은체 못 본 체들 했을 뿐이었다. 그리고는 그에 대한 변명을 이렇게들 말했었다.

"원재는 그분이 아이구 이뿐 내 새끼야, 어이구 이뿐 내 며느리야 헐 줄 알구 양자 보냈나?……."

그런데 그때부터 백모는 정작 자기가 과연 어떤 여자라는 것을 보여줄 만한 일거리 하나를 만들고 있던 중이었다. 옥희(玉姬:남은 두 딸 중 큰딸, 한구보다 두 살 아래다)를 시집 보내야 되겠는데 되도록 가까이에 두려는 것이 그 일의 시작이었다. 마침 마음에 드는 총각 하나가 바로 이웃에 살고 있는데 집안이 워낙 가난한 것이 흠이라면 하나의 흠이었던 것도 백모가 꾀하던 그것에는 잘 맞는 일이었다.

오지항아리처럼 생긴 몸매에 매처럼 생긴 눈을 가진 백모가 그 총각을 장차 곁에 두고 볼 사위를 만들어가는 그 방법이 어떤 것이었나? 그런 건 보지 않아도 백모가 어떤 여인인가만 알고, 웬만한 상상력만 가진 사람이라면 거의 그대로 그려낼 수가 있다.

밤이라도 좋고 두 내외가 밭에서 일하다가 쉬는 참에도 좋다. 누가 보거나 듣거나 하지만 않는 곳이면 된다. 백모가 그 매의 눈에 부드러운 빛을 띠며 백부 곁으로 바싹 붙어 앉는다. 백부의 담뱃대를 집어다 담배를 잰다. 불을 붙인다. 그것을 자기가 먼저 서너 모금, 댓 모금…… 하여튼 그렇게 빨다가 물추리를 손바닥으로 닦아서 영감님에게 예의 그 '싸비쓰'를 최대한으로 발휘하여 건네준다. 그리고는 은근한 목소리로 말한다.

"영감은 저어 이웃집 영칠이가 워떱디까?"

그러자 영감은 우선 마누라한테 건네 받은 담뱃대의 담배부터 한 모금 빨아서 연기를 수염 사이로 내뿜으며 그 별안간의 질문에 대꾸한다.

"그녀석 똘똘한 녀석이지. 그런디……."

영감의 말이 채 끝나지도 않았는데 마누라는 우선 반가워서 그 매같은 눈을 마구 반짝거리며,

"그렇지유?"

하고 맞장단을 친다.

"그런디 별안간에 그애 얘기는 왜 끄내누?"

영감은 궁금한 것을 기어이 묻는다.

"별안간이라뉴? ……오오 그렇구먼 참……."

마누라는 헛웃음을 친다. 그리고는 아깟번보다도 더한층 은근한 목소리가 되어 말을 잇는다.

"아무래두 우리 옥희 말이유. 신랑감으루는 그 애가 제일일 것 같어서 그류."

"옥희 신랑감이라?"

"얘! 어뗘유, 좋지유, 그만허믄?"

"집안이 너무 간구혀서 옥희 신랑감으루야 워디 쓰겄어?"

"원 영감두 옛말두 못 들어봤수? 찬물 떠놓고 성례헌 늠들이 더 잘산다구 말유. 다른 말씀 마시구 그렇게 헙시다유. 그 녀석은 지금 우리 옥희헌테 잔뜩 눈독 들이구 있는 모양잉게……."

있는 모양이 아니라 미리 연통해서 그쪽 의향을 다 떠보고 또 이쪽에서는 절반 허락까지 자기 단독으로 다 해놓고는 하는 얘기다. 하여튼 마누라는 말을 계속한다.

"……아 이웃에 놓구 보믄 월마나 좋우? 말이사 톡 까놓구 말이지만 우리가 옥희 시집 보내구 살림허겠우? 들일 안일 개 혼자 다 혀오다시피 혔는디. 며느린가 뭔가 그 애 꼼지작거리는 것 영감두 다 알지우? 걔뿐유? 두구 봐야겠지만 한구두 위인이 벌써 짐작이 되는 애지 별수없을 거유. 그렇게 내가 항상 허는 말 아뉴? 자식은 내 속으루 낳아야 자식이지 남의 속으루 난 것은 소용없다구……아, 옥희 그리루 시집 보내믄 옥

희는 내 딸이구 영칠이는 내 사위니 둘이 다 내 자식 아뉴? 이웃에서 오명 가명 옥희는 내 일 거들어주구 영칠이는 영감 일 거들어줄 꺼구 월매나 보기에두 이쁘구들 좋것우? 그 집이서 좋다거던 그리루 그냥 헙시다유."

"옥희만은 가까운 곳에다 여의구두 싶지만 영칠이는 집안이 원체 간구혀서 그려. 애사 그만허믄 똘똘허지."

"똘똘허다 뿐유? 그리구 누구네는 뭐 부자유?……(이 대목이 중요한 대목이다. 그 오지항아리 같은 몸통을 슬쩍 영감 곁으로 기대듯 하면서, 역시 말도 그렇게 슬쩍 봄바람 지나가듯 하는 말투로) 정히 걔네가 간구헌 것이 흠이라면 아, 그럼 우리 걸 좀 떼줍시다유그려."
하고 그 매 같은 눈을 흘깃하여 영감의 눈치를 살핀다.

"우리 걸 떼주다니? 뭐, 논 말여?"

"논이지 그럼 집을 떼주겄어유?"

"우리가 걔네들 떼주구 말구 헐 논이 워딨어?"

"아, 논 일곱 마지기는 논 아뉴? 그걸 영감허구 내가 월매나 먹구 가겄어유?"

"그런 소리가 워딨어? 한구가 있잖여?"

"아, 그렇게 조그만 떼서 주자는거지, 다 주겠우? 반 옥희 떼주구, 반 한구 지어먹으라구 혀두 그걸루 제 식구들 먹구, 원 장차 지사를 지내줄라는지 워쩔른지는 모르지만 지사를 지내줘두 남구 안 지내줘두 남구, 그러면 충분허지 양자에게 월매나 줘야 많이 주는 거란 말유?"

"그런 말 말어. 우린 뭐 오늘까지만 살구 낼 죽나? 지사지사허게…… 그러구저러구 그 애 생부모들이 그런 말 들으믄 뭐라겄어? 아예 그런 말 입 밖에두 내지 말어."

"그 애네 생부모 들으믄 뭐라긴 뭐래유? 그려, 남이 난 양자만 땅 물려주는 자식이구 내가 난 딸은 자식이 아니라구 헌답디까? 만약에 그렇다구 헌다믄 누구라두 주둥패기들을 풀둑으로 짓빠쉬놀 텡게 걱정말구 내 말대루 혀유……(높아졌던 음성이 다시 낮아지며) 내 언성이 좀 높아졌내빈디유. 정히 뭣허믄 영감은 모르는 체허구 기슈, 그랴. 내 다 맹글어놀 텡게유."

"허허 참, 안 된대두 어지간히 혀쌌네."

이 날은 이쯤으로만 끝나도 된다.

열 번 찍어서 안 넘어가는 나무 없고, 여자가 열 번 녹여서 안 녹는 남자 없다——는 것이 백모의 책 속에는 가장 살아 있는 명구로 들어 있는 것이었다.

결국은 백모의 뜻대로 되고 말았으며, 그것도 일곱 마지기의 절반이 아닌 너 마지기짜리 필지를 옥희가 차지해가지고 간 것이었다.

내가 오늘날 백모를 미워하게 된 최초의 사건이라는 것이 바로 이것이다.

그때 살기들이 어려운 우리 집안에서는 이 사건이 결코 작은 사건이 아니었다. 그러나 불행하게도 온 집안에 백모를 당해낼 사람은 아무도 없었다.

다만 중부가, 본래도 술이 심한 분이 더욱 술을 마셨고, 그리고는 이따금 큰댁에 가서 주정을 부리는 것이 고작이었다. 그러나 그 주정이 결국은 백모의 못된 짓에 더욱 채찍질을 해준 결과만 되고 말았을 뿐이었다.

그 무렵의 중부의 모습은 지금도 눈앞에 그대로 보이는 것같이 선하다. 삼형제분들 중에서 키가 제일 크고 얼굴에는 항상 주기가 있었다. 어느 때부턴지도 모르게(내가 아주 어렸을 때부터) 마을에서는 '통장'이라는 별명으로 불리었는데 통반장(統班長) 하는 그런 통장이 아니라 술 통장(通帳)에서 따온 이름이었다.

역시 내가 아주 어렸을 때부터 읍내 주조장에서는 신용있는 사람들에게 통장을 만들어주고는 그 통장만 들고 가면 술을 주게 되어 있었다. 중부는 그 통장을 만들어놓고 당신은 물론 무시로 술을 갖다 마시는 것이지만 마을 사람들에게도 누구에게나 그 통장을 빌려주고 하였다.

그리하여 일정 기일이 되면 당신은 한꺼번에 통장을 결제하고는 그걸 빌려준 사람들한테는 푼돈으로 받기도 하고 더러는 못 받기도 하고 하는 식이었다.

"그러므로 '통장'이란 첫째는 술을 좋아하고 다음은 인심이 후하다는 의미로 붙여진 별명이었다. 아무튼 그분은 술을 몹시 좋아하였다. 그분이 술을 얼마나 좋아했는가는 '통장'이란 별명을 얻은 것만으로도 족하지만 함께 마시는 상대를 도무지 가리지 않는 점을 또 들 수 있다. 연령의 고하, 신분의 귀천, 친불친 등을 전혀 가리지 않았다.

그럴 만한 장소에서 술을 마실 줄 아는 사람을 만나면 누구든 가리지 않고,

"술 한 잔 헐꺼나?"

하여 끌고 들어가서 함께 마신다.

혹 주막가나 시장 같은 데서 나를 만나게 돼도 그건 마찬가지였다.

"애, 윤구(나의 이름)야, 너 이리 와라, 술 한 잔 먹자."

하며 술을 사주셨다.

한번은 조부의 제삿날이든가로 큰댁에 대소 집안 식구들이 모두 모였다. 밤에 제사를 지내고 이튿날 아침때였던 듯싶다. 걸인들 둘이 와서 조반 겸 음식을 청했다. 조반은 좀 이른 때였으므로 누군가가 술부터 우선 내다주었다. 술주전자와 잔 하나 그리고 약간의 안주를 사립 앞 땅바닥에다 그대로 내다준 것이었다. 그걸 중부가 보았다.

"아니, 아무리 걸인들이라도 음식을 저렇게 갖다주면 쓰나? 상에다 뇌서 갖다줘야지."

중부의 말이었다.

곧 상이 차려져서 정식 술상이 되어 나가자 이번에는 중부가 직접 그들한테로 갔다.

"아께는 미안허게 됐네."

손수 술을 따라 주며 그들에게 하는 말이었다.

그들이 황송 감사하여 술을 받아 마셨을 건 두말할 것도 없는 일이었다.

그러나 중부는 그것으로 끝나는 것도 아니었다.

"술을 받아 마셨으면 나두 한 잔 따라줘야지."

중부의 말이었다.

너무 뜻밖의 말에 걸인들은 잠시 어쩔 바를 모르다가 쩔쩔 매며 각기 한 잔씩을 따랐다.

중부는 그걸 모두 받아 마신 다음 다시 그들에게 술을 따라주고는,

"인제 자네들끼리 먹게나, 곧 조반도 될걸세."

하고서야 그 자리서 물러나왔다.

아무튼 이런 식이 중부의 술이었다.

술만 그런 식으로 마시는 게 아니라 중부는 여러 면에서 그런 기인풍을 잘 나타내는 분이기도 하였다. 학교를 다녀본 일이 없는 것은 물론이고, 누구한테 따로 글자 하나 배운 일도 없는 분이다. 그런데도 웬만한 한문 문자까지 두루 섬기고, 특히 암산(暗算)은 거의 천재적이라고까지 할 수 있는 분이었다. 주판은 놓을 줄 모르지만(어쩌면 주판은 필요가 없기 때문에 애초에 익히지 않았는지도 모른다) 마을 안에서는 어느 누구의 필산이나 주산도 그분의 암산을 능가하지는 못했다.

한 예로 마을에 배급된 비료를 작인들의 경작 면적 비율로 나누는데 마을의 젊은 이장 반장이 주판을 가지고 한나절을 해도 제대로 나누지 못하는 일이 있다.

그걸 곁에서 지켜 보던 중부가 마침내 한 마디 한다.

"자네들 비료 그렇게 나누다가는 농사 다 진 담에나 비료 가져가야겠네. 그 주판들 놓구 내가 부르는 대루 적어들보게."

이래서 한 번 부르면 그것으로 그만이다.

그렇게 나누어놓으면 이장이나 반장은 주판으로 부지런히 검산을 한다.

이윽고 검산이 끝난 그들은 놓던 주판을 흔들며 이런 농담들을 한다.

"저런 양반이 왜 신발에 흙 묻히구 사시는지 몰라. 진작 은행에 들어가셨으면 벌써 은행장이 됐을 건디 말유."

그분의 그 총명함에 대해서 특히 내가 감탄한 일이 한 번 있었다.

급사 시절의 어느 일요일이었다. 오랜만에 학교를 하루 쉬게 되어서 (급사는 일요일에도 대부분 학교에 나가게 되어 있다) 중부네 집엘 잠

깐 들렀더니 그때 국민학교 6학년에 다니던 둘째 사촌(한구 다음 동생)
이 화지에 그림을 그리고 있었다.

"무슨 그림이니?"

"학교에다 낼 숙제여."

사촌 동생은 부끄러운 듯이 말했다. 잠깐 들여다보자 마당에 있는 장
독대며 절구통 등을 그리고 있는데 6학년 실력에는 미달인 그림이었다.

나는 어렸을 때부터 그림에는 꽤 취미를 가지고 있는 편이었다. 국민
학교 때는 전국 규모의 아동화 콩쿠르에서 입상도 하고, 그래서 거울이
나 연(鳶)에다 그림을 그려서 돈을 받고 팔기도 하고 했을 정도였다.

"저리 비켜라, 내가 한 장 그려줄게."

하고 나는 마루에 앉아서 새 종이에다 그림을 그리기 시작하였다. 동생
이 그리던 장독대는 빼버리고 대신 절구통 주변에 그 부속품(절구공이,
키 등)을 갖다 적당히 배치해놓고 그렸다. 할머니 때부터 사용하던 오래
묵은 나무절구라 여기저기 틈도 벌어지고 상처도 나고 하여 그리면 꽤
고풍스럽고 좋을 것 같았다.

아무튼 그걸 그리기 시작하여 거의 완성 단계에 이르렀을 그때 중부
가 외출에서 돌아오셨다. 얼굴에는 언제나와 같이 거나하게 주기가 돌
아 있었다.

"큰아버지, 어디 가셨다 오세유?"

"응, 너 왔냐?"

중부는 내가 와 있는 것을 매우 기뻐하며 마루에 앉아 내가 그리고
있는 그림을 한동안 들여다보았다.

나는 계속 그림을 그리는데 갑자기 중부가 말하는 것이었다.

"애, 윤구 너 절구통 잘못 그렸다."

"왜유?"

나는 웃고 그렇게 물었다. 그림이야 중부보다는 내가 위라고 자부하
기 때문에 이 어른이 술기운에 농을 하려고 그러나 보다 싶어서였다.

"네가 지금 그리고 있는 절구통은 다른 누구네 집에 있는 절구통일는
지는 몰라두 우리 집 마당에 있는 저 절구통은 아니다. 저 절구통은 옛

날에 할머니와 네 둘째 큰어매의 눈물을 한 동이씩은 먹은 절구통이다. 할머니두 네 둘째 큰어매두 저 절구통과 함께 참으루 고생들 많이 한 분들이다. 그걸 모두 알구서나 그림을 그려야 저 절구통이 되는 거지, 안 그러냐?"

중부의 그 말은 나를 너무 놀랍게 하였다.

그 무렵 나는 비록 국민학교 급사에 불과했지만 앞날에 큰 야망을 품고 그만큼 책도 읽어서 모를 것이 없노라고 자부심이 대단했다.

그런 나에게 국문도 제대로 모르시는 분이 그와 같은 훌륭한 말을 하니 놀라지 않을 수가 없는 것이었다. 그림은 문자를 모르는 사람의 문자란 말이 있다. 문자를 모르는 중부는 그림을 보는 투시안(透視眼)을 가지고 있었는지도 몰랐다.

아무튼 그때 중부의 그 말은 어느 고명한 미술 비평가가 책에다 쓴 얘기보다도 더 훌륭한 말로 나에게는 들렸다.

내가 중부를 참 좋아하게 된 것도 이 무렵부터고 중부도 나를 말 귀가 잘 통하는 녀석이라 하여 각별히 사랑해주셨다. 특히 그 후 내가 잇달아 교사 시험(초·중교)에 합격하여 교사가 되고 하면서부터는 그 사랑이 더욱 컸고 이따금 나에게 하는 말씀이 있었다.

"너에게 부탁할 말은 앞으로 네 사촌들 뒤 좀 보살펴주라는 그 말이다."

키가 크신 중부는 술에 취해서 길을 걸을 때면 유독히 휘청거린다. 그렇게 휘청거리며 이울(고개 하나 이웃마을)에 있는 백부댁으로 간다.

대개는 저녁때 마을 앞 주막 같은 데서 술을 마시게 되므로 나의 퇴근(아직 중학교 교사발령을 받기 전이므로 고향 국민학교 교사로 있을 때라) 길에서 마주치게 되는 수가 많다. 그리고 내가 미리 퇴근해 집에 있을 때는 또 중모가 나를 찾아 중부의 뒤를 따르게 하므로 어쨌든 중부가 술에 취해 불만을 품고 백부댁에 갈 때면 거의 나도 보게 되는 일이다.

"큰아버지, 어디 가시는 길이세요?"

나는 다 알면서도 시치미를 떼고 그렇게 묻는다.

"지금 학교서 오는 길이냐?"

중부는 아무리 술에 취했어도 걷던 걸음까지 우뚝 멈추고 반갑게 나를 대해주신다.

그러나 중부는 이내 시무룩해지며 멈추었던 걸음을 다시 옮긴다. 그리고는 짤막하게 말한다.

"이울 간다."

"큰댁에요?"

"그려."

"저녁때 다 됐는데요, 거긴 뭐하러 가세요? 약주도 많이 취하신 것 같으신데 집으로 가시지요."

"술 안 취했다."

그러면 나는 그 이상 더 다른 말을 할 수가 없게 된다. 조용히 뒤를 따라가는 수밖에는 없다.

이렇게 큰댁 앞에 이르면 중부는 몇 번 마른 기침을 하여 내방을 알리고는 사립 안으로 들어간다.

"아버님 오세유."

며느리가 맨 먼저 뛰어나와서 인사를 한다.

그러나 중부는 그에는 별로 받는 인사말도 없이,

"어른들 다 집에 기시냐?"

그것부터 묻는다.

"예! 기시유."

그러면 중부는 곧바로 그분들이 있는 안방 마루 쪽으로 간다. 그리고는 토방 위로 올라가서 다소 소리가 나게 마루에 걸터앉는다.

"형님, 얘기 좀 헙시다."

맨 첫 마디가 그 말이다.

그러나 안에서는 냉큼 대꾸 소리가 없다.

"형넘 얘기 좀 허러 왔습니다유."

다소 높아진 언성으로 거듭 말한다.

그제야 안으로부터 텅 소리가 나며 문이 열린다. 그리고는 백모의 그 매같이 생긴 얼굴이 백부를 가로막고 나타난다.

"얘긴 무슨 얘기를 허러 왔다는 거유, 대체?"

백모의 앙칼진 말소리다.

"누가 아주매보구서 얘기허겠우? 형님보구 허겠지."

당신 같은 분하고는 도무지 상대하기도 싫다는 투로 중부는 말한다.

그런데도 백모의 등뒤에 있는 백부는 두 무릎을 세워 거기에 팔을 올려놓고 앉은 채로 뻐끔뻐끔 담배만 피우고 있을 뿐 도무지 말이 없다.

"그 양반허구 얘기헐 건 뭐가 있어? 또 논 얘기라면 내가 준 거닝게 나구 혀유."

"글쎄 나는 아주매허군 얘기허기가 싫다지 않았소."

"그럼 가유. 나구 얘기허기 싫다면 집안 시끄럽게시리 말구 어서 가란 말유, 글쎄."

하고 백모는 사납게 문 줄을 잡아당겨 탕 하는 소리를 내며 열렸던 문을 도로 닫아버린다.

"누구보구 가라마라 문을 닫구 이래, 시방 이분이?……형제간에 얘기 허러 온 사람보구 여자가 가로막구서는 자기허구 얘기허기 싫으면 가라 구? 그게 대체 어느 나라 법유?"

닫혀버린 문 밖에서 중부가 언성을 높여 하는 말이다.

방 안에서도 지지 않고 대꾸 소리가 새어나온다.

"여자구 뭐구 어서 가. 술 먹었으면 곤히 새기지 어디에 와서 행패 여?"

"행패라니? 누구보구 행패랴? 만나야 될 분을 여자가 가로막구 나서서 가라마라 허는 게 행패지 내가 행패여?…… 이봐유 형님, 나구 얘기 좀 헙시다."

그런데도 백부는 아무 대꾸가 없고 여전 백모의 그 앙칼진 말소리만 새어나온다.

"이 집엔 당신허구 얘기헐 사람 없어. ……내 논 가지구 내 딸 주는디 무슨 잔말여, 잔말이?"

그런 중에 방 안에서는 백부의 헛기침 소리가 두어 번 울리고 태우던 담뱃대통을 재떨이에 몇 번 두드리는 소리가 난다. 그런 다음 이윽고 닫힌 방문이 열리고 그제야 백부의 모습이 드러난다. 그러나 백부는 중부와 얘기를 하기 위해서 나오는 건 아니다. 중부를 비켜 마루에서 봉당으로, 다시 마당으로 내려간다. 저녁때가 다 됐는데 지게를 찾아 지고 사립 밖으로 나가면서 며느리에게 이른다.

"두렁콩 걷어놓은 것 져올 테니 마당 좀 쓸어놔라."

그만 중부는 김이 쑥 빠져버린다.

"자알들 허는구면."

누구에겐지도 모르게 혼잣소리처럼 그러고는 걸터앉았던 마루에서 일어난다.

"애, 윤구야 가자."

나는 다시 중부를 모시고 돌아오는 수밖에 없다.

아무튼 이런 일이 몇 달쨴가 계속되었다. 매일같이 일어나는 일은 아니지만 적어도 한 달에 두세 번꼴로는 일어난다.

때로는 아버지와 당숙까지 그 백, 중부의 사이를 중재해보려고 나서기도 하였다. 당숙은 백부보다는 대여섯 살 아래고 중부나 아버지보다는 그만큼 위인 분이다. 비록 사촌간들이긴 하지만 우애들이 좋기로는 형제와도 다름없는 사이들이다. 특히 형제가 없이 독신인 당숙은 이쪽을 더욱 그렇게 알고 도량이 넓기로도 마을에서는 이름이 난 분이다.

그러나 당숙 역시 이 일에 한해서만은 백부가 천만 번 잘못이라고 여기는 분이었으므로 그 중재가 제대로 될 리 없었다.

"이번 일은 형님 쪽이 잘못허신 일입니다유. 그 동생이 아니더라두 누군들 아들을 양자로 내놓구선 양가에서 재산을 딸 쪽으루 빼내면 그런가 부다구 팔짱 끼구 앉아서 구경이나 허구 있을 그런 사람이 있겠어유? 그 동생이 술먹구 와서 주정허는 것두 당연허지유."

당숙이 백부에게 하는 말이다. 그러면 백부는 할 말이 없을 것 같지만 결코 할 말이 없는 분이 아니다.

"허, 이 사람들(대개 아버지와 함께 있는 자리이므로)이. 그럼 나는 허구헌 날 그 주정을 모두 받구 앉았으란 말인가? 그려, 환갑이 넘은 사람 보구 나이 쉰두 못 되는 동생의 주정이나 받구 앉았으란 말들인가 말여? 한두 번두 아니구 건뜻 허면 와서 그게 무슨 짝여 글쎄. 원 양자가 그런 거라면 이 세상에 양자 헐 사람 어딨겠나?”

“이제 와서 양자 허신 걸 원망허는 쪼시니 형님이 잘못이라는 겁니다유. 누군 싫다는 양자를 억지루 떠나 밀었나유. 형님이 원혔응께 형 것 이쥬.”

“그랬으니 날더러 워쩌란 말여 글쎄. 딸 시집 보낼 때 논 준 걸 도루 뺏어오란 말인가? 그럼 딸까지 데려와야지. 그렇게라두 허야만 되겠단 말인가?”

“누가 그래야 되겠다는 건가유? 말씀이라두 잘못된 일이라구 그 동생에게 허시라는 거쥬. 아 형수님이 우겨서 그리된 일이라구 그 동생보구 그런 식으루만 잘 말을 혀두 동생은 얼마든지 참구 지낼 사람유. 통 얼굴두 대허시려구 않으싱게 그 사람두 더욱 화가 날 수밖에 없는 거지유.”

“왜 자네 형수 혼자 헌 일이간디? 내 이름으로 된 논이니 결국은 내 도장이 찍혀 나갔겠지…… 그러구저러구 난 그 주정 받구는 여기서 더 못 살응게 맘대루 허라 허게.”

당숙과 아버지의 중재라는 것도 결국은 이런 식이 되고 말뿐이었다.

집안이 이렇게 어수선할 때 한구가 군에서 의가사 제대를 하고 돌아왔다. 그는 다른 사람들의 절반쯤 복무하고 나왔으니까 그나마 양자 간 덕이라고도 할 수 있는 것이었다.

그런저런 것들이 괜찮게 작용을 해서였는지는 모르지만 한구가 군에서 나온 후부터는 중부와 백부 사이도 표면으로나마 어느 정도 화해가 되어가는 것 같아서 두루 다행한 일이었다.

인제 주변에서들은 중부를 더욱 위로하고 한구가 그 때문에 크게 실망하지 않도록, 그리고 양부모(養父母)를 잘 모시도록 격려나 하면 되는 것이었다.

그런데 한구가 군에서 나온 지 채 한 달도 다 못 되는 어느날 저녁때

366

의 일이었다. 중부는 생가를 찾아온 한구로부터 너무너무 뜻밖의 말을
들어야만 하였다.
　"이울 아버지가 넘어가 뵈라구 혀서 왔어유."
　"무슨 일이냐?"
　"내일 아침에 이사 가신다는디유."
　"이사라니, 누구네가 이사 간단 말이냐?"
　"이울 우리가유."
　"뭐? 그게 무슨 소리냐?"
　"이울 우리 집이 이사 간대유."
　"너희집이 모두 이사를 간단 말이냐?"
　"예!"
　"어디루?"
　"웅포(熊浦)루 간대유."
　"뭐, 웅포루…… 그런디 내일 아침에 이살 간단 말이냐?"
　"예!"
　웅포란 백부의 처가 즉 백모의 친정이 있는 곳으로 백 리가 넘는 거
리 밖에 있다. 기가 꽉 막힌 중부는 곧 한구를 뒤딸려 이울 큰댁으로 달
려갔다.
　마당에 들어서자 벌써 마을 사람들이 모여 짐을 내다 싸고 묶고 하는
것으로 한구의 말은 틀림없는 사실이었다.
　중부는 곧 백부를 찾았다.
　"아니 형님, 이게 무슨 일이슈?"
　"형제간이 떨어져 사는 것이 좋을 성불러 이사 가기루 혔다."
　"형님 말씀 알어듣건는디유. 그럼 형제들이 이웃에 살구 있으니 미리
상의라두 한 말씀쯤 계셔야잖었겠어유?"
　"상의허면 이사 가게 되겠니?"
　"……"
　큰댁에는 즉각 아버지 어머니 중모 당숙 내외분들까지 일제히 모여들
었다. 아직 저녁 전이므로 큰댁에서 아주 저녁식사까지 지어먹어가며

백방 천방으로 이사를 만류했지만 그 결과는 빤한 것이었다. 이사의 태동은 벌써 수개월 전 일이고 그 동안 내외분이 은밀히 다니면서 집을 사놓고 땅을 사놓고 한 일인데 만류란 당치도 않은 것이었다.

"참 허셔두 너무들 허십니다유. 정히 가시겠다면 가셔야쥬."

이것이 아랫분들이 맨 마지막으로 백부 내외분에게 한 말이고 결론이었다.

그래도 선량한 중부는 당숙과 함께 백부가 이사 가는 그곳까지 따라가서 이틀밤이나 묵어가며 이삿일을 보아주고 왔다. 그곳에서 돌아온 중부는 가족들 앞에서 다음과 같은 말을 했다.

"게 가서 알어봉게 형님 처남 되는 자가 제 자형 누이를 꾀었더구만 그려. 그자가 제 자식놈 제금 내려구 이웃 마을에다 집을 한 채 샀던 모양인디 그걸 속아서 잘못 샀던가벼. 그래서 그걸 되팔아먹으려구 무진 애를 쓰던 참에 마침 제 누이가 와서 이사의 뜻을 비쳤던 모양이지. 그러닝게 그자가 제 누이를 꾀셔가지구는 제가 산 집을 팔어 먹었어. 그렇게 혀서 제 누이에게 팔아먹은 눔이나 그런 걸 형제라구 그 곁으루 이사 간 사람들이나 원…… 그리구 그런 눔의 산꼴은 또 첨 보는 산꼴여. 산중에 있는 기차역에서 내려서 첩첩 산 속으루만 이십 리길이나 걸어 들어가서 산중턱쯤에 몇 가구 있는 동넨디 그 뒷산이 모두 탄광이라두면. 논바닥이구 길바닥이구 온통 시커먼 돌멩이 천지여. 게다가 샀다는 논 너 마지기라는 것이 여깃논 서 마지기두 못 되는 거여. 한 길씩이나 되는 논두렁이 열 개두 넘는 얼맹이 논바닥들인디 그것 가랑 붙여가며 져먹을라믄 한구 근력깨나 빠지것더구면."

그 후 중부는 술이 더 심해서 이 년쯤 뒤에 세상을 뜨고, 한구는 그 농사만 지어가지고서는 살 수가 없으니까 뒷산에 있는 탄광에 다니다가 끝내 변을 당하고만 것이었다.

"가운데 큰어머닌 어떻게 허구 나왔니?"

서울역에 나온 사촌누이에게 나는 그것부터 물었다.

"웅포 오빠가 탄광에서 조금 다쳤나 보다구 말씀드리구, 잠깐 가서 보구올 테니 집에 기시라 허구 나왔어유."

"웅포 오빠라는 얘긴 뭣하러 해? 더구나 탄광 얘기까지 말이다."

"어떻게 어머이보구 그렇게두 말 안 헐 수가 있어유. 몇 번이나 울음이 터질라구 허는 걸 간신히 참어가며 그 말두 혔는디유."

"눈치 채실까봐 그러지.원체 몸이 쇠약하시니 말이다."

워낙 작은 체구인데다 이제는 바싹 늙어서 바람만 세게 불어도 넘어가실 듯싶은 분이시다. 그런데도 요즘 특히 일손이 모자라는 시골에서는 잠시의 쉴 틈도 없이 일을 하신다. 밭도 매고 모도 심고 담배도 따고 새도 보고 등⋯⋯.

그렇게 일까지 하니 그 몸이 견뎌낼 리가 없고, 그래서 영 못 견뎌내면 며느리 눈치 보아가며 서울 딸네 집에 와서 잠시씩 쉬어가신다. '이렇게 삭신이 아프니 인제는 곧 죽을라나 부다.' 나를 만나면 자주 하시는 말씀이다. 그러면서도 어머니보다 훨씬 오래 사시는 걸 보면 외형보다는 타고난 단단한 무엇이 어느 곳에 들어 있기는 한 것 같은 것은 그나마 다행한 일이다.

"쪼끔은 눈치 채시는 것두 갠찮지유 뭐. 나중에 한꺼번에 아시는 것보담은유."

"글쎄, 그렇기두 하다만서두 아무튼 그 양반이 아시게 되면 그것두 참 큰일이다⋯⋯ 매제는 바빠서 못 내려가지야?"

"내일 첫차루 내려올 꺼여유. 오늘은 시골서 물건이 올라오는 날이라 가게를 빌 수가 없나벼유."

사기그릇 도매상을 하고 있는 꽤 큰 장사꾼이다. 계산이 빠르면서도 선량한 사람으로 이름이 나서 장사도 잘하고, 자기 친부모 형제에게는 더 말할 것도 없고 처가에게도 매우 잘하는 사람이다. 둘째 큰어머니가 고된 몸을 쉬기 위해 별로 거리낌없이 딸네 집에 자주 올라와 묵을 수 있는 것도 그 때문이다.

"그 사람이야 얼마나 바쁜 사람이냐? 그럼 내일 길구네들 허구 같이 내려오겠구먼."

"길구두 내일 내려온대유?"

"응, 내일 내려온댔어. 공직에 있는 사람이라 나처럼 당장에 내려갈 수야 없지."

"……."

무엇을 보았는지 누이의 시선이 갑자기 한곳을 쏘는가 싶더니,

"아아니, 오빠, 저 앞에 가는 사람 좀 보세유."

하고 누이는 개찰구를 빠져나가는 인파 속을 가리킨다.

"어떤 사람?"

"저 앞에 검정 보따리 들구 가는 사람 말여유."

"응, 그래."

"어쩌면 웅포 오빠허구 저렇게도 닮었어유."

"글쎄, 뒷모습이 비슷하구먼."

키가 커서 구부정하고, 두상이 체구에 비해 작고 약간 곱슬머리인 것까지도 많이 닮았다. 그리고 색깔이 바랜 양복 입은 모습이며 어깨가 축 늘어져서 기운이라고는 없이 생긴 것까지도 많이 닮았다.

"저는 웅포 오빠 줄 알구 깜짝 놀랬구만유."

"원……."

우리는 아침 9시발 급행열차를 탔다. 12시 전후면 큰댁에까지 들어가게 되어 있는 차였다. 때가 9월 초승인데도 꽤 무더운 날씨였다. 게다가 사촌 누이는 입은 옷을 검정색 상복 비슷하게 마춘데다 중년기의 불어가는 몸이라 더 더운 모양이었다. 선반에 트렁크를 올려놓고 나더니 엷은 화장기의 콧등에 송긋송긋 땀방울이 돋아났다.

나는 곧 스위치를 눌러 정지된 선풍기를 돌려놓고, 차창을 올려 열어놓았다. 차가 움직여가자 누이의 콧등에 내돋은 땀방울들은 이내 없어져버렸다.

"어때, 창문은 닫는게 좋지 않아?"

누이의 옷이 너무 바람을 타는 것 같아서 내가 물었다.

"예! 문은 그만 닫지유."

그래서 열어놓은 차창만은 도로 닫고 우리는 비로서 자리들을 편안히 하였다.

한구처럼 불쌍하게 한세상을 살다가 간 사람도 없을 거라는 얘기가 잠시 오간 끝에,

"참말이지 저는 우리 오빠지만 그 오빠처럼 남자루서 못나기만 헌 남자는 첨 봤어유."

누이가 울어서 빨개진 눈으로 나를 바라보며 그런 말을 하였다.

"그 사람이 왜 못났나? 너무 착해서 그렇지."

"착한 것두 원 분수가 있는 거지유. 큰어매헌테 그렇게두 원 꼭 쥐어서만 산대유."

"그 노인네가 원체 그렇게 생겨먹지 않았니?"

나는 그 노인네가 하도 미워서 그렇게 말은 했지만 제 오라비가 못났다는 누이의 그 말만은 나도 어느 정도로(愚者善 정도)는 동감이었다.

백부가 세상을 뜬 지 오 년쩬가 육 년째가 된다. 그분이 살아 있을 때는 두 양주한테였으니까 더 말할 것도 없고, 돌아간 후에도 여전 백모의 손아귀에 쥐여서 산 사람임에 틀림없다.

한 마디로 한구는 돈벌어서 집에 갖다주는 사람이고 백모라는 분은 그걸 쓰는 사람이라면 맞다. 식구들의 살림은 쥐어짜다시피 하고는 주로 시집 가서 잘 못사는 딸네들을 위해서 모두 쓴다. 딸이 다섯이나 되니까 별의별 딸, 별의별 사위, 외손들이 다 있다. 어떤 딸은 식구들을 모두 끌고 와서 한동안씩 친정살이를 하다 가기도 한다. 또 어떤 사위는 장모를 꾀어서 돈을 얻어가기도 한다. 바로 한마을로 시집 간 막내딸네는 숫제 한평생을 친정과 한집 살림을 하다시피 하고 있다.

이 모든 치다꺼리를 백모가 하는데 재주 넘는 곰은 으레 한구다. 농사지은 것으로 모자라는 것은 탄광에 다니며 벌어대고 그래도 모자라는 것은 장리쌀을 얻어댄다. 본시 그러기 위해 양자를 끌고 그곳으로 이사 간 그대로 그 노인네는 참 만유감이 없지만 반면에 한구는 뼈골이 빠지고 외롭기가 그지없다.

그것을 그는 겨우 술로 달랜다. 중부의 아들답게 본시도 술을 잘 마시지만 탄광이란 곳이 또 술 없이는 일을 못 하는 곳이다. 두루 많이 마실 수밖에 없게 되어 있다.

"이 사람아, 인제 자네가 살림채를 잡아야지 열쇠는 노인네에게 맡기구 자네는 머슴도 아니고 그게 뭔가? 직사하게 일을 하고도 늘 그 노인 앞에 쩔쩔 맨다니 말이네."

그다지 자주도 만나지 못하는 사이지만 만나면 내가 하는 말이다. 그러면 그는 부끄러운 듯 얼굴을 붉히고는 냉큼 말을 못 하다가 겨우 하는 말이 언제나 같은 말이다.

"참 형님두, 아 그 양반 성질 다 아시잖유. 그 양반 허시는 대루 내버려둬야지 내가 뭐라구 말했다간 그나마 집구석 시끄러서 못살어유."

"그깐 눔의 것 못살면 말지. 나 같으면 자네처럼 그렇게 허구는 안 살어."

"날 때 짊어지구 나온 고생은 허야만 되나 벼유."

머리를 긁적거리며 쩍하고 한 번 입맛을 다시면 그만이다.

백부가 이월달인가에 돌아가고 바로 그 해 봄철의 일이었다. 백부의 상채(喪債) 때문에 한구가 서울에까지 왔었다. 장리쌀을 얻어 빚을 갚았는데 먹을 식량이 모자란다는 것이었다. 그러면서 하는 얘기가 참으로 그다운 얘기였다.

"장리를 얻어서 빚을 가리는디 어머이가 쌀 시 가마니 값을 떼가버리잖여유. 그려서 워디다가 쓰실 거냐구 물었더니, 가을에 아버지 산소에다 비석 실 거라잖유."

그 말을 듣고 나는 나도 모르게 버럭 소리를 질렀다.

"뭣이 비석? 그것두 가을에 세울 비석 값을 봄판에 장리 빚을 내어다가 주머니 속에다 넣구 있것대?"

"미리 마춰야 된다는 거쥬."

"시끄러 이 사람아. 그래, 산 식구들 양식보다 돌아간 분의 비석이 그렇게두 급하다던가? 그리구는 자네는 양식 구허러 서울까지 올라왔는가?"

"당신 말루는 당신 돌아가시기 전에 그걸 혀셔야만 된다는 거유."

"그분이 낼 모레라두 돌아간다던가?"

"당신두 원제 돌아갈지 모르닝게 그건 따루 떼어놓구 빚을 갚던지 양식을 허던지 허라구 그러는디 뭐라구 헌대유."

그때 한구는 서울에서 결국 얼마간의 돈을 구걸하다시피 하여 가지고 가고 그 후 기어이 그 비석은 세우고야 말았다.

사촌 누이도 모두 아는 일들이므로 내가 얘기하는 동안 누이는 한결같이 백모를 매도하고 우리 오빠는 못났다는 것으로 시종해갔다.

통로에 판매원이 판매차를 끌고 오고 있었다.

"오빠, 우유 하나 잡수실래유?"

"난 우유는 싫다. 맥주나 한 잔 할까?"

"그럼 오빠 맥주를 드세유. 아침을 안 먹구 나왔더니 시장끼가 드네유."

"우유에다 카스테라 같은 거 하나 먹어라."

"예……"

누이는 곧 맥주 하나에다 안주, 그리고 자기가 필요한 것들을 샀다.

"죽어야 할 노인네는 안 죽구 멀쩡한 젊은 사람이 죽었으니 원……"

맥주 한 잔을 따라 마신 다음 내가 입을 열었다.

"큰어매가 죽어유? 지금두 산에 호랭이 잡으러 가게 생겼대유. 올해 꼭 여든인데 밭 매구 모시허구 별 짓 다 헌대유."

"그 노인네 그렇게 오래 살다가 또 더 큰일 내구 말 테니 봐라."

"인자 뭐 큰일 낼 게 있어유? 그만큼 큰일 냈으믄 됐지유…… 그러구 저러구 그 큰어매는 우리 집허구는 무슨 철천지 대원수가 졌길래 옛날에는 어머이 그렇게 고생시키구, 아버지도 그분 때미 돌아가신 거나 마찬가지구, 오빠까지 죽이구…… 원수도 그런 원수가 워딨대유?"

"그러게 말이다."

"그분이 손자손녀는 이뻐허는 줄 아세유, 오빠? 아가아가 허는 거 다 가짜여유. 누가 있으면 그러구 아무두 없으면 미워 죽겄구 그래유. 애들이 즈들 할머니를 안 따르는 것 보믄 다 아는 것 아녀유?"

"나두 다 알아. 손자들에게 하는 게 모두 가짜인 걸 나는 직접 봤는 걸 뭘."

언젠가 그 댁에 잠깐 들른 일이 있었다. 노인네로 보아서는 평생에 단 한 번도 가고픈 생각이 없지만 그나마 사촌을 보아 몇 년만큼씩이라도 더러 찾아가게 된다.

"타관살이 헝게 외롤 때가 참 많여유. 동네 사람들보구는 항상 형님 자랑만 허지유. 가끔 신문에 형님 사진두 나구 이름두 나구 헝게 동네 사람들두 형님을 다 알어유. 형님허구 사촌간이라구 헝게 처음에는 곧이 안 듣다가 나중에들은 알구 그때부터 나를 달리 봐유. 형님 늘 바쁘신 줄 알지만 고향에 다녀가실 때 꼭 한 번 들러주세유. 동네 사람들에게 자랑허구 싶어서 그려유."

사촌간에 한구가 나에게 하는 것처럼 그렇게 사촌형을 어려워하고 존경하는 아우도 없다. 내가 불과 두 살 위일 뿐이고 더구나 제가 종손인데도 나한테 무슨 말을 하려면 몇 번 생각 끝에 겨우겨우 하는 것처럼 언제나 그는 얼굴부터 붉히며 더듬더듬 말을 한다.

그런데도 나는 그로부터 앞의 말을 여러 번 듣게 되었다. 생각하면 나는 참 그에게 너무 무정하게 한 사람인 셈이다.

"내가 왜 자네를 몰라서 안 가나?"

키껏 내가 하는 말이다. 그러면 그는 더욱 얼굴을 빨갛게 붉히며, 형님의 뜻이야 왜 모르겠습니까의 의미로 짤막하게 말한다.

"알어유."

참으로 눈시울이 화끈해지지 않을 수 없는 순간이다.

"한 번 감세."

이 한 마디가 그를 그 이상 더 기쁘게 할 수 없게 하는 말이 된다. 그때는 어머니의 제사를 지내기 위해 고향에 내려갔다가 돌아오는 길에 잠깐 들렀었다. 제사 지낸 음식을 좀 싸고, 그리고 따로 뭘 좀 사고 해서 들고 갔었다.

그 들고 간 것들을 문간에서 계수가 받았다. 그러나 그것들은 이내 백모 앞에 그대로 갖다놓여졌다. 그런 종류의 물건은 일단 어른들에게부터 보이는 것이 예절이긴 하지만 그것이 특히 이 집에서는 유난스러울 정도로 절대적이라는 것을 전부터도 알고 있는 터였다.

내가 노인에게 하기 싫은 인사나마 하기 위해 그 방에 잠깐 앉아 있으니까 아이들도 모두 그 방으로 모여들었다. 그들 역시 나에게 인사를 하기 위한 것이었다.

그러나 나에 대한 인사는 그들 역시 건성(내가 백모에게 하는 것과는 의미가 다르지만)이고, 그들의 온 정신과 시선은 할머니 앞에 놓여 있는 그 꾸러미들에만 총집중되어 있었다. 할머니가 어서 꾸러미를 풀어서 그 속에 들어 있는 것을 나누어주기를 기다리는 것이었다.

나의 심정도 그들의 그것과도 거의 같은 것이었다. 어서 저 꾸러미들을 모두 펴놓고 아이들에게 나누어주었으면…… 그런 걸 들고 간 목표가 전적으로 그들일 뿐 아니라, 어쩌다 보게 되는 서울 당숙이 가지고 온 것이 얼마나 맛있는 것들인가를 보여줘야 되므로 어서 빨리 그들에게 나누어주었으면 싶은 것이었다.

그리고 그때가 마침 유월의 여름철이고 시골에서 싼 것들은 떡이며 고기며 등 대부분이 추진 음식들이라 빨리 꾸러미에서 풀어놓아야만도 하였다.

그런데도 무정 무심한 할머니는 마치 그 꾸러미에 대해서는 잠깐 잊어버리기라도 한 듯이 하고는, 하등 쓸데도 없는 얘기들만을 장시간 늘어놓고 있는 것이었다.

"니가 서울서 그만큼이라두 허구 있응께 내 맘두 워치께나 존지 모르겠다만, 우리 한구가 욕 많이 보구 있지야. 내가 걔 없이 하룬들, 하루가 뭐냐, 한신들 살겠냐……."

이런 식으로 오래오래.

그러다가는 참으로 오랜만에야 문득 그 꾸러미들에 생각이 미치기라도 한 것처럼 아이들을 잠깐 둘러보더니 그러나 그야말로 어처구니없는 말을 하는 것이었다.

"방금 점심들 먹었응게 이건 이따가 학교 간 성(형) 오걸랑 함께들 먹자."

"예!"

군말없이 그렇게 대답하는 아이들. 그러나 아이들은 금방 눈물이라도 쏟아질 것 같은 얼굴이 되면서 한참을 그냥 꾸러미에서 시선들을 떼지 못하고 앉아 있는 것이었다.

"알았걸랑 어서 나가들 놀아. 성 오능가두 보구."

"예!"

그제야 아이들은 기운이라고는 없이 그 방에서들 나갔다. 그러자 노인네는 치마를 들추어 주머니끈에 달린 열쇠 하나를 골라냈다. 무얼 하려는 것일까? 노인네는 잠깐 자리에서 일어났다. 그제야 나는 그 열쇠의 용도를 알 수가 있었다. 바로 노인네의 등뒤 머리 위쪽에 벽장이 있었다. 그 열쇠가 벽장 문에 달린 자물통을 열었다. 그 속에 내가 들고 간 꾸러미들이 들어가더니 곧 자물통은 다시 채워져버렸다.

"그때 나는 어린것들에게 무안해서 아주 혼났다. 곧 뒤따라 밖에 나와서 슬그머니 돈 몇 푼씩 주는 것으로 겨우 체면을 세웠다."

하고 나는 누이에게 말했다.

"그게 큰어맨디유 뭘. 그렇게 벽장 속에 넣고는 나중에 걔들에게 주는 줄 아세유? 그렇게 됐다가 외손자들 모두 줘유. 전에 큰아버지 살았을 때는 그렇게 벽장 속에 넣어두고는 두 노인네들이 밤참으로들 먹었대유."

"원 참, 말 같으면…… 그러구저러구 어머니 제사 때가 좀 더운 때냐? 더구나 그 집은 바로 그 방에다 불때고 밥 혀먹는가 보도면 벽장 속인들 좀 후끈거리것니? 아마 그때 내가 가져간 것 모두 벽장 속에다 썩혀버렸을 거다."

"왜 아녀유. 그러지 않아두 그렇게 혀서 썩혀버리는 수두 많대유. 썩을 망정 친손자는 안 준다는디유 뭘."

"참 그런 분보구 할머니라 부르구 그게 진짜 할머닌 줄 알구 사는 그 아이들이 불쌍하다."

"왜 아녀유."

나는 맥주 때문에 더욱 열기가 오르고 누이는 누이대로 냉큼 흥분이 가라앉지 않고 하여 우리의 그런 얘기는 꼬리가 꼬리를 물고 이어져갔다.

그런 중에 기차는 수원을 지나고 오산을 지나갔다.

"새들 보네유."

차창 밖을 내다보던 누이가 말했다. 넓은 평택들이었다.

"아 새 볼때가 되지 않았니?"

하고 나도 누이가 바라보는 쪽으로 시선을 보냈다.

아직은 갓 목이 나온 푸른 볏논들이지만 그러나 벼목들은 대체로 굽고, 그런 중에 유독히 절반이나 익어서 누른 방울이 져 있는 볏논배미들이 더러 있었다.

그런 한 논배미의 여기저기에 어지럽게 허수아비들이 서 있는가 싶더니 그 중 하나는 우산으로 햇볕을 가리고 서 있는 진짜 사람이었다. 우산 밑의 중로나 되는 파나마 모자의 사나이가 지나가는 기차를 구경하느라고 이쪽으로 얼굴을 돌리고 있었다.

"요새두 새가 그렇게 많은지유. 저두 어렸을 때 새다께 보러 댕겼구만유. 식전에 어머이가 새 보러 가라구 깨믄 그렇게두 일어나기 싫더니유."

"그렇지. 식전 새 보러가기가 젤 싫지. 그래두 지금은 옛날에다 대면 새가 없는 편일 거다……."

댕(堂) 밑이 라는 곳에 중부네 논과 우리 집 논이 서로 이웃하여 있었다. 그 중간쯤에 메마른 기다란 밭 한 뙈기가 있었다. 녹두를 심든 안 심든 으레 그 밭을 '녹두밭'이라고 불렀다.

그 밭머리에 수백 년 묵은 정자나무가 하나 서 있었다. 여름철에는 녹음이 좋고 나무 등걸들이 지표 밖으로 드러나서 앉아 쉬기에도 좋고 여러모로 좋은 나무였으나 그 나무가 우리 전답에는 해를 많이 끼쳤다. 그 나무 그늘이 지는 밑에는 곡식이 되지 않고, 무엇보다 가을철 벼가 익을 무렵에 참새가 들끓는 것이 해를 보는 것 중에도 으뜸인 것이었다. 인근의 새들이란 새는 모두 그 나무로 모여드는 것처럼 그렇게 많은 새들이 들끓었다. 그런데도 나무가 하도 커서 그 밑에 서서 올려다보면 새는 한 마리도 보이지 않지만 지저귀는 새소리는 운동회날 아이들의 응원 소리만큼이나 소란하게 들린다.

그 나무 위에다 종같이 양철통을 매달아놓고 줄을 흔들어도 새들은 날아가지 않고 다만 지저귀는 소리만이 잠깐씩 멎을 뿐이다. 그러다가 이내 다시 소란해진다. 그것은 논바닥에 세워놓은 허수아비를 새들이 진짜 사람과 구별할 줄 아는 것과도 같은 것이다. 새들은 한술 더 떠서 그것을 구별할 줄 안다는 것을 사람들에게 보여주기 위해서 일부러 그러는 것처럼 허수아비의 머리 위에 앉기도 한다. 그와 같이 그 정자나무의 새들도 사람이 자기네들을 속이려고 매달아놓은 단지 물통 소리에 불과하다는 것을 다 알고 있는 것이다.

아무튼 새들은 그렇게 나무 속에 쉬어 있다가 인근의 어느 논배미이든 새 보는 사람이 잠시라도 한눈을 판다 싶으면 일제히 그 논을 향해 습격해간다.

어렸을 때 나와 한구가 그 새를 보러 다녔다. 나는 일곱여덟 살, 한구는 대여섯 살쯤 되던 때부터였으니까 그쪽 논 이쪽 논을 거의 나 혼자 새를 다 보다시피 하는 것이지만 어쨌든 둘이서 다녔다.

둘이다 너무 어리니까 새를 제대로 보지 못할 것만 같지만 그렇지만도 않았다. 어리기 때문에 도리어 잘 보게 되는 면도 있었다. 논두렁에는 두렁콩이 무성하게 되고 그 위에는 메뚜기들이 많이 앉았다. 나와 한구는 새 보는 일은 둘째고 그 메뚜기 잡는 일이 첫째였다. 새들이란 인간과 허수아비는 구별할 줄 알지만 어른과 아이는 구별할 줄 모른다. 그러므로 새막에 우두커니 앉아 있는 어른보다는 논두렁에 돌아다니는 아이를 더 무서워한다. 그것도 혼자가 아닌 둘이 아닌가? 어리기 때문에 새를 더 잘 보게 되는 것이었다.

논두렁이 너무 좁거나 물꼬를 만나면 한구는 제대로 걷지 못하고 뛰어넘지를 못한다. 그때면 내가 업고서 걷고 뛰고 넘고 한다. 각기 석유병(맥주병) 하나씩을 들고 다니며 메뚜기를 잡아 그 속에 넣는데 아무래도 한구는 나보다 잡는 것이 서툴다. 하지만 내가 몇 번이고 메뚜기병을 내 것과 바꾸어주므로 저녁때면 둘의 병에는 똑같이 메뚜기가 가득 차게 마련이다. 새는 새대로 잘 보게 되고 메뚜기는 메뚜기대로 잡는 이것이 아이들이 새 보는 방법인 것이다.

　그러니까 아이들이 새 보는 논에는 절대로 새막을 지어서는 안 된다. 우리들도 새막없이 새를 보았다.

　그러나 아이들이라해서 언제나 그처럼 양수겸장(兩手兼將) 식으로 새를 잘 보는 것만은 아니다. 우리들도 마찬가지였다. 새막은 없었어도 그 녹두밭 머리에 서 있는 정자나무 밑에 둘이 질펀히 앉아서 콩 이파리 줄기로 만드는 것들이 많다. 조리, 바구니, 채반, 깔방석…… 무엇이나 다 만들 수가 있다. 나는 만드는 편이고 한구는 콩 이파리 줄기를 따오는 것이다. 그 일을 한번 착수하면 새 보는 일 같은 건 까마득히 잊고 만다.

　"에끼 놈들아, 새가 벼 다 먹는다."

　곁을 지나면서 그러는 어른의 소리에 깜짝 놀라 자리에서 일어나지만 아무리 둘러봐도 도무지 새가 어느 쪽에 앉아 벼를 까먹는지는 보이지가 않는다.

　"초기 허새비 있는 디께 새들이 보이잖여? 에라 이눔들, 그래가지구 새 자알 보것다, 쯔쯔."

　그래서 자세히 보면 과연 새들이 먹고 난 볏대에서 새 볏대로 옮아 앉느라 낮게 나는 것들이 보인다. 둘이는 곧 만들던 것들을 손에 쥔 채 그쪽을 향하여 외치며 달린다.

　"오오이 워어이…… 오오이 워어이……."

　달리기도 한구가 나를 따르기에는 나이가 너무 어리다. 내가 업고 달린다.

　그 정자나무와 좀 떨어진 이웃에 중부와 매우 친하게 지내는 아저씨네 집이 한 집 있다. 사람들은 '면장' 네 집이라고들 부르지만 진짜 면장은 아니다. 얼굴이 길어서 붙여진 면장(面長)이다. 말하자면 중부가 '통장'인 것과도 같은 '면장' 이다.

　그 면장 아저씨와 중부와 둘이 만나는 자리를 사람들이 보면 으레 이렇게들 말한다.

　"허, 면장허구 통장허구 오늘은 무슨 회(會議)를 허구 있는 거여? 공출(供出) 매길 회들인감?"

　그러면 이쪽 어른들은 이렇게 응수한다.

　"공출 적게 내구프거던 한 잔 사구 가라구. 괘니 나중에 많이 매겼다 적게 매겼다 투덜대지 말구서 말여."

　그 면장네 아주머니보고 사람들은 부면장(副面長)이라고 부른다. 단정히 빗은 머리와 그렇게 입은 옷매무시, 그리고 언제나 잘 웃는 것이 특징인 아주머니다.

　면장 아저씨는 통장도 겸한 모양으로 아주머니는 그 통장과 주전자를 들고 읍내에 다니는 횟수가 잦다. 특히 중부가 논에 나오는 날에는 그 아주머니는 숫제 동이를 머리에 이고 읍내로 달려간다.

　두 분이서는 아주 정자나무 밑으로 술상을 내다놓고 술을 마실 때가 더러 있다. 그때면 아주머니도 그곳에 나와서는 중부에게 이런 말을 한다.

　"그런디 참, 재들 사춘(촌)간은 어린애들이면서 워쩌면 그렇게두 의초들이 좋대유? 난 재들 같은 사춘간은 참 살다가두 첨 본 일잉게유. 새두 꼭 둘이 함께 쫓으러 뛰어댕기는디 성이 꼭 동상을 업구서 뛰어댕기거던유. 하야튼 별 애들에유."

　그러면 중부는 한두 번 헛기침을 하고는 이렇게 대꾸한다.

　"저 녀석은 내 조카 녀석이지만 두구 보슈, 이담에 근동에 똑 소리 한 번 날 텡게유."

　"무슨 소리가 날라능가는 모르지만 좌우지간 사춘간에 의초는 구만여유."

　기차가 아랫대로 내려갈수록 날씨는 점점 더 더워지고 들판은 더 퍼렇다. 언제나 보면 윗대보다는 아랫대가 훨씬 철기가 늦다. 가령 아랫대에서 벼를 비면 윗대는 이미 타작이 끝난다. 기후 탓이다. 윗대는 새들을 보는데 아랫대는 이제야 한창 농약들을 뿌리고 있다. 농약 뿌리는 걸 보자 언젠가 한구와 주고받았던 얘기가 떠올랐다.

　"인제 나이도 들구 했으니 탄광엘랑 그만 다니게. 어디서 탄광 사고가 났다는 소식만 들리면 자네 생각이 나네."

　내가 한 말이었다. 이에 그는 대답했다.

"사고가 그렇게 흔한 건가유? 그리구 시로또들이나 사고를 내지 나처럼 오래 댕긴 사람은 그런 건 염려 없어유. 굴 속에서 산 지가 벌써 20년이 훨씬 넘는디유 뭘."

"원숭이두 나무에서 떨어지는 수가 있다네. 그리고 사고가 흔치 않다니 그게 무슨 말인가? 무연탄 백만 톤 생산하는 광산에서 일년에 십 명 꼴이 죽는다구 어딘가의 통계에두 나왔던데, 그게 적은 숫잔가?"

"내가 댕기는 탄광에서두 그만큼은 사고가 나유. 허지만 나처럼 고생을 타구난 사람은 고생헐 것 다 허구래야 죽지 죽는 것두 그렇게 쉽게는 안 죽어유."

"자네 꼭 이울 태출(泰出)이 같은 말을 하고 있네 그려."

"농약 주다가 죽은 태출이 말예유?"

"그래. 그 사람이 죽기 불과 며칠 전에 나보고 꼭 자네가 한 말과 같은 말을 했네."

"허기사 그 사람두 고생깨나 허다가 죽은 사람이쥬."

"많이 허다뿐인가?"

태출이란 나의 고향 친구인 동시에 한구의 친구도 된다. 나보다는 한 살 아래고 한구보다는 한 살 위이기 때문이다. 그는 출생부터 죽을 때까지 마을에서도 첫째에 꼽힐 만큼으로 내내 가난 속에서만 산 사람이다. 그래서 국민학교마저도 다니지 못하고 어렸을 때는 남의 집 심부름꾼으로, 성장한 후에는 품팔이꾼으로 지냈다.

그는 내가 시골에 내려가면 만나게 되는데 그때마다 하는 말이 있었다.

"이거 아무래두 식구들 못 살릴 것 같은듸 야단이네. 땅 한 되지기 없이 품만 팔어가지구는 인자는 안 되겠어. 어디 서울 노동판 같은 디라두 나좀 알아봐줘야겠네."

바로 그가 죽던 해의 여름이었다. 소위 월남(越南) 바람이 한창 불어대던 시절이었다. 그때도 시골에 내려갔다가 그 친구를 만났는데 난데없이 나를 주막으로 끌며 술 한 잔 하자 하였다. 난데없이란 그 동안에는 늘 경우가 그와 반대였기 때문의 말이다.

"주막에 갈 게 뭐 있나? 우리 집으로 가세. 집에두 농주가 있더구먼."

"아녀, 칭구네 술이 더 좋겠지만 모처럼 내 술 한 잔 먹어봐. 칭구에게 헐 얘기두 좀 있구."

그는 기어이 나를 주막으로 끌고 가서 막걸리 한 병을 샀다. 그리고는 하는 얘기가 언제나 비슷한, 그 먹고 사는 얘기였는데 끝에가서,

"자네 힘이믄 꼭 될 성불러서 그러는디, 이 못사는 칭구 하나 살리는 심치구 나 월남 좀 보내주게. 거기만 가믄 돈을 번다는디 우리 같은 사람은 갈 수가 있어야지."

그런 얘기를 하였다.

"듣자니 무슨 기술을 가져야 된다는 것 같던데, 시험두 치구."

그가 말하는 월남에 대해서 내가 알고 있는 것이란 그 정도의 것이었다.

"그렇지만두 않나벼. 이 근처에서두 간 사람들이 더러 있거던. 아무 기술두 없구 나처럼 무식한 사람들여. 잘 통허는 빽만 있으믄 되나벼. 칭구 같은 사람이 한번 허자구만들믄 나 하나쯤 못 보내겠나?"

나는 나의 무력함을 한탄할 수밖에 없었다. 마지못해,

"한 번 알어보세."

하고 말해줬을 뿐이었다.

그 다음날인가 서울에 올라오기 위해 읍내로 나가다가 그를 또 만났다. 바로 길 곁의 논에서 분무기를 지고 농약을 뿌리고 있었다.

"올라가거든 꼭 좀 알어봐줘."

하고 그는 전일에 부탁한 것을 거듭 다짐하였다.

"응, 알아볼게……거 짊어진 것 꽤 무겁겠구먼."

"무게는 별 게 아닌디 농약 냄새가 자껏이 되게 지독혀."

그는 손등으로 이마의 땀을 씻으며 그렇게 말했다.

"건 품삯이 다른 일보다 좀 나은가?"

보통 품삯은 오백 원인디 이건 천 원 주지. 그려두 이 일은 잘들 안 헐라구 혀. 우리 같은 사람이나 할 수 없이 댕기지. 농약이 원체 독혀서 살에 닿으믄 그 자리가 마구 벗겨져버리닝게."

382

“그렇게 독한 게 코로 들어가면 되겠는가? 어디선가 한 번 보니까 저 군대에서 쓰는 방독면 같은 걸 쓰구서 뿌리더구먼. 헝겊으로 입마개라두 허구 허지 그려.”

“고생 타구난 사람은 쉽게 죽을래두 안 죽어져서 못 죽는디 뭘.”

하고 그는 씁쓸히 웃었다.(한구가 한 말이 바로 그런 말이다)

이렇게 그와 헤어지고 나는 서울에 올라왔다. 그런데 서울에 올라와서 미처 그 부탁 받은 일을 알아볼 겨를도 없이 며칠 후인가 뜻밖에도 그 친구가 죽었다는 소식을 듣게 되었다.

역시 그 농약을 뿌리다가 논바닥에 쓰러져서 죽었다는 것이었다. 나에게도 그가 말했듯이 그는 품삯이 좀 나으니까 마을 것은 물론 이웃 마을 것까지도 맡아 그 일만 다니다가 결국 중독으로 죽은 것이었다.

“오빠, 술 한 병 더 허실래유?”

내가 마지막 잔을 비우는 것을 보고 사촌 누이가 말했다.

“싫다. 그만 헐란다.”

“왜 한 병 더 허시지 그려유?”

“뭘 기분 낼 일 있다구 술은 자꾸 마시니?”

“그럼 그만두세유…… 작은 오빠 벌써 왔겠지유?”

고향에 있는 제 둘째 오라비 얘기인 것이다.

“왔겠지야. 집안에 무슨 일이 생기면 으레 걔가 일꾼 아니냐? 이번 일은 걔가 너무 딱허다. 슬픔을 가누랴, 여기저기 뛰어다니며 일을 보랴, 원.”

“왜두 아녀유? 월마나 놀랬겄어유.”

“이만저만 놀랐겠니? 벌써 와 있을 거다.”

벌써 와 있고말고의 사람이다. 어렸을 때 그 면장 아저씨네 내외분들로부터 사촌간에 의가 좋다는 칭찬을 나도 많이 들었지만 이 사람들의 형제처럼 정말이지 의초가 좋은 형제도 드물 것이다. 특히 아우가 형에게 그럴 수 없이 잘한다.

한구는 형이고 해구(海求)는 아우지만 하는 짓은 오히려 해구가 형 같다. 한구는 어렸을 때부터도 지나치리만큼 유순하고 나약하여 마을에서나 학교에서나 아이들한테 늘 밀리기만 한 편이었다. 어른이 된 후에도 거의 그대로인 사람이다.

그러나 해구는 그와는 다르다. 어렸을 때도 그랬고 성인이 된 후에도 자기 몫은 족히 하는 사람이다. 스무 살도 못 되어 선친을 잃고 편모와 어린 동생들을 떠맡은 사람이다. 그때 선친으로부터 물려받은 거라고는 오두막집 하나에다 논 엿 마지기뿐이었다. 그런 처지에서 자기 장가 들고 동생들도 모두 그 손으로 여의살이를 시키다시피 하였다. 이제는 집도 반듯하게 새로 짓고, 농사도 마을에서는 중류나 되게 짓고 있다. 아이들도 많이 두어서 큰놈은 벌써 고등학교에 들고 차례로 중학교, 국민학교에들 다니고있다. 무엇으로나 자기 형보다는 곱절이나 나은 사람이다.

그 동안 그에게 오직 하나의 소원이 있었다면 그것은 어떻게든지 자기 형을 고향으로 되끌어들이는 일이었다. 그에 대해 노력도 많이 했다. 마을에 조건이 좋은 전답이나 집이 나면 붙잡아놓고 형을 부르고, 심지어는 자기가 새로 짓고 사는 집을 형에게 주겠다, 전답 얼마를 떼어주겠다 등의 조건으로까지 형을 끌어들여보려 하였다. 그러나 그때마다 백모의 반대로 다 된 일이 깨져버리곤 하였다. 하여튼 그런 사람이고, 그런 형제간이었다.

"도대체 그 노인네가 웅포에 가 앉았기 때문에 불편을 겪는 사람이 한두 사람이 아니지만 그 중에서도 번번이 피해를 제일 많이 입는 사람이 해구로구나."

"그려유, 글쎄. 큰아버지 초상 때만두 그 오빠가 얼마나 욕을 많이 봤어유."

"많이 보구 말구."

그분들이 아무리 고향을 마다 하고 객지에 나가 산다 해도 사후에는 선영이 있는 고향으로 돌아오게 마련이다. 그래서 그때도 말하자면 장례를 웅포에서 한 번, 고향에서 한 번 그렇게 두 번 치르게 된 셈이었으니 해구가 욕을 많이 봤을 건 더 말할 것도 없는 일이다.

"그때 비용두 큰 오빠보다두 작은 오빠가 훨씬 많이 났어유. 그것 때미 작은 오빠허구 작은 올케허구 쌈까지 혔는걸유."

"나두 들었다. 큰어머니라는 분이 우리 집안에 들어와가지구는 첫째 느이한테, 그리구 그 밖에두 여러 사람들에 못 헐 짓 많이 혔지만 그 중에도 이번 일은 누구보다 해구에게 제일 못 헐 짓을 한 것이 됐다. 제 형을 고향에 다시 끌어들여 함께 살고 싶은 것이 그 사람의 평생 소원이었는데 그걸 못 하게 막고는 결국 죽어서 겨우 데려가게 했으니 말이다."

"그러닝게 지가 말허잖여유? 우리허고는 철천의 대웬수라구유. 정말이지 우리 집으루는 큰어매가 아니라 큰 웬수예유."

"그렇게두 말할 만한 노인네다. 허지만 그 노인네두 지금쯤은 절대루 맘속이 그다지 편안치는 못할 것이다."

"별루 편치는 못헐 테지유."

"별루가 뭐냐? 모르면 몰라두 아마 지금쯤은 마음속으로 무서운 형벌을 받구 있을 거다."

우리가 큰댁 마을에 닿은 것은 열두시 반쯤이나 되어서였다. 마당에 차일을 치고 울타리 너머로 보이는 사람들이 그 마당에 가득 하였다. 그걸 보는 순간 나는 눈물이 왈칵 쏟아지는 것을 가까스로 참는데 사촌 누이가 기어이 길거리에서 울음을 터뜨렸다.

"세상에 저게 뭐여유? 정말루 우리 오빠가 죽었구먼유. 죽었다구는 혀두 거짓말 같기만 허더니만유."

그러면서 누이는 울었다.

"그러게 말이다. 정말루 그 사람 죽었구나."

나의 눈에서도 결국은 눈물이 나오고 말았다.

"전 같으면 이렇게 서울 오빠랑 같이 가믄 우리 오빠가 월마나 반가워허것어유?"

누이는 계속 소리 내어 울며 그런 말을 하였다.

"말허면 뭘 허니? 그만 그쳐라. 운다구 죽은 사람이 살아나는 것두 아니잖니? 어서 그만 그쳐."

그래서 울음들을 그치고 주막 앞을 지나는데 마침 개숫물을 버리러 마당 끝에 나왔던 주모 아주머니가 우리를 잠시 쳐다보다가는 곧 나를 알아보았다.

"아이구매, 오시느만유."

한구한테 들를 때마다 그와 함께 와서 술을 마셨기 때문에 알아보는 것이었다.

"네!"

"시상에 법 없어두 살 양반이 돌아갔구만유. 어이구 원 그느므 먹구 사는 것이 뭔지, 어저께가 양력 그믐 아녀유? 어제까지만 댕기구 갈일 칠 도막은 그만 댕길라구 허셨다느먼유. 그런디 그 하루를 못 비끼구 그나마 다 저녁때 시마이 시간두 월마 안 남기구 그렸다느먼유, 글쎄."

주모는 운 듯이 눈갓을 붉히며 말하고는 연신 혀끝으로 입천장을 쳤다.

"다 팔자겠지요, 그렇게 죽으라는."

"팔잔지유, 원. 하두 존 양반이기만 혀서 돌아간 분 같지가 안 혀유. 어서 올라들 가세유…… 저두 곧 올라가봐야겠구먼유."

큰댁 사립문에 이르자 누이가 또 울음을 터뜨렸으므로 집안에 모인 몇 사람들이 나와서 우리를 맞았다.

나는 어쩐지 냉큼은 시신방도 보기가 싫고 더구나 어디에 있을 백모를 대하기가 싫어서 거기에 서 있는 해구를 붙들고 잠깐 울타리 모퉁이로 돌아갔다.

"아침에 일찍 왔니?"

"방금 왔어유. 내일 산일〔墓役〕헐 사람들 만나구 허느라구 집에서 늦게 나왔어유."

화산(고향)에서는 누구누구들 왔니?"

"재종형허구 형수허구 그렇게만 왔어유."

"계수씨(해구댁)는 안 오시구?"

"내일 여기서 가는 사람들이랑 거기 사람들이랑 조상 오는 사람들 허다 못 해 술 한 잔씩이라두 줄라믄 집에 있어야지유. 두부나 좀 사구 고기 열댓 근 사라구 일러놓구 왔어유."

"그래야겠구먼…… 그러구저러구 한구는 어떻게 죽었다니? 혼자만 그런 모양이지?"

"얘! 혼자 그렸대유. 잘은 모르지만 돈 몇 푼 더 벌을라다가 그렸나벼유. 어제가 그믐 아뉴? 어제 끝내구 갈 동안은 그만 댕길라구 혔대유 …… 가만 기셔보세유. 저기 어제 한굴에서 같이 일혔다는 사람 있구만유. 오랠 테니 형님이 한번 물어보시유. 전 들어두 무슨 말인지 통 못알아듣겠던데유."

곧 해구가 손을 흔들어서 30대의 한 사람이 왔다. 골격은 크면서도 안색은 그리 좋아 보이지 않는 사람이었다. 인사를 나누자 안모(安某)라 하였다.

"어제 한구와 같이 일하셨다구요?"
하고 나는 다짜고짜 물었다.

"얘! 요즘 같은 막장에서 늘 함께 일혔어유. 그 아저씨는 선산부구 저랑 또 한 칭구랑은 후산부지유."

"선산부는 뭐구 후산부는 뭔가요?"

"앞에서 일허는 사람보구 선산부라 허구, 후산부란 미쟁이들 뒤모도(조수) 같은 거지유."

"그래 어쩌다 사고가 났습니까?"

"공동에서 탄 털다가 천장에서 떨어지는 덴빵[天磐] 맞으셨는디 참 눈깜빡헐 새에 그렇게 됐어유. 합빠[發破]해갖구 탄을 긁어내야 허는디 시마이판이라 그럴 시간이 없으니까 그냥 공동 안에 들어가서 긁어내다가 그렇게 되셨어유. 탄 한 차에 돈 천오백 원 더 버는디 그것 더 벌라다 그렸어유……."

도무지 알아들을 수 없는 용어들이었으나 여러 번 되물어서 겨우 짐작하게 된 내용은 대강 다음과 같은 것이었다.

한 막장(坑道의 막다른 정면. 탄이 붙어 있는 곳)에 채탄부 3명(선산부 1명에 후산부 2명)이 일을 하고 발파(發破)하여 붕락된 탄을 실어내는 것이 이들이 하는 일이다. 몇 번인가 발파한 것을 모두 실어내자 일을 끝낼 시간이 거의 가까워졌다. 다시 발파를 하자니 시간이 모자랄 것 같고 그렇다고 시간도 되기 전에 일을 그만둘 수는 없었다. 실어내는 탄차의 수효로 임금을 매기기 때문에 한 차라도 더 실어내려는 것이 채탄부들의 본능이다. 출입금지 구역으로 되어 있는 전방 공동(空洞) 안에는 아직도 긁어낼 잔탄이 많이 있었다. 선산부인 한구는 그것을 긁어내자고 후산부들에게 말하고 먼저 그 공동으로 들어갔다. 후산부들도 따라 들어가는 수밖에 없었다. 그러나 그곳은 언제 탄층이 자연 붕락할지 모르는 위험이 항상 도사리고 있는, 즉 발파하여 탄층을 붕락시킨 후가 아니면 절대로 들어가서는 안 되는 곳이었다. 후산부들은 아무래도 기분이 이상해서 한구에게 그만 나가자고 여러 번 말했다. 그때마다 한구는 조금만 더 하자고 고집하였다. 몇 번째 권유하던 후산부들은 할 수 없이 자기네들이 먼저 나올 것을 결심했다. 그리하여 그들이 막 돌아서는 순간 천반(天磐)이 붕락되면서 이미 깊숙이 안에 들어간 한구만을 덮씌워버렸다——는 대충 그런 얘기였다.

"역시 그 말씀인디, 천장에서 무너져 나렸는디두 허리 아래루만 다치구 얼굴까지두 윗도리는 멀쩡하니 다친 디가 통 없으니 참 이상한 일이지유. 저는 탄광 속은 모르지만유."

해구가 나와 안모를 번갈아 보며 하는 말이었다.

"위쪽으로는 다친 데가 없다구?"

내가 물었다.

"예!"

해구의 대답에 이어 안모가 다시 설명하였다.

"그런 일은 거의 없는 일인디유. 말허자면 그 아저씨를 가운데에 넣구 돌덩어리들이 집을 지은 거지유."

"그러면 돌에 눌려서 죽은 압사가 아니구 숨이 막혀서 죽은 질식산가?"

"비슷헌 거 같어유. 탄 속에서 끄냈을 때는 살어 계셨으닝게유. 병원에 가자 이내 돌아가시긴 혔지만유."

“그러니까 어제 죽은 거지요?”

“그러믄유.”

아침에 전화를 받고 내가 추측한 것과 맞는 얘기인 것이었다. 현장에서 즉사한 것과 다름없는 것을 형식상 병원에 옮긴 거라는……

“원 돈 천오백 원 더 벌자구 들어가선 안 될 곳인 줄 번연히 알면서 왜 거기에는 들어가? 굴 속을 일이 년 들어다닌 사람두 아니구 말야.”

“굴 속에서 일하는 자체가 목숨을 내놓구 허는 일잉게유. 광부들은 그렇게 돈 몇 푼 때미 죽는 수가 많어유. 불쌍헌 게 우리들 광부들이지유.”

“그러게 말입니다…… 그럼 이따가 다시 만나십시다.”

하여 그를 보낸 다음,

“지금 노인네는 어디서 뭘 허구 있다니?”

하고 나는 해구에게 물었다.

“웃방에 기신가 뵈유. 안으루 들어가세유. 큰어머이두 뵈야 허구유.”

“노인넨 영 쳐다두 보기 싫은데…… 그래두 얼굴은 내밀어야겠지야?”

“그러믄유. 누님들 매형들두 다 와 있는디유.”

“그것들 무서워서 뭐 그 노인에게 얼굴 뵈야 되나?…… 한구 아직 염 안 혔니?”

“아직 안 혔어유. 좀 이따 헐 거유.”

“그럼 한구 얼굴이나 한번 봐야겠다. 들어가자.”

그제야 나는 해구를 따라 안으로 들어갔다.

살아 있을 동안 아무리 천대를 받고 산 사람이라도 죽으면 얼마간은 대접을 받는 것도 같다. 평소 백모가 기거하던 소위 안방이라는 곳이 한구의 시신 방이 된 것도 바로 그것이다. 벽장에 자물통을 채운 바로 그 방인데 아직도 그 자물통은 그대로 채워져 있었다. 그 속에는 또 무엇이 들어서 썩고 있는가 싶은 생각이 날카롭게 떠올랐지만 그런 생각을 오래 하고 있을 수는 없었다. 아랫목에 하이얀 홋이불을 얼굴까지 올려 덮고 반듯하게 누워 있는 한구의 모습이 너무 엄숙하게 보였기 때문이었다.

바깥 날씨도 더운 편인데 방 안은 더 더웠다. 살아 있는 사람들의 먹을 것들을 만드느라고 아궁이에 어지간히 장작불들을 처때나 보았다.

시신의 머리맡에 해구가 무릎을 끓어앉고 그 다음에 나도 앉았다. 해구가 조심스레 홋이불을 젖히자 한구의 얼굴이 드러났다. 미리 얘기는 들었지만 탄광의 갱(坑) 속에서 죽은 사람이 이렇게도 깨끗하게 죽을 수가 있었을까 싶으리만큼 그는 그저 잠시 눈을 감고 누워 있는 것처럼 그렇게 누워 있었다. 평소의 모습 그대로 너무도 순진한 위엄의 죽음으로 그는 조용히 누워 있을 뿐이었다. 평소에 그렇게도 즐겨하던 술을 마신 흔적도 없었다. 수염이 다소 길 뿐 깨끗한 선량한 모습으로 누워 있었다.

그는 이제 모든 추악한 인간사와는 작별하고 본래의 자신을 확고히 지키고 누워 있는 것처럼도 보였다. 그 동안 그를 그토록 괴롭혔던 백모도 이제는 그를 더 어쩌지는 못한다는 것을 그는 참으로 조용히 마치 부처의 자비와도 같은 위엄으로 보여주고 있는 것이었다. 내가 시신 방으로 들어올 때부터 윗방에서는 계수와 그 딸들 그리고 큰댁, 가운데댁의 사촌누이들이 일제히 곡들을 하기 시작했지만 나는 도무지 울음 같은 건 나오지가 않았다.

그저 조용히 그를 들여다보고 있을 뿐이었다. 도대체 그의 괴로움은 어떤 것이었을까? 이 싸늘하게 식어버린 그는 어떤 긴박(緊迫)으로 그렇게 되어진 것일까? 나는 가슴이 찢어지는 듯했다.

기껏 47년 동안 살다가 가기 위해서 그토록 숱한 고생을 한 것인가 싶을 때 그리고 백모는 그에게 그토록 고통을 주었는가 싶을 때 백모가 한없이 증오스럽고 그가 한없이 가여웠다.

가난은 하지만 그래도 고향에서 의좋은 그의 아우(바로 지금 그의 머리맡에 무릎을 꿇고 앉아 슬픔에 잠겨 있는 그와도 같이 선량한 이 아우)와 이웃하여 친어머니 모시고 보다 외롭지 않게 살 수가 있는 사람이었는데, 무엇한테 이끌려서 타관에 와가지고는 그토록 외롭게 살다가 이토록 외롭게 죽었는가 싶을 때 백모가 한없이 증오스럽고 그가 한없이 가여웠다.

 그러나 지금 그의 얼굴에는 아무것도 나타나 보이는 것이 없었다. 백모를 원망하고 누구를 그리워하는 것도 이제 일체와 인연을 끊고 누워 있는 얼굴에는 약간도 나타나 있지 않았다.

 그를 들여다보고 있자 착잡한 별의별 생각들, 일들이 뒤엉켜 떠오르는 것이지만 그 중에도 무엇보다 앞서는 건 내가 평소 그에게 너무 무심무정(無心無情)했다는 그 가책이었다. 그 가책이 나의 가슴을 아프게 했다. 옛날에 돌아간 중부가 떠오르고 그분으로부터 이따금 듣던 말이 아프게 생각났다. '이후에 네 사촌들 뒤 좀 잘 보살펴주거라.' 한 그 말이었다.

 내가 좀만 그에게 성의가 있었다면 백모를 보러 오는 것이 아니니까 그를 만나 보러 한 번이라도 더 이곳에 내려왔을 것이었다. 그리하여 마을에 사는 그의 친구들 앞에 맘껏 자랑을 시켜줬을 것이었다. 그것이 옛날에 중부가 나에게 한 부탁이었고 한구도 그것을 원했었다. 그에게 높은 벼슬을 시켜줘라, 돈을 많이 줘라 한 것이 중부의 부탁이 아니었고, 나를 높은 벼슬을 시켜주시오, 나에게 돈을 많이 주시오 한 것이 한구가 나에게 요구하고 한 말이 아니었다.

 그런데도 그 동안 나는 그를 너무 등한히 했고 서울에서 그가 아닌 다른 여러 낯선 사람들만을 친구로 사귀며 살았다. 중부의 부탁도 그의 소박한 그 소원도 아랑곳없이 나 혼자서만 살았다. 실로 나는 이름뿐의 사촌이었을 뿐 그 동안 그를 위해서 아무것도 한 것이 없고, 그나마 이제는 그를 위해 아무 할 일도 없어져버린 것이었다.

 바로 어제까지만도 나를 만나면 그보다 더 기쁨이 없었을 그가 이제 그 외롭고 고되던 구차한 삶과 작별함으로써 동시에 나와의 인연도 영원히 끊어버린 것이었다.

 이제 평안한 건 그고 고통스러운 건 나인 것이었다. 나의 이 고통은 그 동안 그에게 너무나 무심무정했던 나 스스로가 만든 것이었다.

 어느샌지도 모르게 나의 눈에서는 뜨거운 눈물이 솟아나와 볼을 타고 흘러내렸다. 그것을 손끝으로 닦아내며 나는 속으로 중얼거렸다.

"한구, 내가 왔네. 자네가 보고 싶어하던 사촌이 왔네. 곁에 자네 아우도 있네."

그러나 그는 살갗 하나 까딱하지 않고 여전 눈을 감고 누워 있는 부처처럼 그렇게 조용히 누워 있을뿐이었다.

"형님, 그만 나가시지유."

해구의 그 소리와 함께 한구의 얼굴이 다시 홋이불로 가리어지고 있는 것이 눈물 속으로 흐릿하게 보였다.

"그래 나가자……."

그러나 나는 한구의 얼굴이 보이지 않는 그 자리에 그냥 앉은 채로 흐르는 눈물을 손으로 닦아내며 해구에게 물었다.

"내일 여기서 열시에 떠나게 되니?"

"열시까지 영구차 오라구 그랬어유. 아무래도 점심 시간은 대서 가얄 텡게유."

응, 뫼자리는 잡아놓구 왔니?"

"원제 그럴 시간이 있었나유. 인봉이〔地官〕보구 일러뒀어유. 아버지 산소 아래쪽으루 잡어서 산역(山役)허게 허라구유. 알어서 잘들 헐 거예유."

"알았다. 그만 나가자, 가서 윗방 곡들 그만 그치라구 그래라."

다음날 아침, 열시를 대어 어김없이 영구차는 왔다. 집에까지는 길이 되어 있지 않아서 차는 개울 건너편의 큰길에 서 있었다. 거기까지 도보로 운구하면 되는 것이었다.

마침 그 큰길가에는 코스모스 꽃들이 색색으로 현란하게 피어 허들어져서 거기 서 있는 영구차가 마치 그 꽃들로 장식된 것처럼 보였다. 하늘도 초가을 하늘답게 맑고 푸르고 길 건너 산가지도 기온이 찬 위쪽으로는 벌써 단풍이 들어서 한껏 더 화사하게 그 영구차를 꾸며주고 있었다.

이윽고 시신이 집을 떠날 시간이 되었다. 여섯 사람의 장정이 관을 어깨에 메었다. 그 중에는 어제의 안모도 끼어 있었다. 관을 멘 사람들을 선두로 뒤에는 가족들이 따랐다. 물론 나도 따랐다.

구슬픈 곡성 소리 속에 관은 사립 밖으로 나서고 논둑 길로 들어섰다. 그때였다. 앞에 가는 관 너머로 건너다보자 웬 한 여인이 영구차 앞에서 슬프게 울고 있었다. 이쪽을 향하여 길바닥에 그냥 주저앉은 채로 땅을 치며 몸부림쳐 우는 모습이었다. 누굴까?

그러나 체구가 작은 흰 옷의 여인이라는 것뿐, 코스모스 꽃들로 가리워져서 누구인지는 물론, 나이 든 여인인지 젊은 여인인지마저도 나로서는 분간할 수가 없었다. 그 우는 모습이 하도 슬프게 오열하는 모습이어서 거듭 나는,

'누굴까?' 속으로만 외며 관 뒤를 따라갔다.

그러자 그때 갑자기 나의 훨씬 등뒤 쪽에서 서울에서 동행해온 사촌 누이의 울부짖는 소리가 들렸다.

"저기 어머이 오셨네유! 저렇게 몸부림치고 우시니 워쩌면 좋아유!"

그러고는 그냥 큰 소리로 우는 것이었다. 그에 맞춰 여인들의 곡소리도 일제히 커졌다. 나는 믿기지 않는 누이의 말에 깜짝 놀랐다. 자세히 보니 과연 땅바닥에 앉아 오열하는 분이 중모가 분명했다. 그 좀 뒤에 사촌 매제와 나의 아우 길구가 서서 이쪽을 바라보고 있었다. 중모도 기어이 알고 함께들 새벽차로 내려온 모양이었다.

저 양반이 저렇게 울어서는 안 되는데 싶었지만 이미 어찌할 수가 없는 일이었다. 나까지도 눈물이 쏟아져서 그나마 중모의 모습을 더 바라볼 수도 없었다.

'불쌍한 양반! 차 안에서는 얼마나 우시고, 어떻게나 오셨을까?'

나의 등뒤에서는 여전 온 마을이 떠나갈 듯 싶도록 고성이 낭자했다. 이제는 얼핏 중모의 울음소리도 들렸다. 본시도 작은 음성인데다 그나마 울다울다 지친 듯 거의 기진한 소리처럼 들렸다. 그런 속에서 맨 선두의 한구가 들어 있는 검은 관은 그의 어머니가 오열하고 있는 앞으로 서서히 다가가고 있었다.

영구차가 떠날 때 나는 차 속에서 잠깐 한구가 살던 집을 건너다 보

았다. 식구들이 모두 관을 따랐으므로 그 집은 전혀 사람이 살지 않는 집처럼 텅 비어 있었다. 자세히 보자 마루 끝에 히끗한 사람 그림자 하나가 보였다. 이쪽을 바라보며 울고 있는 백모임을 곧 알 수가 있었다.

통일론(統一論)

김은 그 자신이 4·19를 유도했다는 생각을 끝내 고수하는 것 같았다.

그런데 그 동안 김은 그가 발행하는 잡지 〈신정계(新政界)〉를 자금난으로 두 호째나 결간하고 있었다. 소위 그것으로 독재 이 정권과 싸워왔다고 자부하는 바로 그 잡지인 것이다.

창간 당초부터 맨주먹으로 출발한 잡지이기도 했지만 2년 가까운 그 동안 그것을 끌고 오는데 실로 그는 수단과 방법을 가리지 않았다.

가령 보증금을 거두어들이기 위하여 필요도 없는 사원들을 자주 채용한 거라거나, 회장, 부회장, 부사장 등의 자리를 만들어놓고 투자라는 이름으로 돈을 받아 잠시씩이나마 유용한 거라거나 심지어는 일생에 한 번밖에 없을 결혼까지를 지참금이 있는 쪽으로 급히 서둘러 해가지고는 처가에서 사준 집을 결혼한 지 두 달이 다 못 되어 팔아 그 잡지 자금으로 쓴 거라거나(그래도 부인이 그것을 이해하고 단칸 셋방살이를 감수하고 있는 건 아주 다행한 일이지만)이 밖에도 비슷한 예는 얼마든지 있다.

이렇게 하여 잡지를 계속하는 것을 그는 스스로 '참담한 고행', '피나는 노력' 등으로 표현하는 것이었다.

그때마다 나는 그저 웃어버리고 했지만 아무튼 그 방면에는 타인의 추종을 불허하는 비상한 재주(?)를 가지고 있는 친구임에는 틀림없었다.

그런데 그 친구가 이제는 그 비상한 수단과 방법과 재주가 모두 진해버렸는지 잡지를 두 호째나 거르고 있는 것이었다.

그와 나와는 어려서부터의 친구이나 나로서는 그를 어떻게 도와줄 만한 능력이 없거니와 또한 그에게는 좀 미안한 말이지만 평소부터 그가 하는 잡지를 별로 탐탁하게 여기지도 않는 터이므로 그저 멀리서 관망이나 하고 있을 뿐이었다.

그러던 어느 날이었다. 그가 나를 만나려면 나를 전화로 불러서 자기 사무실에서 만나는 게 상례였는데 그날은 난데없이 직접 나의 사무실로 찾아왔다. 아주 맥이 빠진 모습이었다.

"이게 웬일인가? 자네가 여길 다 오구."

내가 그러니까 그는 억지 웃음 같은 걸 입가에 잠깐 짓고는 소파에 그 커다란 몸뚱아리를 내던지듯 털썩 앉으며 대뜸 돈 가진 것 있거든 술이나 한 잔 사라 했다.

"술이야 사겠지만 왜 그렇게 기운이 없나?"

하고 내가 물었다.

"말도 말게, 이 사람아, 아주 죽을 지경일세."

그는 역시 기운 없이 억지로 웃으며 이렇게 말했다.

잡지 때문임을 알고 내가,

"이거 대잡지사 사장이 그렇게 기가 죽어서 되겠나?"

하고 웃으니까,

"잡지를 내야 대잡지 사장이고 소잡지 사장이고 할 게 아닌가, 이 사람아."

하고 그도 쓸쓸히 웃었다.

"그럼 이달 호도 못 내나?"

내가 물었다.

그는 그 말에는 대답하지 않고,

"인제는 하늘이 자기를 돕지 않는다고 한탄한 항우가 이해되네."

했다. 나는 역시 못 낸다는 뜻으로 알아듣고,

"자, 나가세."

하고, 먼저 자리에서 일어났다.

그가 이왕이면 독한 술로 하자 하여 우리는 조그마한 중국집으로 들어가 배갈을 청했다.

이편은 채 한 잔도 비우지 않고 있는데 김은 두 잔을 거푸 마시고 나더니,

"나 아무래도 그것, 잡지 당분간 그만둬야 할 것 같네."

했다.

취기가 채 돌지 않은 그의 얼굴빛은 자못 침통했다.

"당분간이라니?"

나는 놀랐다. 그만한 사정을 몰라서나 또는 무슨 동정에서가 아니라 마치 일종의 고질 환자가 자기의 고질에서 스스로 벗어나야겠다고 일대 선언을 하는 것처럼 들렸기 때문이었다.

"도저히 안 되겠어. 천명이 그뿐인 데에야 어떻게 하겠나……."

그는 말을 계속했다.

"자아식들의 빚 독촉만 없어도 좀 버티어보겠는데, 원체 한두 놈이 쫓아다녀야지. 사기로 고소하겠다고 공갈까지 치고 야단이니 말야. 정말 일찍이 당수를 안 배웠더면 빚쟁이들한테 벌써 맞아 죽었을지도 모르겠네."

그리고 그는 허탈한 웃음을 지었다.

"도대체 그 빚이 얼마나 되는 건데 그래?"

내가 물었다. 별로 알고 싶은 흥미도 없는 것이지만 그대로 잠자코 있기도 안되어서 물었을 뿐이었다.

그는 술부터 한 잔을 더 자작하여 마시고는,

"많지. 인쇄소, 지물상을 위시해서 그만둔 사원들의 투자금, 보증금, 월급 등등에 이르기까지……."

하고 말했다.

"그럼 자네 잡지는 한푼도 회수는 않고 매월 찍어서 뿌리기만 했단 말인가, 삐라처럼? 그렇게 빚이 많게."

평소에 그의 잡지를 별로 탐탁하게 여기지 않는 점이 바로 그런 것이기 때문에 나는 약간 비꼬아서 말했다.

그는 내 말을 어떻게 들었는지 한 번 홍 하고 웃고는,

"왜 회수를 안 해? 자네는 아직도 우리 나라 출판계의 사정을 모르네."

했다.

"글쎄 원 내가 모르는지…… 그만두고 술이나 들세."

내가 그러니까 그도 그 이상 더 그 얘기에 대해서는 그만두고 같이 술을 마셨다.

김은 그 후 역시 잡지를 더 계속하지 못하고 사무실까지 모두 내놓아버렸다.

게다가 그는 빚쟁이들한테 쫓겨 서울에나마 있지를 못하고 7·29 총선을 며칠 앞두고 일정한 정처도 없이 어디론지 떠나버렸다.

'망명 삼아 민정시찰 삼아 당분간 머리도 식힐 겸 해서 지방이나 한 바퀴 돌아온다'고 우스갯말까지 하면서 떠났으나 내가 보기에는 그의 말대로 그렇게 한가롭게 머리를 식히면서 돌아다닐 처지도 못 되는 것 같았다.

빚쟁이한테 쫓기는 몸이라는 것은 차치하고서라도 처가에서 사준 집을 판 얘기는 이미 앞에서 말했거니와 결혼한 지 일 년도 못 되는 부인의 패물이며 의복가지까지 모두 팔아서 잡지 밑천으로 밀어넣어버리고 결국 알몸이 된 부인을 처가에 맡겨놓은 채 역시 그 자신도 알몸으로 길을 떠나는 터에 그렇게 마음이 편안할 리가 없기 때문이었다.

아무튼 그는 이렇게 서울을 떠난 후 반 년이 넘도록 소식이 감감하더니 어느 날 갑자기 엽서 한 장이 날아왔는데 ×시에다 자기가 발행인이 되어 주간 신문사를 하나 설립했다는 사연으로——〈신정계〉를 속간 못 하는 것은 유감 천만이지만 〈신정계〉는 일단 독재 이정권의 도괴까지를 그 임무로 삼고 그 정신을 이어받아 이제 다시 더 크고 새로운 임무를 띠고 온 국민의 주시 아래 작으나마 주간지의 기치를 올리게 되었으니 멀리 축하하여주기 바라네——이렇게 끝을 맺고 있었다.

나는 그의 그 방면에 대한 홍길동 같은 괴력을 알면서도 너무나 뜻밖의 일이라 반신반의하고 있었는데 과연 얼마 후에는 타블로이드판 4면

으로 된 창간호가 직접 부쳐져왔고, 이어 계속해서 일 주일에 한 장씩을 꼬박고박 부쳐왔다.

그 주간지에서도 역시 그는 사설과 가십, 논단 등을 통하여 정부와 국회를 비판하여 그 시정을 촉구하고 있었는데 전의 자유당 치하의 잡지 때와 좀 달라진 것은 국토 통일 문제에 대한 그의 정치 사상적 소신을 자주 언급하고 있는 점이었다.

'정부는 좀더 과감한 통일 원칙을 제시하라'느니,

'서울대 ×××의 발족은 역사적이다'느니,

'국토 통일의 신방안'이니 등……

그런 글들에서 그는 과거 이 독재 정권이 반공과 반일을 집의 처마밑이며 다리의 난간이며 눈에 띄는 곳마다 페인트로, 먹으로 써놓고는 구호처럼 외친 건 당시 이 정권에 대한 국민 불만의 배설구로 삼기 위한, 바꾸어 말하면 저희들의 집권 연장의 수단에 불과한 것이었다고 지적하고 4·19 후에 소위 혁신 정당들이 우후의 죽순처럼 솟아나왔어도 통한 문제에 있어서는 어느 한 정당의 어느 한 사람도 실현성있고 피 안 흘리는 자유 평화 통일의 방안을 제시한 사람은 없다면서, 장 총리는 직접 흐루시초프라도 만나서 통한 문제를 협의하고 올 용의를 가져야 한다고 주장도 하고, 또한 그는 북한에 있어서는 국토의 양단 당시(8·15)에 출생한 이른바 '해방동(解放童)'들이 머지않은 장래에는 중견 간부로서의 직업적인 공산당원들이 될 것이며 그들은 당초부터 동족 감정이 희박한 데다 공산당식의 교육을 받아왔으니 장차 그들과의 통한 논의가 얼마나 어려운 일이겠느냐? 공산당식 교육이란 저 유명한 레닌의 공산화 철학만 들어보면 안다, 즉 레닌 왈, '동무들 앞에 다섯 명의 적이 있으면 우선 네 명을 충동하여 그 중 한 명을 제거하고 다음엔 세 명을 충동하여 또 그 중의 한 명을 제거하고 이렇게 계단식으로 하여 마지막 한 명이 남았을 때는 동무 자신의 손으로 제거하라' 이렇게 치밀하고도 아주 잔인한 방법인 것이다, 그러므로 그들이 더 자라기 전에 빨리 통한을 서둘러야 한다, 또한 공산주의가 자랄 수 있는 온상은 첫째 빈곤이다, 빈곤이 누적될수록 우리는 그만큼 약화되는 것이다, 승공은 오직 자유를 신

장시키고 빈곤을 구축하는 데 있다, 등을 들면서 서독에도 통독성이 있고 북한 괴뢰에도 개성에 통일 대학을 세워두고 십 년 전부터 다가올 통한 선거를 대비하고 있으니, 우리도 하루 빨리 상설 통한 연구 기구를 설치하여 장차의 통한 선거에서 우리 자유 진영이 필승을 할 수 있도록 이념 교육을 시켜야 한다고 말하고 있었다.

그의 다른 글들과 마찬가지로 치기와 객기가 없는 건 아니었으나 그런데도 나는 몹시 흥미롭게 읽을 수가 있었다.

그래 나는 모쪼록 그 주간지를 잘 해보라고 격려의 편지까지 한 장 내주었다.

그런데 그 후 웬일인지 한동안 그 신문을 부쳐오지 않더니 다시 엽서 한 장이 날아왔는데 자본주의 후퇴로 부득이 폐간하고 그 지방의 ㄱ신문 정경부장으로 취직했다는 소식이었다. 역시 홍길동이라는 생각이 들어 나는 속으로 웃었다.

그러나 이번에는 제법 자리가 잡히는 모양으로 부인도 데려다가 같이 살림까지 한다는 얘기였다. 그 살림이라는 게 또 얼마나 계속될 것인지 의문이었지만 아무튼 우선이라도 친정살이로 고생을 하고 있는 부인을 위하여 반가운 일이었다.

이럭저럭 몇 달이 흐르고 5·16혁명이 일어났다.

그 후 한두 달 어수선한 속에서 그의 소식마저 변변히 모르고 지나게 되었는데 어느 날 불쑥 그가 나타났다.

원래도 살집이 좋고 신수가 훤한 사람이지만 유독히 얼굴이 뿌연히 살이 쪄 있었다. 그래,

"자네 얼굴이 좋아졌네."

하니까,

"뭐? 이 사람이 농담을 하나?"

하더니,

"잘 보게. 좋아진 얼굴인가 부은 얼굴인가?"

하고는, 웃는 것이었다.

"글쎄."

아닌게 아니라 자세히 보니 그냥 살이 찐 얼굴이 아닌 것도 같았다.

"군인 아저씨들 덕분에 둬 달 살고 나왔네."

그가 말했다.

"왜?"

나는 깜짝 놀라 이렇게 물었다.

"내 그 '통한론'이 말썽이 돼서 빨갱이로 몰렸지. 갈빗대가 두 대나 부러졌네. 늘씬 얻어맞았지."

그는 한 손으로 자기 가슴께를 만지며 말했다.

"많이 맞았나 보구만. 그거 나도 읽어봤지만 그게 뭐 그렇게 맞을 만한 게 되나?"

"귀에 걸면 귀걸이고 코에 걸면 코걸이가 아닌가? 그저 웬만하면 빨갱이로 모는 판이니까."

"글쎄 원 나는 모르겠네만, 좌우간 그 경위를 얘기나 해보게."

"뭐 들을 만한 가치도 없는 거지만 듣겠다면 말해주지."

본론과 아주 관계가 깊은 얘기라면서 김은 다음 얘기부터 시작했다.

5·16이 일어나기 5일인가 전의 일이었다. 한 시민이 신문사에 찾아와 이런 호소를 했다.

경찰서의 수사 주임 이 모 경위가 무면허 의사의 '산부 낙태 치사 사건'을 취급하면서 두 명의 가해자 중 금품 요구를 거절한 백모만을 주범으로 검찰에 송치하고 산부의 죽음에 결정적인 역할을 한 병원의 인턴인 강 모라는 자는 백주에 시가를 활보하고 다니니 신문에서 밝혀주기 바란다는.

그것을 김이 맡아(검찰청 출입을 맡고 있었으므로) 그날로 조사를 해본 결과 과연 그 시민이 호소한 내용은 사실이었다.

김은 즉시 그 사건을 기사화하여 금품을 수수한 물적 증거와 증인들의 말을 들어가며 4·19 이후에도 이렇게 정신 못 차리는 경찰 간부가 있다고 덧붙여 써 보도했다.

그 사건은 즉시 반응을 일으켜 검찰청에서는 정식으로 입건하고 담당 검사가 직접 경비 전화로 문제의 이 모 경위를 호출하여 강력한 수사를 하기 시작했다.

그런데 다음날 석간에 김은 그 사건의 경과 보도 기사를 쓰는데 약간 실수로 큰 오보를 하고 말았다.

그날따라 검찰에 직접 들르지 않고 전화 취재를 한 것이 실수의 원인이었다.

"오늘 바빠서 못 들렀습니다만 ㄱ경찰서의 이 모 경위 사건은 어떻게 되었습니까?"

하고, 김은 담당 검사를 전화로 불러 물었던 것이다.

"구속했습니다."

저쪽에서의 대답이었다.

"알았습니다. 그러면 그렇게 쓰겠습니다. 내일 뵙시다."

이렇게 되어 "ㄱ경찰서 수사 주임 이 모 경위 구속"의 기사(4단)를 써내고 퇴사했던 것인데, 다음날 아침 신문사에 나가 보니까 사내가 발끈 뒤집히고 문제의 주인공인 수사 주임은 구속은커녕 멀쩡히 신문사에 달려와서는 되려 신문사를 걸어 고소를 하겠다고 땅땅 을러대고 있는 것이 아닌가?

김은 아연실색 즉시 전화로 어제의 그 담당 검사를 불렀다.

"도대체 어떻게 된 판국이요?"

하고, 그는 따졌다.

"기사를 그렇게 쓰면 어떻게 하오?"

저쪽에서는 되려 역정을 내고 있었다.

"……내가 언제 이 경위가 구속됐다고 했소? ㅂ병원의 그 인턴을 구속했단 말이지요."

김은 기가 찼다. 그러나 전화통이 증인이 될 수가 없는 이상 자신의 실수로 돌리는 수밖에 없었다. 어제 검사는 분명히 누구란 말은 없이 그냥 '구속했습니다'라고만 말했으니까.

그래 김은 꼼짝없이 모든 걸 그 자신이 뒤집어쓰고 간곡히 사정하여 정정기사만을 써내기로 했다.

그러나 김은 채 그 정정 기사도 내지 못한 채 5·16을 맞은 것이었다.

5·16의 아침 김은 그 전날의 통음으로 약간 늦잠이 들었다가 현관에서 주인집 영감님의 전화 왔다는 고함 소리를 듣고 눈을 떴다. 일곱시였다. 그의 부인은 벌써 일어나 부엌에 나가 있고 한 살짜리 어린 딸애만 포대기 속에 잠이 들어 있었다.

김은 냉큼 자리에서 일어나 전화통이 걸려 있는 현관으로 달려갔다. 수화기를 드는 순간 저쪽의 환호에 찬 음성이 그의 귀를 때렸다.

"이봐 김 부장! 군사 혁명이 일어났어. 오늘 새벽에야 말야."

이렇게 단숨에 주워 외는 저편은 사의 박 편집국장이었다.

그러나 김은 통 믿기지 않아,

"국장님 왜 이러십니까? 새벽부터 사람 잠도 못 자게…… 저 국장님 말씀입니다, 오늘은 그 정정 기사를 내줘야겠는데 일단 검찰에 들러 가지고 한 번 더 흑백을 가려보아야겠습니다. 그래 검찰에부터 다녀서 열 시쯤에 사에는 가겠습니다. 그러면 그만 전활 끊겠습니다."

그러자 국장은 아주 당황한 목소리로 그런 게 문제가 아니라면서 빨리 나와 혁명이 일어난 속보부터 내야 한다고 고함을 치는 것이었다.

그래도 김은 반신반의인 채로 수화기를 놓고 마지못해 신문사로 달려가봤다.

사에 도착하고야 모든 걸 알게 되어 김은 긴장을 하고 우선 입수되는 서울발 통신들을 받아 속보를 써내고 아침도 굶은 그대로 즉시 도경(道警)에 들러봤다. 경무과장실에 임시로 설치한 취재 본부에 도경 과장급과 사내 각 서장들이 전투 복장들을 하고 둘러앉아 경찰정보망을 통한 쿠데타 정보들을 교환하고 있었다. 틀어놓은 라디오에서는 '장면 정권이 합법적이다……'고 주장하며 '계속 지지한다'라는 '그린 성명'과 혁명 당국과의 쌍주 방송에 좌중은 제각기 다른 표정을 짓고 혁명의 성패 여부를 점치고들 있었다.

실로 조국의 운명이 좌우되는 중대 시점이라고 생각하며 김도 잠시 긴장한 자세로 그 라디오를 경청했다.

얼마 후 긴장이 잠시 풀린 좌중은 약간의 농담들을 하게 되었다.

"인제는 민주당 정권도 망했으니 차기는 혁신계밖에는 정권을 담당할 능력자가 없게 됐구만 그래. 김형 잘 부탁드립니다."

구레나룻의 ㄷ 서장이 김에게 걸어오는 농담이었다.

"암 그때는 ㄷ 서장은 혁신적인 반공 민주 경찰관이니까 치안국장쯤 시켜줘야지."

김도 역시 농담으로 그렇게 응대를 해주었다.

그리고 그곳을 나오면서 김은 문득 알 수 없는 이상한 느낌에 사로잡혔다. 도대체 사람들은 왜 나를 혁신계로 규정짓는 것일까, 더구나 아주 전투적인 정예 분자로 보는 것일까? 그 흔한 혁신계 정당들의 감투 속에서 하다 못 해 후보당원 한 자리도 못 얻어본 주제인데 왜 남들은 나에게 ㅇ혁신계의 보스라고까지 부르는 것일까, 단순히 애칭 정도로만 부르는 것은 아니지 않을까?

아무리 생각해도 알 수가 없는 일이기만 하였다.

아무튼 그곳에서 간단한 취재를 마치고 다시 사에 돌아온 김은 그날 열한시쯤 되어서 사내의 동업 기자들과 함께 신문의 게라를 들고 임시 계엄 본부가 되어 있는 ××예비 사단으로 차를 몰고 갔다. 그곳 정훈과의 검열을 받기 위해서였다.

하오 두시에 발간되는 신문인데 그 두시가 다 되어도 결재는 나지 않았다. 정훈 참모가 서울에 출동 중이기 때문에 돌아와야 한다는 것이었다.

김은 기다리다 못해 종군시 군 정훈에 대한 직을 잠깐 맡아보았던 경험이 있어 그곳 보좌관인 정훈 중위와 함께 FM을 펴놓고 따졌으나 코가 센 그 정훈 장교는 그렇게 잘 알거든 그대로 가지고 가 발간해보라고 배짱을 내밀며 아무 때든 출동 중인 참모가 돌아오기 전에는 안 된다는 것이었다.

"여보, 참모 부재시에는 전투도 중지되는 거요? 대체 보좌관이란 뭣하는 직책이오?"

하고, 말해봤으나 우이독경일 뿐이었다. 하오 다섯시가 되어서야 어떻게 연락이 되었던지 출동 중인 정훈 참모의 전화 결재가 나서 겨우 돌아오게 되었다.

이렇게 늦게 돌아오는데 그나마 운전수가 교통 규칙을 위반할 수는 없다면서 한사코 서행 운전 속도를 유지하려 했다.

김은 속에서 불이 나는 걸 참고 운전수를 구슬렀다.

"이봐요, 지금은 혁명이 일어나서 모든 헌법 기관의 기능 발효가 불능인데, 쉽게 말해서 무정부 무경찰 상태인데 이런 때 한번 안 달려보고 언제 달려보려는 거요?"

그러자 제대 군인 출신이라는 그 젊은 운전수는 처음 고집과는 달리,

"그래요? 쌍! 신단다!"

이렇게 외치는가 하자 핸들을 붙잡은 한 손을 머리 위로 올려 손가락까지 한 번 딱 치고는 내리 악셀을 밟기 시작하였다.

그의 어린애같이 순진한 행동에 차내는 모두 한바탕 와자하게들 웃었다.

길 양편으로 보초병같이 질서 있게 늘어선 가로수 위에 오월의 맑은 낙조가 곱게 내려비치는 ㄱㅇ가도를 자동차는 그야말로 신나게 내달렸다.

반 시간 후인 다섯시 반에야 귀사하여 그제야 대기하고 있던 신문은 배달부에 넘어가게 되었다.

이때는 혁명도 이미 성공 단계로 무르익어 경찰과 검찰이 다시 기능들을 발휘하기 시작하고 차츰 모든 질서도 평상화되어가는 것 같았다.

그런데 갑자기 ㅇ시 사대당〔社會大衆黨〕의 브레인급이 돌연 검거되었다는 소식이 전해져왔다. 김은 즉시 그 취재를 위하여 ㅇ경찰서로 달려가 서장실에 들렀다.

마침 ㅂ'서장이 자리에 있었다. 김은 언제나와 마찬가지로 몇 마디 잡담을 하다가,

"그 사람들은 왜 검거한 거요?"

하고, 지나가는 말처럼 슬쩍 물어보았다.

"응! 통행금지 위반으루."

ㅂ 서장은 아주 능청스럽게 그런 대꾸를 했다.

김은 씩 웃고는,

"그럴 리가 있소? 하긴 이 기회에 옥석을 가려야지!"

하고, 앞질러버렸다.

그제야 B 서장은 금시 안색이 달라지며 좀 귀찮은 생각이 들었든지 앉았던 자리에서 벌떡 일어서며,

"김형! 당신도 빨리 도망가란 말야! ㅇ시 혁신계의 보스가 뭘 믿고 그러고 태연하게 돌아다니고 있는 거야?"

하고는, 껄껄껄 웃었다.

김은 불쾌함을 누르고 곧,

"여보! 공산당과 싸워서 조국을 지키느라 스무 살 전에 자원 출전하여 육 년간을 강원도 이름없은 고지에서 썩고 육군 대위로 전역한 나요. 조국 통일에 대한 열망만큼은 누구한테도 뒤떨어지지 않는다고 자부하고도 있오. 이 독재의 합법적인 정치 탄압의 제물이 되었던 '국토통일'에 대한 글을 썼다 해서 그게 어찌 '빨갱이'나 공산당원이 된단 말요?"

이렇게 항변했다. 그러나 B 서장은 김의 말에 별로 귀를 기울이고 듣는 것 같지도 않다가 잠깐 본국에 가봐야겠다고 핑계를 대고는 방을 나가버렸다.

김은 완전히 기분이 잡쳤지만 그런 것을 오래 얼굴에 그려놓고 있을 필요는 없었다. 그도 B 서장을 뒤따라나가 정보계로 발길을 돌렸다.

평소에 아주 어렵게 대해주던 그곳 정보계 친구들마저도 웬일인지 이날따라 그를 대하는 눈초리들이 이상하다는 것을 그는 곧 감지할 수가 있었다.

김은 일부러 한 젊은 경찰관의 어깨를 툭 치며,

"왜 이렇게들 쌀쌀해? 혁명은 군인이 일으켰는데 열내고 있는 것은 오히려 경찰야! 자유당에서 민주당으로 상전을 옮기시구 사월 위기설이 있다구 여러분들을 연병장에 불러놓고 집총 훈련을 시킨 닥터 장이 딱하지. 그래 총 한 방 안 쏴보고 또 상전을 바꾸어?"

이렇게 신문기자의 원근법으로 그들을 한번 떠본 다음 목적인 그 사

대당 브레인급의 구속 이유를 물어보았다. 그러나 그들은 여전 냉담해지며 한 친구가 마지못해 정보계 분실로 가보라 했다. 김은 몹시 어색했지만 그러나 역시 그들에게도 달라진 안색을 보일 수만은 없어 억지 웃음에 손까지 들어 흔들어 보이고는 그 방을 도로 나왔다. 그런데 김이 막 문 밖으로 나오자 방 안에서는 일동의 폭소가 터져 나왔다.

김은 자신도 모르게 바로 문 밖의 그자리에 발을 묶인 채 우뚝 서 버렸다.

역시 방 안에서 들려나오는 말소리.

"자아식이 저도 잡힐 놈이 남 잡힌 것 알아보러 다녀? 기가 막혀서."

"그래도 주간 신문의 발행인까지 한 놈이래서 도경에서 취급하게 되는 모양인데 이미 미행이 붙어 있어 곧 잡혀 들어올걸."

"독 안에서 활보를 하고 있군 그래."

"하하하하……."

"하하하하……."

김은 기가 막혔다.

그러나 그는 결심을 내렸다. 기다렸다가 남아답게 끌려가자고. 아직 삼십 이전의 젊은 나이인데 예비 검거 몇 개월쯤 못 참겠는가. 소위 혁신계 인사의 대량 검거는 첫째로 군사 정권이 미국 및 자유 우방의 계속적 지지의 유지를 위한 정치적인 고려에서일 것이고, 둘째로는 4·19 후 심지어 멀쩡한 빨갱이들까지도 공공연하게 혁신계의 간판을 들고 나와 우후죽순 격으로 난립했었으니 이 기회에 모든 혁신계를 일당에 모아놓고 옥석을 구별하여 정비를 하자는 것일 테다. 그는 비교적 낙관하는 쪽으로 마음을 돌리고 신문기자이니만큼 취재만은 끝마쳐야 한다는 생각으로 그들이 가보라 한 별관의 정보계 분실로 발걸음을 옮겼다.

그러나 분실은 한 술 더 떠서 분위기마저 얼음장같이 차가운데 그곳 친구들은 마치 김을 무슨 원수나처럼 노려보는 태도였다.

김은 불끈 반감이 솟구쳤지만 차마 그들을 붙잡고 무슨 말을 물어볼 용기는 나지 않았다. 그들에게는 한 마디 말도 붙여보지 못한 채 그들의 시선을 피하듯이 되돌아서고 말았다.

취재의 용기마저 잃은 그는 더 갈 곳이 없었다. 그는 일시에 맥이 탁 풀어진 무거운 다리로 정문을 향하여 걸었다.

중무장을 하고 정문에 서 있는 두 보초 순경들이 그를 보자 먼저 반갑게 인사를 하였다. 김도 반갑게 인사를 받았다. 마치 황량한 사막에서 친형제를 만난 것 같은 그런 우애를 이날따라 그들한테 느꼈다.

김은 그 늙은 순경들에게 내심 진심으로 감사를 드렸다.

사실 그 동안 그는 사법 경찰관급에 대한 비행 폭로에는 가차가 없었다. 반면에 박봉 기만 환으로 많은 식구를 부양하는 하급 경찰관들과는 언제나 친절한 친구였던 것 또한 사실이었다.

거리는 어느새 땅거미가 지기 시작하고 멀리 전등불들이 낮별처럼 하나 둘 켜져갔다.

솜처럼 나른하게 퍼진 몸을 끌고 집으로 돌아가던 그는 이날따라 어쩐지 그러고 싶어서 발길을 집 근처에 있는 중국집 쪽으로 돌려서 그리로 들어갔다.

먼저 주인을 시켜 집에 전화로 부인을 나오라 일렀다. 그리고는 먼저 배갈을 청해 마셨다. 이윽고 부인이 가쁜 숨을 몰아쉬며 나타났다. 부인은 들어서자마자,

"여보! 형사들이 집 앞에 숨었다가 지금 내 뒤를 따라왔어요. 당신 무슨 일이 있나 봐요. 빨리 피하세요."

하고는, 안절부절 허둥거렸다.

그러나 이미 술기운이 건히 퍼진 김은 부인의 말에 따르지는 않았다. 급하다고 동동거리는 부인과는 달리 아주 태연했다.

"괜찮아, 다 알고 있으니까 게 앉아요."

부인은 점점 더 핼쑥해져가지고는 마지못해 앉는 것 처럼 앉았다.

"어린건 자오?"

김이 물었다.

"네! 주인집에다 뉘어놓고 왔어요."

부인의 대답이었다.

"그래? 오늘 당신에게 할 얘기가 좀 있어서……."

하고, 김은 조용히 얘기를 시작했다.

"먼저 당신에게 볼 낯이 없다는 말부터 해야겠군. 나한테 시집 온 지 이 년도 다 못 되는 그 동안 당신의 고생이 너무 많았으니까. 남달리 부유한 집에서 자랐으면서도 아내로서, 사상적 동지로서, 혹은 사업의 후원자로서 오직 나를 위해서만 이 세상에 태어난 사람처럼 하등의 불만도 불평도 없이 모든 걸 참고 사랑으로 나를 돌봐준 당신에게 마음으로 감사하오."

처음 뚜렷한 영문을 모르고 그저 남편의 말을 듣고 있던 부인은 비로소 심상치 않은 뭣을 감지했음인지 왈칵 눈물을 쏟으면서 그대로 고개를 떨구어 흐느끼기 시작했다.

김의 말은 계속되었다.

"아마 내가 곧 끌려 들어가게 될 것 같소. 가야 몇 달 있다가 나올 테니까 내야 풋내기 정치광으로서 진짜 정치의 도장을 구경하고 나오는 폭 치면 되겠지만 그 동안 당신이 걱정이 되오. 어린것이랑 말이요. 장인 장모님보다는 아무래도 처남이 이해가 빠를 테니 잘 납득시켜 또 당분간 게 가 있을 수밖에 없을 것 같소……."

부인이 흐느껴 우는 소리는 점점 더 높아지고 탁자 위의 빈 배갈 병은 세 개 네 개로 수를 더해갔다.

"울긴 왜 울어? 어린애처럼, 어서 눈물을 거두고 먼저 들어가요. 나는 사에 잠깐 다녀서 들어갈 테니까."

김이 말했다.

"같이 들어가요."

여전 흐느끼며 부인이 말했다.

이때였다. 갑자기 밖에서 노크 소리가 들려왔다.

형사인 것을 직감한 김은,

"예! 어서 들어오시오!"

하고, 이편에서 문을 좀 난폭하게 열어 젖혔다.

역시 도경의 이 모라는 형사였다. 같은 향도 출신이라고 하여 평소에

약간 알고 지내던 사이였다. 김은 그나마 반가운 생각이 들어,

"어 들어오게. 한 잔 하세."

하고, 그에게 자리를 권했다.

그러나 상대는,

"아이고 사모님도 계시구만요. 그냥 지나다가 잠깐 들렀습니다. 담에 또 만나죠 뭘."

캡을 벗어 꾸뻑해 보이고는 그냥 나가버렸다.

"그 사람인가 봐요. 아까 내 뒤를 따라온 이가요."

부인이 말했다.

"자식! 안다구 잡아먹는다더니. 불쌍한 놈이군."

김은 혼잣말처럼 말하고는 손뼉을 쳐서 술 하나를 더 가져오라고 했다.

그러나 이내 아래층에서 주인 장쾌가 빈 손으로 황급히 올라와가지고는 귓속말로,

"김 장군!(김의 몸이 좀 큰 편이라 하여 부르는 별칭) 이거 큰일 났구먼. 형사가 밖에서 기다리고 있어. 뒷문으로 빨리 나가."

하였다.

"괜찮아. 오늘은 잡아가지는 않아. 그저 미행만 하는 거지. 도망갈까 봐서."

김은 껄껄 웃어 뵈고는,

"아무튼 곧 일어날 테니 어서 하나만 더 갖다줘."

했다.

"그만 집으로 같이 돌아가요."

부인이 말했다.

"그래, 가져 오거든 그거 하나만 더 하고 갑시다. 용기를 내요. 김창기 아내답게 말야. 내가 자의로 걸어서 가기 전에는 저 따위들이 나를 끌어 가지는 못 할 테니까."

그는 역시 껄껄 웃었다. 그러나 그 말은 그의 부인에게 하는 말인 것뿐이 아니라 그 자신의 용기를 불러일으키기 위해서 자신에게 하는 말

410

이기도 했다.

이윽고 술 하나가 다시 들어와 그것까지를 모두 비워내놓고야 김은 부인과 함께 자리에서 일어났다.

밖에서 기다리고 있다는 형사들은 문소리를 듣고 급히 어디로 은신들을 했는지, 아니면 도망갈 그런 비겁한 자는 아니라고 판단을 하고 아주 일찌감치 돌아들 가버렸는지 아무튼 집에까지 돌아오는 동안 그를 붙잡겠다는 그 어떠한 자도 그런 자의 그림자도 나타나지는 않았다. 부인이 주인집에 가서 안고 나오는 어린것은 아직도 평화롭게 잠이 들어 있는 그대로였다.

의외로 이튿날 십칠 일, 십팔 일도 별일없이 잠잠했다. 아주 방심한 것은 아니지만 김은 평상시와 마찬가지로 사에 나가 일을 했다. 다만 경찰서의 출입만은 냉큼 내키지 않아 다른 동료 기자로 대치시키고 그 대신 그는 출입처를 다른 곳으로 옮겨 일을 했다.

그렇게 이틀을 보내고 십구 일의 새벽녘이었다. 김은 전화의 벨 소리를 듣고 눈을 떴다. 예감이 좋지 않았지만 그럴수록 그 자신에게 온 것임이 분명한데 굳이 다른 사람에게 먼저 받게 할 필요는 없었다.

김은 냉큼 현관으로 달려가 수화기를 들었다.

"김 선생이시죠? 나 도경의 이입니다."

예감이 맞아 바로 그날 밤 중국집에 잠깐 나타났던 그 자였다.

"응! 난데?"

김은 간단히 응구만을 하고 상대의 다음 말을 기다렸다.

"바쁘시지 않으시면 여기 호산난데 잠깐만 나오시죠. 급히 상의드릴 말씀이 있어서……"

뻔한 수작을 부리고 있는 것이었다.

"아니 새벽부터 무슨 상의지? 잠도 안 자고?"

"글쎄 만나보시면 압니다."

"나가지!"

김은 더 얘기를 끌기가 귀찮아 수화기를 놓고 마침 마당에서 놀고 있는 세 살짜리 주인집 손녀의 손을 끌고 약속한 장소로 나갔다.

무심히 호산나의 문을 밀고 들어선 김은 그도 모르는 사이에 주춤하고 문간에 서버렸다.

다른 손님이라고는 단 한 사람도 없는 다방 안에는 전화를 건 그 이를 포함한 오륙 명의 도경 수사과 형사들이 마치 진을 치듯 문 쪽을 향하여 앉아 있었다.

그들은 김을 보자 일제히 자리에서 일어났다.

김의 손에 매달린 주인집 손녀가 기겁을 하고 놀라며 밖으로 나가자고 울음을 터뜨렸다.

김은 우는 아이를 번쩍 들어 안고,

"괜찮아 괜찮아, 어서 그쳐요. 이쁘지."

이렇게 얼러 달래고는 눈으로 이 형사를 찾아,

"뭐야, 상의라는 게? 용건만 간단히 말해봐!"

하고, 물었다.

그러자 그는 그래도 쥐꼬리만하나마 양심이라는 게 있었던지 얼굴에 난처해 하는 표정을 짓고 어물어물 말을 못 하고 있는데 전에 '무술 경위'로 뽑힌 일이 있었다는 장 형사라는 자가 재빨리 그를 제쳐놓고 앞으로 나오며,

"저 수사과장께서 좀 모시고 오라 해서 왔는데 잠깐 갔다 오시죠."

했다.

김은 훙! 하고 코웃음을 쳤다. 그리고는,

"뭐 영장이라도 가지고들 왔소?"

하고 물었다.

그러자 상대편은 금시에 얼굴을 붉히며 잠시 머뭇거리다가,

"영장이 무슨 필요가 있습니까? 그냥 다녀오시면 될 건데요."

하고, 말했다.

"그냥 잠깐 다녀오라니, 뭣하러 새벽참에 잠도 안 자고 게는 다녀와요?"

김이 말했다.

상대는 말문이 막혔는지 대꾸가 없었다.

김은 속으로 웃었다. 저자들이 필경 내가 태권도의 유단자라는 것만 알고 힘꼴이나 쓰는 자들로만 떼를 지어온 것 뿐이지, 이론파 하나쯤 끼워오는 것은 잊었나 보구먼——하고.

김은 자꾸만 보채는 어린애를 달래며 말을 계속했다.

"아무리 혁명이 일어나 세상이 잠시 어지럽다 하더라도 엄연히 법치국가인데 붙들려가는 사람이 어찌 혐의나 죄명을 모르고 갈 수가 있겠소. 나 집에 있을 테니 군사 혁명위의 영장이든지 법원 검찰이 계속 기능을 발휘한다니 그곳의 영장이든지 아무거라도 가지고 오시오."

이렇게 말을 마치고 그는 뒤도 돌아볼 것 없이 그냥 집으로 돌아와버렸다.

"무슨 일이에요."

부인이 묻는 것을,

"뭐 아무것도 아냐."

이렇게 얼버무려버리고 그는 대문간에 떨어져 있는 조간을 주워들고 방으로 들어갔다.

그러나 명령을 받고 출동한 형사대들은 그대로 돌아가지는 않았다.

그들은 바로 김의 뒤를 쫓아온 모양으로 집의 외곽을 둘러싸고 그 중 두 명은 집 안에까지 들어왔다.

"김 선생님! 영장이 무슨 소용이 있습니까? 아 잠깐 다녀오셔서 집에서 식사를 하시면 될 건데요?"

똑같은 소리들을 반복하고는,

"사모님, 김 선생님 식사는 좀 있다가 하시도록 하시죠. 아홉시 경에는 돌아오실 테니깐요."

하고, 수다들을 떨었다.

속이 모두 들여다보이는 그들의 괘씸한 소행으로 해서는 두어 놈쯤 붙잡아 턱주가리라도 돌려놓고 싶었지만 그렇게 되면 잠시라도 시끄럽고, 또한 만약에 그들이 무식하게 강제 연행이라도 하러 들때, 남의 집 셋방을 살고 있는 터에 집안 사람들에게 창피한 꼴이라도 보일 걸 생각한 그는,

"시끄럽소들. 갈 테니까."

이렇게 호통을 쳐 그들을 대문 밖으로 내보내놓고, 부인을 불러 잠깐 다녀올 테니 어린것이랑 잘 있으라고 이르고 내의나 한 벌 싸달라고 했다. 부인도 이미 각오한 바라 잠자코 내복 등을 꺼내어 간단한 봇짐을 만들고 하여 그는 순순히 그들을 따라 나섰다.

앞에 걷던 한 자가 골목에 손짓을 하자 숨어 있던 수사과 소속의 탑형 검은 지프차 한 대가 쏜살같이 굴러와 그의 앞에 멈추어 섰다. 형사 세 명이 먼저 오르고 김보고는 앞자리에 타라 했다.

그는 어린것을 안고 따라나온 부인에게 억지로 미소를 지어 보이고 차에 탔다. 그의 부인은 손등으로 눈물을 닦아내며,

"아빠, 안녕히 다녀오세요!"

하고, 어린것의 손을 잡고 흔들어 보였다.

수사과의 방 안에 들어서자 언제들 끌려왔는지 몇몇의 안면이 있는 사람들이 마룻바닥에 쭈그리고 앉아 있었다.

김은 그들에게 가벼운 목례를 보내주고 수사과장의 책상 옆에 놓여 있는 소파에 가서 털썩 앉았다. 막 파이프를 꺼내어 담배를 담는데 그걸 아니꼽게 보았던지,

"김창기 잡아왔어?"

하고, 수사과장이 소리를 쳤다.

그러자 김을 끌고 오는 데 가장 공을 많이 세운 그 이 형사가,

"네! 잡아왔습니다."

하고, 재빨리 김 앞으로 와 그를 아주 난폭하게 일으키려 했다. 김은 그것을 뿌리치고 스스로 일어나 과장 앞으로 가 섰다. 그래도 무안을 무릅쓰고 이 형사는 김의 옆에 와서 자기 상사에게 구십도 허리를 굽힌 다음,

"전 인제 책임 완수했습니다. 아이 며칠 전부터 잠도 못 자고 감시하느라고 헤헤…… 과장님 수고하십시오."

그러고는 휑하니 밖으로 나가버렸다.

“당신이 김창기요?”

수사과장이 물었다.

“그렇소, 김창기요.”

김은 이렇게 이름을 대주고 손을 내밀어 악수를 청했다. 그러나 그 수사과장은 김의 손을 잡을 수 있는 그런 도량 있는 사나이는 못 되었다.

김은 할 수 없이 빈손을 거두어들이고 그냥 서 있을 수밖에 없었다. 그러자 수사과장은 자기 책상 서랍에서 온통 빨간색으로 바이라인을 쳐 놓은 웬 신문지쪽 하나를 꺼내어 김 앞에 내밀며,

“이것 당신이 썼소?”

하고, 물었다. 보니 전에 주간지를 할 때 그가 직접 집필했던 사설 중의 하나였다.

“그렇소, 내가 썼소.”

김은 솔직하게 대답했다. 그러자 상대방은 버럭 소리를 내지르며,

“왜 이따위 용공적인 글을 쓰는가 말야! 김일성이가 이걸 평양 방송에서 낭독한 걸 알고 있소?”

하는 것이었다.

“난 그런 것 잘 모르오. 그자들이야 ‘동아’, ‘경향’지 같은 것도 저희 편에 유리할 적에는 언제든지 이용하지 않소? 그것이 국제 공산당의 상투적인 수단이 아니오?”

김은 태연히 말했다.

“그래 그자들이 좋아하는 글을 왜 일부러 쓰느냔 말이요? 이것이 용공적인 글이 아니고 뭣이란 말요?”

상대방은 더욱 어기를 높였다.

“도대체 나는 그 글의 무엇이 용공이란 건지 모르겠소. 민족주의자가 용공분자는 아닐 거고 나는 공산당과 싸워온 사람이오. 그리고 앞으로도 나는 계속해서 공산주의와 싸워야 할 사람이고 도대체 용공의 한계가 뭔지 명시해보시오.”

김이 말했다.

“뭐라고? 그래 당신 장 총리에게 흐루시초프하고 회담하라고 제의하

고도 뭐가 용공인지 모른단 말이오? 뭐 통한 문제를 상의하고 오라고? 시뻘건 빨갱이 수작이지 뭐야? 그러고도 되려 큰소릴 쳐?”

수사과장은 탕 하고 책상을 쳤다.

“여보쇼! 남의 인격적 권위를 대중 앞에서 모욕하지 마쇼. 당신 말대로 한다면 흐루시초프를 만난 케네디나 소련까지 찾아간 공화당 집권시의 닉슨 같은 사람은 용공분자가 아니라 친공은 고사하고 숫제 공산분자가 되어야 하지 않겠소? 또 서독의 아데나워 수상 같은 사람도 말이오.”

그러자 수사과장은 털끝까지 화가 치미는 얼굴을 하였으나 그에 대한 답변은 못 하고,

“이 자식 집에 가서 가택 수색을 해 와.”

하고, 자기 부하에게 소리를 질렀다. 그러나 김은 끝까지 참고,

“폭언을 삼가시오. 나는 당신이 만나자고 해서 온 사람이 아니오?”

이렇게 점잖게 타일렀다.

수사과장은 서랍 속에서 다른 한 뭉텅이의 원고 뭉치를 꺼내어 앞에 내던지며,

“이게 모두 뭐냐 말야! 순전히 다 당신 글이지?”

했다.

어디에서 뒤져왔는지 김 자신이 쓴 글임이 틀림없었다. 그 중의 하나는 바로 전날 즉 5월 17일자 ㄱ신보 2면에 ‘혁명 후의 일선 경찰 동향’이라는 제하의 내리닫이 기사였는데 김은 ㄱ 스냅 기사에서 ‘혁명은 군인이 일으켰는데 경찰이 오히려 더 흥분해가지고 무고한 시민들을 간단한 사건 등으로 잡아 넣고 있는 실정이라 시중 각 서의 유치장은 초만원 상태다’라고 지적하고 ‘4·19 후 비교적 온순해진 일선 경찰이 다시 이 독재적 경찰로 화해가고 있어 시민들은 전율을 금치 못하고 있다’고 썼으며 ‘혁명 주체의 군인들도 백성들을 정중하게 다루고 있는데 경찰의 독주는 용납할 수 없는 것’이라고 결론을 내린 소위 혁명열에 들떠 있는 일선 경찰을 일격한 내용의 것이었다.

그걸 가지고 수사과장은 마치 재판관이나 된 것처럼 김을 으르는 것

이었다.

그러나 김은 결코 굽히지 않았다.

"그게 어떻단 말이오? 글을 쓰는 사람이 소신대로 글을 쓰는 것 아니오. 더 나에게 말할 게 있소?"

김이 말했다.

"흥! 아직 유치장 맛을 보기 전이니 큰소리칠 만도 하겠군."

상대는 혼잣말처럼 중얼거렸다.

김은 얘기가 시시하게 되는 것 같아 입을 다물어버리고 다시 소파로 걸어가 앉으려니까 과장이,

"누가 거기 가 앉으라 했어?"

하고, 쩌렁 울리더니 저 아래 구석에 앉아 졸고 있는 한 오십 정도나 되어 보이는 늙은 형사를 불러 김을 맡기며 숙직실에 가 진술서를 받아놓으라고 지시를 하였다.

김은 곧 그 늙은 형사한테 끌려서 숙직실로 갔다.

늙은 형사는 김의 전, 현직을 기입하는데 '社長'을 '杜長', '編輯局長'을 '偏集局長', '論說委員'을 '論設委員' 등으로 써놓고는 '북한 괴뢰에게 유리하게 하기 위하여 각종 집필로 써 반국가 행위를 해온 용공 분자……' 운운하고 김 앞에서 제멋대로 써 내려가고 있었다.

김은 하도 기가 차서,

"여보! 노인장, 당신도 소위 민주 경찰이라면 헌법이 보장한 국민의 기본 권리를 누구도 유린할 수 없다는 것쯤은 알고 있을 줄 믿는데. 그리고 지금 엄연히 따지자면 당신들 경찰은 우리를 취급할 수도 없는 거요. 헌법상의 제기관이 지금 군사 혁명 당국에 접수되어 있고 장 총리가 체포되었는데 당신들의 임명권자가 누구이었는지나 아쇼? 물론 군인들의 명령으로 일을 계속들 하고 있는 줄이야 알지만 당신들도 양심은 있을 거 아뇨? 좌우간 나는 더 말하지 않겠소. 원! 군인들이 와서 말하라면 모르지만 엊그제까지 장 정권의 폭동 집안 기동대를 조직하여 앞엣총 하고 뛰어다니던 당신들이 도대체 무슨 염치로 명색이 정치범을 다루는데 진술을 강요해! 내가 서명 날인할 것 같소?"

하고, 말을 이어,

"만일 닥터 장이 정권 사수에 성공했다면 당신들은 형법 제 백십이 조의 직무 유기죄 감들이란 말요."
했다.

그러자 그 늙은 형사는 갑자기 매우 감격한 낯빛이 되어서,

"우리 큰아들하고 동갑인데 참 경력이 훌륭하오. 나는 당신을 감당할 수가 없수다."

말하고는 다른 한 형사에게 김을 맡겨놓고 밖으로 나가버렸다. 자기 상사에게 보고하러 가는 모양이었다.

얼마 후에 김은 그곳에서 다시 별관의 취조계로 넘겨져갔다.

그런데 그곳 취조실에서 다루는 그의 죄명은 뜻밖에도 '출판물에 의한 명예 훼손'이라는 것이었다.

그는 대뜸 이 글의 모두에서 이미 밝힌 바 있는 소위 그 '산부 낙태 치사 사건'에 관련한 ㄱ서 수사 주임 이 경위의 오보 사건으로 이 경위가 고소한 것임을 알 수가 있었다. 말하자면 그의 죄명은 두 가지가 되는 셈이었다. 김은 앞에서 밝힌 그대로 정정 기사를 내기로 피차 합의를 보고 혁명 때문에 미처 못 냈노라고 진술했다. 그러나 얼마 후에는 그의 눈앞에 지법에서 발급한 영장이 보여졌다. 그는 두말없이 수갑을 받았다. 그리고 곧 유치장으로 끌려갔다.

난생 처음으로 차보는 수갑이고 역시 난생 처음으로 들어가보는 유치장이었다. 허리띠를 풀어주고 소지품도 모두 다 꺼내어주고 간단한 신체 검사를 마친 다음에야 들어간 유치장은 네 평 남짓한데 약 오십여 명이나 되는 사람들이 빽빽이 들어앉아 있었다. 퀴퀴한 냄새가 코를 찔렀다.

그는 우선 일동에게 큰절을 하고 문 앞에 아무 데나 그냥 쭈그리고 앉았다.

"뭐 들어먹다가 걸렸어? 지금 들어온 자는!"

십칠팔 세 정도밖에 안 돼 뵈는 조그만 소년이 저만큼 상좌에 앉아서

418

제법 호통을 쳤다. 그게 아마 고참인 감방장인가 보다고 김은 짐작했다.

김은 밖에서 들은 얘기도 있고 하여,

"네, 뭘 들어먹은 게 아니라 출판물에 의한 명예 훼손 혐의올시다."

하고, 정중하게 대답해주었다.

"뭐라고? 그따위 어려운 말 집어치고 쉬운 말로 하란 말야! 짜식 양 돼지 같이 살만 찌고 혁명 전에 많이 해처먹었군 그래. 너 밀수하다 걸 렸지? 짜식이 우리 같은 놈하고 나눠 먹지 않고 혼자서 독식하니까 걸 리지. 저 자식 오늘 변소 청소시키구 우선 아구 몇 대 쳐!"

하고, 명령을 하니까 한 스물너댓 살씩 되어 보이는 깡패같이 생긴 두 놈이 벌떡 일어서 다가오며 먼저 온 놈이 스트레이트로 원 펀치를 김의 턱을 향하여 먹여왔다. 김은 즉각 오른손을 사용하여 상단수도(上段手刀) 방어로 날아오는 상대편 오른손 손목의 동맥을 쳐 내렸다. 순간 깡 패는 비명을 올리며 나둥그러져버렸다. 뒤따라오던 놈은 어느새 되돌아 서 슬금슬금 제자리로 가버리고 온 감방 안은 물을 뿌린 듯 조용해졌 다.

그러나 김은 우울했다. 정당방위이긴 하지만 벽돌 한 장과 기왓장 열 두 장을 격파시키는 그런 손으로 무지하고 불우한 소년 범죄자들을 잠 시나마 놀라게 한 것이 아무래도 양심에 거리끼기 때문이었다. 그리하 여 그는 자신의 잘못을 빌고 그들도 타일러 함께 정을 통할 겸,

"여러분!"

하고, 조용히 입을 열어 말을 이어갔다.

"……다같이 고생들을 하는 처지에 서로들 따뜻한 인정을 간직하여야 하지 않겠소? 새로 입감하는 사람을 때리는 건 나쁜 버릇이오. 여기는 미결수들의 유치장이니 이 중에는 죄없는 사람들도 많은 것이오. 확정 판결이 날 때까지는 무죄인이란 말이오. 다만 얼마간이라도 이렇게 함 께 있는 이상 서로 돕고 형제같이 지내야 하지 않겠소. 나이가 많으신 분을 존경하고 손아랫사람을 사랑하고 해야 하오. 다같이 고생하는 외 로운 처지들이니 말이오."

김의 이런 투의 일장 연설이 끝나자 그 꼬마 감방장은 선뜻 자리를

내주며 그에게 와서 앉으라고 했다. 단순하고 순진하기 짝이 없는 어린
애였다.

김은 사양하고 대신 방 안에서 제일 나이 많은 영감을 그 자리에 앉
혔다. 그리고 김은 그 옆에 가 앉았다. 그 영감은 육십이나 되는 분인데
통금 위반으로 들어왔다는 것이었다. 그가 사는 부두의 판자집촌 이십
세대에는 변소가 없어서 밤에도 파출소 옆의 공중 변소를 이용해야 한
다는 것, 소변은 깡통이나 노변 등에다 대강 해치울 수 있지만 아무리
밤중이라도 대변은 꼼짝없이 그 공중 변소에 가야만 된다, 그래서 그날
밤 새로 한시경 설사가 나서 갔다가 붙들렸다는 것이었다. 지게 품팔이
로 자기가 벌어먹이는 부양 가족이 일곱이나 된다고 했다. 인제 우리 식
구는 다 굶어 죽었다면서 큰 걱정을 하다가 노인은 갑자기,

"어 그 소주 한 잔 탁 들이켰으면 속이 후련하겠다."

고 말했다. 그러고는 다시,

"나는 재수가 없어 걸린 것도 앙이요. 그날 밤도 공중변소에 간 사람
이 나 혼자뿐인가요. 그느므 이 순경이 나하고 틀렸단 말야."

하는 것이었다.

그래 김이,

"아니 틀렸다고 잡아넣을 수야 있소?"

물으니까,

"그게 앙이라요. 선생, 나 이야기 좀 들어보소."

그러고는 하는 말이, 며칠 전의 일이었다. 조깃배에서 일을 해주고 품
삯으로 조기 열 마리를 얻어 지게에 얹어가지고 돌아오다가 점순네 대
폿집에서 그 이 순경을 만났다. 이 순경이 조기 서너 마리만 달라고 했
다. 노인은 줄 수가 없었다. 그 열 마리를 모두 팔아야만 막내 놈이 달라
는 후원회비가 겨우 되기 때문이었다. 그래 거절했기 때문에 서로 틀렸
다는 것이었다.

그 노인 이외에도 억울한 사람들이 많았다. 그곳의 감방은 두 개가 있
고 그 양 감방 사이에 변소가 있는데 수감자의 격증으로 변소에까지 수
용을 하며 문자 그대로 생지옥을 이룬 채 유치장의 밤은 차츰 깊어갔

420

다.

　다음날 아침이 되자 깡보리밥 한 그릇에 다꾸앙 두 쪽씩이 얹혀진 식사가 배달되었다. 김은 식욕이 나지 않아 그 아침은 물론 점심 저녁까지 온종일 굶고 간수로 있는 학사 경관이 보고 있던 ㅅ잡지 3월호를 빌려 읽고 있었다.

　그런데 끼니때마다 김의 그 보리밥에는 격심한 쟁탈전이 벌어졌다. 늘 그 지게꾼 노인과 손자뻘이나 되는 어린 소년범들과 옥신각신인데, 언제나 그 밥은 노인이 다 먹는다고 한 소년이 밥을 먹고 있는 노인의 볼통을 주먹으로 들이쳐 노인의 입으로부터 밥알들이 모두 튀어나오게 한 일까지 있었다. 그 광경을 바라보면서 김은 새삼 인간의 식욕보다 더 더러운 것은 없다는 생각을 했다.

　소위 일거리(?)가 많아서인지 다른 꿍꿍이 속을 꾸미느라고 그러는지 그렇게 유치장에 집어넣어둔 채 며칠간이나 감감했다.

　5월 22일 정오가 조금 지나서였다. 도경 수사계장이란 자가 직접 유치장에까지 와서 김의 이름을 불렀다. 그자는 즉시 김의 손에 수갑을 채우고 포승으로 묶은 다음 두 명의 형사와 함께 그를 경찰서로 호송해 갔다.

　ㅇ서의 정문에는 얼룩덜룩한 야전용 낙하산 복장을 한 공수부대원 한 명이 기관단총을 들고 경비를 서고 있었다. 그곳을 취조 본부로 정한 것이었다.

　김은 2층 강당으로 끌려갔다. 그런데 막 그 강당에 들어서자마자였다.

　파이버를 쓰고 한 손에 경찰관용 곤봉이 들려 있는 공수부대 중위의 '손들엇!' 하고 소리치는 그 소리만을 겨우 듣고 그만 김은 그 자리에서 정신을 잃고 말았다.

　별안간의 일이었다. 그 중위의 좌우에 역시 같은 자세로 서 있었던 두 명의 공수부대 하사관들의 것까지 합한 세 개의 배트가 불문곡직하고 한꺼번에 날아와 김을 강타한 것이었다. 수갑과 포승으로 결박된 김은 마치 썩은 나무 토막처럼 마룻바닥에 쓰러진 채 잠시 숨까지 멎어버렸다.

　나중에 정신이 들어가지고야 비로소 안 일이지만 중위는 정면에서 그의 두부를 쳤고 하사관들은 좌우에서 각각 그의 늑골을 친 것이었다. 그 세 부분은 태권도에서 모두 금역으로 되어 있는 급소인 것이었다. 아무튼 김은 얼마 후에 정신이 들어 눈을 떴다.

　"헤, 살아났습니다. 그런데 저 장교님, 수갑과 포승은 풀고 때리기로 되어 있습니다. 네!"

　김을 끌고 왔던 그 수사계장이 중위에게 하는 말이었다.

　그제야 그 중위는 수사계장을 시켜 쓰러져 있는 김의 포승과 수갑을 풀어주었다.

　김의 두부에서는 시뻘건 선지피가 흘러내리고 우측 늑골이 어떻게 되었는지 중위가 고함쳐 지시하는 그 엎드려 뻗쳐의 자세를 취할 수가 없었다. 그래 김은 그대로 마룻바닥에 배를 깐 채 엎드려버렸다. 이윽고 중위가,

　"일단계!"

하고, 소리쳤다.

　그러자 양측에 선 하사관들이 번갈아 가며 마치 대장간에서의 메질하듯 김의 엉덩이에 배트를 내려 퍼붓기 시작했다. 역시 뒤에 안 일이지만 그 '일단계'라는 게 하나 앞에 삼십 대씩 합해서 육십 대를 치라는 의미라 했다.

　아무튼 김은 그 일단계를 이를 악물고 참아냈다.

　그것을 참아내는 데는 그곳에 모여 있는 도경 및 시중 각 서의 간부급 경찰관들이 자기를 주시하고 있다는 의식이 큰 힘을 주었다. 그들 앞에 추호라도 언론인으로서의 비굴한 자세를 취할 수는 없었기 때문이었다. 그러나 배트는 그것으로 끝나지는 않았다.

　중위는 다시,

　"이단계!"

하고, 명령을 내리는 것이었다.

　김은 엉덩이에 떨어지는 배트 소리를 분명히 들으며 마치 인간의 육

체적 고통을 참는 한계가 어디까진가를 스스로 시험이라도 하듯 참고 맞았다.

그 이단계의 반쯤 맞았을 때였다. 그는 도저히 더 참을 수가 없었다. 거의 발악적으로 벌떡 일어선 김은 그를 때리는 하사관들의 배트를 한꺼번에 나꿔채버렸다. 그들은 잠시 배트를 빼앗기지 않으려고 바둥거렸지만 둘이 함께 그의 팔 밑에까지 끌려와서는 결국 놓고 말았다. 그에 놀란 중위가 급히 45구경 권총을 빼어 장탄을 하느라고 노리쇠를 전후 진시키며,

"이 새끼 반항한다. 죽여버릴까보다, 이 빨갱이 새끼를."
하고는, 장탄이 끝난 권총을 그의 가슴에 들이대는 것이었다.

그는 두 하사관한테서 빼앗은 배트를 움켜쥔 그대로,

"여보! 나도 육군 대위 출신이오. 고지에서 적과 육 년간이나 싸워온 사람이오. 당신네들은 법도 없소? 법대로 하시오. 내가 용공분자라면 혁명 법정에 넘기면 될 게 아니오? 이렇게 사람을 때리는 것이야말로 공산당식이 아니고 무엇이오?"
하고 소리쳤다.

"이 자식이 아직 덜 죽어서 까불어. 삼단계까지 쳐! 신문 사설에다 남북협상을 주장하여 괴뢰 방송에까지 났다면서. 이 악질 공산당 놈을 죽도록 때려!"
하고, 중위가 다시 '삼단계'의 명령을 내리자 두 하사관들은 김을 강제로 엎드리게 시키고는 그 배트를 빼앗겼던 설욕이라도 하려는 듯 더욱 사정을 두지 않고 문자 그대로 개 패듯 하는 것이었다.

김은 맞는 수밖에 없었다. 그는 너무나 고통이 참기 어려워 그만 혀를 깨물고 자살을 해버릴까 했다. 그러나 그마저도 채 실행을 못 하고 그만 다시 까무라치고 말았다.

얼마나 시간이 흘렀는지는 몰랐다. 김은 강단 위에 운반되어 있는 자신을 발견했다. 눈을 뜨자 곁에서 누군가가 물을 끼얹고 있었다. 그를 끌고 온 수사 주임이 보였다.

"그만 감방으로 돌아가게 일어나!"

수사 주임이 그랬다. 그러나 김은 도저히 일어날 수가 없었다. 아무리 팔을 짚고 일어나려 해도 그대로 몸이 처져버리고 하였다. 우측 늑골 두 개와 좌측 늑골 하나가 절골되었던 것은 후일에 안 일이었다.

수사 주임도 어쩔 수가 없었던지 김을 그대로 두고 공수대 중위한테로 가서 뭐라고 소곤거리는 것 같았다. 잠시 후 하얀 가운을 입고 가방을 든 젊은 의사 하나가 왔다. 의사는 전신에 피가 말라붙어 검둥이가 된 김을 보고 외면을 했다. 터진 궁둥이를 몇 군데 꿰매보라고 중위가 지시했다. 의사는 곧 꿰맬 준비를 하였다.

"바늘을 받지 않는데요."

의사의 말이었다.

"알아서 해요."

중위의 말이었다. 의사는 옥도정기만을 칠해주고는 총총히 가버렸다.

김은 곧 들것에 실려서 강당을 나왔다. 강당을 나오면서 그는 들것 위에서 머리를 들고 자기를 때린 중위의 얼굴을 다시 한 번 확인하려 했다. 마침 중위의 시선과 그의 시선이 마주쳤다.

"왜 쳐다봐? 짜식이, 눈 감지 못해!"

중위의 배트가 또 한 번 김의 머리에 떨어졌다.

김은 아무 소리도 못 한 채 그대로 아픈 머리를 떨어뜨려버렸다.

김이 돌아온 감방은 전의 감방이 아니었다.

누워 있을 몸이라 해서 좀 넓은 감방으로 옮겨주었나 보았다.

그의 들것이 들어가자 감방 안은 일제히 숙연해지고 서로 자리를 양보하여 그를 눕혀주었다.

"이거 김형 아뇨? 많이 맞았구려."

하고 김의 손을 붙잡는 사람이 있었다. '혁신계'로 이름이 알려진 ㄱ 모와 일가간이 된다 해서 자유당 치하 때부터 걸핏하면 자주 끌려다닌다는 김보다 훨씬 연장인 지면의 인사였다.

"김형이 올해 몇이시죠?"

그가 물었다.

"네! 스물아홉입니다."

김은 겨우 발음을 해냈다.

"뭐 정치하는 분으로 스물아홉에 처음으로 유치장에 들어온다는 것은 너무 늦었소."

그가 하는 위로의 농담이었다.

김은 이틀간을 굴신도 못 하고 누워 있었다.

그러나 그는 어떻게든지 살아야 한다는 집념으로 꽉 차 있었다. 자구(自救) 대책을 강구하기 시작했다. 마침 감방 안의 한 사람이 출감하게 되어 그 편을 이용하여 우선 집에부터 연락을 취했다. 그 사람이 출감한 지 두 시간도 못 되어 부인으로부터 연락이 왔다.

'당신 들어가던 날 서울 갔다가 오늘 막 돌아온 길예요. 오빠가 아는 군인 한 분을 내일 도경으로 보내준다고 했어요. 안심하세요. 신의 가호가 있을 거예요. 소현 엄마.'

그런 사연이었다.

다음날 오후 김에게는 과연 희소식이 전해져왔다.

평소 잘 알고 지내던 형사 하나가 찾아왔다.

"김 선생님, 서울서 헌병 소령 한 분이 김 선생님 때문에 다녀갔습니다. '용공 혐의'는 풀렸습니다. 검찰에 넘어가면 '출판물에 의한 명예 훼손' 사건은 불기소될 겁니다요. 잘 됐어요."

그가 하는 말이었다. 그는 담배까지 권해주었다.

아무튼 김은 그 가공할 '용공 혐의'가 풀어졌다는 말에 한숨을 내쉬었다. 이제는 살았다는 기쁨을 억누를 수가 없었다. 의사가 매일 와서 치료를 해주었다.

닷새 후 김은 그 용공 혐의를 완전히 벗어버리고 몸도 웬만큼 쾌차되어 검찰청으로 송청되었다.

검찰청에 넘어가 '출판물에 의한 명예 훼손' 건만으로 재판을 받고 불기소로 나오기까지 두 달이 걸렸다는 것으로 김은 얘기를 마쳤다.

"고생 많이 했네! 인젠 특별히 아픈 데는 없나?"

내가 물었다.

"없는 게 뭔가? 아주 골병 들었네. 그때 내가 맞는 걸 본 사람들이 그러는데 다른 사람이 그렇게 맞았으면 죽었을 거라데, 이 사람아!”

　그가 말했다.

　“좌우간 고생 많이 했네. 지금도 역시 ○시에 그대로 있는 건가?”

　“거긴 뭣하러 더 있겠나? 신문사도 그만둬버렸네.”

　“부인께서는 지금 어디 계신가?”

　“자기 집에 가 있지 별수있나?”

하고, 그는 웃었다.

　“자네도 자네지만 참 그분도 고생 많이 하시네.”

　나도 웃었다.

　“자고로 영웅의 아내는 그런 거 아닌가?”

　그래서 우리는 함께 또 웃었다.

　“그럼 앞으로 뭣을 할 참인가?”

　내가 물었다.

　“우선은 좀 쉬어야겠어. 뭐든 하게 되겠지. 할 일이 없는 세상은 아니니까.”

　“그러지 말고 이 기회에 그 정친가 뭔가 그만두고 취직이나 하게, 더 골병들기 전에 말일세. 내 한 군데 소개할 테니까.”

　마침 얼마 전에 나에게 교섭 온 그에게도 적당한 자리가 한 군데 있어 내가 한 말이었다.

　“어딘데?”

　그는 심드렁한 투로 물었다.

　“국영 기업첸데 부장급일세.”

　“에끼 사람. 차라리 어디에 가 고사리를 캐먹고 살겠네.”

하고 그는 껄껄 웃었다.

——1994. “愛國者” 改題

조선인(朝鮮人)

포승을 손에 쥔 간수가 감방문을 열고 소리쳤다.

"이리 나왓!"

표독하고 날카로운 소리가 온 감방 안을 쩌렁 울렸다.

벽에 등을 절반쯤 기댄 채로 세운 무릎을 안고 그 위에 이마를 괴고 조상(彫像)처럼 웅크리고 앉아 있던 죄수 훈(燻)은 깜짝 놀라 머리를 들었다. 그리고 복도의 간수를 잠깐 쳐다보다가는 천천히 몸을 일으켜 밖으로 나갔다.

간수는 백정이 짐승을 잡을 때 그렇게 하듯 우악스럽고도 재빠른 솜씨로 죄수의 두 손을 뒤로 돌려서 묶었다. 묶기를 마친 그는 뒤에서 죄수의 엉덩이에 호된 발길질과 함께,

"가 임마!"

하고 다시 소리쳤다.

그렇게 하여 훈이 끌려간 곳은 총감부 앞에 있는 붉은 벽돌집의 3층이었다.

한 방에 이르자 군복을 착용한 일인 형리 네 명이 떡 버티고 앉아서 들어가는 훈을 당장에라도 잡아먹을 듯한 눈초리들로 훑었다. 천장이 휘엉청 드높은 널찍한 방 안에는 사람을 잡는 가지가지의 형구(刑具)들이 즐비하게 놓여 있고 사방 벽에, 공중에 매어 있고 하였다.

그것들을 보자 훈의 머리 속에는 헌병대 유치장에 있을 때 들었던 여러 얘기들이 실감으로 떠올랐다. 총감부란 사람을 잡는 곳이다, 누구는

'학춤'이란 고문을 받다가 죽고, 누구는 팔이 부러지고, 누구는 눈이 빠지고, 혹은 피를 토하며 몇 번씩 기절을 하고, 굶겨서 미친 사람들이 되었고, 혹은 물도 주지 않고 재우지도 않고 혹한 냉방에 의복을 벗기고 끌고 다니며 달고 지지고, 온갖 형구를 모조리 동원하여 다 쓴다는 그런 얘기였다.

그의 머리에는 그가 이곳 총감부에 올 때 이 사건에 함께 연루되어 끌려 온 동료 선배들이 일러준 말도 함께 떠올랐다.

"죽더라도 거짓말 말고 절대로 다른 사람을 끌어넣어서는 안 되오."
하던 말이었다.

방 안에 들어선 훈은 그 형구들을 보지 않으려고 지그시 눈을 감고 빠른 기도로써 마음을 굳혔다.

"사람의 살고 죽음은 하나님께 있고, 모든 경영이 주님께 있습니다. 공중에 나는 새 한 마리도 하나님의 허락 없이는 땅에 떨어지지 않습니다. 네 형제로 범죄케 하거든 차라리 목에 맷돌을 달고 빠져 죽으라 하신 말씀대로 무슨 일이 있어도 저로 하여금 이 사건에 형제를 걸고 들어가거나 없는 일을 있다고 하지 않게 하여주시옵기 주님께 간절히 원하옵고 기도하옵나이다."

맨 안쪽에 앉아 안경 너머로 노려보던 형리 하나가 의자에서 일어났다. 훈 앞으로 걸어 나온 그는 각반 친 두 다리를 적당한 간격으로 벌리고 버텨 서서는 손에 든 곤봉을 어루만지며 얼렀다.

"네 놈은 학교에서도 모범생이고, 담대하고 힘도 꽤나 쓰는 놈으로 안다. 너는 신민회(新民會) 회원이고, 기독교 신자로 우리 일본인을 왜놈! 하고 욕하면서 말을 듣지 않고, 서양놈들의 말이라면 사지(死地)에라도 가는 놈인 줄도 알고 있다. 이곳에 오기 전 석 달 동안 헌병대 유치장에서 성경이라는 것을 읽으면서 장차 총감부에서 제아무리 혹독한 악형을 가해도 목숨을 내놓고 불복하자고 네 놈들끼리 맹세했다는 것도 잘 알고 있다. 대일본 제국의 천황 폐하를 대신하는 총독 각하를 죽이려 하다니 그 잘못을 뉘우치지 않으면 오늘이라도 당장에 총살해버리겠다. 너 같은 놈을 그대로 두고는 조선 통치를 할 수가 없다. 내 말 잘 들어라.

지금부터 시작하는 형벌은 아마 날이 갈수록 그 단계가 높아질 것이다. 한 달도 좋고 두 달도 좋다. 네 놈이 견디나 우리가 견디나 한번 해보자꾸나."

그런 장황한 짓거리가 끝나자 상대는 훈의 뒤쪽에다 대고 턱짓을 했다. 그러자 신호를 받은 한 자가 우악스럽게 훈의 저고리깃을 잡아 돌려 바로 세우는가 싶더니 느닷없이 주먹으로 볼통을 먹여왔다.

그 한 방에 훈의 입 안은 터져서 홍건했다. 그러나 미처 그 홍건한 것을 뱉기도 전에 이어 나머지 자들이 달려들어 주먹과 곤봉으로 전신을 두들겨댔다. 주저앉으면 다시 일으켜 세워 치고, 이놈이 쳐서 저쪽으로 비쓸하고 밀려가면 저놈이 받아 치고 하였다.

이윽고 훈의 양손은 손가락 사이에 쇠막대기를 끼운 채로 묶어졌다. 높은 천장에서 내려온 도르래 줄이 다시 그 손을 묶었다. 몸뚱아리가 쇠막대기를 끼운 손가락 끝에 매달려서 공중으로 들렸다. 훈은 손가락이 모두 끊어져 나가는 것이라 싶었다.

그러나 손가락이 아주 끊어지지 않게 하기 위하여 때때로 도르래줄을 늦췄다 당겼다 하였다. 그 대신 도르래 줄이 늦춰져 발이 널바닥에 닿았을 때는 전신에 뭇매가 쏟아졌다.

그렇게 한 시간이나 한 다음, 악귀들은 비로소 훈을 풀어놓고 아까의 그 안경잡이가 또 뭐라고 지껄였다.

"우리 대일본 제국의 국기는 태양을 상징한다. 대일본 제국의 세력은 전세계를 태양과 같이 덮을 것이다. 우리 대일본의 세력을 벗어나려고 중국엘 가도, 러시아엘 가도, 영국, 미국, 이 지구상의 어디를 가도 결단코 벗어나지는 못한다. 신민회는 뿌리를 뽑아버리고, 선교사들은 모두 몰아내버릴 것이지만 네 놈들은 죽이지도 살리지도 않고 네 놈들 입으로부터 스스로 회개했으니 살려달라는 말이 나올 때까지 몇 달이라도 갈수록 더욱 짭짤한 형벌을 맛보게 될 것이니 오늘 밤 사이에 깊이 생각해보라."

그런 다음에야 훈은 먼저의 간수에게 끌려 감방으로 돌아왔다.

얼음장 같은 마루에 반듯이 몸을 눕힌 그는 손가락들과 팔목이 으깨

뭉그러진 두 손을 가슴 위에 올려놓았다. 앞서 경복궁 앞 제2헌병대 유치장에 있을 때 부모들이 차입해준 두루마기를 입었다. 두루마기라고는 하지만 원체 크고 두껍게 만든 것이라 이불처럼 후듯하여 얼음 곳간 같은 속에서도 온기가 돌아 몸이 녹았다. 부모님들이 머리에 떠오른 그의 두 눈에서는 어느샌지도 모르게 뜨거운 눈물이 두 뺨을 적시고 흘러내렸다.

그로부터 이틀이 지난 12월 ×일, 그는 다시 그 돌집으로 끌려갔다. 역시 전날과 같은 그 취조관들이 그를 기다리고 있었다. 안경잡이가 우두머리로 우도라는 일경 경시(警視)이고, 한 자는 키가 작고 어깨가 떡 벌어져서 방개처럼 생겼는데, 짤막한 팔 끝엔 무지하게 큰 손이 달려 있다. 헌병 하나는 작은 노란 눈알이 세모진 얼굴 표면에 납작하게 박혀 있고, 또 한 자는 키가 구척으로 큰 자이다.

그들은 형식으로 두어 마디 묻고는 또 매질을 시작했다.

이번에는 전날과도 또 다른 식이었다. 갈수록 더욱 짭짤한 형벌을 맛보게 될 것이라더니 그 말은 과연 맞는 말인가 싶었다. 무작정 아랫도리를 벗겼다. 유아처럼 웃저고리만 입은 몸이 되었다. 어떻게 할 참인가? 이윽고 그들이 할 일은 시작되었다. 두 엄지 손가락을 하나씩 포승으로 결박하였다. 그리고는 한 팔은 앞으로 들어 어깨 위로 넘기고 다른 한 팔은 뒷등으로 돌려 두 손이 서로 닿을 만하게 맞잡아 예의 그 도르래 줄에 매달았다. 두 팔에서 우지직 소리가 나면서 몸이 공중으로 떴다.

그러나 그것으로만 끝나는 건 아니었다. 그런 것쯤이라면 구태여 아랫도리를 벗길 필요까지는 없을 것이었다. 마침내 그 아랫도리를 벗길 필요가 있는 형벌이 가해지는 것이었다. 방개와 키다리가 석자 가량 되는 대막대기 두 개를 들고 나왔다. 그들은 그것으로 축 늘어진 몸을 끼워 마주 훑치개처럼 잡고는 윗도리만 입은 가슴께서부터 벌거벗은 아랫도리를 마구 훑어내렸다. 두 번 세 번…… 이제 훈은 엄지 손가락이나 팔뚝이 아픈 것쯤은 문제가 되지 않았다. 대막대기에 끼운 몸이 훑칠 때마다 몸뚱아리에 생선포를 떠내리는 것이라 싶었다. 처음에는 본능적으로 다소씩 몸을 꿈틀거렸지만, 마침내는 전신의 힘이란 모두 빠져버리고 그나마 아주 마비된 듯 대막대기가 몸을 훑는지 어쩌는지도 모르게 되어버렸다.

그것을 알아챈 형리들은 그 하던 짓을 멈추고 대신 이번에는 가죽 채찍으로 벗은 하체를 후려치기 시작했다. 채찍이 몸에 감겼다가 풀릴 때마다 살가죽이 찢어져 나갔다. 이마에서는 땀이 낙수같이 쏟아지고 호흡은 하늘에 닿고 가슴에는 불이 붙고 코에서는 불김이 훅훅 쏟아졌다.

금방 숨이 끊어질 듯 호흡이 막히고 가슴이 터질 듯하며 눈앞에 부옇게 안개가 피어 올랐다.

그러기를 반 시간쯤에 훈의 전신은 동태같이 얼어붙고 감각도 없어져버렸다. 그제야 형리는 매질을 놓고 훈의 감각이 남아 있는가 보기 위하여 화젓가락과 담뱃불로 얼굴과 몸을 지졌다. 반응이 없자 그들은 물통으로 물을 떠다가 끼얹고는 터진 상처에는 백지를 찢어 발라 봉창을 하였다.

"고레와 아부나이나(이건 위험한데.)."

그런 소리를 하며 그들은 비로소 묶은 것을 풀어놓아주었다. 호된 채찍질이 두 번 몸에 와 닿는 것을 훈은 희미한 감각으로 알 수가 있었다. 이어 악귀의 손들이 머리를 치고 배를 주무르고 하였다.

그런 중에 맥박이 다시 살아난 모양이었다. 비로소 전신이 바늘이나 송곳으로 좃아대는 것처럼 아픈 것을 알게 되었다.

그러나 훈은 차라리 살아난 것이 원수였다. 이번에는 코에다 물을 붓는 고문이 시작되었다. 의자에 앉은 채로 머리를 뒤로 젖혀 꼼짝달싹 못하게 해놓고는 묵직한 주전자의 물을 콧구멍 속으로 들어붓는 것이었다. 금시에 호흡이 막혀버리고 가슴과 배가 동시에 터져버릴 듯하였다.

그러나 살리는 방법은 또 있었다. 잠시 후 발을 도르래 줄에 매어 거꾸로 들었다. 그러자 콧구멍에 부어 넣은 물이 입으로 코로 쏟아져 나오면서 희한하게도 막힌 호흡이 확 뚫렸다.

여전 윗옷 하나만 걸치고 하체는 전라가 된 채로 전후 한 시간이나 당하는 고문이었다.

옷을 입은 상체나 옷을 벗은 하체나 할 것 없이 전신이 마치 잔칼질을 해놓은 고기 몸뚱아리 그대로 찢어진 상처투성이였다.

악귀들은 이런 몸뚱아리를 끌고 가서 석탄재에다 굴렸다.

"이놈, 죽은 체하고 엄살 마라, 능청스럽게 죽은 척해?"

곤봉이 다시 머리통을 쳤다.

이런 다음에야 피차 한 시간쯤의 휴식을 갖게 되었다.

형리들은 손과 얼굴을 씻고 둘러앉아 담배에 차에 과자에 푸짐한 잔치를 벌였다.

그러나 그들은 쉬는 것마저도 그대로 쉬는 것이 아니었다.

우도가 과자 서너 개와 물 한 잔이 놓인 나무 쟁반을 훈 앞으로 밀어놓으며 수작을 걸었다.

"이놈아, 이 과자랑 물이랑 먹고 개심하고 대일본 제국의 선량한 국민이 되려무나."

그러자 곁에 있던 방개가,

"그 개새끼에게 왜 물을 주지요?"

하고 그 쟁반을 도로 빼앗아가버렸다.

안 빼앗아가도 그걸 먹고 마실 훈도 아니었지만 그들은 저들끼리 음식을 먹으면서도 그대로 먹지를 않고 그런 조롱짓거리들을 하였다. 그런 중에 해가 지고 어스름이 깔리기 시작하였다. 휴식이 끝나자 그들은 또 일을 시작할 모양으로 이번에는 다른 방으로 훈을 끌고 갔다. 역시 처음 보는 형구들이 놓여 있는 먼저 방보다도 훨씬 더 큰 방이었다.

이제는 뭣을 물어볼 것도 없이 다짜고짜 두 팔목을 한데 결박하여 궤짝처럼 생긴 형구 속에 밀어넣었다. 앉을 수도 설 수도 없는 궤짝 속에 밀어넣고는 입에는 포승으로 재갈을 물렸다. 발뒤꿈치를 들어 발가락 끝으로만 서게 하고, 앞꼭지의 머리칼을 묶어서 턱이 그 이상 더 들릴 수 없을 만큼으로 바싹 치켜들었다. 그러자 턱을 들 수도 숙일 수도 없고, 몸을 구부릴 수도 바로 세울 수도 없었다. 전신이 발발 떨리고 이마에서는 물바가지를 씌운 것처럼 땀물이 흘러내렸다.

그야말로 온몸이 잿물처럼 녹아 내리는 고문이었다.

단 1초 동안도 지탱을 못 하겠는데 벌써 얼마의 시간이 흘렀는지 몰랐다. 죽을 힘을 다 써서 몸을 비틀자 어떠한 장치를 해놓았는지 더욱 호흡이 급해지고 가슴이 터질 듯하여 절로 부드득 이가 갈렸다.

쏟아지는 땀으로 전신의 수분이 모두 빠져버리자 목 안이 바싹 타면서 불덩이 같던 몸이 이번에는 얼음같이 싸늘해갔다.

놈들이 아까처럼 담뱃불로 얼굴을 지져보고 채찍으로 쳐보는 것을 훈은 흐릿한 의식 속에서 어렴풋이 짐작할 수가 있었다.

별로 반응이 나타나지 않는 모양으로,

"아부나이 아부나이(위험해 위험해)."

하더니 비로소 결박을 풀고는 온몸에 물통의 물을 뒤집어씌웠다. 그리고는 다시 순서에 따라 물 먹이는 고문이 시작되었다.

이러기를 몇 차례, 훈이 최후에 정신을 차렸을 때는 다음날 아침 그가 누워 있는 감방에서였다.

'죽이지도 살리지도 않는다' 하던 그들의 말은 참으로 적절한 말이었다. 그로부터 이틀 동안은 살아나도록 고문을 하지 않고 내버려두었다.

사흘째 되는 12월 ×일 오후 1시에 훈은 다시 석조실로 끌려갔다.

이 날도 몇 마디 묻는 그들의 말에 훈은 언제나와 같은 대답을 할 뿐이었다.

"백 번 물어도 같은 대답밖에는 없다. 어서 너희들 맘대로 해라."

그러자 심문하던 우도는,

"흥!"

하고 코웃음을 쳤다. 그러나 그는 코미디언처럼 금방 그 코웃음을 싹 걷고는,

"이 자식이 아직도 정신을 못 차렸군!"

하였다.

훈은 그자의 독에 찬 얼굴을 잠시 노려보았다. 유난히 번득거리는 안경 속의 두 눈은 아주 차디찬 것으로 보이고 꽉 다문 작은 입은 마치 힘줄처럼 날카로워 보였다.

이윽고 느닷없는 일격이 옆구리인가 어디에 와 부딪는가 하자 훈은 그만 의자에서 굴러떨어져버렸다. 이어 채찍이 몸뚱이에 몇 번 감겼다

풀렸다 하며 그에 맞방아를 찧는 발길질이 역시 옆구리에 몇 번 가해지
는 것까지를 알고는 그는 의식을 놓아버렸다.

얼마 후에 정신을 차렸을 때에는 그의 하의가 벗겨지고 전신에 물세
례를 받고 있었다.

다시 그는 전처럼 공중에 매달리어 대막대로 몸뚱이를 훑는 그 고문
을 받기 시작하였다.

얼음물을 썼는데도 땀이 비오듯 쏟아지고 목 안에서는 불이 붙는 듯
한 갈증이 일었다. 본능이 물 달라는 시늉을 하게 하였다. 그러나 그에
대꾸나마 하는 자가 있을 까닭은 없었다.

이틀 뒤에야 겨우 정신을 차리고 감방에서 일어나자 명태 대가리 우
린 국물에 통밀밥을 말은 식사가 지급되었다.

손가락 사이는 으깨져 뼈가 드러나고 포승으로 졸랐던 두 엄지 손가
락은 손톱이 밀려서 너덜거리는 살가죽에 걸려 있었다. 역시 포승에 묶
였던 손목도 터지고 얼굴은 퉁퉁 부어서 풀먹인 것처럼 뻣뻣하였다.

움직일 수도 없는 손가락으로 밥그릇을 움켜잡고 개물 같은 국물을
마시고 그릇 밑에 가라앉은 밀알을 개처럼 핥아먹었다. 몸이 그 지경인
데도 그처럼 맛있는 음식을 일찍이는 먹어본 일이 없는 것 같았다.

그렇게 그걸 먹고 난 훈은 또 형리들에게 끌려나갔다. 이번에는 의자
에 앉혀놓고 말을 시키는 차례였다.

"내 아들이 셋인데 둘째가 꼭 너만한 또래다. 그런 자식을 가진 사람
이 어찌 이런 짓을 좋아서 하겠느냐? 네가 만일 회개만 한다면 관비생
으로 동경에 유학시켜 나중에 크게 등용시킬 것이다. 어떠냐?"

차까지 권하며 우도가 하는 말이었다.

훈은 차 같은 건 거들떠 보지도 않고 우도의 말에 대답했다.

"너희들의 말은 더 들을 것이 없다. 이제는 매도 맞을 만큼 맞은 것
같으니 어서 죽여라."

갑자기 훈의 얼굴에 뜨거운 찻물이 확 끼얹어졌다. 자리를 차고 일어
선 우도의 손에 채찍이 잡히는가 싶자, 철썩하는 소리와 함께 그 채찍이
몸뚱이의 살점을 찢어갔다. 두 번, 세 번, 네 번……연거푸 그런 끝에 다

시 전날과 같은 예의 그 궤짝 형벌이 시작되었다.

얼마 후 훈은 찬물을 뒤집어쓰고 겨우 의식을 되찾을 수가 있었지만 그러나 이번에는 또 새로운 형벌이 그를 기다리고 있었다.

"네 놈이 아직 배가 불러 나의 말을 듣지 않으니 오늘부터 삼일간 밥을 주지 않겠다."

훈은 곧 헌병의 등에 업혀서 감방으로 돌아왔다. 그 후 3일 동안은 물 한 모금 입에 넣지 못한 채로 빙판 같은 찬 방에 누워 있어야만 했다. 사흘 동안이나 아무것도 들어가지 않은 창자 속에서는 회충들이 요동질을 쳤다. 눈을 감으면 고향 산천이, 어느 고샅길에 돌 하나 박혀 있는 것까지 눈앞에 보듯 그대로 보이고, 근심에 차 있는 부모형제들이, 어머니의 귓뿌리에 난 작은 사마귀까지 그대로 손에 잡힐 듯이 보였으나 눈을 뜨면 아무것도 보이는 것이 없었다. 눈을 감으면 밥도 먹고 떡도 먹고 하였으나 눈을 뜨면 아무것도 보이는 것이 없었다.

그 무서운 3일이 지났다. 3일이 지난 바로 그날 그는 다시 취조실로 끌려, 아니 업혀갔다. 밤새 눈이 내린 듯 창 밖은 온 시계가 은세계로 일변되어 있었다.

'백설이 만건곤할 제 독야청청하리라!' 하던 남산의 소나무들은 과연 철갑을 두른 듯 눈 속에서도 오히려 푸른 빛을 잃지 않고 있었다.

훈은 업힌 헌병 등에서 형리 앞에 떨어지며 그냥 쓰러졌다. 이제는 눈을 뜰 기력도 없고 입술은 마를 대로 말라 나무 비겁 같았다. 전신이 사시나무처럼 떨렸다.

그는 마음속으로 안중근 의사만 생각하고 죽기만을 기다렸다.

"어때, 회개를 하였느냐?"

우도의 목소리가 귓전에서 울렸다.

그 말에 그는 있는 힘을 다하여 겨우 입을 열고 분명한 어조로 말하였다.

"아무 회개할 것이 없다. 없는 죄를 있다 할 테면 왜 여태껏 이 모양이 되도록 있었겠느냐?"

그 말이 떨어지자 채찍질과 발길질이 들어왔지만 이제 그는 아무런 감각도 없었다.

축 늘어진 그를 난롯가에 밀쳐놓고 우도는 또 지껄였다.

"네 놈이 정히 자백을 않는다면 대질을 시키겠다. Y나 K나 둘 중에 하나를 골라라."

훈은 한없이 기뻤다. 대질만 하면 당장에 무죄가 판명될 것이라 생각되었기 때문이었다.

"두 분 중 아무나 좋으니 어서 대질을 시켜라."

"Y는 네가 평시에 존경하는 너의 학교 선생인 줄 안다. 그가 함께 했다 하면 네 놈도 틀림없겠지? 그래도 부인하면 즉석에서 때려죽이고 말겠다."

하고 우도는 위협했다.

"알겠다. 그때는 네 말대로 하려무나."

잠시 후에 Y 선생이 끌려들어왔다. 수갑을 차고 포승을 진 손에 허리를 구부리고 부들부들 떨며 들어오는 모습이 흡사 도살장에 끌려들어오는 소의 모습이었다. 머리털이 절반이나 뽑히어 냉큼은 알아보기조차도 힘이 들 지경이었다.

"여보게 훈이, 자넨 어찌할 참인가?"

떨리는 어둔한 목소리로 선생은 훈에게 물었다.

그 소리와 함께 선생의 수갑 찬 손에 들리었던 물잔과 과자가 그만 힘없이 마룻바닥에 떨어졌다. 물잔이 박살이 나버렸다.

그 광경을 본 훈의 마음은 찢어지는 듯이 아파 올랐다.

그는 울음 섞인 소리로 말했다.

"선생님, 무슨 말씀을 하시려는 겁니까? 저는 이 자리에서 죽을 각오가 되어 있습니다."

그러자 그때였다. 지켜 보고 있던 악한들이 벼락같이 달려들어,

"분명하게 말해라. 이 늙은 놈아."

하고는 선생을 발길로 차서 쓰러뜨리고, 한편 곤봉으로 훈의 뒤통수를 후려쳤다.

곧 선생은 죽은 개처럼 밖으로 끌려나가고 훈은 두 손이 묶여 천장에

매달렸다. 이어 채찍질이 계속되었다. 그 채찍질이 잠깐 멎는가 하자 이 번에는 석탄이 담긴 상자를 허공에 떠 있는 그의 발에 매달았다.

이제는 마지막인가 하는 생각이 순간 훈의 머리에 떠올랐다가는 사라졌다. 그러자 마지막 발악은 실로 놀랄 만한 힘을 발휘하였다.

그의 발길에 걷어채인 석탄 상자가 뒷벽으로 날아가 터지는 바람에 방 안은 석탄 먼지로 가득 차버렸다. 심문 내용을 적으려고 의자에 앉아 있던 키다리 형리가 훈의 발에 맞아 저만큼에 가 고꾸라져버렸다.

그러나 끝내 훈의 발은 붙잡혀 책상 다리에 비틀어 매어지고 말았다.

이 악형에서 훈이 회생하기는 이튿날 아침 일곱시쯤에였다.

이날 경성에 붙들려온 지 열이렛 만에 처음으로 그는 대변을 보았다. 도토리 알 같은 까만 것 두 개가 무려 시간여의 고통 끝에 나왔다.

하루가 지나고 그 다음날 오후 1시.

또다시 헌병에게 업혀 나간 훈은 형리 앞에 쓰러졌다.

우도가 전에 없이, 아니 전보다도 한껏 더 상냥한 투가 되어 과자와 차를 권하면서 지껄였다. 요지인 즉은, 이번에는 함께 끌려온 동창 친구인 K와 대질시키겠다는 것이었다.

차와 과자가 얼핏 눈에 스치자 뱃속에서는 본능적으로 먹을 것을 요구하였다. 그러나 훈은 이를 악물고 그 권하는 과자와 차를 거절하였다. 그리고 마음에 다졌다. 지금의 이 육신은 서 푼짜리도 못 된다. 그러나 그 육신을 집으로 삼고 그 속에 들어 있는 나의 정신은 천하와도 바꿀 수가 없는 것이다. 어느 놈도 나의 이 정신을 빼앗을 수는 없을 것이다. 그렇게 마음속에 다지자 그의 강철같이 단단한 마음은 하나님 품에 견고하게 안겨 있는 것 같았다. 아무런 가치가 없고 괴롭기만한 육신을 어서 버리고 금시라도 저 하늘 나라로 가고 싶을 뿐이었다.

그는 마음을 더욱더욱 굳게 도사려 먹고 죽기를 기다리며 결박진 채 형장 밑에 꿇어앉아 있었다.

이윽고 동기인 K가 들어왔다. 그를 얼핏 본 훈은 마음속으로 간절한 기도를 하였다.

"하나님이시여, 스테판이 돌에 맞아 죽을 때와 같이, 하늘 문이 열림

같이, 이 영혼을 맡으소서."

"여보 훈이형! 모든 것을 자백하고 나니 마음이 아주 홀가분하오. 지금 이렇게 평안한 몸이 되어 대질을 받고 있소. 형도 함께 개심합시다."

훈은 자신의 귀를 의심하며 잠시 K의 얼굴을 올려다보았다. K는 훈의 시선을 피하며 고개를 숙였다.

그 다음 순간 훈의 입에서는 불길 같은 말이 튀어나왔다.

"이 죽일 놈아! 죽어도 옳게 죽어라. 하나님이 계시다."

그 말과 함께 훈은 내리치는 곤봉에 머리통을 맞고 그만 의식을 잃어버렸다.

얼마 후 의식에서 깨어난 그는 본능적으로 물을 찾았다.

"물 물 물 좀 주오!"

그러자 빠른 대꾸 소리가 들렸다.

"이놈 물 여깄다. 처먹어라."

그러나 눈을 뜨고 보았을 때 그의 입을 향하여 들어오는 것은 물이 아니었다. 이틀 전에 그가 발로 차서 터뜨린 석탄 통에서 흩어져 나온 석탄가루를 훔친 시커먼 걸레가 바로 눈앞에 보이는 순간에 그의 입은 틀어막혔다.

"악!"

내지른 소리마저 도중에서 차단되고 일시에 호흡까지 막혀버렸다.

얼마나 우악스럽게 걸레를 입 안으로 쳐밀어넣었던 것일까? 그 걸레를 빼낸 다음에 혀 끝에 걸리는 것을 뱉어내자 부러진 이빨이었다. 입술이 깨지고 입 안이 모두 으깨진 건 두말할 것도 없는 일이었다.

"아, 이 원수를 어떻게 갚을까! 내가 만일 살아난다면 기회 오는 그때에 너희들을 지금 내가 당하는 그대로 보복하리라…… 오 하나님 이 원수를 사랑할 수가 없습니다. 도와주소서."

그는 몇 번이고 이 말을 속으로 되풀이하였다.

절반 송장이 되어 감방에 업혀와 쓰러지자 그때 실로 하나님의 음성 같은 소리가 그의 고막을 울렸다.

"이보게 젊은이! 물 마시게나."

훈은 꿈인가 하고 감은 눈을 떠보았다. 그것은 꿈이 아닌 분명한 생시로 조선인 간수 이(李)가 물잔을 내밀고 있었다. 훈은 입 안이 모두 으깨져버린 입을 겨우 열어 감사의 뜻을 표한 다음 그 물을 받아 마셨다.

"아, 어떻게 해서라도 죽지 말고 살아서 가게나, 죽일 놈들 같으니, 원 생사람을 이렇게 만들 수가 있나! 인명은 재천(在天)이라 맞아서는 죽지 않을 테니 힘을 내게나, 응?"

이 간수의 말이었다.

얼마나 고마운 말인가? 훈은 그보다 더 고마운 말을 생전에는 더 들어보지 못할 것 같았다.

기약도 없는 훈의 감방 생활, 고문 생활은 이렇게 계속되어갔다. 그런 중에 정월 초하루, 설날이 돌아왔다. 이런 악귀들이 사는 지옥에도 설날은 돌아오는가 하는 생각을 훈은 잠깐하게 되었다. 아침에 그 조선인 간수로부터 따뜻한 고깃국물 한 그릇을 얻어먹고서였다. 이 간수는 전날 밤 집에 가지를 못하고 야근을 했기 때문에 설날 아침을 자기 집에서 내다 먹게 된 모양이었다.

"아침 자실 것을 저에게 모두 주시면 어쩌지요."

훈의 말에,

"아닐세, 집에서 나우 가져왔네. 나는 좀 있다 집에 가서 또 먹으면 될 거 아닌가? 염려 말고 어서 먹게나."

이 간수가 하는 말이었다.

그로부터 닷새가 지난 정월 초엿새의 아침이었다. 느닷없이 감방 복도가 소란했다. 훈은 몸이 성치를 못하여 무슨 일이 일어났는지 직접 볼 수는 없었고 뒤에 소식으로만 들었다. 선천에서 온 D 장로가 악형을 이기지 못하여 유치장 어귀에 놓은 일본도(日本刀)를 훔쳐 자결하려고 자기 목을 찌르려다가 붙들렸다는 것이었다.

그 때문에 D 장로는 포승으로 결박하여 사흘 동안 통로에 둔 채 굶기는 벌을 받았다. 혹한을 막아주지는 못하지만 큰 바람이라도 막아주는 벽이 있으므로 통로보다는 유치장 안이 낫다. 통로는 한데와 다를 것이 없다. 그런 데서 사흘 낮 사흘 밤을 굶고 앉아서 받는 형벌인 것이다. 전날에 훈 자신이 치른 감방 안에서 사흘 동안 굶는 형벌보다도 훨씬 더 가혹한 것이었다.

밤중에 삭풍이 창살을 흔들 때면 통로에서 D 장로는 마치 사자의 울음소리 같은 소리로 울부짖었다.

"내가 쉰두 살에 안창수 때문에 죽는구나."

안창수란 장로가 있는 교회의 젊은 집사로 그 역시 고문에 못 이겨 거짓 자백을 하고 D 장로와 대질했다는 것을 훈은 역시 뒤에 들어 알았다.

D 장로는 그 사흘째 되는 날 밤에 죽었는지 살았는지 어디로인지 사라져버렸다.

훈이 이곳에 온 지 35일째 되는 날이었다. 그때가 밤 12시경이었다는 것은 나중에 안 일이다. 문득,

"약 먹어라. 약 먹어, 임마."

하는 소리를 꿈결에서처럼 들었다. 그것이 무슨 소리인지 알 까닭이 없고 이어 머리에 냉수 두 통을 둘러쓰고 있는 것을 알게 되었다.

"정신 차려 임마, 정신 차리란 말이다. 이 자식아!"

하는 소리와 함께 구둣발로 머리를 차면서 벗긴 옷을 입히고 있었다.

그런 다음 그는 난로 곁으로 끌려갔다. 우도의 말소리가 귓속으로 꽂혀 들어왔다.

"네 소원대로 오늘 밤에 총살을 시켜주겠다. 네 부모에게 전보를 쳤다. 지금 네 어미가 밖에서 네 시체가 나오기를 기다리고 있다. 유언이 있으면 지금 말해라."

참으로 이상한 일이었다. 훈은 정신이 샘물처럼 맑아지며 무겁던 몸이 금시에 풍선처럼 가뿐해졌다. 훈은 고요히 눈을 감고 주님께 기도를 올렸다.

"하나님의 공도(公道)는 천추만대에 변하는 법이 없습니다. 의인(義人) 아벨은 죽지 않고 살았으며, 소돔, 고모라는 의인 열 명이 없어 불에 타 망했습니다. 내 뜻을 알아줄 사람은 이 세상에는 없습니다만 주님께서는 아시옵니다. 이 땅에 뿌리는 나의 피는 결코 헛되지 않을 것이옵니

다. 하나님 아버지시여, 마른 풀대와 같은 약한 몸이 지금 불의와 싸워 완전히 승리를 거두었습니다. 불초 이 몸으로 이 땅에 다시 한 번 주님의 영광의 승리를 증거하게 하심을 감사하옵니다. 주님께 돌아가는 작은 이 영혼을 기꺼이 받아주소서."

두 놈이 그의 어깨를 잡아 일으켜 문 밖으로 끌고 나갔다. 앞에서 가는 자는 우도이고, 그를 부축하여 끌고 가는 뒤에는 총을 멘 헌병이 따랐다. 훈은 되도록 힘을 내어 부축을 떼고 혼자의 힘으로 걸으려고 노력하였다.

선두에서 우도를 따라 끌려가는 길은 남산 기슭의 눈길이었다. 환한 달빛이 그를 가운데 놓고 끌고 가는 악귀들을 비췄다. 바람결이 찼다. 그러나 찬바람을 느끼는 것도 잠시뿐이고, 물양동이를 뒤집어쓴 몸은 이미 얼어붙은 듯 감각이 흐릿하여 갔다. 멀리 창공에 무수히 반짝이는 별들이 보였다.

그 별들을 우러러보며 훈은 마음속으로 외었다.

"이 몸은 비록 죽어 한 줌의 흙이 될 것이나 내 뒤에 오고 오는 수많은 조선의 아들 딸들은 이 원수를 갚고 이 슬픔을 씻고 이 땅 위에 무궁한 꽃동산을 만들리라."

문득 그의 눈앞에 환한 모닥불 빛이 보였다. 앞에 걷던 우도가 한 늙은 소나무 곁으로 가서 돌아섰다. 그 자의 발 밑에는 구덩이가 파여 있었다. 우도의 지시로 훈을 끌고 온 두 놈이 그를 그 소나무에 비끄러맸다. 곧 훈의 눈은 수건으로 가려졌다.

우도가 앞에서 염불 같은 소리를 중얼거렸다.

"최후까지 너를 살려 보려고 무려 삼십여 일이나 무진 애를 썼다. 그러나 너는 끝내 회오가 없으니 지금 죽는 것을 원망하지 말라. 네 부모에게 부탁할 말이 있거든 유언해라. 전해주겠다."

그에 훈은 일호의 번민도 고통도 잡념도 없었다. 마치 개선 장군이 환영대에 올라선 기분이었다. 나의 이 평안과 안정의 마음을 놈들이 알 수 있을까? 어떻게 하면 그것을 놈들에게 보여줄 수 있을까? 하는 생각만이 그의 머리 속에는 꽉 차 있었다.

그는 마지막으로 주님께 짧막하게 기도를 올렸다.

"주여, 주님의 승리를 증거한 이 영혼을 받으소서."

다음 그는 온화하게 그러나 분명한 음성으로 우도의 말에 대답했다.

"아무 유언도 없고 이제 죽을 준비가 다 되었으니 어서 쏘아라."

그러자였다.

"요시.(그래라)"

우도의 꽉 다문 어금니 속에서 나오는 소리였다. 그의 그 소리와 함께 일제히 훈의 주변에서 물러들 갔다. 이윽고,

"준비…… 쏘아 총!"

하는 구령에 이어,

"탕!"

하는 총성이 천지를 진동시켰다.(그때 훈은 분명히 그 총성까지를 모두 들었다.)

물을 끼얹고 난타하는 매소리에 훈은 눈을 떴다. 그의 흐릿한 눈앞에 왔다갔다 하는 형리들이 보였다.

처음에 훈은 자기가 총에 맞고 죽은 것이 꿈인가 하였다. 그러나 그것은 꿈도 아니고 실제를 방불시키는 연극이었다는 것을 뒤에 알았다. 그런 연극으로 사람을 극한에 몰아넣고 자백을 받은 일이 있었다는 것을 그 친절한 조선인 이 간수가 말해주었다.

바로 그 다음날 오후 3시경이었다. 불려 나간 훈은 뜻밖에도 한 다다밋방에 안내되었다. 거기에는 우도가 혼자 화로를 끼고 앉아 있었다.

우도는 뭐 반가운 사람이나처럼 훈을 맞아주었다.

"어서 오게. 자, 앉게."

이렇게 하여 자기 앞에 훈을 앉히고는 과자와 차를 내놓았다.

이자가 오늘은 또 무슨 연극을 꾸미려고 이러는가? 훈은 미리 경계하며 가만히 앉아 있었다. 이윽고 그는 입을 열었다.

"이제는 내가 할 일은 다했다. 나와 너와의 시간은 이 시간뿐이다. 내일 고관에게 가게 될 것이니 거기에 가서 개심하여 선량한 대일본제국의 국민이 되어라. 그 동안 너에게 가한 모든 형벌은 국가의 명령으로

한 것이니 원망하지 말고 용서해라."
하고 놈은 훈의 얼굴의 상처를 손가락으로 만지며 수건으로 제 눈물까지 씻어냈다.

35일간의 악형과 60여회의 기절을 유치장 벽에 그어놓고 낱낱이 기억하고 있는 훈은 앞에 앉아 눈물을 씻는 자가 여전 악귀일 뿐 사람으로 보이지는 않았다. 훈은 상대가 권하는 과자와 차를 거절하고 먹지 않았다. 35일간의 갖은 악형과 60여 회의 기절과 그 과자와 차를 바꿀 수는 없기 때문이었다.

과연 그 다음날 훈은 헌병에게 업혀 한 방으로 갔다. 탄자를 깐 화려한 방이었다. 우도의 말대로 고관의 방임이 틀림없었다. 두세 자가 함께 있던 그 중에서 얼굴이 꺼멓고 눈꼬리가 째진 한 자가 앞으로 나오는가 싶더니 느닷없이 발길을 들어 헌병에 엎힌 훈의 엉덩이를 걷어찼다. 그 바람에 훈을 업었던 헌병까지도 한꺼번에 그 탄자 위에 쓰러졌다.

이어 곤장질이 계속되고 물을 끼얹은 다음 훈은 그 자의 테이블 앞에 마주 앉혀졌다.

그러나 훈은 곧 의자에서 굴러 떨어져버렸다. 그러자 다시 호된 발길질이 두서너 번 등줄기를 찼다. 그런 다음 다시 의자에 앉혀졌다. 그러자 이번에는 상체가 그대로 테이블 위에 엎으러졌다.

놈들은 목침으로 턱을 괴어놓았다.

"어서 눈을 떠, 이 자식아!"

뜰 수 없는 눈을 뜨라고 주먹으로 귀와 뺨을 때리다가 나중에는 쇠줄로 후려쳤다. 갑자기 눈알이 둘러빠지는 듯 싶어 한 손을 대보자 후려치는 쇠줄에 맞아 눈가가 터졌음을 알 수 있었다. 흐르는 피 때문에 훈은 더욱 아무것도 볼 수가 없었다.

그 눈을 성냥개비로 받쳐 뜨게 하고는 무엇인가를 물어왔다. 그때 훈은 흐릿하게 보이는 눈으로나마 뜻밖의 사람이 앞에 앉아 있는 것을 볼 수가 있었다.

'이놈아! 죽어도 바로 죽어라. 하나님이 계시다.' 하고 전날의 대질 때 욕을 해줬던 동급생 K가 거기에 와 앉아 있는 것이었다. 아마 고관이 직접 그와 다시 대질 심문을 시키려는 모양이라 싶었다. 그제야 정신이 번쩍 든 훈은 그 고관이란 자가 묻는 말을 바른 소리로 부인할 수가 있었다.

그때마다 쇠줄이 몸뚱아리를 후려쳤다.

의자에서 떨어지면 한 자가 얼른 부축하여 의자에 되앉히고 과자와 차를 입에 넣어주었다.

그 과자를 도로 내뱉으며 훈은 끝까지 부인하였다.

"네가 아무리 안 했다 해도 증인이면 그만이다. 며칠 후에 재판소로 보낼 터인데 여기에서 개심하지 않는 놈은 곧 바로 교수형이다."

고관은 이런 소리로 얼렀다. 그러나 훈의 귀에는 재판소로 보낸다는 말만이 똑바로 들려왔을 뿐 그 밖의 말은 별 관심이 없었다. 구사일생 36일째인가 되는 이날 몸은 비록 기동할 수 없게 되었지만 목숨만은 붙어 있다, K의 증언이야 뭐라 했건 나는 나의 본분을 다 지켰다, 재판소로 가는 날이 곧 세상에 나가 부모 형제를 만나는 날이라고 생각한 훈은 금시 마음속이 환해지고 상쾌한 기분마저 들었다. 아프고 쑤시고 배고프고 한 것이 일시에 모두 스러지는 듯하고 새로운 피가 혈관마다에 차서 전신을 운행하는 것 같았다.

네 시간쯤 후에 그는 감방에 돌아왔다. 그나마 자리에 몸을 눕히는 것이 가장 편한 자세가 되었다. 몸을 반듯하게 눕히자 다시는 더 꼼짝할 수가 없었다. 그 동안의 갖은 악형을 다 이기고 이제 생명의 문턱에서 이대로 죽는 것이나 아닌가 하는 두려움이 번쩍 들었다. 실로 이곳에 온 이래 처음으로 느껴보는 생각이었다. 그런 중에도 목이 마르고 배가 고픈 건 고마운 일이라고 그는 기뻐하였다. 그거야말로 죽지 않고 살 수 있다는 신호이기 때문이었다.

그날 이후 검사국에 넘어가기까지 닷새 동안 그는 무엇이나 모두 먹었다. 깔고 자는 짚거적을 소처럼 뜯어먹고, 북문창의 종이쪽을 다 뜯어먹고 심지어 입은 옷솜까지 뜯어먹었다.

검사국에 넘어가는 그날도 그의 첫눈에 띈 건 역시 먹을 것이었다. 검사의 심문을 기다리는 동안 점심때가 좀 지났던가 한데 때마침 간수들이 밥을 먹고 있었다. 부연 이밥에 구수한 냄새가 후각을 미치게 하는 고깃국을 네댓 명의 간수들이 둘러앉아 먹고 있었다.

그걸 본 훈은 도저히 그대로 지나칠 수가 없었다. 그는 염치불구하고 그쪽으로 다가가서 구걸했다.

"거 좀 먹을 수 없겠소?"

그러자 밥 먹던 간수들은 뜻밖의 구걸인에게 일제히 눈들을 돌렸다. 모두 똑같이 어이없다는 어벙벙한 눈들이었다.

얼마 후에야 한 자가 비양조로 말했다.

"돈 있으면 사 먹지 그래?"

그러고는 일제히 웃었다.

훈은 즉시 두루마기를 벗어서 그들 앞에 던져주고 말했다.

"이거 안팎 모두 새 광목에 솜이 닷 근이나 들어 있는 두루마기오. 그 값으로 밥 세 그릇만 주시오."

그러자,

"이 자식아! 그 따위 걸레를 벗어놓고 밥을 달래?"

하고 역시 모두는 또 깔깔거리고 웃었다. 그래도 훈이 머뭇거리자,

"어, 저 자식이 냉큼 못 꺼져?"

하고 구레나룻의 한 자가 손에 들고 먹던 밥사발을 놓고 벌떡 일어나 훈의 무릎 부분을 걷어찼다.

검사의 심문을 받은 훈은 다시 오동마차에 실려 서대문 구치감으로 갔다. 거기에서 형식적인 신체검사를 했다. 벌거벗은 몸을 달았다. 전에 110근이던 몸이 73근의 눈금을 가리켰다. 30여 일의 악형에 무려 37근이 줄어든 것이었다.

그러나 무엇보다 반가운 건 그날 저녁에 주는 식사가 총감부 때보다 월등 상등인 그것이었다.

콩과 밀과 보리가 알맞게 섞여 있고 분량도 많았다. 거기에 별미라 할 수 있는 우거지 국이 딸려 나왔다. 밥은 인간의 생명을 연장시켜주는 것이 아니라 밥 그것이 곧 생명인 것이었다. 이제는 더 고문도 없고 죄진 아무런 증거도 없이 재판을 받으니 머지않은 앞날에 그 밥이 그를 고향

에 데려다줄 것이라고 그는 굳게 믿었다. 그리하여 부모 형제를 만나고 그로 하여금 원수를 갚을 그날을 만들어줄 것이라고.

칼바람이 감방의 북문창을 무서운 소리를 내며 흔들었다. 내가 고향에 돌아갈 때는 저 바람도 불지 않는 따뜻한 봄이 되겠지 하는 생각을 하며 그는 낮에 밥과 바꾸지 못한 두루마기를 둘러쓰고 조용히 마룻바닥에 누워 잠을 청하였다.

——1976년

이빨과 발톱

민이 막 뛰어오르자 버스는 부릉 하고 구르기 시작했다. 차내는 별로 만원은 아니었다.

민은 차내를 휘익 한번 둘러보았다. 앉을 자리를 찾기 위해서였다.

그러나 앉을 자리는 별로 있는 것 같지가 않았다.

꼭 한 군데 사이가 다소 빠끔히 벌어져 있는 곳이 있었다. 바로 승강구 맞은 편이었다. 같이 앉아 가자기엔 약간 염치 없는 자리긴 했다. 그러나 너댓 구간이나 내내 서서 갈 고역을 생각하면 그까짓 염치쯤 문제시할 게 못 되었다.

"실례합니다." 그는 눈 딱 감고 그곳에 가서 비집고 앉았다.

다 같이 돈을 내고 타는 바에……이런 약간 낯두꺼운 배짱도 얼마간은 있었다.

한편은 커다란 어린애를 거추장스럽게 치켜안은 한 서른댓쯤 되어 보이는 여인네인데 보아하니 더 당겨갈 자리가 없고, 그래도 얼마간의 여유를 가지고 앉은 쪽은 이쪽이었다. 유난스럽게 콧대가 오똑한, 부인 처녀 두루 비슷한 백드레스의 여인이었다.

"……"

그러나 오똑이는 까딱도 하지 않았다. 되려 가뜩이나 질펀한 엉덩이를 더 한껏 이편으로 내밀며 엇비슷이 돌아앉아 자리를 더욱 넓혀 잡고 밖으로 얼굴을 돌려 시원한 바람을 쐬는 모습이 되어 있었다.

──제에길 저 혼자서 대절한 찬가?

민은 아니꼬운 구역이 왈칵 솟구쳐 오르는 걸 가까스로 참고 슬금슬금 궁둥이를 들이밀었다. 삐드득 들어갔다. 푹신한 여자의 체온이 짜릿하게 배어들었다.

그제서야 오뚝이는 이편에 닿은 그녀의 엉덩이며 어깻죽지를 무슨 뜨거운 거나 닿은 듯 움찔 질겁을 하고 이편을 흘겨본다. 그러나 이내 또 옴질옴질 자리를 넓혀 잡고 이마에 머리칼을 날리며 밖을 내다보는 자세가 되었다.

——홍! 요게 또 그 이빨과 발톱이 아닌가?

민은 불현듯 미스 김이 떠올랐다.

미스 김은 정녕 오늘의 이 오뚝이와도 또 다른 종류의 그러나 역시 안차기가 마치 자색 풋고추 같은 그런 계집애였다.

소위 그 서무 주임이라는 허름한 감투 하나를 어찌어찌 얻어 쓰고 부임을 해보니까 바로 차석에 앉은 계집애가 그 모양이었다.

첫인상에서 민은 그만 완전히 잡치고 말았다. 나이부터가 서른이나 된다는 똑 늙은 말 같은 아리숭한 처녀라는 건데, 이마팍이 미처 벗어지다 말아 눈썹과 이마가 거의 맞붙다시피 한 거라든지, 살풋 아래로 꼬리가 처져 떨어진 그 빤득빤득한 눈매라든지, 도무지 고분고분한 여자맛을 지닌 구석이라고는 이만큼도 찾아볼 수 없는 소름이 쪽 끼치는 상판이었다. 당초 그 서무 주임이라는 감투부터가 머리에 잘 맞지 않는 것이었는지도 모른다.

종목마다 다른 안건들의 기안이며, 서캐알같이 자잘한 글씨로 박아 써야만 되는 장부의 기입이며 세로 가로 끝으로 모두 계(計)가 바둑판같이 맞아떨어져야 하는 통계표 작성이며 도무지 처음 보는 것들뿐이고 들여다보고 앉았노라면 절로 골치가 쑤셨다.

"이거 어떻게 되는 거지요?"

할 수 없었다. 그나마 감투를 씌워준 사람의 체면을 위해서라기보다 실상 당장에 그 자리나마 놓치고보면 눈을 멀뚱히 뜨고 아내와 마주앉아 그냥 죽는 수밖에 없으니까, 내키든말든 모르는 건 배워서 알아야만 했다. 그 일에 늙어 귀신이 되었다는 여자라니까 물을 수밖에는 없다. 그래서 치미는 구역을 앞세우고 겨우 물으면,

"……."

들은 체 만 체다. 순간 배 안의 낟알들이 모두 다 곤두서지만 그것도 우선 배 안에 낟알이 들어가 있기에 곤두라도 서보는 거니까 참는다.

두 번쯤 거듭 묻는다.

"이거 말인데요."

그제서야 미스 김은 겨우 눈만을 힐끔 이편으로 흘기듯 건너다보는 체한다. 책상으로 향한 얼굴은 까딱도 않은 채 그저 눈만 그렇게 한다. 대체 뭘 가지고 그러느냐는 듯이.

그때만은 민도 마지막 자존심 같은 것이 발동을 하게 되어 이것인데요——갖다가 눈앞에 까보일 수는 없어서 그저 코 밑에 열기만을 할딱할딱 내뿜으며 있노라면 미스 김도 역시 속으로 체! 라도 하는 모양으로 그나마 흘겼던 시선을 더 한 번 위로 높이 치떴다가 이내 도로 걷어가버리고 제 할 일이나 하다가 한참 만에야,

"그건 제가 모르는 거예요." 그렇게 뱉고는 만다.

"미스 김이 유난히 그러는데는 그녀 나름의 이유가 있습니다."고 민이 들은 건 뒤의 일이다.

재직 연조로 보나 실무 성적으로 보나 응당 자기가 주임이 되어야 할 건데 굳이 주임을 신발령했다는 것에 대한 불만이라는 것이다. 그러나 그 불만은 사측에 대한 불만에 그쳤는데 막상 자리에와 앉은 주임이란 자를 보니까 남자, 그녀의 말을 그대로 빌자면 "그 얄량하게 잘난 사내라는 이외 아무것도 아닌 숫제 등신"이더란 것이다.

이런 말을 듣는 순간 민은 눈에서 불이 났지만, 그러나 한편 노상 억울한 말만은 아닌 성싶기도 하여 되레 미안한 마음까지 가지면서 그저 열심히 일을 익혔다.

이럭저럭 한 뒤 달 경과가 되니까 어느 만큼 일의 윤곽이나마 짐작이 갔다.

게다가 과장의 자별한 신임도 있어 자리가 제법 틀이 잡혀들어가는

듯도 싶었다. 그런데 요건 그것으로 그치고 마는 것이 아니었다. 보자 날이 갈수록 오히려 가일층 더 노골적으로 사람을 골병들게 하려는 것이 그녀의 짓이었다. 급하게 서둘러야 할 일이라도 생겨서 같이 나누어 하자면,

"그런 건 주임님이 하시는 거지 저 같은 쫄자가 뭘 알어야 하지요."

한다. '주임님'과 '쫄자'에 야지의 억양을 두드러지게 준다.

"미스 김도 할 만한 거니까 같이 하자는 게 아니오!"

"아이 뭐 퇴근 시간도 다 됐어요."

제아무리 시간 내에 해야 할 바쁜 일거리가 산적해 있어도 퇴근 시간 오분 전만 되면 영락없이 하던 일을 놓고 핸드백을 꺼내어 책상 위에 올려놓는다. 그러고는 거울을 들여다보며 콧대의 화장도 고치고 치마의 구김살 같은 것이나 펴다가 시간이 딱 되면 여축없이 떼뚝거리고 힐소리를 울리며 싹싹 나가버린다.

시간만 되면 막 내리찍으려고 치켜들었던 곡괭이도 그냥 뒤로 떨어뜨려버린다는 '노가다' 날일꾼들이 하는 것처럼.

이런 얘기를 혹 과장한테 고자질이라도 하는 줄 아는 모양인지 미스 김은 저만큼의 과장 쪽에 눈길을 힐끗거리며 더욱 노골적인 적의까지 보이기도 하지만 자신의 무능을 고백하는 그런 짓을 할 사람은 없으니까 제 방귀에 놀라듯 괜히 제바람에 그러는 것 뿐이다.

그러나 과장도 허수아비가 아닌 이상 미스 김의 그런 기미를 눈치채고 번번이 표정을 짓곤 했다. 하면서도 재직 연수로는 과장보다도 더 고참이니만큼 그래서인지 면대하고 꾸짖진 못하는 모양이었다.

하지만 과장도 적당한 기회를 찾아 벼르고 있는 것만은 틀림없는 눈치였다.

"어디 한번 두고 볼까, 언제까지 제가 그러는가?"

간간이 하는 그의 그런 말로만 보아도 알 만한 일이었다.

과장이 그런 말이라도 할 때면 그래도 민은 적이 위로가 되어 미스 김이 해야 할 몫까지 밤을 새워가며 도맡아 하곤 했다.

그날도 역시 미스 김이 하다 만 일감을 마저 정리하느라고 저녁에 좀

늦었다. 막 퇴근을 하려니까 벌써 퇴근한 줄 알았던 과장이 불쑥 나타났다.

"아 이건 늦게까지 너무 수고하시는데, 어데 가 맥주나 한 잔 합시다."

어디서 먼저 가볍게 두어 잔쯤 걸치고 온 얼굴이었다.

"아늘시다. 머……."

건뜻하면 신세를 지고지고 하는 터여서 일단은 사린 것이지만 언제나처럼 그날도 끌려가고야 말았다.

과장은 맥주 세 병에 셀러드 하나, 콩 하나 이렇게 청해다놓고 자기는 전작이 있으니 꼭 한 잔만 한다면서 민한테만 권했다.

그러나 술은 결국 반반으로 마셨다. 민이 권하고 간간 웨이트레스가 와서 따라놓고 하는 바람에 과장은 꼭 한 잔만 한다던 말은 어느새 까맣게 잊은 듯이 카아카아 소리를 내며 글라스를 비워 내놓고 했다.

이래서 얼근히 취기가 돈 과장은 새삼 민한테 새 잔을 권하면서,

"요새 수고가 많으실 겁니다마는 그저 당분간만 꾸욱 눌러 고생하시오. 미스 김을 어데 딴 부서로 옮겨놓든지 아주 그만두게 시키든지 하자구 아까 사장과도 잠깐 얘기가 있었으니까…… 그 애 얼굴만 봐도 도무지 골치가 아파서 나도 영 그대로 놓고는 못 보겠으니까."

이 밖에도 과장은 사장의 인품이 어떻게 소심하니, 다른 사원의 누군 어떠니 하고 긴 얘기를 늘어놓았다.

이날따라 과장은 적이 기분이 좋은 일이라도 있는 모양이어서 '여정'이나 '동원'으로 굳이 바 행각을 하자는 걸 그 대신 이곳에서 아주 맥주 뒤 개를 더 하자 하여 이차만은 그만두고 헤어졌다.

그 후 월말 감사 때에 역시 미스 김의 정시 퇴근으로 민은 아주 혼이 난 일이 있었다. 그때는 비단 민뿐만이 아니라 과장까지도 늦도록 직접 자기 손으로 괘도까지 그리고 했다.

"세상에 그런 괘씸한 계집애가 어딨단 말요. 번연히 바쁜 줄 알면서 그대로 가버리다니. 내 사장과 의논해서 내일이라도 당장에 그만두게 시키겠소."

과장은 일을 하기는 하면서도 자못 심정이 나는 모양으로 연방 입에서 나오는 말이었다.

그러고도 이날 결국 일을 다 끝내지 못하고 이튿날 과장, 계장 함께 사장한테 단단히 말을 들었다.

그 일만은 과장도 참을 수가 없었던지 미스 김을 과장실로 불러다 나무라고 결국 사장실 출입까지 시키고 했다. 그러나 미스 김은 그저 미스 김답게 태연한 낯이기만 했다.

이런 바로 다음다음 날이었다.

이날따라 사장실 출입이 잦던 과장이 퇴근 때가 거의 될 무렵에 민에게 퇴근하지 말고 이따가 잠깐 보자 했다.

웬일일까? 혹 미스 김을 아주 그만두게 시키자는 의논이라도 하자는 게 아닌가 하는 생각을 하면서 민은 기다렸다가 마침내 사무실이 빈 다음에 과장실로 들어갔다.

"무슨 일입니까?"

"네 잠깐만……."

과장은 뭣인가 쓰던 것을 마저 쓰고 나서, 웬 봉투 하나를 결재함 위에서 집어들면서 소파를 가리켰다. 곧 둘이는 마주앉았다.

"내 민형에게 도무지 볼 낯이 없게 됐소."

대뜸 과장이 하는 말이었다.

"온 천만의 말씀입니다……뭡니까?"

"이번에 뜻밖에도……."

과장은 말을 잇지 못하고 안색만 더욱 난색해지다가,

"……세상엔 해괴한 일도 많긴 하지만 이건 원 도무지 그럴 수가 없는 일이어서……."

그러나 여전히 핵을 말하지 못하고 뱅뱅 돌리던 말을 어딘가에서 멈추고는 민의 얼굴을 한참이나 쳐다보았다. 그런 다음에야 비로소 손에 든 봉투를 앞에 놓았다.

"……."

민은 보나마나 어느 만큼의 짐작이 갔다. 그래서 봉투에 손을 대지 않

자,

과장이 굳이 그 속에 든 민의 해임 사령장을 꺼내놓고는,

"사장도 그 동안 미스 김을 좋잖게 보고 더구나 감사 때 일로 해서 어젯저녁까지도 당장에 미스 김을 내보낸다고 몹시 분개하면서까지 말했어요. 그랬던 것이 그만 밤새에 심정의 변화를 일으켜가지고는 별안간에 이런 엉뚱한 처사를 내리고 만 거요. 사장은 밤새 생각했다는 거요. 즉 응당 미스 김을 내보내기로 해야겠는데 계집애가 원체 독종이라 놔서 결코 순순히 듣지는 않을 것이다, 필시 어떤 발악적인 행동으로라도 나오고보면 사측에 거꾸로 골치 아픈 일이 생길지 모른다, 사내 분위길 조정하자는 건데 되레 분위기가 진탕이 되기 쉽다나?…… 원참 얘기가 우습지요……아마 엊저녁에 미스 김을 불러다 그런 얘기를 한 모양인데 그 자리에서 미스 김이 무지무지한 공갈이라도 쳤는가 싶어요. 허허……원래 소심한 사람이거든요. 사장 노릇은 하고 있지만서두요."

"……"

민은 종내 입을 다문 채로 있었다. 과장은 또,

"……이거 어디 사람 사는 세상입니까? 이런 세상에선 짐승들이 가지고 있는 그 억센 이빨과 발톱이 있어야거든요. 미스 김에겐 그게 있단 말예요, 그 이빨과 발톱이. 건데 민형에겐 그게 없지요, 없어. 참 세상이라구."

했다.

——이빨과 발톱.

민은 오늘에야 비로서 그때 과장이 한 말의 뜻을 알게 되는 것 같기도 했다.

다음 '시내 버스 타는 곳'에 버스가 닿자 무리로 손님들이 우 올라탔다. 역시 앉을 자리들이 없으니까 손님들은 이리저리 휫들거렸다.

바싹 허리가 굽은 파파 할머니 하나도 올라탔다. 자리를 못 잡은 할머니는 간신히 천장의 손잡이를 붙잡고 대롱대롱 매달렸다. 하필 민의 앞에서 그랬다. 민은 곧,

"아 할머니 예 앉으시죠." 하려다 그대로 모른 체하고 말았다. 그 자신이 일어날 것이 아니라 오뚝이가 일어나야 된다는 생각이 순간 들어서였다. 그 할머니가 선 곳이 민의 편보다 오뚝이 편에 더 가까웠던 것이다.

——어서 일어나라, 어서. 네 앞에 할머니가 서 있지 않느냐?

할머니가 하도 쩔쩔매는 모습이어서 민의 등골에서는 진땀이 흘렀다. 그러나 오뚝이는 여전 창 밖으로 얼굴을 돌리고 있는 그대로 까딱도 않았다.

——허 저 발톱 좀 보게! 저 이빨하구! 저것이 냉큼 일어나잖구선, 저게 대체 심장이! 네가 그럴 바엔 나에게도 발톱이 있다. 이빨도 있다.

민은 마음속으로 부르짖었다. 그리고는 주먹에다 꽉 힘을 주고 눈을 감아버렸다. 그대로 잠이라도 들어버릴 참이었다.

시골 시절의 일이다. 할 일이 없으니까 그럴 수밖에 없었을 것이다. 웬놈의 잠은 그렇게도 쏟아져왔던 건지. 그 시절 민은 하루 이십사시간을 다 자도 잠이 모자랄 것 같기만 했다. 아침에 아내가 아침상을 갖다 놓고 깨우면 겨우 일어나 그것을 먹고 또 일번 쓰러지면 저녁때나 돼야만 눈을 뜨곤 했다.

그날도 아내는 김가네 가게(포목상)에 출근(점원으로 있었다)을 하고 그는 역시 아침상을 물리자 곧 잠이 들어버렸다.

그리고는 내내 온종일을 잔 모양이었다. 아침에 아내가 나갈 때 방 윗목에다 미리 차려놓은 그 점심도 물론 먹지 않은 채로였다. 그저 혼곤한 잠에 배고픔도 아무것도 잊어버렸었다. 이렇게 세상 모르고 늘어져 자다가 그만 벼락을 만났던 것이다.

머리맡의 앞문이 꼭 무슨 마파람을 만난 난달창처럼 그렇게 화닥닥 요란스럽게 열어젖뜨려지는 사품에 그는 맨 처음 귀가 뚫리고,

"이이가 아주 죽었나 인자?"

광목이 째지는 듯한 아내의 그런 소리에 그만 눈을 떴다.

마마에 걸려 환하게 꽃이 피듯 그렇게 잔뜩 핏대가 선 아내의 얼굴,

그 매섭게 내려쏘던 눈!

민은 얼떨결에 그냥 누운 채로 아내의 내려쏘는 눈을 한동안 멀거니 올려다보고 있었다.

그러자였다.

"에잉!"

그는 그대로 얼굴이 산산박살이 되고 마는가 보다고만 알았다.

아내가 퇴근을 하면서 머리에 이고 온 그 묵직한 쌀자루가 일푼의 사정도 없이 그의 얼굴을 향하여 곧바로 떨어지고 있었기 때문이었다. 뭐 언제 피하고 소리지르고 할 겨를도 없었다.

민은 엉겁결에 주먹을 틀어쥐고 후닥닥 몸을 일으켰다. 그러나 그의 별수없는 주먹은 저절로 풀어지고, 그는 우선 얼굴부터 쓸어봤다. 아주 없어져버린 줄 알았던 얼굴이 그대로 있는 것만이 다행이다 싶었다.

"에그으 속상해. 그저 내가 먼저 칵 죽어버려야 해."

하고 그제야 아내는 방 안에 들어서면서,

"내가 누구 때문에 이 고생인 줄 알어. 하루 점도락 놀면서 저녁때 마중도 못 나왓! 내 아침에 말했지? 쌀을 팔어 와얄 테니까 마중 나오라구. 남의 머리야 빠지든 목이 부러지든 그래 자긴 잠만 자야 옳아?"

"……."

아내의 말을 듣자 그제야 민은 아차! 아침에 참 그랬던가 싶기도 했지만, 얼른 변명할 말을 못 찾고 그저 여전 얼얼한 얼굴만을 손바닥으로 비비고 있는데,

"인잔 참말로 못살겠어. 누구 하나가 먼저 죽든지 이혼허든지 허야지!"

"……."

민은 그저 잠자코 아내의 호통을 듣고만 있었다. 그러나 이혼운운은 귀에 거슬리는 말이었다. 그에 대해서만은 그 진정여부를 묻고 싶기까지 했다. 그러나 곧 뭘 하고는 그만 두었다. 사람이 화가 나면 무슨 말은 못 하랴 하고서였다.

사실 헤어지기를 원한 건 민이 먼저였다.

"우리 당분간 헤어집시다." 그렇게 말했던 것이다.

바람이라도 쏘일 겸 김삿갓처럼 훨훨 돌아다니다가 어디 마땅한 명당 자리라도 발견되면 게서 죽어버리든지 할 요량으로였다.

그러나 그것을 아내는 원하지 않았다.

"당신이 죽을 자리를 찾아서 나간다면 나는 여기서 그냥 죽어버릴래요. 제발 그런 소리 말고 집에서 책이라도 읽으세요. 생활책임은 내가 질 테니 그런 건 염려말고요. 그러느라면 당신 직장도 생겨나요. 내 말대로 하시는 거지요?"

아내의 말이었다.

그새 아내가 이것을 잊었을 리가 없다.

"아이 골치가 띵해서 그냥 좀 눈 것이 그만."

거짓말을 했다. 그러면서 윗목에 놓여 있는 상위의 보자기를 약간 잡아당겨놓았다. 아내가 보고 정말 점심도 굶어가며 앓았다는 걸 알아달라는 의미로였다.

그러자 아내는 그 밥상 보자기를 마저 활짝 걷어버리고는(좀 전에 문 열던 기세가 아직도 좀 남은 맵시로),

"아아니 왜 점심은 굶은 거지?" 했다.

"정말이라니까, 골치가 아파서."

민이 말했다. 그제야 아내는 한껏 누그러져서 민의 이마에 손까지 짚어 보면서,

"아 너무 자니까 그런 거 아뉴. 열이 아주 대단하구면."

마치 어린애에게 하듯 말했다. 민은 인제는 됐다 싶어, 그러나 아내가 갓 찬바람을 쐬고 온 자기의 손이라는 것을 깨달았다가는 큰일이다 하는 생각이 들기도 해서 이내,

"괜찮을 거야, 아까에 비하면 다 나았는걸 뭘."

그 역시 어리광을 부리듯 그렇게 말했다.

그것으로 겨우 그날의 환란은 멎었다.

이런 일이 있은 후부터 민은 되도록 저녁 나절의 낮잠은 삼가기로 했다. 그리고 되도록이면 아내가 돌아올 무렵 아내의 마중을 나가기로 했

다.

그런데 곤란한 것은 아내의 퇴근 시간이 일정하지 못한 것이었다.

읍내에서 나오는 어귀쯤에 기다렸다가 아내가 나오면 같이 오는 건데 어떤 때엔 원체 아내의 퇴근이 늦었다.

그렇다고 창피스럽게 김가네 그 가게까지 가볼 수도 없고, 그냥 되돌아오자니 늦도록 기다린 보람이 없고, 더 기다리다 통금 시간이라도 되면 그나마 오도가도 못 하고…….

실제로 그렇게 된(오도가도 못 하게 된) 일도 있었다.

아내의 퇴근이 턱없이 늦었던 날이었다.

밤이 이슥하도록 길목에서 아내를 기다렸는데도 아내는 좀체로 돌아오지를 않았다.

——야 이건 너무 늦은데. 여태 뭣하는 걸까?

전에 없이 늦는 데에 민은 그만 몸이 달았다. 저기 희끗한 치마꼬리만 보여도 쫓아가보곤 했다. 달려갔다가는 머쓱해져서 뒤통수만을 긁적거리며 돌아서기를 몇 번을 거듭했는지 몰랐다.

통금 예령 사이렌이 불었다. 차츰 인적도 뜸해졌다. 가게의 문들도 죄 닫혀갔다. 그런데도 아내는 나타나지 않는 것이었다.

컴컴한 거리의 복판에 말뚝처럼 서 있기도 뭣해서 길 옆 한 가게의 처마 밑으로 들어섰다. 그곳에서 아내를 기다리기로 했다.

마침 그 가게 안은 흐릿하게나마 불빛이 좀 남아 있었다.

통금 본령이 나고 말았다. 그래도 아내는 오지 않았다. 심심해서 가게 안을 잠깐 들여다본 그때였다. 별안간에 뭣이 뒷덜미를 잡아챘다. 깜짝 놀라서 돌아다보자 순검을 도는 순경이었다.

"뭣하는 사람얏!"

플래시라이트가 확 써댔다. 눈이 부셔 얼굴을 바로 들 수가 없었다.

"……."

"왜 밤늦게 남의 가게 안을 기웃거리고 있는 거요?"

"예?…… 아 뭐 아무것도 아닙니다."

민의 입에서는 어마지두에 그런 말이 새어나왔다.

"아무것도 아니라니?"

"가겔 잠깐 들여다본 것뿐입니다."

그의 말이 채 끝나기도 전에 성급히 따귀 한 대가 올라붙으며,

"하, 이 새끼가 누굴 히야까시하는 거야?"

이어서 주먹이 배창수에 와서 호되게 부딪쳤다. 순간 눈앞이 아찔하면서 윗몸이 앞으로 푹 꺾였다.

얼마 후에야 막혔던 숨이 터지고 앞에 순경도 보였다.

"아이 왜 이럽니까? 대체 사람을 치는 이유가 뭡니까?"

"이 새끼 잔말 말고 도민증 내놔봐!"

"저녁에 잠깐 산볼 나오는 길인데 뭐 그런 걸 다 갖고 다닙니까?"

"뭐 산보? 이 새끼가 지금 너 뭐라고 지껄였어? 지서까지 갓!" 구둣발이 무릎 아래를 걷어찼다. 군대 용어로 하자면 쪼인트를 깐 것이었다. 손이 내려가 아픈 곳을 만지는데 이번에는 카빈총 개머리판이 머리에 와 부딪쳤다.

'오도가도 못 하게 된' 일이 그때 일이고 그는 생후 처음 하룻밤 유치장 신세를 지고 말았다.

그날 밤 아내는 통금이 넘은 한 시쯤 해서 패스를 가진 김가의 자전거에 실려왔다는 것인데 마침 김가네 집에 무슨 잔치랬던가 초상이랬던가 있었다는 것이 아내의 말이었다.

아무튼 그런 일까지도 있었건만 아내는 여전히 늦는 날이 많았다.

이렇게 아내가 늦는 날이면 민은 별의별 생각이 다 들었다. 김가란 그 사람이 과연 아내 말대로 '아주 점잖은 사람'인지 아닌지?——민이 본 김가의 인상은 아내의 선전과는 딴판이기 때문에 더욱 그랬다. 김가의 내자가 오랜 포병객이라는 것(역시 아내의 말로 안 일이다)도 민의 귀에는 심상히 들린 것이 아니었다.

민이 김가를 본 건 딱 한 번, 역시 그 유치장 신세를 짓게 된 덕분(?)으로였다.

유치장에서 뜬눈으로 밤을 새우고 이튿날 아침이었다. 삐득하고 파출

소 현관문 열리는 소리에 끌려서 민의 시선은 유치장 철창을 통해서 그 소리 나는 쪽으로 갔다.

멋진 단장이 문을 밀고 들어오는 인물이 하나 있었다. 먼저 눈에 들어온 게 마고자의 앞섶에 매달린 백금단추였다. 그게 너무 눈이 부서 민의 시선은 저절로 아래로 내려갔다. 싹 대님을 쌍고로 친 삼팔주바지 가랑이를 빨간 에나멜 반구두로 받치고 있었다.

그 영감 멋진데——이렇게 생각을 하며 시선을 위로 들고 민은 놀랐다.

스물일곱? 무테 안경을 걸쳤으니 좀 돋봐서 여덟? 아홉? 서른? 그 이상으로 보기에는 좀 곤란했다. 꼭두각시, 아니 국민학교 학예회 때에 어른 분장을 한 어린 소년이 연상되었다.

아무튼 이런 인물이 들어오자 지서 주임 이하 전 직원이 일어나 허리를 한 번씩 굽히는 걸로 보아 필시 뭐가 되긴 되는 모양이다 싶었다.

이것만으로도 민에게는 충분히 구경거리가 되었지만 그가 들어와서의 일거일동이란 그대로 채플린이었다. 단장을 왼편 팔에 걸면서 마고자 소매 끝을 살풋 올리고 자기의 손목시계와 파출소 괘종과 번갈아 보는 거며 마고자 섶을 떠들고 럭키 갑을 꺼내어 자기부터 하나를 파이프에 끼워 귀 밑으로 돌려 어금니 밑에 깊숙이 물고는 지서 주임에게도 하나를 권하는 거며, 의자에 앉자 두 다리를 떡 벌려 이만큼 내뻗고 뒤로 벌심하니 의자 등받이에 기대어 몸을 제치고는 단장으로 사무실 바닥을 툭툭 때리면서 무슨 말인지 주임과 지껄이고 있는 거며가 모두 그랬다.

그가 바로 그 김가였던 것으로, 아내의 소탁을 받고 다녀갔다는 것을 뒤에 아내한테 들어서 안 일이었다.

아무튼 이런 김가를 아내는 '점잖은 사람' 또는 '훌륭한 사람'이라니 되도록 그러기를 바라는 마음에서라도 믿을 수밖에 없었지만 때로 아내가 늦는 이유만은 아무래도 알 수가 없는 일이었다.

그래 할 수 없이 민도 마중을 나가다 말다 했다. 그런 날이면 대개 김가가 자전거로 저 동구 앞 봇둑(洑門)까지라도 데려다준다니 그나마 다행이었다.

어느 날 아내는 퇴근길에 웬 치맛감 한 끝을 끊어가지고 왔다. 그것을 자기 허리에 대 보이며,

"어때요?"

하는 걸 민이,

"글쎄, 당신에게는 좀……."

하니까,

"속치마에 받치면 뭐 그렇지두 않아."

하고, 이튿날 그걸 짱랑 스커트로 해입고 갔다.

또 어느 날 아침 화장을 한창 부산스럽게 하던 아내가 자기의 뒷덜미 머리를 한데 거머잡더니,

"이거 파마 다시 해야겠어."

했다.

"건 그새?"

"좀더 올려 쳐야겠어."

"거 숏컷이라는 걸루?"

"응!"

이날 저녁 아내는 기어이 그런 파마를 하고 돌아왔다.

이렇게 아내는 나날이 멋이 들어갔다.

그러던 어느 날 그날도 역시 아내의 돌아오는 시간이 늦은 날이었다.

이렇게 늦는 날은 김가가 꼭 데려다주는 것이니까 뭐 염려할 건 없는 것이지만 이날따라 민은 웬일인지 아내가 기다려졌다. 그는 산보 삼아 마중 삼아 아내가 오는 길편으로 발걸음을 옮겨 디뎠다.

하늘에는 서녘으로 날이 선 조각달, 무수한 별들, 그 별들은 동녘으로 더 많았다. 시원한 밤바람에 사르륵사르륵 볏논에 벼포기 알배는 소리. 민은 우물터를 지나고, 논둑을 지나고, 봇둑 물문에 이르렀다.

김가가 게까지는 데려다준다니까 민은 거기서 아내를 기다리기로 했다.

그는 물문 꼭대기에 올라가서 거기에 번듯이 누웠다. 하늘이 더 가까

이 보이는 것 같았다. 조각달이 차츰 기울어져가는 대로 별들은 더 많이 나타났다.

'아내가 지금쯤 김가네 가게를 나섰을까?……읍내 어귀쯤 왔을까? ……그보다 더 많이 왔을까?……훨씬 더 많이 왔을까?……거의 예까지 다 왔을까?……바로 요밑에까지 벌써 온 게 아닌가.'

이런 공상을 하며 그는 머리를 들어 수문 아래를 몇 번이고 내려다봤다.

그러나 아내는 좀체로 와주지 않았다.

민은 유난히 반짝거리는 별 하나를 뚫어져라 올려다봤다. 어렸을 때 흔히 누나들이랑 같이 보던 별이었다.

팔월 가윗날이었을 거였다. 색동 저고리에 금박이 남조끼에, 오동색 부사견 바지에, 쾌자에, 복건에, 이렇게 민을 꾸며놓고 민 자신보다 누구보다도 좋아들 하는 건 누나들이었다. 누나가 셋이었다.

"민이 나구 같이 놀러 가자."

작은 누나.

"아냐, 민이는 내 널 뛰는 데 같이 가."

가운데 누나.

"너 민이 나하구 함께 안 가믄 그 꼬까 죄 벗길 테야."

큰 누나.

이렇게 누나들의 놀러 가자는 곳은 다 각각이라 민은 누구하고만 같이 가자 할 수가 없었다.

그는 생각다 못 해 혼자 슬며시 대문 밖으로 빠져 나와버렸다. 밖에는 호사를 못 한 애들이 많이 모여 있었다.

"히 저 자식 뻐긴다."

"아아주 지가 바아루 재구 나온다."

"저 새끼 까줄까?"

각기 한 마디씩 지껄이다가는 그 중의 한 놈이 신발짝에 수채의 진흙을 담아다가 민한테 확 끼얹었다. 그러고는 "와 하하하……." 하고 일제히 달아나버렸다.

그만 민은 그 자리에 주저앉아 엉엉 울음을 터뜨리고 말았다.

그러자 집안의 방문들이 여기저기 우당탕 열리고 마침내 대문이 미어져라 하고 누나들이 뛰어나왔다. 벌써 민의 꼴을 보면 아니까 굳이 물을 것도 없고 누나들은 애놈들을 잡으려고 각기 골목 하나씩을 맡아 가지고 확 퍼져서 달려갔다.

그러나 누나들은 모두 허탕을 치고 돌아와서는 이번에는 그렇지 않아도 가뜩이나 슬픈 민의 등줄기를 마구 쥐어박으며,

"에이 이 밥통아! 에이 이 밥통아!"

그러다가는 종내는 저희들까지도 흑흑흑 울음을 터트리고 말았다.

조금 자라서 가을에 볏논에 뜨물이 들면 민은 새를 보러 다녔다.

그때면 누나들은 점심밥이며 누룽지며 과일이며를 보자기에 가득가득히 싸주었다. 그러나 그것들이 단 한 번도 그의 입에 제대로 들어가본 적은 없었다. 애놈들이 빼앗아가기 때문이었다. 그러고도 아침에 새막엘 가보면 번번이 막바닥에 똥을 누어놓기가 일쑤였다.

분명 자전거 소리 같은 것에 민은 정신이 번쩍 났다. 하늘엔 별만이 총총, 달은 이미 져버리고 없었다.

그때였다.

"그러면 아저씨 안녕히 돌아가세요."

여자의 소리. 바로 민이 누워 있는 물문 아래서였다.

"섭섭한데!"

사내의 소리.

"머 늘 보시면서."

"자 그럼 어서 작별 키스를."

"……"

민은 눈을 감아버렸다.

한동안이 흐른 뒤,

"그럼 아저씨 안녕히 돌아가세요."

"들어가요. 원 자전걸 끌고 갈 수 있어야 아주 집에까지 데려다주지.

내 이놈의 길 아주 신작로를 낼까 부다 허허허……."

민은 감은 눈을 뜨고 슬쩍 주변을 한번 둘러보았다. 버스가 덜컹거릴 때마다 손잡이에 매달린 할머니는 연신 이리 쏠리고 저리 쏠리고 했다. 이따금은 민의 무릎에 부딪치기도 했다. 민은 다시 눈을 감아버렸다.

그러나 그의 얼굴은 마치 술을 마셨을 때처럼 확확 달아올랐다. 좀이 쑤셨다. 그래도 그는 결코 자기가 일어나지는 않을 것이라고 마음을 더욱 굳히고 굳혔다.

——홍, 너한테 내가 지는가 보자.

곁에 앉은 오뚝이는 여전히 까딱도 않고 있었다.

——홍! 이년이.

네 년한테만은 결코 안 진다. 어디 얼마든지 버텨봐라.

버스가 로터리를 돌아가는 모양이었다.

이때였다. 민은 그만 깜짝 놀라 감고 있던 눈을 떴다. 별안간에 매달렸던 손잡이를 놓친 할머니가 갑자기 저리로 나가 쓰러지려는 걸 그편에서 사람들이 받아 밀어서 다시 이편으로 냅다 쏠리는 바람에 한 손이 민의 머리통을 짚은 것이었다.

민은 얼른 이마를 만지며 위를 올려다보았다. 할머니는 적이 놀랐던 모양으로 얼굴엔 핏기가 싹 가시고 대신 땀방울들이 호졸근히 맺혀 있었다.

이때야 오뚝이가 바시시 자리에서 일어났다. 그리고는,

"할머니 이리로 앉으세요."

하는 것이었다.

——그러면 그렇지 망할 년! 이왕 일어날 거면 일찌거니 일어날 일이지.

그러나 민은 이상하였다. 결코 그가 그녀를 이긴 것 같은 통쾌한 마음이 아니었다. 되레 진 것 같은 마음이었다. 저도 이만저만의 참패가 아닌 것 같았다. 차 내의 뭇시선이 일제히 그만을 쏘고 있는 것 같았다.

"사내자식이 먼저 일어나지 않구선 뭐 다리 몸뎅이 부러질까봐서 그처럼 버티고 앉았어?” 하는 소리가 귓전에서 잉잉 울리는 것도 같았다. 얼굴이 그 동안보다도 배는 더 화끈거렸다.

그는 슬며시 자리에서 일어났다. 그리고는 역시 슬며시 그곳을 떠나 뒤쪽의 사람들 속에 묻혀버렸다.

그가 일어난 자리에는 그 오똑이가 다시 앉는 모양이었다.

마침 차가 정류했다. 민이 갈 길은 아직도 멀었다. 그런데도 그는 마치 뭣에 쫓기듯 그곳에서 내려버렸다. 그리고 걸었다.

다시 떠나는 버스의 창 밖으로 오똑이가 이편을 내다보고 있었다. 오똑이의 그 높은 코가 한껏 더욱 높이 들려 있었다.

——1959년

한 모금의 물

구조선은 우리를 찾으러 오지 않았다. 아니 정확하게 말하자면 아마 딴 곳에서 우리를 찾고 있을 것이다. 그러나 지구의 3분의 2 이상이나 차지하고 있는 이 광대무변한 바다의 눈보라 속에 제멋대로 떠내려간 단지 점 하나에 불과한 우리임을 우리는 안다.

이제는 우리가 마실 수 있는 물이란 단 한 방울도 없다. 비상을 빨 듯 했지만 이미 물독은 밑바닥을 드러낸 지 오래다. 단 하룻동안 물을 마시지 않은 목인데도 이토록 목에 불이 나는 갈증이 올 줄은 몰랐다.

어쩌면 목의 갈증보다 이제는 아무리 목에 불이 붙는다 하여도 마실 물이 단 한 방울도 없다는 그것이 더 절박한 갈증을 느끼게 하는 건지도 모른다. 아무튼 우리는 마실 물이 없다.

김 군이 갑자기 갑판 위를 기기 시작하였다. 그는 이 망망한 죽음의 바다 한복판에서의 유일한 나의 동반자이다. 그는 그 동안 눈보라가 갑판 위에 베풀어놓은 물방울들을 핥는 것이다. 세찬 바람에 씻기고 녹고 하여 사실 별것도 없는 갑판 위이다. 그러나 나도 곧 김 군처럼 갑판 위에 엎디어 그것을 핥는다. 진흙이라도 삼킬 판이니 약간의 구역질쯤은 기꺼이 참는다.

아! 그러나 과연 우리는 앞으로 얼마나 버틸 수가 있을까? 이렇게 허기가 지고 목이 마르고 추워서 이가 맞부딪쳐 턱이 울리도록 덜덜 떨리는 몸을 가지고 말이다.

우리는 다시 바다에서 하룻밤을 보낸다. 천 년을 보내는 것 같은 긴 하룻밤을 마침내 번민의 동이 부윳이 터온다. 선실의 벽에 금 하나가 더 그어진다. 표류 9일째를 맞는 것이다. 이제는 우리를 구해줄 구조선도 그렇게 많이 기다려지지 않는 것 같다.

이제는 근육만 놀리지 않으면 추위도 배고픔도 모르겠다. 그 추위와 배고픔까지 모두 갈증으로 변해진 것일까? 내가 이렇듯 한 모금의 물의 노예가 되어버릴 줄은 정말 몰랐다. 오직 갈증이라는 의식밖에 아무런 생각도 여유도 없다. 넘실거리는 맑은 바닷물이 더욱 목을 타게 한다. 정말이지 우리가 바다가 아니고 사막 위에만 있대도 이렇게까지는 물에만 집착하지는 않을 것 같다.

그러나 이건 온 시계(視界)가 모두 물뿐이지 않는가? 금지된 물. 그러나 저토록 맑고 푸른 물이 온 바다에 가득 넘쳐 있는데 그것을 모래알로 보기란 정말 힘이 드는 일이다.

우리는 이미 누구도 우리를 구해낼 수는 없는 몸들이다. 얼마 후면 우리 자신이 이 갈증과 추위로 구조를 받을 필요가 없게 되어버릴 것이고 현재로는 그들이 우리를 찾아내지 못하고 있는 것이다.

그러나 나는 몇 시간 아니 몇 분 후면 우리를 찾아내고야 말 구조선을 도저히 단념할 수가 없다. 나는 나의 지혜와 기억력을 최대한으로 활용한다. 마침내 나에게는 발명가와 같은 한 지력(智力)이 솟는다.

"이봐, 김 군!"

간신히 달싹거리는 입술 사이로 헛바람 소리 같은 작은 음성이 새어 나간다.

김 군은 선실에 움직이지 않는 물체처럼 반듯이 누워 있다.

"네?"

그는 나를 돌아보지도 않고 겨우 입술만을 열어 대꾸한다.

"저 나침반 있잖은가?"

"네? 나침반요? 지금 그까짓 나침반이 무슨 소용이 있습니까?"

"소용이 있어. 그 나침반 속에 물이 들어 있네."

"네? 선장님도 나침반 속에 알콜이 들어 있지 왜 물이 들어 있습니까?"

"아냐, 알콜이 없어서 소주를 사다넣었던 거야. 지금쯤은 김이 빠져 나가서 아마 거의 물이 되어 있을걸세. 설령 소주면 어떤가?"

한 모금의 물하고라면 뭣하고라도 바꿀 지금이다. 거의 살 가망을 포기하고 있는 우리에게 동서남북은 알아서 무엇하겠는가? 나침반이 아니라 눈(目)하고라도 물이라면 바꿀 판이다.

"네, 네…… 알겠습니다."

김 군이 이미 반 이상 넘어서버린 희망을 되찾은 듯 벌떡 일어나 무서운 속도와 정확한 동작으로 그 나침반을 갖다가 분해한다. 당초에 두 홉을 넣었던 건데 이제 한 홉쯤 남아 있다.

김 군은 그것을 곧 입에 대본다.

"맛이 어떤가, 좋잖은가?"

"너무 좋습니다, 소주 냄새가 나서 더 좋습니다."

"그럴걸세."

"선장님, 맛보시지요."

"맛볼게 뭐 있나? 어서 마시세."

백 홉의 물이 필요한 판에 이것은 문제가 되지 않는 양이다. 그러나 그 한 홉의 소주 물에 우리는 좋아서 입들이 헤 벌어진다. 아! 이 기쁨, 구조선이 나타나지 않고 그것이 거의 무망 상태인 지금인데도 나한테서 지금의 이 기쁨을 어느 누구도 빼앗지는 못할 것이다.

우리는 곧 오일통으로 화로를 만들어놓고 그 곁에 둘러앉아 그것을 나누어 마신다. 이 세상에 진실로 한 모금의 물이 무엇인지를 아는 사람이 있을까? 흔히들 그 한 모금의 물이야말로 생명에 절대 필요불가결한 것이라고 한다.

그러나 그것도 저것도 아니다. 그 한 모금의 물이란 나만이 알고 있는 내가 이 순간에 실로 거대한 기쁨을 맛보고 있는 생명, 바로 그것인 것이다.

그 한 모금의 소주 물잔치가 끝나자 김 군은 두레박으로 바닷물을 길어 올린다.

"그것은 뭣하려고 그러나?" 나는 의아해서 묻는다.

“손 좀 씻으려구요.”

아! 손을 씻는다는 것이다. 아흐레 동안 씻지 않고 갑판 위를 기어다닌 그 손을. 나는 말한다.

“손뿐이 아니라 자네 얼굴도 좀 씻게. 아마 나도 형편이 없을걸.”

“선장님도 좀 씻으시지요.”

“그래, 대강이라도 씻어야겠어.”

나침반 속에서 얻어낸 그 한 모금의 물은 우리의 전신에 말라붙어버린 의식을 샘솟게 하고 전생애의 생활을 단번에 맛보게 한 것이다. 아! 위대한 한 모금의 물, 물이여!

———1972년

朴敬洙의 작품세계
─ 전통에의 향수(鄕愁) ─

─ 文學評論家 ─　　류 양 선

　박경수는 자신의 문학을 설명하는 자리에서('한국농촌문학의 갈 길', 〈월간문학〉, 1974. 4.), 그가 소설의 소재를 대부분 농촌에서 구하는 것은 가장 한국적인 작품을 쓰기 위해서라고 하였다. 이 경우 가장 한국적인 것이란 '외부적인 것이 아닌 우리의 것, 즉 조상 전래의 것에 뿌리를 박은 전체 민중의 그 생활 바탕에서 우러나온 것'이다. 그러나 한국적인 것만으로는 문학이 될 수 없고 거기엔 아름다움이 있어야 하는데, 그 아름다움 역시 도회에서보다는 농촌에서 발견하게 된다는 것이다. '무대나 배경이 되는 풍광이 아름다운 것은 두말할 것도 없지만 인물(사람)도 도회인보다는 농민이 훨씬 더 아름답다'는 것이다.

　아닌게 아니라 박경수는 농촌의 아름다움, 특히 농민들의 아름다움을 찾아내려고 애쓰는 작가이다. 그러나 그 아름다움은 현재 지속되고 있는 아름다움 또는 새롭게 창조되고 있는 아름다움이 아니라, 처참한 전쟁 혹은 급격한 산업화로 인해 점차 사라져가고 있는 아름다움이다. 그러니까 작가는 그 사라져가는 아름다움을 되살려 내려 하는 셈인데, 이처럼 결코 되돌아올 수 없는 아름다움을 추구한다는 의미에서 그의 소설은 전통적인 것(또는 과거의 것)에 대한 향수를 동반한다. 즉 그의 소설에서 볼 수 있는 농촌지향성이란 다름아닌 전통에의 향수(또는 과거의 것에 대한 애착)인 것이다. 이런 관점에 설 때 비로소 그가 농촌소설을 즐겨 쓰는 이유가 설명될 수 있을 뿐만 아니라, 농촌을 소재로 하지 않은 그의 다른 작품들에 대한 해석이 가능하다.

이 전통에의 향수는 그의 소설에서 무엇보다 전통적인 인간상으로 형상화되어 있다. 그리고 그 대표적인 예가 전통적인 어머니상이다. 《어머니와 술과》에서 천하의 술꾼인 '나'는 술을 좀 적게 마시라는 어머니 말씀의 뜻을 어머니가 돌아가신 후에야 절실히 깨닫고 뒤늦게 탄식한다. 그렇다면 어머니는 어떤 분이셨던가?

나는 일단 시골에 내려가면 며칠을 있건 있는 동안은 하루에 옷 한 벌씩으로 되어 있다. 입고 내려간 단벌 양복을 입지 못하고 반드시 집에 있는 옷을 입어야 하는 이유도 바로 그것이다. 그 중에는 아주 내 옷으로 따로 지어 놓은 것들도 있지만 그것만으로는 당하지 못하므로 아버지의 것까지 입게 된다. 물론 어느 것이건 어머니의 말씀마따나 한 번 입고 동네를 한 바퀴 돌아 밤중에 집에 들어가 벗어놓으면 이튿날은 다시 못 입게 된다. 그렇게 하루에 한 번씩 후질러 벗어놓으면 내가 서울에 올라온 다음, 어머니는 다음 번에 내가 또 시골에 내려갈 때를 대비하여 그것을 일일이 뜯어 빨아서 다시 지어 놓으신다.

여기서 볼 수 있는 어머니는 아들인 '나'에게 무한한 사랑을 베풀고 무조건적인 희생을 감수하는 어머니이다. 박경수의 소설에 등장하는 긍정적인 인물들은 바로 이같은 어머니상이 변주되어 나타난 것이라 할 수 있다. '부랴부랴 마루에 걸레질을 치고 부채를 찾아 내놓고 대야에다 물을 떠내놓고'하는 형수(《화려한 귀성(歸省)》), '즐거운 순종으로 상머리에 앉아 삶아온 닭백숙을 먹기 좋게 찢어다 놓고 —— (중략) —— 가벼운 마른 안주로 술상을 고쳐 차려 내오는' 부인(《참 충직(忠直)한 짐승 이야기》)이 그같은 전통적 여인상이다. 《화려한 귀성》에서 '나'는 그렇게 '바람개비처럼 돌아가는' 형수를 보며 형수가 매우 젊고 아름답다고 생각하고, 《참 충직한 짐승 이야기》에서 '나'는 스스로는 먹지도 못하는 좋은 음식으로 손님을 대접하는 부인에게서 돌아가신 어머니를 느끼는 것이다.

여인상만 그런 것은 아니다. 《참 충직한 짐승 이야기》의 농가 주인이나 《비(碑)》의 용팔 씨 등도 역시 한없이 순박하고 욕심이라곤 없는 그야말로 충직한 인간상인 것이다. 이렇게 볼 때, 박경수가 그려내는 이상적 인간(또는 아름다운 인간)이란 언제든 가서 마음 편히 안길 수 있는 고향과도 같은 존재, 다시 말해 유년시절의 추억처럼 우리의 향수를 불러일으키는 존재라 할 수 있다. 그리하여 작가가 힘써 찾아내고자 하는 그러한 인간상의 연장선상에 《태출이가 베푸는 잔치》의 태출이가 놓인다. 유달리 많이 먹는 까닭에 품삯도 제대로 못 받는 태출이가 남들이 기피하는 독성 많은 농약을 뿌리다가 농약 중독으로 죽는 모습, 그리고 태출의 장례비조로 받은 얼마 안 되는 보상금을 술과 고기장만에 다 쓰고 마는 태출이 아내의 모습을 통해 작가는 우리 농촌의 어두운 면을 드러내 보이는 것이다.

그런데 지금까지 언급한 대로 박경수의 소설에 나타나는 전통에의 향수, 그리고 그와 관련하여 설정된 전통적인 인간상은 그에 걸맞는 특유의 윤리감각을 빚어내고 있다. 그것 역시 전통적 윤리감각이라고 부를 수 있겠거니와, 이것이야말로 박경수가 그의 소설에서 일관되게 다루고 있는 가장 완강한 주제의식이라 할 만하다. 이제 이 문제를 《하자(瑕疵)》와 《참 충직한 짐승 이야기》를 통해 살펴보기로 한다.

《하자》의 '나'는 퇴근 시간이 지난 후에도 사무실에 앉아 있다가 급사애가 하얀 커튼에 엎질러 번진 붉은 잉크 자국을 보고는 신혼생활을 하는 S군의 집에서 본 '새하얀 요 호청의 중앙 부분에 빨갛게 번진 자국'을 연상하며, 동시에 자신과 아내와의 초야(初夜)에서는 '요 위에 아무 흔적도 발견할 수 없었던' 일을 생각한다. '나'의 아내는 6.25 전쟁 당시 피난 중에 순결을 잃어 이미 처녀가 아니었던 것이다. '나'는 그로 인해 매일처럼 술을 마시게 되고, 아내는 아내대로 자책감을 못 이겨 정신이상에 걸려 마침내 물에 빠져 죽기에 이르렀던 것이다. '나'는 그 날도 술을 마시고 비를 맞으며 거리를 방황하다가, '처녀가 피난가는 일 같은 건 이 땅에서는 영원히 사라져버려야지……'하고 생각하며 딸애가 자고 있을 집으로 향하는 것이다. 이 작품에서의 '나'의 방황은 작가가 이같은 문제에 얼머나 예민하게 반응하는가를 잘 말해주는 것이다.

《참 충직한 짐승 이야기》의 '나'는 장 선생과 함께 장 선생이 한때 근무한 바 있는 성천(成泉)이라는 시골 마을을 찾게 된다. 마을에 들어서 장 선생이 하숙했던 집을 찾아가는 동안 '나'는 장 선생이 이 마을에서 야학을 열었을 때 순진한 마을 처녀를 범했었다는 이야기를 듣는다. 마침내 장의 옛 하숙집에 도착하여 두 사람은 주인 내외와 그 딸의 극진한 대접을 받게 된다. 그런데 장은 밤중에 그 주인집의 딸을 범하는 것이다. '나'는 이런 일을 겪으면서 어렸을 때 누구보다도 '나'를 잘 따르던 개가 '나'에게 속아 개장수에게 올가미 씌움을 당해 죽었던 일을 연상한다. 이런 이야기를 통해 전달되는 작가의 도덕적 메시지는 자못 강렬한 것이다. 그리고 이 전통적 윤리감각은 앞서 언급한 농촌 지향성과 표리 관계를 이루고 있다. 아니 어쩌면 이 완강하면서도 예민한 윤리감각이야말로 이 작가로 하여금 농촌 지향성을 지니도록 한 가장 근본적인 원인이었는지도 모른다.

그런데 문제는 이같은 전통적 윤리감각이 도시적이고 현대적인 것에 대한 극심한 반감을 수반한다는 점에 있다. 밤중에 잠을 깬 '내'가 장이 주인집 딸을 범하는 것을 알면서도 가만히 있었던 것은 '내 자신 도덕감으로나 양심으로나 장보다 나은 것이 별로 없기 때문'이었다.

내가 만일 서울에서 살지 않고 이 집의 그 선량한 부모들이나 지금 욕을 당하는 이 가엾은 처녀처럼 나의 고향인 그 산수 아름다운 시골에서만 살아온 사람이었더라도 지금 그 순결하고 어여쁜 딸의 몸에다 낙인을 찍으려 하는 그런 인간과 함께 동행하여 이런 데서 같이 자게 되는 일 같은 것도 없을 것이었다.

내가 만일 체면 따위로 양심을 가리는 그 위장술을 가르치는 현대교육이라는 것을 받지 않고 나의 고향에서 자연 그대로만 살아온 사람이었더라도 그 가엾은 처녀에게 닥치려는 그 위험을……

이 소설에서 작가가 드러내고자 했던 윤리감각과는 별도로, 여기 인용된 바와 같은 사고방식은 적지 않은 문제점을 내포하고 있는 것으로 보인다. 서울과 시골의 극단적인 대비, 그리고 현대교육에 대한 비난어린 목소리는 무엇을 뜻하는가? 이것은 각박한 도시에서 순수한 자연을 동경하는 전원문학적 사고에서도 한발 더 나아가, 현재 또는 도시를 악으로, 과거 또는 농촌을 선으로 규정짓는 것에 불과하다. 그러나 급격히 산업화되어가는 격변의 시대에 농촌에만 순수하고 아름다운 사람들이 살고 있다는 식의 주장은 그 자체가 비현실적일 뿐더러, 자칫 도시와 농촌의 구조적 관계를 몰각한 채 그 둘을 상호대립적인 것으로 파악하는 오류를 범하게 한다. 그리하여 산업화 시대의 사회를 전체적으로 조감하지 못하고 농촌과 농민에 대한 무조건적인 찬양으로 치달리기 쉬운 바, 결국 자연으로 돌아가라는 식의 막연한 주장 또는 변화를 거부하면서 과거의 회고에 잠기는 복고주의로 흐르기 일쑤인 것이다.

박경수의 소설들은 이런 혐의에서 벗어나기 어려운 측면을 지닌다. 그가 그려내는 이상적 인간상, 그리고 그가 주장하는 특유의 윤리감각도 이 문제와 무관하지 않다. 그 자신 앞으로의 농촌소설이 '좀더 밝고 좀더 생명적이고 희망적인 문학'('한국농촌문학의 갈 길')으로 되기를 원한다면 무엇보다 이같은 문제점을 극복해야만 할 것이다.

▨ 박경수(朴敬洙) 연보 ▨

1930년 8월 20일 충남 서천군 한산 출생.

1949년 한산 국민학교 졸업 후 국민학교 교사 자격 시험에 합격.

1953년 국민학교 교사 생활을 하면서 독학으로 중학교 교사 자격 시험
에 합격.

1954년 중학교 교사로 있다가 육군에 입대.

1957년 〈사상계〉지 창간 2주년 기념 현상모집에 단편 《그들이》 입선되
어 문단 데뷔. 《닭》 《환생(還生)》(사상계) 등을 발표. 육군에서 제대.

1959년 《사상계》사 편집기자로 입사. 단편 《하행열차》(자유문학) 《그
아내》(신태양) 《혈맥(血脈)》(사상계) 《이빨과 발톱》(현대문학) 《김광
재군(金光載君)》(사상계) 등을 발표.

1960년 건설부 공보관실에 취직했으나 창작에 전념하기 위해 그만둠.
단편 《하자(瑕疵)》 《의젓한 초상》(사상계) 《해지는 뜨락》(현대문학)
등을 발표.

1961년 단편 《절벽》(현대문학) 《구돌재》(사상계 100호 중간호) 발표.

1962년 단편 《우수(憂愁)와의 결별(訣別)》(사상계 중간호) 《박람회》
(사상계) 등을 발표.

1963년 단편 《야수(夜愁)》(전후 신예작가 15인집) 발표.

1964년 단편 《화려한 귀성》(신동아) 《낙인(烙印)》(문학춘추) 《잃어버
린 가을》 《애국자》(현대문학) 《속(續) 애국자》(사상계) 등을 발표.

1965년 단편 《고독한 잠을》(세대) 《육체의 천사》(청맥) 《태아(胎芽)의
해》(문학춘추) 《어느 빈농의 세대》(현대문학) 등을 발표.

1969년 장편 《동토(凍土)》(신동아 연재) 발표.

1970년 장편 《흔들리는 산하》(동아일보 연재) 발표.

1971년 문협 제정 제8회 한국문학상 수상.

1972년 장편 《청산별곡》(월간문학 연재) 발표. 수필집 《이 추수기에》

(홍농종묘 출판부) 간행.

1974년   장편 《여인보(女人譜)》(전남일보 연재) 발표. 장편 《흔들리는 산하》를 《향토기》로 개제하여 을유문화사에서 간행. 장편 《동토(凍土)》(삼성출판사) 간행.

1975년   전기소설 《이 때 이렇게 사는 사람들》(예술문화사) 간행.

1977년   한국문인협회 상임이사, 〈월간문학〉 주간. 창작집 《화려한 귀성》(범우사) 간행.

1978년   문공부 주최 제2회 '흙의 문학상' 수상(중편 《엄나무집 며느리》), 단편 《가난한 사람들》 발표. 수필집 《가난한 장남의 기쁨》(행림출판사) 간행.

1979년   단편 《한복 입은 사람은》(현대문학) 《술 끊는 약》(한국문학) 《보물타령》(독서신문), 장편 《아내의 바다》(행림출판사) 간행.

1980년   단편 《효수(梟首)》(주간조선) 《시골에서 올라온 서울 사람》(주간조선) 《귀향사(歸鄕史)》(월간조선) 발표.

1981년   단편 《길》(한국문학) 발표. 장편 《흔들리는 산하》(경삼출판사) 간행.

1982년   단편 《아우가 산 차》(한국문학) 발표.

1983년   단편 《소년시절》(한국문학) 발표.

1984년   단편 《비(碑)》(한국문학) 《극형》(현대문학) 발표.

① 여자의 일생	㉛ 싯다르타
② 데미안	㉜ 이방인
③ 달과 6펜스	㉝㉞ 무기여 잘 있거라(ⅠⅡ)
④ 어린 왕자	㉟㊱ 지와 사랑(ⅠⅡ)
⑤ 로미오와 줄리엣	㊲㊳ 생활의 발견
⑥ 안네의 일기	㊴㊵ 생의 한가운데(ⅠⅡ)
⑦ 마지막 잎새	㊶㊷ 인간 조건(ⅠⅡ)
⑧ 젊은 베르테르의 슬픔	㊸ 이반 데니소비치의 하루
⑨⑩ 부활(ⅠⅡ)	㊹㊺ 25시(ⅠⅡ)
⑪⑫ 죄와 벌(ⅠⅡ)	㊻~㊽ 분노의 포도(ⅠⅡ)
⑬⑭ 테스(ⅠⅡ)	㊾ 나의 생활과 사색에서
⑮⑯ 적과 흑(ⅠⅡ)	㊿~⑫ 누구를 위하여 종은 울리나(ⅠⅡ)
⑰⑱ 체털리 부인의 사랑(ⅠⅡ)	⑬ 주홍글씨
⑲⑳ 파우스트(ⅠⅡ)	⑭ 슬픔이여 안녕
㉑㉒ 셜록홈즈의 모험(ⅠⅡ)	⑮ 80일간의 세계일주
㉓ 이솝 우화	⑯ 물과 원시림 사이에서
㉔ 탈무드	⑰ 람바레네 통신
㉕㉖ 한국 민화(ⅠⅡ)	⑱~⑳ 인간의 굴레(Ⅰ~Ⅲ)
㉗ 철학이란 무엇인가	㉛ 독일인의 사랑
㉘ 역사란 무엇인가	㉜ 죽음에 이르는 병
㉙ 인생론	㉝ 목걸이
㉚㉛ 정신 분석 입문(ⅠⅡ)	㉞ 크리스마스 캐럴
㉜ 소크라테스의 변명	㉟ 노인과 바다
㉝ 금오신화·사씨남정기	㊱㊲ 허클베리 핀의 모험(ⅠⅡ)
㉞ 청춘·꿈	㊳ 인형의 집
㉟ 날개	㊴㊵ 그리스 로마 신화(ⅠⅡ)
㊱ 황토기	㊶ 인간론
㊲ 백범 일지	㊷ 대지
㊳ 삼대(上)	㊸㊹ 보봐리 부인(ⅠⅡ)
㊴ 삼대(下)	㊺ 가난한 사람들
㊵ 조선의 예술	㊻ 변신
㊶㊷ 조선 상고사(ⅠⅡ)	㊼ 킬리만자로의 눈
㊸ 백두산 근참기	㊽ 말테의 수기
㊹ 선과 인생	㊾ 마농 레스꼬
㊺㊻ 삼국유사(ⅠⅡ)	⑩⓪ 젊은이여, 시를 이야기하자
㊼ 욕망이라는 이름의 전차	⑩① 피아노 명곡 해설
㊽ 리어왕·오셀로	⑩② 관현악·협주곡 해설
㊾ 도리안그레이의 초상	⑩③ 교향곡 명곡 해설
㊿ 수레바퀴 밑에서	⑩④ 바로크 명곡 해설

판형 / 4·6판＊면수 / 평균 256면

[illegible]혈의 누	⑩한중록	
⑩자유종 · 추월색	⑮구운몽	
⑩벙어리 삼룡이	⑮양치는 언덕	
⑩동백꽃	⑮아들과 연인	
⑩메밀꽃 필 무렵	⑮⑮에밀(ⅠⅡ)	
⑩상록수	⑮⑮팡세(ⅠⅡ)	
⑪⑫아들들(ⅠⅡ)	⑮⑮짜라투스트라는 이렇게 말했다(ⅠⅡ)	
⑪감자 · 배따라기	⑯광란자	
⑪B사감과 러브레터	⑯행복한 죽음	
⑪레디 메이드 인생	⑯김소월 시선	
⑪좁은문	⑯윤동주 시선	
⑪운현궁의 봄	⑯한용운 시선	
⑪카르멘	⑯英 · 美명 시선	
⑪군주론	⑯⑯쇼펜하워 인생론	
⑫⑫제인 에어(ⅠⅡ)	⑯⑯수상록	
⑫논어 이야기	⑰⑰철학이야기	
⑫⑫탁류(ⅠⅡ)	⑰⑰백경	
⑫에반제린 이녹 아든	⑰⑰개선문	
⑫⑫폭풍의 언덕(ⅠⅡ)	⑰전원교향곡 · 배덕자	
⑫내훈	⑰소나기(外)	
⑫명심보감과 동몽선습	⑰무녀도(外)	
⑬난중일기	⑰표본실의 청개구리(外)	
⑬대위의 딸	⑱사랑방 손님과 어머니(外)	
⑬아버지와 아들	⑱순애보(上)	
⑬나의 라임오렌지나무	⑱순애보(下)	
⑬갈매기의 꿈	⑱유리동물원(外)	
⑬⑬젊은 그들(ⅠⅡ)	⑱⑱무영탑	
⑬한국의 영혼	⑱⑱대도전	
⑬명상록	⑱태평천하	
⑬마지막 수업		
⑭잠 못 이루는 밤을 위하여		
⑭페스트		
⑭크눌프		
⑭⑭빙점(ⅠⅡ)		
⑭페이터의 산문		
⑭적극적 사고방식		
⑭신념의 마력		
⑭행복의 길		
⑭카네기 처세술		

판형 / 4 · 6판 ＊ 면수 / 평균 256면

당신을 영원한 감동의 세계로 안내할

完訳版　世界　名作100選

1 누구를 위하여 종은 울리나	E. 헤밍웨이	25 백 경 / 허먼 멜빌
2 폭풍의 언덕	에밀리 브론테	26 죄와 벌 / 도스토예프스키
3 그리스 로마신화	T. 불핀치	27 28 안나 카레니나 I II / 톨스토이
4 보바리 부인	플로베리	29 닥터 지바고 / 보리스파스테르나크
5 인간 조건	A. 말로	30 31 카라마조프가의 형제 I II / 도스토예프스키
6 생의 한가운데	루이제 린저	32 마지막 잎새 / O. 헨리
7 분노의 포도	존 스타인 백	33 채털리부인의 사랑 / D. H. 로렌스
8 제인 에어	샤일럿 브론테	34 파우스트 / 괴 테
9 25時	게오르규	35 데카메론 / 보카치오
10 무기여 잘 있거라	E. 헤밍웨이	36 에덴의 동쪽 / 존 스타인 백
11 생활의 발견	임어당	37 신 곡 / 단 테
12 변신 / 심판	프란츠 카프카	38 39 40 장 크리스토프 I II III / R. 롤랑
13 지와 사랑	H. 헤세	41 전쟁론 / 클라우제비츠
14 15 인간의 굴레 I II	S. 모옴	42 전원교향곡·배덕자·좁은문 / A. 지드
16 적과 흑	스탕달	43 44 45 레 미제라블 / 빅토르 위고
17 테 스	T. 하디	46 여자의 일생·목걸이 / 모파상
18 부 활	톨스토이	47 빙 점　48 (속)빙 점 / 미우라 아야꼬
19 20 바람과 함께 사라지다 I II	마가렛 미첼	49 크눌프·데미안 / H. 헤세
21 개선문	레마르크	50 페스트·이방인 / A. 카뮈
22 23 24 전쟁과 평화 I II III	톨스토이	51 52 53 대 지 I II III / 펄 벅

(J) 일신서적출판사

121-110 서울·마포구 신수동 177-3호
공급처 : ☎ 703-3001~6, FAX. 703-3009

당신을 영원한 감동의 세계로 안내할

完訳版 世界 名作100選

54 안네의 일기	안네 프랑크	83 오만과 편견	제인 오스틴
55 달과 6펜스	서머셋 모음	84 설 국	가와바타야스나리
56 나 나	에밀 졸라	85 일리아드	호메로스
57 목로주점	에밀 졸라	86 오디세이아	호메로스
58 골짜기의 백합(外)	오노레 드 발자크	87 실락원	J. 밀턴
59 60 마의 산 I II	도스토예프스키	88 나의 라임오렌지나무	바스콘셀로스
61 62 악 령 I II	도스토예프스키	89 서부전선 이상없다	E. 레마르크
63 64 백 치 I II	도스토예프스키	90 주홍글씨	A. 호돈
65 66 돈키호테 I II	세르반테스	91 92 93 아라비안 나이트	
67 미 성 년	도스토예프스키	94 말테의 수기(外)	R. M. 릴케
68 69 70 몽테크리스토백작 I II III	알렉상드르 뒤마	95 춘 희	알렉상드르 뒤마
71 인간의 대지(外)	생텍쥐페리		
72 73 양철북 I II	G. 그라스		
74 75 삼총사 I II	알렉상드르 뒤마		
76 크리스마스 캐럴	찰스 디킨스		
77 싯다르타(外)	헤르만 헤세		
78 햄릿 · 리어 왕(外)	셰익스피어		
79 80 쿠오 바디스	셍키에비치		
81 동물농장 · 1984년	조지 오웰		
82 도리안 그레이의 초상	오스카 와일드		

일신서적출판사　121-110 서울·마포구 신수동 177-3호
공급처 : ☎ 703-3001~6, FAX. 703-3009

*계속 간행중입니다.

비(碑)

초판·발행 1994년 5월 20일   값 9,000원

■ 저 자 / 박　경　수
■ 발행자 / 남　　　용
■ 발행소 / 一信書籍出版社

인지 생략

주 소 : 121-110 서울 마포구 신수동 177-3
등 록 : 1969. 9. 12. No. 10-70
전 화 : 703-3001~6
FAX : 703-3009
대체구좌 / 012245-31-2133577

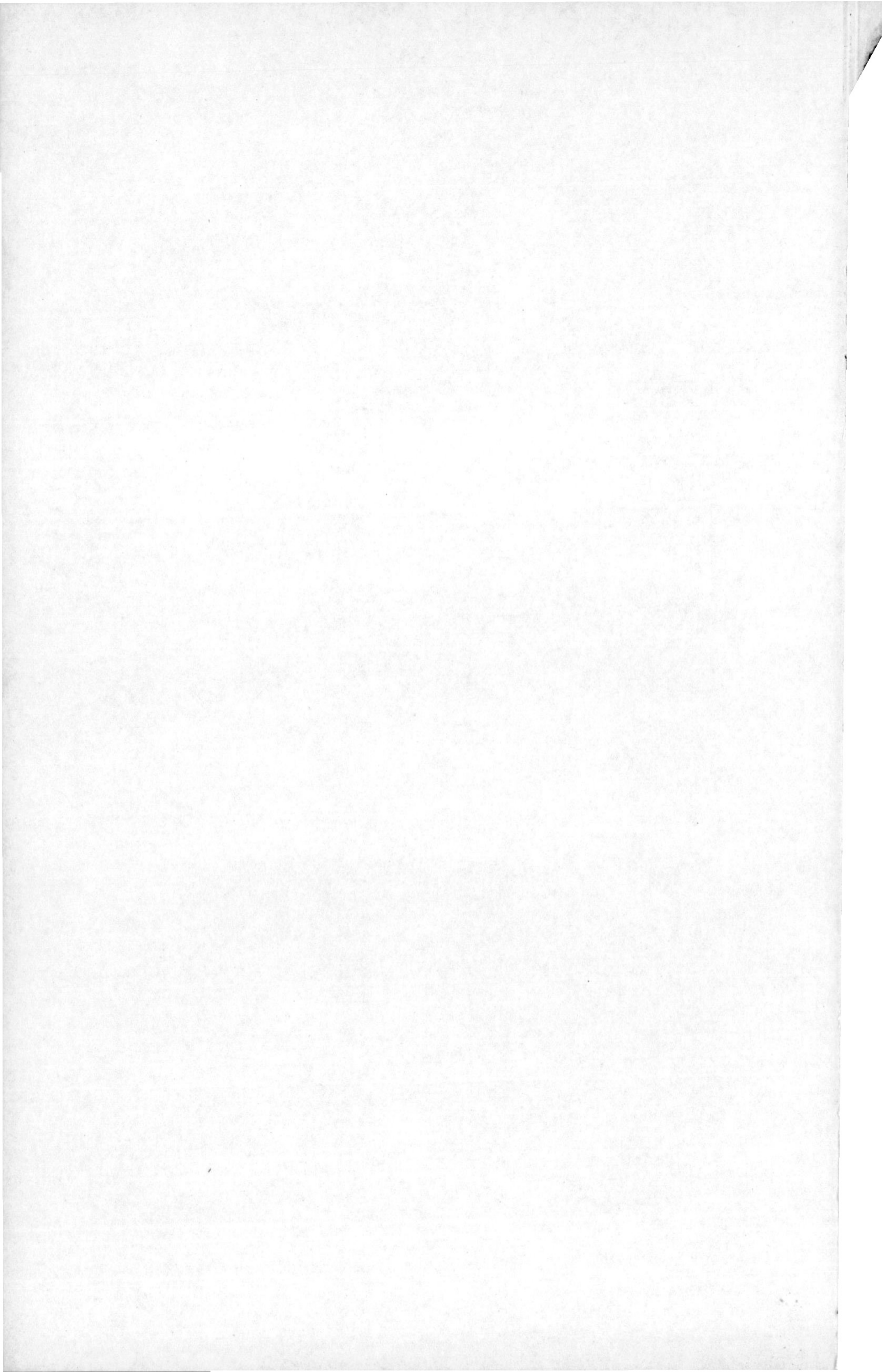